鄂尔多斯蒙古族民间故事研究

The Research on Mongolian Folk Tales in Ordos

李丽丹　著

图书在版编目(CIP)数据

鄂尔多斯蒙古族民间故事研究/李丽丹著.—北京：北京大学出版社，2021.9
（国家社科基金后期资助项目）
ISBN 978-7-301-32602-2

Ⅰ.①鄂…　Ⅱ.①李…　Ⅲ.①蒙古族－民间故事—文学研究—鄂尔多斯　Ⅳ.①I207.7

中国版本图书馆CIP数据核字（2021）第202409号

书　　　名	鄂尔多斯蒙古族民间故事研究 EERDUOSI MENGGUZU MINJIAN GUSHI YANJIU
著作责任者	李丽丹　著
责任编辑	周　粟
标准书号	ISBN 978-7-301-32602-2
出版发行	北京大学出版社
地　　　址	北京市海淀区成府路205号　100871
网　　　址	http://www.pup.cn　　新浪微博：@北京大学出版社
电子信箱	dianjiwenhua@126.com
电　　　话	邮购部010-62752015　发行部010-62750672　编辑部010-62756449
印　刷　者	北京溢漾印刷有限公司
经　销　者	新华书店
	720毫米×1020毫米　16开本　24印张　410千字 2021年9月第1版　2021年9月第1次印刷
定　　　价	80.00元

未经许可，不得以任何方式复制或抄袭本书之部分或全部内容。
版权所有，侵权必究
举报电话：010-62752024　电子信箱：fd@pup.pku.edu.cn
图书如有印装质量问题，请与出版部联系，电话：010-62756370

国家社科基金后期资助项目
出版说明

后期资助项目是国家社科基金设立的一类重要项目，旨在鼓励广大社科研究者潜心治学，支持基础研究多出优秀成果。它是经过严格评审，从接近完成的科研成果中遴选立项的。为扩大后期资助项目的影响，更好地推动学术发展，促进成果转化，全国哲学社会科学工作办公室按照"统一设计、统一标识、统一版式、形成系列"的总体要求，组织出版国家社科基金后期资助项目成果。

全国哲学社会科学工作办公室

目　　录

序 …………………………………………………………………… 1
绪论 ………………………………………………………………… 1
第一章　鄂尔多斯蒙古族民间故事概观 ………………………… 15
　第一节　鄂尔多斯蒙古族民间故事类型索引 ………………… 15
　　一、动植物及物品故事（1—299）…………………………… 16
　　二、一般民间故事（300—1199）…………………………… 20
　　三、笑话、趣事（1200—1999）……………………………… 27
　第二节　无对应编码故事概观 ………………………………… 30
　　一、动物故事 …………………………………………………… 30
　　二、英雄故事 …………………………………………………… 32
　　三、历史故事 …………………………………………………… 33
　　四、人物传说 …………………………………………………… 35
　　五、蒙古族民俗传说 …………………………………………… 36
　　六、生活故事 …………………………………………………… 37
　　七、程式故事 …………………………………………………… 39
　　八、笑话和讽刺故事 …………………………………………… 39
　　九、新故事 ……………………………………………………… 40
　　十、宗教故事 …………………………………………………… 43
　第三节　性别叙事视角下的鄂尔多斯蒙古族民间故事
　　　　　讲述、搜集与整理 …………………………………… 43
　　一、鄂尔多斯蒙古族民间故事的男性讲述者与搜集者 ……… 44
　　二、鄂尔多斯蒙古族民间故事的女性讲述者、搜集者、
　　　　翻译者 ……………………………………………………… 47
第二章　动物故事研究 …………………………………………… 63
　第一节　动物故事的角色功能与叙事模式 …………………… 64
　　一、动物故事的角色与行动图谱 ……………………………… 67
　　二、动物故事的功能性事件与叙事模式 ……………………… 72

第二节　动物故事的主题 …………………………………… 76
　　　　一、动物故事的主题分类 ………………………………… 76
　　　　二、故事讲述人与故事主题之关系 ……………………… 79
　　　　三、动物故事主题的变化性与多层性 …………………… 81
　　第三节　动物故事的角色与形象 …………………………… 85
　　　　一、鄂尔多斯蒙古族动物故事的角色概说 ……………… 85
　　　　二、狐狸的形象特征 ……………………………………… 86
　　　　三、弱小动物的角色与形象 ……………………………… 88
　　第四节　动物故事的形成与意义 …………………………… 89
　　　　一、动物故事的形成 ……………………………………… 89
　　　　二、动物故事的意义 ……………………………………… 92

第三章　英雄故事研究 ………………………………………… 95
　　第一节　英雄故事的情节与类型 …………………………… 96
　　　　一、英雄代替他人赴死（YX001 型） …………………… 97
　　　　二、英雄因梦出征并荣归故里（YX002 型） …………… 98
　　　　三、英雄历险救父/娶妻（YX003 型） ………………… 101
　　　　四、奇能异士的七兄弟（YX004 型） …………………… 101
　　　　五、英雄历险求婚故事（YX005 型） …………………… 102
　　　　六、英雄被女性亲属背叛但终复仇（YX006 型） ……… 106
　　第二节　英雄故事的共性特征 ……………………………… 107
　　　　一、征战史诗与婚姻史诗的情节混合 …………………… 107
　　　　二、主题单一化 …………………………………………… 109
　　　　三、英雄史诗母题与民间故事母题的复合 ……………… 111
　　第三节　英雄故事母题与英雄史诗母题 …………………… 120
　　　　一、史诗母题程式化铺排式的诗性语言与故事程式化的
　　　　　　简洁表述 ……………………………………………… 120
　　　　二、英雄故事中动态母题多而静态母题少 ……………… 122
　　　　三、英雄故事角色母题简单，功能单一 ………………… 122
　　第四节　英雄故事与英雄史诗比较研究之争 ……………… 124
　　　　一、英雄故事与英雄史诗之别的争论 …………………… 124
　　　　二、英雄故事与英雄史诗母题差异的原因分析 ………… 126
　　　　三、英雄故事与英雄史诗的互通与转化 ………………… 129
　　第五节　英雄对手：蟒古思的角色与类型 ………………… 133
　　　　一、蟒古思角色概况 ……………………………………… 134

二、蟒古思的形象特征 …………………………………… 137
　　三、蟒古思在民间故事与史诗中的异同 ………………… 141
　　四、蟒古思角色的文化意义 ……………………………… 147

第四章　喇嘛故事研究 …………………………………………… 150
　第一节　喇嘛故事概况 ……………………………………… 150
　第二节　喇嘛故事的主题 …………………………………… 153
　　一、宣扬佛教信仰 ………………………………………… 153
　　二、讽刺主题 ……………………………………………… 157
　第三节　喇嘛形象的类型 …………………………………… 163
　　一、行善得报的喇嘛 ……………………………………… 165
　　二、作恶者终受惩 ………………………………………… 169
　　三、贪婪好食的喇嘛："幸不属虎"型故事解析 ………… 170
　第四节　喇嘛形象的文化心理分析 ………………………… 173

第五章　机智人物故事研究 ……………………………………… 179
　第一节　鄂尔多斯蒙古族机智人物故事及研究概况 ……… 180
　第二节　鄂尔多斯蒙古族巧女故事解析 …………………… 182
　　一、鄂尔多斯蒙古族巧女故事类型简介 ………………… 184
　　二、鄂尔多斯蒙古族巧女故事的母题解析 ……………… 192
　　三、鄂尔多斯蒙古族巧女故事的家庭关系解析 ………… 201
　第三节　机智的少年与老人 ………………………………… 212
　　一、"骑黑牛的少年"：机智的儿童 …………………… 212
　　二、智慧的老人 …………………………………………… 220
　第四节　巴拉根仓故事 ……………………………………… 231
　　一、"说谎大王"巴拉根仓 ……………………………… 231
　　二、巴拉根仓的愚弄与被愚弄 …………………………… 238

第六章　鄂尔多斯蒙古族的"汉族故事"研究 ………………… 241
　第一节　"汉族故事"界说及判别标准 …………………… 241
　　一、"汉族故事"界说 …………………………………… 241
　　二、"汉族故事"的判别标准 …………………………… 242
　　三、故事家朝格日布讲述"汉族故事"篇目概述 ……… 244
　　四、其他故事集中的"汉族故事"篇目简介 …………… 248
　第二节　《王外外的故事》与汉族文化之关系 …………… 251
　　一、《王外外》中的"三言"故事 ……………………… 251
　　二、《王外外》与"三言"原著之差异 ………………… 257

三、蒙古族"汉族故事"传播途径探究 …………………… 259
　第三节　"丁郎寻父"：失而复得的"汉族故事" …………… 263
　　一、蒙古族"丁郎寻父"故事发现始末 …………………… 263
　　二、"丁郎寻父"流传形态介绍 …………………………… 267
　　三、"丁郎寻父"故事在汉族的民间流传 ………………… 274
　　四、蒙汉"丁郎寻父"故事之比较与思考 ………………… 279

第七章　《阿尔扎波尔扎罕》《三十二个木头人》《魔尸》与
　　　　《鹦鹉故事》……………………………………………… 290
　第一节　《阿尔扎波尔扎罕》的基本情况 ……………………… 291
　　一、《鄂尔多斯民间文学》的译介与传播 ………………… 292
　　二、《阿尔扎波尔扎罕》的传播与传承 …………………… 292
　　三、塞瑞斯《〈鄂尔多斯蒙古民间文学〉评价》………… 295
　第二节　柏烈伟《蒙古民间故事》与汉译
　　　　《三十二个木头人》……………………………………… 297
　　一、柏烈伟其人其事 ………………………………………… 297
　　二、柏烈伟《蒙古民间故事》简况 ………………………… 299
　　三、汉译《三十二个木头人》《魔尸》和《鹦鹉故事》…… 302
　第三节　中国当代鄂尔多斯蒙古族民间故事与印度
　　　　民间故事 ………………………………………………… 309
　　一、《阿尔扎波尔扎罕》与印度民间故事《三十二个
　　　　木头人》………………………………………………… 309
　　二、《阿尔扎波尔扎罕》中的《鹦鹉故事》与《魔尸》
　　　　故事 ……………………………………………………… 320
　　三、朝格日布讲述的《阿尔扎波尔扎罕》与印度
　　　　民间故事 ………………………………………………… 322
　第四节　《阿尔扎波尔扎罕》与印度、中国西藏
　　　　民间故事 ………………………………………………… 330
　　一、《阿尔扎波尔扎罕》中的印度及中国内蒙古、
　　　　西藏同型故事 …………………………………………… 330
　　二、《阿尔扎波尔扎罕》中的其他印度及中国蒙古族
　　　　同型故事 ………………………………………………… 336
　　三、鄂尔多斯蒙古族中的其他蒙藏同型故事 …………… 336

结语 …………………………………………………………………… 342
附录：部分故事集中无对应 ATU 编码文本目录 ………………… 348

参考文献 ··· 354
    中文故事资料 ·· 354
    理论著作 ·· 356
    学术论文 ·· 359
    蒙古文资料 ·· 363
    其他外文著述 ·· 364

后记 ·· 366

序

即将敬献给广大读者的《鄂尔多斯蒙古族民间故事研究》一书是李丽丹博士以中央民族大学博士后出站报告为基础完成的学术成果，是一部综合研究鄂尔多斯蒙古族民间故事的学术成果。该成果是根基于鄂尔多斯高原蒙古族历史文化以及蒙古民族与邻近兄弟民族之间的文化交流历史，将鄂尔多斯蒙古族民间文化的丰富内涵展示给世人的一次尝试。

鄂尔多斯高原历史悠久，文化灿烂，位于驰名中外的河套之地，多个民族在这里繁衍生息，不同特色的民族文化在这里交流汇聚。1227年，成吉思汗率军征西夏，路过此地，被这里的美景倾倒，当即赋诗赞美。成吉思汗在这次征战中去世，奉载其灵柩的勒勒车再次路过此地时，车轮深陷泥沙之中，移动不得，加套各色牲畜，都无济于事。于是成吉思汗的近臣吉鲁格台·巴都尔诵诗，禀劝大汗圣体返回故土，灵车这才徐徐而动，重新踏上回归之路。时隔四个世纪，守护成吉思汗陵寝的蒙古族鄂尔多斯部从漠北移至鄂尔多斯高原游牧，成为这里的主人。

蒙古族鄂尔多斯部由很多部落集聚而成，其文化传统就像她的分支部落来源一样丰富多彩。鄂尔多斯部移至鄂尔多斯高原之后，在原有的文化传统基础上，与邻近的兄弟民族密切交往，吸收他们优秀文化的营养，进一步丰富自己的文化，同时在从漠北移至漠南地区的过程中，又接受来自青藏高原的佛教文化，从而创造出独具特色的鄂尔多斯蒙古族文化。鄂尔多斯部长期守护成吉思汗的陵寝，拥有丰富的祭祀文化和宫廷文化。其次，鄂尔多斯部在长期的生产生活实践中孕育了多彩灿烂的民间口头文化传统，其中包括神话、传说和民间故事，即广义的民间故事资料异常丰富。因此，近百年前，当国外的传教士和学者踏足这块土地时，就被这块土地上包括民间故事在内的民间文学资源吸引，如比利时人阿·莫斯太厄①在鄂尔多斯地区前伊克昭盟鄂托克前旗城川地区从

---

① 阿·莫斯太厄（Antonie Mostaert，1881—1971），中文名田清波，比利时人，著名蒙古学学者，1905—1925年奉教会之命往内蒙古鄂尔多斯传教，其间进行了大量的民俗文化和语言等方面的资料搜集，后又有二十余年时间先后在辅仁大学从事教学与蒙古学研究工作。遵从学界既有研究，多以其中文名田清波称之，本研究此后亦以"田清波"统一指称其人。

事传教活动时，便以极大的热情关注当地的蒙古族民间文学，包括民间故事。他曾用芬兰—乌戈尔协会使用过的记音符号记录并留下了《鄂尔多斯民间文学》等珍贵的民间文学和民俗资料，包括当地蒙古族民间流传的神话、传说、民间故事、谚语以及民歌等。该集子中收录了民间故事66则，在这些民间故事的记录整理过程中，他从故事的内容到形式都没有进行任何改动，连鄂尔多斯蒙古语的方言特点都保留了下来，使这些民间故事成为后世研究鄂尔多斯民间故事最珍贵的资料。

1949年后，尤其是80年代之后，中国鄂尔多斯民间故事的搜集整理工作进入新的发展阶段，蒙古族民间故事的各种集成均收录了搜集于鄂尔多斯的蒙古族民间故事，后《鄂尔多斯民间故事》①《鄂尔多斯民间故事》② 等数部鄂尔多斯蒙古族民间故事集又相继出版。从21世纪初开始，鄂尔多斯民间故事的搜集整理与出版发行进入崭新的发展阶段，《神奇的衣裳》③《珍珠传说》④《孤儿的传说》⑤《嘎尔迪的故事》⑥《牧童传奇》⑦《斑马驹》⑧ 等多部鄂尔多斯民间故事集相继问世。除鄂尔多斯民间故事集之外，还有人搜集整理和出版发行鄂尔多斯民间故事家的故事集成，如20世纪90年代鄂尔多斯地方文学刊物《阿拉坦甘迪尔》内部整理出版发行《老故事家朝格日布讲述的故事》。后由白音其木格、策·哈斯毕力格图整理出版《蒙古族故事家朝格日布故事集》⑨，该集子收录了鄂尔多斯故事家朝格日布分别于1987年、1989年讲述的故事79则及其变体。改革开放后，经过几次国家层面较为大型的民间文学搜集活动，鄂尔多斯市各旗县的民间文学也被搜集整理和出版发行，其中包括民间故事。

以往鄂尔多斯民间故事的搜集整理和出版发行以蒙文为主，也有少量的汉译本，如翻译出版《蒙古族故事家朝格日布故事集》⑩。与鄂尔多

---

① 巴雅尔整理：《鄂尔多斯民间故事》，呼和浩特：内蒙古人民出版社，1990年。
② 查干莲花等搜集、整理：《鄂尔多斯民间故事》，呼和浩特：内蒙古人民出版社，1991年。
③ 特木尔等编：《神奇的衣裳》，北京：民族出版社，2009年。
④ 特木尔等编：《珍珠传说》，北京：民族出版社，2009年。
⑤ 特木尔等编：《孤儿的传说》，北京：民族出版社，2009年。
⑥ 特木尔等编：《嘎尔迪的故事》，北京：民族出版社，2009年。
⑦ 特木尔等编：《牧童传奇》，北京：民族出版社，2009年。
⑧ 巴音其木格整理：《斑马驹》（蒙文），呼和浩特：内蒙古人民出版社，2010年。
⑨ 白音其木格、策·哈斯毕力格图搜集整理：《蒙古族故事家朝格日布故事集》（蒙文），呼和浩特：内蒙古人民出版社，2012年。
⑩ 白音其木格、策·哈斯毕力格图搜集整理，乌云格日勒译：《蒙古族故事家朝格日布故事集》，呼和浩特：内蒙古人民出版社，2012年。

斯民间故事的搜集整理和成册出版的丰富成果相比，鄂尔多斯民间故事的研究相对滞后，已有研究主要围绕故事家朝格日布讲述的故事进行，如钟进文的《刍议中国西北 AT315 魔法师斗智故事的相同相异性——以朝格日布〈国师鲁给夏日〉为例》①，林继富等的《朝格日布喇嘛故事研究》②，等等。2012 年林继富等学者在鄂尔多斯组织召开了故事家朝格日布故事研究研讨会，会后出版发行汉译《蒙古族故事家朝格日布故事集》，书中还载录了林继富、陈岗龙等学者关于故事家朝格日布故事的研究论文。当然，在鄂尔多斯蒙古族民间故事的整体研究逐步推进的同时，鄂尔多斯蒙古族民间故事的个案研究也在进行，如西北民族大学道·照日格图教授潜心研究鄂尔多斯民间狐狸故事，在发表学术论文的同时，也出版了一部《鄂尔多斯狐狸故事研究》③，主要对鄂尔多斯民间狐狸故事进行分类和形象研究，并将鄂尔多斯民间狐狸故事与《聊斋志异》中的狐狸故事进行比较。

李丽丹的鄂尔多斯故事研究工作始于她在 2012 年进入中央民族大学少数民族语言文学博士后流动站之时。她关注鄂尔多斯蒙古族民间故事，一方面学习蒙古语，一方面根据我的几位博士生、硕士生的汉译蒙古族故事和已经汉译出版的鄂尔多斯蒙古族民间故事集进行相关研究。她也曾参加鄂尔多斯召开的蒙古族故事家朝格日布故事的研讨会，宣读论文《论蒙古族故事家朝格日布的英雄故事——兼与蒙古英雄史诗比较》，该论文后来在《蒙古族故事家朝格日布故事集》上发表。她还制作了《〈蒙古族故事家朝格日布故事集〉类型索引表》，以附录的形式刊载于《蒙古族故事家朝格日布故事集》汉译版。

《鄂尔多斯蒙古族民间故事研究》的初稿是李丽丹于 2012 年至 2014 年间在中央民族大学蒙古语言文学系完成的博士后出站报告，这份出站报告完成时近 13 万字，她对自己所搜集的文本进行了与国际故事学研究通行的 AT 分类法接轨的故事类型索引编纂，但当时只是把这作为她研究工作的基础而列入报告之附录，报告的主体是对鄂尔多斯蒙古族民间故事中文本数量较多的四个故事群：喇嘛故事、英雄故事、蟒古思故事

---

① 钟进文《刍议中国西北 AT315 魔法师斗智故事的相同相异性——以朝格日布〈国师鲁给夏日〉为例》，白音其木格、策·哈斯毕力格图搜集整理，乌云格日勒译：《蒙古族故事家朝格日布故事集》，呼和浩特：内蒙古人民出版社，2012 年，第 334～344 页。
② 林继富等《朝格日布喇嘛故事研究》，白音其木格、策·哈斯毕力格图搜集整理，乌云格日勒译：《蒙古族故事家朝格日布故事集》，呼和浩特：内蒙古人民出版社，2012 年，第 378～390 页。
③ 照日格图：《鄂尔多斯狐狸故事研究》（蒙文），呼和浩特：内蒙古人民出版社，2008 年。

和动物故事进行的类型学和叙事学研究。这在当时，还是第一部用汉语完成的鄂尔多斯地区蒙古族民间故事研究专论。我鼓励她将这份研究尽早出版，但是她又花费近五年时间修改才拿出今天这部 40 余万字的《鄂尔多斯蒙古族民间故事研究》书稿，作为她的指导老师，我很为她的研究与坚持感到高兴！

与出站报告相比，今天摆在我面前的这部《鄂尔多斯蒙古族民间故事研究》发生了很大变化。第一个变化就是为著作增加了学术研究的工具性价值。李丽丹花了很大力气，针对在鄂尔多斯地区搜集到的 600 余则蒙汉文蒙古族民间故事文本，运用国际通行的 ATU 分类法，析出 335 则故事文本，编纂入 163 个 ATU 故事类型编号，并以 ATU 分类系统、美籍华裔学者丁乃通先生的《中国民间故事类型索引》和中国台湾金荣华先生与蔡丽云博士等完成的中国民间故事类型 AT 索引作为参考，根据鄂尔多斯地区蒙古族民间故事的同型异文情况，新增 23 个类型编码，完成《鄂尔多斯蒙古族民间故事类型索引》，该索引的编纂从故事类型学的角度展现了鄂尔多斯蒙古族民间故事与世界民间故事的相通性，新增类型编码代表性地呈现了中国多民族民间故事与世界民间故事类型的差异性，无编码故事文本突显了当地蒙古族民间故事的独特性，这既是对鄂尔多斯蒙古族民间故事进行学术梳理的成果，也为民间故事今后的比较研究提供了工具与资料。

第二个变化就是增加了蒙汉、蒙藏不同民族以及印度和中国内蒙古地区民间故事比较研究的内容。李丽丹在站期间曾经获得过国家博士后基金面上资助，主要对蒙古族民间故事与汉族古代小说之间的关系进行研究，并且发表了数篇学术论文，但在当时并未将这些成果纳入出站报告中。鄂尔多斯是一个多民族文化交融之地，有大量"汉族故事"在当地蒙古族民众中以口头和抄本文学的方式流传，"汉族故事"在鄂尔多斯地区的出现主要与中国明清以来民众迁徙、商业、改游牧为农耕的历史有关，传播的载体包括汉文小说的蒙译、满译文本，汉族民间说唱和民间戏曲、民间流通的手抄本与石印本等通俗唱本及口耳相传的民间故事等。李丽丹根据搜集故事的情况，提出"汉族故事"的判别标准，概括以故事家朝格日布讲述故事为代表的故事集及其他故事集中"汉族故事"的篇目及主要内容，选取朝格日布讲述的《王外外的故事》以及曾在当地广泛流传且留下珍贵抄本的《丁郎寻父》故事为微观个案，从情节、母题、人物形象、主题等方面对"汉族故事"与明清小说、汉族说唱、汉族抄本等多种艺术形式之间的渊源与源流关系进行探讨。汉族故事是蒙汉文化交流历史的活化石，对汉族故事的研究展现了汉族文化向蒙古族文化的转变与被接受的过程与程度。

为帮助李丽丹编纂目录和了解鄂尔多斯地区民间故事的流传情况，我在2012年至2014年间，组织当时在读的博士研究生吴双富、包银泉、扎拉嘎夫和硕士研究生包撒仁其木格等帮助她将田清波于20世纪初搜集的《阿尔扎波尔扎罕》① 这一鄂尔多斯民间文学集中的民间故事译成汉语，这些汉译成果最初主要呈现在报告的附录和索引的编纂中。由于出版篇幅、经费等原因，《阿尔扎波尔扎罕》的译稿至今无缘面世，我们只能通过李丽丹的研究，管窥这部较早、较科学的蒙古族民间故事集的面貌。所幸在书稿修订过程中，李丽丹以一个章节的篇幅，对《阿尔扎波尔扎罕》与俄国人柏烈伟译《蒙古民间故事》、陈弘法等译《三十二个木头人》、金莉华译《鹦鹉的七十个故事——古印度民间叙事》等蒙古族和印度民间故事进行比较，呈现出《三十二个木头人》《魔尸》与《鹦鹉故事》在从印度经藏传佛教传至中国鄂尔多斯蒙古族地区的过程中，连环穿插式结构较为稳定的传承。

第三个变化是增加了鄂尔多斯蒙古族机智人物故事的研究。李丽丹根据搜集到的75则鄂尔多斯蒙古族机智人物故事，按性别和年龄将之分为巧女故事、机智少年故事、机智老人故事及巴拉根仓故事，对每一类故事中的常见故事类型进行介绍，对故事类型中的母题进行文化比较与分析。从研究方法上，某一类人物故事群的研究既运用了民间故事的类型学研究方法，也与她在站期间进行的喇嘛故事、英雄故事和动物故事研究有一致性，但机智人物故事研究更重视故事的诗学研究，即将故事的叙事研究与文化研究结合起来，故而才在机智人物故事研究中指出，"AT981　被弃的老人智救王国""AT1060　捏石比力气"与"AT440A　铁匠与死神"这三个故事类型在鄂尔多斯的众多异文展现了蒙古族对汉族文化的接纳与吸收的同时，更强调老人对生命与财产权利的重视与维护等。

修订成书的《鄂尔多斯蒙古族民间故事研究》还有很多细节上的调整与变化，此处不一一赘述。李丽丹是我招收的唯一一个汉族博士后，在中央民族大学蒙古语言文学系乃至蒙古族文学研究领域中，她都属语言上的"弱势群体"，我一直鼓励她学好蒙语，她也在很多蒙古族学者、

---

① ［比利时］田清波搜集、整理，曹纳木译：《阿尔扎波尔扎罕》（蒙文），北京：民族出版社，1982年。

故事搜集者和翻译者的帮助下，努力发掘、梳理鄂尔多斯蒙古族民间故事的历史资料、最新搜集整理文本和译本，包括贺希格都荣手抄本《丁郎寻父》故事和海希西等蒙古学学者的研究成果。只是她出站后到天津师范大学从事教学与研究工作，蒙古文的语言氛围远不能与在京时相比，希望她能够坚持蒙古语的学习与使用。李丽丹在蒙古族民间故事研究领域以汉语为媒介，将这一区域性的民族民间故事进行多方位研究，阐释鄂尔多斯蒙古族民间故事在类型、叙事、文化交流三个层次的特点，并运用故事诗学的研究方法，进行类型辨析、叙事特征探索、民间故事文化意义挖掘、蒙汉民间文化交流的途径与意义之探讨等，在学术研究中为非物质文化遗产中的民族民间故事的构成、传播与比较研究添砖加瓦，在民族文化关系中为蒙汉民间文化交流悠久的历史和活跃的现状提供学术证明与未来可资借鉴的参考，这是我所欣慰的。近年来，她在修改《鄂尔多斯蒙古族民间故事研究》时，时常对蒙古族民间故事中的魔法故事，尤其是其中的童话故事表示出十分浓厚的兴趣，希望在民间故事的比较研究中，她能够对中国民间故事的理论研究方面进行更多的实践，值此新著付梓之际，祝愿她的这些心愿能够一一实现，在民间故事的研究领域走向纵深与广博。

那木吉拉
2019 年 5 月 15 日于北京

绪　　论

内蒙古自治区西南部的鄂尔多斯高原历史文化悠久，自春秋战国时期便是有名的"胡地"，位于驰名的河套之地，是多个民族文化交流和汇聚的地方。"鄂尔多斯"既是地名，也是古老的蒙古族部族名称，该部长期守护一代天骄成吉思汗的陵墓，传承着丰厚的民间文化、祭祀文化和宫廷文化，尤其是由多种分支部落文化汇集而成的鄂尔多斯蒙古族民间文化，是众多蒙古部族民间文化中的佼佼者。鄂尔多斯蒙古族的民间文化搜集整理活动已有近百年历史，其翻译出版活动对蒙古族民间文化的传播有重要意义，其故事研究是蒙古学研究的重要组成部分，也是中国多民族民间故事研究走向世界的先驱。本章主要对鄂尔多斯蒙古族民间故事百年来的搜集、整理、翻译、出版和研究进行回顾和总结，以在前贤工作的基础上，更好地推进鄂尔多斯蒙古族民间文化和中国多民族民间故事学的研究工作。

鄂尔多斯蒙古族民间故事搜集整理与研究

一、鄂尔多斯蒙古族民间故事的搜集整理

早在 1906 年至 1925 年间，圣母圣心会比利时传教士田清波在前伊克昭盟鄂托克前旗城川地区（今内蒙古鄂尔多斯市）从事传教活动时，以极大的热情关注当地的蒙古族民间文学，曾用芬兰—乌戈尔协会使用过的记音符号记录了包括民间故事在内的民间文学资料，并于 1937 年由辅仁大学以《鄂尔多斯口头资料》为名刊行①，这份资料分为故事和传说、谚语、民歌等几个部分。其中的故事和传说部分共收录了 66 则文

---

① ［比利时］田清波：《鄂尔多斯口头资料》，《华裔学志》1937 年第 1 卷。田清波从事的鄂尔多斯地区方言研究成果丰富，先后出版多部著作，发表多篇论文，其中《鄂尔多斯志》中也包含了部分鄂尔多斯民间故事，如《传说中的萨冈彻辰》《关于成吉思汗的两则传说》《鄂尔多斯民歌》等。《私立北平辅仁大学学报》1934 年第 9 卷，第 1~96 页。

本，包括动物故事，如《聪明的兔子》《骆驼和老鼠》《青蛙》《狐狸和刺猬》等，它们多以游牧文化中常见的动物为主角，反映其生物特性并带有一定的社会讽刺意义；英雄故事，如《阿尔扎波尔扎罕》①《好汉温岱》等；幻想故事，如《驴耳朵皇帝》《青蛙儿子》等；宗教训谕故事，如《阿难陀》《目连救母》等；笑话，如《傻女婿》《傻媳妇》等；历史人物和风物传说，如《莫日根朝克图》《岳乐德尔玛工匠》等，其中还包含了一系列喇嘛故事。《鄂尔多斯口头资料》中的大部分故事至今仍然在鄂尔多斯及其他地区的蒙古族群众中流传，如《驴耳朵皇帝》《猪头卦师》《三十二个木头人》等，可见田清波当时搜集到的这些故事具有生命力、普遍性和代表性，具有很高的故事学研究、蒙古历史文化研究和民俗学研究的价值。

中华人民共和国成立后，鄂尔多斯蒙古族民间故事的讲述、搜集和整理活动先后经历了以下五个阶段：1949—1957 年的自发阶段，这一阶段在民间还盛行吟唱史诗、讲述故事，同时还有大量手抄本民间故事流传，如 1980 年代还在牧民家中发现保存的这一时期《丁郎寻父》《娜仁格日乐》等长篇故事手抄本；1958—1965 年间政府文教系统有意识地参与引导阶段，这段时期组织翻译和选编了一批蒙古族民间故事，其中有不少故事文本即选自鄂尔多斯蒙古族民间故事；1966—1976 年的衰敝阶段，搜集、整理和翻译工作刚刚开始就又停止，但民间仍有讲唱活动；1978—1989 年，文化教育部门积极组织与民间传承复兴阶段；1990 年至今，故事讲述渐趋弱化，搜集、翻译、出版在民间和政府组织工作中的比重加大。其中，第四和第五阶段留下较多资料，包括举办民间文艺讲演大赛、发行内部期刊、出版古籍文献等，如《乌审蒙古族民间故事集》②《鄂尔多斯民间故事》③《老故事家朝格日布故事集》④《鄂尔多斯史诗》⑤《鄂

---

① 这一英雄故事收录在田清波《鄂尔多斯口头资料》中，是印度古老的连环穿插故事集《三十二个木头人》在中国的流传异文。曹纳木翻译此故事集时直接以故事中的人物阿尔扎波尔扎罕为该故事集的译名，但英雄阿尔扎波尔扎罕的故事一直在鄂尔多斯民间广泛流传，民间讲述异文甚多，汉译故事名称不统一，常见异名有《三十二个木头人》《宝座故事》《阿尔基博尔基汗》《阿日吉·宝日吉汗》《阿日吉·布日吉汗》《阿日吉布日吉汗》等，音近而汉译字异。本书后文凡涉及此类译文差异问题不再详注。

② 蒙文，内部刊印。

③ 蒙文，内蒙古民间文艺研究会编，内部刊印。

④ 蒙文，伊克昭盟蒙语委内部编印。

⑤ 浩斯巴雅尔、勒·哈斯巴雅尔、乌拉整理：《鄂尔多斯史诗》（蒙文），北京：民族出版社，2002 年。

尔多斯民间采风》①《鄂尔多斯蒙古族民间故事》②《珍珠传说》③《斑马驹》④ 等。需要指出的是，钱世英、彤格乐等人的民间故事搜集整理具有故事搜集活动均以家庭为中心，搜集整理者均为蒙古族女性，故事均以汉文转写，故事集的出版属个人行为这样四个特点，倾注了整理者对民族传统文化的深厚情感。部分故事带有个人加工修改的痕迹，但大多都较好地保存了原汁原味，且一些民俗生活资料（非故事性）也进入了她们的记录中，如彤格乐详细记载鄂尔多斯蒙古族的儿童游戏羊拐的玩法，鄂尔多斯蒙古族中广泛流传的民歌《十根手指头》背后的故事《黑缎子坎肩》、蒙古族人的祭灶习俗等等⑤。另有一些鄂尔多斯蒙古族民间故事的影音资料，如自1981年开始，鄂尔多斯多次举办民间文艺表演比赛，其中最近一次是2010年举办的民间故事讲演大赛，这些大赛均保留了故事讲述录音和文字记录资料，2010年的故事讲述大赛还保留了完整的影像资料。

鄂尔多斯蒙古族民间故事的翻译传播以田清波语音记录本《鄂尔多斯口头资料》为起点，1947年，田清波将《鄂尔多斯口头资料》译成法文，以《鄂尔多斯民间文学》为名发表⑥。1966年，日本人矶野富士子将此书译为《鄂尔多斯口碑集：蒙古的民间传说》，由平凡社出版⑦。从20世纪80年代开始，鄂尔多斯蒙古族民间故事的汉译本不断问世，包括郭永明搜集、整理、翻译的《鄂尔多斯民间故事》⑧ 和艾厚国搜集、整理、翻译的《鄂尔多斯民间故事》⑨。进入21世纪后，民族出版社乌

---

① 钱世英搜集、整理：《鄂尔多斯民间采风》，呼和浩特：内蒙古人民出版社，1999年。
② 彤格乐搜集、整理：《鄂尔多斯蒙古族民间故事》，呼和浩特：内蒙古人民出版社，2006年。
③ 特木尔等编：《珍珠传说》（蒙文），北京：民族出版社，2009年。
④ 巴音其木格整理：《斑马驹》（蒙文），呼和浩特：内蒙古人民出版社，2010年。
⑤ 我所搜集到的钱世英、彤格乐对鄂尔多斯蒙古族民间故事的采集、整理的出版物，受赐于蒙古族作家、民俗研究者哈达奇·刚先生（1949—　，又名石钢、那顺），哈达奇·刚先生是鄂尔多斯乌审旗人，曾任内蒙古文联副秘书长、副主席，参与过内蒙古多个地区的民间文学搜集整理与指导工作。这两本书均为哈达奇·刚先生收到的作者赠书。
⑥ ［比利时］田清波搜集、翻译：《鄂尔多斯民间文学》，《华裔学报》1947年第11卷，北平。
⑦ ［比利时］田清波搜集、整理，［日］矶野富士子译：《鄂尔多斯口碑集：蒙古的民间传说》（日文），日本平凡社，1966年。
⑧ 郭永明搜集、整理、翻译：《鄂尔多斯民间故事》，呼和浩特：内蒙古人民出版社，1981年。
⑨ 艾厚国搜集、整理、翻译：《鄂尔多斯民间故事》，呼和浩特：内蒙古人民出版社，1989年。

云格日勒女士先后翻译了《洁白的珍珠》①《蒙古族故事家朝格日布故事集》②《鄂托克民间故事》③ 等故事集。

值得一提的是，鄂尔多斯当地的蒙古族民间文化工作者曹纳木先生在 20 世纪 80 年代通过自学方式，将田清波以拉丁文记录的《鄂尔多斯口头资料》和法文译本《鄂尔多斯民间文学》相对照，转译成蒙文，以其中篇幅最长的一则故事《阿尔扎波尔扎罕》的篇名作为故事集的名称出版④，并于 1989 年再版。此后，不少懂蒙文的学者都曾使用此书中的故事文本作为研究资料，鉴于其珍贵的研究价值，郝苏民先生曾拟将其译成汉语，并进行了部分工作。中央民族大学那木吉拉教授也已经组织吴双福、包银泉等蒙汉兼通的青年学者将蒙文转写本《阿尔扎波尔扎罕》译成汉文，故事部分的翻译工作已经完成，只是因各种原因，这些汉文译本均只能为有缘的研究者所用，并成为本研究所使用《阿尔扎波尔扎罕》的汉译资料。

经初步统计，自 1905 年至今，已搜集到 1500 余则鄂尔多斯蒙古族民间故事文本，近三分之一被译为汉文，这些故事对于了解和传播鄂尔多斯蒙古部族的历史文化，尤其是研究区域内民间故事的流变历史和规律等具有重要的史料价值。此外，据当地文化部门的调查统计和笔者的走访，当下仍然有不少故事家还活跃在鄂尔多斯地区，一些传统故事和新故事均有待田野调查，以被记录和保存。

二、鄂尔多斯蒙古族民间故事的异域研究

鄂尔多斯蒙古族民间故事的研究始于 20 世纪 40 年代。在 1947 年，田清波将《鄂尔多斯口头资料》译为《鄂尔多斯民间文学》（法文）之

---

① 赛音吉日嘎拉、哈斯其伦搜集整理，乌云格日勒、孟克译：《洁白的珍珠》，呼和浩特：内蒙古人民出版社，2010 年。
② 白音其木格、策·哈斯毕力格图搜集整理，乌云格日勒译：《蒙古族故事家朝格日布故事集》，呼和浩特：内蒙古人民出版社，2012 年。
③ 扎·玛格苏尔扎布、仁钦道尔吉搜集整理，乌云格日勒译：《鄂托克民间故事》，北京：民族出版社，2015 年。
④ ［比利时］田清波搜集、整理，曹纳木译：《阿尔扎波尔扎罕》（蒙文），北京：民族出版社，1982 年。

后，同为圣母圣心会神父的比利时裔美国学者 H. 塞瑞斯①精通英、法、汉、蒙等多种语言，他以此译本为研究对象，根据田清波等人提供的一系列相关故事资料，用法文写出长篇论文《〈鄂尔多斯蒙古民间文学〉评介》②，介绍了《鄂尔多斯民间文学》中的 48 则故事，并对其中的 32 则进行了详细的分析，以比较研究的方法，对中国鄂尔多斯地区流传的民间故事与蒙古国流传的同类型故事及俄国学者记录翻译的蒙古族故事、世界其他民族和地区，如中国汉、藏民族及印度、卡尔梅克等地流传的同类型或有相近母题的故事进行比较。借助于田清波神父著《鄂尔多斯蒙语词典》及其他鄂尔多斯语言学研究资料，塞瑞斯从民俗学的角度将故事与当地流传的谚语和习语结合起来进行研究，部分母题和情节研究参考了德国人艾伯华著《中国民间故事类型》③、中国蒙古族和汉族历史文献资料及相关研究成果，确定了民间故事对于流传在当地的谚语、习语等所具有的解释功能、对历史的阐释功能、民间传说与蒙古史料的联系等。塞瑞斯认为，虽然鄂尔多斯的很多传说和故事的所有情节都源于汉藏民族的民间故事，但却是依照蒙古族人的价值观念重新阐释和改编，充分肯定了鄂尔多斯蒙古族民间故事悠久的口头传统。

塞瑞斯在"结语"部分指出："蒙古族的故事讲述人并不严格地遵守故事的形式。他们自由地按照自己的想法安排故事，有时候把不同的故事主题组合到一起形成篇幅很长的故事，有时候把广泛流传的故事主题改编、重组成一个新的故事。"④ 无论是从近百年前的《鄂尔多斯民间文学》文本记录，还是从现当代鄂尔多斯蒙古族民间故事的文本记录来

---

① H. 塞瑞斯（Henry Serruys，1911—1983），译名还有司礼义、司律思等，与田清波同为圣母圣心会（CICM）成员，是 20 世纪重要的蒙古学学者，尤其致力于明代蒙古史、明蒙关系史和近代蒙古史研究，其关于蒙古语言的比较研究成果丰富，因此也被视为语言学研究的汉学家。早期曾紧随田清波神父的研究步伐，以 Par Paul Serruys 为名发表《〈鄂尔多斯蒙古民间文学〉评介》，田清波去世后，塞瑞斯以 Henry Serruys 为名发表《鄂尔多斯所得蒙古文抄本目录》，前言中指出其内容主要来自田清波在 1905—1925 年间的搜集，后云慧群摘译为《田清波从鄂尔多斯获得的蒙文抄本目录》，发表在《蒙古学资料与情报》1988 年第 1 期。本研究此后以"塞瑞斯"统指其人。
② Par Paul Serruys. "Notes Marginales Sur Le Folklore Des Mongols Ordos", Han-Hiue, Vol 3, 1948, pp. 115 ~ 210. 原文为法文，本研究所引用的译文均由陈岗龙教授组织沈玉婵博士译出，为未刊稿，特此感谢。对《〈鄂尔多斯蒙古民间文学〉评介》的其他相关信息，可参见拙文《鄂尔多斯蒙古族民间故事研究概述》，《西北民族研究》2013 年第 1 期，第 122 ~ 123 页。本研究以后均以法文版本形式注释。
③ 此处《中国民间故事类型》为 1937 年德文版，后由王燕生、周祖生译成中文，由北京商务印书馆在 1999 年出版。
④ Par Paul Serruys. "Notes Marginales Sur Le Folklore Des Mongols Ordos", Han-Hiue, Vol 3, 1948, pp. 115 ~ 210.

看，这种特征都很明显。以故事家朝格日布（1902—1992）的故事搜集文本为例，不但有魔法故事与动物故事的复合，也有动物故事与生活故事的复合等。塞瑞斯高度评价了鄂尔多斯蒙古族故事讲述人的能力，认为他们对古老主题的改编，体现出其讲故事艺术的成熟与兴盛，此为确论。

但是在经过20世纪80年代至今的大规模民间故事搜集整理之后，将鄂尔多斯民间故事与更多民族和国家的民间故事联系起来看，塞瑞斯研究论文中的某些观点就有待商榷了。塞瑞斯认为《鄂尔多斯民间文学》中的幽默故事与笑话远没有其中的童话故事和生活故事重要，从而得出"蒙古人并没有像汉族人那样表现出的对幽默故事的极大偏爱，他们更喜欢史诗式故事和童话故事"① 这一结论，并分析其原因为"蒙古族人民与古老生活方式的联系，不同于汉族文化和文明的精细考究的原始状态，他们保留了原始而朴素的想象，更偏爱史诗和庄重题材，不喜欢汉族小说中常见的那种人为、过度的超自然力和笑点"②。从目前搜集到的鄂尔多斯蒙古族民间故事来看，当地并不缺乏幽默故事与笑话，蒙古族尤其善于使用语言的谐音、多意来构织精美的笑话，广泛流传的巴拉根仓故事、莫尔根传说、机智儿童故事等，都极具代表性地呈现了这个民族对于幽默与笑话的认可和喜爱。但在鄂尔多斯蒙古族民间故事尚未得到更深入广泛的研究之前，人们所能看到的，只能是塞瑞斯当年难得的研究与论断。

德国著名蒙古学家、蒙古史诗专家海希西③也曾关注田清波搜集整理的民间故事，并向西方学者介绍了鄂尔多斯地区蒙古族民间故事的情节类型情况，后又相继发表《杭锦旗（鄂尔多斯）母畜挑选庆祝活动唱词十二曲》④《〈成吉思汗的两匹骏马〉的鄂尔多斯手稿》⑤ 等关于鄂尔多斯民间文学的研究成果。

20世纪70年代，塞瑞斯整理出《鄂尔多斯所得蒙古文抄本目录》，

---

① Par Paul Serruys. "Notes Marginales Sur Le Folklore Des Mongols Ordos", Han-Hiue, Vol 3, 1948, pp. 115~210.
② 同上。
③ ［德］海希西（Walther Heissig, 1913—2005），德国著名蒙古学家、联邦德国战后蒙古学学科的创建者，对17—19世纪蒙古历史文献的整理研究、19—20世纪蒙古文学史的研究和蒙古英雄史诗的研究都卓有建树。
④ ［德］海希西：《杭锦旗（鄂尔多斯）母畜挑选庆祝活动唱词十二曲》，《中亚研究》1968年第2期。
⑤ ［德］海希西：《〈成吉思汗的两匹骏马〉的鄂尔多斯手稿》，《中亚研究》1979年第10期。

发表在《美国东方学会杂志》第 95 卷第 2 期①，该《目录》介绍了鄂尔多斯地区的一些故事抄本，如巴兰桑故事②、唐朝演义、乌龟的故事、兔子的故事、印度民间故事注释、李明先生之故事、施公案第 1 册、第 7 册及第 18 册、《三国演义》梗概等。塞瑞斯列出部分目录的简介，包括"聪明男孩的故事""古时都格兴·格坚汗的故事""如意彩饰"（包括乌龟、井府瞎乌龟、多羽鸟、小老鼠、妇人与狐狸的故事）、吉庆故事兴盛录、古时候一个年轻王子要让一只饥饿的雌虎吃了的故事、日光汗的故事、古代乌嫩汗的故事、大明皇帝修建北京城的传说、济颠弄秦桧等③。这份目录显示出鄂尔多斯地区流传的故事至少与汉族史传文学、公案小说和佛教文学等有着非常密切的关系，其中甚至还包含在汉族产生却已经失传或者资料甚为缺乏的文学作品，如果这些资料能够为国内学者所用，结合现当代保留和流传下来的鄂尔多斯口传文学资料，将会对蒙古族文化形成、交流及影响等方面的研究发挥十分重要的作用。

2000 年，海希西出版专著《个人和传统的诉说：鄂尔多斯故事家朝格日布（1912—1989）研究》，研究鄂尔多斯蒙古族故事家朝格日布所讲述的故事与鄂尔多斯传统文化的关系④，重点研究包括《米拉博格达》《阿尔扎波尔扎罕》《求子的老两口》《王外外的故事》等在内的 13 则故事。海希西是首个对鄂尔多斯地区的故事家及其讲述的故事进行研究的学者，《个人和传统的诉说：鄂尔多斯故事家朝格日布（1912—1989）研究》也是首部对蒙古族故事进行专门研究的专著，此前和此后的很长一段时期，国内只有少量论文从故事讲述人和他（她）讲述的故事与传统文化的关系方面进行探索，近 12 年后，才有国内各族学者将朝格日布作为一位有着丰富传统文化知识的故事传播者进行研究并发表相关成果。遗憾的是，这部德语专著至今仍未被译为英语、汉语或蒙语。

国外学者对鄂尔多斯地区蒙古族民间故事的关注较早，持续时间较

---

① 该文由云慧群于 1988 年摘译为汉语，名为《田清波从鄂尔多斯获得的蒙文抄本目录》，发表于《蒙古学资料与情报》1988 年第 1 期。

② "巴兰桑"即为"巴拉根仓"的其他发音，属蒙古族机智人物巴拉根仓故事系列。

③ 这份目录中所列出的故事大多至今仍在鄂尔多斯流传，日光汗的故事即为印度建日王的故事，鄂尔多斯蒙古族故事家朝格日布讲述的《灵尸故事》与其有着渊源；大明皇帝修建北京城的传说在朝格日布的讲述中称为《元太子的故事》，田清波搜集的《元太子与京太子》均为其异文；济颠弄秦桧故事大约是本子故事，表明了从汉族传过去的民间传说和通俗文学作品在当地蒙古族中的流传也十分重要。

④ Walther Heissig: *Individuelles und Traditionelles Erzählen—Der Mongolische Erzähler Coyrub* (*Coyirub*) *aus Ordus* (*1912—1989*), Harrassowitz Verlag, 2000.

长，其搜集、整理和研究的方法在当时的故事学研究领域均处前列，如较早地使用语言学、历史学的方法记录，运用情节类型学、母题学及文化人类学等当时较为前沿的一些故事研究方法等，在当时的故事资料所及范围内，对鄂尔多斯民间故事进行了较为深入的研究，时至今日，其中的一些研究结论和方法仍具有重要的参考价值。

三、鄂尔多斯蒙古族民间故事的国内研究

国内鄂尔多斯蒙古族故事研究起步较晚，研究者多为蒙古族学者，其中"黄粱梦""目连救母""骑黑牛的少年"等著名故事类型的鄂尔多斯蒙古族异文较早受到关注，动物故事中的狐狸故事也受到研究者重视。蒙古族学者陈岗龙教授自 20 世纪 90 年代中期开始发表一系列蒙古族民间故事的研究论文，对蒙古族的"黄粱梦"型故事、"目连救母"故事、说唱文学《娜仁格日勒》① 与汉文小说的关系等进行研究②，多次以鄂尔多斯蒙古族民间故事为资料，包括鄂尔多斯蒙古族故事家朝格日布讲述的"灵尸"故事、"黄粱梦"型的"人间四苦"故事等。陈岗龙博士的专著《蒙古民间文学比较研究》第三编"蒙古民间故事的比较研究"的第六篇"蒙古族民间口传目连救母故事的比较研究"部分，主要是研究鄂尔多斯地区流传的目连救母故事，所用资料为田清波搜集的文本和 1984 年伊克昭盟民族文学研究会与伊克昭盟民间文学研究会主办的《鄂尔多斯文化遗产》（第一辑）中的一则异文，他认为"鄂尔多斯地区口头流传的目连救母故事具有西藏和汉族传承的双重影响"③，并肯定了鄂尔多斯地区流传的故事在思想性上呈现出"民众思想对佛教教义的颠覆"④。陈岗龙在对流传于蒙古族地区的说唱文学《娜仁格日勒的故事》

---

① 《娜仁格日勒》在流传中又被称为《娜仁格日勒的故事》，取故事中女主人公名称为故事名，也有以故事男主人公名为故事名的异文，即《乌恩乌古勒格齐的故事》或《乌嫩乌估勒格齐的故事》等，故事名称因汉语音译不统一而出现差异，但均指民间传抄和口头讲述的娜仁格日勒寻找进京赶考未归的丈夫乌嫩乌估勒格齐而受难但最终团圆的故事。

② 陈岗龙：《流传于蒙古族的目连救母故事》，《民族艺术》1996 年第 3 期。陈岗龙：《〈尸语故事〉：东亚民间故事的一大原型》，《西北民族研究》1995 年第 1 期。陈岗龙：《神秘的黑马与叹世惊梦——对丁乃通先生〈人生如梦——亚欧"黄粱梦"型故事之比较〉的补充研究》，张玉安、陈岗龙主编《东方民间文学比较研究》，北京：北京大学出版社，2003 年，第 485~502 页。

③ 陈岗龙：《蒙古民间文学比较研究》，北京：北京大学出版社，2001 年，第 158 页。

④ 同上书，第 159 页。

进行研究时①，考察了鄂尔多斯地区流传的几则受《娜仁格日勒的故事》影响形成的故事，介绍了内蒙古自治区鄂尔多斯市档案馆收藏的四种《娜仁格日勒的故事》的手抄本，重点对朝格日布讲述的《乌恩乌古勒格齐的故事》情节进行了比较研究，再次证明鄂尔多斯地区的蒙古族民间故事在汉蒙文化交流过程中发挥的重要作用，正是其故事文本丰富了《娜仁格日勒的故事》口头文本特征的论证成果。郝苏民先生曾在《西蒙古民间故事〈骑黑牛的少年传〉与敦煌变文抄卷〈孔子项託相问书〉及其藏文写卷》一文中指出，"骑黑牛的少年传"的两个蒙古文版本，一则来自蒙古国乌兰巴托，一则就来自中国鄂尔多斯，即郭永明搜集的手抄本，译为汉语后其名为"聪明的孩子"，但是郝先生指出"可以看出所谓鄂尔多斯的发现本，可能即为达氏②经过整理后的蒙文原文的再抄本，况且原标题也是'骑黑牛的孩子'，而'聪明的孩子'的标题显然是译述者郭永明迻改的"③。这一920A 型故事实际上在鄂尔多斯民间口头流传的版本较多，如《洁白的珍珠》中的"莫日根特木讷""鲁公的故事"，朝格日布讲述"国师鲁给夏日"等，均属于此类故事的异文，只是这些异文目前尚未引起研究者的重视。诚如塞瑞斯所言，这些故事虽然在起源上与汉族文化有密切关系，但在流传过程已经有了十分鲜明的蒙古族文化特征，在叙事逻辑、叙事结构及叙事的文化意义方面均值得深入研究。

此外，荣苏赫、赵永铣主编的4卷本《蒙古文学史》④ 的民间故事史部分，斯琴孟和、萨仁托雅所著《蒙古民间故事类型学导论》⑤，西北民族大学、内蒙古大学等高校有10余篇蒙古族民间故事类型研究的硕博

---

① 陈岗龙：《〈娜仁格日勒的故事〉和〈琵琶记〉比较研究》，《文学遗产》2008年第5期。陈岗龙：《〈葵花记〉蒙古文译本〈娜仁格日勒的故事〉研究》，《陕西师范大学学报》2010年第3期。陈岗龙：《汉族戏曲故事在蒙古族民间的口头流传——以〈葵花记〉蒙古文译本〈娜仁格日勒的故事〉口头传播为例》，《西北民族大学学报》2010年第6期。
② 达氏即蒙古国著名学者策·达木丁苏荣（Tsendiin Damdinsüren，1908—1986）。
③ 郝苏民：《西蒙古民间故事〈骑黑牛的少年传〉与敦煌变文抄卷〈孔子项託相问书〉及其藏文写卷》，《西北民族研究》1994年第1期。
④ 荣苏赫、赵永铣主编：《蒙古文学史》（1—4卷），呼和浩特：内蒙古人民出版社，2000年。
⑤ 斯琴孟和、萨仁托雅：《蒙古民间故事类型学导论》（蒙文），北京：民族出版社，2012年。

士论文等均引用了鄂尔多斯蒙古族民间故事资料①。这些研究表明，鄂尔多斯蒙古族民间故事在中国蒙古族、汉族、藏族等民族与印度的文化交流过程中有十分重要的作用。西北民族大学照日格图教授于1995年曾专门撰文《浅谈鄂尔多斯民间故事中的狐狸形象》②，对鄂尔多斯蒙古族中流传的众多狐狸故事进行研究。此后十余年，照日格图教授不断搜集和研究鄂尔多斯狐狸故事，于2008年出版《鄂尔多斯狐狸故事研究》一书③，这是首部专门对鄂尔多斯地区蒙古族民间故事进行学术研究的专著。该书主要分为两大部分，上编为"论"，介绍了狐狸故事与狐狸形象的研究概况，对鄂尔多斯以狐狸为题材的民间故事进行分类，重点探讨狐狸形象的类型化问题，并从民间文学与作家文学比较研究的视角，将这些故事与《聊斋志异》狐狸故事中的狐狸形象进行对比。下编为"文"，提供了37则鄂尔多斯地区狐狸故事的文本，该书的4个附录还提供了鄂尔多斯地区各种仪式中与狐狸有关的祝词、有关狐狸的经书等重要信息，对于鄂尔多斯狐狸文化研究和故事研究有重要参考价值。

近年来，鄂尔多斯地方政府十分重视民间文化，曾组织梳理当地蒙古族故事传承人的历史和现状。其中，仅鄂托克旗已逝故事传承人朝格日布的故事录音就有1200多分钟。2012年8月，鄂尔多斯举行"纪念蒙古族故事家朝格日布诞辰100年暨故事学术座谈会"，当地的文化工作者、故事家家属、当年的录音采录者以及来自全国各地的故事学家对朝格日布故事的历史与现状从故事的搜集整理、翻译和研究等多个方面进行讨论。仅就其研究成果而言，钟进文教授《刍议中国西北AT325魔法师斗智故事的相同相异性》、陈岗龙教授《简论蒙古族故事家朝格日布讲述的故事类型》、江帆教授《蒙古族民间故事长河的"双子"灯

---

① 引用鄂尔多斯民间故事较多的论文有：
海英：《新疆蒙古族民间故事类型研究》（蒙文），西北民族大学博士论文，2008年。
邰银枝：《青海蒙古族民间故事类型研究》（蒙文），西北民族大学博士论文，2009年。
玉花：《阿拉善蒙古族民间故事类型研究》（蒙文），西北民族大学硕士论文，2009年。
仁增：《蒙藏民间故事类型比较研究——以青海蒙藏生活故事为例》（蒙文），西北民族大学博士论文，2011年。

② 照日格图：《浅谈鄂尔多斯民间故事中的狐狸形象》，《西北民族学院学报》1995年第1期。

③ 照日格图：《鄂尔多斯狐狸故事研究》（蒙文），呼和浩特：内蒙古人民出版社，2008年。本书内容的介绍主要在本人博士后合作导师中央民族大学那木吉拉教授和现就职于内蒙古大学的包萨仁其木格博士的耐心帮助下完成，在此向他们表示衷心的感谢。

塔——朝格日布与武德胜的故事特征比较》、林继富教授《朝格日布喇嘛故事研究》及笔者《论蒙古族故事家朝格日布讲述的英雄故事——兼与蒙古英雄史诗比较》等论文初步展现了鄂尔多斯蒙古族民间故事在文本和传承人方面的丰富性和个性，涉及蒙古族民间故事研究中诸多未解决的问题，也说明鄂尔多斯蒙古族民间故事研究有很多值得开拓的领域。

中国故事学研究已经有近百年的历史，从学术规范和研究前景来看，鄂尔多斯蒙古族民间故事的搜集整理和研究等方面亟待弥补和加强。

首先，已有民间故事资料有待甄别，文本资料搜集对象有待扩大。由于历史原因，鄂尔多斯蒙古族民间故事的搜集整理有诸多问题，如故事讲述人、讲述语境、讲述时间等信息缺失，在记录和翻译过程中不同程度地删减或增饰故事内容等。目前，鄂尔多斯蒙古族民间故事研究对象的范围较为狭小，主要是印刷文本研究，其中又以蒙古文文本为主，缺乏对活态的、田野调查资料的研究。为了更好地对鄂尔多斯蒙古族民间故事进行保存和研究，需要进一步广泛搜集活态的民间故事及其语境资料，包括杰出传承人讲述的故事、已经通过录音和笔录等方式记录下来但从未公开出版的故事、一些内部刊物中保留的故事等，还应关注作为民间文化传承人的听众、地方文化精英等的历史记忆等，应在传统意义的"小文本"之外，对鄂尔多斯蒙古族民间故事的"大文本"进行研究。

其次，故事文本和研究成果的汉译工作有待加强。目前，已经搜集的鄂尔多斯蒙古族民间故事多以蒙古文出版，近年来，翻译工作较之从前大有推进，但故事的汉译工作存在不少问题。最为迫切的是，在已有的近 500 则汉译鄂尔多斯蒙古族民间故事中，有近 50% 的文本尚待公开出版，在已有的翻译文本中，不同程度地存在译者的风格改写、移录、增饰和信息遗漏等问题，这些必然影响到鄂尔多斯蒙古族民间故事全面和深入的研究工作。

蒙古族民间故事研究的一个突出现状是，目前已有的相关研究成果主要以蒙古文为媒介公开发表，仅有少数学者在汉语期刊和专著中有所论述，而在普遍使用汉语作为学术研究媒介的中国民间故事学研究领域和以英语为世界学术交流通行语言的背景下，研究成果缺少汉译和英译的交流，必然对研究成果的传播不利，并导致研究的重复、影响有限等问题。作为蒙古族民间故事的重要组成部分，鄂尔多斯蒙古族民间故事的研究也存在这种状况。虽然英、德、美、日等国的蒙古学家对鄂尔多斯蒙古族民间文学较早就有所关注，也进行了较深入的研究，但截至目前，故事研究的汉译成果很少，近年来，陈岗龙教授正组织翻译海希西、塞瑞斯等学者的成果，相信随着翻译工作的推进，今后的鄂尔多斯故事研究会越来越深入。

再次，鄂尔多斯蒙古族民间故事研究有待深入，以及与故事学研究的前沿接轨。鄂尔多斯蒙古族民间故事文本多作为资料性佐证散见于相关研究成果中，目前仅有三部专著和十数篇论文专门研究鄂尔多斯蒙古族民间故事。这些研究成果中，有的与故事学的研究方法结合得较为紧密，如塞瑞斯在20世纪40年代的研究与当时的故事类型研究和母题研究等研究方法一致，在20世纪90年代和跨入21世纪之后，陈岗龙教授的民间故事比较研究也居于前沿，在民族文学交流、经典文学形象解读和审美分析方面，有新的进展。

在中国故事学近百年发展之后，一些传统研究方法并未失去活力，而是更加完善并有待继续深入与扩展。以故事类型学研究为例，类型索引是类型学研究的起点与基础性工作，目前，新疆、青海、辽宁等地的蒙古族民间故事类型索引均得到研究者的重视，并有编纂成果，内蒙古地区的呼伦贝尔、阿拉善等地区的蒙古族民间故事类型索引也已有编纂成果，但作为故事搜集历史最为悠久、游牧文化特征鲜明、故事藏量丰富的鄂尔多斯部蒙古族民间故事至今仍没有索引问世，其他如故事的传承人研究、叙事学研究、主题学研究等也均有待研究者在研究方法和阐释视角方面加以深入挖掘和拓展。总之，鄂尔多斯蒙古族民间故事既有珍贵的历史资料，又有丰富的当代文本，是故事学研究的一块沃土，更是民族文化传承、交流的典范；田清波在鄂尔多斯搜集的手抄本目录表明了历史上的鄂尔多斯蒙古族已经深受汉族文化、佛教文化的影响，在文化交流中很好地传承和涵化了不同来源的文化，形成了独特的蒙古族文学传统；而当代蒙古族故事家朝格日布讲述的《王外外的故事》《乌嫩乌估勒格齐的故事》《张素马》等故事，表明其口头文化与明清以来的"三言二拍"等拟话本小说有着十分密切的关系，甚至延续、保留了许多汉族口头文化中已失传的文学因子。凡此种种，都亟待精通蒙汉文学和文化传统的学者关注，笔者不揣浅陋，希望能抛砖引玉。

研究资料与研究方法

用为本研究文本资料的故事有两类，一是公开出版物。主要包括已经公开出版的汉译蒙古族民间故事①，汉译本的蒙古文原著本和部分蒙古文鄂尔多斯蒙古族民间故事集，其中部分故事集在研究过程中被翻译成汉语②；二是鄂尔多斯蒙古文民间文学期刊和内部资料。

公开出版的汉译鄂尔多斯蒙古族民间故事如下：

郭永明：《鄂尔多斯民间故事》，内蒙古人民出版社，1981年。

钱世英搜集整理：《鄂尔多斯民间采风》，内蒙古人民出版社，1999年。

彤格乐搜集：《鄂尔多斯蒙古族民间故事》，内蒙古人民出版社，2006年。

赛音吉日嘎拉、哈斯其伦搜集整理，乌云格日勒、孟克译：《洁白的珍珠》，"鄂尔多斯古籍文献丛书"（汉文），内蒙古人民出版社，2010年。

白音其木格、策·哈斯毕力格图搜集整理，乌云格日勒译：《蒙古族故事家朝格日布故事集》，"鄂尔多斯古籍文献丛书"（汉文），内蒙古人民出版社，2012年。

扎·玛格苏尔扎布、仁钦道尔吉搜集整理，乌云格日勒译：《鄂托克民间故事》，民族出版社，2015年。

刊物包括：

《阿拉滕甘德尔》《乌审文艺》《乌仁都西》。

内部资料包括：

内蒙古民研会1980年编《鄂尔多斯民间故事》。

伊克昭盟语委内部1984年编印《阿拉坦嘎鲁海》。

郭永明1984年记录整理《鄂尔多斯文化遗产》（一）和《鄂尔多斯文化遗产》（四），其四即《故事家朝格日布故事集》的雏形。

蒙文故事集包括：

［比利时］田清波搜集、整理，曹纳木译：《阿尔扎波尔扎罕》，民族出版社，1982年。

特木尔等编：《珍珠传说》，"鄂尔多斯文化丛书"，民族出版社，2009年。

---

① 那木吉拉教授、陈岗龙教授、哈达奇·刚先生、乌云格日勒编辑为笔者提供了诸多译本和参考意见。
② 这一部分工作得到那木吉拉教授、乌云格日勒编辑、包萨仁其木格博士、双福博士、姜淑萍博士、陶秀珍博士、扎拉嘎胡博士、胡凌云博士等人的帮助，特别感谢与铭记！

巴音其木格整理：《斑马驹》，内蒙古人民出版社，2010年①。

汉译未刊鄂尔多斯蒙古族民间故事集如下：

《阿尔扎波尔扎罕》《斑马驹》。

本研究主要通过 ATU 分类法对鄂尔多斯地区蒙古族流传的民间故事文本进行比较与分类，以民间故事传统的类型学研究理论与方法，对鄂尔多斯蒙古族民间故事的世界性故事类型、本民族独特的故事类型及较难区分的故事类型进行辨析；从母题学和文学传播的视角，对鄂尔多斯蒙古族民间故事中的融合性故事，在中国内蒙古地区、西藏地区以及印度等不同地域不同民族之间进行比较研究，探索鄂尔多斯蒙古族民间故事的叙事特征；从叙事学和主题学的视角，对鄂尔多斯蒙古族民间故事的文学主题、文学形象、文化意义等进行考察；运用民俗学的研究方法，对鄂尔多斯蒙古族民间故事与鄂尔多斯地方文化和民族文化之间的关系进行梳理。

鄂尔多斯蒙古族民间故事是中国民间故事的重要组成部分，是鄂尔多斯蒙古族讲述人与听众对自己的生活世界与精神世界的寄托与展演，在中国民间故事多种文化交流和传播的过程中具有重要的文化价值，其精巧的叙事结构、优美的诗性语言，又是民间故事不可多得的口头文学范本，作为沉浸在她的文化之厚重、文学之绚美的汉族学人，有责任将鄂尔多斯蒙古族民间故事的叙事魅力更加详细地展现在汉语学界，虽有力不可逮之处，但以至诚之心补之。

---

① 感谢包萨仁其木格、双福、姜淑萍、陶秀珍、扎拉嘎胡、凌云等蒙古族博士，为我解决了蒙文故事研究的翻译难题。

第一章 鄂尔多斯蒙古族民间故事概观

为呈现鄂尔多斯蒙古族民间故事的概况，本章将主要根据民间故事研究中通行的 ATU 分类系统，首先对所掌握的故事材料根据现有编码进行分类。AT 分类法始于 1910 年，由芬兰学者阿尔奈（Aarne）发明，1928 年美国学者汤普森（Thompson）根据更丰富的民间故事资料对阿尔奈的体系进行了补充和修订，出版了《民间故事类型索引》，这二人的分类体系被合称作"阿尔奈—汤普森体系"，简称"AT 分类法"。2004 年，德国学者乌特（Uther）又在 AT 分类法基础上补充了更多的材料，引入世界各国根据 AT 分类法编制的民间故事情节索引，完成《世界民间故事类型索引》，目前世界各国学者较多使用的即 2004 年版的"ATU 分类法"，这一历时百年不断完善的分类系统始终以故事情节的相似性作为分类依据，将近似的故事归为同一个类型编号，并写定情节简介，标出文本出处。该分类系统将民间故事分为五大组成部分：动物故事、普通民间故事、笑话、程式故事、未分类故事。本章即以 ATU 分类系统为参照，依据与中国故事相关的 AT 编码系统，对鄂尔多斯蒙古族民间故事作分类索引。

第一节 鄂尔多斯蒙古族民间故事类型索引

中国民间故事的分类系统大略可分为两类，一是自立编码名目和标号的分类方法。包括 1938 年德国学者艾伯华的《中国民间故事类型》[①]和中国学者祁连休的《中国古代民间故事类型研究》[②]；二是依据 AT 分类系统进行中国民间故事为主体的 AT 型号编入与增添，包括美籍华人学者丁乃通《中国民间故事类型索引》[③] 和中国台湾学者金荣华的《中

---

① [德] 艾伯华著，王燕生、周祖生译：《中国民间故事类型》，北京：商务印书馆，1999 年。
② 祁连休：《中国古代民间故事类型研究》（上中下），石家庄：河北教育出版社，2007 年。
③ [美] 丁乃通编著，郑建威等译：《中国民间故事类型索引》，武汉：华中师范大学出版社，2008 年。

国民间故事集成类型索引》①与《民间故事类型索引》②。笔者主要以金氏索引为据，参考丁氏索引与乌特的类型索引，其中还引用其他故事类型研究的学者在论文中零散补充的一些索引编号来分类归纳鄂尔多斯蒙古族民间故事的类型，包括袁学骏先生与蔡丽云女士的一些类型编号等。为与ATU分类系统一致，以下主要根据五大类别进行类型对照，此节是其他章节的分析基础，也为其他研究者提供鄂尔多斯蒙古族民间故事研究的索引工具。在具体的编纂中，分别按ATU编号及名称、鄂尔多斯蒙古族民间故事文本名称、文本出处这三个部分顺序组成，文本出处在上一章节中已经列出详细信息，此节不再赘述，其中《蒙古族故事家朝格日布故事集》简称为《朝格日布故事集》。

一、动植物及物品故事（1—299）

1　狐狸装死为偷鱼　钓鱼　《洁白的珍珠》
6　让咬住自己的动物说话　花喜鹊与狐狸（56A）　《鄂托克民间故事》
　　喜鹊与狐狸　《朝格日布故事集》
　　老鸢和蛤蟆　《朝格日布故事集》
　　鹌鹑智斗狐狸　《鄂尔多斯民间采风》
8C.1　烟油子为药封猴眼　老虎、猴子和蚊子　《洁白的珍珠》③
　　老虎、猴子和蚊子　《鄂托克民间故事》
9A.2　兔子计多害众兽　兔小鬼大　《洁白的珍珠》④
　　聪明的小白兔　《洁白的珍珠》
20C　反应过度　群兽自扰　兔子和狮子的故事　《朝格日布故事集》
21　吃自己的内脏　兔小鬼大　《洁白的珍珠》
　　聪明的小白兔　《洁白的珍珠》
31　狐踩狼背出陷阱　狐狸和山羊喝水　《鄂尔多斯民间故事》
33　动物装死　逃出陷阱　乌鸦、刺猬、貂　《朝格日布故事集》
　　乌鸦、貂和刺猬　《鄂尔多斯民间采风》

---

① 金荣华：《中国民间故事集成类型索引》，台北：中国口传文学学会，2000年。
② 金荣华著：《民间故事类型索引》，台北：中国口传文学学会，2008年。
③ 新增型号。原金编索引中，仅有"8C　胶水为药封狼眼"。两则故事中，《洁白的珍珠》中诺日于2001年在伊金霍洛讲述，哈斯巴根记录。《鄂托克民间故事》中为拉布杰讲述，仁钦道尔吉整理，发表于《乌仁都西》1982年第5期。
④ 新增型号。原金编索引中，仅有"9A.1　兔子撑山岩　群兽惊逃命"。

37	伪善的保姆　笑出珍珠的人	《洁白的珍珠》
	狐狸和天鹅	《鄂尔多斯民间采风》
47B	野驴和狼　马和狼的故事	《朝格日布故事集》
51D	狐狸分掉狼的食物① 狐狸和狼的故事	《鄂尔多斯蒙古族民间故事》
56A	狐狸以要推倒树恐吓喜鹊　喜鹊与狐狸	《朝格日布故事集》
	鹌鹑智斗狐狸	《鄂尔多斯民间采风》
	喜鹊、狐狸和金鹿	《鄂尔多斯民间故事》
59A	狐狸挑拨生是非　贫穷老夫妇拜活佛	《朝格日布故事集》
78	系身虎背被拖死　足智多谋的老两口	《洁白的珍珠》
	锅漏	《阿尔扎波尔扎罕》
	猎人和狮子	《鄂尔多斯民间故事》
91	肝在家里没有带　青蛙和猴子	《朝格日布故事集》
	笑出珍珠的人	《洁白的珍珠》
	乌龟和梅花鹿	《鄂尔多斯民间采风》
	笑出珍珠的人	《阿尔扎波尔扎罕》
92	狮子向自己在水里的影子扑去　兔子和狮子的故事	《朝格日布故事集》
	聪明兔子与长毛狮子	《鄂尔多斯民间采风》
	聪明的兔子	《阿尔扎波尔扎罕》
105A	猫的看家本领没有教② 老虎拜师学艺	《鄂尔多斯蒙古族民间故事》
110A	老鼠让猫睡过头　老鼠为何成为十二属相中的老大	《鄂尔多斯蒙古族民间故事》
	猫鼠结仇	《鄂尔多斯民间采风》
	十二生肖	《洁白的珍珠》
113B	猫装圣人　禅师喇嘛的猫	《朝格日布故事集》

---

① 新增型号。原蔡氏分类编号为"51＊＊＊　狐狸分配食物，结果将食物吃尽"。
② 这一故事可能是从汉族传至鄂尔多斯蒙古族中，在鄂尔多斯异文较少，但在汉族流传较多。

120	谁先看到日出谁赢	骆驼和老鼠 《朝格日布故事集》
		十二生肖 《洁白的珍珠》
		骆驼在灰堆上打滚的原因 《洁白的珍珠》
		骆驼和老鼠 《阿尔扎波尔扎罕》
		骆驼和十二属相 《鄂尔多斯民间故事》
122	利用机智逃过被吃	老鸢和蛤蟆 《朝格日布故事集》
		白额白鼻梁绵羊拜佛的故事 《朝格日布故事集》
		去五台山拜佛的羊 《洁白的珍珠》
		公山羊羔和二岁公牛 《洁白的珍珠》
		聪明的兔子 《鄂尔多斯民间采风》
122F.1	等我生了孩子一起吃	去五台山拜佛的羊 《洁白的珍珠》
		白额白鼻梁绵羊拜佛的故事 《朝格日布故事集》
122G	洗干净了再吃	骑栗色公牛的大灰狼 《洁白的珍珠》
		狼和冻肚儿 《洁白的珍珠》
		马和狼的故事 《朝格日布故事集》
122M	公羊直冲狼肚	三只山羊 《鄂尔多斯民间采风》
122N.1	误信下一次可以吃到更好的①	戴帽子的狼 《鄂尔多斯民间故事》
122Z.1	兔子带狼去喝喜酒	骑栗色公牛的大灰狼 《洁白的珍珠》
125B	驴子比赛胜狮虎②	老虎和驴 《朝格日布故事集》
125F	驴子屡发假警讯 结果自己丧了命	老虎和驴 《朝格日布故事集》
126	羊唬走了狼	公山羊羔和二岁公牛 《洁白的珍珠》
126*	兔假扮为取兽皮之官 宣旨以救羊③	白额白鼻梁绵羊拜佛的故事 《朝格日布故事集》
153	虎想壮如牛 结果反被阉④	光头老汉和狼 《鄂尔多斯民间

---

① 新增型号。在金荣华先生的索引中，列有"122N 做了村长再吃（狼村长）"。
② 此故事原只见于湖北《驴大王》。《中国民间故事集成》全国编辑委员会编：《中国民间故事集成·湖北卷》，中国 ISBN 中心出版，2007 年，第 437～440 页。
③ 假借宣旨以救羊，是此类故事的异文，因这一母题较为稳定，故在此处给予新增型号。
④ 新增型号。

　　　　　　　　　　故事》
157　　对人防着点　光头老汉和狼　《鄂尔多斯民间故事》
159A.2　老虎误含火枪管　牛开始给人使唤的原因　《洁白的珍珠》
160　　动物感恩人负义　珍珠　《鄂尔多斯民间故事》
176B　人唬走了老虎　足智多谋的老两口　《洁白的珍珠》
181　　人泄露了老虎的秘密①　狐狸和狼的故事　《朝格日布故事集》
200A.1　狗上猫的当②　狗和猫恩怨的故事　《鄂尔多斯蒙古族民间故事》
　　　　　　猫狗结仇　《鄂尔多斯民间采风》
214B＊　伪装冒兽王　被呼泄真相　颜料上打滚的狐狸　《朝格日布故事集》③
221E　谁最年长谁为大　和睦的四个动物　《洁白的珍珠》④
222A　蝙蝠取巧被排斥　蝙蝠　《阿尔扎波尔扎罕》
　　　　　　蝙蝠为什么昼伏夜出　《鄂尔多斯民间故事》
222A.1　善言的蝙蝠救群兽　蝙蝠的妙计　《洁白的珍珠》⑤
225A　飞鸟把乌龟带上了高空　两只天鹅和一只青蛙　《朝格日布故事集》
231　　鹭鸶运鱼　鲲鱼和乌鸦斗智　《鄂尔多斯民间故事》
239　　小鸟助鹿出陷阱　乌鸦、刺猬、貂　《朝格日布故事集》
　　　　　　乌鸦、貂和刺猬　《鄂尔多斯民间采风》
239A　禽鸟装死脱牢笼　阿尔基博尔基汗（4）　《洁白的珍珠》
　　　　　　聪明的鹦哥儿　《鄂尔多斯民间故事》
　　　　　　一只骄傲的大雁　《鄂尔多斯民间采风》

---

① 金荣华先生所举此类型仅有斯里兰卡的一则异文，在鄂尔多斯蒙古族老故事家朝格日布讲述的《狐狸和狼的故事》一则，为181型故事的异文，狼被狐狸狠袭后要面子，要求人保守秘密并给了报酬，但爱打听消息的老婆子使人最终泄露了秘密，狼要报复，于是狐狸教人故意弄出一些声音，说是猎人来抓狼及其子，吓走了狼，守住了所有的财产。其中狐狸设计狼的情节，取代了蜥蜴打败虎豹的情节，其他情节与181型一致，只是动物主人公被改换。
② 蔡丽云增补型号为"200A1　猫夺狗功成世仇"。
③ 新增型号。这一类型在蒙古族中比较常见，来源于印度民间故事《鹦鹉故事七十则》等。
④ 新增型号。陈岗龙在《蒙古民间文学》中对"和睦的四个动物"有过详细的论述，该故事类型在蒙古族流传广泛。
⑤ 新增型号。

243　鹦鹉装城隍　聪明的鹦哥儿　《鄂尔多斯民间故事》
248B　鸟为被狐狸吃掉的孩子们报仇（骗狐狸落入陷阱）①
　　　　笑出珍珠的人　《阿尔扎波尔扎罕》
275　狐狸和青蛙赛跑（比跳远跳高）　青蛙、刺猬和狐狸的故事
　　　　　　　　　　　　　　　　　　《朝格日布故事集》
　　　　　　　　　　　　　　　　狐狸、刺猬和青蛙　《鄂尔多斯民间采风》
275.1　比谁更容易醉酒　狐狸、刺猬和狼　《洁白的珍珠》②
284　兽借头角不肯还　骆驼在灰堆上打滚的原因　《洁白的珍珠》
　　　　　　　　　　骆驼和鹿　《洁白的珍珠》
　　　　　　　　　　骆驼和鹿　《朝格日布故事集》
286A　家畜护主被误杀　女人和她的猫　《鄂托克民间故事》
　　　　　　　　　　神树魂灵的故事　《朝格日布故事集》
　　　　　　　　　　女人和猫　《朝格日布故事集》
286A.1　禽鸟救人反被杀　神树魂灵的故事　《朝格日布故事集》
286B　义犬尽职被误杀　神树魂灵的故事　《朝格日布故事集》

二、一般民间故事（300—1199）

甲、幻想故事（300—749）

神奇的对手（300—399）

301A　妖洞救美　魏新宝的故事　《洁白的珍珠》
　　　　　　　沙扎嘎莫日更哈那　《鄂尔多斯蒙古族民间故事》
　　　　　　　觅踪大王——莫日庆　《鄂尔多斯蒙古族民间故事》
330A　计败阎王　倔强的宝日老头儿　《洁白的珍珠》
　　　　　　　帕楞生的故事（之四）　《鄂尔多斯蒙古族民间故事》
　　　　　　　巴拉根仓的故事（二）　《洁白的珍珠》
　　　　　　　施主　《阿尔扎波尔扎罕》
　　　　　　　斗不过的鲍老头③　《成吉思汗的两匹神马》

---

① 新增型号。
② 新增型号。
③ 这个故事中整合几个故事类型，包括"怕漏"型故事、计整神仙、兔子吓退狼而救狐狸中的常用情节等。

神奇的亲属（400—459）
331A　真假新郎　阿尔基博尔基汗　《洁白的珍珠》
400　　凡夫娶仙妻　古儒巴克喜　《朝格日布故事集》
400B　画中女　画中女　《鄂托克民间故事》
400C　田螺姑娘　狐儿　《鄂尔多斯蒙古族民间故事》
433D　蛇郎君　毛盖图　《鄂尔多斯民间采风》
440A　青蛙娶妻　青蛙小子　《阿尔扎波尔扎罕》
奇异的难题（460—499）
461A　西天问活佛　问三不问四　助人者　《鄂托克民间故事》①
　　　　　　　　　　　　　　　一个穷人的故事　《朝格日布故事集》
465　　神奇妻子美而慧　老实丈夫受刁难　沙扎海莫日根可汗　《朝格日布故事集》
　　　　　　　　　　　　　　　　　　　　龙文泰　《鄂尔多斯蒙古族民间故事》
　　　　　　　　　　　　　　　　　　　　三星的故事　《洁白的珍珠》（选自《阿尔扎波尔扎罕》）
　　　　　　　　　　　　　　　　　　　　孤儿俊女　《鄂尔多斯民间故事》
　　　　　　　　　　　　　　　　　　　　孤儿——乌宁其　《鄂尔多斯蒙古族民间故事》
465C　天宫娶天女　宝日勒岱汗传　《洁白的珍珠》
　　　　　　　　　和亲大使——天棉　《鄂尔多斯蒙古族民间故事》
465E　青年来求婚　女父出难题　灰斗篷小子　《洁白的珍珠》
　　　　　　　　　　　　　　　宝日勒岱老头儿的儿子宝日呼　《朝格日布故事集》

---

① 《助人者》与《一个穷人的故事》是朝格日布讲述的同一个故事的两个异文，《助人者》记录于1982年"全旗民族民间故事、歌曲、祝颂词大赛"的录音而翻译，《一个穷人的故事》则由阿尔宾巴雅尔、额尔登高娃搜集录录于1989年8月。两个故事大体内容相同，部分讲述细节有繁简之异。一些细节部分，也可见在公开的大赛中讲述时，朝格日布特别注重故事的"大意义"，新增其中热爱家乡等内涵，又一直坚持故事"助人在先，回报在后"和穷也要替人做好事等意义。

神奇的帮助者（500—559）

500A　姑娘的名字　卓拉姑娘和银鬃马　《鄂尔多斯民间采风》
　　　　　　　　　求子的老两口　《朝格日布故事集》①
513　奇能异士来相助　安岱莫尔根和额日勒代博格达　《朝格日布故事集》
　　　　　　　　　哲日格勒岱和莫日格勒岱　《朝格日布故事集》
　　　　　　　　　奥登巴拉尼姑的故事　《朝格日布故事集》
　　　　　　　　　雅都庆乎和他的朋友们　《鄂尔多斯蒙古族民间故事》
　　　　　　　　　七个佛　《阿尔扎波尔扎罕》
　　　　　　　　　北斗七星　《鄂尔多斯民间故事》
531　神奇的白马　宝日勒岱老头儿的儿子宝日呼　《朝格日布故事集》
542　狗耕田　黄狗的故事　《鄂尔多斯民间故事》
545B　穿靴子的猫　宝日勒岱汗传　《洁白的珍珠》
　　　　　　　　　巴达日沁宝日　《鄂托克民间故事》
554　动物感恩来帮忙　积德男孩　《朝格日布故事集》
　　　　　　　　　每天早晨说梦的父子　《朝格日布故事集》
　　　　　　　　　额日勒岱小子　《洁白的珍珠》（选自《阿尔扎波尔扎罕》）
　　　　　　　　　蚁缘逢生　《鄂尔多斯蒙古族民间故事》
　　　　　　　　　珍珠　《鄂尔多斯民间故事》
555D　龙宫得宝或娶妻　憨老二的奇遇　《鄂尔多斯民间采风》
　　　　　　　　　宝音寻父记　《鄂尔多斯民间采风》
　　　　　　　　　魏新宝的故事　《洁白的珍珠》

神奇的宝物（560—649）

560　宝石戒指　积德男孩　《朝格日布故事集》
　　　　　　　猫和狗恩怨的故事　《鄂尔多斯蒙古族民间故事》
566　三件宝物和仙果　嘎拉与七鬼争宝　《鄂尔多斯蒙古族民间故事》
567　神鸟之心　宝蛋　《鄂尔多斯民间故事》
　　　　　　　金蛋　《洁白的珍珠》
　　　　　　　宝鸡　《鄂托克民间故事》

---

① 新增型号。

569	背包、帽子和号角（连骗带抢得来的宝物）	阿尔扎波尔扎罕	《阿尔扎波尔扎罕》
576F	隐身帽	嘎拉与七鬼争宝	《鄂尔多斯蒙古族民间故事》
		神帽	《鄂托克民间故事》
		宝鸡	《鄂托克民间故事》
		吉日嘎拉泰和莫日格勒泰	《鄂托克民间故事》
598	不忠的兄弟和百呼百应的宝贝	阿霍尔和乌尔图	《鄂尔多斯民间故事》
		米格吉和力格吉	《鄂尔多斯民间故事》
		兄弟俩	《洁白的珍珠》
		兄弟仨	《鄂托克民间故事》
613	精怪大意泄密方	巴达日其班弟	《朝格日布故事集》
		长和短的故事	《鄂尔多斯民间采风》
		锅漏	《阿尔扎波尔扎罕》
		一个青年的奇遇	《鄂尔多斯民间故事》
		好心人与歹心人	《鄂托克民间故事》

奇异的能力和知识（650—699）

653	同胞兄弟皆奇才	奥登巴拉尼姑的故事	《朝格日布故事集》

其他神奇故事（700—749）

700	小不点儿	拇指男孩	《洁白的珍珠》
706	无手少女	求子的老两口	《朝格日布故事集》
		没有手的姑娘	《洁白的珍珠》
707	狸猫换太子	汗王的礼物	《鄂尔多斯民间采风》
715B	卖香屁	贪婪的嫂子	《洁白的珍珠》
725A	黄粱梦（瞬息京华）	人间四苦	《朝格日布故事集》
734	国王驴耳	驴耳朵国王	《洁白的珍珠》
		驴耳朵皇帝	《阿尔扎波尔扎罕》
738	蛇斗	沙扎海莫日根可汗	《朝格日布故事集》
742	百鸟衣	沙扎海莫日根可汗	《朝格日布故事集》
		法办皇帝	《洁白的珍珠》
		哈日呼之命	《鄂尔多斯蒙古族民间故事》
		一人高的韭菜	《鄂尔多斯民间故事》

745A 财各有主命中定　二百两银子　《鄂尔多斯蒙古族民间故事》

747 善心人和感恩鸟　巴达日其老汉　《鄂尔多斯蒙古族民间故事》
　　　　　　　　　　额日勒岱小子　《洁白的珍珠》

749B 相恋不得见　人死心不死　宝盅子　《鄂尔多斯蒙古族民间故事》

乙、宗教神仙故事（750—779）

750 施者有福　贫穷老夫妇拜活佛　《朝格日布故事集》
　　　　　　畲三与谢四　《鄂尔多斯民间采风》
　　　　　　乌力吉老人和红母牛　《鄂尔多斯民间采风》
　　　　　　青蛙小子　《阿尔扎波尔扎罕》

751 贪婪的农妇　贪婪的女人　《朝格日布故事集》
　　　　　　　笑出珍珠的人　《洁白的珍珠》（摘自田清波《阿尔扎波尔扎罕》）
　　　　　　　一个牧羊女的故事　《鄂尔多斯民间采风》
　　　　　　　笑出珍珠的人　《阿尔扎波尔扎罕》

761 恶地主变马消罪孽　一百枚铜钱　《朝格日布故事集》

丙、生活故事（850—999）

851B 选努力及时完成工作者为婿　招女婿的老头儿　《朝格日布故事集》
　　　　　　　　　　　　　　　巴颜选婿　《鄂尔多斯民间采风》

875 巧女妙解两难之题　聪明的媳妇　《鄂尔多斯民间故事》

875B.1 姑娘巧解公牛奶（以不合理喻不合理）
　　　　聪明的媳妇（四）　《洁白的珍珠》
　　　　聪明的媳妇　《鄂尔多斯民间故事》

875B.5 巧姑娘以难制难　那木其莫日根　《洁白的珍珠》
　　　　　　　　　　　聪明的媳妇（四）　《洁白的珍珠》

875B.6 巧女妙智解难题　莫日根特木讷　《洁白的珍珠》
　　　　　　　　　　　聪明的媳妇（一）　《洁白的珍珠》
　　　　　　　　　　　聪明的媳妇（三）　《洁白的珍珠》
　　　　　　　　　　　聪明的媳妇（四）　《洁白的珍珠》
　　　　　　　　　　　汗王选媳　《鄂尔多斯民间采风》
　　　　　　　　　　　锡尔古勒津汗　《阿尔扎波尔扎罕》

875D 巧媳妇妙解隐喻　蚁皇　《洁白的珍珠》

		锡尔古勒津汗 《阿尔扎波尔扎罕》
		那木其莫日根 《洁白的珍珠》
875D.1	巧姑娘妙解隐谜	冰雪聪明 《洁白的珍珠》
		聪明的媳妇（三） 《洁白的珍珠》
875D.2	巧媳妇妙悟或妙寄家书	聪明的媳妇（一） 《洁白的珍珠》
		蚁皇 《洁白的珍珠》
		聪明的媳妇（四） 《洁白的珍珠》
875F	巧媳妇避讳	聪明的媳妇（一） 《洁白的珍珠》
875F.1	巧媳妇巧言解棋局	聪明的媳妇（二） 《洁白的珍珠》①
876	巧媳妇妙对无理问	冰雪聪明 《洁白的珍珠》
		那木其莫日根 《洁白的珍珠》
		"先生"与"蠢妇" 《鄂尔多斯民间采风》
910	所得预警皆应验	算命先生的故事 《朝格日布故事集》
		好心人与歹心人（+671）（613） 《鄂托克民间故事》
		搬石头砸自己脚 《鄂托克民间故事》
		灰斗篷小子 《洁白的珍珠》
		牧童 《洁白的珍珠》
		巴达日其班弟 《朝格日布故事集》
		白音学技 《鄂尔多斯蒙古族民间故事》
		那坎萨那喇嘛 《阿尔扎波尔扎罕》
		一个青年的奇遇 《鄂尔多斯民间故事》
		孤儿学艺 《鄂尔多斯民间故事》
910B	预言本应验 善行救己命②	占卜喇嘛 《鄂托克民间故事》
920	小百姓妙解两难之题	聪明的媳妇 《鄂尔多斯民间故事》
920A.1	小男童以难制难	国师鲁给夏日 《朝格日布故事集》
		诺颜、下官和奴隶 《洁白的珍珠》
		聪明的孩子 《鄂尔多斯民间故事》
920A.3	男童妙对无理问	阿比地的故事（一） 《鄂托克民间故事》
		吉日嘎拉泰和莫日格勒泰 1144A 《鄂托克民间故事》

---

① 新增型号。
② 新增型号。

		聪明的孩子	《鄂尔多斯民间故事》
920A.4	男童巧智解难题	莫日根特木讷	《洁白的珍珠》
920A.5	男童智斗刁师父①	格根和他的徒弟	《鄂托克民间故事》
922A.1	小女婿妙言胜连襟	三个女婿拜寿	《鄂尔多斯民间采风》
		傻女婿	《阿尔扎波尔扎罕》
926A	聪明的法官和罐子里的妖怪②	土丘上的七个孩子（二）	《朝格日布故事集》
926A.1	到底谁是物主③	三十二个木头人的故事	《鄂托克民间故事》
		阿尔基博尔基汗（1）	《洁白的珍珠》
		阿尔扎波尔扎罕	《阿尔扎波尔扎罕》
		土丘上的七个孩子（一）	《朝格日布故事集》
926D.4	谁偷了藏在屋外的钱	石莫日根诺彦的故事	《朝格日布故事集》
969	得宝互谋俱丧命	老鼠的训语	《鄂托克民间故事》
		愚蠢的大象	《朝格日布故事集》
980C.3	亲子弃母遭报应 养子孝母得发达④	赛呼和柴夫	《鄂尔多斯民间采风》
980F	儿子比财产可贵	巴音洪和雅都洪	《鄂尔多斯民间采风》
981	被弃的老人智救王国	孝子	《洁白的珍珠》（选自《阿尔扎波尔扎罕》）
		老人是活宝	《鄂尔多斯蒙古族民间故事》
		老人延寿的故事	《鄂尔多斯民间采风》
		孝子	《阿尔扎波尔扎罕》
		用尾巴尖儿和胫骨供神习俗的来历	《鄂托克民间故事》

---

① 新增型号。
② 丁乃通先生所编索引中，可进入罐子的是妖怪变成的媳妇，而在蒙古族故事中，是妖怪变成了丈夫，考验的方法是奔跑后跑进瓶子里。丁氏指出塞莱斯·鲍尔的《蒙古民间传说旁注》中第194～195页即有此类型之异文。见于［美］丁乃通编，郑建威等译：《中国民间故事类型索引》，武汉：华中师范大学出版社，2008年，第204页。
③ 新增型号。
④ 新增型号。

982	没有石子	饿死老子	额吉之愿	《鄂尔多斯蒙古族民间故事》
			九子不如石子好	《鄂尔多斯民间采风》
985B	女子从军	代父出征	赛娜替父从军	《鄂尔多斯蒙古族民间故事》
996	劣子临刑咬娘乳		宝贝儿子	《朝格日布故事集》
996A	逆子弑亲误砍瓜		铁心儿子	《鄂尔多斯蒙古族民间故事》

丁、恶地主与笨魔的故事（1000—1199）

1000A.1	地主有规定	长工照着行	格根和他的徒弟	《鄂托克民间故事》
			明干云登的故事	《洁白的珍珠》
1060	捏石比力气		足智多谋的老两口	《洁白的珍珠》
			蟒古思（魔鬼）	《阿尔扎波尔扎罕》
			足智多谋的老两口	《阿尔扎波尔扎罕》
1060A	握手比力气		光头老汉和狼	《鄂尔多斯民间故事》
1060B	计败妖魔①		老头和妖怪	《鄂托克民间故事》
1144A	群魔争宝物		妖精喇嘛和妖艳太太	《鄂尔多斯民间采风》
			三个宝物	《朝格日布故事集》

三、笑话、趣事（1200—1999）

1306B.2	贪吃的老头终丧命②		老汉儿老婆儿	《鄂尔多斯民间故事》
1382B	傻媳妇滥用客气话		傻姑娘	《朝格日布故事集》
1382A.1	有样学样的傻媳妇③		黑猪回锅肉	《鄂尔多斯民间采风》
1430	夫妻共做白日梦		种酸枣树	《鄂托克民间故事》
			一颗鸡蛋的风波	《鄂尔多斯民间采风》
1457C	媒婆巧言施诡计		机智媒人	《洁白的珍珠》
1462	假装神意求婚姻		发家的三个巴达拉沁	《洁白的珍珠》
1525	机伶的窃贼		盗贼朝鲁门	《洁白的珍珠》
1525D	分散注意好行窃		诺彦和小偷	《鄂托克民间故事》

---

① 新增型号。
② 新增型号。
③ 新增型号。

1525J.2　诱人下井窃其衣　巴拉根仓的故事（二）① 《洁白的珍珠》
1526E　装神弄鬼骗钱财　发家的三个巴达拉沁 《洁白的珍珠》
　　　　　　　　　　　　唐古特喇嘛　《洁白的珍珠》
1526F　学奉承话骗吃喝②五瘤胃奶油　《洁白的珍珠》
1535　死里逃生连环骗　七个毫吉格尔和一个麻吉格尔 《朝格日布故事集》
　　　　　　　　　　　阿日噶图老头儿（二）　《洁白的珍珠》
　　　　　　　　　　　七个好吉格日和一个莫吉格日 《洁白的珍珠》
　　　　　　　　　　　帕楞生的故事（之二）　《鄂尔多斯蒙古族民间故事》
1539　骗人的传家宝　智斗皇帝　《鄂托克民间故事》
1559F　打赌要官学狗叫　智胜草原恶霸　《鄂尔多斯蒙古族民间故事》
1619A　花言巧语说当年　发家的三个巴达拉沁　《洁白的珍珠》
1635A　恶作剧者两头骗人　受骗者虚惊一场　巴拉根仓的故事（三）《洁白的珍珠》
1640　假猎人有真运气（勇敢的裁缝）　会射屁股的丈夫　《阿尔扎波尔扎罕》
1641　假占卜歪打正着（万能博士）　猪头占卜师　《朝格日布故事集》
　　　　　　　　　　　　　　　　猪头卜师　《阿尔扎波尔扎罕》
　　　　　　　　　　　　　　　　猪头占卜师　《洁白的珍珠》
1641C.1　一字不识成学士　傻子不吱声威风　《朝格日布故事集》
1645A　购买别人梦见宝藏的梦　龙文泰　《鄂尔多斯蒙古族民间故事》
1660A　比手划脚会错意　辩经　《洁白的珍珠》
1687　傻瓜忘词　傻子不吱声威风　《朝格日布故事集》
1696　傻瓜行事总出错　属羊粪蛋烙面饼的小伙子　《鄂尔多斯民间采风》
　　　　　　　　　　　六条腿走路快　《鄂托克民间故事》

---

① 《洁白的珍珠》中收录一系列巴拉根仓故事，共分（一）、（二）、（三）个部分，每一部分又包含一至多则故事，此故事类型为（二）中的第三个故事。

② 新增型号。

1696C	傻女婿学话	句句派用场　傻子不吱声威风	《朝格日布故事集》
		"傻"女婿	《鄂托克民间故事》
		两个员外	《鄂托克民间故事》
		聪明的媳妇（三）	《洁白的珍珠》
1696I	傻子学判案	判出荒唐案① 诺彦的傻儿子	《鄂托克民间故事》
1741.C	祭司的客人和被吃掉的鸡	吃全羊	《洁白的珍珠》
1862G.1	妙郎中巧治绝症②	活方子和死方子	《鄂托克民间故事》
1864	木匠和画家	那布吉贡嘎和拉珠贡嘎	《鄂托克民间故事》
		喇嘛和木匠	《洁白的珍珠》
1920A	大家来吹牛	两个大话王	《鄂托克民间故事》
		牛皮吉格丁和牛皮巴拉登	《鄂尔多斯民间采风》
1920J	漫天撒谎，比谁最老	青蛙、刺猬和狐狸的故事	《朝格日布故事集》
		狐狸和狼	《洁白的珍珠》
		狐狸和狼的故事	《鄂尔多斯蒙古族民间故事》
1950	比谁最懒	三个懒汉	《鄂尔多斯民间采风》
2031	强中更有强中手（一物克一物）	到底谁大	《洁白的珍珠》
		骆驼和十二属相	《鄂尔多斯民间故事》
		刺猬、蛇和蚂蚁	《鄂尔多斯民间故事》
		老鼠、大象和凤凰	《鄂尔多斯民间故事》

可纳入现有 ATU 分类编码系统的鄂尔多斯蒙古族民间故事大约 335 则，共涉及故事类型近 163 个，笔者根据鄂尔多斯蒙古族民间故事的文本内容，以原 ATU 分类法的分类原则为依据，新增类型编码 24 个。其中动物故事涉及 59 个类型，幻想故事涉及 41 个类型，宗教故事共涉及 4 个故事类型，生活故事共计 30 个故事类型，恶地主与笨魔的故事共涉及

---

① 新增型号。
② 新增型号。

4个类型，笑话与趣事共涉及31个故事类型。就鄂尔多斯蒙古族民间故事与世界民间故事的ATU类型对比而言，基本呈现出以下特征：动物故事的数量与类型众多，幻想故事次之，笑话与生活故事再次之，宗教神仙故事数量较少。

第二节　无对应编码故事概观

在本研究所搜集到的故事依据ATU分类而纳入原分类编码系统，并根据故事异文的重复情况，参考蒙古族与阿尔泰语系其他一些民族相近的故事异文的重复情况而新增24个故事类型编号外，还有170余则鄂尔多斯蒙古族民间故事文本未能在ATU分类系统中找到相匹配的对应编码，其故事内容与原ATU分类系统既定编号无明显关系，大多具有鲜明的蒙古族民间故事特色，有一部分与中国其他民族民间故事具有一定的类同性，但暂时未能给予相应故事编号。鄂尔多斯蒙古族民间故事中大量的无对应编码故事正是ATU分类系统仍有待充实的证明，而ATU分类系统中对应编码的缺失又反证了鄂尔多斯地区流传的这些民间故事在国际文化坐标中的民族文化独特性。以下主要根据这些无对应编号故事文本的内容特征进行简要的分类与介绍。

一、动物故事

钱世英在《鄂尔多斯民间采风》中搜集的动植物故事里有一部分为具有蒙古族特色、展现蒙古族人民生活的草原地区所特有的动植物、蒙古族人民生活习性借用动物为喻而形成的故事。如《麻雀盖庙》《库尔纳挖洞》《狐狸和狼"交朋友"》《三只猎狗》《小马和鸿雁》《骆驼和狗》《马、车和销钉》《山头种地》《喜鹊捉老虎》《骆驼和山羊》《鸭子和天鹅》《蚊子和小燕》《蛇和刺猬》《刺猬和狐狸》，这些故事可能在鄂尔多斯蒙古族民众中已经流传较为久远，而一些新编的动物故事，如《小猫花花》《小猴子种果树》《荞麦与冬小麦》则为较具有现代意识的新编故事。彤格乐搜集的《花喜鹊与红狐狸的故事》《山羊与苍狼的故事》，《洁白的珍珠》中的《牛腰子的故事》《鹿》《朝特白骒马》《鹤、蝈蝈儿和蝙蝠》《土蜂变口吃的原因》等均属于未纳入分类系统的动物故事。在郭永明收集的故事中，《蜜蜂、凤凰和燕子》等动物故事在藏族和印度民间故事中都有相似的文本，假以时日，在进行更广泛的异文搜集后也可对之进行编码和研究。

世界各地流传的动物故事大多都十分简短，而这些未编号的蒙古族动物故事中，有些与神话有着千丝万缕的联系，如《牛腰子的故事》《土蜂变口吃的原因》等；有些故事不但篇幅较长，而且在结构上呈现出连环程式故事的特点，如夸张（大话）故事《鹤、蝈蝈儿和蝙蝠》讲述鹤、蝈蝈儿和蝙蝠的三个大话故事。

《鄂托克民间故事》中的《蚊子》一文解释用烟熏蚊子除害的方法的来历。ATU 281A 型故事是讲述蚊子击败大动物的，但无此类带神话传说性质的故事类型的编码，而吉林省则有此类故事的异文流传。

《朝特白骒马》在鄂尔多斯地区较为流行，除了《洁白的珍珠》中收录，朝格日布讲述的《孤独的斑马驹》① 也为其同型异文，它与英雄故事及当地的牧民文化有着密切关系，讲述花马驹为被杀的斑骒马报仇的故事，是英雄故事的动物化，在故事中又同时传达了蒙古族畜养动物的生活经验，如"不要在山阴过夜，那里风大，有狼群出入。要在阳面睡觉，那里风小日暖。不要从人家门前过，他们的孩子和狗会缠着你。要从人家后面过，这样他们就不会看见你。不要在人家的营地过夜，那里有空针扎着你。跟伙伴一起时，要走在马群边缘。到河里喝水时，要先进到河里去喝。要是走在马群的末尾，牧马人的鞭子会落到你头上。要是走在马群中间，会被马冲撞踢咬"②。朝特白骒马母子的对话及小马的成长实践，是游牧生活经验的总结与集中呈现。这一故事在蒙古族广为流传，蒙古国学者好尔劳在《论蒙古民间故事》中曾对《两匹好马》进行过论述，此即《朝特白骒马》的同型异文，好尔劳指出"通过这两个形象③，说明了在生活斗争中学习生活经验的重要性"，这一类以马为主人公的故事同牧民"以马为骑完成各项任务这个悠久的生活习惯紧紧联系在一起，所以他们才通过故事表现自己的以马为友的思想感情。马从不忘记自己多年生息的故乡，不管它走到多么远的地方，它是能够安全回到故乡的'识途'动物。在故事里写的这个特征是同爱国主义思想有机地结合在一起的"④。这些与蒙古族生活习俗紧密相关的动物故事在结构上也具有一定的独特性，如动物故事与魔法故事的结合、动物故事角色转

---

① 白音其木格、策·哈斯毕力格图搜集整理，乌云格日勒译：《蒙古族故事家朝格日布故事集》，呼和浩特：内蒙古人民出版社，2012 年，第 3~6 页。
② 赛音吉日嘎拉、哈斯其伦搜集整理，乌云格日勒、孟克译：《洁白的珍珠》，呼和浩特：内蒙古人民出版社，2010 年，第 356 页。
③ 两个形象指老马和小马，笔者注。
④ [蒙古] n. 好尔劳著，白歌乐译，《论蒙古民间故事》，中国民间文艺研究会研究部编：《民间文学参考资料》第八辑，1963 年内部参考用书，第 294 页。

换与情节转换的发展等，这将在本研究的"动物故事研究"部分进行更详细的论述。

二、英雄故事

英雄故事主要指与英雄史诗的情节具有相似性的蒙古民间故事之一种，本研究专以一章在后文论述，其中有的英雄故事与一般民间故事中神奇的主人公、神奇的帮助者一类故事相仿，并可纳入上述 ATU 分类系统，但还有一些情节和母题上具有鲜明蒙古族文化色彩的英雄故事。

钱世英搜集的《鄂尔多斯民间采风》中有《招女婿》《松布尔汗与阿拉塔沙》两则英雄故事。其中《招女婿》故事讲述一个孤儿为了生活答应给一位巴颜做女婿，在长达十年的艰苦劳动中，与巴颜的女儿深深相爱，但巴颜嫌贫爱富，打发孤儿远走乌拉山放牧三年，暗将女儿许给另一位有钱的浪荡子。女孩身边的黄狗带着女孩的信远赴乌拉山，孤儿在婚礼即将举行的关键时刻赶回家，完成了巴颜刻意刁难的"骆驼具备的十二属相的特征"、"金銮宝殿中召之不来的七大奇珍和名刹古寺中求而不得的八大异宝"、"人间推崇的九洁六美"这三个具有鲜明的蒙古族生活智慧与特色的问题，用最具蒙古族特色的祝赞歌形式机智地回答，完成了难题考验。巴颜不得不遵守诺言，将女儿和孤儿用马匹送往乌拉山度蜜月。

这一则故事中，"黄狗是主人公的帮助者"是英雄史诗中的常见母题，但一般英雄故事中的难题考验，尤其是蒙古族英雄史诗和故事中的难题考验为蒙古族男儿三项比赛，赛马、摔跤和射箭，在故事中被替代，然而考验的内容是具有蒙古族文化特色的机智问答，且其问题中"十二个属相的特征"正是蒙古族动物故事中独具特色且流传非常广泛的一个故事类型。另两个问题也是蒙古族人生活中的智慧总结。因此尽管乌莎拉高这位女性蒙古族故事家讲述的故事目前并未发现其他鄂尔多斯蒙古族异文，但故事的整体结构是汉族故事中常见"长工与地主小姐相爱受挫，有情人终成眷属"的叙事模式，而故事的叙事要素却是以鲜明的蒙古族生活色彩完成的一则英雄故事。

朝格日布讲述了大量的英雄故事，其中未进入 ATU 分类系统的包括《博格达圣主勃依吉尔可汗》《阿拉腾嘎鲁海可汗》《阿尔吉布尔吉可汗的故事》《王塞仁朱皇帝》《格斯尔博格达》等。还有《洁白的珍珠》中搜集的《阿拉腾西胡日图汗》《阿尔斯朗泰莫日根大汗》《额日黑莫日根》等。

三、历史故事

彤格乐搜集《一代枭雄——海都》① 讲述成吉思汗的家族史及祖先的丰功伟业，与《成吉思汗的两匹神马》等历史故事一起，在鄂尔多斯地区十分盛行，从田清波搜集的《阿尔扎波尔扎罕》，到20世纪80年代至90年代民间文学爱好者和文化工作者们搜集的鄂尔多斯蒙古族民间故事，都有数量可观的故事异文，这与鄂尔多斯伊金霍洛旗是蒙古族"密葬"习俗下成吉思汗的衣冠冢所在地有密切关系。

《洁白的珍珠》中收录鄂尔多斯地区流传的地名传说53则，其中就包括"伊金霍洛"这一地名的来历及演变的历史传说，由赛音吉日嘎拉在1982年搜集，讲述者是当时已经72岁高龄的达尔扈特青格勒：

> 成吉思汗在攻打西夏途中路过布尔套老盖山时，马鞭突然掉在地上。部下正要去捡，成吉思汗阻止道："这是有缘故的，我看此处是花角金鹿栖息之处，戴胜鸟儿孵化之乡，衰落王朝振兴之地，白发吾翁享乐之邦……我死后就葬在这里吧。"成吉思汗去世后，遵循他的遗嘱把他的白室供奉在这里。②

这一则传说除了记述伊金霍洛为成吉思汗的白室供奉之地，还详细地讲述了鄂尔多斯万户济农额璘在1635年臣服清朝，清朝设伊克昭盟，并下设六旗，及1649年额璘把成吉思汗的八白室从达拉特黄河南岸哈西拉嘎河口的"高林召"寺迁到现在的伊金霍洛旗，及1956年成吉思汗新陵落成的情况，对其八白室前后三百四十多年的历史用口述故事的方式进行了介绍。《洁白的珍珠》的这一部分地名传说，主要就是记录各地名演变的历史口述。这些故事的采录时间，从1959年齐云清讲述《伊金霍洛旗》，解释1958年国务院决定合并原伊克昭盟札萨克旗和郡王旗，到1959年改称"札郡旗"为"伊金霍洛旗"，再到80年代和90年代，及21世纪后，仁青于2003年讲述的"乌兰淖尔"，和乌审夫于2003年讲述的"那林席勒山梁"等地，都属于当地地名演变的历史故事。这些历史故事具有以下几个方面的特点：一是故事情节多十分简洁，有的甚至

---

① 彤格乐搜集、整理：《鄂尔多斯蒙古族民间故事》，呼和浩特：内蒙古人民出版社，2006年，第204~205页。
② 赛音吉日嘎拉、哈斯其伦搜集整理，乌云格日勒、孟克译：《洁白的珍珠》，呼和浩特：内蒙古人民出版社，2010年，第10页。

只是对导致地名演变的时间、地点、人物、事件这几个要素的"客观"陈述，如《那林席勒山梁》讲述这一山梁原本属于乌审旗，"乌审旗与赛音杜拉因一起命案官司，结果乌审旗败诉，作为赔偿割让部分土地给赛音杜拉"①，其讲述的重点往往不在于故事情节是什么，官司的内容是什么，审判是否公正等，而是直接讲述被割让的土地如何成为今天作为伊金霍洛旗下的一个小镇的那林席勒。只有极小部分故事具有较为鲜明的神奇性、曲折性的特征，如在1993年由白拉德夫和塔尼斯讲述的《努登布拉格》中，一位患眼疾的大臣在寻找医生的过程中，帮助一位牧童救出陷入泉眼四周稀泥之中的羊，最后这个大臣在牧童的指导下用泉水洗浴，结果神奇地复明，因此，这一处能治眼疾的泉水才被称为"努登布拉格"②。二是具有鲜明的时间和空间意识。历史故事的叙述重点在于了解历史沿革，所以在53则关于地名来历的故事中，对时间的描述大多精确到朝代（尤其是清朝）的帝号甚至是年月，如前举关于伊金霍洛在1958年、1959年的两次改名，讲述人都精确至月份。如果没有明确的时间叙述，则多重视空间方位的准确性，其叙事往往以传说流传地为中心，以"离某处以东几里"或"某旗的苏木（村庄）境内的某地名为某某"来进行叙事，具有鲜明的中心位置感，即以自己所处的鄂尔多斯或伊金霍洛为中心方位，其他的一山一村、一泉一寺均是从此处延伸测量开来。

《鄂托克民间故事》中共搜集60则鄂托克的地名传说。这些传说中有一部分历史故事，其来源颇为复杂，一部分来自各种报刊，如《内蒙古日报》《鄂尔多斯报》，一部分来自当地各种文献记录，如《鄂尔多斯地名典故词典》，还有一部分来自当地蒙古族民众的口头传说。由于这些历史故事多短小且别具特色，多数无法在ATU分类系统中找到相对应的编码，但又与一般民间故事具有幻想、娱乐等特征相区别开来，故而此处特指出其民间叙事的特色，此类故事更接近民众的口头历史表述，它们虽是广义民间故事的重要组成部分，也是鄂尔多斯蒙古族民间故事中民间传说类的重要记录文本，具有重要的历史文化和民间叙事文学的研究价值，尽管在叙事情节中有一部分来自一般民间故事，或与之相类，但与本研究狭义范围取材的"民间故事"有一定的差距，在后文中将不再对这一类历史故事进行探讨，其篇目也未计入无相对编号民间故事之中。

---

① 赛音吉日嘎拉、哈斯其伦搜集整理，乌云格日勒、孟克译：《洁白的珍珠》，呼和浩特：内蒙古人民出版社，2010年，第16页。

② 同上书，第18页。

四、人物传说

在鄂尔多斯蒙古族民间故事中，流传着以下几位主要人物的传说：

第一，明干云登（又译名敏更谣登）喇嘛的传说。鄂尔多斯地区蒙古族流传的关于明干云登的传说共搜集到 10 则，这一人物传说中有一部分故事属于机智人物故事，已在本章第一节中列出其 ATU 编码，另有一部分属于蒙古族特有的故事类型，与当地大量流传的"小喇嘛（班弟）智斗老喇嘛"的故事属于同型故事。在异文数量不断增补的基础上，可考虑将之纳入 ATU 系统中"聪明人（1525—1639）"编码。其次，关于明干云登喇嘛的故事与在蒙古族中广泛流传的机智人物巴拉根仓的故事有相似之处，也与在日本流传的一休故事、中国维吾尔族流传的阿凡提故事的内容有相似之处。

第二，巴拉根仓的传说。巴拉根仓的故事最早在 1937 年由田清波在鄂尔多斯地区搜集，由诺木丹讲述，其中即有"AT1525J.2 诱人下井窃其衣"型故事，不过在大多 AT 索引的归纳中，骗人的是一个小孩子，而在《洁白的珍珠》诺木丹的讲述中[1]，受骗的是一向喜欢骗人的机智人物巴拉根仓，而骗人的是一个女人，且属于"荤故事"，巴拉根仓受女人骗而脱光衣服下井，被告知女人叫"这个"，而后光着身子从井中出来时，衣服被女人拿走，他见人就问："这个你见过吗？"却因裸露而被众人毒打，最后不敢再去找名叫"这个"的女人，这与汉族笑话"逗你玩""都来看"等均属同型故事，以被著名的相声大师马三立改编而成的单口相声《逗你玩》流传得最为广泛。巴拉根仓的一系列故事中，既有巴拉根仓骗别人（包括他自己的父母亲），也有别人骗巴拉根仓，尤其是其中有大量的谎话故事，因此，巴拉根仓形象在鄂尔多斯蒙古族中具有多面性，既有机智的一面，又有楞傻的一面，还有说谎者和混账无赖的那一面。

第三，摔跤手的传说。《洁白的珍珠》中记录的《包日给勒》[2] 是由僧格默林 1967 年于鄂尔多斯的阿拉腾席热镇讲述的一则关于当地的摔跤手宝日给勒的故事。按故事讲述，宝日给勒是鄂尔多斯鄂托克旗的好搏克手，16 岁开始在各旗的敖包会、卓拉大会上得到冠军，他先后得到喀尔喀好心的老摔跤手的特殊训练，制服发疯的骆驼，迁居多伦淖尔时独自拉出大盐车，与汉族人结下友谊，与乌审旗姑娘结成婚姻。他的后人

---

[1] 赛音吉日嘎拉，哈斯其伦搜集整理，乌云格日勒、孟克译：《洁白的珍珠》，呼和浩特：内蒙古人民出版社，2010 年，第 382~383 页。

[2] 同上书，第 428~436 页。

的情况也有介绍。在郭永明搜集整理的《鄂尔多斯民间故事》中记载的《鄂尔多斯摔跤手》①，讲述的是鄂尔多斯著名的摔跤手呼和道布因受到诺颜的残害而被迫居住山洞十五年，与自己的儿子相遇并阻止儿子继续摔跤失败，儿子在摔跤场上再次赢过诺颜的摔跤手，后被诺颜毒杀，再未回到家乡的故事。

第四，莫日根朝克图的传说。《鄂托克民间故事》收集了从1937年田清波开始搜集至2005年巴音斯仁整理的关于莫日根朝克图的传说16则，从莫日根朝克图非同凡响的童年一直到他长大成人，成就各种事业，这些传说，一部分属机智人物故事，如《将阿尔巴斯山献给朝廷》《将黄河北岸的土地划给了杭锦旗》《通过舌战留下大片土地》，均属于通过莫日根的智慧而为当地人民争取土地的故事；一部分属清官判案故事，如《巧断公主家事》《断驼羔案》《查办凶悍的查干公主案》，或者他本人是判官，或者是在官司中帮助弱势的一方用计智胜官司；还有的属于英雄故事，如《打断天安门前的石柱》，是赞扬莫日根的力大无比。

五、蒙古族民俗传说

《鄂托克民间故事》中收录节俗传说8则，分别为《除夕夜守岁的由来》《羊胛骨变神明的由来》《分吃达勒肉习俗的来历》《不能用达勒做干粮的习俗》《保存桡骨习俗的来源》《不吃牛腰子的习俗》《用尾巴尖儿和胫骨供神习俗的来历》《用小白蒿发酵酸马奶的习俗》，均为故事集的整理者之一扎·玛格苏尔扎布整理，其中《用尾巴尖儿和胫骨供神习俗的来历》为"AT981 被弃的老人智救王国"型故事，属于在中国多个民族中流传的"弃老""寄死"类故事，只是比一般的故事多了一种解释：原来杀死六十岁老人的方法即是先往老人嘴里塞绵羊尾尖儿，然后用胫骨捅进食道，致父母仙逝，并称之为"尽孝"，在证明老人的智慧后，这些能置人于死地的器具变为供奉神佛的食物。《除夕夜守岁的由来》共讲述了4则关于除夕的传说，其中一则"吉勒"，即汉族的"年"，为食人怪兽，"吉勒"害怕红色对联、声响和火苗等。而除夕夜为何守岁？守岁之夜吃什么？这一类问题在传说中也有记录，其中《拉姆神和"比图"夜》生动地讲述了蒙古族人敬奉的女神拉姆，即吉祥天母，年轻时被蟒古思抢去，生下三个女儿，后来在"比图"夜杀死了蟒

---

① 郭永明搜集、整理、翻译：《鄂尔多斯民间故事》，呼和浩特：内蒙古人民出版社，1981年，第39~48页。

古思与女儿,其中两个无头的女儿追赶上来后,与拉姆一起回到佛祖胜地的故事。因此,蒙古族人就有了在"比图"夜守岁的风俗。

钱世英搜集《鄂尔多斯民间采风》① 中的《"那达慕"大会的由来》《萨拉乌素河的传说》《姑姑裤》《金翅鸟》《成吉思汗的拴马桩》《响沙湾的传说》《转兵洞的传说》等均为解释鄂尔多斯蒙古族风物习俗的民俗传说,在鄂尔多斯地区广为流传。这些传说包含了部分曾出现在某些有编号的民间故事类型中的母题,如《成吉思汗的拴马桩》《转兵洞的传说》等有"神奇的号角"的母题。

彤格乐搜集的《白天鹅》,即故事集《洁白的珍珠》中的《洁白的珍珠》的故事异文,以曲折的"报恩型"故事解释了为什么蒙古族人民在生活中如此敬爱天鹅。彤格乐还搜集了《念珠的来历》《祭灶》《黑缎子坎肩》《马头琴的故事》《柠花条姑娘》《羊拐子的玩法》《月亮神》等传说,既有鄂尔多斯当地的蒙古族民间习俗的解释性传说,也有对当地流行的民歌、民间游戏、民间信仰等进行解释的传说②。

六、生活故事

流传在鄂尔多斯地区的蒙古族民间故事中有一部分故事,具有特殊的语言之美和智慧之美,这类故事往往很难在 ATU 分类系统中找到相应的编码。很多故事集,尤其是《洁白的珍珠》和《阿尔扎波尔扎罕》,收入大量的运用语言的谐音来展现机巧智慧的故事,从故事的内容来看,主要包括机智语言故事、谎话故事、小偷故事三个亚类型。

所谓机智语言故事主要是指故事主人公运用智慧对语言进行巧解巧用,从而在符合语言逻辑的前提下,讽刺对方或巧妙地解决生活中的困境。如《女人和驴没有主人》《吃羊头肉》《奥珠盖套鲁盖俩》《难住诺颜》《在婚宴上》《香油点心也有告罄的时候》③。《女人和驴没有主人》中章京在生活中总是用"女人和驴是没有主人的,谁都可以占有"这样的语言来为自己寻花问柳进行辩护,厉害的老夫人让他的驴干活以惩罚他,并表示自己是按他说的"谁都可以占有"来办的,结果使这位章京哑口无言。《在婚宴上》讲述一位章京羞辱为客人倒茶时放屁的姑娘,

---

① 钱世英搜集、整理:《鄂尔多斯民间采风》,呼和浩特:内蒙古人民出版社,1999 年。
② 彤格乐搜集、整理:《鄂尔多斯蒙古族民间故事》,呼和浩特:内蒙古人民出版社,2006 年。
③ 赛音吉日嘎拉、哈斯其伦搜集整理,乌云格日勒、孟克译:《洁白的珍珠》,呼和浩特:内蒙古人民出版社,2010 年,第 365~388 页。

结果姑娘运用机智的语言，极具韵律地反驳，让章京恼羞成怒。《奥珠盖套鲁盖俩》中有钱人用男性生殖器为穷人的儿子取名，以羞辱穷人，穷人用"头子"、"头人"为诺颜的儿子取名，结果穷人的儿子死后，穷人用"一看到诺彦您的套鲁盖，我就会想我的奥珠盖"这样逻辑表述很正常，又具有讽刺和隐喻意味的语言把"诺彦噎得一句话没说"。

在鄂尔多斯地区流传着大量的谎话故事，《信口雌黄》①、《巴拉根仓的故事》（二）（三）②、《斗架的两只公羊》③、《特大的鼓》④ 以及《说谎大王》⑤ 系列故事等，这些谎话故事同时还具有程式故事的一部分特征，即能够以"正—反"话的形式反复撒谎—驳谎，至少进行两至三个回合，如《信口雌黄》中一个人爱说谎，而另一聪明人总是要用合理的语言去为之圆谎，两次三番再放弃圆谎。但大多数谎话故事都是以"夸张""吹牛皮""说大话"的方式展现出来。在《说谎大王》的系列故事中，既有搜集于 1958 年的故事，也有搜集于 1989 年前后的故事，时间跨度较长，展现出故事讲述者对于说谎者非凡的语言技巧的赞叹，如在《说谎大王》（一）中，诺颜承诺只要特能说谎的小伙子说七十个谎话，就赏一匹带全套鞍具的马，结果他真的连撒七十个谎，且故事情节完整，因此得到了这样的奖赏。其谎言的模式大多是运用日常生活中常见的物象，却颠倒大—小、男—女、生—死、冷—热等常识来构建故事。

机智语言故事与谎话故事都展现出蒙古族人民在生活中对于语言驾驭能力的重视，在语言的巧用之中充满着欢乐与寓意，因此这类故事具有相通性。小偷故事一般是指聪明的小偷如何运用自己的技能成功地偷窃的故事，既有朝格日布讲述的《小偷的故事》⑥ 中自我克制而向善的小偷成为杰出的喇嘛这样的颂德故事，也有与前两个方面的机智语言故事与谎话故事有相通之处的展现小偷智慧的故事，以《洁白的珍珠》中桑杰于 1980 年讲述的《凡巴拉西》⑦ 四则小偷故事为代表，第一则讲述杰出的小偷凡巴拉西从不偷自己所在的上都阿都钦旗及相邻旗佐，在被

---

① 赛音吉日嘎拉、哈斯其伦搜集整理，乌云格日勒、孟克译：《洁白的珍珠》，呼和浩特：内蒙古人民出版社，2010 年，第 366~368 页。
② 同上书，第 377~383 页。
③ 同上书，第 401 页。
④ 同上书，第 402 页。
⑤ 同上书，第 404~417 页，共四则。
⑥ 白音其木格、策·哈斯毕力格图搜集整理，乌云格日勒译：《蒙古族故事家朝格日布故事集》，呼和浩特：内蒙古人民出版社，2012 年，第 226 页。
⑦ 赛音吉日嘎拉、哈斯其伦搜集整理，乌云格日勒、孟克译：《洁白的珍珠》，呼和浩特：内蒙古人民出版社，2010 年，第 365~388 页。

抓时敢于与诺彦对抗，用极具反抗精神的语言揭露诺彦，从而令故事带有鲜明的阶级斗争色彩。

七、程式故事

田清波在 1937 年搜集到的由诺木丹讲述的《巴拉根仓的故事》（二）① 与钱世英在《鄂尔多斯民间采风》中收录的《三颗麻籽赎血汗》② 属于同型故事，是典型的程式故事：用三颗麻籽换了富人的一只耗子，用耗子换了一只猫，用猫换了一只狗，用狗换了一头骡子。这种以物易物，越易越大的故事，与传统民间故事中以物易物，越易越小的故事类型"1415　傻人幸有贤妻"（又名"老头子说的都有理"）在以物易物的程式结构上有相似性。但这则故事具有鲜明的新时代元素，如用长工斗地主的传统叙事题材：给富人打工却受到盘剥，长工决定讨回自己应得的报酬。而在具体的叙事内容中，既有传统的结构，又有新时代的生活气息，如富人的职业是开连锁的旅店等，可拟编号为"1526C.1　巧计连环骗钱财"。此外，朝格日布讲述的《肋骨、盐、纸、虱子四个》③《到底哪个大》④ 属于较为短小的程式故事。

八、笑话和讽刺故事

钱世英《鄂尔多斯民间采风》中的《两个吝啬鬼》⑤《两个猎人》⑥《王爷和平民》⑦《"先生"买驴》⑧ 讽刺自以为是的"文化人"，可能是从汉族流传至蒙古族的众多"私塾先生"类故事的一种。

《聪明的小喇嘛》在鄂尔多斯蒙古族地区流传着众多的异文，可以定型为一个具有蒙古族文化色彩的故事类型。喇嘛属"机智人物"的一种，鄂尔多斯地区流传着数量众多的机智小喇嘛的故事，叙述受到虐待

---

① 赛音吉日嘎拉、哈斯其伦搜集整理，乌云格日勒、孟克译：《洁白的珍珠》，呼和浩特：内蒙古人民出版社，2010 年，第 377~383 页。
② 钱世英搜集、整理：《鄂尔多斯民间采风》，呼和浩特：内蒙古人民出版社，1999 年，第 132~134 页。
③ 白音其木格、策·哈斯毕力格图搜集整理，乌云格日勒译：《蒙古族故事家朝格日布故事集》，呼和浩特：内蒙古人民出版社，2012 年，第 46 页。
④ 同上书，第 48 页。
⑤ 钱世英搜集、整理：《鄂尔多斯民间采风》，呼和浩特：内蒙古人民出版社，1999 年，第 59 页。
⑥ 同上书，第 60~62 页。
⑦ 同上书，第 63~65 页。
⑧ 同上书，第 91 页。

的小喇嘛用智慧反击自己的喇嘛师傅，还击的方式主要是"以牙还牙"，即用老喇嘛训斥自己的话语中存在的漏洞做一些违背生活常识，但在老喇嘛的话语中又属于逻辑正确的事情，从而使老喇嘛蒙受损失又无话可说。如钱世英搜集的小喇嘛故事：

> 外出的老喇嘛让小喇嘛只干活，不吃饭，小喇嘛饿极后，拾起老喇嘛掉在地上的干粮吃，老喇嘛大骂他丢脸并下令"不许拣掉在地上的食物"；小喇嘛看到干肉掉到地上故意不捡，到了下一个歇脚点，老喇嘛无肉可吃，但小喇嘛拿出他的前言让他无话可说，于是他又指出"骆驼身上掉下的东西必须拣起来"；小喇嘛忍辱前行，故意捡起骆驼拉的屎放在干粮袋里，老喇嘛看后又气又无话可说。①

这一故事有着明显的三段式结构特征，人物关系为蒙古族故事中常见的喇嘛师徒，叙事要素也为蒙古族中常见的骆驼、干肉等事象。

此外，在钱世英搜集的故事集中，《三个儿子学本领》可总结为"傻子学艺不精，害死亲生父亲"，属于讽刺类故事。

九、新故事

在钱世英《鄂尔多斯民间采风》采录的一些新故事中，包括新时代的一些机智人物故事，如《住店》②，反映了商业文化发展起来后，在蒙古族人生活的草原上出现了旅店，旅店主人不道德的经营方式被机智的蒙古族人用计反将一军，最后不得不反思自己的失德行为。《磨啃空骨头》③ 属"长工斗地主"类的机智人物故事，讲述石磨手工艺人利用手艺讽刺雇主的言行不一和吝啬，这一故事当是近代产生的，在新的生产关系出现的背景下，以新的手工艺人的职业为特点产生的新故事。《三年前的狐踪》《有你没你我照样过年》《现在的司机太懒了》《越听我就越想我那死鬼》《一百个屁换一百个月饼》《不要管我登报要紧》《醉汉》《不唱不喝》④ 均属小笑话，但在内容上具有现代生活的特点，笔者在《故事会》等期刊、网络论坛中也看到过此类故事。鄂尔多斯蒙古族民

---

① 钱世英搜集、整理：《鄂尔多斯民间采风》，呼和浩特：内蒙古人民出版社，1999 年，第 97~98 页。
② 同上书，第 83~85 页。
③ 同上书，第 86~88 页。
④ 同上书，此八篇故事均被归入"人物故事"类，分别见于第 104 页、第 105 页、第 106 页、第 107 页、第 135 页、143 页、第 144 页、第 145 页。

间故事中的新故事具有以下鲜明特点：一是围绕当代生活中的一些现象展开故事情节，如新交通工具汽车、弹棉花、汉族的月饼销售至蒙古族人的生活中、报纸和生产队式的生产方式、猪、乡干部下乡等。二是新故事记录了鄂尔多斯蒙古族人民生活方式的变化，如在《一百个屁换一百个月饼》中，有一段关于鄂尔多斯地区牧民生活方式受到内地（汉族）生活方式的影响的引言：

> 从前，草原上边客（小商贩）很多。边客从内地廉价买上针头线脑、茶叶布匹，高价卖给牧民，再从牧民手里廉价买上牲畜皮毛，高价倒卖到内地。他们靠克扣百姓发了横财，牧民们十分厌恶这些奸诈的边客。①

这类故事不但记录了草原上蒙古族人民生活的新现象，也记录了人们对于这些现象最真实的情感和态度，对边客违背蒙古族人民传统诚信品德的经商手段进行了批判和讽刺。

反映蒙汉交往、不同地区蒙古族人之间交往的新故事在鄂尔多斯地区不断出现，其中以《洁白的珍珠》收录的故事最具代表性。如《皇族》讲述：

> 因为原卓素图盟喀喇沁五旗离北京较近，所以老早就有汉人来此定居开垦，导致喀喇沁的草场逐渐退化，以至变得不宜放牧。喀喇沁部是个较早汉化，受汉俗影响的部族，加上满洲时期，与满洲宗室公主、格格、侍女成婚，成为驸马的喀喇沁王公贵族大有人在。②

下面叙述受汉、满文化影响而变得自私自利的喀喇沁蒙古族人对水斗的使用。与巴林、克什克腾、喀尔喀、乌珠穆沁、阿巴嘎的蒙古族人不同，前者只顾自己，水斗随身，而后者原住民则是将水斗放在井边以方便来往的人们饮水。其对文化融合中存在的一些文明退化的现象有着非常直接的描述。

---

① 钱世英搜集、整理：《鄂尔多斯民间采风》，呼和浩特：内蒙古人民出版社，1999 年，第 135 页。
② 赛音吉日嘎拉、哈斯其伦搜集整理，乌云格日勒、孟克译：《洁白的珍珠》，呼和浩特：内蒙古人民出版社，2010 年，第 384~385 页。

《洁白的珍珠》中有一组《脚夫的故事》①，共收录 5 则新故事，均以喀尔喀传统的蒙古族人在对外经济活动中与汉人的交往为题材，以笑话的形式，用"陌生化"的叙事手法，对蒙汉文化环境与生物环境的差异进行描述。如《报时鸟》② 讲述，因为不懂汉语，喀尔喀人错将鸭子当成鸡买回来，将汉族日常生活中的包子、饺子等食物当成"受孕的羊""吃菜的生物""挨打的坏东西"等，因为语言不通而闹下将蜡烛当成"中间生火的饭"等笑话。在民族文化交流中的障碍之一便是语言，《在新台嘎查》③ 讲述了一个自称精通汉语的人，因为语言不通，留在外面的马鞍被汉地养的猪撕成了碎片，结果吹牛者的真面目被揭穿的故事。

在《洁白的珍珠》中被编辑者归入"老故事"类的一部分文本，按故事内容流传时间长短而言属于新故事，这些故事的情节往往来源于现实生活，尚未形成独特、稳定的故事类型，但恰恰是在内容上与近现代生活贴近，保留了更多文化交流的信息。如在《包日给勒》这一讲述鄂尔多斯著名摔跤手的故事中，英雄的摔跤手为别人排忧解难，有一天向东走，快到多轮淖尔的时候，他们遇到了从多轮淖尔运盐的山西富商的车队，最后一辆装盐车和店掌柜坐的车陷入河泥动弹不得，众人都拉不出来，包日给勒一个人就将车解出困境，并教给汉人如何拉车使劲，汉人为感谢他，给了他五十两元宝，包日给勒拒绝："虽然你是汉人，我是蒙古人，但是咱们都是路上的兄弟，帮助落难人是我们蒙古人的性格。"④ 而汉人也知恩答谢，坚持将谢礼交给包日给勒后才转身离去。这些凸显两族人民鲜明的性格特征、生活场景和历史真实性的故事内容，表现了新故事与生活更真实的距离与关系。《大板翁贵》⑤ 及《一百个屁换一百个月饼》⑥ 等新故事也对奸诈的汉人商人进行了揭露。这些故事表现了在与蒙古族人民有交往的汉族商人中既有知恩图报、公平买卖者，也有奸诈狡猾、敲诈勒索者。

---

① 赛音吉日嘎拉、哈斯其伦搜集整理，乌云格日勒、孟克译：《洁白的珍珠》，呼和浩特：内蒙古人民出版社，2010 年，第 423～427 页。
② 同上书，第 423 页。
③ 同上书，第 425～426 页。
④ 同上书，第 434 页。
⑤ 同上书，第 439 页。
⑥ 钱世英搜集、整理：《鄂尔多斯民间采风》，呼和浩特：内蒙古人民出版社，1999 年，第 135～137 页。

十、宗教故事

《仁慈皇帝》①见于《鄂托克民间故事》，为释迦牟尼舍弃自身财物帮助他人得好报的故事异文，与印度史诗《罗摩衍那》的故事情节有相似性。这一故事由朝格日布于1982年的故事大赛上讲述，但在后来的采录中，却未收录进《蒙古族故事家朝格日布故事集》中。在《鄂托克民间故事》中，乌云格日勒专门分类"宗教故事"一节，共收录五个故事，均为佛教故事。彤格乐搜集到的《太上老君的故事》亦属于被蒙古族化的宗教故事，说明道教文化传播至蒙古族后，被佛教文化吸收和转化②。

第三节 性别叙事视角下的鄂尔多斯蒙古族民间故事讲述、搜集与整理

目前为止，笔者搜集到的鄂尔多斯蒙古族的民间故事多为汉语译本的故事专集。这些专集大多保存了较为完整的搜集者、整理者、翻译者信息，大部分故事文本有讲述者信息。这些故事文本的搜集时间从20世纪20年代到90年代，70年间，社会已经发生了翻天覆地的变化。雷蒙·威廉斯在《漫长的革命》中如此评价社会与文学的关系："随着社会的变化，社会的文学也在改变，当然变化的方式往往难以预料，因为文学本身也是社会发展的一部分，而不只是对发展的反映。"③ 作为蒙古族口头文化重要组成部分的民间故事，其内容主要可以从文化母题、故事类型、文化交流等方面来进行研究，而这些内容在搜集、整理、翻译过程中的选择问题又必须结合社会文化背景。蒙古族社会的变化反映在民间故事中，不仅仅是内容的传承与变异等可以运用传统民间故事研究方法来阐释的部分，而是围绕民间故事文本呈现出来看似"外围"实则是"内质"的性别文化之变迁。笔者所关注到的社会性别问题在鄂尔多斯蒙古族民间故事的讲述、搜集、整理、翻译等外在形态方面的特征无疑是理解鄂尔多斯蒙古族民间故事呈现出来的文化特征的重要途径。因

---

① 扎·玛格苏尔扎布、仁钦道尔吉搜集整理，乌云格日勒译：《鄂托克民间故事》，北京：民族出版社，2015年，第116～117页。
② 彤格乐搜集、整理：《鄂尔多斯蒙古族民间故事》，呼和浩特：内蒙古人民出版社，2006年，第77～78页。
③ [英]拉曼·塞尔登编，刘象愚、陈永国等译：《文学批评理论：从柏拉图到现在》，北京：北京大学出版社，2000年，第541页。

此,本小节主要从故事文化的讲述者、搜集整理者、翻译者的性别叙事考察鄂尔多斯蒙古族民间故事,如不同性别对故事内容与情节的偏好与选择,性别文化参与的民间故事叙事策略等的思考,不同性别在同型故事讲述中的性别倾向等。

一、鄂尔多斯蒙古族民间故事的男性讲述者与搜集者

目前,笔者搜集到的鄂尔多斯蒙古族民间故事的故事讲述者多为男性。从最早由田清波搜集而成的《阿尔扎波尔扎罕》及后来从其中摘录过部分故事内容而成的故事集《洁白的珍珠》中频繁出现的讲述者"诺木丹",至20世纪80年代故事讲述者朝格日布及其故事集《蒙古族故事家朝格日布故事集》,以及《鄂托克民间故事》等故事集中,留下姓名的故事讲述者多为男性,其中留下较多信息的是著名的故事家朝格日布。在《蒙古族故事家朝格日布故事集》中有"朝格日布简历",其基本信息可以总结如下:

> 朝格日布(1913—1992),生于鄂尔多斯市鄂托克旗包日呼舒海岱,庶民,其父为扎兰和台吉家放牧种地,但在他幼年时即已去世,9岁时,其母亦去世。朝格日布大约在同年被送至鄂托克旗额尔克图的喇嘛庙,成为沙弥。
>
> 18—44岁,先后做过庙内香灯师、保管员、管理员和马商布尔都庙的小领经师、大领经师等僧侣职司,擅长跳查玛舞,担任开场领舞者多年。
>
> 45—65岁,1958年,受政策影响离开寺庙,加入公社和生产队,但仍坚持向佛,念经守戒,终身未婚,1983年国家落实宗教政策后重返寺庙,恢复僧侣生涯。
>
> 朝格日布行走多地,有"喇嘛故事王"的称号。多利用法会和佛事活动间隙为人们讲述故事。1982年,参加全旗民间故事、民歌、祝赞词大赛,获得故事组一等奖。1987年7—8月和1989年7—8月,伊克昭盟民委和伊克昭盟文联分别派人采录其故事。

《蒙古族故事家朝格日布故事集》中共整理记录标目故事79则,其中还有多则故事在一个标目下有多个连环穿插的小故事,如《神树魂灵的故事》《土丘上的七个孩子》《笑出珍珠的故事》《阿尔吉布尔吉可汗的故事》等。在扎·玛格苏尔扎布与仁钦道尔吉搜集整理的《鄂托克民间故事》中，从 1982 年故事大赛上朝格日布讲述后被整理发表在《乌仁都西》杂志和 1987 年、1989 年两次采录的朝格日布故事中，又选出《莎吉哈莫日根汗》《仁慈皇帝》《搬石头砸自己的脚》《"傻"女婿》《六条腿走路快》《巴达日沁宝日》6 则故事。而其实际讲述过的故事数量应该更多，如当年参与搜集朝格日布故事的哈斯毕力格图先生曾对笔者提到，许多朝格日布讲述的非常精彩的故事，都没有能够被及时录音并整理下来，其中包括后文将要研究的《丁郎寻父》等故事，以及《王外外的故事》《李外外的故事》这样的同型故事的两次讲述等情况。

在赛音吉日嘎拉等人搜集整理的《洁白的珍珠》和扎·玛格苏尔扎布与仁钦道尔吉搜集整理的《鄂托克民间故事》中也留下了大量的蒙古族男性故事讲述者的姓名，以下只摘其中有代表性的故事讲述者姓名、职业进行简介：

杨·萨勒吉德　1922 年生于鄂托克旗包乐呼硕。汉名杨（羊）宝山，杨姓是"羊"的谐音，因为其本姓叫"浩尼其古德"。小时候，在毛淖海寺当过喇嘛，中华人民共和国成立后参加革命工作，成为一名干部。先后任包乐呼硕苏木书记、阿尔巴斯苏木书记、旗民政局局长等职。1987—1992 年间，任鄂托克旗人大常委会副主任，直至退居二线。由于他生长的环境，还有他在基层民政局工作多年的经验，他知道很多民间故事、地方传说，更不容易的是他还能把它们很传神地讲述出来。1982 年 8 月，在乌兰镇举行的全鄂托克旗民间故事、民歌、祝颂词比赛上他获得了头奖。

拉布杰　1917 年生于鄂托克旗阿尔巴斯苏木乌仁都西。儿时在查布其尔寺当班迪学藏文，后来到门巴斯仍寺学医学。从小拉布杰喜欢听故事、讲故事，蒙古民间流传的传说故事他知道好多。他运用掌握蒙藏两种文字的优势，读过、讲过很多传说故事，那些故事来自藏文图书、蒙古文《甘珠尔》中的《故事之海》等。中华人民共和国成立后，他离开寺院回到嘎查苏木行医，一干就是一辈子。在蒙医药用植物的识别和五种矿泉疗法方面他成绩显著。……在 1982 年 8 月举行的鄂托克旗首届民间故事比赛上，他讲民间小故事获得一等奖；1993 年，在阿尔巴斯苏木乌仁都西嘎查过世，享年 76 岁。

布仁道尔吉　1944 年生于鄂托克旗呼和布尔苏木苏吉。从小听着父母讲民间故事长大的布仁道尔吉，不但记下了很多的民间故事，在讲故事方面也极有天赋。他讲故事非常传神，所以，在当地很有名气。在 1982 年举行的鄂托克旗民间故事比赛上，布仁道尔吉作为青年乌力格尔奇脱颖而出，获得头等奖。2006 年 4 月，他在自己家中举办"民间故事饕餮盛宴"，从而在旗苏木被称为"拉开非物质文化遗产抢救工作序幕的牧民"。现在，布仁道尔吉在乌兰镇赛汉塔拉嘎查巴音乌素牧场致力于畜牧工作。①

《鄂托克民间故事》中收录的三位故事讲述者的故事篇目见表 1-1：

表 1-1　故事篇目

杨·萨勒吉德	拉布杰	布仁道尔吉
莫日根朝格图的传说（共 7 则）	老虎、猴子和蚊子	格根和他的徒弟
邦仲诺彦的故事（共 5 则）	活方子和死方子	
乌合尔哈达	两个员外	
霍萧山的传说（二）	莫日根朝格图的"莫日根呼"	
达兰图如淖尔		
钟图荒漠		

从《鄂托克民间故事》中收录的故事情况来看，布仁道尔吉的故事被发表的很少，而拉布杰的故事带有明显的职业特征，如其《活方子和死方子》，杨·萨勒吉德则多讲述的是传说，包括人物传说、地名传说等，带有丰富的地方文化知识信息内容。此外，在《洁白的珍珠》中还留下了诺木丹（1937 年被采录）、僧格梅林（1967 年被采录）、达尔扈特吉仁泰（1958 年被采录，时 65 岁）、敖勒吉态（1977 年被采录，时 68 岁）等故事讲述者的名字。这些男性故事讲述者的信息都非常简要，只记录采录地点，有的连采录时间也没有，部分保留了采录时的年龄信息。

搜集者中，较早的有传教士田清波及其采录的《阿尔扎波尔扎罕》，前面已有介绍，此处不再赘述。此外，赛音吉日嘎拉从 20 世纪 50 年代至 70 年代一直在鄂尔多斯地区从事民间故事的采录工作，哈斯其伦、扎·玛格苏尔扎布、仁钦道尔吉、哈斯毕力格图等也是留下大量民间故事整理文本的男性故事搜集整理者。在《鄂托克民间故事》中记录了扎·玛格苏尔扎布和仁钦道尔吉的简介。其中扎·玛格苏尔扎布（1943— ）长期致力于民间文学、民俗的记录整理和搜集工作，并主编了当地《乌仁都西》刊物共 37 期，整理编辑 400 余篇民间故事、民

---

① 扎·玛格苏尔扎布、仁钦道尔吉搜集整理，乌云格日勒译：《鄂托克民间故事》，北京：民族出版社，2015 年，第 338~339 页。

歌、谜语和祝颂词等，出版专著《鄂尔多斯民俗》，整理《中国民间故事全书》的鄂托克旗卷本蒙文版等。仁钦道尔吉（1943—　）主要从事教育、翻译和地方志的整理编辑工作，编辑出版过《鄂托克旗志》（汉蒙版）《鄂尔多斯蒙古族民俗文化》《鄂托克旗历史文物志》等。在《蒙古族故事家朝格日布故事集》的卷首有搜集者哈斯毕力格图先生（1933—　）的简介：哈斯毕力格图是著名作家、诗人、祝词家，曾任《阿拉腾甘德尔》杂志主编多年，搜集整理出版《鄂尔多斯婚礼》《鄂尔多斯马奶节》等著作，并采录朝格日布老人的故事1000余分钟。

以上均为蒙古族民间故事的搜集整理者，他们在民俗或民间文学甚至文学领域往往有所专精，并长期致力于这些方面的工作，多数搜集者都出版或者发表过当地民俗文化、方志等方面的文学作品或者研究论文，有的甚至还有专著。相较女性搜集整理者的自发性、亲缘性等特征，男性搜集整理者往往是从工作需要的角度出发，在更为广阔的社会交际范围内进行故事采录，他们采录整理的故事在内容上丰富多样，但更加偏向男性故事讲述者的故事，而较少采录女性故事讲述者的故事。此外，郭永明也曾在鄂尔多斯地区搜集过民间故事，作为一名汉族男性搜集者，搜集蒙古族民间故事，在性别上显然没有以上几位蒙古族男性搜集整理者那样偏好鲜明。他既搜集、整理、翻译《鄂尔多斯民间故事》①，也搜集过朝格日布讲述的史诗《博克多额真宝亦尔吉汗》②，并发表在1982年内部出版的《鄂尔多斯文化遗产》（一）上。在其搜集并翻译出版的《鄂尔多斯民间故事》中，既有阿布讲述的故事，也有额吉讲述的故事。

二、鄂尔多斯蒙古族民间故事的女性讲述者、搜集者、翻译者

（一）鄂尔多斯蒙古族民间故事中的女性讲述者

鄂尔多斯蒙古族没有冠之以"故事家"称号的女性故事讲述者，也没有出版如同孙家香、金德顺、陆瑞英等女性故事家那样的《孙家香故事集》《金德顺故事集》《陆瑞英民间故事歌谣集》等专门的故事集，当地蒙古族民间故事的女性故事讲述者信息，也只零星地出现在钱世英搜集整理的《鄂尔多斯民间采风》、赛音吉日嘎拉等搜集整理的《洁白的珍珠》、扎·玛格苏尔扎布等搜集整理的《鄂托克民间故事》等几本有

---

① 郭永明搜集、整理、翻译：《鄂尔多斯民间故事》，呼和浩特：内蒙古人民出版社，1981年。
② 朝格日布讲述，郭永明记录整理：《鄂尔多斯文化遗产》（一），1982年内部出版。《博克多额真宝亦尔吉汗》，513行，属迎敌作战型史诗。

限的故事集中。即便如此，除了留下的讲述者姓名可以判断其为女性，大多讲述者的年龄、职业、生活史及生活的详细区域等信息均缺失。仅有钱世英搜集《鄂尔多斯民间采风》可根据其前言后记，得知讲述人性别，且其中的女性讲述者的故事文本数量较多。据此，笔者整理出以下女性讲述者和她们讲述的故事文本名称及讲述时间，见表1-2：

表1-2　《鄂尔多斯民间采风》女性讲述者及讲述故事名称及时间

乌莎拉高		嘎庆苏	
文本名称	采录时间	文本名称	采录时间
麻雀盖庙	1988	聪明的兔子	1989
狐狸和天鹅	1990	鹌鹑智斗狐狸	1989
猫狗结仇	1991	三个懒汉	1988
小马和鸿雁	1994	聪明的小喇嘛	1990
乌龟和梅花鹿	1989	属羊粪蛋烙面饼的小伙子	1990
喜鹊捉老虎	1994	赛呼和柴夫	1992
骆驼和山羊	1994	汗王选媳	1992
鸭子和天鹅	1994	女王的镜子	1990
一只骄傲的大雁	1994	幸福要靠自己创造	1989
狐狸、刺猬和青蛙	1994	孤儿巴图的奇遇	1988
荞麦与冬小麦	1990	鲜花公主	1989
王爷与平民	1992		
招女婿	1992		
巴音洪和雅都洪	1988	其他女性讲述者：	
磨啃空骨头	1988	其其格：汗王的礼物	1991
一颗鸡蛋的风波	1988		
妖精喇嘛和妖艳太太	1990	卓拉讲述的两则故事	
卓拉姑娘和银鬃马	1994	松布尔汗与阿拉塔沙	1988
乌力吉老人和红母牛	1994	宝音寻父记	1988
老人延寿的故事	1988		
月亮和太阳	1988		
牛臣传旨	1989		
萨拉乌素河的传说	1988		
金翅鸟	1994		

钱世英搜集的故事文本共计86则，以上女性故事讲述者的文本有38则，约占全部故事的一半。从故事搜集者钱世英所提供的信息来看，乌

莎拉高与嘎庆苏为妯娌，大约生于1930年前后，两位女性讲述者大约逝世于1995年前后，均为鄂尔多斯蒙古族牧民，其故事应该在1995年以前被采录，《鄂尔多斯民间采风》出版于1999年。

　　乌莎拉高很少讲长故事，大多都是短小的动物故事，其讲述的24则故事中，有11则为动物故事，5则为生活故事①，3则为幻想故事②，3则为传说③，2则为神话④。

　　嘎庆苏讲述的11则故事中，2则为动物故事⑤，6则为生活故事，3则为幻想故事⑥。两位女性讲述人所讲述的故事中，《卓拉姑娘和银鬃马》《鲜花公主》都是以女性的婚姻遭遇为主要情节的故事，《乌力吉老人和红母牛》涉及宗教信仰问题，其他故事均是一些男性故事讲述中也比较关注的主题。

　　此外，郭永明搜集的《鄂尔多斯民间故事》中记录的信息，也表明其中的部分故事出自女性故事讲述者。如《米格吉和力格吉》是幼儿园李素琴讲述的"598　不忠的兄弟和百呼百应的宝贝"型故事，《孤儿学艺》是"乌审旗嘎噜图公社呼和陶勒盖大队七十多岁的东海额吉讲述"⑦，此外，还有不知名的老妈妈讲述的《喜鹊、狐狸和金鹿》，其后注为"根据参加杭锦旗一九七九年民间艺人演唱会的一位额吉的讲述编译"⑧。郭永明搜集整理的这些鄂尔多斯蒙古族民间故事中，除了直接由女性故事讲述者讲述外，还有一些间接的女性故事讲述人的身影，如《鄂尔多斯摔跤手》虽然讲述者是阿荣嘎，但其补充信息表明"《鄂尔多斯报》报社阿荣嘎同志讲述，他的姥姥是一个出色的故事员"⑨。则这一则故事很有可能是由阿荣嘎听姥姥讲述而来。

　　此外，在《洁白的珍珠》中，还有少量可以从名字判断为女性故事讲述者讲述的故事。总体来说，在已经搜集到的这些故事集中，女性讲述者留下可供查询的信息十分有限，且主要是在女性搜集者、整理者与出版者的努力下，才留下这些有限信息，这也是女性在文化的文字传承

---

① 《王爷与平民》《招女婿》《巴音洪和雅都洪》《磨啃空骨头》《一颗鸡蛋的风波》。
② 《妖精喇嘛和妖艳太太》《卓拉姑娘和银鬃马》《乌力吉老人和红母牛》。
③ 《老人延寿的故事》《萨拉乌素河的传说》《金翅鸟》。
④ 《月亮和太阳》《牛臣传旨》。
⑤ 《聪明的兔子》《鹌鹑智斗狐狸》。
⑥ 《幸福要靠自己创造》《孤儿巴图的奇遇》《鲜花公主》。
⑦ 郭永明搜集、整理、翻译：《鄂尔多斯民间故事》，呼和浩特：内蒙古人民出版社，1981年，第89页。
⑧ 同上书，第180页。
⑨ 同上书，第48页。

方面的关怀与互助。

（二）鄂尔多斯蒙古族民间故事的女性搜集与记录者

目前，笔者整理的女性故事搜集者共4位：钱世英、彤格乐、白音其木格、额尔登高娃。其中前三位的信息较为详细。

钱世英（1953—　），笔名扎格斯、吉格斯，伊克昭盟乌审旗人。她曾先后任乌审旗文化局副局长、局长，兼乌审旗文联主席和《乌审文艺》主编，后任职于准格尔煤田精神文明办公室。关于钱世英的资料所能搜集的主要来自于杨啸为《鄂尔多斯民间采风》所作序言及她本人的《后记》。钱世英在《后记》中介绍，促成自己对鄂尔多斯蒙古族民间故事进行搜集整理并最终出版的是亲情：

> 我十分珍惜父母和二婶留给我的这份特殊的"遗产"。在父亲辞世四周年，母亲辞世二周年之际，我谨将这些手稿整理出版，以寄托我对父母亲及二婶的无限哀思和对故乡的眷恋。同时也为挖掘民族民间文学和弘扬弃恶扬善的民族精神敬献一份微薄之力。①

而钱世英所搜集故事的主要来源也是亲人：

> 很大一部分寓言故事和民间传说是我的三位亲人——父亲（巴巴，汉名钱玉宝）、母亲（乌莎拉高）、二婶（嘎庆苏）给我讲述的。②

钱世英搜集整理鄂尔多斯蒙古族民间故事的成果主要为《鄂尔多斯民间采风》，其中共计86则故事，包括新编3则动物寓言故事③和23则自拟为神话故事一类，其文本的民间文学文类实际上包括民间故事与民间传说、神话三类。

彤格乐（1965—　），汉名万公青，杭锦旗人，曾任杭锦旗农机局办公室主任。她热爱文学，业余时间还发表诗歌和散文。彤格乐搜集的《鄂尔多斯蒙古族民间故事》共有60篇，但所有故事均未标明其故事讲述人、讲述时间、讲述地点等。在故事集的《后记》中，彤格乐指出爷

---

① 钱世英搜集、整理：《鄂尔多斯民间采风》，呼和浩特：内蒙古人民出版社，1999年，第279页。
② 同上书，第278页。
③ 《小猫花花》《小牛和猴子种果树》《荞麦与冬小麦》。

爷是自己搜集的这些故事的重要讲述人：

> 在我小的时候，最多的是听爷爷讲故事，爷爷出生在一个富有的牧人家中，受过良好的私塾教育，曾经在伊旗衙门当过高级文职人员，"文化大革命"时期，受尽了摧残，双眼失明，双手被炽烤得变了形，在他没有光明的晚年，也是我充满幻想的童年，我牵着爷爷的手，经常坐在向阳的地方，依偎在他温暖的怀中，倾听动人的故事。①

《鄂尔多斯蒙古族民间故事》的形成主要是"凭着小时候朦胧的记忆和搜集的故事梗概，终于写完了这部书，但我水平有限，没有把故事的优美、语言和精美之处以及情节的生动写出来"②，因此，《鄂尔多斯蒙古族民间故事》有着"民间故事"之名，却在封面标为"作者　彤格乐"。该故事集中的故事来源大体可分为两类：一是鄂尔多斯蒙古族民间故事在流传过程中进入彤格乐这位女性耳中，留在彤格乐心里，并借由彤格乐之手被记录下来，这些故事在文笔、语言上不时可见雕琢之处，但在情节与内容上却依然保留了蒙古族民间故事的本来面目。这些故事仍旧属于鄂尔多斯蒙古族民间故事，只是经由口头向书写的转换而更加适合书面阅读。其二是彤格乐作为一名生活在鄂尔多斯地区的蒙古族女性，对自己民族的民俗知识耳熟能详，并以民俗记录的形式将这些知识记录下来。彤格乐虽然不能算是一位民间故事的口述传承人，却借由搜集整理和记录，成为了一名民间故事的女性传承人与记录者。

彤格乐记录的60则民间故事内容丰富，既有《狗、猫、鼠三友结怨》和《狗和猫恩怨的故事》这样的动物故事，也有《嘎拉与七鬼争宝》《巴达日其老汉》这样的幻想魔法故事，还有《敏更谣登》《觅踪大王——莫日庆》等当地流传的人物传说，《太上老君的故事》《朝格其喇嘛》等宗教人物故事，《喇嘛哥哥》《铁心儿子》等生活故事。这些故事大略即为彤格乐从其他故事讲述者那里倾听而来，包括一些解释鄂尔多斯蒙古族的日常生活民俗和当地传说的文本，如《羊拐子的玩法》《马头琴的传说》与《黑缎子坎肩》等。彤格乐搜集记录的这些故事内容丰富多彩，在文本的排列上显得杂乱无序，没有分类，也正是这种杂乱无序与无分类，可以看出这些故事是彤格乐在日积月累中记录下来的本土

---

① 彤格乐搜集、整理：《鄂尔多斯蒙古族民间故事》，呼和浩特：内蒙古人民出版社，2006年，第219~220页。
② 同上书，第219~220页。

流传的民族故事。在彤格乐的搜集与写定中,既有传统的、在蒙古族中普遍流传的一些故事类型,尤其是动物故事,也有带着鲜明的蒙汉文化交流痕迹的故事,如《赛汗娜从军》《太上老君的故事》等。

钱世英和彤格乐对于当地民间故事的搜集整理具有相似性,都是以家庭亲缘关系为纽带展开故事搜集或者回忆。

白音其木格女士 1963 年生于鄂托克旗查布苏木巴音陶劳盖嘎查,是在此主要介绍的第三位蒙古族民间故事的女性搜集者。她 1986 年毕业于内蒙古大学蒙古语言文学系,毕业后就职于原伊克昭盟民族事务委员会,直至 2001 年 12 月,主要担任蒙语文工作办公室的各级工作。2002 年至今,白音其木格为内蒙古民族事务委员会内蒙古少数民族古籍与《格斯尔》征集研究室副调研员、评审、《蒙古语言》杂志社副社长、副总编(副处长)、译审。她是鄂尔多斯蒙古族著名故事家朝格日布的主要故事采录人之一,于 1987 年对朝格日布老人进行了长达一个月的采访录音。白音其木格女士在回忆这一段历史记忆时充满了温馨与感慨:

> 我 1986 年大学毕业,到伊克昭盟民委工作刚一年,1987 年 6 月的一天,当时担任伊克昭盟民委副主任的双柱叫我去他的办公室,他说:"在鄂托克旗有个能讲故事的喇嘛,他在(19)83 年鄂托克旗民间故事讲述大赛中获第一名,他已 70 多岁高龄了,你有没有兴趣去采访他?"我说:"行啊,我对这些很有兴趣的。"
>
> 双主任笑着说:"没有想到你能接受这个工作,我曾经和很多人说这个事情,没有一个要去做,和旗民委的同志们也说过这个事情,也没有动静。"然后双柱主任让我去叫当时任伊盟民委古籍办主任的贺其科长。我去叫了贺科长,双主任对贺其科长说我愿意去采访朝格日布老人的事。贺科长问我:"那你啥时候能走?"我说啥时候都可以,你安排吧。我从单位保管员吉米斯老师(那里)领了一个子弹头录音机①,双柱主任给了我几盘杨玉兰歌、幼儿园歌等旧录音

---

① 白音其格木老师在电话里回忆:"当时的录音机主要是放放歌曲什么的,听说我要去做录音,吉米斯老师就说:'我给你找一个最好的录音机!'后来就拿到这个录音机,给了我几盘旧的歌带,我担心录音的质量,所以就自己跑到百货商店,去买了索尼的磁带,一盒是 1 块多钱,一口气买了十来盘!"白音老师感叹:"当时还不知道录音的一些技巧和注意的事情,所以没有在比较封闭的场所,比如本来可以关门关窗子,可能听得就更清楚一些的。"此后辗转近三十年,现在这些录音带里的故事都还能很好地被播放出来并供人整理,只是用两盘旧的录音带录下的朝格日布老人的故事没有办法复原整理了。

带，说"就用这些带录音吧"。我去联营商场买了一盘1.5元的10盘索尼录音带，怕旧带录音效果不好。

就这样，在1987年7月的一天，我和贺其科长、当时伊盟民委宗教科马龙科长到了鄂托克旗。第二天旗民委副主任马格斯尔和民委办公室主任阿尔宾布拉格开着212北京吉普前往朝格日布麻木所在的喇嘛庙。去喇嘛庙没有大路，只能追随牲畜走的路径跟着感觉走，庙在很偏远的一个沙漠深处。我们早晨从旗里起身，到大概下午一两点左右才碰见一户牧民家。我们打问朝格日布麻木，那牧民说，麻木身体不适，不在庙里，昨天去查布苏木看病去了。我们问查布苏木有多远？牧民指着西北方向说："到查布苏木还有百来公里，没有大路，你们就朝西北方向走着，也许能碰到大路。"我们（沿着）牧民指的方向跟着感觉走，继续颠簸，在日落之前，终于到了查布苏木。在查布苏木招待所，我们见到了朝格日布老人，他和他的一个年纪60来岁的徒弟麻木前一天来到这里住进来，还没有来得及找医生看病。我们去时他们已经吃完晚餐，准备休息了。

旗民委副主任马格斯尔跟麻木特熟悉，（19）83年的故事大赛就是马格斯尔副主任他们组织的，那以后他们就成了朋友。马格斯尔副主任说："我们把您带去旗蒙医院看病吧，那边条件比这里好，我们承担您的吃喝住行、药费，您把记忆里的故事讲给这个小姑娘听就行，行吗？"老人听了以后很感动的说："你们这么辛苦专程来了，那就听你们的吧。啥时候走？"

马格斯尔副主任幽默地说："我们来找您，从早晨到现在就拿白酒当饮食了，我们喝酒的不饿不渴坚持的呐，但这姑娘又饿又渴快要晕倒呀！麻木这就跟我们一起吃饭后回旗里吧。"麻木听了笑着对他的徒弟说："那咱们也收拾收拾走吧。"从查布苏木到鄂托克旗乌兰镇将近还要走两个多小时的路。车后座两个麻木和马科长、马主任我们五个人挤着坐。有大路，但全程都是土路，再加上夜间路有时候颠簸得特厉害，估计走了一半多路后，阿尔宾主任说："我头疼，困倦得实在开不了车了。咋办？"我们停车在野外坐了一会儿，再走，一会儿又不行了。估计我们从上午八点开始行程的，按现在的理解他可能劳累过度了，再加上一天没有吃没有喝。阿尔宾主任问我："你会开车吗？"我说没有开过，（他说）"我教你一下也许会开，你试一试吗？"我说："试一试吧，咱们争取回去就行。"阿尔宾主任教了我什么是刹车、油门、变速等等。我按他说的操作了几下后，就把车启动了，阿尔宾主任对我说："方向盘不要乱转，抓牢往前看好路直行就行。"阿尔宾主任在副驾驶坐着，偶尔动一个东西，不知动什么呐。我就按他说的抓方向盘直往前看好路，踩油门走。贺科长、马科长他们挤坐在后面，互相敬酒喝酒，还劝阿尔宾也喝酒，为我会开车而高兴。顺着路，大概晚上十一点左右，我们安全到达乌兰镇。朝格日布麻木夸我开得比阿尔宾稳，我可能开得慢，阿尔宾开得快，所以颠簸的厉害。我们住进了鄂托克旗教育局招待所。我现在想起那天开车的事情时，头发都有扎起来的感觉，拉的一车人命啊！那时候的人多么简单，多么傻？什么安全意识也不懂。

第二天贺科长留下马科长和我两个，先回单位了。我和马科长带麻木去旗蒙医院找陶玉金大夫看病，陶大夫是这里的名医。这样马科长陪我几天后也回去了，这就留下我和两个麻木一起待了一个月。当时他的病情是右腿水肿得很厉害，两条腿粗细不一样，走路很困难，我每天打三顿饭给他吃，吃完药后，徒弟麻木和我带他去看医生，有的早晨我去他们的宿舍倒他的夜尿。朝格日布麻木每天早晨早餐前后均念一个小时左右佛经。在我的印象中，朝格日布麻木特别慈祥和蔼，记忆特清晰。他上午十点以后给我讲故事，一讲就是一个多小时，直到他把完整的故事讲完为止。他有时候被自己讲的故事感染得哭，我也被感动得流泪。他说他有两个叫阿尔其色迪和阿木古色迪的侄子，这两人的名字是根据他讲的故事人物的名字起的，是一个同父异母的恩爱兄弟的故事。麻木讲这个故事时激动得热泪盈眶。

他老夸我说："好人家的好孩子，阿布尼（大爷）把你认我的干姑娘。"每天讲故事时我从来不强迫他，我就在他的房间里看书或给他洗衣服，打扫房间，熬奶茶什么的。他把他的经文念完，把经书用很陈旧的黄色布裹子包得整整齐齐放在枕头上方后，主动叫我："呼很（姑娘）！来录音吧。"我就开始录音。我俩配合得特别默契。有一天他给我说："呼很，阿布尼把故事可能都给你讲完了，再想不起什么了。我的腿也好多了，你给组织说一说吧，非常感谢组织，非常感谢你！"（他）流着泪说。我也跟着他流泪了。我的10盘新带也录完，开始用两盘旧带，共录制了12盘。

第二天，我去旗民委办公室，用民委的电话给双柱主任汇报情况。双柱主任说："那你就回来吧。"他让别人用旗民委的车把麻木送回去。第三天上午，旗民委办公室主任阿尔宾开着那个车来接朝格日布麻木，我俩在热泪中分别。他说："呼很，有机会来看阿布！"我答应他第二年去看他，但万万没有想到这就成了我们的永别①。他走的时候能自己拄拐杖在外面溜达一圈，说腿好多了，水肿消退了很多。那时候我年轻，不懂得照顾人，也许我再懂一点事，就能更好地照顾他老人家，也能更多挖掘他的记忆。

跟朝格日布麻木共同生活的情景，现在想起来依然浮现在眼前，成了抹不掉的记忆了。我最大的遗憾是跟麻木没有留下一个合影。我那年12月结婚，（19）88年利用一年的时间把录音整理成文字。当时帮我把录音整理成文字的人有马龙、吉米斯、达楞巴雅尔等老前辈，他（她）们跟我个人关系特好，（是）很呵护我的。我"忽悠"这些老前辈们说："这故事可好听呐，帮我整理整理！"他（她）们来兴趣了就帮我整理一个半个，没有兴趣就不管了，不管了就扔下走了，那时候的老小大家都很纯朴，回忆起来很开心的。我在（19）88年年底把所有录音整理成文字稿，交给双柱主任，双柱主任和贺科长把文字稿专门送给内蒙古少数民族古籍办公室，列入"蒙古族文献丛书"计划里出版。

当时批书号有难度，所以列入内蒙古少数民族古籍办公室出版计划里，他们在（19）89年3月把稿子退回来了，原因是，一是稿子不成熟，按照故事家讲述的整理的，方言太多，看不懂，（要）编成文言文。二是删除关系到宗教迷信内容的所有故事。双柱主任很难为情地对我说："这回好好编哦，编成文言文。"这样好多长篇故事都成了删除对象，剩余部分的语言尽量靠近文言文。而努力改编后字数少了，故事内容都少了。怎么办？当时伊克昭盟民委创办了一个鄂尔多斯刊物，我担任过第二期的责编，阿尔宾巴雅尔、查干莲花两个人投来了一些民间故事稿件，我从中选了一些故事，还选了其他人投来的民间故事稿子，和重新编的朝格日布故事，凑成30万字左右的稿子，再交给双柱主任，双柱主任又把稿子送到内蒙古少数民族古籍办公室。1992年内蒙古少数民族古籍办公室在"蒙古族文献丛书"里将此书稿以《鄂尔多斯民间故事》名义出版，作

---

① 在和白音老师的电话联系中，一次白音老师提到："1989年，（内蒙古）文联的哈斯毕力格图老师和阿尔宾巴雅尔老师去采访朝格日布老人时，老人还提到自己，可是他们当时没有告诉自己，而且自己那一年正好刚刚生完小孩子，出不去。没有想到，这以后就再也没有能够见到老人家了！"

者成了阿尔宾巴雅尔、查干莲花。内部说明里有我们的名字。出现过这样一个尴尬结局。

2010 年在"鄂尔多斯文化丛书"里,我把内蒙古少数民族古籍办公室错误出版的《鄂尔多斯民间故事》一书名字改为《朝格日布讲述的故事:斑马驹》,并再次出版,终于讨了公平,内部写了说明。其后喜事连连,(陈)岗龙博士找我重新整理出版朝格日布讲述故事集,我激动万分,这恰巧是我当年的想法和做法。(20)11 年的一天,哈达奇老师来电话说:"北京大学陈岗龙博士想见你,他问你是否还保存着朝格日布的录音,你是不是第一个采访朝格日布的人。"我说是第一个采访的人,录音应该在鄂尔多斯民委古籍办公室特木尔巴特尔那边保存着,因为 2001 年我调到内蒙古少数民族古籍办公室时,把录音带等所有手里的资料留给了特木尔巴特尔先生。我给他打电话,问:"朝格日布录音还保存着吗?"他说:"原原本本给你保存着呐。"我让他赶紧给我捎过来,我需要重新整理。特木尔巴特尔答应我立马捎过去。我太高兴了,高兴得一夜未眠。这就是第二次整理的开始,接着还有出书、开会等一系列活动。上帝恩赐了我们这个缘分,朝格日布老人恩赐了这个缘分。①

刚刚大学毕业即从事朝格日布故事的搜集与整理工作的白音其木格并没有受到民间文学搜集整理的专业训练,但是她的文学素养直接影响了故事的采集与整理。按其回忆,在将朝格日布老人讲述的故事录音第一次整理成文字时,她忠实地保留了故事中原有的方言土语的特点,但由于国家出版政策的要求以及实际执行者不了解民间文学的特性,导致故事在出版时,特点发生了变化,即:不能留有方言土语而要求用文言文,并要对故事的内容进行清理、纯洁化等。结果导致 1992 年版的《鄂尔多斯民间故事》(蒙文)已经是朝格日布原始故事的改编本了。幸运的是,白音其木格的文化直觉,使她虽历经近三十年的光阴,却一直保留着将老人讲述的故事忠实地传承下来的初心,即便是在回忆中,还在感叹当时对老人的录音工作做得不完美,这才有了对录音带的二次整理和记录,才有了蒙汉合璧的《蒙古族故事家朝格日布故事集》。

---

① 以上文字全部来自白音其木格老师于 2018 年 9 月 11 日深夜写下的回忆录,经过白音老师同意,此处全文转录。

《蒙古族故事家朝格日布故事集》中由白音其木格搜集整理的故事共计 25 则，其篇目名称如下：

动物故事：《孤独的斑马驹》《骆驼和老鼠》《骆驼和鹿》《狐狸和狼的故事》《燕子和青蛙数数儿》《到底哪个大》《被冤枉的七只虱子》《肋骨、盐、纸、虱子四个》。

魔法故事：《博格达圣主勃依吉尔可汗》《阿拉腾嘎鲁海可汗》《哲日格勒岱和莫日格勒岱》《古拉兰萨可汗》《积德男孩》《贫穷老夫妇拜活佛》《神树魂灵的故事》《土丘上的七个孩子》《目连喇嘛》《一个穷光蛋的故事》。

生活故事：《巴彦家的故事》《张素马》《傻子不吱声威风》《格斯尔博格达》《两鬼》《女人和猫》《入不了十八层地狱的人》。

在白音其木格搜集故事时录下的 12 盘录音带中，有近 1200 分钟的故事，是《蒙古族故事家朝格日布故事集》故事来源的重要组成部分，朝格日布故事的翻译者乌云格日勒在"译者后记"中指出："是故事家朝格日布现场讲述故事录音的原始记录版本。散稿，A4 纸，共 120 面，收入《古拉仁萨可汗》等故事 28 则。原稿信息仍旧不全，没有交代采访录音的准确日期。……第一则故事后面附有相关人名……"①《蒙古族故事家朝格日布故事集》中收录了 25 则白音其木格采录的故事，因其中包括连环穿插式故事，所以实际讲述的故事数量为 29 则，而根据白音其木格的回忆，这些故事都采录于 1987 年 7 月，前后历时大约一个月，为集中采录，是朝格日布在知道有录音的情况下专门讲述的。

朝格日布对白音其木格讲述的这些故事在内容上具有比较鲜明的特点：一是哈斯毕力格图和赛音吉日嘎拉等男性搜集者搜集到的关于当地传说、幽默与笑话类的故事均未在白音其木格搜集的故事中出现。二是所讲的动物故事大多都是非常短小精悍的，仅有《孤独的斑马驹》与《狐狸和狼的故事》是长篇故事，但这些动物故事具有一个共同的特点，就是知识性很强，其知识点涉及蒙古族的养殖民俗、数学知识、动物生活习性等多个方面。三是生活故事和魔法故事占所述故事的三分之二强，其中带有宗教训诫意义的故事颇多，如《积德男孩》《贫穷老夫妇拜活佛》《神树魂灵的故事》《目连喇嘛》《格斯尔博格达》《两鬼》《入不了十八层地狱的人》。尤其是对于女性的能力与信仰多有涉及，以《目连

---

① 白音其木格、策·哈斯毕力格图搜集整理，乌云格日勒译：《蒙古族故事家朝格日布故事集》，呼和浩特：内蒙古人民出版社，2012 年，第 425 页。

喇嘛》和《入不了十八层地狱的人》为例，前者讲述目连的母亲不信仰佛教而入地狱，后来受到信仰佛教的儿子目连的救赎得以解脱，后者讲述不信仰佛教的丈夫进入地狱，而其妻子笃信佛教，最终影响了丈夫，结果丈夫临终前的瞬间皈依，使其免于堕入地狱。其他魔法故事则多与英雄史诗有密切关系，情节复杂曲折。

白音其木格女士对录音稿的二次整理保留了朝格日布故事讲述中的大多数口语、方言、语气词等，而翻译者乌云格日勒女士也在与陈岗龙博士等人的沟通中，忠实地对白音其木格等人记录的朝格日布故事进行了翻译，乌云格日勒指出白音其木格的这一部分记录稿"有很强的原始记录本特点。完全按照讲述者讲述顺序记录，没有经过编辑加工（至少给我的原稿是这样的）。方言土语，用括号括注的形式解释。重复讲述和解释内容，有〔〕符号括注。录音中听不清楚的部分，用＊号标注。此部分口语化特点明显，更忠实于录音，因而更具学术研究价值"①。白音其木格的采录和在她的努力下进行的蒙文记录是可靠的，尤其是经过了1989 年不如意的一次出版后，其第二次整理尤其重视忠实于当时听故事时的感觉，从民间文学的采录视角而言，的确是更为科学的版本。如在《一个穷光蛋的故事》的讲述中，其部分内容如下：

    城里有个穷光蛋，天天上山打柴，到了中午卖给别人换几个钱，让家里人吃上一顿饭，〔穷人嘛，只能这样。〕一天，他上山打柴，忽然看见有个山洞，〔山上这样的洞特别多。〕往里瞅……

    "唉，我们家可没你们这些人啊！我怎么不知道？你叫什么名字？姓什么？这么大口气？"他很生气地问。道出姓，〔汉人的姓很当紧。〕跟他是一个姓，对着呢。……

    从此，三个人都成了神仙。〔过去，还有画着这个故事的画呢。〕②

显然，白音其木格根据自己听故事时的情况，将故事讲述主体内容与故事家的解释性语言加以区分，用"〔〕"符号括注故事家的解释性语言，并未将之与故事的整体情节混同，或者为了故事阅读的流畅性而将之省略，而这在以往的整理中，往往是处理故事的常用方法。在《一个

---

① 白音其木格、策·哈斯毕力格图搜集整理，乌云格日勒译：《蒙古族故事家朝格日布故事集》，呼和浩特：内蒙古人民出版社，2012 年，第 425 页。

② 同上书，第 180~181 页。

穷光蛋的故事》中,白音其木格记录的科学性与整理的忠实性原则,得到了充分的体现:朝格日布的伦理态度是对穷人的同情,清楚表述了这则故事的汉族文化来源,用"汉人的姓很当紧"同时还传递了不同于蒙古族的汉族文化知识,并用"过去,还有画着这个故事的画呢"来表示这一则故事的传播是图文并茂的。事实上,这一故事即汉族著名的"烂柯山",在丁氏索引中的编码为"AT471A 和尚与鸟",在金氏索引中调整至编码为"AT844A 仙境一日 人间千年"。林继富曾著《山中方七日,世上已千年——"烂柯山"故事解析》一文,论述此类型故事的情节和思想与中国仙道文化精神的关系①,顾希佳先生梳理从晋代至明代的"烂柯山"型故事的文本记录,包括相传有此山的各地方志书中的记录共计 19 条,指出作为地名传说的烂柯山"多说在浙江衢州,亦有说在端州高要县、广东肇庆府信安、四川西昌、四川达县等处,则是故事辐射流布所产生之异文"②。金荣华先生在《民间故事类型索引》中列出当代流传的"844A 仙境一日 人间千年"型的中国异文 31 则,其中并不包括朝格日布讲述的这一则故事。朝格日布讲述的此则故事,因白音其木格的科学记录,使我们了解,"烂柯山"型故事不仅有着深厚的汉族文化历史渊源,丰富的历史文本记录资料,当代口头流传的大量异文,还有着广泛的传播地域,既包括道教文化生根的中原大地,也包括佛教文化盛行的蒙古族地区,其传播的方式不仅是文字文本与口耳相传,还有绘画。

  以上三位女性搜集者的情况有着以下共同特点:一是三位女性均是蒙古族,自幼浸润于本民族的传统文化之中。二是三位女性均受过良好、系统、正规的学校教育。三是三位女性长期任职于政府部门。三位搜集者搜集民族民间故事的出发点不尽相同,如钱世英与彤格乐从亲情出发,为了怀念与纪念的目的,主动对故事进行回忆式的记录、整理,并以专集的方式出版,而白音其木格的搜集主要是出于语言文化习得的良好基础及本人的文学爱好,在大学毕业之初即主动承担了民间故事的搜集整理工作,并在此后的工作中,一直从事文字编辑、整理方面的工作,还创作并发表了《心中的澳林布拉格》《私塾学校》等文学作品。她们均具有较好的文化素养,长期在政府文化部门工作,了解文化政策或者直

---

① 刘守华主编:《中国民间故事类型研究》,武汉:华中师范大学出版社,2002 年,第 179~190 页。
② 顾希佳编著:《中国古代民间故事长编·魏晋南北朝卷》,杭州:浙江大学出版社,2012 年,第 253~254 页。

接受到工作指派。作为三位在鄂尔多斯蒙古族民间故事搜集史上留下名字的蒙古族女性，她们的出现，具有一定的历史意义。在此之前的蒙古族民间故事主要是由男性，如田清波这样的外国传教士搜集而来，搜集的对象也主要是蒙古族的男性故事讲述者，虽然有证据表明，《阿尔扎波尔扎罕》中有女性故事讲述者留下的文本，但女性姓名的缺失正好从侧面证明，在民间故事搜集的历史上，女性因种种原因并未得到重视。

三位女性故事搜集者出于不同目的进行民间故事的搜集，表明女性搜集整理者在新时期参与到蒙古民间故事的搜集、记录、整理中来，也表明女性在整个国家文化发展史上，逐渐取得发言权，是女性参与政治生活的重要见证与结果。社会地位的提高，使女性在日常生活中被激发了更多的历史责任感，平等教育使她们具备了文化参与和文化表达的能力，也更有参与文化表达、文化记录的欲望，从而记录下更多民间蒙古族女性的声音。

（三）鄂尔多斯蒙古族民间故事的翻译者乌云格日勒

乌云格日勒（1970——　），女，蒙古族，1993年毕业于中央民族大学法学院，中国共产党员，现任民族出版社蒙文室主任，编审，中国翻译工作者协会会员，曾编辑"蒙古民间故事类型学研究丛书"、《达斡尔资料集》等系列丛书，并多次荣获"中国出版政府奖图书奖""全国推荐百种优秀民族图书"等奖项。乌云格日勒女士精通蒙汉双语的双向翻译，出版过多部汉译蒙和蒙译汉图书，是《民族画报》汉译蒙团队成员，并发表多篇蒙汉翻译的研究论文、书评等。在笔者搜集的众多汉译蒙古族故事中，乌云格日勒女士独立译出其中的两部，《蒙古族故事家朝格日布故事集》与《鄂托克民间故事》，与孟克合译《洁白的珍珠》，是将鄂尔多斯蒙古族民间故事向汉语世界传播的重要译者。在《蒙古族故事家朝格日布故事集》与《鄂托克民间故事》中都有她的"译后记"，记录了译者的翻译之路。乌云格日勒于2002年开始接触大量民间故事翻译工作，最初是《达斡尔资料集》第三集专辑的编辑工作。2006年受哈达奇·刚先生的邀请参加《中国民间故事全书》中鄂托克旗卷的翻译工作，这一工作后来受阻，未能顺利出版此书，但乌云格日勒却为之留心用力，直至近十年后的2015年，才在原译稿基础上出版了《鄂托克民间故事》一书。2011年，乌云格日勒接受《蒙古族故事家朝格日布故事集》的翻译任务，主要是利用工作之余的休息时间进行翻译，直到2012年翻译完成。

笔者与乌云格日勒女士相识于2012年4月，此后，经常向她请教蒙古族民间故事的相关问题，在相互的切磋中，谦逊的乌云格日勒女士也常常和中央民族大学蒙古语学院民间文学专业的硕士生、博士生一起讨论民间故事的翻译标准等问题。在《蒙古族故事家朝格日布故事集》的"译者后记"中，乌云格日勒女士写下关于朝格日布录音整理稿翻译过程中的一些心得：

> 第一部分是编辑整理本。整理体现在它对54篇故事的分类上，而编辑体现在对录音记录稿进行的编辑加工上，如对错别字的更正，对句子的润饰编辑，对内容结构的调整上。读起来更顺畅，更容易理解。而第二部分是录音记录本，有很强的原始记录本特点。①

在乌云格日勒对朝格日布故事的翻译工作中，对于第二部分由白音其木格录音和组织整理的故事在翻译中保持了"信"的原则，使得其故事更具有研究价值。而她在朝格日布故事的翻译过程中坚持的一些原则，也很好地展现出对民间文学翻译科学性追求的不断提高，如自觉地做到"忠实于讲述者的语气、语言使用习惯等，尽可能地传达这位蒙古民间故事家的讲述风格"②，并在翻译过程中大量运用注释和音译，大量能体现蒙古族文化特色的名词术语在翻译过程中得以保留，对于原稿中出现的藏文佛祖名、经咒名、人名等也采用了音译的方法，并用脚注的形式随文解释汉语意思，也体现出蒙古族故事家朝格日布的宗教信仰对故事讲述的深刻影响，以及这一信仰如何受到藏传佛教的深厚影响等。乌云格日勒对朝格日布故事的翻译基于原录音整理稿，体现出民间故事汉译工作中的科学性，展现出朝格日布故事讲述中的语言风格、叙事特点等。

乌云格日勒在2015年出版的第三部译作《鄂托克民间故事》原本是"踏入蒙汉民间故事翻译领域的处女作"③，后来在翻译上结合与吸取朝格日布故事的翻译经验之外，她还对这部译作进行了新的处理，一是对故事的分类，参考了民间文学的学科分类方法，尤其是AT分类法，二是对故事稿件中的分段问题，针对原分段不明的情况，进行了适当调整，以利于体现民间故事的整体可读性与条理性。在三部译作中，《洁白的珍

---

① 白音其木格、策·哈斯毕力格图搜集整理，乌云格日勒译：《蒙古族故事家朝格日布故事集》，呼和浩特：内蒙古人民出版社，2012年，第425页。
② 同上书，第426页。
③ 扎·玛betting苏尔扎布、仁钦道尔吉整理，乌云格日勒翻译：《鄂托克民间故事》，北京：民族出版社，2015年，第349页。

珠》是最早被出版的，可视为乌云格日勒的"试水"之作，没有留下相关的翻译信息，此后的两部，都留下了后记，可供阅者回溯文本的翻译过程。这些信息也展现出翻译者为鄂尔多斯蒙古族民间故事的翻译工作作出的种种努力，以及在翻译过程中民间文学专业知识的增长与自觉追求。如果没有这些译作，笔者的研究工作不可能顺利开展，而译者努力达到翻译的准确性与忠实性，为故事研究文本的可靠性、科学性提供了一定的保障。

　　乌云格日勒作为一名女性翻译者，以其科学、严谨、求实、好学的精神，完成了众多鄂尔多斯蒙古族民间故事文本的翻译工作。这些文本大多来自男性故事家、男性故事搜集整理者，仅有白音其木格女士及其女性同事是例外，包括哈达奇·刚、扎·玛格苏尔扎布和仁钦道尔吉在内的搜集整理者、《洁白的珍珠》的合作翻译者孟克等在内的众多男性也是三本译作出版工作的重要参与者，男性故事家、男性讲述者、男性搜集整理者，与（少量）女性讲述者、（少数）女性搜集整理者及女性翻译者（主体）合作完成了鄂尔多斯蒙古族民间故事的汉译工作，使它们在汉语世界得到更广泛的传播与研究。

　　男性故事家朝格日布的故事作为本书研究的重要对象，在此后的章节中，其故事文本的性别叙事特征与其个人的喇嘛身份和佛教信仰始终密切相关。整体而言，在鄂尔多斯地区已经搜录的民间故事中，以男性故事讲述者和男性故事搜集整理者的文本比例为重，而女性故事家虽始终存在，但女性的搜集整理活动比男性要晚了近半个多世纪，直到女性在文化政治生活中的地位普遍得到提高，才激发热爱民间故事的蒙古族女性对本民族民间故事进行搜集、整理、翻译和出版。

第二章　动物故事研究

"动物故事是关于动物的故事，也是关于人的故事。但归根结底，还是关于人的故事，只不过采取的形式不同而已。"① 有研究者认为动物故事是与神话最为接近的、历史最悠久的。贾芝先生曾指出："国外学者对中国民间故事宝藏之丰富甚少了解，甚至还存在着与实际相差极远的错误观念，比如有人说中国没有动物故事。事实上，中国各少数民族都有许多妙趣横生的动物故事，就是在汉族中也有很生动的动物故事流传。"② 蒙古族就是一个善于讲述动物故事的民族，鄂尔多斯地区更是流传着大量的动物故事，仅笔者搜集到的汉译文本中，全部汉译故事481则，动物故事就有117则，占全部已完成汉译的蒙古族故事的四分之一，但不包括重复收录的情况，如《阿尔扎波尔扎罕》与老故事家朝格日布讲述的故事都有部分被《洁白的珍珠》收录过，也可以说明选编者、选译者对这些故事兴趣很大。就故事讲述家朝格日布而言，被记录整理下来的79则民间故事中，就有24则动物故事，占全部被记录和汉译的朝格日布故事的三分之一。鄂尔多斯蒙古族的动物故事来源多样化，类型丰富，既有世界性的故事类型，也出现了一些蒙古族独特而稳定的故事类型。

在具体的研究中，关于什么是动物故事，往往有不同见解。如作为儿童文学重要组成部分的动物故事，"指取材于动物世界，以动物为主人公，描写它们的生态、习性，或借动物形象来象征人类社会生活和社会关系的故事"③。在民间文学研究领域，万建中将动物故事归入"童话"，将其界定为"以动物为主体，演绎难世百态。那些本是严重威胁人类生存的自然界的异己力量在童话中逐渐被赋予社会属性，成为压迫者和邪恶势力的象征"④。汪立珍在《满—通古斯诸民族民间文学研究》中对动

---

① 林一白：《略论动物故事》，《民间文学》1965年第3期。
② [美] 丁乃通编著，郑建威等译：《中国民间故事类型索引》（序二），武汉：华中师范大学出版社，2008年，第2页。
③ 方卫平、王昆建：《儿童文学教程》，北京：高等教育出版社，2004年，第6页。
④ 万建中：《民间文学引论》，北京：北京大学出版社，2006年，第205页。

物故事有所研究,指出"从它的内涵来讲,满—通古斯诸动物故事是以各类动物为主角或者基本上以动物为主要叙述对象的散文类叙事作品。在具体的故事发展过程中,故事的整体不是单纯地叙述动物的生活习性和特征,而是赋予动物人的语言、人的性格、人的心理和情感,甚至享有同人一样的生活和社会经历"①。汪立珍将满—通古斯诸民族的动物故事按主题分为动物特征解释故事、动物报恩故事和动物寓言等,作为与满—通古斯诸民族同属阿尔泰语系的蒙古族,其动物故事与满—通古斯诸民族有密切的关系,也多具有这三个方面的主题,但又有其独特之处。

本章主要考察以动物为故事主人公的文本,考虑到其他研究者将有动物作为故事主人公之一的故事也归入到"动物故事"的类别,故而将朝格日布讲述的《灵尸故事》中的部分故事、《狐狸和狼》等也视为动物故事,其中的动物必须是在故事发展过程中起了主导的、决定性的作用而非仅仅作为帮助者出现。另在部分幻想故事中,动物是重要的行动者或者帮助者,如《求子的老两口》,它们也反映了蒙古族故事对于动物的认知和喜好,故而在研究中也会有所涉及,但并不将之视为动物故事。因此本研究的"动物故事"主要是指以动物为主人公,围绕动物展开情节的散文叙事。

第一节 动物故事的角色功能与叙事模式

在 AT 分类法中,民间故事被划分为最基本的三大类别:动物故事、常规民间故事和幽默故事。汤普森根据动物们在故事中扮演的角色种类,又划分出更小的一些故事组,再进一步,将每一个小故事组中涉及同一种动物的又归到一起。美籍华裔学者丁乃通教授在 1978 年所编纂《中国民间故事类型索引》、中国台湾学者金荣华教授在 2002—2014 年三度编纂的《中国民间故事集成类型索引》与《民间故事类型索引》(第一版、第二版)均是以 AT 分类法为依据,沿用汤普森等人的分类方式,将"动物故事"列为第一个大的类型,共分配第 1—299 的 AT 型号,蔡丽云以中国民间动物故事为对象进行类型研究②,对丁氏索引之民间动物故事类型的"类型号码""类型名称"以及"故事提要"逐一作修订,

---

① 汪立珍:《满—通古斯诸民族民间文学研究》,北京:中央民族大学出版社,2006 年,第 171 页。
② 蔡丽云:《中国民间动物故事类型研究》,台湾中国文化大学中国文学研究所硕士论文,1997 年。

并借由故事资料的建立，提供类型检索之用①，在蔡丽云的硕士论文中，对于动物故事的类型增补是目前所能检索到的最丰富的中国民间动物故事的类型索引。第一章中的动物故事类型索引即在参考已经以专著形式出版并在民间文学研究领域较为广泛使用的金荣华先生《民间故事类型索引》的基础上，部分增补蔡丽云的动物故事索引编号。

从鄂尔多斯地区所搜集到的117则动物故事中，已查找的分属55个已定型编目的AT类型的68则故事表明，一个故事往往分属多个故事类型，如《鹌鹑智斗狐狸》是AT56A与AT6的组合，《聪明的小白兔》和《兔小鬼大》是AT9A.2与AT21的组合，《骑栗色公牛的大灰狼》是AT122G与AT122Z.1的组合，《老虎和驴》是AT125B与AT125F的组合，《马和狼的故事》是AT37与AT47B、AT122G的组合。

仅朝格日布讲述的动物故事中，就有15个为中国多个民族乃至世界其他多个国家和地区流传的已被编写型号的故事类型，如《青蛙、刺猬和狐狸的故事》就曾被许多蒙古族故事家讲述。大部分故事情节都属世界范围内广泛流传的动物故事类型，但也存在部分母题的漏讲或者有意地误解，包括曹纳木讲述《狐狸和狼》中有"比谁年龄大"这一母题；敖特根吉日嘎拉讲述《狐狸、刺猬和狼》中有"比谁容易醉"及"赛跑"母题等，《马和狼的故事》与《洁白的珍珠》中收录的哈扎尔讲述《骑栗色公牛的大灰狼》、敖特根吉日嘎拉讲述《狼和冻肚儿》均属同类型故事；《白额白鼻梁绵羊拜佛的故事》与《洁白的珍珠》中选录乌力吉讲述《去五台山拜佛的羊》属于同类型故事等。也有许多并未在世界性的类型索引中出现的动物故事，它们情节稳定，异文数量较多，在蒙古族有较为久远的、普遍的传承，如朝格日布讲述的有蒙古族特色的动物故事《孤独的斑马驹》，在《洁白的珍珠》中有蒙古族故事讲述人娜米兰所讲《朝特白骒马》，与《孤独的斑马驹》为同一故事类型的两则异文，其中鸟兽达成协议、因偶然事件违反协议、鸟王带鸟兵复仇、母马为保护小马而亡、小马投奔外婆长大等母题与《孤独的斑马驹》相同，但没有复仇情节，而是以马找到主人结尾。朝格日布讲述的《愚蠢的大象》，也在鄂尔多斯地区有多个异文，有的以愚蠢的老虎为主人公，有的与生活故事相结合，从而形成较长的动物故事与生活故事的混合型故事。

---

① 转引自陈丽娜：《中国民间故事类型研究》，台湾东华大学民间文学研究所博士论文，2009年，第27~28页。

关敬吾在谈到日本的动物故事时曾指出："动物故事，在日本没有特定的名称，包括动物由来的故事、动物寓言、动物叙事诗等。动物由来故事讲述动物的外观、特征、命运等。故事的种类多少有些差别，不都是讲述动物的社会，有些是以表现戴着动物面具的人类社会为主题的，特别是还有以社会纠葛作为中心的，因而也就有以人为主人公的同一形式的故事。只有一个事件并按照对立原理组成的这一类故事还真不少。"① 动物故事绝大多数都以表现人类社会纷繁复杂的现象为主，按照对立原理构架故事，不仅具有动物故事的叙事逻辑特点，还具有多数篇幅短小的动物故事展现其魅力的最突出的叙事结构特点。世界各地流传的动物故事只有极少数集大成者成为《列那狐的故事》这样复杂的连章体故事系列，大多动物故事都是单篇独立，且多短小精悍。鄂尔多斯的蒙古族动物故事虽然大多符合情节紧凑、短小精悍、一事一篇的动物故事叙事特点，但有不少动物故事在叙事结构上较一致地呈现出独特性。

从叙事角色的承担者而言，野生动物多以狐、兔、青蛙等蒙古族生活中常见的动物为主，家禽故事较少，家畜则多以蒙古族的五畜②为主角，从叙事情节而言，往往是多个故事情节连缀而成一个单篇故事，从而形成了故事类型的复合，这也是鄂尔多斯动物故事区别于关敬吾所研究的日本动物故事、笔者所关注的汉族动物故事的一个重要特征。其类型结合的种类主要是动物故事与魔法故事的结合③、动物故事与生活故事的复合等④。故事复合形成了故事学分类法中较少见到的难以分类的现象：现有故事分类往往按动物故事、一般民间故事（主要是幻想故事和生活故事）、程式故事加以区别，较少考虑动物故事与幻想故事、动物故事与生活故事等混合的情况，而在鄂尔多斯蒙古族故事中，出现多则混合型故事，如《贫穷老夫妇拜活佛》《愚蠢的大象》《笑出珍珠的人》《阿尔基博尔基汗》《马和狼的故事》《老虎和母牛》《聪明的鹦哥儿》《光头老汉和狼》《兔子历险记》《足智多谋的老两口》等。

---

① ［日］关敬吾著，张士闪、清水静子译：《关敬吾论日本传统故事的类型与结构》，《西北民族研究》2003 年第 3 期。
② 五畜：蒙古族牧民称牛、马、山羊、绵羊、骆驼为"五畜"，是蒙古族衣、食、住、行的重要依赖。
③ 《蒙古族故事家朝格日布故事集》中的《愚蠢的大象》和《贫穷老夫妇拜活佛》，《鄂托克民间故事》中的《老虎和母牛》均属动物故事与魔法故事的复合。
④ 《阿尔扎波尔扎罕》中的《锅漏》，《洁白的珍珠》中的《老虎、猴子和蚊子》，《鄂尔多斯民间故事》中的《兔子历险记》《聪明的鹦哥儿》《光头老汉和狼》均为动物故事与生活故事的复合。

鄂尔多斯数量众多的动物故事中，以机智动物故事为主，寓言动物故事次之，滑稽童谣数量最少。以下从其故事的叙事角色、情节特征、叙事效果三个方面对叙事结构的特征进行研究，鉴于目前对于中国动物故事的研究仅有谭达先博士《中国动物故事研究》①一书，其他研究较为零散，主要关注哈萨克族、回族等民族的动物故事，而朝格日布讲述的动物故事，既有鲜明的蒙古族文化特征，其中大多数故事又是世界性故事类型，更是汉、回、藏等多民族文化交流的结晶，故而对其进行叙事研究也具有中国民间动物故事的普遍性意义。

钟敬文先生在为中华书局的"外国民俗文化研究名著译丛"作序时，曾指出："应该把故事当作一种人民的精神产物来对待，而不能只像故事类型学派那样，把它当作一种结构形式来拆解。特别是在研究中国故事上，还要研究它所联系的社会生活、文化传承、讲述活动和表演情境等，而不能只分析它的情节单元，这样才能得出比较适当的结论。"②在阐述这些动物故事从何而来之前，需要先回答它们"是什么"③，而回答它们"是什么"这个问题，必须首先回到它们"讲什么"这个原点，因此，"叙事"依然是绕不过去的问题。在此，通过对鄂尔多斯动物故事在"叙事"方面共性特征的分析，来寻找其叙事特点，作为与其他地区蒙古族动物故事和其他民族动物故事比较研究的基础。

一、动物故事的角色与行动图谱

动物故事的角色构成较为简单，一般由两至三个主人公构成，大多都由两至三个角色完成整个故事。由两个动物角色完成全部故事情节的故事包括：《马和狼的故事》《兔子和狮子》《老虎和驴》《颜料上打滚的狐狸》《蜥蜴和蛇》《狐狸和狼的故事》《老鹰与蛤蟆》《燕子和青蛙》《骆驼和老鼠》等，这些故事中的两个角色之间主要是对立关系，即角色A与角色B或者是吃与被吃的关系，或者是竞赛者之间的关系，前者如马和狼、兔子和狮子、老虎和驴、蜥蜴和蛇、老鹰与蛤蟆等，或者是竞争者之间的关系，如狐狸与众兽、燕子和青蛙、狐狸和狼、骆驼和老鼠等。

由三个以上的动物角色完成全部故事情节的动物故事如《谁最厉

---

① 谭达先：《中国动物故事研究》，台北：台湾商务印书馆，1992年。
② [俄] 弗拉基米尔·雅可夫列维奇·普罗普著，贾放译：《故事形态学》，北京：中华书局，2006年，第5页。
③ 同上书，第3页。

害》《肋骨、盐、纸、虱子四个》《老虎和母牛》《愚蠢的大象》《麻雀的故事》《青蛙和猴子》《老猫》《喜鹊与狐狸》《乌鸦、刺猬、貂》《青蛙、刺猬和狐狸的故事》《白额白鼻梁绵羊拜佛的故事》《两只天鹅和一只青蛙》等，除了《谁最厉害》与《肋骨、盐、纸、虱子四个》这两则滑稽童谣类的文本外，其他动物故事均是情节较为复杂的故事，其角色构成主要包括：主人公、对手、帮助者三类，且一般为三至四个情节段组成。

角色的多少、角色出现的先后与角色的功能有直接的关系，并影响了故事寓意的表达。就朝格日布所讲述的动物故事而言，故事的角色为两个的，两个角色只能同时出现在故事中，但故事情节因有民间故事常见的"三段式"表达，而使情节不断推进，如《马和狼的故事》①，其角色与情节构成如下：

主人公一：马。

主人公二：狼。

第一回合：把马拉出泥沼。

第二回合：把马舔干净。

第三回合：读马距毛处的文字。

马的目的：逃脱被狼吃掉的命运。　方法：计谋与智慧。

狼的目的：吃掉马。　方法：听从对方的安排。

结果：马的计谋得胜。

与之相同结构的还有《兔子和狮子》《蜥蜴和蛇》《老鹰与蛤蟆》，这三则故事中，都以两个角色完成全部故事，两个角色之间的关系均是对立的吃者与被吃者的关系，而最终的结构都是吃者愚蠢地被弱小的被吃者愚弄而失去了吃的机会，都蕴含了"聪明的智慧才是弱者的生存之道"这样的道理。

当角色之间的关系为竞争者时，以《颜料上打滚的狐狸》② 为例：

主人公一："蓝"狐狸。

主人公二：众野兽。

第一回合：狐狸将自己染蓝，宣称自己为众兽之王并奴役众兽。

第二回合：狐狸令众兽为母亲送肉，母亲的吩咐暴露"蓝"狐的真

---

① 白音其木格、策·哈斯毕力格图搜集整理，乌云格日勒译：《蒙古族故事家朝格日布故事集》，呼和浩特：内蒙古人民出版社，2012 年，第 7 页。此故事类型编码为"ATU122G　洗干净了再吃"。

② 同上书，第 30 页。此故事近似类型编码"ATU214B　驴披狮皮难仿声"。

实身份。

第三回合：众兽集体反抗。

狐狸的目的：残酷地奴隶众兽。　方法：染蓝自己，假称为众兽之王。

众兽的目的：摆脱奴隶。　方法：集体反抗。

结果："蓝"狐被驱逐，反抗成功。

朝格日布在讲述这则故事时，强调气焰嚣张的坏人，都会落得这只狐狸般的下场①，而《燕子和青蛙》《狐狸和狼的故事》《骆驼和老鼠》虽然情节上繁简有别，但寓意上，多较为单一。其中《狐狸和狼的故事》之中加入了老夫妻二人的情节角色，这一则故事并非纯粹的动物故事，而是动物故事与幻想故事的结合。狐狸与狼之间先是戏弄者与被戏弄者的关系，实际上是隐含的竞争者关系，后来，加入老人夫妇后，狐狸成为帮助者。

由三个以上角色构成的故事，其角色关系分配如下：

角色一：弱者。

角色二：强者。

角色三：帮助者（往往为弱者）。

如《白额白鼻梁绵羊拜佛的故事》《喜鹊与狐狸》等。以下以《白额白鼻梁绵羊拜佛的故事》② 和《青蛙、刺猬和狐狸的故事》③ 为例，解析其角色与情节构成。

（一）《白额白鼻梁绵羊拜佛的故事》

主人公一：绵羊。

主人公二：狼。

主人公三：灰兔子。

第一回合：语言劝说，宗教力量。

第二回合：使用工具和计谋，模仿人类等级关系。

狼的目的：吃掉羊。　方法：武力。

兔子的目的：赶跑狼。　方法：诡计与威胁。

结果：狼被赶跑。

---

① 白音其木格、策·哈斯毕力格图搜集整理，乌云格日勒译：《蒙古族故事家朝格日布故事集》，呼和浩特：内蒙古人民出版社，2012年，第30页。

② 同上书，第8~9页。此故事属"ATU122　利用机智逃过被吃"与"ATU126　羊唬走了狼"型故事的复合。

③ 同上书，第38~39页。此故事属ATU275型故事。

在这则故事中，狼与绵羊是自然界中强势的食肉动物与弱势的食草动物之间的"吃与被吃"的关系，而灰兔子，从其食草性与体态的弱小特征而言，也是弱势者，故事情节的设定中，狼与绵羊为对手关系，在第一次情节的发展中，绵羊和狼对立，绵羊通过诱惑"等我生了再吃"和"吃拜佛的羊不吉利"而使狼放弃立即吃掉羊。第二个主要的情节中，兔子是帮助者，但实际上帮助者是主角，由帮助者来完成整个情节的高潮部分，即狼被兔子所设计的"宣旨"的"神圣性"和内容所震慑，狼狈逃走。

"三叠式"特征在鄂尔多斯蒙古族动物故事中反复出现，有纵向与横向相交融的艺术特征。鄂尔多斯大多动物故事具有"三叠式"特征，如弱者与强者有三次较量，最后一次定输赢，这种动物故事最常见的"三叠式"叙事结构特征，在三次循环往复中强调自然法则中的强者最后往往被弱肉强食的文化共识中的弱者运用社会法则打败，如兔子帮助羊吓跑了狼①；除此之外，鄂尔多斯蒙古族的动物故事中，还有一个非常鲜明的"三叠式"原则，即动物主人公为三个的动物故事非常多，这与很多其他民族民间故事中，往往只有对立的两个动物为故事的主角这种叙事视角很不相同，如《狼、狐狸和刺猬》《狐狸、刺猬和青蛙》《貂、乌鸦和刺猬》《狼、羊和兔子》《狼、狐狸和猫》《刺猬、蛇和蚂蚁》《喜鹊、狐狸和金鹿》《蜜蜂、凤凰和燕子》《乌鸦、兔子和黄牛》《乌鸦、刺猬、貂》《狗、猫、鼠三友结怨》《鹤、蝈蝈儿和蝙蝠》《马、车与销钉》《老虎、猴子和蚊子》《狐狸、刺猬和狼》《去五台山拜佛的羊》等。这种三角色并行的叙事，是鄂尔多斯动物故事中特别有意味的一种故事叙述结构。较之两个动物之间的对立、吃与被吃、强者与弱者等关系，三个动物的关系往往要更为复杂，它涉及动物之间的关系，而这种看似取自自然的关系，实际上往往是社会关系的影射，最常见的社会关系有结拜兄弟、朋友、母子、结盟者、协议者等。这些动物故事中的"三角形"形成的平衡往往在违背关系共识时被打破，如结拜的兄弟不义时，往往由义的一极惩罚不义，结盟者违背誓言时，违背者或不体谅者会得到惩罚与报复等。如此鲜明的社会文化共识在以"三个""三段"为特征的鄂尔多斯蒙古族动物故事中频繁出现，已经形成了角色数量、行动原则和主题表达的共性。

---

① 赛音吉日嘎拉、哈斯其伦搜集整理，乌云格日勒、孟克译：《洁白的珍珠》，呼和浩特：内蒙古人民出版社，2010年，第329~330页。《去五台山拜佛的羊》属于"ATU122 利用机智逃过被吃"故事的异文。

在《去五台山拜佛的羊》中，不同的情节阶段，由不同的动物形象来完成。第一阶段，狼因为贪吃，想吃得更多，也因为对于佛的恐惧，结果反而失去已经到口的肉，这也是朝格日布的动物故事中反复出现的故事主题。第二阶段，狼因为害怕皇权，不辨真假，仓皇而逃，前面对其主题已经进行过分析，而帮助完成狼这一形象的兔子在这一阶段是另一个主要形象。

这一则故事在蒙古族流传十分广泛，20 世纪 30 年代俄国学者柏烈伟《蒙古民间故事》即选取了俄国学者在喀尔喀蒙古族中已经搜集到的《乞丐和小羊的故事》①，在 20 世纪 50 年代还搜集到藏族的《羊和狼》的故事②。这也是一则复合故事，除了有朝格日布所述故事的情节外，另外还有狼被吓跑后，骗花老虎去吃"小人"，狼和老虎相互系在一起，兔子见到转回的狼带来了老虎，便宣称说是要狼来卖虎皮，结果虎把狼拖死了，这是与"AT78 系身虎背被拖死"型故事的结合。AT78 型故事是一个在中国流传特别广泛的故事类型，丁乃通先生的类型索引记载的 33 则异文（其中有两则为蒙古族异文）表明该故事在汉族、蒙古族、苗族等多民族均有流传，金荣华先生此类型下列举了 40 则中国异文，5 则外国异文，中国异文中涉及汉族、土家族、裕固族、壮族、藏族、门巴族、普米族、仫佬族、蒙古族、维吾尔族、景颇族、傈僳族、土族、水族、鄂温克族、撒拉族等 16 个民族。但这些故事异文主要是"177 不怕老虎只怕漏"与"78 系身虎背被拖死"的结合，或者"126 羊唬走了狼"与 AT78 型的结合，而在 AT126 型故事中，羊唬狼的方式是"昨天我吃了七匹狼，今天要吃第八匹"，而从柏烈伟所译的蒙古族故事到朝格日布讲述的故事，在蒙古族流传的这一故事类型都较稳定地保持了"太平可汗有令，要立马凑齐七十二张狼皮，送给喇嘛做曼荼罗之用。现在我们奉旨取狼皮来了"这一母题③，从而将之与其他民族的同型故事组合区别开来，其有着更深刻的蒙古族佛教信仰文化的烙印。

这一则故事又是一种渐进式增加角色而增加情节的"行动叠加"结构，在通过增加角色而增加情节的过程中，故事的寓意也由人际关系（力量关系）和对人性弱点的嘲讽转向了社会关系（权力关系）的讽刺。

---

① ［俄］柏烈伟译，《蒙古民间故事》，台北：东方文化书局，1973 年，第 112～116 页。
② 西南师范学院中文系康定采风队编：《康定藏族民间故事集》，北京：人民文学出版社，1959 年，第 77～78 页。
③ 白音其木格、策·哈斯毕力格图搜集整理，乌云格日勒译：《蒙古族故事家朝格日布故事集》，呼和浩特：内蒙古人民出版社，2012 年，第 8 页。

下一个故事情节中，角色虽同时出现，却主要是突出一个动物形象。通过增加角色而不断推进情节结构的动物故事还有：《老虎和母牛》《愚蠢的大象》《麻雀的故事》《青蛙和猴子》《老猫》《喜鹊与狐狸》《两只天鹅和一只青蛙》等。

（二）《青蛙、刺猬和狐狸的故事》

主人公一：青蛙。

主人公二：刺猬。

主人公三：狐狸。

第一回合：比赛跳河。

第二回合：比赛喝酒谁先醉。

第三回合：比谁年龄大。

青蛙的目的：占有宝物。　方法：计谋与智慧。

主人公二、三的目的：占有宝物。　方法：诚实与本领。

结果：青蛙计谋得胜。

寓意：聪明比诚实更有用，它可以使弱者得胜。同时这则故事也用于解释内陆比海洋贫乏的原因。

通过以上四则动物故事的角色关系、情节与寓意的比较可以看出，即便是角色较多，表达的寓意也可以较为单一，情节的多次推进，也可以表达同一个主题。即角色多少与寓意的多重性呈现以下关系：角色多的可以表达更多重寓意，也可以表达较为单一的寓意，而角色少的，一般只表达较为单一的寓意。同样可以作为例证的是《老虎与母牛》《愚蠢的大象》等由多种故事类型的情节链接而成的复合故事。

二、动物故事的功能性事件与叙事模式

普罗普在研究俄罗斯魔法故事时曾指出："如果摒弃所有地域性的、派生的东西，只留下基本的形式，我们便得到了那个故事，相对它而言，所有的神奇故事都是异文。"① 而朝格日布讲述的动物故事，因其与其他地区蒙古族流传的动物故事、其他地区其他民族流传的动物故事具有相似性，使我们大胆设想，如果摒弃了民族性、地域性的东西，我们便得到了动物故事的基本形式，所有的动物故事都是异文。在这些动物故事中，也有较为确定的功能性事件，通过对以上动物故事的分析，基本可

---

① ［俄］弗拉基米尔·雅可夫列维奇·普罗普著，贾放译：《故事形态学》，北京：中华书局，2006年，第84页。

以归纳出鄂尔多斯动物故事的五个功能性事件，根据其出现频率高低，依次为计谋、抓捕、逃离、杀害、比赛。

功能性事件的组合关系，形成了动物故事的几种组合模式，其中最主要的，也是功能性事件出现频率最高的，就是"诡计故事模式"，其次为"奖赏/惩罚模式"，最后为"问题/解决问题模式"。

（一）诡计故事模式

诡计故事是鄂尔多斯动物故事中最主要的结构模式之一。在这一模式中，有两个主要角色，一个竭力欺骗另一个，有时对方能发现受骗，会采取措施反过来竭力欺骗对方，有时故事就此结束，因此，这类模式可以一次，也可以多次使用同一功能性事件。以《青蛙和猴子》《白额白鼻梁绵羊拜佛的故事》《青蛙、刺猬和狐狸的故事》等为代表，这类故事既可以是讲述弱势动物从强势动物处逃离，诡计得胜的一方安全或者得到财富，也可以是两个力量不对等的动物之间的比赛。

诡计故事模式中，功能性情节呈现出如下两种对应关系：

抓捕—计谋—逃离[1]—杀害[2]。

比赛—计谋[3]。

动物故事的两个主人公，一个的行为符合其生物性关系，从而产生吃与被吃的固定关系，如狼吃马、狐狸吃鸟等，另一个则打破这种生物性关系。生物性关系在其"寓意"功能中，显然隐喻的是社会性关系中的强弱对比。从这种功能性结构的模式构成而言，动物角色的设定一定是有社会性意义的，故事建立在人们的共性知识之上，这种共性知识是一种已知的、普遍性的知识，但动物故事的结构却是为了超越这种共性认知，从而达到一种心理预期，但这种心理预期可能与现实生活中的真实遭遇正好相反。如"抓捕"功能的展开必然发生在强者对弱者的控制中，而"计谋"必然是弱者对强者所用，"逃离"与"杀害"则是弱者的行动功能。"计谋"在这一模式中居于主导地位，因此凸显的是设计或者实施计谋者的聪明智慧。

"计谋"在朝格日布的动物故事中，主要表现为以下内容，有的在不同故事中被反复使用，包括弱者编造出更强对手威胁恐吓强者[4]、借

---

[1] 《青蛙和猴子》《马和狼的故事》。

[2] 《兔子和狮子》。

[3] 《燕子和青蛙》。

[4] 《白额白鼻梁绵羊拜佛的故事》《兔子和狮子》等。

强者之势①、拖延并最终致命一击②、假装死亡③、利用对手在某些方面的无知④、利用对手的贪婪与自大⑤、骗对手张嘴而逃脱⑥。

(二) 奖赏/惩罚模式

以《两只天鹅和一只青蛙》《麻雀的故事》《骆驼和老鼠》《蜥蜴和蛇》最具代表性，这类模式中的功能性事件包括：比赛—计谋。

有时也会出现单纯的某一个功能性事件，直接导向的后果是死亡或者输掉某种利益。但这一模式的功能所呈现出的主题主要在于讽刺，而非如前是对于智慧的肯定。讽刺的对象往往具有某种道德品质的缺陷，如《蜥蜴和蛇》中贪得无厌的蛇，《两只天鹅和一只青蛙》中因贪功忘形而殒命的青蛙，《麻雀的故事》中"好了伤疤忘了痛"的麻雀等。

(三) 问题/解决问题模式

这一模式主要是复合型故事，即动物故事与其他类型的故事相结合，因此，前两个故事结构是主要的，较为原始的动物故事，而这一结构模式则是次生的，较为晚近，如《狐狸和狼的故事》《愚蠢的大象》《母牛和老虎》等，"计谋""杀害"等动物故事中的功能性母题依旧在发挥作用，且在故事中问题的提出与解决可以反复。这类故事有以下特点：一是此类结构中的角色并非纯粹以动物来承担，如《狐狸和狼的故事》中的老夫妇，《愚蠢的大象》中的五百猎人，《母牛和老虎》中虔心侍奉"德吉"给格根的老夫妇、贪财的巴彦、狠心的皇后、发现虎孩与牛孩的公主等。二是此类结构比前两种结构模式的动物故事更复杂，"问题"与"问题的解决"的对称关系中，"问题"并非如前所述一定是生存性的、竞赛性的内容，而是一些带有文化性的、社会性的问题。三是此类结构的故事在主题的表达上，其寓意的娱乐性往往大于故事的教育性。这些主题在其他的生活故事、幻想故事中也有类似的表达，事实上，大多关于故事的分类都是建立在叙事目的或者故事语境的基础上的。因此可以认为，一个动物故事的主题可以与一个幻想故事的主题相同，在一则幻想故事中，动物也可以取代其中的叙事角色。

目前笔者搜集到的这种叙事模式的动物故事汉译文本并不多，在检索到的其他民族和地区的动物故事中，动物故事与幻想故事相连接

---

① 《青蛙、刺猬和狐狸的故事》《骆驼和老鼠》。
② 《马和狼的故事》。
③ 《乌鸦、刺猬、貂》。
④ 《驴和老虎》《兔子和狮子》《青蛙和猴子》等。
⑤ 《蜥蜴和蛇》。
⑥ 《喜鹊与狐狸》《老鹰与蛤蟆》。

的结构并不多,但也并非不存在。如日本学者关敬吾在对日本传统故事进行研究时曾指出:"从结构上看,有应该称之为累积故事、连锁故事或'渐生故事'的系列形式。这种故事是一个跟着一个地讲述事件,开始和最后没有思想上的统一,主人公的性格往往也有变化,结构上没有逻辑的一贯性,结合得也很不紧密。它们凭借着由故事内容所留下的印象将由此引起的联想结合在一起,因讲述者的技巧和讲述时的条件而延伸或缩短。这种连续性事件的结构方式以单纯形式的动物故事或笑话采用得最多。《咔哧咔哧山》《一条路跑到黑》《应该这样做》便是这种典型的形式。"① 可见,日本的动物故事中,在结构上也呈现出连锁性。

总体而言,动物故事多被视为寓言故事,而将寓言类的动物故事与生活故事、魔法故事结合起来,动物故事跨类型叙事是鄂尔多斯动物故事叙事结构的特征之一,也是在蒙古族故事中较少见,在其他民族故事中也少见的故事叙事结构。"没有形态研究,便不会有正确的历史研究"②,如果故事的叙事结构也呈现出一种"进化论"式的前进模式,较原始的是较简单的,经过发展的是较复杂的,那么,诡计故事模式与奖赏/惩罚模式显然较之第三种模式要原始。

"对于故事研究来说,重要的问题是故事中的人物做了什么,至于是谁做的以及怎样做的,则不过是要附带研究一下的问题而已。"③ 从"做了什么"这一点来说,鄂尔多斯动物故事中最频繁出现的功能性事件就是"计谋"(诡计),通过功能性事件在动物故事叙事模式中出现的高频率情况来看,鄂尔多斯动物故事最为关注的无疑是弱者与强者之间吃与被吃、如何逃脱被吃的问题,计谋是弱者生存的必备伎俩。

数量众多、类型稳定且异文众多、结构较为复杂是鄂尔多斯蒙古族动物故事较为鲜明的特征,其中很多故事在其他地区的蒙古族中也有广泛的流传,这些动物故事塑造了一系列动物形象,既是鄂尔多斯蒙古族农牧生活智慧的结晶,也代表了在历史的长河中既保持游牧传统,又融合农耕文明的蒙古族人民的生活智慧,代表着蒙古族文化的象征性记忆,以其丰富多样甚至相互矛盾的动物形象,耐人寻味的多重主题,复杂的

---

① [日]关敬吾著,张士闪、清水静子译:《关敬吾论日本传统故事的类型与结构》,《西北民族研究》2003年第3期,第135页。
② [俄]弗拉基米尔·雅可夫列维奇·普罗普著,贾放译:《故事形态学》,北京:中华书局,2006年,第15页。
③ 同上书,第17页。

故事情节与独特的叙事模式,深刻地体现出蒙古族在物质生产、文化生活中的社会生活知识及文化价值观,反映出蒙古族辩证的哲学思维方式,是研究蒙古族的文化、社会生活及思维、宗教活动的重要参考资料。

第二节　动物故事的主题

动物故事的社会意义强于其生物性知识传达的意义,蒙古国学者好尔劳在《论蒙古民间故事》中指出:"动物故事的主人公是动物,所以故事主题思想是通过动物之间的关系和矛盾、斗争表现出来。聪明者以其智谋战胜愚蠢。这是全世界各民族动物故事的主要情节。动物中存在的聪明和愚蠢之间的冲突,也是在社会关系中所存在的生活斗争的表现。所以故事的主题思想是建立在矛盾和斗争的基础上的。"① 但其主题不仅是社会关系中生活斗争的表现,也是社会关系中人际关系和情感的复杂表现。

一、动物故事的主题分类

（一）讽刺强者愚蠢,赞扬弱者智慧

对智慧的肯定、赞扬,是鄂尔多斯流传的动物故事最常见的主题。以朝格日布故事为例,他讲述的 24 则动物故事中,有 10 则是机智动物故事,分别为《白额白鼻梁绵羊拜佛的故事》《兔子和狮子的故事》《青蛙、刺猬和狐狸的故事》《马和狼的故事》《狐狸和狼的故事》《喜鹊与狐狸》《老鸢和蛤蟆》《骆驼和老鼠》《乌鸦、刺猬、貂》《蜥蜴和老蛇》等。这类机智动物故事中,塑造了一系列聪明动物的形象,包括兔子、狐狸、青蛙、马等。相应地,也有一系列愚蠢的动物形象,包括狮子、狼、老虎、蛇等。其基本规律是:自然界弱肉强食的生物链中,弱势的小动物往往在动物故事中是聪明者,而强势的大动物,如狮子、狼等,则成为愚蠢的、被讥笑的对象。但"强弱"往往又是相对的,如在《狐狸和狼的故事》中,狐狸相对于狼是弱势者,以其智慧戏弄、战胜了狼,而在《喜鹊与狐狸》中,狐狸欺骗喜鹊,吃掉喜鹊的蛋,弱小的鹌鹑帮助喜鹊保护自己的蛋,惹怒了狐狸,狐狸抓住鹌鹑后,弱小者以自己的智慧令狐狸张开嘴,放开了自己原本被咬住的腿,最终逃脱了被吃的命

---

① ［蒙古］п. 好尔劳著,白歌乐译,《论蒙古民间故事》,中国民间文艺研究会研究部编:《民间文学参考资料》第八辑,1963 年内部参考用书,第 284～285 页。

运，因此，在这里狐狸又是相对的强者并最终失败。

这些故事与机智人物故事的叙事结构具有一致性，即机智人物往往在社会力量方面处于不利地位，但在事件进程中，往往因机智而逆转自身的命运。它传达的是一种积极向上的情感，这类故事对弱势者而言既是一种宣泄，也是一种鼓舞，通过讽刺强大者的愚笨来宣泄对强势者的不满，通过弱小者的胜利来鼓舞现实生活中受到压制的无地位者尽可能地运用智慧来面对强权等。好尔劳指出："蒙古动物故事创造动物形象时，多采用体大力强的动物同弱小的动物之间的对比手法，来表现它们当中究竟哪一个智谋过人。"[1]

(二) 传达民俗生活经验，劝诫遵守理想品质

借动物故事传达生活智慧，尤其是民俗生活经验、对于理想人物和理想品质的赞扬等，也是鄂尔多斯动物故事的常见主题。朝格日布讲述的《老猫》《禅师喇嘛的猫》《老虎和驴》《麻雀的故事》《青蛙和猴子》《乌鸦、刺猬、貂》《贫穷老夫妇拜活佛》《两只天鹅和一只青蛙》《愚蠢的大象》《颜料上打滚的狐狸》等，这些故事或表明《老猫》和《禅师喇嘛的猫》中"猫再老也是猫"的寓意，与汉族"狗改不了吃屎"这一俗语所传达的生活智慧相近；或传达自夸自擂能骗人一时不能骗人一世，得意忘形必然自害自身等[2]。

李成贵认为："寓言故事是由古代动物故事转化而来的。它借动物的形象特点，表达对现实生活的思想感情。"[3] 朝格日布讲述的动物故事，寓言故事占了大多数，这些故事传达的训诫意义是一些十分典型的为人处世的基本道德观念，为蒙古族文化所重视。如《愚蠢的大象》故事讲述人朝格日布对故事的理解，主要是从故事的寓意出发，希望故事起到训诫人的作用：

> 大人物太过自以为是，狂妄自大，就会落得和这头愚蠢的大象一样的下场。一家人不和睦相处，反而相互加害，就会落得和五百个刽子手一样的下场。自以为是，目中无人，不听他人劝告的家伙，其下场就会像五百只灰鼠一样。有家产，有能力而不助人，心中只想着自己的人，其下场就会像那只黄狐狸一样。再说那只聪明的白

---

[1] [蒙古] п. 好尔劳著，白歌乐译，《论蒙古民间故事》，中国民间文艺研究会研究部编：《民间文学参考资料》第八辑，1963年内部参考用书，第286页。
[2] 《老虎和驴》《麻雀的故事》《颜料上打滚的狐狸》。
[3] 李成贵：《杜尔伯特民间故事初探》，《黑龙江民族丛刊》1996年第3期。

鼠，从山谷搬到山顶，从此过起了太平幸福的生活。①

《贫穷老夫妇拜活佛》原本是印度民间故事《五卷书》中"公牛的故事"的异文，万建中认为这类故事的意义在于"故事宣扬了为了私欲而伤害对方，最终自己也不会有好下场的道理，说明幸福不能建立在别人痛苦的基础上，这是一方面；另一方面告诫人们应从 Barnbar 和 Bombar 二者身上吸取教训，牢记盲目轻信流言蜚语的危害性，同时也鞭挞了挑拨离间的狐狸"②。而在朝格日布《贫穷老夫妇拜活佛》③ 的故事讲述中，除了有对挑拨离间者的鞭挞，更有对幼虎与小牛犊之间情深意重的"安答"情义的赞扬，小虎为了给安答报仇，杀死了自己的母亲，杀死了五百个猎人，并最终抱着被杀死的牛犊头自焚，因为这种重情重义，小虎最后转生为香檀树，并从树而生为人，成为一国君王。这种为结义兄弟报仇而杀害母亲的观念，在汉族民间文化中是很难为人们接受的，故事中也没有这种情节，而自焚转世的观念显然与蒙古族普遍的佛教信仰及朝格日布本人的喇嘛身份有关。

（三）讽刺自大忘本，警醒本性难改

动物寓言故事除了讽刺与赞扬外，还有对于动物本性的哲理性认知，包括《老猫》《禅师喇嘛的猫》等，认为猫吃老鼠是一种自然本能，江山易改，本性难易，自然规律不可改变，轻信则会受到惩罚，老鼠因为被猫念经的表象所迷惑而被吃掉。

朝格日布讲述的这些故事往往具有较强的讽刺性和劝诫性。如《老虎和驴》《愚蠢的大象》《麻雀的故事》《颜料上打滚的狐狸》等。对于本性难改、狂妄自大、忘记本性等品性进行讽刺是这些故事共同的主题。朝格日布在《颜料上打滚的狐狸》最后，如此表述对故事主题的认知："所以，古书云：气焰嚣张的坏人，都会落得这只狐狸般的下场。"④

总体而言，鄂尔多斯动物故事中，具有象征寓意的故事主题多歌颂忠厚诚实的美德，抨击虚伪狡猾、损人利己和背信弃义的行为；歌颂纯

---

① 白音其木格、策·哈斯毕力格图搜集整理，乌云格日勒译：《蒙古族故事家朝格日布故事集》，呼和浩特：内蒙古人民出版社，2012年，第44~45页。
② 万建中：《民间文学引论》，北京：北京大学出版社，2006年，第206页。
③ 白音其木格、策·哈斯毕力格图搜集整理，乌云格日勒译：《蒙古族故事家朝格日布故事集》，呼和浩特：内蒙古人民出版社，2012年，第160~167页。同时见《鄂托克民间故事》中的异文《老虎和母牛》，第15~19页。
④ 白音其木格、策·哈斯毕力格图搜集整理，乌云格日勒译：《蒙古族故事家朝格日布故事集》，呼和浩特：内蒙古人民出版社，2012年，第29~30页。

朴、善良、友爱、助人为乐、辛勤劳动、谦虚好学的美德和品质，谴责和讽刺懒汉行为；歌颂机智勇敢、团结合作的精神，嘲笑以强欺弱的丑恶行为等。

二、故事讲述人与故事主题之关系

钱世英《鄂尔多斯民间采风》①搜集的动物故事，主要的讲述人是她的父亲巴巴和母亲乌莎拉高，其中记录了9则巴巴讲述的动物故事：《库尔纳挖洞》《狐狸和狼"交朋友"》《猫鼠结仇》《三只猎狗》《骆驼和狗》《马、车与销钉》《三只山羊》《山羊种地》《乌鸦、貂和刺猬》；10则乌莎拉高讲述的动物故事分别为：《麻雀盖庙》《狐狸和天鹅》《猫狗结仇》《小马和鸿雁》《乌龟和梅花鹿》《喜鹊捉老虎》《骆驼和山羊》《鸭子和天鹅》《一只骄傲的大雁》《狐狸、刺猬和青蛙》。与身为喇嘛的朝格日布讲述的动物故事中机智动物故事比重较大的特点不同，巴巴和乌莎拉高讲述的动物故事，更加注重传达生活哲理，即以寓言的训诫为主题，且其故事主题与讲述人的性别呈现出有趣的关联：男性讲述人巴巴尤其关注朋友关系的忠诚与合作，女性讲述人乌莎拉高更加关注家庭关系和日常生活民俗知识的传递，尤其是安全、生存和智慧等。

巴巴所讲述的9则故事，仅有《猫鼠结仇》和《乌鸦、貂和刺猬》能从本次在鄂尔多斯地区搜集到的动物故事中找到异文，其他7则均是带有蒙古族特色的未编号故事。其中，他讲述的《狐狸和狼"交朋友"》《猫鼠结仇》《乌鸦、貂和刺猬》都是动物朋友之间的故事，表达了具备欺骗、自私等品质的是不真诚的朋友，且会带来不好的命运这一主题；而《三只猎狗》《马、车与销钉》都表达了相似的主题：合作对于成功地完成工作具有重要意义，各有所长的个体一旦相互否认或者互不合作，就会带来坏的结果；《库尔纳挖洞》《骆驼和狗》和《三只山羊》《山羊种地》则传达了要走自己的路，不要三心二意，有问题应该从自己身上找毛病等寓意。

乌莎拉高讲述的《麻雀盖庙》《小马和鸿雁》《喜鹊捉老虎》等强调的是生活经验，通过故事告诫听者不能学习麻雀，要今日事今日毕，听从长辈教导的生活经验，弱者运用智慧也能战胜强者等。《骆驼和山羊》《鸭子和天鹅》《一只骄傲的大雁》则具有鲜明的教育训诫意义：骄傲自大、不听长辈的智慧之言、自以为是等都是不足取的，甚至是致命的缺

---

① 钱世英搜集、整理：《鄂尔多斯民间采风》，呼和浩特：内蒙古人民出版社，1999年。

点，应该克制并改正这些不良的品质。《狐狸和天鹅》①《猫狗结仇》《乌龟和梅花鹿》《狐狸、刺猬和青蛙》这 4 则均在鄂尔多斯地区发现不同数量的异文。

同样的故事类型，在不同讲述人的讲述中会呈现出不同的叙事主题，如乌莎拉高讲述的《乌龟和梅花鹿》属 "AT91 肝在家里没有带" 这一故事类型，笔者搜集到此类型故事的 4 则鄂尔多斯蒙古族异文，其中喇嘛故事家朝格日布讲述的《青蛙和猴子》，20 世纪初田清波搜集的《笑出珍珠的人》（讲述者不详），1986 年加勒扎布讲述的《笑出珍珠的人》等，虽然同属 AT91 型故事，但主题与之有较大差异。

刘守华先生曾对 AT91 型故事进行过研究，指出这一则从印度佛经故事②演变而来，并在中国大地广为传播的故事，在蜕化中会改换细节，呈现出观念差异。"印度故事的所有文本，都毫无例外地把老鳖的背叛朋友，归咎于妻子的凶悍泼辣，是他妻子嫉妒与猴子的友谊而诈称有病要吃猴子心肝才生出风波。这是印度社会中歧视妇女偏见的自然流露，在许多故事中都有反映……而中国民众口头传诵的这类故事，却都去掉了这一枝节，取猴心不是为了进贡巴结上司，就是为了给老母治病或自己延年益寿，和妻子一点关系也没有。"③ 然而在鄂尔多斯搜集到的四则异文中，有两则文本均为一个完整的长故事中穿插的四个小故事之一，三则文本都是讲述的猴子与老鳖的故事，老鳖欲骗猴子入水而取其心肝，因为老鳖的妻子需要猴子的心肝治病。

两则《笑出珍珠的人》皆意在宣扬红尘的无妄，"从今往后抛开一切红尘琐事，只为来生，出家做一名毕日曼"④，"世界上什么人都有……世间万物恶有恶报。所以我抛弃人世间的烦恼，为了来世出家了"⑤！其中又以朝格日布喇嘛讲述的故事在主题表述上最鲜明，他讲述的《青蛙和猴子》是一个独立的故事情节，在故事结尾，讲述人恰恰并未宣扬《笑出珍珠的人》中所宣扬的崇佛、修来生等思想，而是 "所以说，人世上，人们常常因为淫荡和争风吃醋而惹出事端，因为听信女人之言而

---

① 在《洁白的珍珠》中，《笑出珍珠的人》讲述的一连串事件中包括了老鸟为被狐狸吃掉的孩子复仇的故事，同属 "AT37 伪善的保姆" 这一故事类型。
② 《经律异相》卷二十三《佛说鳖猕猴经》。
③ 刘守华：《佛经故事与中国民间故事演变》，上海：上海古籍出版社，2012 年，第 25 页。
④ 赛音吉日嘎拉、哈斯其伦编集整理，乌云格日勒、孟克译：《洁白的珍珠》，呼和浩特：内蒙古人民出版社，2010 年，第 283 页。
⑤ [比利时] 田清波搜集、整理，曹纳木译：《阿尔扎波尔扎罕》（蒙文），北京：民族出版社，1982 年，第 244 页。

与知心朋友决裂"①。这三则故事都一致表达了对女性在这场朋友的背叛中所起作用的厌恶。然而，在乌莎拉高讲述的《乌龟和梅花鹿》中，梅花鹿取代了猴子，乌龟的角色并未变，它骗取梅花鹿的信任，想以鹿心肝为上司海龙王治病，但梅花鹿通过自己的智慧，不但逃脱了被杀取心的恶运，而且还报复了乌龟，最后讲述人还以被报复的乌龟从此以后只能顶着碎后留痕的龟壳世世代代地生存来结尾，传达"乌龟骗人家是一次，害自己是终生"的训诫。在此，需要指出的是刘守华先生所列大多地区演述的AT91型故事，都是关于友情、背叛、机智与报复的主题，较少出现如印度故事中歧视女性的主题，但鄂尔多斯的三位男性讲述人却都较忠实地演述了乌龟是受到妻子的怀疑、嫉妒与教唆，从而去陷害朋友，仅有乌莎拉高虽然同样采用了AT91型故事的主要情节，却在主题上完全偏重于乌龟之"骗"，乌龟骗梅花鹿是主动的行为，是为了向龙王邀宠。这种差异的存在，可能是因为蒙古族信仰佛教，尤其是朝格日布的喇嘛身份，以及与蒙古族男性大多当过喇嘛这一民俗有关系，因此相较而言，他们更为熟悉和接近源自印度的佛本生故事，也自然而然地保留了印度故事中的女性歧视主题。

三、动物故事主题的变化性与多层性

一般认为，动物故事大多都角色较为单一，情节设计简单。"民间寓言是一种带有明显教训寓意的、短小精悍的动物故事或人物故事。""寓言和动物故事有着直接的渊源关系。"② 1956—1957年间，日本民俗学家关敬吾整理编写了三册本的《日本传统故事》，在日本的岩波书社出版，在"致读者"和"后记"中，关敬吾谈到日本的动物故事的情况，他指出："在这本《日本传统故事》全三卷内所搜集的故事，都是从古代经过口头传承以至今天的故事。或许可以将它们分为三大种类，即动物故事、笑话和狭义的传统故事。其中，动物故事和笑话的结构都很简单，一般有着一个或者两个主题……而狭义的传统故事则按照三段式的构成原理组成，有着多个主题。有时候，这类狭义的传统故事到底要表达什么，人们很难作出解释。所以，动物故事和笑话可以称作单纯形式，狭

---

① 白音其木格、策·哈斯毕力格图搜集整理，乌云格日勒译：《蒙古族故事家朝格日布故事集》，呼和浩特：内蒙古人民出版社，2012年，第33页。
② 万建中：《民间文学引论》，北京：北京大学出版社，2006年，第199页。

义的传统故事可以称作复合形式。"① 因此，在包括《伊索寓言》在内的世界各地的寓言故事中存在大量的动物故事，且多短小精悍，寓意明确、单一，已经成为寓言故事，甚至是动物故事的总体特征。如此看来，鄂尔多斯数量众多的动物故事，包括有着明确寓意的部分动物故事，显然既符合以动物为主人公，用动物拟人化手法来叙述情节以表现社会生活与人际关系等"动物故事"的定义，又符合"有着明显教训寓意"的"寓言"故事的定义，但从故事的情节与主题方面来看，这些故事又大大超越了"动物故事"与"寓言"所具备的以上定义。

多层性与变化性是鄂尔多斯动物故事主题的一个显著特征。这种复合性主要表现在以多个复杂的故事情节展现多重主题。熟练使用 AT 分类法索引工具的研究者知道，一则民间故事的情节之曲折，往往展现在其类型归属上的多重化与多个类型的链接上，如丁乃通先生索引"一般的民间故事（300—1199 号）"，许多故事在其情节进展中都需要链接多个类型情节，而在"一、动物故事（1—299 号）"中，则只有 122N* 等少量类型出现这种情况。但《喜鹊与狐狸》《兔子和狮子的故事》《马和狼的故事》《老虎和母牛》《老虎和驴》《愚蠢的大象》《孤独的斑马驹》等均是多个故事类型的复合，因其情节曲折，在不同的情节段中，往往会出现不同的主题，并最终构成故事的多重寓意。动物故事类型的复合包括多个动物故事情节的复合和动物故事与魔法故事或生活故事的复合等多种情况。后者主要是《贫穷老夫妇拜活佛》《愚蠢的大象》这两则文本。

即便是一些极其短小的动物故事中，主题也呈现出变化性与多层性，但主题的复杂性与多层次性主要取决于叙事者与研究者的解释与阐释。这类故事是蒙古族流传的经典，代表性作品《白额白鼻梁绵羊拜佛的故事》就是一则非常传统的讽刺性故事，在鄂尔多斯地区还流传着多则异文，如《去五台山拜佛的羊》，在青海、辽宁等地的蒙古族中也流传着这一类型的异文。与其说这是一则讲述羊的故事，莫如说它是一则讲述兔子与狼的故事。这则故事早在 20 世纪 20 年代就为鄂尔多斯民间文学资料的搜集者田清波所注意，并记录在《鄂尔多斯口头资料》中，也进入到俄国民间文艺研究者的视野，并在柏烈伟译的《蒙古民间故事》中出现，当时为柏烈伟的译文作序的周作人、赵景深等人也注意到这则故

---

① ［日］关敬吾著，张士闪、清水静子译：《关敬吾论日本传统故事的类型与结构》，《西北民族研究》2003 年第 3 期。

事。赵景深先生在为柏烈伟译的故事集所写的序言中说道：

> 11. 乞丐和小羊的故事　　这显然是两个故事的复合。第二故事是采自西藏的民间故事第十篇绵羊羔羊狼兔（the Sheep, the Lamb, the Wolf and the Hare）的异式。兔骑在羊身上吓退狼的话是这样的："我是兔子，罗敦，奉中国大皇帝之命，特派赴印度一行。皇帝并命我沿途采集狼皮十只，送给印度国王。恰好就遇见你，真是我的运气！无论如何，你的皮总可以算作一只的。"说着兔子就拿出一张纸来，手里拿了笔，写了一个很大的"一"字。狼吓得转身就跑。沃康劳还在下面注道："这是嘲笑西藏和中国官员的作威作福，以及西藏小民的胆怯和服从的。这显出最卑微的书记官，有了纸和笔，就可以使得最强壮最勇敢的乡下人心里害怕。"①

柏烈伟所译的《乞丐和小羊的故事》是由"1681D.1　为没有的东西争吵"②的笑话故事与动物故事复合而成。而在朝格日布及大多笔者检索到的此类动物故事中，却没有用柏译本中的笑话故事作为前奏。赵景深先生显然非常赞同沃康劳关于故事所具有的讽刺意味的文化分析。

20世纪初，蒙古国呈·达木丁苏伦编《蒙古古代文学精华一百篇》，即收录了20世纪初喀尔喀蒙古的道尔吉默林所写同类型故事《兔子、羔羊和狼的故事》。陈岗龙教授指出，"聪明的小白兔"这个故事在《尸语故事》及蒙古文《尸语故事》、藏族故事中都有流传，"但是需要注意的是，这个故事在蒙古民间非常流行，而且它的思想有了突破性的转变，表现了宗教不能拯救穷苦人民，而人民只能靠自己救自己的觉醒意识"③。

至此关于同一则故事的寓意有了两种解读：一是将兔子对于羊的解救视为弱者对于强者的智慧的胜利，二是狼成为愚民的代表，佛教与皇权所运用的工具（代表文明教化的纸和笔）则成了讽刺与否定的对象。这两层寓意的解读存在矛盾之处，首先是对于兔子、羊及狼本身的角色认知。按照动物故事的叙事规律，在自然力量的对比中，弱者一般是被同情的对象，故而兔子与羊是被同情的与赞扬的，而狼则是被否定的对

---

① ［俄］柏烈伟译，《蒙古民间故事》，台北：东方文化书局，1973年，第6页。
② 丁氏索引为"1430　夫妻共做白日梦"。
③ 陈岗龙、乌日古木勒：《蒙古民间文学》，银川：宁夏人民出版社，2008年，第158~159页。

象，因此，这一则故事中，最初的层次，应该是对于狼的愚昧的讽刺，在可以吃羊而没有吃的时候，狼的贪婪令它相信了羊生完孩子后自己可以吃得更多，所以错失了第一次机会，第二次又分不清真实与虚假，一味恐惧皇权而狡猾逃跑。

从羊与兔子的视角而言，同一则故事具有两层含义，一是羊在初次遇见狼时利用狼的贪婪与对于佛的崇信而逃过一劫，但羊显然并没有意识到自己的智慧之所在，所以第二次只是哀哀哭泣而无法自保。二是兔子的仗义相助，即利用狼的轻信和皇权的威严赶跑了狼。

因此，《白额白鼻梁绵羊拜佛的故事》的讽刺、训诫意义的多重性实际上需要结合更多的动物故事中的兔子形象和狼的形象进行分析。如在朝格日布的故事中，有多则兔子的故事、狼的故事、狐狸的故事、青蛙的故事等，一般而言，聪慧的有兔子、青蛙、乌鸦等，而狡猾、不义的有刺猬、狼、狐狸等。以此则故事和《马和狼的故事》为例，这两则故事一方面是在肯定弱小者利用皇权得逃性命，另一方面却是对"信佛无用"的一种影射：拜佛救不了自己的命，有智慧的人利用其间繁复的关系，却可以震慑貌似强大的敌人，而佛凭什么能得到人们的礼重，不过是因为有皇权的支持才让一般的无智慧者（羊与狼）无比害怕，对于有智慧者，一切都是无惧的。兔子的身份并不是真正的书记官，而且书记官的命运也并不见得好到哪里去，如在《马和狼的故事》中，狼说"我又不是你的笔帖式（秘书），凭什么要读你距腕里的文字"[1] 等。《白额白鼻梁绵羊拜佛的故事》繁复的可解性体现出动物寓言的丰富性，这一意义不仅仅局限于朝格日布所讲述的动物故事。当然，动物故事解读的多样性实际上也与时代政治文化背景的变化有关。

此外，在鄂尔多斯动物故事中，还有少量与动物的习性和形象特征有关，主要是"象征寓意型"故事和"机智动物型"故事。虽然在所有的动物故事中，各种动物主角都带有一定的动物特性，却是通过动物的形象及其关系来寓意和折射人类社会生活中的真善美与假丑恶，表达讲述人对于做人的基本品德、社会关系中的强弱转换、事物本质的哲学认知等。

---

[1] 白音其木格、策·哈斯毕力格图搜集整理，乌云格日勒译：《蒙古族故事家朝格日布故事集》，呼和浩特：内蒙古人民出版社，2012年，第7页。

第三节 动物故事的角色与形象

诚如蒙古族学者陈岗龙所言:"蒙古民间流传的动物故事中的角色主要是蒙古人最为熟悉的马、牛、绵羊、山羊和骆驼等五种牲畜,以及草原上常见的狼、狐狸、兔子等动物。其中,狼凶残,狐狸狡猾,兔子机灵又喜欢恶作剧。蒙古民间动物故事中的动物,除了具有世界各民族动物故事的普遍性特征外,还带上草原动物的独特性。"① 鄂尔多斯蒙古族的动物故事在叙事上都呈现出一些蒙古族草原文化的特性,但同时也有着较鲜明的讲述者个性,不过这些个性有其民族叙事的共性基础。

一、鄂尔多斯蒙古族动物故事的角色概说

好尔劳在谈到蒙古动物故事的动物形象时指出:"蒙古动物故事创造动物形象时,多采用体大力强的动物同弱小的动物之间的对比手法,来表现它们当中究竟哪一个智谋过人。"② 这是一个普遍性的现象,鄂尔多斯蒙古族动物故事中出现的动物既有飞禽走兽如喜鹊、大雁、老鹰、燕子、麻雀、乌鸦、狐狸、狼、大象、老虎、狮子、貂、兔子、青蛙、猴子、鹿、乌龟、鼠、鲲鱼,也有家禽家畜如鸭、狗、猫、马、牛、羊、驴,还有一些昆虫如土蜂、蜜蜂、蚊子、蝙蝠、蛇、蜥蜴、虱子等,也有属于幻想性的动物,如凤凰等,大约有 35 种甚至更多的动物出现在这些故事中。据笔者初步统计,其中出现得最频繁的是狐狸,至少有 19 个动物故事都是以狐狸为主人公之一;其次为狼,大约有 12 则故事以狼为故事主角。令人惊奇的是,仅次于狐狸和狼而频繁出现在鄂尔多斯动物故事中另两个动物形象,是刺猬(10 则)和猫(10 则),而鼠(9 则)、骆驼(8 则)、牛(7 则)和羊(7 则)是次于前面几种动物的,其他出现得较为频繁的动物还有老虎(6 则)、青蛙(6 则)、喜鹊(6 则)、狗(5 则)、乌鸦(5 则)、马(5 则)、蚊子(4 则)等。其他动物形象的出现次数如下:狮子 3 次、燕子 3 次、蝙蝠 3 次、蛇 3 次、象 3 次、凤凰 2 次。

这些动物形象从道德褒贬上呈现出以下规律:蒙古族传统游牧生活方式中的五畜在故事中均为正面形象,即马、羊、牛等家畜家禽,但猫、

---

① 陈岗龙、乌日古木勒:《蒙古民间文学》,银川:宁夏人民出版社,2008 年,第 151 页。
② [蒙古] n. 好尔劳著,白歌乐译,《论蒙古民间故事》,中国民间文艺研究会研究部编:《民间文学参考资料》第八辑,1963 年内部参考用书,第 286 页。

驴、鸭这三种动物则是例外，而以鸭子为代表的这一类随着农耕生活取代游牧生活而进入到蒙古族人民生活中的动物，在故事中往往扮演着不太光彩的角色。在走兽中，兔子、青蛙、猴子等身型弱小的野生动物往往扮演英雄、智者等正面形象，而体型越庞大的，往往就越愚蠢，如大象、老虎、狮子等。在飞禽中，燕子是较正面的形象，乌鸦与喜鹊常常是某种生活训诫中的受害者，大雁、老鹰、麻雀则是愚蠢、骄傲的形象代言。

动物故事对动物形象的塑造与蒙古族人的生活方式直接相关，同时又反映了蒙古族人特有的思维和审美特点，从而将鄂尔多斯地区的蒙古族动物故事与其他地区和其他民族的动物故事区别开来。在这些动物形象中，最具有代表性的，是出现频率最高的两种动物，狐狸和狼。

二、狐狸的形象特征

狐狸算得上是动物故事尤其是寓言故事中的"明星"了。西欧著名的讽刺叙事诗《列那狐的故事》被视为集民间故事与文人寓言于一身的动物故事，是动物故事的代表作，卡尔勒·克罗恩是最早对狐狸故事进行研究的学者，他搜集世界范围内的狐狸故事，最先用历史—地理法这一严谨的分析方法来研究有关狐狸的故事，"他观察到这些故事，在芬兰和俄国仍然具有非常旺盛的生命力，其大多数构成了列那狐故事圈的组成部分"①。"事实上，一系列特殊情节通常都有一致的处理。在这一情节系列中，愚蠢的熊或狼都被置于狡猾狐狸的对立面"②。鄂尔多斯的狐狸故事则呈现出两个对立面：一是狡猾者，二是被愚弄者。

狐狸在西欧、日本等国动物故事的形象中，历来是狡猾多智者，中国汉族流传的狐狸动物故事中的狐狸形象也如此，并与中国民间信仰中的狐仙信仰结合在一起，在民间口头和文人笔下创造出了无数狐狸和狐精、狐仙的形象，其中聪明的狐狸及其变体，往往又与老叟形象相联系。蒙古族与汉族的文化融合由来已久，但在鄂尔多斯的狐狸故事中却没有显示出这种文化的融合，照日格图曾在《鄂尔多斯狐狸故事研究》③ 一书中，将鄂尔多斯地区的狐狸形象与清代文言小说《聊斋志异》中的狐精形象进行对比研究，不过，鄂尔多斯动物故事中的狐狸最具有代表性

---

① [美] 斯蒂·汤普森著，郑海等译，郑凡译校：《世界民间故事分类学》，上海：上海文艺出版社，1991年，第260～261页。
② 同上书，第262～263页。
③ 照日格图：《鄂尔多斯狐狸故事研究》（蒙文），呼和浩特：内蒙古人民出版社，2008年。

的特点不是多智,而是贪婪、欺骗、懒惰、不劳而获、挑事生非、易被欺骗上当、不忠于朋友等不良品性,这些故事包括《青蛙、狐狸和刺猬》《笑出珍珠的人》中鸟为被狐狸吃掉的孩子报仇,《喜鹊与狐狸》《颜料上打滚的狐狸》《贫穷的老夫妇拜活佛》中狐狸挑拨生是非,《狐狸和狼》中骗狼而独食狼所得的黄油,《花喜鹊与红狐狸的故事》中狐狸窃取喜鹊的劳动成果,《花喜鹊与狐狸》《狐狸和山羊喝水》中狐狸和喜鹊种地,《狼、狐狸和猫》《喜鹊、狐狸和金鹿》《狐狸和狼"交朋友"》《鹌鹑智斗狐狸》《狐狸和天鹅》《刺猬和狐狸》《狐狸、刺猬和青蛙》《狐狸和狼的故事》中狐狸分掉狼的食物等。在鄂尔多斯民间故事中的狐狸形象,狐狸聪明,但其聪明往往产生失败的结果,仅有当狐狸和狼同时出现时,才显得狐狸的智慧有其成功之处,如朝格日布讲述的《狐狸和狼的故事》。

狐狸在许多国家和民族的动物故事中,颇具有英雄形象的特征。恰如好尔劳所说:"狐狸的阴险狡猾特点适合做民间故事的英雄形象,所以世界各国人民群众把狐狸当作了自己民间故事的英雄典型。"① 但在蒙古族动物故事中,狐狸却大多数都具有非英雄的反面形象。动物故事充分表达了蒙古族人对狐狸的厌恶。然而,与动物故事中的狐狸形象相矛盾的是,其他故事中的狐狸形象,如在魔法故事中,狐狸往往充当老人的帮助者②、女孩的帮助者③、主人公的帮助者④。

朝格日布讲述的《狐狸和狼的故事》,大部分情节属于 AT 分类法中的"36 狐狸强奸雌熊",Hans-Jörg Uther 对此类型进行了以下的情节描述:

> 36 狐狸强奸了雌熊。(原"狐狸伪装强奸雌熊")。一只狐狸(野兔)向一只母熊的孩子们(狼、狐狸、狮子)询问他们母亲的情况,并表示他愿意和她一起睡。母熊偷听到这些,就躺下来等狐狸进来时好抓住他。狐狸滑进两棵树之间,而熊则卡在那里,狐狸强奸了熊[K1384]。狐狸用泥将自己涂黑后装扮成修道士回到熊那里[K521.3]。熊问"修道士"是否看过一只狐狸,他则问是否是那只强奸了她的那只狐狸,母熊担心所有的动物都已经知道在她身

---

① [蒙] n.好尔劳著,白歌乐译,《论蒙古民间故事》,中国民间文艺研究会研究部编:《民间文学参考资料》第八辑,1963 年内部参考用书,第 287 页。
② 《狐狸和狼的故事》。
③ 《求子的老两口》。
④ 《宝日勒岱汗》。

上发生了何事。①

在《狐狸和狼的故事》中，施奸者均为狐狸，被羞辱的都是比狐狸强壮的动物②，被羞辱者都不愿意秘密被他人知晓，而狐狸则逃过了被报复的命运。蒙古族故事则明显地将狐狸逃脱报复部分改成了与人类活动相关的情节：狐狸经过老两口的家时，告诉了老公公自己强奸狼的事，结果老狼为了掩盖这一丑闻，许诺老公公只要不将此事讲出去，就可以得到一笔财富。后面的情节则属于"守不住秘密的男人"这一母题，老公公在老婆婆的逼问下讲出了狐狸和狼的事，恰巧狼因为疑心，偷听到了。狼威胁要对老公公的违誓进行惩罚，让他们失去自己仅有的七只羊。狐狸看到痛哭的老公公，问明事情的经过，教给老公公吓走狼的办法。

"吓走狼"是多则狼的故事中较为常见的母题：兔子为了救羊，吓走了狼；狐狸为保住老公公的财富，用猎人杀狼的谎言而吓走狼。狼虽然是动物界中的强者，尤其是与弱动物对决时，狼是体力上的强者，然而在故事中，这种强壮却多只配有愚蠢的头脑。

朝格日布讲述的这则故事，其主体是动物故事，又与一般动物故事不同，一般动物故事中，动物是主要角色，很少有人类活动其中，或者人类在其中只以很小的频率出现。而鄂尔多斯地区的多则故事，既以动物为主人公，人也是故事的主角之一。如萨勒基德于1978年讲述的《宝日勒岱汗传》③，即著名的《穿靴子的猫》这一故事类型的异文，不过其中的"猫"这一角色换成了蒙古族人在故事讲述中常用到的狐狸，但其帮助者的角色功能却没有改变，而猫的形象在这里被聪明、知恩必报的狐狸替代。这种情况也出现在鄂尔多斯地区民间故事中另一个频繁出现的动物形象狼的身上，狼在大多数故事中，都是凶狠却愚蠢的，在与狐狸、羊、马的交锋中呈现出轻信、自大等缺点，但是在神话和魔法故事中，如《求子的老两口》，狼又属于帮助者。

三、弱小动物的角色与形象

另一类较为稳定的动物形象，是机智的小动物，它们往往是生物链

---

① Hans-Jörg Uther, *The Types of International Folktales: a Classification and Bibliography* (partⅡ: *Tales of the Stupid Ogre, Anecdotes and Jokes, and Formula Tales*), based on the System of Antti Aarne and Stith Thompson, Academia Scientiarum Fennica, 2004, p. 35.

② 在AT36载录的异文中被强奸者为熊，在鄂尔多斯蒙古族故事中被强奸者为狼。

③ 赛音吉日嘎拉、哈斯其伦搜集整理，乌云格日勒、孟克译：《洁白的珍珠》，呼和浩特：内蒙古人民出版社，2010年，第173~184页。

中的被食者，是一般认知意义上的弱者，体型小而无害，既有野兽，也有禽鸟，其中最常见的是兔子、乌鸦、喜鹊等动物。好尔劳曾指出：

> 在蒙古动物故事里，有很多兔子为主人公的故事。兔子虽然是弱小的动物，但在故事里却是一个聪明伶俐、机智勇敢的形象。兔子靠着它这些优越条件，战胜那些比自己强大的动物。因此，在同一个故事里把兔子和老虎、狮子、狼等强大的动物一起表现的例子，在蒙古故事里是很多的。①

在鄂尔多斯的动物故事中，至少有 10 则以上的故事以兔子为主人公，其中两个故事类型的异文数量最为丰富，一是"122 利用机智逃过被吃"型故事，如《聪明的兔子》《兔小鬼大》《聪明兔子与长毛狮子》；二是《白额白鼻梁绵羊拜佛的故事》，同型异文包括《去五台山拜佛的羊》《公山羊羔和二岁公牛》等，其他如《兔子历险记》《乌鸦、兔子和黄牛》等。

在以上这些以弱小动物为主人公的动物故事中，弱与强往往体现在动物体型的巨大反差上，如兔子—狮子，兔子—狼，羊—公牛等，而故事的高潮则在于体型弱小的动物在智力上很强大，从而形成鲜明的对比。

第四节 动物故事的形成与意义

一、动物故事的形成

鄂尔多斯蒙古族的动物故事由传统游牧的蒙古族与农牧结合的蒙古族动物故事构成。一部分故事有较鲜明的佛教色彩，显然来自《五卷书》与《佛本生故事》。《金珠尔》与《甘珠尔》在蒙古族的广泛流传直接影响了这些动物故事的传播，尤其是在藏传佛教中，佛经故事里的很多动物故事都被蒙古族民众接受并本土化，包括《青蛙和猴子》《白额白鼻梁绵羊拜佛的故事》《两只天鹅和一只青蛙》《老猫》等。另一部分则来自蒙古族人民的生活实践创作，这些故事既在鄂尔多斯地区广泛流传，也在青海、新疆、辽宁等省份的蒙古族地区广为人知；此外还有

---

① ［蒙古］n.好尔劳著，白歌乐译，《论蒙古民间故事》，中国民间文艺研究会研究部编：《民间文学参考资料》第八辑，1963 年内部参考用书，第 288 页。

在鄂尔多斯蒙古族文化传统中形成并在其他蒙古族地区也有流传的独特故事类型，如《蜥蜴和蛇》《麻雀的故事》《狐狸和狼的故事》《燕子和青蛙》《肋骨、盐、纸、虱子四个》《谁最厉害》《孤独的斑马驹》等尚未给予 AT 类型编码的故事，具代表性的是《成吉思汗的两匹骏马》，好尔劳曾十分鲜明地指出：

> 十四世纪时的作品《成吉思汗的两匹骏马》……在蒙古流传很广的一篇关于马的故事是《朝特的白骒马》，这个故事被收进 1947 年出版的《民间口头文学》小册子里。……白骒马和小马驹是具有不同特点的两个艺术形象。白骒马是个极为老练的又有丰富生活经验的形象。小马驹则不同，它是一个没有生活经验的天真浪漫的形象。但是小马驹在生活实践中把母亲的教训加以检验之后，终于找到了正确的生活道路。通过这两个形象，说明在生活斗争中学习生活经验的重要性。①

动物故事的形成有两个可参照物：一是对于动物本身特性的认知，如各种动物的特性与相互关系的联想；二是人类民俗生活知识的认知，如狗和猫的恩怨关系故事②。在巴巴讲述的《狐狸和狼"交朋友"》③中，狐狸和狼的特性，如贪婪的肉食动物，有计谋等，是讲述者对动物本身特性的认知，但故事本身却是从一定的民俗生活知识而来，表达了讲述者对于"结安答"这一蒙古族常见的朋友之间的关系有时并非忠贞可靠的认知。

动物故事呈现出的叙事特点，至少可以传达以下信息：一是在动物故事中，诡计故事是一个重要的结构类型。仅以蒙古族故事家朝格日布讲述的动物故事为例，他所讲述的此类型故事往往在蒙古族其他故事家的故事讲述中也反复出现，至少有 11 则故事在其他地区的蒙古族中流传；二是朝格日布的动物故事是鄂尔多斯地区最有代表性的故事文本，已经见到的鄂尔多斯民间故事中译文本中即有 9 则故事是有他人讲述的异文。根据笔者抽取的 9 册蒙古族民间故事集所收录的与朝格日布动

---

① ［蒙古］п.好尔劳著，白歌乐译，《论蒙古民间故事》，中国民间文艺研究会研究部编：《民间文学参考资料》第八辑，1963 年内部参考用书，第 294 页。
② 在鄂尔多斯的每一部选择的故事集中，都有讲述人讲述此类型的异文，有的选集甚至收录多则异文。
③ 钱世英搜集、整理：《鄂尔多斯民间采风》，呼和浩特：内蒙古人民出版社，1999 年，第 6~8 页。

物故事互为异文的文本，超过 3 次以上被不同蒙古族民间故事集收录的有《马和狼的故事》，4 次；《老虎和母牛》，3 次；《兔子和狮子》，3 次；《白额白鼻梁绵羊拜佛的故事》，3 次；《青蛙、刺猬和狐狸的故事》，3 次；《喜鹊和狐狸》，3 次。而在这些故事中，兔子、狐狸、羊等皆为最主要的角色。

因为朝格日布讲述的这些动物故事在蒙古族故事中占很大比重，所以在某种程度上代表了鄂尔多斯地区流传的蒙古族动物故事，甚至是蒙古族动物故事的部分特征。林修澈在《蒙古民间文学》中曾将蒙古族民间故事中与动物有关的故事分为"动物世界的故事""十二生肖的故事""动物故事"三个部分，在蒙古族民间故事中有关十二生肖的故事良多，且具体名称与汉族、藏族等民族的十二生肖故事略有差异，在鄂尔多斯地区流传的生肖故事不多，主要是《骆驼和老鼠》的异文，林先生归纳的蒙古族动物故事几个特点中包括"兔子一跃成为万众瞩目的明星，独挑大梁"，以及：

1. 牛和羊，如同它们在现实生活中的地位，在动物故事里也出演重要的角色。
2. 鸡和猪，不适合草原生活，在动物故事里也不引人注目。
3. 虎和猴，在生活里不是重要的动物，在动物故事里却有些戏量。①

根据以上对鄂尔多斯动物故事的统计，可以看出，鄂尔多斯动物故事既有林修澈等研究者早已注意到的如上特征，如关于兔子、老虎、狐狸、狼、羊等的故事，又有一些别的特点，在其他蒙古族地区，关于马的动物故事较少，如《马和狼的故事》，马的角色常常被驴等代替，但鄂尔多斯地区的这类故事异文比较多，还有与鄂尔多斯蒙古族史诗有关系的关于马复仇的《孤独的斑马驹》等故事，且有不少异文。

以朝格日布讲述的动物故事为例，朝格日布从 7 岁开始入寺庙做班弟，虽然中间不得不离开寺庙，但终其一身也未改变独身、颂经等佛教徒的生活习惯，并在老年时选择回到寺庙继续修行。他深受佛教文化影响，讲述的故事，包括动物故事，具有鲜明的佛教文化色彩，来源于佛教典籍与佛教宣教故事的故事数量就更多。朝格日布讲述的动物故事中，

---

① 林修澈、黄季平：《蒙古民间文学》，台北：唐山出版社，1996 年版，第 206~207 页。

有类型编号的共计 15 则，占已收录的朝格日布动物故事的 65%，即有此比例的朝格日布故事是在其他民族、地区也有流传的，而其中有两则是金荣华先生与蔡丽云女士主要针对中国民间故事的异文进行的类型补充，这说明，朝格日布讲述的故事也带有一些中国元素的叙事成分。这些有其他民族、地区动物故事异文的故事，共涉及动物故事类型 19 个。而另有 8 则属于暂无相关类型索引参考的文本，占其全部动物故事的 35%，其中有的故事在汉族地区流传较少，如《狐狸和狼的故事》，但在与蒙古族交流密切的其他民族地区却有流传，其故事类型在欧洲也流传较多。有研究者指出，"毋庸置疑，下述童话正是在欧洲较为流传的动物寓言《列那狐》的另一种变体。藏族故事里讲到：从前有个雄心勃勃的兔子，爱上了住在附近的雌虎并想与它调情。但对此毫无所知的雌虎却正想拿放肆的兔子做一顿美餐，可兔子又巧用计谋引诱雌虎中计，它假装逃跑途中爬进了自己事先挖好的洞里，紧跟而来的雌虎也随之爬了进来但却无法出去。狡猾的兔子强奸了困境中的雌虎并从另一个洞口爬了出去"①。

当然，这些故事更容易让人感受到民族特色，如《狐狸和狼的故事》《孤独的斑马驹》这两则具有鲜明的蒙古族特色，而《老猫》《蜥蜴和蛇》《麻雀的故事》《燕子和青蛙》《肋骨、盐、纸、虱子四个》《谁最厉害》等则没有那么鲜明。因此，对朝格日布所讲述的动物故事进行研究，不仅仅是针对朝格日布故事的讲述个性和讲述内容等方面进行探讨，还要对民间故事中的动物故事本身进行反思，尤其是要重视动物故事的主题、叙事、动物故事的分类等问题。

二、动物故事的意义

故事的形式由其叙事结构来确定，功能是它的社会目的，田野是它的语境。动物故事的语法由讲述者与听众之间共同的期待约定俗成，故事的结构分析的重要性与作用不仅在于类型研究，还在于它是理解其文化中对于某些精神的认可的重要资料。鄂尔多斯动物故事中诡计故事模式的大量使用，表明蒙古族对此类模式的偏爱，对智慧计谋的推崇，这与蒙古族流传大量巧女和说谎大王等机智人物故事的文化意义是相通的。段宝林先生认为："寓言托物而言理，常常以动物为主角，因而和动物故事有交叉之处，但是动物故事更需知识性的解释，教育意义在动物的生

---

① ［匈牙利］劳仁兹·拉斯罗著，那·哈斯巴特尔译:《藏族动物故事和 DRE – MO 故事》，《民族文学研究》1989 年第 2 期。

态知识，语言也相对浅显易懂，很多以儿童为对象的动物故事带有童话的特色。寓言则比较凝练深刻，不少寓言属于文人的加工创作，明显带有创作者个人的风格。"① 然而在鄂尔多斯以动物为主人公的故事中，大多数都具有较为明确的寓意，且在一些故事的讲述中，故事的结尾直接对故事的寓意进行总结说明。这表明，当地动物故事虽然蕴含了一定的生态知识，但它的讲述目的绝不仅仅是传播生态知识。它是作为一种故事家所设想的听众必备的"文化共识"被传播的，即其中的知识是故事得以进行和意义得以实现的基础。如兔子、羊、喜鹊等角色在现实生活中往往处于弱者地位，而狼、老虎等则很强势，故事的寓意，即故事所传达的社会知识、理想与愿望等才是讲述者对动物故事最大的创造，弱者与强者在胜败关系中的非必然性表现出故事的意义不在于解释性，而在于讽刺性。

钟敬文先生主编的《民间文学概论》（第二版）将民间寓言视为动物故事的发展："民间寓言最初是由动物故事发展而来的。在人类的原始时代（今天某些文化发展缓慢的民族也是如此），人们和动物的关系极为密切。人们在从事狩猎、畜牧的社会生活条件下，深深感到动物对自己的生存有直接的关系。他们在捕获和驯养动物的过程中，体会到动物捕获、繁殖的多少，从衣、食、动力、用具到肥料等方面，都直接影响到自己的经济生活。因此，人们就努力去熟悉动物的情况，从而对它的形体、习性特点都观察得非常仔细、准确，并由此对动物产生了感情。这样人们就常以动物作故事的主人公，并能对其作准确、生动、形象的描写。后来，随着人类社会的发展，人与动物的关系逐渐疏远。人们虽然仍以动物作为创作的重要对象，却已经着重于表现人事方面的内容。同时，也常赋予动物以人的思想，从而逐渐形成一种带有明显教训寓意的作品——寓言。上述的前一种，是在趣味中潜伏着教训意义的动物故事；后一种，则是明白地或比较明白地显示教训意义的动物故事。到了后来，动物主人公就更加拟人化，内容也更重在教训了。"② 由此，动物故事均为寓言故事。鄂尔多斯地区流传的这些动物故事中的动物形象多是用蒙古族生活中最常见的动物加以塑造的，没有出现想象中的动物如龙、魔鬼等蒙古族幻想故事中的常见形象。

鄂尔多斯蒙古族动物故事是传统民间叙事多种艺术形式的组合，神

---

① 吴同瑞、王文宝、段宝林编：《中国俗文学概论》，北京：北京大学出版社，1997年，第136页。
② 钟敬文主编：《民间文学概论》，北京：高等教育出版社，2010年第2版，第165页。

话、民间传说、神奇故事、生活故事、寓言等都曲折地反映在其中。鄂尔多斯动物故事作为蒙古族动物故事的代表,将之与其他民族动物故事进行比较研究,可知其动物故事发展阶段上是属于较有特色的,且有其地域性。格林认为,动物故事是从神话渐渐演变而成,格林也认为还存在神话至故事再到童话的演变,又有神话至民间传说再到动物故事的过程,而鄂尔多斯蒙古族民众所讲述的动物故事多已将远古时期对于动物的崇拜与神圣感完全消解。一般认为,动物故事起源于古代猎人和牧羊人的日常工作、他们关于动物生活的观察和作为原始社会意识形态的图腾信仰。然而在对这些动物故事进行研究时,就会发现,作为蒙古族图腾信仰对象的狼,在动物故事中的形象基本丧失了神圣性,而是走向了其反面:由神圣崇拜到讽刺贬低。从朝格日布讲述的动物故事中的狼形象可以看到,现代的动物故事与图腾崇拜情结已成悖反,与其说与图腾崇拜有共性,不如说是颠覆了图腾的神圣形象,图腾崇拜在蒙古族动物故事中可能只占有微不足道的成分。在现实生活中,随着人与狼实际关系的恶化,人对狼时时防备,使人们在面对狼的过程中,至少是口耳相传中,由神圣崇拜转变为恐惧,再到积极防备,而故事则是从实际防备中进行的"心理防备",这也是故事的实际功能之一:传递一定的"正能量",令人们在心理上减少对狼的恐惧。口头艺术通过对现实生活的变形,帮助人们克服环境中的不利因素,至少克服心理上的不利因素,以期最终达到胜利。

一直以来,人们普遍认为,具有讽刺性、教育性的动物故事是现实世界的一种镜像,动物形象是人类社会关系中人物形象的替代,动物世界中的残酷与粗暴,弱肉强食的事实,与人类世界人与人之间的关系类同。动物寓言虽然是以动物中的某一类为讽刺对象,如狼、青蛙等,但实际上却是对某一类品质的讽刺,尤其是对人类社会中的某一些心理进行的讽刺。讽刺性的动物故事形成于两种叙事传统的交融之中,即文学传统与民俗传统,其形成过程可能是较为漫长的,至今也仍然在人们的生活中扮演着不同的作用。具有颠覆性的兔子形象、狐狸形象与狼形象一直在演变和传承,而今天,这些形象则走向了荧幕又超越了娱乐,从动物故事的角度来看待《老鼠和猫》《维尼熊的故事》《喜羊羊与灰太狼》等以动物为主角的故事,或许会感受到这种生命的延续,有新的收获。

第三章　英雄故事研究

在鄂尔多斯流传的蒙古族故事中，有这样一类故事，其中的人物行动、叙事模式具有共性：主人公均为男性，都因为某个原因离开自己的家乡，在外出的旅程中遇到种种困难，都是与魔鬼（蟒古思）对战，但最终战胜了这些困难，带着战胜困难后得到的妻子回到自己的家乡。不难看出，这一叙事模式与阿尔泰语系诸多民族中普遍流传的英雄史诗[①]的叙事模式与主要内容类同。在 ATU 索引中，"300　屠龙者""300A　桥上的战斗""301　三个被偷走的公主""302　食人魔的心藏在蛋中""302B　生命附于剑""303　孪生子或亲兄弟""303A　兄弟齐找姐妹为妻"等类型都讲述了年青的小伙子为了某个原因出发，经历了一番磨难，杀死了超自然的强大对手，救出美人，并娶美人为妻，回到故乡或当上国王。从故事情节、人物行动、叙事模式等方面比较，可以见到鄂尔多斯地区的这一类故事与世界范围内的众多故事有相通之处，但还有一部分在 ATU 索引的多次和多国编纂中，都并未出现，如主人公为了复仇、不详的梦等征战，最后消灭对手凯旋。

鄂尔多斯蒙古族流传的英雄故事并非为鄂尔多斯地区蒙古族所独有，它在蒙古族乃至整个阿尔泰语系都是普遍存在的。仁钦道尔吉在《关于阿尔泰语系民族英雄史诗、英雄故事的共性》中指出：

> 除英雄史诗外，在阿尔泰语系各民族人民中流传着一种与英雄史诗内容非常相似或相近的英雄故事。英雄故事的流传范围比英雄史诗广。如果英雄史诗仅仅流传在蒙古和突厥民族中的话，英雄故事则在包括满洲—通古斯民族在内的整个阿尔泰民族人民中普遍存在着。我们知道蒙古族英雄故事比较多，过去发表的有《顿布道德夫》《乌林夫》《吐嘎拉沁夫》和《吉尔格勒岱和莫尔格勒岱》等。近几年内，丹布尔加甫同志仅仅在新疆的蒙古族地区就记录了 40 多篇英雄故事，它们的内容与英雄史诗几乎完全相同。……我国阿尔

[①]　部分史诗也被称为"（镇压）蟒古思故事"。

泰各民族的英雄史诗与英雄史诗之间、英雄史诗与英雄故事之间存在着各种相似、相近和相同的现象。①

作为国际史诗学的重要组成部分，蒙古族英雄史诗在近百年的研究历程上已经取得了辉煌的成果。在此，根据民间故事研究中对此类故事的惯例称谓，因其与阿尔泰语系众多民族中存在的英雄史诗之间有密切关系，故统一称其为"英雄故事"并加以分析。自20世纪80年代，英雄故事因其与英雄史诗的密切关系而开始逐渐受到学界的关注，在目前的研究中，主要是以说唱文学为研究对象，有数位研究者认为应该把英雄故事纳入到英雄史诗的研究范畴，但主要还是以史诗学的研究方法进行研究，如陈岗龙教授的《蟒古思故事论》从讲唱蟒古思故事的传承人、传承语境等方面进行研究，对英雄故事有所涉及。本章主要运用类型学和母题学的方法，通过对鄂尔多斯蒙古族民间故事中英雄故事的研究，对英雄故事的叙事特征、英雄故事与英雄史诗之间的关系等进行故事学的解读。

第一节　英雄故事的情节与类型

笔者共搜集到鄂尔多斯蒙古族英雄故事35则，其篇目分布于如下故事集中：

彤格乐搜集《鄂尔多斯蒙古族民间故事》② 中共6篇：《沙扎嘎莫日更哈那》《草原英雄——巴特尔》《嘎拉与七鬼争宝》《觅踪大王——莫日庆》《孛额德格和图日查格》《雅都庆乎和他的朋友们》；

钱世英搜集《鄂尔多斯民间采风》③ 中共2篇：《妖精喇嘛和妖艳太太》《宝音寻父记》；

民间故事选集《洁白的珍珠》中共4篇：《阿拉腾西胡日图汗》《阿尔基博尔基汗》《阿勇嘎莫日根汗》《魏新宝的故事》；

《蒙古族故事家朝格日布故事集》中共10篇：《博格达圣主孛依吉尔可汗》《阿拉腾嘎鲁海可汗》《安岱莫尔根和额日勒代博格达》《宝日

---

① 仁钦道尔吉：《蒙古口头文学论集》，北京：社会科学文献出版社，2011年，第226页。
② 彤格乐搜集、整理：《鄂尔多斯蒙古族民间故事》，呼和浩特：内蒙古人民出版社，2006年。
③ 钱世英搜集、整理：《鄂尔多斯民间采风》，呼和浩特：内蒙古人民出版社，1999年。

勒岱老头儿的儿子宝日呼》《奥登巴拉尼姑的故事》《每天早晨说梦的父子》《三个宝物》《阿尔吉布尔吉可汗的故事》《王塞仁朱皇帝》《古儒巴克喜》；

郭永明搜集《鄂尔多斯民间故事》1篇：《北斗七星》；

田清波搜集《阿尔扎波尔扎罕》共6篇：《好汉温岱》《七个佛》①《阿润德都阿日颜胡》《兄弟俩》《珠格莫日根》《额日勒岱小子》；

《鄂托克民间故事》共6篇：《宝鸡》《孤儿》《吉日嘎拉泰和莫日格勒泰》《阿嘎莫日根汗》《神帽》《阿拉坦嘎鲁海汗》。

以上英雄故事根据其情节的相似归纳异文，共分为六个英雄故事类型。

一、英雄代替他人赴死（YX001 型）

《嘎拉与七鬼争宝》《妖精喇嘛和妖艳太太》《阿尔基博尔基汗》《三个宝物》《宝鸡》《神帽》，这六则故事都讲到主人公旅途中得到宝物（通常是隐身帽、棍、靴等），代替将要即位就死的男孩去当王，运用得到的宝物，查明当王即死的真相，除去对手，当上真正的王。其共同的核心情节是"英雄代替将死的男孩当王"。这几则故事是英雄的旅行与AT1144A、AT567、AT671 型故事的结合，形成在鄂尔多斯流行的较为稳定的三个常见故事母题：神奇的宝物，英雄代替别人去死的英勇行动，英雄成功揭开前任王的死亡之谜并打败对手。这一故事类型有诸多异文，表明在鄂尔多斯流传广泛。《阿尔基博尔基汗》是《三十二个木头人》故事中的一部分，《妖精喇嘛和妖艳太太》是这些同类型故事中较具代表性的文本，其故事内容如下：

> 英雄出发去寻找带来灾难的源头，遇到七个姑娘争夺神帽，七个姑娘争夺神棍；英雄用计得到帽和棍子，主动代替男孩（此前所有当王的男孩在第二天都暴亡）去当国王，最后跟踪每夜出去偷情的王后，并听到二人密谋杀害自己。英雄除掉了敌人，成功地当上了王爷，救了臣民和自己。

在一些异文中，"英雄代替将死的男孩当王"这一情节有所变异，兄弟两人中哥哥当了王，面临着死亡，弟弟（主人公）用宝物隐身，揭

---

① 又译《大熊星座》。

开了真相,并消灭敌人,完成自己的英雄业绩,救了哥哥。无论是哥哥还是英雄娶妻,娶妻与权力的获得,都是成年礼的一种标志,表示英雄通过了某个阈限并获得了掌控自己的生活甚至他人生活的权力。

二、英雄因梦出征并荣归故里（YX002 型）

《阿拉腾嘎鲁海可汗》《阿拉坦嘎鲁海汗》《阿勇嘎莫日根汗》《王塞仁朱皇帝》等属于同型故事,均讲述英雄因为自己或者妻子的梦,出发镇压或打败敌人（多数为蟒古思）,最后取得胜利,返回故乡与妻子团圆或娶得妻子回乡为王。笔者将之视为"因梦征战的英雄荣归故里"。以下以朝格日布老人讲述的《阿拉腾嘎鲁海可汗》为例,对这一类型的故事进行简要介绍：

> 阿拉腾嘎鲁海可汗的哈屯做了一个恶梦,卦师算出十二个脑袋的阿日扎格尔哈喇蟒古思即将来犯。可汗骑上宝马向西北方向迎战。
>
> 哈屯在家中祭祀时,从敖包中出来一个一尺高、骑兔子般大的马的男孩儿。男孩两次帮助可汗,第一次杀死了即将来犯的十二头蟒古思,但蟒古思并未真正死亡。男孩继续追踪蟒古思,但没有听马的忠告而死去。十二头蟒古思又抢占了可汗的哈屯,哈屯看到了可汗的马,用计探知了蟒古思灵魂躲藏的地方,消灭了蟒古思,并用从蟒古思那里得到的金针,复活了已经成为尸骨的男孩和可汗。

由朝格日布本人演述的史诗《男孩阿日亚胡》唱道：英雄阿日亚胡梦见敌人推倒了自己的佛塔,吹灭了自己的佛灯,于是他唤来骏马出征,经过长途的征程,与蟒古思激战一场,最终战胜敌人,消除了祸根,回到了自己的家乡,幸福地生活①。在鄂尔多斯地区还流传着散文体史诗《阿勇嘎莫日根汗》,其中的英雄通过占卜预知统辖西北方的蟒古思要来杀死英雄、抢劫英雄妻子,就唤来骏马出征,经过一番较量,消灭了十

---

① 鄂托克旗朝戈洛布演唱,玛格斯日扎布记录整理,伊克昭盟民族研究学会、伊克昭盟民间文学研究会编：《鄂尔多斯文化遗产》（一）（蒙文）,1984 年 10 月,第 110～123 页。本文中所用鄂尔多斯地区以蒙文出版的史诗资料主要由色音陶格陶博士（蒙古族）与姜淑萍博士（蒙古族）翻译,部分参考陈岗龙《蒙古民间文学比较研究》（北京大学出版社,2001 年）一书中有关鄂尔多斯史诗研究的成果。在此向三位表示诚挚的谢意。

二头蟒古思①。

朝格日布讲述的英雄故事《博格达圣主孛依吉尔可汗》是散韵结合体，其内容如下：

> 博格达圣主孛依吉尔哥汗因不明原因的声音，骑上马出发，遇到七十个人和他们的主人清照日格图，二人比赛射箭、摔跤，博格达圣主孛依吉尔哥汗打败了清照日格图，饶了他的性命，没收了他的畜群和家产，带回其仆人和妻小。

朝格日布讲述的史诗《博克多额真宝亦尔吉汗》②，仁钦道尔吉先生认为"这部史诗继承了蒙古英雄史诗传统，但其中有不少晚期内容和词汇，多处出现清代官衔和佛教术语"③。《阿勇嘎莫日根汗》与《阿拉坦嘎鲁海汗》的主体情节与朝格日布讲述的《男孩阿日亚胡》一致，但缺少了英雄的帮手小男孩，而是情节精练地保持着单个主人公的单线叙事：可汗因梦而出发—打败蟒古思—回到家乡与哈屯团聚。这四则因梦出发，为捍卫自己的财产与女人而进行的英雄之战，最后都归于回到家乡、夫妻团聚。

这一类型的故事在鄂尔多斯史诗中也广泛流传，除了上述朝格日布演述的同型异文史诗及另一则蒙文史诗外，在汉译《鄂尔多斯史诗》中，一共翻译了三则不同的《阿勇嘎莫日根汗》的异文④，其内容大体与本文所举英雄故事的情节相近，但一则中出现了忠贞的妻子与不贞的小妾的异文。较奇特的是，由哈屯出手最终消灭蟒古思，仅在朝格日布的故事讲述中出现过，在其他同型故事中，都是英雄自己动手救出哈屯，虽然在两部史诗中，哈屯是帮助找出蟒古思灵魂的重要帮手，但仅在故事中，哈屯才是杀死蟒古思并救活英雄的女英雄。

与朝格日布讲述的其他英雄故事相比，《王塞仁朱皇帝》在叙事的语言与故事的情节上与英雄史诗的关系更加明显，其情节的基本内容：

1. 皇帝王赛仁朱因为一个不祥的梦而派人寻找英雄。
2. 找到的第一个英雄山纪安奔出征失败。
3. 找到的第二个英雄外齐鲁接受出征的命令：

---

① 那森搜集、整理，伊克昭盟语委编：《阿勇嘎莫日根汗》（蒙文），呼和浩特：内蒙古人民出版社，1986年，第1~8页。
② 郭永明整理，513行，属迎敌作战型史诗。伊克昭盟民间文学研究会等编：《鄂尔多斯文化遗产》，1984年，第296~340页。
③ 仁钦道尔吉：《蒙古英雄史诗源流》，呼和浩特：内蒙古大学出版社，2001年，第216页。
④ 浩斯巴雅尔等编，赵文工译：《鄂尔多斯史诗》，呼和浩特：内蒙古大学出版社，2011年。

（1）临出发前，母亲测试英雄的力量并交给英雄他死去父亲的武器。

（2）英雄飞向山顶时，与住在白房子里的蟒古思和她的两个女儿交战，最终征服她们并娶得最小的女儿为妻。

（3）英雄与妻子继续出征，但英雄违背岳母的禁令而中毒死亡，妻子通知母亲并一起救活他。

（4）英雄再次与妻子出征，救出失败的第一个英雄山纪安奔，把他送回岳母处治疗，与妻子打败敌人，得胜回到岳母住处，举办庆祝的宴会。

（5）英雄、妻子与山纪安奔骑马回国，途中救出被哈拉蟒古思抢走的绿度母姑娘，并嫁与山纪安奔为妻。

4. 四人骑马回到皇城，举行庆祝的宴会，少年外齐鲁得到皇帝禅让的帝位。

《王塞仁朱皇帝》中真正的英雄是 13 岁的外齐鲁，故事的情节严格地按照征战型史诗进行，同时又融合了婚姻型史诗的内容，是属于混合型故事，具有在鄂尔多斯地区流传广泛的英雄史诗情节。陈岗龙教授在研究鄂尔多斯史诗时曾作过如下总结与归纳：

> 鄂尔多斯单篇史诗基本上由以下几个有限的共同情节所构成：
> 1. 英雄做梦或占卜预知敌人前来危害自己；
> 2. 英雄唤来骏马，备马出征；
> 3. 英雄与敌人相遇，经过激烈交战，战胜和消灭敌人；
> 4. 英雄凯旋。

以上四个共同情节在不同的史诗中内容细节可能有些不同，如《十八岁的阿拉坦嘎鲁海汗》中英雄的噩梦是天翻地覆、大海干涸、山林干枯，与《阿日亚胡》中的英雄噩梦不同，但是这些噩梦都象征着英雄的权力被夺的危险，两者的功能是相等的，都是英雄出征及史诗情节发展的线索。可见，鄂尔多斯史诗的基本情节和结构是相同的，情节母题是有限的。①

外齐鲁的个人经历与陈岗龙博士归纳的共同情节中英雄的经历基本相同，仅仅存在以下差异：梦与占卜由原皇帝王赛仁朱完成，因为皇帝

---

① 陈岗龙：《鄂尔多斯史诗和喀尔喀、巴尔虎史诗的共性》，《民族文学研究》1999 年第 2 期，第 3~10 页。

的梦与占卜的结果，英雄备马出征；英雄的出征有两次，并且出征伴有胜利者娶妻的双重战果。从这一点来看，《王塞仁朱皇帝》是较一般鄂尔多斯英雄史诗更复杂的英雄故事。

三、英雄历险救父/娶妻（YX003型）

《宝音寻父记》《魏新宝的故事》这两则均为英雄寻找失踪的父亲，在寻父途中，不断历险，进入龙宫，得到龙女的帮助，打败恶龙或蟒古思，最后返回家乡，并娶龙女为妻。这一类型是"英雄历险救父"与"历险娶妻故事"的复合，其中有AT301A、AT555D等故事类型复合。《觅踪大王——莫日庆》《沙扎嘎莫日更哈那》虽不是寻父英雄的故事，但也有301A型故事的情节，最后妖洞救美，娶公主为妻。

四、奇能异士的七兄弟（YX004型）

《安岱莫尔根和额日勒代博格达》《七个佛》《北斗七星》属AT513型故事，在故事的"开场白"中，三则文本有差异，但结局均为七个有着奇能的英雄打败对手或者复仇后变为天上的北斗七星。这是在蒙古族流传特别广泛的英雄故事类型，笔者在此拟为"奇能异士的七兄弟"。其中"奇能异士结安答"的母题是蒙古族故事（史诗）中的常见母题，也是本故事类型的重要母题，但这一母题同时也在婚姻型英雄故事中出现，奇异能力的帮手帮助主人公完成各种奇异的难题，最后娶得美丽的妻子，这一类文本有《奥登巴拉尼姑的故事》《雅都庆乎和他的朋友们》。以下以朝格日布讲述的《安岱莫尔根和额日勒代博格达》为例，简要介绍其故事情节：

> 猎人兄弟俩安岱莫尔根和额日勒代博格达外出打猎，其妹吉孙高娃在家中与天上的高个子黄人相恋并背叛兄弟，杀害二人。额日勒代博格达逃到山中躲藏，安岱莫尔根被扔进井里。安岱莫尔根借助家中佣人老奶奶的长发之绳爬出井，拿回自己的战马和盔甲，上山找到额日勒代博格达。
>
> 兄弟二人决定报仇，向天庭出发。在去天庭的路途中结识了顺风耳、神偷、大力士摔跤手、大嘴王、飞毛腿这五位有特殊本领的人，用马尾毛变出五匹神马，七人一同去找高个子黄人复仇。
>
> 七兄弟在天庭用自己特殊的本领分别战胜了毒酒、火烧、搏克比赛、赛跑等考验，最后与高个子黄人进行殊死搏斗，杀死了敌人

与背叛的妹妹,带着财产回到家乡,结为安答,成为北斗七星。

陈岗龙教授指出:"《安岱莫日根和额日勒岱博格达》(即《安岱莫尔根和额日勒代博格达》,翻译之别)是一篇古老的蒙古族民间故事,其中包含了很多英雄史诗母题……朝格日布讲述的这个故事实际上是由两个独立的故事类型组成的复合故事:一个是兄弟俩惩罚背叛的妹妹的故事,这个题材是很多蒙古英雄史诗的题材,多见于喀尔喀蒙古英雄史诗和卫拉特蒙古英雄史诗及英雄故事,一些学者认为这可能与族外婚的起源有关系;另一个是北斗七星起源的故事,最典型的类型是猎人兄弟俩结识各有特异本领的五兄弟,一起去战胜敌人后升天成了北斗七星。"①

在鄂尔多斯民间故事中,常常见到以"七"为基本数目的主人公,在英雄故事《奥登巴拉尼姑的故事》中,也是七个有奇异本领的兄弟,完成解救公主的英勇业绩后,最终最小的弟弟娶了公主为妻,属于婚姻型英雄故事,因此,只是在此指出"奇能异士的七个英雄兄弟"故事还存在其他异文。

英雄史诗常见的主题包括英雄的出征、英雄的婚姻及英雄的复仇这三种,本则英雄故事与复仇型英雄史诗相类,除了题材和部分故事母题外,还有一些母题也是英雄史诗中最常见的:英雄大意,被投进深井,家中的佣人(女性)用头发结成长绳,从深井把英雄救出来,英雄用马尾变出白马,交给新结识的英雄朋友一起出发等。这三则英雄故事中,《安岱莫尔根和额日勒代博格达》又与另两则有区别,其中的部分情节与 AT315 型故事有重合。如英雄出发的原因是因为自己的妹妹背叛了亲人,放走了敌人。在田清波搜集的故事中,《好汉温岱》中也有关于亲人背叛的母题,不过其中背叛英雄的是妻子。

五、英雄历险求婚故事(YX005 型)

《古儒巴克喜》《宝日勒岱老头儿的儿子宝日呼》《每天早晨说梦的父子》《额日勒岱小子》。这四则均属于英雄历险求婚的故事。四则故事的情节简写如下。

《古儒巴克喜》:

---

① 陈岗龙:《简论蒙古族故事家朝格日布讲述的故事类型——蒙古族故事家朝格日布研究之一》,见《蒙古族故事家朝格日布故事集》,呼和浩特:内蒙古人民出版社,2012年,第 345~364 页。

没有父母的弟弟受到兄嫂虐待，一位老婆婆帮助他改善待遇，但受到嫂嫂讥讽，弟弟出发去寻找娜仁仙女为妻。

弟弟冒认古儒巴克喜（即国师），无意中治好公主的病并成为驸马。弟弟在公主妻子的指引下，寻找到看戏途中见到的绿光，得到宝盒，回程中因违背妻子的叮嘱而偷窥，失去两个穿绿衣服的姑娘。

弟弟辞别公主妻子，带着宝盒回到故乡，发现故乡遭到灾难，只剩帮助过他的老婆婆。为使家乡恢复生机，弟弟决定上天求雨，临行前托老婆婆帮助看管盒子，但不能打开盒子。

老婆婆违禁，吃掉盒内的鲜花又将反复出现的花烧成灰烬，灰烬处长成一棵大树。

弟弟求雨归来识破老婆婆的妖魔面目，苦战后杀死她并焚为灰烬。仙女从树顶下来，成为弟弟的妻子，弟弟带着仙妻回到公主的国家并成为统治者，过上幸福的生活。

这则故事由三个主要的故事主题、两次英雄的行动组成。这三个主题分别是民间幻想故事中的"两兄弟型"的前半部分，这导致英雄的第一次出发，第二个主题为英雄的第一次主要行动：求婚，英雄误打误撞地医治好了公主而成为驸马，摆脱了原初的贫困，但因为娶到的只是公主而不是最初出发时要娶的仙女，所以英雄继续出发去寻找仙女并最终拿到宝盒；第三个主题是英雄为受灾的家乡去禳灾祈雨并最终杀死妖婆而救回仙女，平安回到公主的国家，成为统治者。这一主题即是第二次出发，主要体现为复仇型英雄故事。

故事的前两个主题部分是较为常见的流浪儿无意中娶得公主为妻，后半部分却是常见的"英雄为受难的故乡复仇"这一主题，但故事整个的叙事线索形成的结构却是英雄叙事模式：

英雄因为受兄嫂虐待，被嫂子以语言刺激，出发去寻找妻子——找到妻子（在宝盒中）——妻子被害——为救回妻子而与敌人战斗——得回妻子，得到权力（成为汗）。

在《奥登巴拉尼姑的故事》中：

奥登巴拉尼姑无夫而孕，生下七颗铁蛋，成为七个有奇特本领的兄弟，六个哥哥央求母亲赐予神弓而遭拒。七兄弟听到公主失踪的消息，一同出发追寻公主。追踪者、飞毛腿、神箭手、筑铁房者、变出活羊者、在针眼里自由穿梭者这六个哥哥一起救回和保护被大鹏抢走的公主。六人争论谁应该得到公主为妻时，发现最小的弟弟已经与公主成为夫妻。七个人停止争吵，一同幸福生活。

这则故事具备了英雄史诗中的几个关键性的因素：一是英雄的神奇出生，二是英雄神奇的本领，三是英雄要求得到宝贵的武器，四是英雄救回被人抢走的公主并保护她，五是英雄与公主结婚。但是相对应的，与一般的英雄史诗不同的是：英雄的角色不是一个，而是同时有七个；英雄要求得到宝贵的武器却没有成功；抢回与保护公主的英雄们并没有与公主成亲，反而是最小的、没有功劳的弟弟娶公主为妻。

《宝日勒岱老头儿的儿子宝日呼》这则英雄故事是较为典型的蒙古族英雄史诗的"故事版"。乌日古木勒博士在研究蒙古和突厥的英雄史诗时，曾归纳了二十几部蒙古史诗和英雄故事的好汉三项比赛考验母题，认为其主要情节结构基本相同：

> 英雄特异诞生（有的没有）并迅速成长。到了成熟年龄询问未婚妻的消息，不听父母的劝告离开家乡，去遥远的他乡求婚。英雄在求婚途中借助骏马、未婚妻和结义兄弟的援助，经过驯服异常的神马、凶禽猛兽、蟒古思、女妖等超自然力量，到达未婚妻的家乡（有的史诗中没有描述途中经过的种种考验，英雄直接进入好汉三项比赛考验。有的史诗中英雄经过死亡和复活的考验）。英雄借助马的神力，通过未婚妻父亲提出的赛马、射箭和摔跤好汉三项比赛，娶妻返乡。①

如巴尔虎史诗《汗·特古斯的儿子喜热图·莫日根汗》②的前半部分即"讲述的也是英雄通过好汉三项比赛考验成亲的故事"，其基本程序为：询问婚约—得到消息—携带弓箭，离开家乡求婚—三项比赛得胜，娶那仁汗的女儿哈丽古成亲③。

---

① 乌日古木勒：《蒙古突厥史诗人生仪礼原型》，北京：民族出版社，2007年，第162页。
② 甘珠尔扎布搜集、整理：《英雄古那干》（蒙文），呼和浩特：内蒙古人民出版社，1956年，第26~72页。
③ 该史诗译文的基本内容参考乌日古木勒：《蒙古突厥史诗人生仪礼原型》，北京：民族出版社，2007年，第149页。

《宝日勒岱老头儿的儿子宝日呼》基本包括乌日古木勒博士所归纳的这一类型英雄史诗的全部过程，仅有一二母题有细节性差异。以下对其内容进行简要介绍：

　　宝日呼的父亲去世，成为孤儿的他无意中看到父亲为自己定下的婚约，于是骑上他仅有的二岁马出发去寻找以履行婚约。

　　宝马命英雄三次变成灰雀探听消息，来到有婚约的可汗家。可汗正准备把公主嫁给另一位可汗的儿子。

　　英雄在宝马的帮助下赢得了摔跤、赛马、射箭三项比赛，举行了结婚仪式并带上妻子回到故乡。

　　以上情节属蒙古英雄史诗中典型的短篇求婚型史诗的"故事版"，具有这一类型史诗的典型叙事模式：英雄找到婚约—英雄出发去履行婚约但受到阻碍—英雄通过蒙古族最典型的三项比赛而得胜—英雄履行婚约光荣回乡。故而，陈岗龙博士指出："《宝如勒岱老人的儿子》虽然是民间故事，但故事情节完全是婚姻主题的单篇英雄史诗。英雄通过男儿三项比赛战胜自己的两个对手，娶了可汗的公主。"①

　　其关键母题有英雄的婚约，英雄的助手是他神奇的宝马②，英雄与对手的男儿三项比赛。在英雄故事中，一般很少出现英雄的神奇出生与神奇成长母题，神奇成长母题被置换为英雄的苦难童年与现实生活，如"兄弟型"故事中的兄嫂虐待，英雄成为无人关怀的英雄。多数情况下，英雄的成长都与父母无关，或者父母扮演了反面的角色。

　　《每天早晨说梦的父子》：

　　　　习惯每天早晨互相说梦的一家人中，儿子因为没有对父母说出"梦见太阳从他头顶生起，月亮从他脚底生起，奥奇尔巴尼葛根驾临，正坐在他胸口"的好梦，被父母赶出家门，独自踏上旅程。

　　　　途中主人公救了土蜂、蜘蛛和蚂蚁，被两位公主抛水果绣球选为驸马，但国王与王后提出三个难题，否则就要杀掉他。在他救出的三个动物的帮助下，主人公完成了：在黑夜的漆黑屋子里分离黑米和白米，在黑屋中一夜之间建造好如升的有门窗的玻璃房子，认

---

① 白音其木格、策·哈斯毕力格图搜集整理，乌云格日勒译：《蒙古族故事家朝格日布故事集》，呼和浩特：内蒙古人民出版社，2012年，第348页。《宝如勒岱老人的儿子》即本篇所讲《宝日勒岱老头儿的儿子宝日呼》，见故事集第78~81页。
② 在许多其他英雄故事中，朝格日布往往会弱化宝马的母题与宝马这一帮助者角色的功能，有时甚至退化为仅仅是一个口头性存在，但无论如何，主人公都不可能没有马，宝马在蒙古英雄故事中绝对不可不出现的，无论其角色功能如何弱化。

出藏在五百头骆驼驮着的一千箱金银财宝箱中的两个公主。

主人公得到公主与财宝，幸福生活，并回报四位老人。①

主人公因为梦见日月而出发。在蒙古英雄史诗中，常常有英雄因为梦到蟒古思来侵占自己的领地、抢占自己的妻子等母题而踏上征战的路途。梦是蒙古英雄史诗中英雄出发的一个重要的原因。主人公得到两个公主为妻后，改了妻子的名字，使其与梦中日月相关。其中的动物报恩帮助英雄娶得娇妻的母题，在田清波搜集的《额日勒岱小子》也有：英雄外出，救出动物，动物报恩，娶得妻子。此外，鄂尔多斯地区流传的《灰斗篷小子》也有听懂动物的语言而救下动物等母题。

六、英雄被女性亲属背叛但终复仇（YX006 型）

《好汉温岱》《珠格莫日根》《安岱莫尔根和额日勒代博格达》这三则故事都讲述了英雄的亲人（妹妹、老婆）背叛了他，与英雄的对手（敌人）成为情人，并一起密谋害死英雄。最后英雄在姐妹或兄弟的帮助下复活或得救，追杀对手、惩罚背叛者，回到故乡或成王。其中《安岱莫尔根和额日勒代博格达》在前述的关于七星的故事中已述，此不赘述。《好汉温岱》的情节如下：

> 温岱献祭一匹马后，献祭的喇嘛飞上了天。他家的母马生下的小马一出生就失踪，温岱向天上射箭掉下一个喇嘛，被温岱藏坑里。温岱妻子的火种灭了，出门找火种时发现了喇嘛，把他带回来，二人相爱。
>
> 她装病让温岱找蛇怪的心、十二个头的蟒古思的脑子来治病，英雄出发完成了这些任务，回程时遇到一对母女替换了英雄的成果。妻子最终与喇嘛一起杀死温岱并分尸五块。
>
> 温岱的马、狗及鹦鹉和孔雀将五块尸体带到母女那里，她们用魔法复活了温岱，姑娘嫁给了温岱。温岱回家杀死了妻子和喇嘛以及他们的孩子。

《珠格莫日根》与《好汉温岱》的情节相近，只是与妻子有不伦之

---

① 白音其木格、策·哈斯毕力格图搜集整理，乌云格日勒译：《蒙古族故事家朝格日布故事集》，呼和浩特：内蒙古人民出版社，2012 年，第 109~115 页。

爱的是蟒古思的儿子，在英雄出发为妻子寻找解药时，救了英雄的是他的姐姐们。塞瑞斯指出，《好汉温岱》的真正主题是温岱为蛇怪的心和蟒古思脑子的历险、温岱的死、复活以及杀死妻子和喇嘛的复仇，他认为《珠格莫日根》是同样的主题在一个简单故事中的运用。塞瑞斯指出这一类型的叙述风格和故事细节上"整个故事都置于独特的蒙古民众背景下，与蒙古族人民的生活融为一体。我们在故事中并没有发现太多明显的外来因素，只有个别独立的故事元素有外来影响的痕迹……一些内容是对古老史诗文学的模糊再现……然而，我们并不能随意夸大并认为这些韵体内容更为古老，或者认为这些故事是在史诗残篇中加入散文内容重新编写"①。

这一类的故事可以归纳为：英雄的亲人（妻子或姐妹）背叛英雄—亲人害死了英雄—英雄被复活—英雄复仇成功，恶人受惩。

以上即为鄂尔多斯流传的英雄故事的六种主要故事类型。朝格日布讲述的10则英雄故事占搜集到的英雄故事的一半，从数量、故事类型的丰富性以及故事讲述者信息的完整方面看，以朝格日布讲述的英雄故事的研究价值为最，且从故事的可研究性分析，朝格日布讲述的英雄故事也是鄂尔多斯蒙古族民间英雄故事的代表。故而本章将主要以朝格日布讲述的英雄故事作为分析对象，并列举其他英雄故事文本中相应母题、类型。

第二节 英雄故事的共性特征

鄂尔多斯英雄故事在总体叙事模式（英雄出发—征战—英雄回归）一致的情况下，又有不同亚型，以上总结的六种亚型，呈现出鄂尔多斯英雄故事的一般特征。

一、征战史诗与婚姻史诗的情节混合

仁钦道尔吉先生在多年的蒙古英雄史诗研究中，曾经运用德国蒙古学家、蒙古史诗研究专家海希西的蒙古史诗母题分类法，提出"史诗母题系列"概念，认为蒙古英雄史诗的情节结构是由战争母题系列、婚姻母题系列以及这两个母题系列的不同排列组合所构成，并归纳蒙古英雄

---

① Par Paul Serruys, "Notes Marginales Sur Le Folklore Des Mongols Ordos", Han – Hiue, Vol 3, 1948, pp. 115~210.

史诗情节结构类型为：由单一史诗母题系列构成的单篇型史诗（征战型单篇史诗和婚姻型单篇史诗），由两种史诗母题系列的不同排列组合构成的串连复合型史诗，由构成系列史诗的多个独立篇章形成的并列复合型史诗，如《格斯尔》《江格尔》①。而根据陈岗龙教授的考证，"蒙古英雄史诗有两个核心主题，即婚姻和征战。所有的蒙古史诗均由婚姻和征战主题的母题系列构成单篇史诗和复合史诗。鄂尔多斯史诗基本上都是征战史诗，而极少有婚姻主题"②，实际上作为故事家的朝格日布也会演唱英雄史诗，目前已经整理出版的两则由朝格日布演述的英雄史诗《圣主宝玉吉汗》和《男孩阿日亚胡》③ 都是短篇英雄征战型史诗。

《圣主宝玉吉汗》为"英雄不打不相识"的征战型史诗：有人企图偷走英雄宝玉吉汗八万匹马群的前锋银合马，虽然未能得逞，却引起了英雄的愤怒，他唤来骏马，找到了偷马的敌人并打败了他，但是留下了敌人的性命并让他做了自己的助手④。另外一则是较具有代表性的鄂尔多斯史诗《十八岁的阿拉坦嘎鲁海汗》，讲述了英雄阿拉坦嘎鲁海汗因为做了一个噩梦，从而预知统辖西方的斑布尔岱青汗即将前来袭击自己，于是他唤来了骏马，备马出征，经过一场激战，最后消灭了敌人⑤，这些都是在鄂尔多斯地区流传较为广泛的征战型史诗。

但是朝格日布讲述的英雄故事几乎均与婚姻有关，其中以《宝日勒岱老头儿的儿子宝日呼》为代表，主要是英雄因为婚约而出发，通过男儿三项考验最后抱得美人归。这一故事本是蒙古和突厥英雄史诗中最常见的，其他几则英雄故事，属于考验婚母题的有《每天早晨说梦的父子》，其难题考验的内容为三个常人不可能完成的任务；《奥登巴拉尼姑的故事》则为奇异的本领救出和保护被妖怪掳走的公主，并最终娶公主

---

① 斯钦巴图：《新时期蒙古史诗研究回顾与展望》，《内蒙古师范大学学报（哲学社会科学版）》2009 年第 1 期。
② 陈岗龙：《鄂尔多斯史诗和喀尔喀、巴尔虎史诗的共性》，《民族文学研究》1999 年第 2 期，第 3~10 页。
③ 朝格日布演述的这两则史诗中，《男孩阿日亚胡》的汉语译文被收入《鄂尔多斯史诗》，译名为《阿力亚胡》，学者对朝格日布所讲史诗的蒙文汉诗引用中，也有《阿日亚胡》等音译。见赵文工译：《鄂尔多斯史诗》，呼和浩特：内蒙古大学出版社，2011 年，第 155~174 页。
④ 朝戈洛布演唱，郭永明记录整理：《鄂尔多斯文化遗产》（一），1982 年内部出版，第 93~109 页。
⑤ 1958 年乌审旗斯勤蒙克演唱，特·乌日根记录整理，载道荣尕、特·乌日根等整理：《阿拉坦舒呼尔图汗》（蒙文），北京：民族出版社，1984 年，第 192~232 页。本文中所用鄂尔多斯地区以蒙文出版的史诗资料主要由色音陶格陶博士（蒙古族）与姜淑萍博士（蒙古族）翻译，在此向二位表示诚挚的谢意。

为妻；《古儒巴克喜》中主人公有两次婚姻，前一次婚姻娶得公主，后一次婚姻娶得仙女，后一次婚姻主要由复仇型史诗与婚姻型史诗复合而成。《王塞仁朱皇帝》也是征战型史诗与婚姻型史诗的复合。

鄂尔多斯流传的主要是婚姻与斗争混合型的英雄故事，且其情节与母题，与蒙古英雄史诗有着十分密切的关系，在 YX001 至 YX006 的六个亚型中，除了 YX004 是纯粹的英雄征战型故事外，其他五个亚型都伴随着英雄的婚姻。而在 YX004 中，《安岱莫尔根和额日勒代博格达》这一则在情节上属于较早研究英雄故事的学者巴·丹布尔加甫所归纳的卫拉特蒙古英雄故事的 6 个类型中的第六个类型"英雄被亲属谋害"① 型的英雄故事，也即仁钦道尔吉先生归纳的蒙古英雄史诗中的"家庭斗争型英雄史诗"，"家庭斗争型英雄史诗描述的是氏族内部的斗争，家庭内部的斗争，是亲人之间的谋杀事件。家庭斗争型史诗是后期出现的史诗类型，大都由民间故事演化而成，其内容和情节基本上与'淫荡的妹妹型'故事相同。二者的区别主要在于形式方面，一为散文体，一为韵文体"②。从故事内容上来看，这一故事中英雄的复仇也是从婚姻矛盾开始的。

二、主题单一化

普罗普指出："史诗最重要的要素是其中的英雄人物。史诗显示了被人们视作是英雄的人物和他们的业绩。界定和研究这个角色和英雄主义的内涵是我们研究史诗的主要任务。一个时期以来，人们仅仅满足于指出史诗的内涵就是斗争和胜利。实际上我们可以看到，不同的历史时期史诗中斗争的内容是不一样的。但就斗争的所有阶段来说，在史诗中有一件事是特殊的、稳定不变的，这就是它的目标是宏大的而不是渺小的；

---

① 巴·丹布尔加甫：《新疆蒙古英雄故事浅析》，《民族文学研究》1989 年第 5 期，第 84~88 页。巴·丹布尔加甫对卫拉特蒙古地区进行田野调查后，搜集了大量史诗的口传资料，并撰文《新疆蒙古英雄故事浅析》，根据故事情节把卫拉特蒙古英雄故事分为六个类型，其他五个类型分别为：（1）英雄去遥远的地方娶亲；（2）英雄的家乡被劫，英雄复仇；（3）英雄去遥远的地方成亲，家乡被劫，英雄杀敌凯旋；（4）英雄多次与恶魔或蟒古思征战；（5）勇士与敌人交战，最后结拜为兄弟。
② 仁钦道尔吉：《论家庭斗争型英雄史诗》，《民族文学研究》2006 年第 3 期，第 57~63 页。仁钦道尔吉先生在文章中指出："家庭斗争型史诗是后期出现的史诗类型，大都由民间故事演化而成，其内容和情节基本上与淫荡的妹妹型故事相同。二者的区别主要在于形式方面，一为散文体，一为韵文体。我们将这类作品称为家庭斗争型英雄史诗，因这种称谓的概念比较强，而且较为文雅。这类史诗计有《哈尔勒岱莫尔根夫》（布里亚特）、《艾尔色尔巴托尔》（青海）、《道格森哈尔巴托尔》（青海等）、《骑豹黄马的班巴勒汗》（新疆）、《十五岁的阿尔勒莫尔根》（新疆）、《那仁汗胡布恩》（新疆）和著名的喀尔喀史诗《仁沁莫尔根》等。"

斗争不是为了个人的兴趣，也不是为了英雄个体的幸福，而是为了人民最高的理想，斗争是艰难的，需要英雄集中所有的力量和能力去奉献自己。但在史诗里面，英雄最终获得成功。斗争不是个人的而是大众的和民族的，并且在最后阶段也清楚地宣布了斗争的阶级特征。但是，这个要素不足以表明这样一部作品就是史诗。"① 因此，无论是俄罗斯英雄史诗，还是蒙古英雄史诗，通常英雄都是为了一个崇高的目标：如为了家乡或国土的安危，为了家庭成员的安全，为了正义与和平等，出发与敌人（通常是蟒古思）进行激战，并最终取得胜利。

英雄史诗的主题往往包括至少两个方面：一是捍卫正义、除恶布善，蒙古史诗的演唱在现实中可以发挥以下的作用："他们世世代代歌唱英雄、学习英雄，以史诗说唱的方式教育后代，要有除恶布善、捍卫正义和为大众追求幸福、和平、美好的生活而不怕艰险、勇于拼搏的精神和品德。史诗不但反映了一个历史时期的社会面貌及各方面的生活斗争的历史，而且记述了天地形成、人类起源、民族迁徙、民族战争等悲壮宏伟的历史画面，它是人生的精神食粮，培育着蒙古民族的精神品格。"② 二是热爱国土、家乡、家庭，并为之而战斗。诚如贾晞儒教授所说："在史诗的每一章里几乎都有赞颂家乡美、生活美的内容，充分显示出蒙古族是一个热爱自己家乡、热爱生活的民族，他们没有因为生存环境恶劣而畏葸不前，总是把恶劣的环境化作美好的象征，让人们热爱它、爱护它、保护它，对待险恶的自然灾害，总是以顽强的拼搏精神和聪明才智去战胜之，从不畏惧退缩。面对困难、面对险恶，他们总是那样的乐观、自信。"③ 不过鄂尔多斯地区流传的这些英雄故事在主题上均较为单一，主要表现故事主人公不凡的经历、非凡的英勇和神奇的命运，而非以上英雄史诗中常见的主题。故事的结局多是：

《古儒巴克喜》：从此，他执掌政柄，兴国安邦，和他的两位皇后过上了国泰民安，风调雨顺的幸福生活。

《宝日勒岱老头儿的儿子宝日呼》：宝日勒岱老头儿的独苗儿如此续上了香火，从此，过上了幸福美满的生活。

《每天早晨说梦的父子》：为了欢庆团聚，皇上和皇后举办了三个月

---

① ［俄］普罗普著，李连荣译：《英雄史诗的一般定义》，《民族文学研究》2000 年第 1 期，第 91~95 页。
② 贾晞儒：《试论蒙古族英雄史诗研究的现实意义》，《青海民族学院学报》2004 年第 2 期，第 39~45 页。
③ 同上。

的喜宴。喜宴过后，他们派出一万人的送亲队伍，浩浩荡荡护送女儿女婿回家。回到家之后，女儿女婿又举办一个月的盛宴，作为答谢。从此，几家人颐享天伦，幸福地生活。

显然，故事主要讲述的是主人公个人追求幸福家庭生活的奇特经历，英雄故事一般强调主人公个人经受的苦难，却很少提到其家乡与国家的美丽、富饶等，对于主人公所要征服或打败的对手，也很少描述其凶恶、残忍、不义的一面，其恶行最多表现为已经实施完成的抢劫，如《奥登巴拉尼姑的故事》中已经抢走公主的大雕，《王塞仁朱皇帝》中和外齐鲁打斗，并将女儿白度母之化身嫁给英雄的是"一位白发苍苍的老妇人坐在桦树皮椅子上，在用桦树皮烟袋锅抽烟"这一形象，已经抢走绿度母姑娘的蟒古思也只是言其为"哈拉蟒古思"，即黑色的妖魔①。

总的来看，英雄故事主题单一，英雄基本没有崇高的目标、无私的奉献等，相反有时还有些糊涂，自以为是，因此会有违禁行为。如《古儒巴克喜》中的主人公违背妻子的禁令，偷开宝盒，以致失去了另两位仙女做妻子的机会；《王塞仁朱皇帝》中的外齐鲁因为违禁从另一侧城门入城，结果中毒身亡，其尸体被妻子带回，向蟒古思岳母求助才得以复活；《每天早晨说梦的父子》中儿子虽然孝顺，但在难题考验前却显得极其懦弱，心中不断后悔，埋怨自己不该来此地，害怕死到临头，并且在这段心理活动之后，又"自哀自怜地哭了起来"，这与英雄史诗中英雄总是勇往直前，义无反顾，为正义、善良而战的形象有了很大的不同，自然在主题表达上也有了很重要的区别。

三、英雄史诗母题与民间故事母题的复合

英雄史诗在中国主要分布于北方阿尔泰语系的诸多民族中，其中又以"三大史诗"最具有代表性②，此外，在南方民族中，又以流传于四川、云南、贵州等省的彝族英雄史诗《支格阿鲁》最具有代表性，多数学者都认为，目前为止尚未发现汉民族有英雄史诗依然在口头流传。虽然在各民族的故事中，英雄一词并不陌生，但却与英雄史诗的叙事情节模式化，语言表达程式化等特征相去甚远。仅就英雄史诗的叙事情节模式化而言，目前已有的关于中国各民族英雄史诗的母题和类型研究显示出英雄史诗叙事结构的稳定性。

---

① 白音其木格、策·哈斯毕力格图搜集整理，乌云格日勒译：《蒙古族故事家朝格日布故事集》，呼和浩特：内蒙古人民出版社，2012年，第151~159页。
② 《江格尔》《格萨尔》与《玛纳斯》。

较早对蒙古英雄史诗进行此方面研究的德国学者海西希在1972年出版的《蒙古文学史》第一卷中曾讨论蒙古史诗的情节结构和口头程式问题①，此后，其《关于蒙古史诗的母题结构类型的一些看法》曾对蒙古英雄史诗的母题进行过分层级的归纳，在第一层级中归纳了14个英雄史诗母题类型，即时间、英雄的出身、英雄的家乡、英雄（外貌、性格及财产）、英雄的马同他的特殊关系、启程远征、助手及朋友、受到威胁、仇敌、遇敌及战斗、英雄的计策及魔力、求婚、婚礼、返回家乡②。俄国学者A. S. 科契可夫根据卫拉特英雄史诗材料而整理出的12个主题构成要素，实际上即是民间文学研究中的母题所指，分别为：无子女的年事已高的可汗和王后（老头和老妇人），无子女的老人祈求得子，神奇的怀孕及孩子的降生，给神奇降生的孩子取名，未来英雄的神奇成长及不平凡的孩提时代，挑选小英雄的坐骑，关于未婚妻的消息，青年英雄奔赴未婚妻的英勇旅程，英雄为了获得未婚妻而斗争的英勇旅程，率领参加婚礼的人马返回家乡，旅途中英雄的离奇经历，解放英雄的父亲，驱逐敌人，和平，英雄的幸福生活及其统治③，在巴·布尔贝赫和宝音和西格选编的两卷本《蒙古族英雄史诗选》的下编《蒙古史诗故事母题索引》中，即是参考海希西对以上母题类型的归纳，缩写了51部史诗，比较系统地展示了我国蒙古族英雄史诗的母题构成情况④，另有乌日古木勒博士在对蒙古—突厥史诗进行研究时，也归纳了一些蒙古英雄史诗的常见母题，主要包括史诗的求子母题、英雄特异诞生母题、考验母题和英雄死而复生母题⑤。

其他一些国内研究者们对于英雄史诗中的常见母题也进行过专门的研究，如梦、死而复生、英雄唤马等。概括起来，蒙古族英雄史诗中较为常见的母题包括：英雄奇特的诞生、英雄奇特的成长、英雄的梦、英雄受难⑥、英雄从困境中逃脱⑦、英雄抢马或唤马、英雄死而复活、英雄

---

① 转引自陈岗龙、乌日古木勒：《蒙古民间文学》，银川：宁夏人民出版社，2008年，第309页。
② 转引自斯钦巴图：《蒙古史诗——从程式到隐喻》，北京：民族出版社，2006年，第140页。
③ ［德］海希西《关于蒙古史诗中母题结构类型的一些看法》，中国社会科学院少数民族文学研究所编印：《民族文学译丛》第一集，1983年，第356页。
④ 陈岗龙：《蒙古英雄史诗搜集整理的学术史观照》，《西北民族研究》2011年第3期，第159~169页。
⑤ 乌日古木勒：《蒙古突厥史诗人生仪礼原型》，北京：民族出版社，2007年，第29页。
⑥ 最常见的是被关进洞里或井里等。
⑦ 如借助头发出洞、井等。

接受难题考验①、英雄战胜敌人②、英雄的婚礼、英雄凯旋等。这些母题中，有一些是英雄史诗特有的母题，如英雄奇特的成长、英雄与马的相关母题、英雄死而复活、英雄的婚礼等，而有一些母题在民间故事中也常见，如奇特的诞生③、梦、主人公在洞中受难及出逃、难题考验等。但这些母题虽然经过高度的概括，在字面上呈现出与史诗相同的表象，在内容上却与英雄史诗有着十分明显的差异，尤其是民间故事中这些母题的排列所构成的类型往往与英雄史诗的母题系列不同。如关于梦，在民间故事中最为有名的是"黄粱梦"，其母题排列就与英雄无关，而主人公在洞中受难，往往是被兄弟陷害而留在洞中，最后借龙或者其他神奇动物的帮助得以逃出。英雄史诗中的洞中受难一般是被异性亲人，如母亲、姐妹、妻子等陷害，而由敌人（一般为蟒古思）投入到洞或者井中，其出逃则是借助于家中的仆人或者异性亲人的长发结成的绳子等。故而英雄史诗的母题与故事的母题是存在差异的。

英雄故事的母题构成也具有类型化、模式化特征，主要表现为同一英雄故事往往有诸多异文，而异文数量的多少是民间故事确定类型的最主要的依据。蒙古族英雄故事广泛存在于新疆、内蒙、辽宁等地，已有的民间故事研究中，除了前述巴·丹布尔加甫之外，对于"英雄故事"的研究者甚少，且就笔者管见所及，在各有关中国民间故事的类型索引中，也未见有明确的编号。在对英雄故事的情节概述中，笔者主要针对每则故事与英雄史诗的相似情况进行了简要的介绍，但是这些英雄故事主要是"故事"而非"史诗"，不仅仅因为它们是"被讲述"而非"被吟唱"出来，还因为其故事情节并非是简单的史诗母题的排列，而是具有非常鲜明的故事母题的特征。

以下仅通过对朝格日布讲述故事的两则英雄故事的母题进行研究，对有代表性的英雄故事中其他民间故事母题的运用情况进行介绍。

《每天早晨说梦的父子》运用了民间故事与英雄史诗都有的"动物报恩，历险得妻"的叙事模式。动物报恩的母题与类型在民间故事中广泛存在。如在丁氏索引中，"554 动物感恩来帮忙"④ 这一类型有动物

---

① 包括好汉三项比赛及征服蟒古思等。
② 蟒古思是最为常见的敌人。
③ 在汉族的一些帝王将相等英雄的民间传说中，也会有一些奇特的怀孕、诞生和成长，如老子、宋太祖、包公等。
④ ［美］丁乃通编著，郑建威等译：《中国民间故事类型索引》，武汉：华中师范大学出版社，2008年，第124~125页。

报恩救了被投入狱中的主人公的命;金氏索引中,"554 感恩的动物"①则列举了四川、浙江、甘肃、湖北、河北、贵州、广西、云南等 8 个省内流传在汉族、侗族、哈尼族、傈僳族、毛南族、佤族、布依族、土家族 8 个民族的 15 则异文。金荣华先生还列举了越南、斯洛伐克、德国这三个国家的同类型故事,其故事情节为:一个年轻人救了蚂蚁、蜜蜂、蛇、鼠等动物,后来这些动物来帮他医好公主的病,打退敌军,并且从衣饰相同的众女中认出公主而娶了她;或是把他从牢狱中救出来②。而 AT160 型故事则是"报恩的动物和忘恩的人"③,其中的主要内容为:人负义而害恩人,动物报恩而救恩人。在艾伯华的索引中,这一类型为"16 动物报恩"④,其中所用材料主要来自浙江富阳、金华,江苏常熟与苏州,福建等南方省区,并且只有动物报恩救了恩人的命这一情节,没有因报恩而得到婚姻这一情节。据刘守华先生考证,在公元 516 年前后南朝梁高僧宝唱等撰集的汉译佛经故事大全《经律异相》中有三篇"动物报恩"型故事的梗概,分别为第 11 卷《现为大理家身济鳖及蛇狐》、第 44 卷《慈罗放鳖后遇大水还济其命》与第 26 卷《日难王弃国学道济三种命》⑤。刘守华先生曾对流传在中国的 160 型故事进行了历史的流变和共时的形态研究,而朝格日布讲述的《每天早晨说梦的父子》虽然与中国其他地区和民族的同类故事同属 554 型故事,但这一故事并非是对于佛经故事和其他民族故事的简单移植,而是充分吸取了蒙古民族的文化习俗,尤其是对其英雄史诗叙事进行了演变与再创造。

其特殊之处有二:一是《每天早晨说梦的父子》在鄂尔多斯地区广泛流传,除了朝格日布讲述的这一则之外,还有《灰斗篷小子》⑥ 等异文,在情节上与英雄史诗相类;二是引史诗母题进入故事,其中最重要的母题是"因梦出发"。在朝格日布演述的两则史诗《圣主宝玉吉汗》和《男孩阿日亚胡》以及其他诸多蒙古族英雄史诗中,都有英雄因为梦中的预示而出发,而在民间故事中的梦一般归入"黄粱梦"型故事,很

---

① 金荣华著:《民间故事类型索引》,台北:中国口传文学学会,2008 年,第 199 页。
② 同上书,第 199~200 页。
③ 同上书,第 59 页。
④ [德]艾伯华著,王燕生、周祖生译:《中国民间故事类型》,北京:商务印书馆,1999 年,第 29~30 页。
⑤ 刘守华、林继富主编:《中国民间故事类型研究》,武汉:华中师范大学出版社,2002 年,第 162~167 页。
⑥ 赛音吉日嘎拉、哈斯其伦搜集整理,乌云格日勒、孟克译:《洁白的珍珠》,呼和浩特:内蒙古人民出版社,2010 年,第 185~190 页。赛音吉日嘎拉于 1980 年在鄂尔多斯地区的伊金霍洛记录。

少出现因为梦的预示而主动或被动地进行一次远行。

此外，此故事中的难题考验母题也与中国大多数故事中的三个难题考验母题有较多相异之处，而与有英雄史诗叙事传统的西方民间故事中的感恩动物母题相类。在 AT 分类法中，阿尔奈和汤普森如此界定"554 感恩的动物"的故事情节：

> 感恩的动物。一个年轻匠人得到几种动物（通常是蚂蚁、鱼等等）的感谢，在他们的帮助下，完成了强加在他身上的三项任务（如从海底拿上一枚戒指等等），赢得了公主。
> 1. 动物的答谢。主人公（hero）（a）三兄弟中最小的一个；（b）将三种动物（通常是蚂蚁、鸭子、蜜蜂、渡鸦、鱼、狐狸等等）从危险或饥饿中拯救出来。
> 2. 任务。在它们的帮助下 （a）他赢得了一个美丽的新娘，完成了各种任务；（b）分类整理好分散的种子或珠子；（c）从海底带回一个戒指或者钥匙；（d）带回回生或死亡之水；（参看 551 型）（e）建一座神奇的宫殿；（f）从穿着相同的人中选出公主（参看 313 型）；（g）找到藏起来的公主（参看 302、316、329、531、552、553、559 等类型）。①

汤普森曾经编纂过《民间文学母题索引》，他列出此类型的母题中与朝格日布讲述的故事相关的母题主要为："B350 感恩的动物"，"B360 动物感谢救命之恩"，"H. B582.2 动物帮助英雄得到公主"，"H982 动物帮助人完成任务（难题）"，"B571. 动物为人完成任务"，"H1091 任务：给大量的谷类分类"（或在一夜之间把大豆、豌豆、小珠子等分类好）② 等。

将汤普森以欧美等西方民间故事为材料而编纂的索引与丁氏、艾氏、金氏等以中国民间故事为材料编纂的索引相比较，就会发现，朝格日布

---

① "Antti Aarne's Verzeichnis der Marchentypen"（FF Communications No. 3），Translated and Enlarged by Stith Thompson, *The Types of The folktale*, *Classification and Bibliography*, Second Revision, Helsinki 1973, Suomalainen Tiedeakatemia Acaddemia Scientiarum Fennica, pp. 199~200. 李丽丹译。后文所引母题编码均出自此书，后文仅列卷册及面码，不再标注详细出版信息。

② Stith Thompson, Motif - index of Folk - Literature: *A Classification of Narrative Elements in Folk - tales*, *Ballads*, *Myths*, *Fables*, *Mediaeval Romances*, *Exempla*, *Fabliaux*, *Jestbooks*, *and Local Legends*, by. Bloomington, Indiana University Press, 1978, 6. volumos. 李丽丹译。

讲述的这则英雄故事显然与中国大部分地区流传的"554 感恩的动物"型故事有所不同，在中国其他地区和民族流传的此类型故事中，动物报恩的主要方式是将主人公从危险困境（常常是牢狱之灾）中解救出来，少数故事中有救出主人公且娶到公主的母题。

在与公主成亲的缘由中，在动物帮助下而完成的难题考验（通常是三项）中仅有一项与这些故事类型中的情节相同：动物帮助主人公从众多相似的事物中认出公主。而西方民间故事中，主人公的身份是较为明确的"hero"（英雄），且"英雄救助弱小的动物"；"因为动物的帮助而得到一个美丽的'bride/princess'（新娘/公主）"是"554 感恩的动物"更为固定的两个基本情节。在动物报恩方式的诸多小情节中，《每天早晨说梦的父子》有如下母题与汤普森所归纳的母题相类：

B360 动物感谢救命之恩：主人公救出蚂蚁、蜘蛛和土蜂，三个小动物表示："恩人，危机时刻，只要想到我们，我们就会来帮您。"

H. B582.2 动物帮助英雄得到公主：三个动物分三次帮助主人公完成了国王欲置其于死地的三个难题。

H982 动物帮助人完成任务：三个难题均由三种动物实际完成。

B571 动物为人完成任务：每一次任务都由动物直接为主人公完成。

H1091 任务：给大量的谷类分类，或在一夜之间把大豆、豌豆、小珠子等分类好；国王要求主人公一夜之间在黑屋中把混在一起的黑米和白米分开，蚂蚁帮助他完成了这一任务。

从情节的相似程度来看，朝格日布讲述的这则英雄故事更加接近于西方民间故事，而与中国的动物报恩幻想故事有较大的区别，中国其他地区流传的此类故事中有"以命救命"的思想，而《每天早晨说梦的父子》则与西方常见的民间故事中的"英雄历险得美人"的叙事模式相类。

在《古儒巴克喜》中，其他民间故事母题与英雄史诗母题的复合主要表现为两点：第一点较为奇特，敌人（老妖婆）在最初出现时是帮助者的身份（老奶奶），而后来妻子（公主）成为帮助者的角色，以前的帮助者却变成敌人。第二点，英雄出发寻找仙女妻子，但找到的不是仙女，而是实际上装着仙女的宝盒，这很可能与在中国流传非常广泛的"龙女"型民间故事的宝物母题有关：在"龙女"型故事中，主人公从海底回到岸上时总带有一个神奇的变出百宝的盒子（有时为葫芦）。虽然可能是受其影响，但却没有龙女型故事中盒子里的仙女出现并能变出饭菜、财富等，而仙女的神奇能力仅在于其花的形态，被老妖婆食用后又马上生长出来，但仙女被杀死烧成灰烬后，长出一棵大树，仙女在大树顶端等待救援。这一母题在蒙古族民间故事，尤其是朝格日布讲述的故事中较为常见，比如在《老虎与牤牛》中，牛犊被猎人杀死后，虎崽为其复仇后与牛犊的骨头一起自焚为灰烬，却在灰烬处长出两棵一模一样的檀香树，最后两个能干的小英雄从树顶出现；在《求子的老两口》中，女主人公阿拉坦其格苏被蟒古思追杀，在她的助手、神奇的宝马死后被埋的地方长出十三杈檀香树，阿拉坦其格苏怀抱孩子坐在树顶等待救援。这几则故事都有一个生命在死后能变成树，主人公在树上重获新生这一母题。这种"不死"的人、动物等，又可能与蒙古族史诗所体现出的萨满信仰中灵魂的游历和不死有关。

另一则代表性文本为《安岱莫尔根和额日勒代博格达》，这一则故事在前文介绍中说明其与家庭斗争型史诗有诸多相似之处，根据仁钦道尔吉先生的研究，民间故事中也有众多的"淫荡的姐妹"型异文，他在《论家庭斗争型英雄史诗》一文中指出："家庭斗争型史诗是后期出现的史诗类型，大都由民间故事演化而成，其内容和情节基本上与淫荡的妹妹型故事相同。二者的区别主要在于形式方面，一为散文体，一为韵文体。"①

而在鄂尔多斯地区流传的与其关系密切的英雄故事还有《吉日嘎拉泰和莫日格勒泰》，是赛音吉日嘎拉于1965年在忒格嘎查搜集的由拉西尼玛讲述的故事，讲述了三兄妹中的大哥在黄马的帮助下与蟒古思交战，救出被蟒古思抢去的弟弟，通过公主父亲的三个难题考验，最后娶得公主，又找回妹妹，全家团聚的故事②。在奥特跟赛音吉日嘎拉于1958年在忒格苏木记录，由谢日布讲述的《朝格莫日根与都格莫日根》③ 三兄妹故事中，两个哥哥为了救出被蟒古思劫走的妹妹，在黄马、黄狗的帮助下杀死蟒古思，带回妹妹，英勇的兄妹三人与大汗结亲，幸福地生活；20世纪80年代郭永明在杭锦旗搜集到的由乌恩记录，刀劳厅老人讲述的《北斗七星》④ 等都属鄂尔多斯地区流传的重要的英雄故事异文。这几则文本都讲述了两兄弟因为家庭成员的关系而与对手（天上的高个子黄人或蟒古思）进行斗争并取得胜利的故事，其中，史诗中的常见母题

---

① 仁钦道尔吉：《蒙古口头文学论集》，北京：社会科学文献出版社，2011年，第103~117页。
② 赛音吉日嘎拉、哈斯其伦搜集整理，乌云格日勒、孟克译：《洁白的珍珠》，呼和浩特：内蒙古人民出版社，2010年，第309~313页。
③ 同上书，第299~302页。
④ 郭永明搜集、整理、翻译：《鄂尔多斯民间故事》，呼和浩特：内蒙古人民出版社，1981年，第34~38页。

主要有结安答母题、复仇、比赛、惩罚背叛的亲人、报仇、扯下马尾变为骏马等。而民间故事中常见的是"513　奇能异士来相助"型故事中有特殊本领的人结成兄弟。这一故事中常见的母题还出现在朝格日布讲的英雄故事《奥登巴拉尼姑的故事》中，而且兄弟的数量很稳定地呈现出"七"的特点，笔者也注意到，"七"是朝格日布在民间故事的讲述中频繁使用的一个数字母题。

以上朝格日布讲述的英雄故事既是鄂尔多斯地区流传的英雄故事代表，也是蒙古族丰富的英雄故事的组成部分，从其与英雄史诗在母题、主题的比较中可以看出，英雄故事与英雄史诗有着十分密切的关系，但又与英雄史诗存在着巨大的差异。在朝格日布的英雄故事中出现得较为频繁的是通过难题考验而得到公主为妻的史诗母题，而其他一些史诗母题，尤其是英雄的奇异诞生和成长，基本上未在英雄故事中出现，英雄的婚礼虽然在故事中也出现了，但一般仅仅介绍"可汗、可汗的哈屯、公主皆大欢喜，把女儿嫁给了男孩，举办了为期三个月的盛大婚宴。从此，男孩成为可汗乘龙快婿，过上了无比美满的幸福生活"①。"老妇人为他俩举办了三个月的盛大婚宴"② 等三言两语一带而过，没有宴会的铺排等。

将朝格日布讲述的英雄故事与他的其他民间故事的母题结合起来看，就会发现，英雄故事中的英雄史诗母题与其他民间故事母题的复合主要可以分为两种情况：一是以英雄史诗的母题系列搭建故事的整体叙事结构，中间使用民间故事母题。二是英雄史诗的个别母题在一些英雄故事中虽然使用不多，但在其他非英雄故事的故事中常常被使用，增加了民间故事的趣味性和生动性，但因无英雄叙事的整体模式，所以并没有形成英雄故事，如关于神奇的帮助者——主人公的宝马，除了在《宝日勒岱老头儿的儿子宝日呼》中较完整地保留了英雄史诗中宝马常见的一些功能，如给主人公预言，帮主人公出谋划策，帮助主人公赢得好汉三项比赛的胜利之外，在《求子的老两口》《人间四苦》《阿尔吉布尔吉可汗的故事》《卓拉姑娘和银鬃马》等民间故事中也频繁地出现，但这些故事却不能算作英雄故事。

还有一种情况，即民俗信仰中的一些母题在神话、传说和故事中持续存在，在史诗中也有所传承，但主要还是在散文口头叙事中出现，如

---

① 白音其木格、策·哈斯毕力格图搜集整理，乌云格日勒译：《蒙古族故事家朝格日布故事集》，呼和浩特：内蒙古人民出版社，2012年，第147页。
② 同上书，第157页。

"丢失的火种"这一民俗母题，在阿尔泰语系的许多民族神话中（如鄂温克族的火种神话）还依旧保存着，在关于年俗的传说中也保存着，在同属阿尔泰语系的许多其他民族如鄂温克族、土族的民间故事中也常常出现，也出现在英雄故事的亚型中。日本学者西胁隆夫著《轻·吐米尔英雄故事的母题研究》① 对维吾尔族民间故事"英雄艾里·库尔班"进行了介绍，这一文本曾被丁乃通先生记录在他的《中国民间故事类型索引》中，作为 AT301 型故事的重要文本。故事讲述英雄艾里·库尔班的父亲是熊，母亲是人，他曾征服 8 个巴图尔，后来追赶着魔王下井，战胜了魔王，救了 4 个女儿，凉面巴图尔带走了宝贝和女人，库尔班骑上大鹰飞到陆地，跟魔王的女儿重逢。西胁隆夫认为这一 AT301 型故事反映了东西方文化的交流。而维吾尔族的民间故事《轻·吐米尔英雄》则主要讲述哥哥外出打猎时，妹妹不小心弄灭了火种，于是找到老太婆家借火种，但老太婆是个七头妖魔，趁英雄不在家，找到妹妹吸食她的血；英雄回家发现妹妹的异常，和狗、山鹰、马一起与妖魔搏斗，砍下了老太婆的 7 颗脑袋。

在鄂尔多斯蒙古族故事中，朝格日布讲述的《哲日格勒岱和莫日格勒岱》有一部分故事情节与《轻·吐米尔英雄》的主体情节相似：妹妹被哥哥们从虐待她的继母家中带走后，独自守在家里，不小心熄灭了火种，在马的指引下从老人家中取来了火种，但在取火归途中违禁回头，结果老人追至家中，往妹妹的口中塞进了一对金银沙嘎，从此妹妹不会说话了。这则英雄故事既具有英雄故事的情节特征，又具有蒙古族特有的文化内涵。

通过对在鄂尔多斯蒙古族中流传的英雄故事的共性分析，可知这些英雄故事与当地流传的英雄史诗之间存在着密切的关系，虽然不能因此浅陋的分析而得出英雄故事一定就是从英雄史诗中简化而来的结论，但是英雄故事在主题上往往更加单一，在情节上更加偏爱征战与婚姻相关的母题，在母题上又大量吸收民间故事常用母题，尤其是与民众生活密切相关的一些当地民俗的母题，这些都是英雄故事与英雄史诗之间的区别，这些区别并不是建立在对故事演述环境与史诗演述环境的立体对比基础之上，而是以纯文字记录文本进行比较研究的基础之上的。笔者以为，英雄故事在鄂尔多斯地区蒙古族中大量流传主要取决于内容的相对简约化、母题的生活化与民俗化、主题的单一化等特征，这也是从故事

---

① ［日］西胁隆夫：《轻·吐米尔英雄故事的母题研究》，《民间文学论坛》1997 年第 4 期，第 23 页。

的叙事内容特征而非表演等外在形式特征得出的结论。

第三节　英雄故事母题与英雄史诗母题

虽然英雄史诗与英雄故事有着一些相同的情节与母题，但却是同中有异。母题和情节是对于叙述内容较为抽象的概括与提炼，而在具体的故事讲述和史诗演述中，往往在内容和形式上都存在巨大的差异，最为显著的差异在于许多英雄史诗的重要母题在英雄故事中都以弱化的形式存在，而民俗母题多较稳定地持续存在于史诗与故事中。

一、史诗母题程式化铺排式的诗性语言与故事程式化的简洁表述

史诗母题一般都以华丽的铺排式诗性语言进行程式化表述，最常见者，如英雄的象貌、婚礼的豪华与热闹、宫殿的雄伟、宝马的装备与雄姿等，这些内容虽然在英雄故事中也存在，但铺排华丽的诗性语言已经被极度简化，有时甚至连程式化的表述也不存在，但是，这些程式化的母题虽然在故事中以极其简洁的方式存在，却绝不会消失。

以宝马母题为例。宝马是英雄史诗和英雄故事中都较为普遍存在的一个角色母题。在史诗中，宝马母题往往需要大量的诗行对其外形进行描绘，如朝格日布讲述的史诗《圣主宝玉吉汗》如此形容马的姿态：

　　从远处看，
　　误以为是一头雪山雄狮，
　　看清了口和鼻子，
　　才认出原来是一匹骏马.
　　从正面乍一看，
　　误以为是一座高山，
　　看清了前胸，
　　才认出原来是一匹良马。

主人公即将出征时，对马有如此的一番装备：

　　亮闪闪的银笼头，
　　套在骏马的头上；
　　金银制作的马嚼子，

戴在骏马的嘴里；
圆圆的鞍屉，
铺在骏马的背上；
价值一万两白银的马鞍，
套在鞍屉上面；
日月般的一双马镫，
闪打在马肚的两侧；
吉祥的八条皮绡绳，
合拍在马鞍的两边；
手巧的女子精心缝制的
边镶花纹的红布肚带，
紧紧捆在马肚下；
身强力壮的女子缝制的
边镶花纹的白布肚带，
紧紧捆在马肚下；
价值七十两白银的后鞯
套在骏马的腰侧；
精致的马鞭，
挂在马鞍上。①

而同样是在朝格日布讲述的民间故事中，每一则英雄故事的主人公都有一匹马，有时是"二岁子铁青马"②，有时是黑马和白马③，有时是亮鬃草黄马④。在一则英雄故事中，英雄的马始终是同一个词语在表述，这或许是英雄故事的"套语"，但这些马虽然对英雄的胜利而言可谓功不可没，却绝没有如同英雄史诗中一样大篇幅的、豪华的描述。如在《古儒巴克喜》中，马只是作为妻子叮嘱内容的一部分："如果你一定要

---

① 转引自陈岗龙：《鄂尔多斯史诗和喀尔喀、巴尔虎史诗的共性》，《民族文学研究》1999 第 2 期，第 3~10 页。
② 白音其木格、策·哈斯毕力格图搜集整理，乌云格日勒译：《宝日勒岱老头儿的儿子宝日呼》，《蒙古族故事家朝格日布故事集》，呼和浩特：内蒙古人民出版社，2012 年，第 78、79、80、81 页。"二岁子铁青马"共出现 10 次。
③ 白音其木格、策·哈斯毕力格图搜集整理，乌云格日勒译：《安岱莫尔根和额日勒代博格达》，《蒙古族故事家朝格日布故事集》，呼和浩特：内蒙古人民出版社，2012 年，第 62~70 页。
④ 白音其木格、策·哈斯毕力格图搜集整理，乌云格日勒译：《古儒巴克喜》，《蒙古族故事家朝格日布故事集》，呼和浩特：内蒙古人民出版社，2012 年，第 148 页。

去，就骑你来时骑的那匹亮鬃草黄马去。"英雄第二次出发，公主妻子也是说到马："不过，一定要骑那匹四蹄生风的亮鬃草黄马。"① 每则英雄故事保留了主人公马的颜色的一致性，并以套语的形式存在于故事中，但对于马的形容，仅仅限于"亮鬃草黄马""白马""黑马"等简单的语言叙述，而不是史诗中华丽的铺排。

二、英雄故事中动态母题多而静态母题少

史诗母题有静态母题与动态母题之分，静态母题一般指对于人物形象、器物等的状态进行详细罗列与描述，如英雄及其朋友、战马、宫殿等的铺排形容，动态母题则指英雄与敌人激烈的战斗或者对于各种难题的攻克等行动过程的描写。通过对英雄史诗与英雄故事的母题比较，可以看出英雄史诗的静态母题和动态母题都得到充分的展现，如前所述的宝马形象等，但在英雄故事中，静态母题较少，即使有，也十分简洁，动态母题较多。在朝格日布讲述的英雄故事中，没有对于宫殿、英雄的英姿、英雄的武器和家乡、蟒古思的外形与恶行等在史诗中常见的母题，主要是英雄因梦或者预言而出发、途中结义、遇到对手、经受考验等动态母题。

三、英雄故事角色母题简单，功能单一

普罗普在《故事形态学》中有关于"功能指的是从其对于行动过程意义角度定义的角色行动"的定义，他认为"对于故事研究来说，重要的问题是故事中的人物做了什么，至于是谁做的以及怎样做的，则不过是要附带研究一下的问题而已"②。他将人物归为"对头（加害者）""赠与者""神奇的相助者""派遣者""主人公""假冒主人公""公主"这七个角色范畴（行动圈）。在蒙古族英雄史诗中，这几个行动圈中较为固定的有：主人公（英雄）、公主（主人公的妻子或未婚妻）、对头（蟒古思或其他入侵者）、神奇的相助者（宝马或天神等）等。而在朝格日布的英雄故事中，角色母题较简单，往往是一个角色承担多种角色功能，在史诗中存在的部分角色母题往往在故事中很少存在，其功能由其他角色承担或者根本不存在。

---

① 白音其木格、策·哈斯毕力格图搜集整理，乌云格日勒译：《蒙古族故事家朝格日布故事集》，呼和浩特：内蒙古人民出版社，2012年，第148~149页。
② ［俄］弗拉基米尔·雅可夫列维奇·普罗普著，贾放译：《故事形态学》，北京：中华书局，2006年，第17页。

以宝马母题为例,"我们必须知道史诗不同于童话,就在于它描写的所有事物,其尺寸都比童话中的高大。如果说童话中的英雄是通常的人或动物,那么史诗中的形象则是巨大的。英雄史诗描写的是具有非凡体力和异常精神性格的伟大英雄。如果一篇史诗中有动物,它们同样也是巨大的。比如,英雄所骑的骏马的身高常是九十个申(古时长度单位,即两臂伸直的长度)有着九德力木长的耳朵,而一个德力木却相当于半个申。相应地,英雄史诗中出现的感恩动物也是巨大的。常有公牛般大的蚂蚁和蒙古包一般的青蛙等等"①。在史诗中,宝马往往与英雄一同诞生,共同成长,是英雄的朋友和助手,能够帮助英雄并且和英雄一起战胜种种困难,"骏马在蒙古—突厥史诗中具有连接上、中、下三界的功能。英雄生理性诞生和社会、文化性诞生都与骏马有着密不可分的关系。史诗中英雄的骏马具有沟通三界的萨满巫师的特征"②,"史诗《江格尔》中的马不仅是与勇士密不可分的坐骑,还被赋予了人的性格。马与人一样会说话,和人一样有思维,有感情,甚至在某些方面还'聪明过人'"③。可见,宝马母题在英雄史诗中承担至关重要的"帮助者"功能的角色母题。而在英雄故事中无论是宝马,还是感恩的动物,或者传递危险信息的狗,都只是其原形,没有特别超乎寻常的外形,其角色功能比史诗中的要弱。在朝格日布的英雄故事中,仅有《宝日勒岱老头儿的儿子宝日呼》一则出现了英雄和骏马的类似关系,宝马指导主人公变身为雀去前方探听消息,在其他五则故事中,宝马虽然仍旧与主人公一同出现,但已经丧失了帮助者的角色功能。如《安岱莫尔根和额日勒代博格达》,当主人公昏睡不醒时,"可怜的白马饿极了,为了叫醒主人,它想用蹄子刨他,想用嘴巴咬他,可又担心伤着主人。无奈之下白马流下了眼泪,那眼泪刚好流进了安岱莫尔根的耳朵里,他一下醒了,睁开眼睛看了看,不知道自己睡了多少天了,只见拴在檀香树上的白马已经瘦得没法看了"④。白马不能说话,也不能变形,更不能直接帮助主人公出谋划策。虽然也与《王塞仁朱皇帝》中的宝马一样,主人公拔下一根马尾能重新变出一匹骏马,但这一功能主要还是强调英雄的神奇魔法,而

---

① [美]尼古拉·波普著,那·哈斯巴特尔译:《关于蒙古民间故事中感恩动物的母题》,《民族文学研究》1988年第3期,第32页。
② 乌日古木勒:《蒙古突厥史诗人生仪礼原型》,北京:民族出版社,2007年,第242页。
③ 王颖超:《史诗〈江格尔〉中的马及其文化阐释》,《民族文学研究》2005年第1期,第69~73页。
④ 白音其木格、策·哈斯毕力格图搜集整理,乌云格日勒译:《蒙古族故事家朝格日布故事集》,呼和浩特:内蒙古人民出版社,2012年,第64页。

非宝马自身具有变形功能。

第四节　英雄故事与英雄史诗比较研究之争

一、英雄故事与英雄史诗之别的争论

斯钦巴图研究员在关于青海蒙古族英雄史诗与英雄故事之间关系的调查与研究中,指出很多青海的蒙古族史诗表演艺人本身还会讲述英雄故事,并且能够根据需要转换英雄史诗与英雄故事之间的内容,故而青海蒙古族史诗的地域特征具有"体裁方面的易变性、兼容性和开放性"的特点。就艺人的表演能力、方式与英雄史诗和英雄故事之间的关系而言,斯钦巴图提出以下观点:

> 在青海蒙古族艺人看来,散文体还是韵文体并不是判断他们所表演的是史诗还是英雄故事的标准,人们普遍认为只要不改变故事情节,是用散文体叙述还是用韵文体演唱,就叙述故事本身来讲是没有任何区别的,叙述同一个作品时,他们还会把散文叙述和韵文演唱两者结合起来。所以我们看到,有许多史诗,同时有若干同名英雄故事,一篇英雄故事,也可有同名的英雄史诗……表演方式决定了体裁的不同,而不是表演的内容决定的。①

因此,对演述人(讲述人)而言,史诗与故事在内容(情节与母题)上并不存在绝对的区分,而是可以通用、互换的,相同情节的叙事文本,是属于英雄史诗还是属于英雄故事只是研究者的"体裁"区分。这就是缘于史诗研究而形成的史诗与故事在文本与形式之关系研究的一个认知。但同时,持史诗是故事(至少是英雄故事)的"原形"这一观点的研究者,认为缘于史诗传统的故事内容很可能也与史诗的表演形式所具有的一些"传统文化"的意义有关,即便是以故事形式讲述出现的一些"史诗"内容也具有了民族文化认同意义,即文本的内容研究与形式研究最终关涉的还是意义研究。陈岗龙教授就英雄史诗与英雄故事之

---

① 斯钦巴图研究员在2012年5月22—25日于中国社会科学院少数民族文学研究所主办的第四期"中国 IEL 国际史诗学与口头传统研究讲习班"(The 4th IEL International Seminar on Epic Studies and Oral Tradition Research)中,进行的题为《青海蒙古史诗的传承与研究》的报告,以上观点根据报告内容整理。

间的关系就曾提出过如下的思考：

> 史诗的传统是本身的一个传统还是一种技术性手段？受过专业性训练的艺人把不是史诗的内容用史诗的形式演唱出来，如把佛教故事演唱成史诗，所以史诗传统是从表演的形式的技术层面去把握还是史诗本身就是一个民族文化认同的形式？这两者的关系很重要。①

斯钦巴图研究员的观点虽然主要针对青海蒙古族的英雄史诗和英雄故事的叙述者进行田野调查而得出，但却以其对学术术语的功能与意义方面如何与田野（民间）真正地沟通的反思而具有学科意识的普遍意义。而陈岗龙教授因其长期关注于蒙古族民间故事与史诗的文本比较研究而将史诗的民俗研究与史诗内容的文化研究结合起来思考，可使史诗与故事之间的内容比较的研究超越于文本而向更深层的民俗文化动因去思考。通过以上研究可知，鄂尔多斯的英雄故事的确在题材上与史诗关系密切，但在具体内容上故事的共性特征也是客观存在的，不能简洁地用二者之间的源起关系加以解释，也不能简单地用共同的题材内容的不同演述方式加以区分。

许多民间文艺传承人往往同时具备多种能力，民间文学研究者以"积极传承人"视之，故事传承人往往还是知名的民歌歌手，如汉族故事家陆瑞英、罗成双等即属此列，史诗演唱者（如青海的尼玛）也往往是民歌歌手与故事家。诗歌与故事之间的母题互通问题不仅存在于史诗与故事之间，还在关于民间文学的分类问题上也引起过是由表演形式划分还是由表演内容决定等等争论，这是个长期存在于民间文学体裁划分与叙事研究中的问题。仅就英雄史诗与英雄故事之间的内容与形式关系的比较研究而言，至少有以下几个问题值得注意：英雄史诗与英雄故事的叙事有无异同？如果存在异同，那么其异同性的表现有何规律？作为叙事模式相近与相同的不同表演方式的叙事，其异同性的形成原因是什么？英雄故事与英雄史诗相比较有何特征？这些问题对于考察英雄故事的叙事规律与故事的形成规律、故事与史诗之间的流变与转换的原则与规律等方面都是最基础的研究。

---

① 陈岗龙教授在2012年5月22—25日"中国IEL国际史诗学与口头传统研究讲习班"中的发言纪要。

鄂尔多斯地区流传的英雄故事中，有一部分故事与史诗传承有着密切关系。朝格日布除了以"会讲故事的喇嘛"而知名外，也会演唱史诗，在20世纪80年代先后被多次记录的朝格日布民间文艺演述录音中，他演唱的史诗与讲述的故事有100多则，但并没有详细区分有多少则故事，多少则史诗。可见在当时的搜集和整理者看来，朝格日布的史诗与故事在情节叙事上并不存在绝对鲜明的差异。而且从《鄂尔多斯史诗》（蒙文）的出版情况来看，其中除了韵文体诗行，也包括散文体故事，可见至少至20世纪八九十年代，连接学术研究与民间文学传承人的"中间人"[①] 在基于内容或形式的初步认知中也并未将故事与史诗进行严格的区分。这或许在某些方面说明了史诗与故事之间由于内容的相似性而更易于使二者在公开发表中得到同等对待。目前在已经出版的鄂尔多斯史诗集中，朝格日布的两则史诗已经公开出版（蒙文），即《圣主宝玉吉汗》[②]《男孩阿日亚胡》[③]。

鄂尔多斯地区流传的英雄故事具有类型化特征，并且有不同的异文广泛地存在，通过对英雄故事在情节、母题、叙事模式与主题等方面的分析，兼与蒙古族英雄史诗的典型性特征进行比较，可知这些英雄故事与英雄史诗在母题的内容上虽然极具相似性，但在母题的具体表现上存在着差异。文本的对比分析暂不能确定鄂尔多斯英雄史诗与英雄故事之间的源流关系，也不能确定朝格日布接受和讲述故事与史诗过程的先后顺序，但可以肯定的是，朝格日布对鄂尔多斯的民间故事与英雄史诗传统都极其熟悉，而且在其故事讲述中，两种传统相互影响和交融，在故事的讲述中已经形成了一套较固定的故事母题表述"规则"：极少使用静态母题，在史诗中频繁出现的繁复、华丽的程式在故事中只以简短的套语来使用；史诗的叙述庄严而神圣，其内容与主题往往在意义上要较之同类型的故事叙事更加丰富和崇高，而故事的叙事则简洁而世俗。史诗母题的繁复与史诗主题的多重性是紧密联系在一起的，而英雄故事母题的简化与故事主题的单一化也是紧密相关的。

二、英雄故事与英雄史诗母题差异的原因分析

英雄故事与英雄史诗的母题差异主要取决于以下几个方面的原因：

---

① 指文本的采录者、搜集者、整理者与出版社的编辑等人。
② 郭永明搜集、整理、翻译：《鄂尔多斯民间故事》，呼和浩特：内蒙古人民出版社，1981年。
③ 伊克昭盟民族研究学会、伊克昭盟民间文学研究会编：《鄂尔多斯文化遗产》（内部资料），包头市第一印刷厂印，1984年。

(一)演述方式的不同影响史诗叙事与故事叙事对母题的取舍与表现

在谈到俄罗斯的英雄史诗与英雄故事的区别时,普罗普曾指出:"'勇士歌'就意味着演唱,民间故事意味着讲述,而叙事体(婆维斯特)则意味着阅读。由于用不同的态度来表现叙事,所以它们拥有不同的形式。它们所有的不同在于它们的历史,它们的观念和它的形式。"①而在鄂尔多斯蒙古族英雄史诗与蒙古族民间故事的表演方式上,史诗往往由乐器伴奏,其音乐总是民族的和古老的,一旦去除了音乐性的因素,尽管在内容简化后能够与散文故事等同对待,但已经是不同的表现形式了。

早在20世纪80年代,梁一儒、赵永铣等学者就指出:蒙古族英雄史诗②主要是由操马头琴的民间艺人"朝尔齐"演唱的古老民间艺术,且内蒙古东部,包括呼伦贝尔、哲里木、昭乌达盟等地,流传的短篇史诗比较简单古朴,但量很多,反映的大致是狩猎经济过渡到畜牧经济的历史面貌。在内蒙古西部,主要是新疆,长篇传记史诗《江格尔》驰名中外,它是奴隶制初期史诗高度发展的艺术硕果③。这种音乐与演唱的相伴相依必然对于史诗的内容也有重要作用。而当我们不能现场聆听史诗和故事时,仅从史诗的文本与故事的文本就可看出,两者的差异不仅仅是表现在文字的排列上,而且在内容的侧重点上,在故事的叙事模式中的简省与扩展等方面,都显示出史诗与故事不同的旨趣。不能因为其部分核心情节的相似以及表演艺人(讲述者有时也是演唱者)的灵活转换而忽视了史诗与故事在叙事方式上各有其内部的生成与选择规律。

当关于英雄的叙事是由故事讲述方式而非演述方式表现出来时,叙事者会自觉遵循故事讲述的基本规律要求:漫长的、韵律性的修辞在故事讲述中并不受欢迎,因此部分静态母题在史诗中的诗性存在却不会出现在故事中,因为听众能够欣赏这些母题在史诗演述中因其音乐性而带来的美感,却很难忍受故事讲述因结构的松散与音乐性的缺失带来的松散和冗长。因此,所有的英雄故事都较为统一地集中展现英雄征战的核心情节,关于英雄的神奇成长、英雄的胜利之宴与婚宴、英雄与骏马的

---

① [俄]普罗普著,李连荣译:《英雄史诗的一般定义》,《民族文学研究》2000年第1期,第91~95页。
② 民间俗称"镇压蟒古思的故事"或"平魔传"。
③ 梁一儒、赵永铣:《蒙古族英雄史诗简论》,《内蒙古社会科学》1980年第1期,第111~117页。

装备等都被省略和简缩,直至成为三两个字或三五句话的套语,而不再是史诗中二十乃至七八十个诗行。

相应地,随着母题在史诗中的抒情性扩展与故事中的叙述性简化,故事中的角色功能也相应地被简化,以能够适应故事的讲述,最终也必然影响故事主题的表达,使故事的主题往往不会过于强调理想化的、崇高的目标与伟大的品格等。因此,史诗的音乐性演唱与故事的叙述性讲述的差异是导致相同母题在史诗与故事中呈现出差异,以及相同的英雄求婚或征战叙事在故事与史诗中呈现出母题差异的主要因素之一。

(二) 英雄史诗与英雄故事的演述语境影响其母题构成

巴·丹布尔加甫在对新疆蒙古族民间英雄故事进行研究时指出:"一部分英雄故事的产生年代要早于史诗产生的年代,有一部分英雄故事几乎与史诗同时产生和发展,还有一部分英雄故事,是在某些史诗流传过程中派生出来的。史诗和英雄故事之间没有绝对依从关系,它们既可以同步发展,也可以互相渗透,取长补短,按着各自内在发展规律而进一步完善和世代相传。"① 我们在此无法确定朝格日布的英雄史诗与英雄故事之间有怎样的关系,但可以肯定的是,史诗具有比故事繁复的演唱仪式与环境。在内蒙古东部地区,"民间俗信,蟒古思故事不能随时随地随便演唱,遇到牛羊流行疾病,天灾人祸、兵荒马乱等情况下才能请民间艺人演唱蟒古思故事"②。诸多与史诗演唱相关的信仰、禁忌等,也对史诗在主题表达与母题的神圣性与完美性等方面有了潜在制约。故事的讲述则自由得多,根据朝格日布的回忆与自述,他的故事学习是在寺庙与世俗环境中同时进行的,如随他的师父去参加辩经会或礼佛仪式时,晚上就听师父讲故事,后来在民间文艺大赛上受到邀请而演述了史诗与故事,并专门进行了为期一个月的录音③。这些故事讲述活动显然不具备目的性强的治疗功能,或者说神圣的净化功能。因此,故事内容也自然不会具有史诗的神圣性与完美性等方面的要求,在讲述中,母题也不会向这一方面靠拢,相反,会向轻松、愉悦的娱乐性靠拢,其教育功能、净化功能往往就是附带的了。

乌日古木勒博士认为:"从情节结构的角度讲,蒙古民族和突厥语族

---

① 巴·丹布尔加甫:《新疆蒙古英雄故事浅析》,《民族文学研究》1989 年第 5 期,第 84~88 页。
② 陈岗龙:《蟒古思故事论》,北京:北京师范大学出版社,2003 年,第 28 页。
③ 浩斯巴雅尔、勒·哈斯巴雅尔、乌拉整理:《鄂尔多斯史诗》(蒙文),北京:民族出版社,2002 年,第 229~230 页。

民族的英雄史诗和英雄故事是难以分清的。甚至可以说，从情节结构的意义上划清蒙古—突厥英雄史诗与英雄故事的主要区别在于史诗的神圣叙事性。英雄史诗的神圣性主要取决于英雄史诗与仪式的关系。当史诗与仪式脱节，加入世俗的情节之后，史诗逐渐失去神圣性，很容易演变成英雄故事。英雄史诗和英雄故事也可以相互转变。"① 据陈岗龙教授的研究成果可知，鄂尔多斯地区流传的英雄史诗题材多征战而少婚姻，在朝格日布的史诗演述中也多是征战型，但其英雄故事讲述的，却多是英雄的婚姻，其中一个鲜明的特征是，在所有的英雄婚姻故事中，主人公大多经历了一番征战才最终抱得美人归。如果不执着于朝格日布个人的史诗与故事学习与讲述时间的先后，从整个史诗演述与故事讲述活动的语境来看，近现代的英雄史诗的流传很可能要早于英雄故事，而英雄故事在吸取英雄史诗的内容时，表演语境发生变化，消融了神圣性而倾向于世俗，故而为崇高目的而战的征战型史诗在故事讲述中便无一例外地向更具个人性的英雄婚姻型故事演变了。

三、英雄故事与英雄史诗的互通与转化

一是关于英雄史诗常见母题的故事化运用。如朝格日布在英雄故事中使用的部分母题，是英雄史诗中的常见母题，而朝格日布同时也将之运用于英雄故事和非英雄故事，这可能是出于故事讲述人的个人创造，目前尚未发现同类型故事中有其他故事讲述人对于此类母题的运用而形成的异文，因此，这些英雄史诗母题与故事母题的结合形成"朝格日布的故事"个性鲜明的故事讲述特征。对于这些母题的形成与鄂尔多斯地区流传的英雄史诗和当地民俗文化传统及其文化的关系研究也有待更深入的调查，搜集更丰富的资料。相信对此进行研究，将会对英雄史诗母题的流变与英雄故事的形成解读具有重要的意义。

二是鄂尔多斯地区流传着英雄史诗散韵结合的表演形式与经典民间故事类型相结合，形成非典型性英雄史诗的新篇章。据仁钦道尔吉先生介绍，在鄂尔多斯流传的史诗中，《阿拉坦嘎鲁海汗》《十八岁的阿拉坦嘎鲁海汗》《博克多额真宝亦尔吉汗》及"阿拉坦舒胡尔图汗型史诗"等多是散韵结合，这些史诗在鄂尔多斯民间故事中都有对应文本，且较为固定地出现在对英雄的马进行描述时，多采用了韵文表达的方式。其中仁钦道尔吉先生指出，孟德巴雅尔整理、哈斯毕力格图改写的作品

---

① 乌日古木勒：《蒙古突厥史诗人生仪礼原型》，北京：民族出版社，2007年，第27页。

《阿拉坦嘎鲁海汗》（840 多行）"是一篇史诗与民间故事结合体"①，这种结合体并不仅仅体现在英雄故事与英雄史诗的结合上，也体现在魔法故事在史诗中的呈现上。在这类史诗中，主人公并非征战的英雄，尽管他们从其道德品质、行为规范方面来看堪称英雄，但其"英雄业绩"并非以征战这一传统英雄史诗中的英雄行为为特征，而是以朴素的、民间的道德判断为特征，是民间故事式的，而非典型的英雄史诗式的主人公。在《鄂尔多斯史诗》中有两则这样的文本同属此类型的史诗，有着非常鲜明的民间故事特征，即《奥勒扎岱和胡毕泰》与《善良的孩子吉雅》。

《奥勒扎岱和胡毕泰》②：

> 残暴的可汗为了自己的生命而下令以穷人家的孩子祭祀，十三岁的奥勒扎岱告别年迈的父母，拿着宝刀独自赴往供佛的寺院。奥勒扎岱以智慧和勇气，杀死食人的喇嘛，夺回了三年前主祭喇嘛从家中拿走的传家宝葫芦。
>
> 宝葫芦能够帮助奥勒扎岱，饥时变出酒食，累时变出牛马和毡房，美丽的姑娘是龙王的女儿，带着奥勒扎岱拜访了龙宫的龙王夫妇，并娶得龙女为妻。奥勒扎岱带着妻子返回地面时，求得了龙宫的金匣子。
>
> 残暴的可汗欲霸占龙女为妻，提出了让他去龙宫取信的难题。在龙女之妻的帮助下，奥勒扎岱取得龙王玉印的信件，完成了难题，可汗有样学样，带着群臣按信件的邀请赴往龙宫，葬身在海底。从此奥勒扎岱成为汗王，"统领着家乡，永享太平安康！"

这则史诗讲述的内容是复合型民间故事，AT 分类法中的"560　宝石戒指"和"465　神奇妻子美而慧　老实丈夫受刁难"、"555D　龙宫得宝或娶妻"这三个类型分别为其故事的前半部分和后半部分的情节。在鄂尔多斯地区流传的蒙古族故事，目前的汉文译本中有《积德男孩》③与

---

① 仁钦道尔吉：《蒙古英雄史诗源流》，呼和浩特：内蒙古大学出版社，2001 年，第 219 页。
② 浩斯巴雅尔等编，赵文工译：《鄂尔多斯史诗》，呼和浩特：内蒙古大学出版社，2011 年，第 195～224 页。
③ 白音其木格、策·哈斯毕力格图搜集整理，乌云格日勒译：《蒙古族故事家朝格日布故事集》，呼和浩特：内蒙古人民出版社，2012 年，第 94～104 页。

《猫和狗恩怨的故事》①　二则为560型，《沙扎海莫日根可汗》②《龙文泰》③《三星的故事》④《孤儿俊女》⑤《孤儿——乌宁其》⑥ 五则为465型。《憨老二的奇遇》⑦《宝音寻父记》⑧ 等故事属555D型故事。"龙王（转过脸去哭，转过脸来笑地）将龙女嫁给人间男子为妻"的母题在《魏新宝的故事》等鄂尔多斯民间故事中也常见。三个类型的故事在鄂尔多斯民间故事中的众多异文说明其流传的广泛性，也是史诗化故事得以形成的基础。

《善良的孩子吉雅》⑨：

> 穷人家的孩子吉雅和富人家的孩子黑心的桑达格争辨做人应是做善事还是作恶，以问路人的回答来定输赢，并以双眼为赌注[N61]。桑达格在家养的恶魔提让的帮助下赢了，吉雅失去双眼并被推下峡谷[N2.3.3]。
>
> 吉雅醒来喝下雨水，听懂了乌鸦们的交谈，获知了用枕下野草涂抹眼睛重获光明的秘密[N451.1]。吉雅在梦中得到阿爸的指引，向苍天祝祷，得到乌鸦使者的指引，挖到大量金银，以金银为报，使过路商人将自己救出峡谷。
>
> 提让突得疾病，最终不治而亡。吉雅的父亲捕猎时遇到了提让变成的没有下巴的女子，老人射死提让。桑达格的父亲乌德身染疾病求来巫师治愈身体。
>
> 吉雅见到一位美丽的公主，并追随她去向汗王提亲。汗王大怒，

---

① 彤格乐搜集、整理：《鄂尔多斯蒙古族民间故事》，呼和浩特：内蒙古人民出版社，2006年，第64~68页。
② 白音其木格、策·哈斯毕力格图搜集整理，乌云格日勒译：《蒙古族故事家朝格日布故事集》，呼和浩特：内蒙古人民出版社，2012年，第191~197页。
③ 彤格乐搜集、整理：《鄂尔多斯蒙古族民间故事》，呼和浩特：内蒙古人民出版社，2006年，第6~11页。
④ ［比利时］田清波搜集、整理，曹纳木译：《阿尔扎波尔扎罕》（蒙文），北京：民族出版社，1982年，第79~85页。
⑤ 郭永明搜集、整理、翻译：《鄂尔多斯民间故事》，呼和浩特：内蒙古人民出版社，1981年，第81~84页。
⑥ 彤格乐搜集、整理：《鄂尔多斯蒙古族民间故事》，呼和浩特：内蒙古人民出版社，2006年，第69~73页。
⑦ 钱世英搜集、整理：《鄂尔多斯民间采风》，呼和浩特：内蒙古人民出版社，1999年，第168~181页。
⑧ 同上书，第226~234页。
⑨ 浩斯巴雅尔等编，赵文工译：《鄂尔多斯史诗》，呼和浩特：内蒙古大学出版社，2011年，第270~332页。

吉雅凭自己的本领，在曾救过的蚂蚁的帮助下完成了可汗提出的两个难题（分开混在一起的白糜和黑糜、十支箭箭箭射中大雁），娶得公主为妻［H346］。

吉雅和妻子带着向父汗要来的亮鬃黄马离开了公主的故乡，建立了富庶的领地，挖出当年受难时获知的宝藏，救济着贫穷的百姓。每次发放布施，无论头尾，总有一个人领不到，他就是桑达格。桑达格真心忏悔自己的罪行，得到了吉雅的原谅，接过了布施。①

《善良的孩子吉雅》的故事情节，是世界性民间故事的整合。两个伙伴中一个好，一个坏，坏心眼的想办法挖掉善良者的眼睛，失明者因动物的语言而治愈了双眼，这是西方民间故事异文众多的"ATU613 二人行（真与伪）"型故事，这一类故事在鄂尔多斯民间故事并不普遍，鄂尔多斯的英雄故事中，常常出现穷人之子与富人之子（通常是王爷的儿子、国王的儿子等）成为好朋友，但富人要设计杀害儿子的穷朋友，如《孛额德格和图日查格》。乌仁其其格讲述的《孤儿》也有这一母题，阿尔宾巴雅尔讲述《吉日嘎拉泰和莫日格勒泰》以及《乌仁都西》杂志上刊登的《神帽》都有穷人之子与富人之子是朋友的母题。然而在故事中友好的、救助型的朋友关系，变成了史诗中的生死攸关的敌对关系，且在史诗的最后，坏人得到了救赎与改变。

此后的难题求婚则是"554 动物感恩来帮忙"型故事的结合，这一类型在鄂尔多斯蒙古族中流传广泛且异文众多，包括《积德男孩》②《每天早晨说梦的父子》③《额日勒岱小子》④《蚁缘逢生》⑤《珍珠》⑥。

陈岗龙教授在关于故事家朝格日布的研究中也对部分英雄故事有所

---

① N61 打赌谎言比真实更好。留下不公平的裁判，因此谎言赢了。
　　N2.3.3 用眼睛打赌。
　　N451.1 动物（精灵）的秘密意外地被从树下或桥下听到了。
　　H346 公主嫁给能治愈她的人。
② 白音其木格、策·哈斯毕力格图搜集整理，乌云格日勒译：《蒙古族故事家朝格日布故事集》，呼和浩特：内蒙古人民出版社，2012年，第94~104页。
③ 同上书，第109~115页。
④ ［比利时］田清波搜集、整理，曹纳木译：《阿尔扎波尔扎罕》（蒙文），北京：民族出版社，1982年，第214~220页。
⑤ 彤格乐搜集、整理：《鄂尔多斯蒙古族民间故事》，呼和浩特：内蒙古人民出版社，2006年，第172~176页。
⑥ 郭永明搜集、整理、翻译：《鄂尔多斯民间故事》，呼和浩特：内蒙古人民出版社，1981年，第3~20页。

陈述，并指出朝格日布的英雄史诗演唱与英雄故事讲述之间有一定的关系："联系到朝格日布演唱过《圣主宝玉吉汗》《阿日亚胡》等英雄史诗，我们可以看出朝格日布老人是很熟悉蒙古英雄史诗和英雄故事传统的。上述这些魔法故事或者英雄故事是朝格日布故事记忆库中最具民族特色的古老遗产。"① 以上这两则鄂尔多斯史诗中典型的魔法故事被以史诗的形式演述，并在叙事中置入了很多英雄史诗的表演程式，从其记录、翻译来看，正是这一个历史时期，故事与史诗交互渗透、影响并传播典型的案例。

第五节　英雄对手：蟒古思的角色与类型

"蟒古思"② 是蒙古族英雄史诗、民间故事中常常出现的角色，意指妖怪、魔鬼等，其外形奇特，常常有九至十五，乃至三十多个头，具有邪恶的力量，抢夺人们的牛羊、英雄的美妻、牧民的女儿等，是英雄的对手，英雄常常为消灭它而出征，并最终打败它。有关蒙古族民间文学中的"蟒古思"研究，主要集中在蒙古族英雄史诗领域，即"蟒古思"是蒙古族英雄史诗中的重要门类，目前用汉语公开发表的有关"蟒古思"研究的主要有松波尔《演义·演绎·演艺——穆·布仁初古拉的抄尔及其蟒古思因·乌力格尔》③ 和《蟒古思因·乌力格尔与本子因·乌力格尔关系探微》④ 二文，佟占文著《蟒古思因·乌力格尔〈宝迪嘎拉巴可汗〉中的角色类型及其演述禁忌》⑤，扎格尔著《简析蒙古文学中的蟒古思形象》⑥ 和德国著名的蒙古学家海希西的研究成果《关于杀死蟒古思妻子与儿子的情节类型的内在联系和历史根源》⑦ 等论文和陈岗龙教授的专著《蟒古思故事论》。其中，《蟒古思故事论》一书是蒙古族英

---

① 陈岗龙《简论蒙古族故事家朝格日布讲述的故事类型》，白音其木格、策·哈斯毕力格图搜集整理，乌云格日勒译：《蒙古族故事家朝格日布故事集》，呼和浩特：内蒙古人民出版社，2012年，第348页。
② Mongus，汉译亦为"芒古斯""蟒古斯""毛古斯"等。
③ 松波尔：《演义·演绎·演艺——穆·布仁初古拉的抄尔及其蟒古思因·乌力格尔》，《内蒙古艺术》2009年第2期。
④ 松波尔：《蟒古思因·乌力格尔与本子因·乌力格尔关系探微》，《内蒙古师范大学学报（哲学社会科学版）》2011年第6期。
⑤ 佟占文：《蟒古思因·乌力格尔〈宝迪嘎拉巴可汗〉中的角色类型及其演述禁忌》，《内蒙古大学艺术学院学报》2010年第4期。
⑥ 扎格尔：《简析蒙古文学中的蟒古思形象》，《内蒙古师范大学学报》1990年第1期。
⑦ ［德］海希西著，李卡宁译：《关于杀死蟒古思妻子与儿子的情节类型的内在联系和历史根源》，《民族文学研究》1987年第3期。

雄史诗中与蟒古思有关的英雄史诗研究的最新进展和研究深度的代表，该书主要从内蒙古东部英雄史诗的传统、表演英雄史诗的说唱艺人、英雄史诗与佛教护法神信仰、汉族文学与蒙古族英雄史诗的关系以及英雄史诗与神话主题的关系等多个视角进行研究。以上研究均表明蟒古思在蒙古族英雄史诗中与英雄人物呈现结构性对立，是"帮助"英雄完成其丰功伟绩的重要角色。

蟒古思的形象，一方面通过英雄史诗这一在蒙古族影响深远的艺术表演而为人们所熟知，另一方面也在其他民间叙事中频繁出现。在与英雄史诗的叙事性最为接近的英雄故事中，保存着大量英雄与蟒古思之间的征伐、屠杀等情节，在这些故事中，"蟒古思"的形象如何？与英雄史诗中的蟒古思关系如何？其叙事有何特征？这些都是尚未受到学界关注的问题，本小节尝试着去探讨这些问题。此外，关注蒙古族民间故事中蟒古思形象，也是为了对蒙古族民间叙事中不同表演方式①，对同一题材的处理方式的差异，口头叙事的人物形象流变规律等进行探索。

一、蟒古思角色概况

内蒙古鄂尔多斯地区流传的民间故事中作为英雄对手的"蟒古思"的故事文本共搜集到 21 则，分别为：

《阿拉腾嘎鲁海可汗》《求子的老两口》《古儒巴克喜》《王塞仁朱皇帝》4 则②。

《卓拉姑娘和银鬃马》《宝音寻父记》2 则③。

《萨楚仁姑娘》《草原英雄——巴特尔》《觅踪大王——莫日庆》

---

① 蒙古族的史诗表演以散韵结合、朝尔伴奏为主，民间故事虽也有散韵结合的讲述方式，但主要是散文体叙述，无音乐伴奏。
② 白音其木格、策·哈斯毕力格图搜集整理，乌云格日勒译：《蒙古族故事家朝格日布故事集》，呼和浩特：内蒙古人民出版社，2012 年。朝格日布讲述的 4 则英雄故事中，有 3 则中出现的蟒古思，均为英雄的对手，仅有《求子的老两口》这一则中，是女主人公（一般意义上的英雄是男主人公）的对手蟒古思，后文将对此进行详细分析。
③ 钱世英搜集、整理：《鄂尔多斯民间采风》，呼和浩特：内蒙古人民出版社，1999 年。钱世英搜集的此故事集中有 2 则英雄故事，有 2 则出现蟒古思，即《宝音寻父记》和《妖精喇嘛和妖艳太太》。《卓拉姑娘和银鬃马》与朝格日布讲述的《求子的老两口》有部分情节相类，均为女主人公的对手蟒古思想要得到美丽的姑娘，而姑娘（女英雄）英勇地与蟒古思作斗争，并最终取得胜利。

《牧羊姑娘与沙漠赤兽》4则①。

《阿拉腾西胡日图汗》《足智多谋的老两口》《阿勇嘎莫日根汗》《宝日勒岱汗传》《猪头占卜师》《朝格莫日根与都格莫日根》《吉日嘎拉泰和莫日格勒泰》《祖根莫日根》《阿尔吉布尔基汗》《达兰泰老汉》10则②。

《七个姑娘》1则③。

在这21则故事中，近14则故事的蟒古思是英雄（包括女英雄在内）的对手，但根据传统的与英雄史诗相对应的民间故事中的英雄故事约定俗成的所指，主要是男性英雄的文本共有10则。而另有7则属于一般民间故事，蟒古思并非是英雄的对手，而是作为一般民间故事的敌对者或者主人公对手的角色。由于作为英雄故事中英雄对手的文本占了多数，故而本节将之作为与英雄故事相关联的部分进行研究。

在21则故事中，仅有4则在现有的ATU分类法中已有故事类型编号：《足智多谋的老两口》与《达兰泰老汉》属于"1060 捏石比力气"型故事，《猪头占卜师》属"1641 假占卜歪打正着"（即"万能博士"），《觅踪大王——莫日庆》属"301 云中落绣鞋"。

《宝日勒岱汗传》与法国儿童文学作家夏尔·佩罗改编的童话《穿靴子的猫》属于同型故事，不过帮助主人的猫变成了蒙古族民间故事中常见的动物主人公狐狸，妖精则是蒙古族民间故事中常见的"蟒古思"，法国童话中，妖精被猫骗得变成老鼠而被猫一口吞下，《宝日勒岱汗传》中的蟒古思则被吓得躲进了牛粪堆后，被狐狸带着天兵天将消灭。这一则故事与俄国《阿法拉耶夫故事集》第163、164号故事同型：

---

① 彤格乐搜集、整理：《鄂尔多斯蒙古族民间故事》，呼和浩特：内蒙古人民出版社，2006年。彤格乐搜集的4则英雄故事中，《草原英雄——巴特尔》《觅踪大王——莫日庆》2则是英雄的对手蟒古思，而《萨楚仁姑娘》与《牧羊姑娘与沙漠赤兽》中也均是女主人公（即女英雄）与蟒古思的斗争。

② 赛音吉日嘎拉、哈斯其伦搜集整理，乌云格日勒、孟克译：《洁白的珍珠》，呼和浩特：内蒙古人民出版社，2010年。《洁白的珍珠》收录的10则英雄故事中，仅《阿拉腾西胡日图汗》《阿勇嘎莫日根汗》《阿尔吉布尔基汗》中有蟒古思，而另外7则为一般民间故事中出现蟒古思角色。

③ ［比利时］田清波搜集、整理，曹纳木译：《阿尔扎波尔扎罕》（蒙文），北京：民族出版社，1982年。《洁白的珍珠》是鄂尔多斯地区流传的蒙古族民间故事的一个选本，其中收入1905—1926年间比利时神父田清波搜集的鄂尔多斯蒙古族民间故事集《阿尔扎波尔扎罕》中的故事。在田清波搜集的文本中，有一则蟒古思故事，即在此处的《足智多谋的老两口》的异文，由于其情节没有太大差异，故而未计入此次统计中。

163 号,故事《布赫坦·布赫坦诺维奇》(《穿靴子的猫》)包含了同神奇故事同样的成分,但是以逗笑的讽刺性摹拟来处理。回到家举行了婚礼之后,猫欺骗了路上遇到的咕咕鸡、渡鸦和蛇,钉了它们并且替布赫坦和他的妻子侵占了它们的财产。举行婚礼之后的类似母题由于这个故事的风格以及情节的诙谐讽刺式的处理而打破规范。

164 号,用欺骗手段娶了公主的科兹玛应该返回,回家。狐狸用尽骗术继续让他在未婚妻面前假装成一个富人。他杀死了兹米乌兰国王并夺得他的王国。结局可以视为主人公在娶公主时改变身份的母题的喜剧式,逗笑讽刺性摹拟处理,只是这里被放在婚礼之后。这个故事可以看作是前一个故事的变体①。

另有 3 则故事《萨楚仁姑娘》《求子的老两口》与《卓拉姑娘和银鬃马》属于同型故事的异文,其主体部分均包含以下故事情节:蟒古思通过变形,求娶美丽的少女为妻;少女在马和狗的帮助下,得知蟒古思的真面目,逃离蟒古思;蟒古思不断追踪少女,少女又在马和狗的帮助下爬上树,马和狗先后为阻止蟒古思砍断树而牺牲,少女最后终于得救,并嫁给了自己喜欢的男子为妻。但目前已有的故事类型索引中均无对应编号,其中《求子的老两口》的部分情节是"706 无手少女"故事的核心情节:少女嫁给了一位王子后,生下金胸银臀的儿子,家人给外出的儿子送去喜讯,但信件内容却被变形的蟒古思(706 型中,通常是女孩的继母)改变,少女和孩子被驱逐出去。《萨楚仁姑娘》与《卓拉姑娘和银鬃马》中的前半部分与《求子的老两口》在情节上相同,结局也相同,不过丢失了"706 无手少女"型故事的母题和情节。

其他 11 则故事,《阿拉腾嘎鲁海可汗》《古儒巴克喜》《王塞仁朱皇帝》《草原英雄——巴特尔》《觅踪大王——莫日庆》《牧羊姑娘与沙漠赤兽》《阿拉腾西胡日图汗》《阿勇嘎莫日根汗》《朝格莫日根与都格莫日根》《吉日嘎拉泰和莫日格勒泰》《祖根莫日根》,均属于英雄与蟒古思斗争的故事。

《阿尔扎波尔扎罕》中的母女蟒古思②,女儿变成美丽的女子迷惑汗

---

① [俄] 弗拉基米尔·雅可夫列维奇·普罗普著,贾放译:《故事形态学》,北京:中华书局,2006 年,第 143 页。
② [比利时] 田清波搜集、整理,曹纳木译:《阿尔扎波尔扎罕》(蒙文),北京:民族出版社,1982 年,第 86~89 页。

王，害瞎七位王后，逐出王子，并不断提出难题以加害王子，最后王子通过计谋从蟒古思的母亲那里获悉她的秘密与禁忌，不断通过变形和追踪而除掉女蟒古思。

从鄂尔多斯蒙古族民间故事的情节来看，蟒古思多是作为与故事主人公相对立、斗争的"对手"这一角色而出现，其与故事主人公的斗争可以分为以下几种情况：

第一，蟒古思侵占了英雄的领土、妻子、兄弟姐妹，英雄为了夺回自己的财产和女人，出发与蟒古思斗争，最终打败蟒古思。共有5则故事：《阿拉腾嘎鲁海可汗》《阿拉腾西胡日图汗》《阿勇嘎莫日根汗》《朝格莫日根与都格莫日根》《吉日嘎拉泰和莫日格勒泰》。

第二，蟒古思是英雄征战途中遇到的对手，或为害一方而被英雄除去。共有5则故事：《阿尔扎波尔扎罕》《草原英雄——巴特尔》《宝音寻父记》《觅踪大王——莫日庆》与《祖根莫日根》。其中《祖根莫日根》中的蟒古思与英雄的妻子一起生活，是英雄的情敌，最后英雄设计除去蟒古思，并杀死了背叛的妻子。

第三，蟒古思变形为男人，意图求娶人间女子为妻，真相被揭露后，追杀少女，最终被帮助少女的马和狗等杀死，有《萨楚仁姑娘》《求子的老两口》与《卓拉姑娘和银鬃马》3则。

第四，人与蟒古思斗智斗勇，运用自己的智慧，设计除掉蟒古思，或令蟒古思产生畏惧心。有4则此类故事：《牧羊姑娘与沙漠赤兽》《足智多谋的老两口》《宝日勒岱汗传》《七个姑娘》。

第五，蟒古思从英雄的敌人转向英雄的帮助者，或由帮助者转而为敌人，即《王赛仁朱皇帝》《古儒巴克喜》。前面四类故事中的蟒古思均为男性，这两则故事中的蟒古思均为女性。前一则故事中，蟒古思本来是英雄的敌人，后来被英雄打败后，转而将自己女儿嫁给英雄为妻，帮助英雄继续征战。后一则故事中，男主人公受嫂嫂虐待时，蟒古思变成的老婆婆帮助他挣脱困境，但在英雄历难归来后，蟒古思却变成了英雄的对手，食尽英雄故乡的人畜，又抢夺英雄的仙妻，最终被英雄打败。

虽然《祖根莫日根》这一类故事的讲述者称英雄的妻子为"蟒古思"，但事实上却没有展现出任何神力，只不过表现出富庶的牧民特征，因此，可以看出蟒古思在这一故事中只是被当作"坏人""不守道德规范者"的替代语。

二、蟒古思的形象特征

从鄂尔多斯蒙古族民间故事已经译成汉文的部分来看，蟒古思的形象较为固定，主要呈现出以下几个方面的特点：

（一）外貌特征：男性、多头

在已经搜集到的 21 则文本中，17 则蟒古思是男性，有 9 到 15 个头，如在《卓拉姑娘和银鬃马》中，是变形为黑老头的"九头蟒古思"，在《宝音寻父记》中，也是九头蟒古思，在《朝格莫日根与都格莫日根》中，"住在外海这边峭壁山洞的十二个脑袋的阿塔哈拉哈日蟒古思把你们妹妹带到太阳升起的方向，要她做自己的老婆，烧毁了你们的家和牲畜"①。在《萨楚仁姑娘》中，"沉睡千年的十二头怪魔惊醒了"②，此外，还有《阿勇嘎莫日根汗》中，也是十二个头的蟒古思要夺走英雄的妻子。

仅有三则文本中的蟒古思为女性，其中两个均是老太婆，即《王塞仁朱皇帝》与《古儒巴克喜》。前一个故事中，蟒古思老太婆最后因打不赢英雄，将自己的女儿嫁给了英雄和他的助手。后一位蟒古思老太婆最初帮助英雄走出被虐待的困境，最后却食人甚至毁掉村庄，想要吞噬英雄得到的仙妻所变成的花。在《阿尔基博尔基汗》中，蟒古思变形成美丽而无助的弱女子、受害人，引起英雄的同情，并将她嫁给国王，结果女蟒古思祸国殃民，不断迫害英雄的亲人和英雄本人，最后英雄变形追踪、穷追猛打，从蟒古思的母亲老蟒古思那儿获悉了镇压蟒古思女儿的秘密，最终杀死邪恶的蟒古思③。

（二）行动特征：掠夺与抢劫

蟒古思与英雄的斗争，主要是因为蟒古思要杀害英雄并抢走英雄美丽的妻子，如蒙古族故事家朝格日布讲述的英雄故事《阿拉腾嘎鲁海可汗》，"长十二个脑袋的阿日扎格尔哈喇蟒古思要来杀阿拉腾嘎鲁海可汗您，并占有您的一切，还要抢走您的伊森索龙嘎图哈屯呢"④。英雄为了自卫和保护美妻，出发去寻找并最终杀死蟒古思。搜集到的两则"云中落绣鞋"型故事中，《宝音寻父记》中讲到姑娘被蟒古思抢进了一处黑洞，"洞里一片漆黑，只有不远的拐弯处有一点微弱的光。洞口坐着一个

---

① 赛音吉日嘎拉、哈斯其伦搜集整理，乌云格日勒、孟克译：《洁白的珍珠》，呼和浩特：内蒙古人民出版社，2010 年，第 299~302 页。
② 彤格乐搜集、整理：《鄂尔多斯蒙古民间故事》，呼和浩特：内蒙古人民出版社，2006 年，第 3 页。
③ 赛音吉日嘎拉、哈斯其伦搜集整理，乌云格日勒、孟克译：《洁白的珍珠》，呼和浩特：内蒙古人民出版社，2010 年，第 89~96 页。
④ 白音其木格、策·哈斯毕力格图搜集整理，乌云格日勒译：《蒙古族故事家朝格日勒故事集》，呼和浩特：内蒙古人民出版社，2012 年，第 56 页。

姑娘正在哭泣。姑娘见他来了，惊喜地迎上来悄悄告诉他说：'九头妖怪芒古斯刚才受了你的剑伤失血过多，现在正在昏迷之中，你快去先把那中间的一颗头砍下来，然后再分别把其余的几颗头砍下来。不然一会儿等他缓过劲来，你就不好斗了。这可是一个凶残粗暴、力大无比的家伙。'"①《鄂尔多斯蒙古族民间故事》中的《觅踪大王——莫日庆》也属"云中落绣鞋"这一世界范围普遍存在的故事类型，蟒古思在洞穴居住，并能嗅到陌生人的气味。《鄂尔多斯蒙古族民间故事》中的《牧羊姑娘与沙漠赤兽》，魔兽抢走美丽的姑娘作妻子，最后姑娘用智慧杀死魔兽而逃回。《草原英雄——巴特尔》黑狼魔"它每年下山侵吞牧畜无数，侵害牧人，滥发山洪，横祸居民，为非作歹数年"②。在这些故事中，蟒古思开始都具有强大的力量，能够抢夺英雄（女英雄）的财富（包括生命）等。

（三）结局特征：被杀死、焚毁

在鄂尔多斯蒙古族的民间故事中，蟒古思最后多被男女主人公或其助手（马/狗等）消灭，仅有两则文本例外，一是《王赛仁朱皇帝》，蟒古思为女性，向英雄求饶并将自己的两个女儿（绿度母和白度母转生）分别嫁给了英雄和他的助手；一是《足智多谋的老两口》，蟒古思被老两口的计谋吓坏了，认为老头儿力大无穷，从此再也不敢来找老两口的麻烦。其余18则故事，蟒古思均以死亡为终。

蟒古思主要是被英雄和他的帮手用利剑砍杀而亡。如《萨楚仁姑娘》被姑娘的马咬住了脚脖，被森林王子刺中心口而亡；《牧羊姑娘与沙漠赤兽》被牧羊姑娘用赤兽忌讳的白刺刺死，并化为水；《沙扎嘎莫日更哈那》被苏和图与公主用恶魔枕头底下的剑砍死；《草原英雄——巴特尔》英雄用箭和利斧射杀了黑狼魔等等。但在大多数民间故事中，英雄不仅砍杀了蟒古思，还需要加一道程序：用火焚烧蟒古思的尸体，甚至他所用过的物品。如在《求子的老两口》中，喜鹊为帮手，马和猎狗共同为保卫女主人而与蟒古思作战，两只狗打败蟒古思凯旋，他们将尸首异处的蟒古思放在柴禾堆上，一把火烧死；在《古儒巴克喜》中，男孩与老妖婆搏斗，杀死了老妖婆，把她的皮从头顶扒到脚，又从脚底扒到头顶，烧成了灰烬；在《觅踪大王——莫日庆》中，"公主随即将恶魔及刀、箭一并用火焚烧，以防宿夜复活，彻底烧毁了恶魔的所有再

---

① 钱世英搜集、整理：《鄂尔多斯民间采风》，呼和浩特：内蒙古人民出版社，1999年，第232页。
② 彤格乐搜集、整理：《鄂尔多斯蒙古族民间故事》，呼和浩特：内蒙古人民出版社，2006年，第24页。

生魔法的魔具"①。

(四) 异能特征：变形

在《求子的老两口》中，黑老头能变形，变出黑马，变成英俊的小伙儿，能够将信件在一吞一吐之间改变内容。在《卓拉姑娘和银鬃马》中，九头蟒古思变形成黑脸大汉、黑脸喇嘛，最后女主人公卓拉的两只猎狗去追赶蟒古思，"终于在它停下来喘息的时候追上它，断其头，掏其心，将其消灭"。在《猪头占卦师》《阿尔扎波尔扎罕》等故事中，青牤牛怪或蟒古思女儿变形成为皇帝宠爱的女人。在《祖根莫日根》中，蟒古思直接以男子的形象与英雄的妻子生活在一起。"变形"是中外文学的一个常见母题，如奥德维的《变形记》、蒲松龄的《促织》等，在许多民族的民间文学作品中，也常常出现变形母题。在与妖怪相涉的民间故事中，以汉族民间故事中的妖怪变形而言，主要有两个取向：一是动植物或无生命物经过修炼后成精，能够变形成人形，进而与人类世界发生各种关系，如"龙变人""狐变人""花变人""鞋变人"等；另一种是人由于某种原因而变形为动植物，如"梁祝化蝶""人化虎""人化石"等。变形母题一般被认为有着深厚的社会和历史文化蕴含，在蒙古族民间故事中，蟒古思的"变形"有着鲜明的宗教文化色彩，即蟒古思本身就是一种"妖怪"，能够变形为人。这与汉族的"妖怪"变形特征有着重要区别，是蒙古族民间故事对于蒙古族英雄史诗的一种继承。蟒古思这一形象原本主要出现在蒙古族英雄史诗中，从蒙古族流传和搜集的民间故事中蟒古思形象的出现概况可以看到，源于英雄史诗的英雄故事中保留的蟒古思形象的文本最多。

在蒙古族英雄史诗中，与英雄进行战斗的蟒古思基本都是多头怪物，其怪异形象本身就是蟒古思的"原形"，其叙述重点在于蟒古思原形的强大、怪异等，而非强调蟒古思的变形。而在民间故事中，频频出现变形为人，或者就是以人的形象出现，而被称之为"蟒古思"的角色，且这些蟒古思形象主要出现在更具有跨地区和跨民族性的一些故事类型中，可以说是蟒古思形象受到传播至蒙古族中的一些外来故事的影响，从而强调了变形的功能。因此"变形"不是史诗中蟒古思形象的主要特征，而是蒙古族与其他民族的交流与融合过程中，受到影响而形成的、在民间故事中较为普遍地出现的特征。

---

① 彤格乐搜集、整理：《鄂尔多斯蒙古族民间故事》，呼和浩特：内蒙古人民出版社，2006年，第35页。

三、蟒古思在民间故事与史诗中的异同

蒙古族流传的众多史诗中，有一部分史诗直接被称之为"蟒古思故事"，全称为"镇压蟒古思故事"，演述这些史诗的艺人被称为"蟒古思艺人"。蟒古思在英雄史诗中有重要的作用：从叙事功能而言，它们是英雄的对手，是英雄的敌人，要成就英雄的形象，必然需要通过英雄与蟒古思的战斗来完成。这类史诗往往属于征战型，也有的是婚姻型，英雄需要镇压蟒古思，夺回未婚妻或妻子等。无论具体内容如何，英雄与蟒古思是一对重要的角色构成，史诗中关于蟒古思的吟唱篇章往往篇幅较长，虽不能与对英雄的夸饰相媲美，但往往起到烘云托月的作用，将蟒古思描写得越凶狠可怖，英雄对于蟒古思的镇压与征服也才越有价值，越体现其勇猛。但是在民间故事中，蟒古思是较为简单的象征符号，且在叙事功能上也与史诗中的蟒古思有着较为鲜明的区别。

民间故事与蒙古族史诗中蟒古思从形象到功能的差异，体现出民间文学中不同的演述方式（文学研究中往往以"体裁"称之）带来的叙事内容、叙事风格的差异，而其形象与功能的相同之处，则表现出民间叙事共同的文化心理，具有重要的文化意义。

在民间故事与史诗的蟒古思形象中，具有两个尤其值得注意的共同点，一是蟒古思的多头特征，二是蟒古思的抢劫与掠夺。这两个蟒古思的特点在民间故事和英雄史诗中都普遍存在。乌日古木勒在《蒙古突厥史诗人生仪礼原型》中指出：

> 英雄征服恶魔蟒古思是蒙古史诗的重要主题……蒙古史诗中出现的蟒古思最重要的特征是长着多头，一般头数为十五、二十五、三十五、九十五个。蟒古思的头数越多，其力量就越强大。蒙古史诗中蟒古思的主要功能有两个：一是吃人和牲畜，二是抢夺英雄的妻子、牲畜和属民。①

可见，民间故事中蟒古思的性能与史诗中的蟒古思十分相近。在外形特征上，民间故事中的蟒古思也保留了多头的特征，但已经不能体现出头越多，其力量越强大的特点了，民间故事中的蟒古思基本上只拥有十五至九个头，七个或者比十五个更少或更多的头就未在鄂尔多斯蒙古

---

① 乌日古木勒：《蒙古突厥史诗人生仪礼原型》，北京：民族出版社，2007年，第138页。

族的民间故事中发现。需要指出的是，在史诗中，蟒古思一定是多头的，而在民间故事中，蟒古思也有可能是完全被"人类化"的男性或者女性。如《祖根莫日根》《猪头占卦师》等故事中，蟒古思或者是英雄之妻的情人，或者是国王宠爱的女人，被英雄轻而易举地识破或杀死。

这些故事中的蟒古思与史诗中的蟒古思仅仅是名称相同，其叙事功能已经被弱化，这些作为"对手"功能已经被弱化了的蟒古思形象，其故事主题并非凸出英雄的勇猛与能力。

民间故事中的蟒古思与英雄史诗中的蟒古思在叙事功能和形象方面越相近，其故事主题越与英雄史诗中宣扬英雄的勇猛、无畏精神相一致，而民间故事中的蟒古思与英雄史诗中的蟒古思在叙事功能和形象方面差距越大，其故事主题越不侧重于英雄的精神，而是侧重在男主人公或女主人公的命运、智慧等其他方面。如《足智多谋的老两口》中愚蠢的蟒古思衬托出老两口的智慧，《求子的老两口》等三则同型故事中，蟒古思追逐美丽少女，纠缠不休，但最终失败，这些故事主要展现出少女对于自由爱情与婚姻的追求以及少女的两个忠实帮手（狗和马）对主人的忠贞与牺牲。

鄂尔多斯地区流传的关于蟒古思死亡的民间故事与当地的蟒古思被英雄杀死的英雄史诗具有较大差异。如前所述，在民间故事中大多数蟒古思的结局是死于英雄的箭（剑、刀）之下，且英雄往往还要焚烧蟒古思的尸骨和武器等等（有的还被埋入洞穴）。然而，在鄂尔多斯地区流传的诸多英雄史诗中，很少出现对蟒古思的尸体进行焚烧处理的情节，如在《阿拉腾嘎鲁海可汗》的众多异文中，较为一致地描绘了英雄如此战败蟒古思：

> 在饭前饭后，
> 与蟒古思搏斗，
> 双方没决出雌雄，
> 他俩人又经过了几次交手。
>
> 原来那根银针，
> 紧连着蟒古思的性命，
> 若把它折断抛扔，
> 蟒古思的心会停止跳动。
> 阿拉腾嘎鲁海可汗，

快速砍下蟒古思的脑袋,
可他的第二颗脑袋,
又快速长了出来。
砍掉了这颗,
那颗又长了出来;
砍掉了一颗,
另一颗又长了出来。
一颗接着一颗,
接连砍下他十二颗脑袋,
当砍下最后这颗的时候,
蟒古思终于呜呼哀哉。

又或者为:

那根银针,
就是蟒古思的命脉,
英雄向银针劈砍,
蟒古思顿时昏厥瘫倒下来,
英雄把银针折断抛扔,
蟒古思心不再跳动,呜呼哀哉![1]

鄂尔多斯英雄史诗中最常见的蟒古思死亡包括:英雄用兵器不断砍掉蟒古思不断生长的头颅,最后在被蟒古思抓来的英雄之妻的帮助下,毁掉蟒古思灵魂寄存的对象,彻底杀死蟒古思。如在《阿拉腾西胡尔图可汗》中,阿拉腾西胡尔图与老蟒古思斗争时,老头(蟒古思)把白木棒扔了过来:

木棒化作白色的烟雾,
将蓝天拦遮,
接着白烟变成了青色,
将原野笼罩,

---

[1] 浩斯巴雅尔等编,赵文工译:《鄂尔多斯史诗》,呼和浩特:内蒙古大学出版社,2011年,第24~25页、第99页。

白木棒又变成一条毒蛇，
白发老者变成蟒古思恶魔。

英雄阿吉塔纳格，
怒火在胸中点燃，
抓起腾空的毒蛇，
奋力将它揪成了两半。
老蟒古思惊恐万分，
他伸手摸了摸脑袋，
发觉脑袋已经不见，
他又摸了几下，
那颗大脑袋确已不见，
于是，他扭转了腿筋，
狼狈地掉头逃窜。

再看阿吉塔纳格、
希力格乐吉乌：
挥起手中的腰刀，
脚下的铁轮飞转，
奋力向着蟒古思追去，
终将他拦腰斩断。

从蟒古思被砍杀的地方，
又生出十二个蟒古思，
从蟒古思被埋葬的地方，
又生出成千上万个蟒古思，
蟒古思和三英雄不停厮杀，
双方残酷搏斗了数日。

阿吉塔纳格
观察了周围的环境，
走进北面的一处房屋，
熄灭了那里的一盏长明灯。
折断了屋里一根银针，

那银针可是无比坚硬。

走出屋子时，
只见战场上面，
血流成河，
尸骨成山。①

此外，在《好汉额日乐岱莫日根》中，蟒古思的命脉寄存在五个可用以算卦的铜钱、脚上的一颗红痣、青铜佛灯中，蟒古思自己毁掉了两条命脉，英雄剪下了蟒古思的红痣，英雄的妻子扔掉了青铜佛灯，最后蟒古思被英雄的妻子在脚下铺上了蒺藜，扎刺死去②。这种蟒古思灵魂寄存的观念在鄂尔多斯地区的英雄故事中却很少出现。

但这并不意味着蒙古族民间故事对蟒古思尸体的焚烧等处理方式与英雄史诗没有关系，恰恰相反，史诗研究者们较早就注意到了英雄史诗中蟒古思的死亡及处理方式。贺希格陶克陶在《〈江格尔〉与宗教》的论文中探讨过勇士杀死敌人或蟒古思之后将其焚烧的情节，认为这是萨满教习俗在史诗中的反映；斯钦巴图曾对《江格尔》中英雄对蟒古思尸体的处理方式与萨满教的镇鬼仪式联系起来进行研究，指出多个版本的蒙古族英雄史诗《江格尔》中"勇士们杀死敌人、恶魔以后处理其尸体的一种方式：把敌人的尸体肢解，用火焚烧，然后把它压在巨石下面"，是因为"英雄是按照萨满教镇鬼仪式习俗在处理可能成为鬼而危害人们生命财产的敌人或恶魔的尸首及其灵魂，即在进行驱鬼仪式"③。《江格尔》是长篇英雄史诗，其中对蟒古思的处理方式与鄂尔多斯地区流传的英雄史诗存在着差异，鄂尔多斯地区的英雄史诗为何会多将蟒古思之死表述为其灵魂寄存对象的毁损与英雄用兵器砍杀相结合，其中的灵魂寄存于某物的母题在很多地区和民族的关于妖魔的故事中都依旧保留，但在鄂尔多斯地区的蒙古族民间故事中暂时尚未发现有群体性保留的特征。

当然，如何对死亡的蟒古思进行处理，在鄂尔多斯蒙古族的民间故

---

① 浩斯巴雅尔等编，赵文工译：《鄂尔多斯史诗》，呼和浩特：内蒙古大学出版社，2011年，第130~132页。
② 同上书，第177页。
③ 斯钦巴图：《〈江格尔〉与蒙古族宗教文化》，呼和浩特：内蒙古大学出版社，1999年，第185页。

事中还是显现出了鲜明的民族文化特征。蒙古族崇火敬火，自古已然，鄂尔多斯至今仍然保有祭火的习俗与仪式。赛音吉日嘎拉在《蒙古族祭祀》中专辟一章"祭火礼仪"，对与蒙古族人日常生活、婚丧礼俗、宗教信仰、火的禁忌等密不可分的祭火礼仪进行记录①。火在人们日常生活中的实用性和信仰生活中的神秘性，是民间故事及英雄史诗中"火焚蟒古思"这一母题稳定存在的生活基础。

英雄史诗中大量存在的女性蟒古思形象，在鄂尔多斯的民间故事中却很少出现。英雄史诗中的女蟒古思形象是重要类型，可与男性蟒古思相提并论。"蒙古史诗和英雄故事中经常出现英雄征服女妖的母题。卫拉特蒙古史诗中经常描述，英雄去遥远的异乡完成艰巨任务的途中遇见女妖，英雄在坐骑或长辈的提醒下，识破女妖的阴谋，杀死女妖。卫拉特蒙古史诗和英雄故事中经常出现的女妖是铜嘴兽腿女妖（Jes Hongshiyartai Simnu），铜嘴兽腿女妖经常变成手捧盛满美味佳肴的盘子的美女诱惑身负重任出征的英雄。英雄通常识破女妖的阴谋，并杀死女妖"②。此外，还有女蟒古思生育的小蟒古思，他们与英雄继续战斗并最终被消灭。但目前这类女蟒古思形象在鄂尔多斯地区的蒙古族民间故事中尚未被发现。在鄂尔多斯蒙古族民间故事中出现的女蟒古思均是老年妇女的形象，如朝格日布讲述的《王塞仁朱皇帝》，英雄"从房门走进去，只见有一位白发苍苍的老妇人坐在桦树皮椅子上，在用桦树皮烟袋锅抽烟"，这位老妇人自叙其蟒古思的身份，并在与英雄的打斗中败北，最终将自己的女儿嫁给了英雄。而在英雄史诗中，女蟒古思的形象多是具有"把两个奶头交叉地放在两肩上"，"用人头做装饰，拿童身当耳环"，"生子用铁铸的四个奶头喂养，生女用尖角的四个奶头喂养"等凶恶特征的女怪物。

在鄂尔多斯蒙古族民间故事中的女性蟒古思形象与汉族文化中的"女色祸国"观念下的美女形象相似。如《阿尔扎波尔扎罕》《猪头占卦师》这两则民间故事中的女蟒古思都是变形为美女，迷惑汗王，为害后宫与国民。其形象与汉族长篇小说《封神演义》中的妲己十分接近，妲己在民间传说中是狐狸精所变，魅惑君王，害死臣民，灭亡自己的国家，并以民间说书、民间戏曲等多种民间艺术形式广泛传播，而《封神演义》也是在蒙古族广泛流传的本子故事。

此外，英雄史诗往往对蟒古思的头部、眼睛、相貌和服饰等都有详

---

① 赛音吉日嘎拉编著，赵文工译：《蒙古族祭祀》，呼和浩特：内蒙古大学出版社，2008年。
② 乌日古木勒：《蒙古突厥史诗人生仪礼原型》，北京：民族出版社，2007年，第137页。

细的描述，而在民间故事中只是简洁的程式化描述，如"长着十二个脑袋的阿日扎格尔哈喇蟒古思"，"十二颗脑袋的黑妖魔"，"长有十二个脑袋的阿特哈尔西拉蟒古思"等。在英雄史诗中，男性蟒古思和女性蟒古思是两个重要的形象类型，各自的功能异同鲜明，且形成了"蟒古思""蟒古思家庭"和"蟒古思国"这样较为完整的体系，而在鄂尔多斯蒙古族民间故事中，蟒古思多单独活动，有一个居住地，仅在少量故事中提到了蟒古思的女儿，如蟒古思的女儿观察到英雄来到后便逃跑，在《王赛仁朱皇帝》中提到了蟒古思的家庭，即女蟒古思和她的女儿们。

九月提出形成蟒古思的三个客观因素是自然灾害、凶禽猛兽和入侵者[1]。然而，民间故事中的蟒古思显然继承并发展了英雄史诗中的蟒古思形象，它不仅仅代表自然灾害、野兽以及入侵者的危害，而且还是一切与故事人物美好生活相对立的"对手"的代言。甚至在很多故事中，蟒古思代表的只是外在可能的危险、潜在的敌人、未知的困难等，又在一些民间故事中发展成为带有哲理性的婚姻爱情的阻挡者，如具有鄂尔多斯特色的《求子的老两口》等同型故事，本文所举出的三则异文均是已被译为汉文的文本，大量鄂尔多斯蒙古族民间故事尚未译为汉语，相信其中应该有更多此类异文。

四、蟒古思角色的文化意义

蒙古族英雄史诗是以英雄为主人公的民间故事的土壤，正是在英雄史诗的广泛流传中，较为神圣的英雄叙事被生活化的故事叙事吸收、转化，英雄叙事的转化在多个层面影响了蒙古族的民间叙事。从叙事结构而言，"英雄出生—成长—战争—历难—成婚"的史诗叙事模式在民间故事中得到简省化的保留，因此出现了在中国其他民族乃至世界上很多国家和民族都很少出现的英雄故事，笔者此前专就蒙古族故事家朝格日布讲述的"英雄故事"与蒙古族英雄史诗的关系进行过论述，这些故事的情节、母题及其异文数量，大多尚未被编入民间故事的类型索引中，即可说明其独特性。从叙事的构成要素而言，英雄史诗叙事中的叙事元素被分解到其他民间叙事中，影响了民间叙事的表达，如蒙古族史诗中的时间意识与空间意识、人物形象等。史诗中的叙事时间往往是异于日常生活的时间感受，会使用"一个月的路，一天飞驰而过；一天的路程，

---

[1] 九月：《蒙古英雄史诗中考验婚的文化解读》，呼和浩特：内蒙古人民出版社，2005年，第438页。

一个时辰飞驰而过"①,"三天的路程,三个时辰飞驰而过;三个月的路程,三天飞驰而过;三年的路程,三个月飞驰而过"② 等,比喻英雄历险和经受考验的艰难以及婚姻的欢乐等,会使用"翻过了九十九座大山""飞过了九十九条大河"等空间概念,同样也有些文学修饰的效果。人物形象中容易被人忽视的是除主人公(英雄史诗的主人公当然是英雄)之外的其他人物,如英雄的对手、英雄的妻子(未婚妻)等,是否影响其他民间叙事,至今尚未引起研究者的关注。

蟒古思是英雄史诗叙事对民间故事叙事有影响的重要人物,在所有与英雄史诗密切相关的民间英雄故事中与主人公几乎是成对地出现(男或女主人公—对手),同时,作为有重要宗教和民俗文化蕴含的角色,又在其他民间故事类型中成为次要角色,甚至成为了"主人公—对手"这一角色构成模式中的"对手"的代言,任何类型的民间故事,只要给主人公设定一个或多个对手,都常常被民间故事的讲述者用"蟒古思"来指代。除此之外,也发展出与之相关联的其他一些具有"蟒古思"特征的称谓,如"赤狼""魔怪""毛斯"等,这些称呼有的可能是在汉译的过程中因方言差异产生的,也有的是受到民族文化交流的影响而与本民族的蟒古思文化相结合而产生出来的。如在《猪头占卦师》中,"青牛怪"的说法很接近汉族"物久成精"的民间信仰,这种信仰目前在蒙古族的相关文化的记录与文学的写本中尚未被发现。因此,笔者将之归入"蟒古思"系列,可能会不太合适,但它又确实符合"蟒古思"在蒙古族的表达中所带有的"妖怪""魔鬼"的含义。这种矛盾正说明,鄂尔多斯蒙古族民间故事具有本民族文化与其他民族文化在交流过程中不断融合、变化与选择的特征。

鄂尔多斯蒙古族民间故事中的"蟒古思"与英雄史诗的相似性表明,这些民间故事多是由英雄史诗演变而成,较好地保留了史诗蟒古思形象的是具有独特类型特征的"英雄故事"。在这些故事中,英雄史诗的故事情节和叙事技巧在散文体叙事中不断被简省,但多头、抢劫与被焚这三个基本母题都较好地被保留在民间故事中。笔者认为这与蒙古族人民游牧生活的集体无意识以及民族的佛教信仰、萨满信仰有关系,也与这些信仰民俗带来的日常生活习俗有关系,此不赘述。

在现有研究中,对于蟒古思的多头特征的解释多偏重其象征意识,

---

① 浩斯巴雅尔等编,赵文工译:《鄂尔多斯史诗》,呼和浩特:内蒙古大学出版社,2011年,第177页。
② 同上书,第351页。

而蟒古思的外形特征是如何形成的就成为了一个尚未得到解释的谜。扎格尔认为"蟒古思艺术形象的产生、发展分为三个阶段——纯自然属性的初级阶段、自然和社会属性的发展阶段、社会属性的完善阶段;并具有代表残暴势力的特殊形象、内在本质和外表的统一形象、典型环境中的典型形象、具有美学意义的艺术形象等四个方面的艺术特点"①。从英雄史诗中蟒古思形象的特征而言较为符合其发展,但从民间故事来看,其"三个阶段"的说法则不能道出蟒古思在民间故事中的发展情况。

蟒古思形象在民间故事中有较为鲜明的聚合性,即一部分是与英雄史诗密切相关的蒙古族英雄故事中的蟒古思,一部分是结合其他故事类型而形成的具有蒙古族特征的民间故事中的蟒古思,如在《求子的老两口》及其同型的两则异文故事中,蟒古思既具有史诗中的特征、功能,同时又有"无手姑娘"型故事中的主体情节,但更鲜明地体现蒙古族文化特征的是女主人公的马与狗如何舍生赴死,打败蟒古思等。这一部分故事中的蟒古思形象是民间故事在不同民族间交叉、融合的阶段性产物。还有一部分是在其他地域、民族和国家的同类型故事中取代并承担"妖怪"角色的蟒古思,如《足智多谋的老两口》《达兰泰老汉》《猪头占卦师》等。这类故事中的蟒古思已经逐渐被"去妖魔化",成为"对手""傻瓜""祸害"等的代言词。蟒古思形象的聚合性是蒙古族民间文化交流的结果,其选择和形成的过程有待进一步研究。鄂尔多斯地区流传的这些故事中的蟒古思形象,既有英雄史诗中的共性,也形成了其形象的地域性特征,值得更加深入的研究。

---

① 扎格尔:《简析蒙古文学中的蟒古思形象》,《内蒙古师范大学学报》1990年第1期。

第四章　喇嘛故事研究

　　明清两代统治者在内蒙古和西藏地区推行扶植藏传佛教的政策，明王朝对"出塞传经，颇效勤劳"① 的喇嘛进行封赏，清政府则"以黄教柔驯蒙古"为基本国策，以安定边陲，巩固中央集权。鄂尔多斯是"宫帐守卫"成吉思汗陵墓之地，也是藏传佛教的重要阵地，准格尔旗仍保有重要的准格尔召庙群，"召庙群最初建于明天启三年，历经清代、民国历次修扩建。鼎盛时期的准格尔召，寺内有喇嘛2000 余人，僧舍相连，庙地2000 余亩，寺院建筑均为汉藏式建筑风格，具有较为典型的民族特色和地方特色。准格尔召至今保存了藏传佛教的宗教仪式，并结合了蒙古萨满教宗教仪式，其每年举行的傩仪大典成为内蒙古地区珍贵的文化遗产"②。这些历史遗迹和文化传承都表明历史上鄂尔多斯地区的藏传佛教信仰和喇嘛教众十分兴盛。

　　喇嘛是人们对藏传佛教僧人的尊称，他们在鄂尔多斯地区民众日常生活中也占有重要的地位：婚丧嫁娶、求医问卜、节日节庆等都会请喇嘛来家中禳灾祈福。藏传佛教的各种仪式是鄂尔多斯蒙古族民众的重要日常生活形态，喇嘛取代了原始民间信仰萨满教的神职人员，在占卜、治病、教育等方面发挥了重要作用，也是鄂尔多斯蒙古族民间故事中的重要人物③。鄂尔多斯蒙古族喇嘛故事是蒙古族喇嘛故事的代表。

第一节　喇嘛故事概况

　　目前，笔者在已经译出的 7 册鄂尔多斯蒙古族民间故事集中析出的喇嘛故事，主要指主人公身份为喇嘛或喇嘛在故事中承担主要角色的故事，如主人公的对手等在内的故事 56 则，其中《阿难陀》中有两个小故

---

① 《明神宗实录》卷三十，台北：中研院历史语言研究所校印本。
② 刘咏梅：《内蒙古鄂尔多斯地区藏传佛教寺院壁画研究与保护——以准格尔召、乌审召为中心藏传佛教寺院考查》，《吉林广播电视大学学报》2010 年第 3 期。
③ 喇嘛常常被尊称为 Bahxi，即蒙古语中的"老师"。

事，《明干云登的故事》共讲述了明干云登的 8 则故事①。

以下为其在各故事集中的概况：

田清波《阿尔扎波尔扎罕》7 则：《阿难陀》（2 则）、《那坎萨那喇嘛》、《吃肉的喇嘛》、《达赖喇嘛》、《大食喇嘛》（2 则）。

《蒙古族故事家朝格日布故事集》14 则：《目连喇嘛》《笑出珍珠的人》《尸语故事》《巴布公的故事》《穷喇嘛》《巴达日沁喇嘛》《伊日彦殿活佛的故事》《巴达日其班弟》《师徒喇嘛》《米拉博格达》《禅师喇嘛的猫》《贫穷老夫妇拜活佛》《人间四苦》《巴达日沁喇嘛的故事》。

《鄂托克民间故事集》8 则：《格根和他的徒弟》《师徒喇嘛》《米拉博格达》《兄弟仨》《画中人》《好心人与歹心人》《闻屎的诺彦》《不懂经的喇嘛唬小偷》。

《鄂尔多斯民间采风》4 则：《聪明的小喇嘛》《三年前的狐踪》《妖精喇嘛和妖艳太太》《响沙湾的传说》。

《鄂尔多斯蒙古族民间故事》4 则：《敏更谣登》《喇嘛哥哥》《朝其格喇嘛》《菩萨》。

《洁白的珍珠》19 则：《募化僧》、《聪明的巴达拉其喇嘛》、《弥勒佛和释迦牟尼佛》、《喇嘛和木匠》、《吃全羊》、《唐古特喇嘛》、《化斋班弟》、《香油点心也有告罄的时候》、《明干云登的故事》（共 8 则故事）、《孟克召的执法喇嘛》、《塑佛》、《牛氓》。

以上所列的喇嘛故事中，能够明确其讲述者身份的仅有《蒙古族故事家朝格日布故事集》。

根据调查，朝格日布介绍自己的故事来源时，谈到自己在喇嘛师傅那里听到很多故事，并且后来成为了远近闻名的"故事喇嘛"，虽然在 45 岁时还俗，参加了大队生产，但终身未娶，独身到老，老年时寄居在其弟弟和弟媳家，仍每日念经。朝格日布的俗世生活与佛门生活经历，使他讲述的故事既具有俗世社会的生活气息，如《禅师喇嘛的猫》《贫穷老夫妇拜活佛》《巴达日沁喇嘛》《穷喇嘛》《巴达日其班弟》《巴布公的故事》等，又有佛门生活中转世轮回等佛教思想的色彩，如《目连喇嘛》《笑出珍珠的人》《尸语故事》《伊日彦殿活佛的故事》《师徒喇嘛》《米拉博格达》。这些故事中的主人公无一例外都是喇嘛。

在钱世英搜集整理的《鄂尔多斯民间采风》与郭永明搜集整理的

---

① 由于《鄂托克民间故事集》中的两则故事《师徒喇嘛》与《米拉博格达》选自朝格日布讲述故事，实为同一讲述文本，合计 54 则，而《阿难陀》与《明干云登的故事》是系列故事。

《鄂尔多斯民间故事》中有讲述者姓名,但缺乏讲述者身份信息,彤格乐搜集的《鄂尔多斯蒙古族民间故事》未列出讲述者信息,《洁白的珍珠》主要由赛音吉日嘎拉与哈斯其伦从各种鄂尔多斯的历史文献、期刊等中间搜集整理而出,列出了讲述者的姓名、搜集时间、记录者、搜集地与流传地等信息,但无讲述者的职业、年龄等信息,其次,故事集选取了田清波在 20 世纪前期搜集的部分民间故事,并记录者姓名多记录为"诺木丹",昂·莫斯太厄为搜集者,然而笔者在资料整理和采访中,发现在目前出版的田清波《鄂尔多斯口头资料》中没有讲述者信息,因此很疑心"诺木丹"的真实性,是否为出版统一的需要而填写。

在 7 本故事集中,《阿尔扎波尔扎罕》的 7 则喇嘛故事,喇嘛均为故事主人公。《鄂托克民间故事》共有 11 则故事与喇嘛相关,其中 8 则喇嘛为主人公,《占卜喇嘛》《神帽》中的喇嘛为故事的帮助者或赠与者,《神帽》中的喇嘛为主人公的对手。在《鄂尔多斯民间采风》4 则喇嘛故事中,《聪明的小喇嘛》为机智人物故事,《响沙湾的传说》为宣传宗教信仰的故事,《三年前的狐踪》为笑话,《妖精喇嘛和妖艳太太》为神奇故事中主人公的对手。《鄂尔多斯蒙古族民间故事》共有 4 则喇嘛故事,《敏更谣登》《朝其格喇嘛》《菩萨》均为喇嘛或佛的传说,其中《敏更谣登》亦为机智人物故事,而《喇嘛哥哥》为生活故事。

《洁白的珍珠》共 19 则喇嘛故事,其中《明干云登的故事》8 则,《孟克召的执法喇嘛》《聪明的巴达拉其喇嘛》《弥勒佛和释迦牟尼佛》属人物传说,明干云登与上文所提敏更谣登属同一个喇嘛的不同传说,故事内容属于"机智人物"(或称为笑话)。《吃全羊》《唐古特喇嘛》《香油点心也有告罄的时候》《塑佛》均为讽刺喇嘛的笑话,《喇嘛和木匠》属金氏索引的"1864　木匠和画家"(原 AT980 *　木匠和画家型),其中喇嘛是嫉妒、愚蠢与贪婪的负面形象,是木匠的对手。

本章主要对鄂尔多斯蒙古族民间故事中以喇嘛为故事主人公或主人公对手的生活故事、民间传说,包括笑话和机智人物故事进行研究,其类型涵盖了动物故事,如《禅师喇嘛的猫》;魔法故事,如《巴达日其班弟》《妖精喇嘛和妖艳太太》;生活故事,如《聪明的小喇嘛》;笑话,如《孟克召的执法喇嘛》;民间传说,如《明干云登的故事》等多种故事类别。在研究过程中,陈岗龙教授曾经指出,当喇嘛只是故事中的人物的一种称谓时,不应将之归为喇嘛故事,笔者理解为根据故事分类的典型做法,喇嘛故事不应该包括魔法故事在内,而应该主要指以现实生活中的喇嘛为原型的故事。但在以鄂尔多斯地区为代表的蒙古族中流传着大量以喇嘛为主人公的故事，一方面是着重展现喇嘛生活，另一方面喇嘛已经成为故事中的一般性代指，如同汉族故事中的"秀才"或者"孤儿"等，作为具有特殊性的人物群体而泛指民间故事中的男性人物。且即便在魔法故事中，以喇嘛为身份的主人公一方面具有幻想故事的一般特性，另一方面其故事情节的构成也与喇嘛的信仰、喇嘛的生活方式有着密切的关系。故而在这里特别指出，考虑到本章"喇嘛故事"中的喇嘛对蒙古族历史生活有重要的文化意义，笔者并未将以喇嘛为主人公或主人公对手的魔法故事完全排除在喇嘛故事之外，而是根据故事讲述的实际情形，适当考虑喇嘛对故事主题、情节、母题等所起到的作用与叙事的意义，并对之进行研究。

第二节　喇嘛故事的主题

喇嘛故事作为民间故事的重要组成部分，亦是世俗民众对于民间生活的投射，喇嘛故事反映了鄂尔多斯蒙古族对宗教信仰丰富、复杂而矛盾的态度。

一、宣扬佛教信仰

在近百年的鄂尔多斯喇嘛故事的流变中，既有稳定的故事主题，如对佛教思想的宣扬，又有一些变异。在以宣扬佛教生活为主题的鄂尔多斯故事中，有一些较为稳定的主题反复出现在喇嘛故事里，主要是宣扬行善布施得好报，不仁不义堕轮回等思想。其中有源自《佛本生经》的传统佛经故事，如《阿难陀》中的第2则属于佛本生故事，讲述了太子牺牲自己，以身饲虎，取肉救鸽，最后因造福他人而成佛的故事。也有一些十分具有鄂尔多斯蒙古族特色的故事从不同方面来阐释佛教思想的民间理解。

"杀生受惩，负重偿债"是鄂尔多斯喇嘛故事中的常见主题，表达了故事讲述者与受众均习见和接受的一种对于佛教生活的认知。朝格日布讲述的《尸语故事》宣扬了喇嘛救渡众生与不杀生的戒律，杀生会受到背尸体的惩罚。同样，"杀生受惩"母题在《米拉博格达》和《那坎萨那喇嘛》中均被运用：《米拉博格达》中米拉长时间背石头抱木柱，前胸后背已经被磨得血肉模糊，从前面能看见他的心脏，从后面能看见他的肝脏，通过这种自我折磨的方式修行来消磨杀人的罪孽。《那坎萨那喇嘛》中也讲到"那位哥哥背着那只龚格丽鸟在路上，到现在也没送上来喇嘛的手里。哥哥的后背被磨得一点肉都没有了，只剩下骨头，从骨头缝子可以清晰地看到他的内脏"。这一类故事主题与《尸语故事》中的负尸主题相关，但《尸语故事》中的负尸者是英雄，其"偿还"的是敬献者的恩义，而在鄂尔多斯流传的这一类故事中，负尸者并非英雄，而是历难者或者杀人者，是为了尝还"杀生"之恶。

宣扬现世的虚妄和佛法修行世界的圆满是此类故事的另一类主题。在《笑出珍珠的人》中，鹦鹉与喇嘛的受戒身份等同，却都具有当面一套、背后一套的杀生、贪财的"恶"之共性，突出现世的虚妄，只有皈依佛法、念经隐居才能修到来世。如《人间四苦》"一天，喇嘛跟皇上俩人一起喝茶，跟往常一样，喇嘛又开始给皇上讲生、老、病、死这人间四苦的时候，皇上突然发现了，皇宫门外站着的一匹漂亮的枣骝马"①。以此为引，让皇上在一梦之间经历了生、老、病、死这四苦，最后"等他醒来时发现，自己却在皇宫里和喇嘛跟往常一样喝茶聊天呢。皇上愕然……从那以后，皇上慈悲为怀，仁爱并举，善待子民，从而，他的社稷像盘石一般坚固，百姓过起了更幸福的日子"②。

这类主题的故事往往还具有复杂性。讲述者朝格日布信仰佛教，又从佛教思想出发，在故事中寄托了对上位的期望，并认为上位者只要能够理解、同情百姓的"四苦"，则能行仁政、做善举。从这一点而言，以喇嘛为传道者，其宣扬的思想最后又与儒家思想不谋而合。这种不谋而合的基础，恰恰是通过一个古老的故事类型所固有的魅力与喇嘛信仰中的"普渡众生"的思想相结合而完成的。《人间四苦》被学者命名为"黄粱梦型"③，即金氏"AT725A　黄粱梦（瞬息京华）"（丁氏681型），这一故事类型被认为形成于魏晋南北朝时期，东晋干宝撰《搜神记》中的"焦湖庙玉枕"、南朝宋刘义庆《幽明录》中有其异文，唐代著名的传奇《枕中记》由此发展而来，并在后世不断被改写、流传，宋、元、明各代戏曲作家均有据此而创作的戏曲剧本，如宋代南戏《吕洞宾黄粱梦》、明代汤显祖《邯郸记》等均以吕洞宾以梦中历事的方式度化书生，使之皈依宗教。这一故事类型至今仍在蒙古族中流传，陈岗龙曾对蒙古族"黄粱梦"型故事进行过研究。

---

① 白音其木格、策·哈斯毕力格图搜集整理，乌云格日勒译：《蒙古族故事家朝格日布故事集》，呼和浩特：内蒙古人民出版社，2012年，第232页。
② 同上。
③ 祁连休：《中国古代民间故事类型研究》（上册），石家庄：河北教育出版社，2007年，第290~295页。

鄂尔多斯地区的喇嘛故事中的"恶有恶报"思想极其鲜明。如在《响沙湾的传说》中，伊盟达拉特旗的响沙湾是由于一个讨吃喇嘛（乞食僧）受到召庙大喇嘛的不公正对待后，用一条细长的口袋流出金黄的细沙将召庙全部埋掉而形成的。大喇嘛拒绝收留衣衫褴褛的讨吃喇嘛，违背了佛门慈悲为怀的教义，是为假与恶。在《穷喇嘛》中，一位有知识的高僧却得不到相应的富裕供奉，只是因为前世的恶行：前世将食物掺泥弄脏后喂狗。因为这恶行，今生只能得到掺泥的金元宝，过着贫穷的生活。笔者以为，在这一类"恶有恶报"的主题中，如何界定"恶"，既具有佛教思想的特定内容①，又是蒙古族生活习俗的反映，如穷喇嘛前世搋泥喂狗的举动被视为"恶"，这是对腾格里天神所赐的食物的亵渎，也是对牧民生活中视为朋友的狗的不尊重。

此外，宣扬佛教对于"恶"的救赎力量，也是鄂尔多斯地区流传的喇嘛故事的一个常见主题。这一主题集中体现在《目连救母》②故事中，鄂尔多斯的民间口头故事有两则《目连救母》异文，一则来自20世纪初《阿尔扎波尔扎罕》中的《目连托音》，另一则来自1987年朝格日布讲述的不完整故事的记录《目连托音的故事》③。在《阿尔扎波尔扎罕》中记录的《目连托音》译文如下：

> 目连托音经常念经、做善事。可是他的母亲不愿意念经，经常跟别人在一起闲聊。目连托音多次提醒母亲要念经要多做善事。母亲虽然当面答应，可是目连托音一走，母亲照旧召集她的一些朋友闲聊。在目连托音的唠叨下，他的母亲白天召集朋友闲聊，儿子回来之前把朋友们都放回家，收拾好屋子，烧柱香，然后在院子当中坐着等儿子回来，一见儿子就撒谎说："刚才来很多喇嘛，念完经刚走。"一开始目连托音还真信母亲的话，但后来知道了母亲在撒谎。目连托音又一次提醒母亲要念经，母亲说："人老了，经常忘。"目连托音想到了一个办法，他给母亲说："我在门框上挂上一个铃铛，你进出门的时候脑袋每碰一次念一次阿弥陀佛。"母亲按照儿子说的

---

① 佛教所云"十恶"，有"身造者三、口造者四、意造者三"，共为"十恶"，分别指：杀（生）、盗（财）、淫（狎）、妄语、绮语、恶口、两舌、悭贪、嗔恚、邪见。
② 《目连救母》讲述僧人目连赴地狱救母的孝道故事，唐代即有《大目乾连冥间救母变文》讲唱此故事，汉族民间故事、民间说唱和戏曲及京剧至今仍流传目连救母故事。鄂尔多斯蒙古族中流传的目连救母故事多以"目连托音""目连托音的故事"等名称之。
③ 白音其木格、策·哈斯毕力格图搜集整理，乌云格日勒译：《蒙古族故事家朝格日布故事集》，呼和浩特：内蒙古人民出版社，2012年，第178页。

每碰一次铃铛就念一次阿弥陀佛，慢慢地就学会了念经。

没过几年，母亲去世了。去世之后目连托音念了好多天经，然后到佛爷那里向佛打听母亲的来世。佛给他说："你母亲落入了地狱！"目连回家后练就了能打开地狱大门的功法，便到地狱打开地狱大门找母亲，找遍了十八层地狱也没找到。走过名叫多吉尼尔巴的地狱一看，母亲在里边的大锅旁边坐着，目连想把母亲救出去，母亲不愿意出去。这时母亲无意间碰到了大锅，那大锅"当"一响，母亲惊吓之余口出：阿弥陀佛！这功夫目连用念经用的佛珠把母亲钓了上来。目连把母亲背上就跑，母亲还念念不忘地回头说我坐的地方不要让别人坐，我以后还要来。

目连从地狱背着母亲来到人间的时候，母亲的手指间夹住什么就拔什么，目连没办法就把母亲的双手给绑上了，但脚趾间夹住什么就拔什么，久而久之脚趾头都出血了，血都滴在了五谷杂粮上。玉米、谷子、荞麦上都有红点子，这都是因目连母亲脚趾头滴的血液而变得红了。

目连一口气把母亲背到极乐世界，最终母亲变成了佛。目连这样报答了母亲的养育之恩。①

田清波搜集的《目连托音》与朝格日布讲述的《目连喇嘛》均属于汉、蒙、藏等多民族中普遍流传的目连救母故事在鄂尔多斯地区前后相隔半个世纪的两则同型故事的异文②。陈岗龙教授认为"鄂尔多斯地区口头流传的目连救母故事具有西藏和汉族传承的双重影响"③。在朝格日布的讲述中，并没有到地狱中救母的情节，但关于高粱为什么会是红的这一解释，两个讲述人却十分一致：目连背着母亲，母亲用脚指尖夹住高粱穗，使原来从头到脚都长穗的高粱只剩下一点点，并且由于目连喇嘛母亲脚趾间的血，高粱从此全身上下都红了。朝格日布的这一则故事显然已经脱落了很多，讲述人自称"看样子这故事很长"，这表明讲述人此前也是从他人那里听到过较长的目连救母故事，而不能完整地讲述。

这种不完整讲述的故事较之田清波搜集的故事，具有更鲜明的"教

---

① ［比利时］田清波搜集、整理，曹纳木译：《阿尔扎波尔扎罕》（蒙文），北京：民族出版社，1982 年。第 341～342 页。此文由包银全博士译自田清波搜集的《阿尔扎波尔扎罕》，特此感谢。
② 目连托音（Muliin Toyin）为音译，"托音"意即"高僧"，亦被译为"喇嘛"。
③ 陈岗龙：《蒙古民间文学比较研究》，北京：北京大学出版社，2001 年，第 158 页。

化"目的。朝格日布在故事一开始即讲述了"十恶""十善"这两种行事所受的报应:"一定要行十善事。行十恶,下辈子要入十八层地狱,八层冷地狱、杀日比哥地狱、道尔吉尼勒巴敖其尔地狱,会投生成铁蛋。"① 目连救母的故事在藏族、蒙古族等多个信仰佛教的民族中广泛传,并被视为劝善故事,将"善"与"孝"结合起来,宣扬行孝即是行善,将"善有善报"变而为"孝有善报",从另一个角度来赞扬"孝"。然而,从这两则文本来看,虽有劝善之意,目连母亲这样一位不信佛教、不行善事甚至行恶事的母亲,却因为儿子的孝及在受惊时念诵"唵嘛呢叭咪吽"的习惯,最终得到救赎。因此,故事宣扬了孝和信佛、念佛对"恶"具有救赎的力量,而不仅仅是劝告人行善或止恶,因为在目连救母故事中,即便其母在被救往天堂的路途中,也并未放弃行恶,很有一种"将恶进行到底"的坚持,这从某个方面又形成对于佛教信仰的反讽:并非所有得到佛的救赎的人都是真心皈依、潜心修行的,也有因亲缘关系无心插柳却柳成荫的。

在鄂尔多斯以喇嘛为主人公的故事中,还存在另一种情况:即故事属于世界性故事类型,在其他民族或国家的故事中,主人公的身份并非宗教人士,但在鄂尔多斯地区主人公是喇嘛,或者另加一重喇嘛身份,从而将之涂上宗教信仰的色彩。如《兄弟仨》与《巴达日其班弟》,均是主人公受到喇嘛师父的恩情,以养老送终的方式行孝报恩,最终得到好报的故事。

二、讽刺主题

讽刺主题一般出现在笑话中,讽刺主题在以喇嘛为题材的故事中频繁出现,其讽刺对象可分为两极:一极讽刺喇嘛,一极讽刺俗民。对喇嘛的讽刺主要集中在贪欲与不学无术,且讽刺的对象主要集中在游乞僧(也被称为讨吃喇嘛)身上,他们是鄂尔多斯故事中的一个群体。

聪明游乞僧的故事,在鄂尔多斯以明干云登传说为主,目前搜集到10则明干云登传说,有8则属于机智人物故事,搜集于1986年,由赛音吉日嘎拉记录,宋堆讲述。在这类传说中,明干云登主要运用语言的力量,对自己受到喇嘛师傅、有钱的诺彦等人的不良对待或歧视进行反击,如被喇嘛师傅当驴使用来驮东西,便预先告知自己"见了水就发狂"②;

---

① 白音其木格、策·哈斯毕力格图搜集整理,乌云格日勒译:《蒙古族故事家朝格日布故事集》,呼和浩特:内蒙古人民出版社,2012年,第178页。
② 在民间也流传驴见了水就发狂的故事。

师傅要求"准备的饭菜一定要像人一样",便做了一微笑的面人;利用师傅"掉在地上不要捡"的命令,故意松绑骆驼背上的肉干,再利用师傅"从骆驼背上掉下来的都要捡"的命令,故意捡骆驼粪蛋。这类故事中的部分情节也出现在蒙古族另一个著名的机智人物巴拉根仓故事群中,在主题上也与巴拉根仓故事有一定的相似性,即通过智慧的语言,故意违背富有而悭吝者、愚蠢而自以为是者的命令或者各种宗教禁忌却能智慧地不受影响,甚至获利。但在这些故事的采录中,已经不复前人研究时所指出的那种尖锐的斗争性,而更多展现出一种对于语言智慧进行讽刺性运用的推崇。这种推崇是与蒙古族民间故事中十分鲜明的"语言游戏"传统分不开的,在鄂尔多斯地区不过是以喇嘛身份加以运用和改造罢了。

明干云登①是否实有其人,目前尚未可知,民间流传不少关于明干云登的故事。林修澈、黄季平在《蒙古民间文学》中指出:"蒙古族文学的讽刺风格特别发达,在生活故事里以讽刺故事一枝独秀,在比较少见的笨主角的系列故事类型,可以找到'老练'大娘的故事,在巧民主角的故事(机智人物故事)更是发达,著名的故事可以找到《达兰胡达勒齐的故事》《西日布的故事》《敏干云登的故事》《顽皮鬼金巴的故事》《淘气班弟的故事》《瞎子章京的故事》《阿尔格齐的故事》,以及成就最高的《巴拉根仓的故事》。"② 笔者在大兴安岭地区流传的民间故事中,也看到了相关传说,赛音吉日嘎拉采录这些故事时,也表明除了鄂尔多斯地区,这一类传说也在锡林郭勒流传,据那木吉拉教授介绍:"敏更云登、明干云登、明干云旦,都是蒙古语 minggan yondun 的音译,是蒙古语的 minggan 和藏语 yondun 两个词组合而成的人名。蒙古人中也有叫 minggan 和 yondun 的人。"③《明干云登的故事》的译者乌云格日勒女士解释,yondun 是藏语,意思是学问、学识、才干、德行、能力、本事等。此外,还有将民间聪明的人呼之为"喇嘛"的传说,如《聪明的巴达拉其喇嘛》。除此之外,目前搜集到的文本还包括《师徒喇嘛》《不懂经的喇嘛唬小偷》《吃肉的喇嘛》《大食喇嘛》《宝蛋》《金蛋》《唐古特喇嘛》《塑佛》等。

在《不懂经的喇嘛唬小偷》与《师徒喇嘛》中,喇嘛没有学会真正

---

① 在鄂尔多斯地区流传的故事集中,也被译为敏更谣登。
② 林修澈、黄季平:《蒙古民间文学》,台北:唐山出版社,1996年。
③ 笔者对那木吉拉教授的访谈,访谈时间:2013年7月21日,访谈地点:中央民族大学文华楼。

的经文，只好用生活语言去糊弄老百姓，结果发生奇异的效果，居然令百姓所求成真。在《不懂经的喇嘛唬小偷》这则故事中，尼姑要求喇嘛学会念经文，结果这个喇嘛也不懂，只好就眼前发生的事儿随口编了几句，正好这几句产生了作用：

> 屋里传来老尼姑的声音："高坠铸百衲（探着头呢），拉希少格。"小偷一听以为尼姑正在看着他呢，慌忙趴倒在地。没想到老尼姑又说："高勒代着百衲（躺着呢），拉希少格。"小偷更是吓坏了，沿着篱笆根儿往外爬。这回老尼姑说道："高勒高筑百衲（爬着呢），拉希少格。"小偷听罢惊呼："这老尼姑知道得真不少！"说罢慌慌张张站起身往外跑，只听见身后又传来老尼姑的声音："高的少的（逃跑了），拉希少格。"小偷一听，心里想着"再不能来了"，头也不回地逃走了。①

同样，在《师徒喇嘛》中，徒弟始终没有学会真正的经文，临离开师父前，师父送他到河中央时，因驴陷在淤泥中出不来，师父便边打驴边随口说了几句话，结果驴出来了：

> 目睹这一切的徒弟打心眼里佩服道："我师傅真不简单！经咒的威力可真大呀！念一句'额勒古珠—阿巴达—塔押格打'②，陷在泥里的驴自己就能跳出来。"
>
> 从那以后，徒弟真心信服师傅，开始潜心学佛了。自从离开师傅后，徒弟每时每刻都向师傅祷告，一路念着"额勒古珠—阿巴达—塔押格打！额勒古珠—阿巴达—塔押格打"的经文走呀走，不知不觉走出了好远好远。徒弟学会的这一句生活用语取代经文，却神奇地发挥了巨大的神秘力量：作为经咒，每到一家做法事，每给病人祛病，他都要念到它。危重的病，天大的灾，只要一念它，马上就能见好。不久，他就出名了，成为当地法术最高明的喇嘛。于是，他就住在一个山洞里，继续念他的那句经，虔诚地向师傅祷告。当地人把他当活佛一样信服。穷人拜他求富就能富，有病之人拜他

---

① 扎·玛格苏尔扎布、仁钦道尔吉搜集整理，乌云格日勒译：《鄂托克民间故事》，北京：民族出版社，2015年，第147~148页。
② 额勒古珠—阿巴达—塔押格打：额勒古珠、阿巴达，意为"挑起来、吊起来"，塔押格打，意为"用拐杖打"。——译者注。

求愈就能痊愈，无嗣之人拜他求子就能得子。喇嘛徒弟因为有求必应，十分灵验，远近闻名。

更具有讽刺意味的是，原本懂经文的师傅，却得了不治之症①，只好去求传得十分灵验的"活佛"，最后发现，所谓的"活佛"即自己的徒弟，神奇的经文就是师傅赶驴出泥时的那几句生活用语，生活用语被误用为经文，且得到了孩子们和成年人的认可，就哈哈大笑起来，从而病愈：

<blockquote>于是，师徒二人同住山上，修心养性，过起了无忧无虑、清心寡欲的隐士生活。②</blockquote>

对于百姓的生活来说，生活语言显然比佛教经文更有实际意义，但同时也隐喻着"心诚则灵""事有凑巧""神佛无用"等多重含义，恰如《师徒喇嘛》的讲述者朝格日布在故事结束时习惯性地对自己的故事主题进行总结：这就是"信则愈，疑则病"的道理所在。这是鄂尔多斯喇嘛故事叙事解读中多重可能性存在的表现。这类故事通过讲述不学无术、完全不懂如何念经诵佛的喇嘛得到民众的追随与信奉，讽刺民众对佛教信仰的盲从，包括尼姑与喇嘛师傅这样的佛教的修行者。

此外，《吃肉的喇嘛》《大食喇嘛》《唐古特喇嘛》《塑佛》等故事对贪食、贪色、贪财等违背佛家戒律的喇嘛进行了讽刺。其中《塑佛》当属 AT1730 型的亚型，在 Hans‑Jörg Uther 于 2004 年编辑的《世界民间故事类型：分类与文献》中，对此故事类型作了如下情节总结：

<blockquote>1730 中计的求爱者。各种类型（包括原 AT1730A* 和 1730B* 型）。一个漂亮又忠贞的妻子被三个男人献殷勤（通常是牧师）。在丈夫允许的情况下，她邀请他们私会。在第一个男人的愿望还未达成时，第二个男人就到了，第一个男人必须藏到一个不舒服的地方去。当三个求爱者都被抓住后，他们被杀或者受到了其他惩罚，或者被嘲笑，或者为之付出了赎金［K1218.1, cf. K1218.2］。相关类型 882A*，1359A，1359C。

组合类型：882A*，1536B。</blockquote>

---

① 在生活中，喇嘛同时也是"医生"，担负着念经驱邪、治病救人的职责。
② 白音其木格、策·哈斯毕力格图搜集整理，乌云格日勒译：《蒙古族故事家朝格日布故事集》，呼和浩特：内蒙古人民出版社，2012 年，第 253 页。

注：起源于东方，在《七个聪明的男人和阿拉伯之夜》中有记录，后来在法国讽刺性寓言诗和意大利小说中出现。也是一则幽默民谣。①

在《塑佛》中，不守戒律的喇嘛"整天背着背架挨家挨户地转"，落入了夫妻二人的圈套。喇嘛以为男主人不在家而钻进了女主人的被窝，在还未来得及达成愿望时，收到暗号（咳嗽）的男主人从储物间出来，喇嘛只好听从女主人的吩咐，先躲进水缸，再躲进面粉箱，最后又坐到炕上，结果二人对话，妻子说这是塑佛，而丈夫说塑佛的阴囊太大，要用刻刀修改，最后吓得喇嘛赤身逃跑。

喇嘛故事既有对喇嘛的讽刺，也有对俗民的讽刺，此类故事可分为两个部分：一是对权贵者的讽刺，二是对悭吝者的讽刺。在《巴布公的故事》中，喇嘛代表着"民"，诺颜（官）与喇嘛之间的斗争实际上意味着民与官之间的矛盾。但喇嘛的身份又有其特殊性，因为喇嘛在蒙古族的日常生活与政治生活中均具有特殊地位，喇嘛即便贫穷，仍然具有一定的政治地位，能自由地决定生活于何处来念经祈祷，故事家在故事结尾处点明自己所讲故事的主题是"为官之道，架子不宜过大，否则，自取灭亡"②。这是一个有意味的结语，也是双重隐语，具有多重功能：对待喇嘛要有礼貌，即使是官员也不可疏忽怠慢喇嘛。在《闻屎的诺彦》中，一个叫噶拉桑的喇嘛惩罚了妄自尊大的诺彦（有钱人），在明干云登的传说中，不肯留宿游方僧的诺彦最后被明干云登讽刺得颜面全无，在《聪明的巴达拉其喇嘛》中，喇嘛与凶狠的诺彦斗智猜隐语，最终取得胜利。

为何喇嘛故事一方面宣扬佛教信仰，另一方面又对佛教的从业者喇嘛大加讽刺与鞭笞？如何看待喇嘛故事对喇嘛的讽刺？民间故事对喇嘛的矛盾态度，可从民间口头文学记录的近百年来喇嘛教在鄂尔多斯地区的遭遇中得到体现：一方面，人们的世俗生活与信仰极其依赖黄教；另一方面，几百年来，在政教合一的过程中，黄教滋生出各色寄生虫，使宗教苦修的色彩大大褪化，变成为一个利益集团，这个集团的成员本身

---

① Hans-Jörg Uther, *The Types of International Folktales: a Classification and Bibliography* (*partII: Tales of the Stupid Ogre, Anecdotes and Jokes, and Formula Tales*), Based on the System of Antti Aarne and Stith Thompson, Academia Scientiarum Fennica, 2004, p. 399.
② 白音其木格、策·哈斯毕力格图搜集整理，乌云格日勒译：《蒙古族故事家朝格日布故事集》，呼和浩特：内蒙古人民出版社，2012年，第287页。

也产生了分化,部分成员进入上层社会,成为权贵与统治阶级的代表,另有一部分沉沦在社会最底层,极其贫困,挣扎着生活,这一阶层,某种程度上已经成为穷困者的代表,但这些人往往又带有喇嘛教生活养成的懒惰、贪婪等恶习,民众既同情又反感。

喇嘛故事一方面宣扬佛教教义,另一方面又具有怀疑甚至反对佛教思想,至少是反对喇嘛的色彩。如《目连喇嘛》的两则异文,故事主题一方面宣扬了佛教转世轮回说法中行善得好报、行恶堕地狱的思想,另一方面又肯定了儒家的孝道传统,将"孝"置于"恶"之上,以"孝"来拯救"恶",而非以"善"来拯救恶。陈岗龙教授在研究蒙古族目连救母故事时指出民间故事是伦理的,而佛经是说教的,"民众在顺从佛教权威文本的《目连救母经》的背后,用民间的伦理观和价值观重新审视目连救母故事的过程中用自己的话语体系否定和颠覆着佛教的因果报应和轮回思想,从而在口传目连救母故事中充分体现了致力于从佛教说教中解放自己的种种努力"①。鄂尔多斯流传的这些喇嘛故事,闪现出一种跳脱于佛家"空无"思想的光彩,最有代表性的文本即是《喇嘛哥哥》。《喇嘛哥哥》是目前汉译蒙古族故事中尚未发现同型异文的一则"喇嘛还俗"故事,讲述一个出门在外求学拜经的青年喇嘛,遇到一个大胆的牧羊女,牧羊女摔倒戏弄他,还弄断了喇嘛的三颗佛珠,使他受到"六根未净"的非议,他生气地弃经从俗。打道回府的途中,喇嘛又遇见了牧羊女,二人又摔打在一起,最后两个真性情的人自由自在地生活在了一起。小伙子从最初的虔心追求佛学到最后放弃僧侣生活而返回俗世,从因失去念珠而受到其他修行者的非议,到将修行看成是"清心寡欲求佛经,历经沧桑总是空。苦行苦为熬年华,不如此生享人生"的感慨,再到与牧羊女任性自由生活的结合,代表了喇嘛教在蒙古族地区传播的一种现实状况。"满清建立后,佛教和喇嘛发展到了顶点,因而现在的蒙古家庭教育,完全是喇嘛宣扬的非永生之道。把佛经中的语言变为家中的语言,家庭教育变成了喇嘛的教育。各户如有三个儿子,无论如何留下一个继承家业,其他几个儿子都要送交到庙去当喇嘛享福"②。许多牧民将儿子送到寺庙,并非是因全心信仰佛教,而是为了生存或学习文化,在经过一段时间的学习后,又返回到俗世,但有许多人还是保留了当喇嘛时的习惯。

---

① 陈岗龙:《蒙古民间文学比较研究》,北京:北京大学出版社,2001年,第166页。
② 罗布桑却丹著,赵景阳译:《蒙古风俗鉴》,沈阳:辽宁民族出版社,1988年,第50页。

这种情况也出现在《穷喇嘛》这一故事中,贫穷的喇嘛尽管很有知识学问,却一直过着贫困的生活,最后只好去供奉财神爷以招财。罗布桑却丹在《蒙古风俗鉴》中记载了普通人家的相关习俗:"如今的喇嘛,在每年的七月初一至十五日的半个月中,为富裕户念秋季招财经。招财仪式是:选出畜群中繁殖最多的老年畜,在它的耳朵和尾巴上做出标记,不使役,养起来。准备好食品和酒类念一天经,请来亲属和邻居聚会。主人穿上新衣,手拿招财箭幡,绕着老牛或老马,口中念:'福禄快来充满院庭!'绕院三周后,放桌就餐。"① 然而我们更熟知的"招财"属于民间信仰系统中的道教信仰,如汉族道教信仰中的多位财神爷(文财神、武财神等)。从故事的视角来看,身为喇嘛,本应是修炼空无境界,却与普通民众同样追求现世的财富等等,这本身就是对喇嘛背叛信仰的讽刺,又在讽刺中以因果报应、轮回等来解释财神的无用,似乎是道教信仰败北于佛教无穷的轮回、报应的"法力",从而更进一步地宣扬了佛家因缘之说。

第三节 喇嘛形象的类型

鄂尔多斯蒙古族喇嘛故事创造了丰富多彩的喇嘛形象,有历难的善良英雄、虔诚的佛教徒、机智的知识分子、恶作剧的淘气孩子、贪婪的乞食喇嘛等。民间故事不同于作家文学的地方在于人物形象的类型化,鄂尔多斯蒙古族的喇嘛故事对喇嘛的个性化描述较少,仅明干云登的故事系列有此等色彩,其他故事均是以人物行动来展现人物性格,同时也成为人物形象的代言。因为同是信仰佛教的民族,所以蒙古族民间故事中的喇嘛形象与藏族民间故事中的喇嘛形象有十分相近的地方,谢正荣对藏族喇嘛故事进行研究时曾指出:"纵观以喇嘛为对象的民间故事,其形象定位大体有两类:一是乐善好施,学识渊博,德高望重,能降妖除魔,扶危济困,舍身救人,对弘扬佛法不遗余力,受人尊敬;二是贪财好色,好吃懒做,不学无术,骗吃骗喝,性情刁钻,有悖佛法,为群众所讥讽嘲弄。有趣的是在藏族民间故事中,喇嘛的形象多以第二类出现,几乎占与喇嘛相关民间故事的百分之九十五,这不能不引起我们的思考。"② 但是通过对鄂尔多斯地区喇嘛故事中喇嘛形象进行分类,可以看

---

① 罗布桑却丹著,赵景阳译:《蒙古风俗鉴》,沈阳:辽宁民族出版社,1988 年,第 60 页。
② 谢正荣:《藏族民间故事中的喇嘛反讽形象》,《康定民族师范高等专科学校学报》2008 年第 2 期。

到,在鄂尔多斯地区流传的民间故事中,喇嘛形象更加多样化,且喇嘛形象的塑造与故事讲述者、故事传承的时代、故事流传区域的传统文化等因素有着十分密切的关系。

55 则文本大略塑造了以下类型的喇嘛形象,见表 4-1:

表 4-1 喇嘛形象

喇嘛的类型	文本数量	文本名称
机智人物	17 则	巴布公的故事;巴达日沁喇嘛;格根和他的徒弟;闻屁的诺彦;敏更谣登(2);募化僧;聪明的巴达拉其喇嘛;明干云登的故事(8);聪明的小喇嘛;唐古特喇嘛
弘扬佛法者	9 则	阿难陀(2);目连喇嘛;伊日彦殿活佛的故事;朝其格喇嘛;菩萨;笑出珍珠的人;人间四苦
作恶者	7 则	妖精喇嘛和妖艳太太;宝蛋;募化僧;金蛋;孟克召的执法喇嘛;响沙湾的传说;喇嘛和木匠
违背戒律者	4 则	吃肉的喇嘛;大食喇嘛;吃全羊;塑佛
行善得报者	5 则	巴达日其班弟;兄弟仨;好心人与歹心人;喇嘛和木匠;化斋班弟
帮助者	3 则	贫穷老夫妇拜活佛;画中人;宝音和菱花
赎罪的喇嘛	3 则	那坎萨那喇嘛;尸语故事;米拉博格达
误打误撞的修行者	2 则	师徒喇嘛;不懂经的喇嘛唬小偷
因果轮回者	1 则	穷喇嘛

此外,还有其他一些难于归类的人物,篇幅较为短小,不以情节取胜,而以语言的逗乐见长,如《达赖喇嘛》等。鄂尔多斯地区流传的关于喇嘛的故事以机智人物为多,汉族地区流传的"地主与长工"的斗智故事中的"长工"这一角色,大多数为喇嘛所承担,文人戏弄权贵的传说①中的文人角色也为喇嘛所替代。喇嘛是机智人物,其对手往往也是喇嘛,少数对手为有钱人(诺彦),或者地方长官(往往也是有钱人)。喇嘛以机智逃过一次算计、报复一次羞辱、得到自己想得到的东西等等。喇嘛作为机智人物频繁地出现在鄂尔多斯地区的蒙古族民间故事中,与喇嘛作为一种职业在蒙古族生活中的特殊地位有关系。喇嘛不仅仅是修行者,他们由家人送入佛寺,由家庭供养,学习文化和知识,以期将来能出人头地。读书识字与博学多才是喇嘛这一份职业在蒙古族生活中本来具有的特点,恰如汉族民众的认知——"和尚会念经"一样。以明干

---

① 如著名的徐文才传说。

云登为代表的喇嘛传说,与汉族的最有代表性的和尚传说,如《济公传说》,有很大差异,济公传说主要宣扬济公的帮危扶困、抱打不平、智慧机巧,有侠者风范,重的是道义,能从儒家文化的视角来审视佛教所宣扬的"善",而蒙古族的喇嘛机智人物传说则与智慧而非佛教所宣扬的"空""善"等道义相关。

按罗布桑却丹的记录与理解,蒙古族人愿意将儿子送入寺庙当喇嘛,是因为俗世中的权力是世袭的,各旗旗长都是辈辈相传,蒙古族百姓没有进取的必要与希望,因此"为了后代过上不受苦的日子,不管兄弟有几个人,只留一个守家继业,其他兄弟们都当喇嘛住进庙里。让儿子当喇嘛的根本思想就是这样,不是为了心向佛门而当的喇嘛"①。在诸多故事中都讲述无法生存的小弟弟,最后只好跟着喇嘛去修行,当了小班弟。"清朝乾隆皇帝下诏,凡出家当喇嘛的不仅不要税差,而且因为这是成佛之道,应受尊崇"②,这与汉族秀才得免赋税的政策相似,刺激牧民将自己的孩子送入寺庙。因此,进寺庙当喇嘛,与汉族中将孩子送入私塾学习,以成为将来出仕的进身之阶一样,当喇嘛,学知识,使喇嘛在蒙古族中具有"知识分子"的特征与民众期待,从而晋身"智慧者"群体,同时也成为取代其他民族中的"长工""文人"类机智人物的理想群体。

一、行善得报的喇嘛

虔诚的修行者、行善得报者以及助人者的喇嘛故事可视为一类,即都以佛教所宣扬的"善"作为人物的行动准则,为佛教献身、忠孝、为百姓利益而牺牲等,都可视为佛教所宣扬的善。其中,虔诚的修行者形象主要来自于《佛本生故事》。然而"行善得报"并非佛教所独有的思想,而是一种朴素的民间"真理",许多民族广泛流传的故事类型都是在传达这一主题,塑造这一类人物形象。"行善得报者"这一类型的形象,其故事多属神奇幻想类型,且在世界各地都有流传。但这类故事中的喇嘛形象非常具有蒙古族文化的特点,下以朝格日布讲述的《巴达日其班弟》故事为例进行分析。

朝格日布《巴达日其班弟》的情节概要如下:

---

① 罗布桑却丹著,赵景阳译:《蒙古风俗鉴》,辽宁民族出版社,1988年,第79页。
② 同上书,第49页。

穷人家的孩子与富人家的孩子一同在一位喇嘛师傅的带领下习经，小班弟遵守了师傅去世前的遗言，安葬了师傅的遗体，其他师兄瓜分了师傅的遗产，小班弟只得到了一身师傅的破衣服和黑碗，离开了寺庙。小班弟夜里歇息在破庙中菩萨像的背后空地，听到乌鸦、兔子、狼和老虎的谈话，得到治愈巴彦女儿之病、解决巴彦家水源问题、彦台河源头某地下埋有白银的秘密和听懂禽言兽语的能力。小班弟听懂马语，帮助了骑马人取出马背上的针，被请到巴彦家，治愈了这家女儿的病，找到了水源，挖到白银。班弟因此建庙，香火盛行，喇嘛众多。小班弟找到当年的师兄师弟，并告诉他们自己的奇遇。大师兄想象他一样变得富有，便也来到庙中，却被众野兽弄死分吃。①

《巴达日其班弟》在 AT 分类法中被命名为"613　两个旅行者"，丁乃通编为"613　二人行（真与伪）"，金荣华先生根据中国民间故事的特点，将之命名为"613　精怪大意泄密方（二人行）"。Hans‒Jörg Uther 根据世界各地的同型故事，将其情节归纳为：

613 两位旅行者（真与假）（原 613 *，613A * 和 613B *）。两个人（旅行者、兄弟、裁缝和补鞋匠）辩论（打赌）[N61] 真与假（公平与不公平、各自的信仰）哪个更强大。

他们请遇到的动物和人来评判 [K451.1, N92]。输的人（通常是站在真理或者实话一方的人）会失去财物、双目失明，或者邪恶的人给饥饿的同伴分享了自己的面包，但前提是挖出他的眼睛 [M225, N2.3.3, S165]。盲人在树上（或树下）过夜 [F1045]，在那里，他听到了鸟（其他动物、魔鬼、吃人的妖魔、女巫）谈论的秘密 [B253, G661.1, N451.1, N452]。有了这些秘密知识 [H963]，他能重获光明 [D1505.5]，治疗疾病（得病的通常是公主、国王）[C940.1, D2064.1, V34.2]，结束干旱 [F933.2, H1193, N452.1] 等等 [N552.1, D2101, H1181]。他得到了回报，与公主结婚 [H346]。

他的同伴想要有他一样的财富，便模仿他来到了同一颗树（有

---

① 白音其木格、策·哈斯毕力格图搜集整理，乌云格日勒译：《蒙古族故事家朝格日布故事集》，呼和浩特：内蒙古人民出版社，2012 年。

时也变成瞎子），但是鸟（魔鬼）认为他就是那个泄露它们秘密的人并将他撕成了碎片［N471］。①

在鄂尔多斯地区，多则这一类型故事的异文被搜集，并有 5 则被译成汉语，包括《长和短的故事》②《锅漏》③《一个青年的奇遇》④《好心人与歹心人》⑤，同时在《鄂尔多斯史诗》中有一则史诗《善良的吉雅》，也属于此故事类型。可见这一故事类型在鄂尔多斯流传广泛。但在这 5 则文本中，除朝格日布讲述的故事与无讲述人信息记录的《好心人与歹心人》中的主人公身份均为穷班弟外，《长和短的故事》的主人公是结拜的兄弟俩，《一个青年的奇遇》是外出的青年偶遇的长着胡子的陌生人，《锅漏》是小偷。可见，即便是在同一地区流传的同一类型故事，在人物角色的身份上也会有不同的差异。《好心人与歹心人》是"910　所得预警皆应验"与 613 型故事的结合：

> 老和尚给临行的三个徒弟预警（下雨天不能在残垣下避雨！不能在海边露宿！听故事不能听一半，要听完整），并劝告徒弟（徒儿呀，别人说的劝告你一定要听呵，说话一定要说实话呀），小徒弟给师傅送终，并带着师傅送的钵盂朝西行。听师傅的话，帮助别人躲过了三场灾难，后来在一个空庙的佛龛后面过夜时，听到虎、狼、兔子、狐狸的谈话，得知了西边家孩子生病和水源的秘密。天明后，小班弟通过帮助西边人家解决这两个问题而得到好报，并邀请两个师兄共同生活，两个师兄模仿小班弟往佛龛偷听，却成了猛兽的盘中餐。⑥

---

① Hans‑Jörg Uther, *The Types of International Folktales*: *a Classification and Bibliography* (*partII*: *Tales of the Stupid Ogre*, *Anecdotes and Jokes*, *and Formula Tales*), Based on the System of Antti Aarne and Stith Thompson, Academia Scientiarum Fennica, 2004, p. 353.
② 钱世英搜集、整理：《鄂尔多斯民间采风》，呼和浩特：内蒙古人民出版社，1999 年，第 182 页。
③ ［比利时］田清波搜集、整理，曹纳木译：《阿尔扎波尔扎罕》（蒙文），北京：民族出版社，1982 年。
④ 彤格乐搜集、整理：《鄂尔多斯蒙古族民间故事》，呼和浩特：内蒙古人民出版社，2006 年。
⑤ 扎·玛格苏尔扎布、仁钦道尔吉搜集整理，乌云格日勒译：《鄂托克民间故事》，北京：民族出版社，2015 年，第 173～175 页。
⑥ 同上书，第 68～74 页。

在以西方文本为主要对象来归纳的故事情节中，二人行中的一人多以打赌或辩论为由，残忍地挖掉同行者的眼睛，这一情节显然与主人公为喇嘛的两则故事不能很好地融合，因此被取代为师兄弟抢走了本该均分的师傅的遗产。但在其他以普通人为主人公的几则故事，包括鄂尔多斯流传的史诗《善良的吉雅》中，都有同行的两人一个害了另一个，但被害者反而因祸得福，因听到秘密而恢复光明，并得到财富甚至娶到美妻的情节。如《一个青年的奇遇》，偶遇的男子为了夺得青年行李中的财富，将青年推到水中，要淹死他。在《长和短的故事》中，偶遇的两个人，短谋害长也是为了财富。许多研究者以"两个旅行者"来命名这类故事，可能是因为旅行者往往会面临各种意想不到的困难与危险，同时也有可能得到机遇，这些旅行者要么是手艺人，如《格林童话》中的裁缝与补鞋匠，要么是贫穷得不得不出外谋生的人，如《意大利童话》中的两个赶骡人。在鄂尔多斯蒙古族民间故事中，旅行者的具体身份为喇嘛，这与故事讲述者的喇嘛身份和喇嘛在蒙古族男子中极为常见的现实有关系，且喇嘛作为一种职业，往往也需要四处化斋、游走等等。因此，在鄂尔多斯地区的这两则613型故事中，因为小喇嘛身份的需要而出现了喇嘛的师傅，他往往对小喇嘛极好，但又圆寂而去，临死前会留下一件或两件遗物。尽管在这两则故事中并没有发挥什么作用，但在另一则与之类型十分相近的故事《兄弟仨》中，师傅留下的遗物成了百呼百应的宝贝，帮助小喇嘛渡过了难关。在其他地区、民族的故事中，主人公因躲在树上（树中）或者山洞中而偷听到秘密，而在以喇嘛为主人公的两则故事中，主人公是躲在空荡荒废的庙中佛像之后而听到了秘密。在其他民族的故事中，主人公是听到女巫、魔鬼、十字架上的死尸等讲出了秘密，而在蒙古族故事中，是蒙古族人民生活中最常见的各种动物，老虎、狐狸、狼和兔子等讲出了秘密，而动物会说话又是一个世界性的母题。

小喇嘛和喇嘛师傅、喇嘛和喇嘛贪婪的兄弟（有时为师兄弟）、会说话的动物等均成为蒙古族613型故事的特点，基本情节并未发生大的变动。同样，在鄂尔多斯蒙古族流传的其他类型的神奇故事中，和尚或喇嘛作为历险英雄反复出现，但在世界其他民族流传的同型故事中，却很少以和尚或喇嘛作为故事中的历险英雄。

喇嘛与班弟是喇嘛形象中较为鲜明的一组对比。班弟是蒙语的音译，意指刚开始学经的小喇嘛，为喇嘛的徒弟。喇嘛师傅与喇嘛徒弟的故事在佛教信仰地大量存在，如著名动画《聪明的一休》，就是据喇嘛师傅与小喇嘛徒弟的民间故事改编的。藏族民间故事中的喇嘛与完德（藏语音译，如蒙语之"小班弟"）的故事，汉族民间故事中的老和尚与小和尚的故事等，有大量的同型故事。有研究者指出："藏族民间故事中喇嘛与完德的故事跟汉族地主与长工的故事程式很类似。"① 虽然蒙古族信仰藏传佛教，并在民间故事中流传着大量经由藏传佛教而来的佛经故事及一些生活故事，但与"地主与长工"的故事程式不尽相同，喇嘛的徒弟——小班弟在蒙古族民间故事中与师傅的关系主要有两种：一是聪明伶俐的小班弟受到师傅或富有喇嘛的虐待，通过智慧反抗，如《明干云登的故事》；二是善良孝顺的小班弟受到师傅的喜爱并知恩图报，为圆寂的师傅送终，用师傅遗物为宝物，最终获得幸福，如《穷喇嘛》。

二、作恶者终受惩

喇嘛作恶者形象在鄂尔多斯蒙古族民间故事中频繁出现，他们或者就是故事所要描述的主人公，或者是主人公的对手、阻碍主人公前进的敌人，他们自私自利，心狠手辣，诡计多端，有时又蠢笨无比。在以上所举的 8 则文本中，《神帽》和《妖精喇嘛和妖艳太太》属于同型故事，它们和《喇嘛和木匠》都属于世界性故事类型，但无一例外的是，在世界其他地区流传的此类故事中，坏人并非由喇嘛来承担。如《喇嘛和木匠》这一故事，属于金氏分类法中的 1864 型（原为 AT980＊型），其故事情节大体如下：

> 980＊画匠和工匠。在画匠的劝说下，国王（地主）命令他的工匠为自己（或国王自己）建一座塔，以便到天堂去看望他的父亲（并在那儿建一座府邸）。工匠通过一条地下通道离开了［F721.1］。他诱使画匠也爬上天堂。但是画匠（国王、地主）在塔烧起后被烧死了［K843］。②

金荣华先生根据《中国民间故事集成》及其他一些故事集析出的这一故事类型在藏族、保安族、布依族、回族、纳西族、柯尔克孜族等多

---

① 谢正荣：《藏族民间故事中的喇嘛反讽形象》，《康定民族师范高等专科学校学报》2008 年第 2 期。
② Hans‐Jörg Uther, *The Types of International Folktales*: *a Classification and Bibliography* (*partII*: *Tales of the Stupid Ogre*, *Anecdotes and Jokes*, *and Formula Tales*), Based on the System of Antti Aarne and Stith Thompson, Academia Scientiarum Fennica, 2004, p. 611.

个民族中流传，但未包括蒙古族。不过在目前汉译的鄂尔多斯蒙古族民间故事中，有两则同类型文本，其中一则为《那布吉贡嘎和拉珠贡嘎》①，其人物身份为汗王的辅政大臣，而非喇嘛。由此可见，喇嘛在这一类故事中，也属于地方文化、讲述者身份被限制时的角色代替品。

值得注意的一个现象就是，在故事家朝格日布讲述的 14 则喇嘛故事中，仅有《禅师喇嘛的猫》中的喇嘛是负面形象，其身份被运用于猫的捕食过程之外，在其他的喇嘛故事中，喇嘛或者是历难的英雄②，或者是虔诚的修行者与赎罪者③，或者是修佛得报的礼佛者④，又或者是施舍者与帮助者⑤。也有机智人物故事⑥，其形象丰富多彩，却没有作恶者、贪婪者等恶行者的形象，且机智人物故事多重主题表明，朝格日布在故事讲述中努力塑造喇嘛的正面形象，如《巴布公的故事》中机智人物喇嘛能惩恶扬善、与不善为官者对立，《穷喇嘛》用"轮回转世"来解释为何有的喇嘛会被十分尽心地供养，为何有的喇嘛会贫穷。同时也通过讲述喇嘛的故事，来调解僧人与主人家的关系，如两则同型故事《巴达日沁喇嘛》与《巴达日沁喇嘛的故事》，都讲述了主人家不舍得好好招待投宿的喇嘛，喇嘛或用自己的语言回击，或装聋作哑，使悭吝不舍的主人家没有达到目的，甚至受到羞辱的故事。这类故事往往隐含着警告、劝说人们要热情对待游方僧的意思。

三、贪婪好食的喇嘛："幸不属虎"型故事解析

王志清在对阜新地区蒙古族巴拉根仓故事进行研究时指出："民间故事创作与约定俗成的民俗事象有着互为因果、相互促动的互动关系，在民俗对民间故事的影响和渗透中，民俗事象逐渐向文学意象转化，民俗与民间故事的关系实际已经转入幕后，民间口头叙事凝聚着的历史虽然不能作全部判断，但是民间故事文本所蕴涵的文化信息透露的许多蛛丝

---

① 扎·玛格苏尔扎布、仁钦道尔吉搜集整理，乌云格日勒译：《鄂托克民间故事》，北京：民族出版社，2015 年，第 173～175 页。
② 包括《巴达日其班弟》。白音其木格、策·哈斯毕力格图搜集整理，乌云格日勒译：《蒙古族故事家朝格日布故事集》，呼和浩特：内蒙古人民出版社，2012 年，第 244～250 页。
③ 《米拉博格达》。同上书，第 254～257 页。
④ 《伊日彦殿活佛的故事》《穷喇嘛》等。同上书，第 242～243 页。
⑤ 《贫穷老夫妇拜活佛》。同上书，第 140～143 页，第 160～167 页。
⑥ 《巴布公的故事》《巴达日沁喇嘛》《巴达日沁喇嘛的故事》。同上书，第 286～287 页，第 317 页，第 318 页。

马迹可以作为历史佐证乃至补遗。"①

《大食喇嘛》是一则在蒙古族流传较为普遍的故事，鄂尔多斯地区流传的这一类型故事的文本由田清波于20世纪初搜集，"大食喇嘛"的讽刺故事有两则，第二则属于"幸不属虎"型，其全文如下：

> 还有一户人家请几个喇嘛念经，完了摆宴席款待喇嘛们。他们中的大喇嘛把桌上的几碗菜都拿到自己面前，一下子都吃完了，其他喇嘛什么也没吃到。他们问大喇嘛："你属什么的？"大喇嘛回答说："我属狗的。"其他喇嘛说："幸好你是属狗的，要是属虎的话，把我们也会吃掉。"

这一故事类型的主要情节可简述为：主人摆宴席—贪吃者吃得过多—其他同席者讽刺贪吃者。"幸不属虎"型故事不仅在蒙古族流传，也在汉族广泛流传，有着悠久的历史。祁连休先生将这一类情节的故事命名为"幸不属虎"型，他指出，在汉族古代故事集中，这一类型最早见于明代浮白主人辑《笑林·属犬》：

> 一酒客讶同席者饮啖太猛，问其年，对以属犬。曰："幸是属犬，若属虎，连我也都吃了。"②

明代著名民间文艺搜集者冯梦龙《笑府》《广笑府》均记载了此则笑话，仅个别字有出入。清代游戏主人《笑林广记》中的《喜属犬》与《笑府》中的《属犬》相同，祁连休先生另收集有近人杨汝泉编纂的《滑稽故事类编》第五编中的《属犬》一文：

> 一人极贪嘴，遇酒宴，每每吃过人之分次。一日与一點客同席，點客恶其不逊，明知其属犬，乃故意问曰："尊庚属什么的？"对曰："属犬的。"客曰："还好。如其是属虎，连我都要吃下去了。"③

---

① 王志清：《佛光掩映下的民俗生活史——阜新地区巴拉根仓故事中"童年出家"与"佛祖赐名"两个故事素的解析》，《西北第二民族学院学报（哲学社会科学版）》2007年第2期。
② 祁连休：《中国古代民间故事类型研究》（下册），石家庄：河北教育出版社，2007年，第1079~1080页。
③ 同上书。

这一故事在天津、山西、陕西、湖北、上海、山东等地都有流传①。在汉族流传的"幸不属虎"型故事中，贪食者往往身份不明，没有特殊指向，而鄂尔多斯蒙古族的此类型故事却总是强调贪食者为喇嘛，且增加了一个"前言"：摆宴席是因为请喇嘛念经后要款待喇嘛，鄂尔多斯蒙古族的日常生活一度与喇嘛紧密关联在一起，从而使"幸不属虎"型故事在蒙古族中明确了贪食者的职业身份。

在蒙古族日常生活中，喇嘛从事的民俗活动包括为人们治病消灾，为人们占卜问卜，为人们诵经，禳灾祈福等。从中可知，喇嘛们在念经施道的时候，除了大力讲诵之外，还将佛事活动很巧妙地融入到蒙古族民间习俗活动之中，一般在正月十五、四月和六月、七月十五、九月十月中旬、腊月二十三，都要按照喇嘛教的教义进行佛事活动。

喇嘛从事的医、卜、祀等活动，都需要物质上的报酬，也有部分僧侣借此机会敛财无度，物质上的索取与剥削，让民众不堪其扰，并逐渐认识到了危害。清代袁大化修、王树枏等纂写《新疆图志》，记载了蒙古族葬俗，从中可以见到喇嘛在漫长的丧仪中的物质收获：

> 常人死则以常服衣幂其尸，喇嘛取亡者年命卜地，马载之往，诵经投鸟鸦、狐、犬啄噬……食尽则大喜，越三日不食，举家皆惶惑，恐惧不欢，谓亡者罪大，鸟兽皆不食，将获阴罚。益复延喇嘛诵经，驱鸟兽速食，谓之天葬。葬毕相率迁徙，以死者地凶恶绝履迹。复延喇嘛诵大经，以死者衣服、什物、牲畜持半，施库伦乞诵经，祈冥福，冥福厚薄视施送多寡，故库伦喇嘛皆拥厚赀，富与万户侯等……亲殁无庙祭，忌日燃酥灯佛座前，焚香奠酒礼拜。富者以银畜送库伦，贫者献哈达为亡人诵经。元旦至元宵，凡十五日为诵经之期。男女争携银畜茶面至库伦，告以死者之名，祈喇嘛超荐。牧所禁杀牲畜，每过佳节，子孙延喇嘛至葬处追荐哭奠如仪，天葬者诵经于室，仰空哭奠而已。②

可见整个葬仪始终与生者对喇嘛及庙宇的供奉、乞求相伴，生者在物质上不断付出，以求得心理上的安慰，而喇嘛则在物质上不断有所收

---

① 祁连休：《中国古代民间故事类型研究》（下册），石家庄：河北教育出版社，2007年，第1080页。
② 转引自白·特木尔巴根辑注：《汉籍蒙古族民俗文献辑注》，北京：民族出版社，2011年，第132～133页。

益。在这一过程中,利益的冲突直接导致喇嘛在民间故事中以反面形象存在,人们在生活中需要喇嘛来满足各种需要,而一些喇嘛对于物质的需索无度也令本已贫穷的牧民生活更加窘迫。正因为如此,大量讽刺贪婪好吃的喇嘛的"幸不属虎"型故事才在鄂尔多斯蒙古族民众中广泛流传。

第四节　喇嘛形象的文化心理分析

目前记录讲述者的文本,凡有喇嘛负面形象(贪婪者、狠毒者、自私者等诸形象)的,多为一般牧民讲述,如《鄂尔多斯民间采风》中的《妖精喇嘛和妖艳太太》,凶狠的喇嘛的讲述者乌莎拉高为整理者钱世英的母亲,由阿龙西讲述的同型故事《宝蛋》与《金蛋》较为一致地塑造了恶毒、贪婪的喇嘛形象,最具代表性。巴音喇嘛抢穷人的宝鸡,没有成功,便寻机掐死了宝鸡,并装模作样地恐吓穷人:

> "唉,该跟你说些什么呢!你养了这么一只分不出公母、兆不了吉凶的东西,触怒了苍天,所以神佛要惩罚你喽!"……"哼,怎么办!你不把这只死鸡炖了煮熟,供奉神佛,大难就要临头了!你快去烧水褪毛吧,我晚上来给你禳灾。"……巴音喇嘛披着袈裟,戴着朝天帽,挂着一串念珠,满脸严肃地走进了老太婆的家,坐在佛象的对面。刚从热锅里捞出来的炖鸡肉,散发出一股诱人的香味。喇嘛掰一块鸡腿,念几句藏经,虚晃一下,说是祭了天啦,然后就送到自己嘴里,大口大口地吃起来。吃完了,又掰一块鸡胸,念几句藏经,虚晃一下,说是敬了佛啦,又填到嘴里吃起来。不大一会儿,把一只鸡吃完还不算,连汤也一口不剩地全喝了。①

这一类喇嘛形象是与现实生活密切相关的一些喇嘛的行径带给人们的困扰、伤害的集中反映。在牧民讲述的其他喇嘛故事中,喇嘛的贪食、贪色等诸形象,与佛教修行者的传统、理想形象不符,故事颠覆了民众对佛教信仰的执行者、传播者的认知,与喇嘛教在蒙古族人民生活中日渐变得具有多面性有关。如《牛氓》讲述喇嘛的形象为:

---

① 郭永明搜集、整理、翻译:《鄂尔多斯民间故事》,呼和浩特:内蒙古人民出版社,1981年,第25页。

从前，有一个贪婪的喇嘛，他每到一家念经做法，都要让人家好饭好菜地招待，否则就要大发雷霆，作人家。①

喇嘛形象中的潜心修行者、得道高僧、救赎者和虚伪的假修行真贪财、借修行欺压民众者并存，与清政府对喇嘛教的政策转换导致喇嘛的生存境遇发生改变，从而直接影响了喇嘛的生活紧密相关。乾隆以后，清政府对蒙古族黄教的极高礼遇逐渐衰弱，政治地位的降低直接导致寺庙待遇的下滑，喇嘛的数量没减少，但待遇却并未提高，有的寺庙甚至生存艰难，因此出现大量的游方僧。四处游走化斋，不再是自愿选择的修行方式，而是生活所迫的生存之计。

黄教的长期影响已经渗透进蒙古族的生活习俗，加之民众现实中无法解决的心理和信仰安慰的需求，在婚丧嫁娶、生老病死诸多人生重大时刻，都需要喇嘛的参与，尤其是人生病时，由于医疗条件有限，意外事件等不可控因素使人们需要心理上的慰籍，这种情况下，总能见到喇嘛的踪影。如明代萧大享撰《夷俗记·敬上》，记载蒙古人"近奉佛教，或有疾病，辄召僧讽经祈祷。台吉为房王祷，诸夷为台吉祷，其敬上勤恳如此"②。这种习俗至今犹有遗存，并与卜筮活动结合在一起。

同时，喇嘛教内部也有等级之分。能够得到较高地位的喇嘛同时也是富人，因此在故事中往往出现巴音喇嘛③，而初入寺庙的喇嘛由其家人供养，"如果娘家家境较好，就要为当喇嘛的人准备好一年全部生活用品，养活住庙的几个喇嘛"④。正因如此，"贫穷的小班弟"是诸多神奇幻想故事的主角，贫穷的小班弟受到富有的师兄弟的歧视，喇嘛师傅去世后分遗产时受到不公平对待等等，也就成为喇嘛故事中较为常见的一个情节。《巴达日其班弟》中"从前，有一位喇嘛师傅，率弟子众人，他们多半是殷实人家的孩子，只有一个徒弟例外——他是地道的穷人家的孩子"⑤，班弟的家庭出身也就影响了他们在庙中的身份地位与待遇，它替代了汉族同型故事中的孤儿、兄弟型故事中兄长夺走幼弟财产等常

---

① 赛音吉日嘎拉、哈斯其伦搜集整理，乌云格日勒、孟克译：《洁白的珍珠》，呼和浩特：内蒙古人民出版社，2010 年，第 201 页。
② 转引自白·特木尔巴根辑注：《汉籍蒙古族民俗文献辑注》，北京：民族出版社，2011 年。
③ 巴音又音译为巴彦、白音，意即富有。巴音喇嘛即富有的喇嘛、过得好的喇嘛。
④ 罗布桑却丹著，赵景阳译：《蒙古风俗鉴》，沈阳：辽宁民族出版社，1988 年，第 82 页。
⑤ 白音其木格、策·哈斯毕力格图搜集整理，乌云格日勒译：《蒙古族故事家朝格日布故事集》，呼和浩特：内蒙古人民出版社，2012 年，第 244 页。

见母题。当喇嘛与富人阶层相对立时，他本身也是一个极贫阶层，是劳苦大众的一员，因此，诸多的小班弟的故事和乞食喇嘛的故事，会与民间故事中贫穷的文人（机智人物）、孤儿等故事相通，甚至就是这类故事的直接改编。富有的喇嘛也就自然被代入"长工斗地主"型故事中。

鄂尔多斯地区流传的这些以喇嘛为角色的故事，从故事的母题与情节来看，部分属于世界性故事类型，如 AT 分类法中的 613 型、980 * 型、1730 型、725 A 型等，但无论是否属于世界性故事类型，这些故事都被地方化、民族化，从而有了鄂尔多斯蒙古族的独特风采，故事的细节描述、角色设定、情节变更等展现了鄂尔多斯地区的日常生活民俗，其中有些民俗至今犹存，有些民俗已经成为了历史记忆，也反映了某个历史阶段人们的民俗心理。故事所言不一定是事实，但一定是在某种程度上符合社会实际，是一种逻辑真实与生活真实、情感真实的融合。

大量的游方僧（巴达日沁喇嘛）乞食、乞宿的故事也反映了鄂尔多斯地区蒙古族对待喇嘛的态度：一方面在日常生活中离不开喇嘛，另一方面又不欢迎游方僧，甚至吝啬对待。而这与蒙古族人热情好客的传统待客习俗相违背，同时也是那些四处游走的喇嘛所不乐意见到的。清代谢济世在《西北域记》中记载明代蒙古族的好客习俗：

> ［蒙古六］蒙古之俗无客主，客张幕辄走，乞蔫食，坐而眙脾，脯囷斋与之乃去。客至其幕，径入啜且啖，夜宿毡庐，前主代牧，失偿。中国争蚌构讼，析产阋墙，行百里者必缠腰，惠一餐者有德色，此则华不如彝矣。①

清代李德《喀尔喀风土记》、袁大化《新疆图志》等均记载了蒙古族人好客的风俗，如《新疆图志》载"其不相识者至门，必饫以酒食，住数日敬如初，无辞客者"②。喇嘛（尤其是游乞僧）是具有双重身份的人，既是人们所崇信的佛之使者，又是外来的客人，在明清文献记载中，尤其受到礼遇。然而，或许是"世风日下"，或许是对于游乞僧的反感，或许是户主的悭吝，使喇嘛的客人地位发生改变，至 20 世纪初，人们对于喇嘛的到访，可能已经远不是明人谢肇淛在《五杂俎》中所记的"见一僧至，辄膜拜顶礼，不敢亵慢"的礼遇，而是反其道行之。因此，身

---

① 转引自白·特木尔巴根辑注：《汉籍蒙古族民俗文献辑注》，北京：民族出版社，2011年，第 139 页。
② 同上书，第 140 页。

为喇嘛的朝格日布讲述多则关于巴达日沁喇嘛的故事，对于主人不善待游方僧人的行为，喇嘛通过各种方式，羞辱主人，达到自己的目的。在故事的结尾，"丢尽脸面的这家人，只好把藏起来的肉肠和羊头肉拿出来，好吃好喝地招待了喇嘛一通。那天夜里，喇嘛就住在了他们家"①。这一类故事在鄂尔多斯异文较多，一方面说明蒙古族人热情待客的传统在对待喇嘛（游方僧）时，已经有所变异，另一方面也说明故事中胜利的喇嘛实际上代表的可能正是这一类僧人的潜在希望与自我解嘲的民俗心理，他们通过隐语与故事结局中喇嘛的胜利，将民间故事的讲述变成传达喇嘛需求的话语，从而为自己争取权益。

喇嘛故事也反映了鄂尔多斯地区复杂的民间宗教信仰。通过在鄂尔多斯地区流传的蒙古族民间故事，我们可以看到除了佛教，蒙古族古老的萨满信仰以及其他外来宗教和文化，如道教与儒家文化，均不同程度地影响着人们的生活。如《穷喇嘛》中的高僧"有学问"却贫穷，道出了喇嘛生存中的一个普通规律：有学问的高僧一般能够在经济上获得很好的报酬，有学问而贫穷是不合一般规律的，因此才有故事可言，高僧也会因为贫穷而供奉财神爷等。

鄂尔多斯蒙古族民间故事反映出当地的一些民俗心理：高僧只是一种职业，与普通穷人并无二致，身为佛教徒，又同时供奉道教信仰中较为普遍的财神爷。在内蒙古地区普遍流传的一些民间故事和本子故事（手抄本），均可见到这种佛、道并存的民间信仰，如《丁郎寻父》故事，一方面劝告人们要敬奉"三宝"，另一方面，帮助故事主人公的则是太上老君、关公等道教信仰系统中的神灵。虽然蒙古族普遍信仰的是黄教，但这些故事却表明道教信仰对佛教信仰的渗透。此外，这些故事也还依稀闪现着蒙古族人萨满信仰的光影。《穷喇嘛》解释因果报应不爽时，喇嘛前世的"恶"包括将食物掺了黄土来喂狗，这与认为食物乃是腾格里天神的恩赐，不能亵渎的原始信仰有关。同样，在《金蛋》《宝蛋》等故事中，巴彦喇嘛开始大口吃肉之前，嘴里不停叨念着"这个敬天！这个敬神"，这也表明原始萨满信仰至今仍在蒙古族人的饮食习俗中得到保存、在故事中得以反映。大量的蒙古族民俗文献都记录了自明清以来喇嘛在蒙古族人生活中的重要作用，清代傅恒、刘统勋、于敏中奉敕纂《钦定皇舆西域图志》，其中载蒙古族婚俗：

---

① 白音其木格、策·哈斯毕力格图搜集整理，乌云格日勒译：《蒙古族故事家朝格日布故事集》，呼和浩特：内蒙古人民出版社，2012年，第317页。

> 成婚之日，婿先至女门，女家诵喇嘛经，婿至女出，共持一羊胛骨，拜天地、日月。……新妇乘马至婿家，亦诵喇嘛经，女氏亲戚皆送，惟父不送。①

清代徐珂编撰《清稗类钞》载"青海蒙番婚嫁之异同"：

> 青海蒙古男女结婚，有媒妁，通知各该管之王公台吉与盟长，而后由坐家僧主婚。……其结婚，必有喇嘛择吉日，男盛饰，跨马亲迎。②

明朝萧大亨在《夷俗记》中记载蒙古"葬埋"：

> 今奉贡惟谨，信佛甚专，诸俗虽仍其旧，独葬埋杀伤之惨，颇改易焉。盖西方之僧，彼号曰喇嘛者，教以火葬之法。凡死者尽以火焚之，拾其余烬为细末，和以泥，塑为小像，像外以金或银裹之，置之庙中。近年大兴庙宇，召喇嘛诵经四十九日，虽部落中诸夷，亦召喇嘛诵经至七日而止。尽以死者所爱良马衣甲为喇嘛谢。凡四方来吊者与所部诸夷来吊者，俱有牛马赙葬，则俱以谢喇嘛。③

清代傅恒、刘统勋、于敏中奉敕纂《钦定皇舆西域图志》，其中记载在蒙古族葬俗中喇嘛依然具有重要地位：

> 人殁后，其子孙亲属丐延喇嘛检珠露海书，有应用五行葬法者，则以五行之法葬。如应金葬，则置诸山；应木葬，则悬诸树……自亡日起诵经四十九日，其家不杀生，其子不剃头。④

此非孤证，清代松筠在《厄鲁特旧俗纪闻》中也记载"俗最重黄教，凡决疑定谋必咨于喇嘛而后行"⑤，人们日常生活凡有疑难之事，都有向喇嘛请教、占卜的习俗，使喇嘛在鄂尔多斯蒙古族民间故事中的医、卜、

---

① 转引自白·特木尔巴根辑注：《汉籍蒙古族民俗文献辑注》，北京：民族出版社，2011年，第119页。
② 同上书，第125页。
③ 同上书，第129页。
④ 同上书，第130页。
⑤ 同上书，第192页。

婚、葬等民俗活动中频繁出现。

　　从民俗心理层面来看，大量的喇嘛故事，反映了喇嘛教在蒙古族人的信仰和生活中是一种矛盾的存在：一方面传统习俗导致人们对喇嘛有着重重依赖，婚丧嫁娶、生老病死、占卜算卦等都要请喇嘛参与，另一方面人们又怀疑他们对自己现实生活的苦难究竟有无真实的作用与价值。故而《不懂经的喇嘛唬小偷》与《师徒喇嘛》都讲述了喇嘛用生活语言取代经文，却神奇地发挥了巨大的神秘力量的故事，显然，生活智慧比佛教经文更加有实际意义。另外，这两则故事也可视为一种隐喻，即隐喻着心诚则灵及事有凑巧而神佛无用的双重含义。在鄂尔多斯有关喇嘛故事的叙事解读中，多重可能性处处存在，究其原因，当是复杂的民俗心理在故事中的投射。却拉布吉先生在谈到喇嘛教对蒙古族古代文学的影响时，曾指出：

> 喇嘛教哲学的核心是"空"，叫信徒们看"空"，忘掉现实生活中的"苦"，认为这就是人们脱离苦海，慈航普渡的唯一途径。引导人们从幻想中找安慰，找精神寄托，打开一条从现实世界通向天国的道路。这种哲学思想是喇嘛教的理论基础，也是影响文学作品思想内容的主要特征。这种思想渗透到蒙古文学之中，无非是叫人们敬尊喇嘛、佛爷、经卷之类的说教，叫人们相信因果报应之类的迷信说法。①

　　然而，从鄂尔多斯蒙古族形象类型丰富、主题思想多样的喇嘛故事中，我们看到了民间文化对于喇嘛教的复杂立场，民众对佛教有虔诚的信仰，也有从未停止的质疑，对佛教徒有真诚的理解与同情，也有深刻的反感与讽刺。民间故事，从来不是"瞎话"，它是另一种方式的历史。

---

① 却拉布吉：《浅谈喇嘛教对蒙古族古代文学的影响》，《西北民族学院学报（哲学社会科学版）》1987年第4期。

第五章　机智人物故事研究

姜彬先生曾在《中国民间文学大辞典》中这样定义机智人物故事：

> 机智人物故事　民间故事的一类作品。以其固定的机智人物为中心故事。产生于阶级社会。大多反映被压迫者同压迫者之间的斗争，通常是以劳动人民机智反抗剥削者为内容，有较强的现实性。表现人们改变被盘剥、被奴役的地位和摆脱不合理境遇的渴望。……机智人物故事从单篇作品来看，与长工与地主故事一类作品雷同，其部分具有笑话特征的作品，又与民间笑话相似，除了改换主人公的名字外，很难加以区别，因而也有人将它归属于生活故事，或作为民间笑话加以研究。①

长期以来，机智人物故事在中国的故事研究中都被强调其反抗性、生活性和笑话的特质，众多的代表性人物故事，如汉族的徐文长故事、蒙古族的巴拉根仓故事、维吾尔族的阿凡提故事、藏族的阿古登巴故事等，人们在搜集、整理、出版和研究这些箭垛式的机智人物故事方面都有众多的成果。多年来一直从事中外机智人物故事的搜集、整理和研究的祁连休先生在其专著《智谋与妙趣——中国机智人物故事研究》中虽未对机智人物故事进行明确定义，但对其基本特征进行了概述：

> 机智人物故事有如下几个基本特征：1. 这类故事都是一些以诙谐、多智、富有正义感的正面主人公贯穿起来的故事群。……2. 这类故事大都为写实作品，很少具有幻想性。……3. 这类故事的主人公，无论有生活原型，还是出自艺术虚构，都具有不同程度的箭垛式人物的特征，甚至可以说多数是箭垛式人物。几乎所有的故事群无不包含一定数量的类型故事，而且类型故事的比重一般都不小。4. 这类故事的内容丰富而庞杂。②

---

① 姜彬：《中国民间文学大辞典》，上海：上海文艺出版社，1992年，第81页。
② 祁连休：《智谋与妙趣——中国机智人物故事研究》，石家庄：河北教育出版社，2001年，第1~2页。

在这些特征中，没有说明机智人物故事与阶级斗争的关系、反抗性，但强调了诙谐、多智、富有正义感的正面主人公、写实手法、箭垛式人物。在民间故事中，还有大量聪明女性的故事，她们诙谐、多智，可能并不涉及正义但也绝不是邪恶或者恶作剧，关于她们的故事也通常是采用写实手法，属于生活故事类，但通常被称为"巧女""巧媳妇"，在发展中还没有太多能称之为"箭垛式"的巧女或巧媳妇故事，又确实作为一个故事类型群受到研究者的重视，其搜集史与研究史几乎与中国的民间故事史一样长。故而笔者以为，机智人物故事的三个核心：机智、人物、故事，只要是讲述巧智的人物的故事，均可视为机智人物故事，无论巧智者是男性或女性，是长者或幼童，都是机智人物。

鄂尔多斯蒙古族流传众多机智人物故事，既有著名的巴拉根仓故事，也有历史悠久的"骑黑牛的少年"，还有大量"聪明的老头儿"的故事，巧女故事的类型与叙事也独具特色。本章主要按机智人物的性别年龄特征展示鄂尔多斯地区蒙古族机智人物故事的状况，对这四类机智人物故事进行介绍与分析。

第一节　鄂尔多斯蒙古族机智人物故事及研究概况

学界较为关注的蒙古族机智人物故事研究包括以下几个方面：

一是蒙古族民间机智人物故事的整体研究。乌日汉博士的博士学位论文《蒙古族民间机智人物故事研究》，对蒙古族民间机智人物故事的形成、发展、分布情况、文化意义与价值等进行了梳理和探究，根据蒙古族民间机智人物故事中的难题种类、谎言的方法及其智慧展现之间的关联，将机智人物故事分为聪明的言行与善骗类型这两大类，分析其机智人物故事的形象母题、情节母题和背景母题，归纳出蒙古族民间机智人物故事母题具有重复性和不定性等特征[①]。该论文以蒙文写作，其内容摘要有中英文两种。

二是巴拉根仓故事的研究。巴拉根仓在蒙语中为"智多星"之意，是受蒙古族人民喜爱的一位典型的机智人物，他的故事在蒙古族生活繁衍的各个地区几乎都有流传。王志清博士曾以巴拉根仓为研究对象发表系列论文，包括《巴拉根仓故事的民俗功能解析》《巴拉根仓故事中家乡风水传说的民俗解读》《佛光掩映下的民俗生活史——阜新地区巴拉根仓故事中

---

① 乌日汉：《蒙古族民间机智人物故事研究》，内蒙古大学博士学位论文，2012年。

的"童年出家"与"佛祖赐名"两个故事素的解析》《民俗学互文性理论视野中的文学平行本质——以辽宁西部农区蒙古族的巴拉根仓故事为研究对象》《蒙汉文化交融的社会记忆——以辽宁阜新地区的巴拉根仓故事为例》等论文。王志清博士主要对辽宁阜新地区蒙古族流传的巴拉根仓故事中的民俗文化特质,尤其是蒙汉文化交融和农耕文化与游牧文化交融的文化特质进行阐述。这一类研究虽然以巴拉根仓为研究对象,主要关注的却是机智人物流传地的民俗文化的挖掘与阐释,且主要流传地在辽宁阜新地区,因此也主要是该地域的蒙古族文化特性的研究。

三是箭垛式机智人物的比较研究。作为机智人物中的箭垛式人物,巴拉根仓常被研究者与其他箭垛式机智人物进行比较研究,如齐晨的《比较视野中的巴拉根仓故事与阿凡提故事》,刘永平的《从〈阿凡提〉到〈巴拉根仓〉——民族题材动画对比研究》,王素敏《马背民族的精神观照——巴拉根仓和沙格德尔性格剖析》。巴拉根仓与沙格德尔、阿凡提的比较研究立足于机智人物故事中的机智人物本身,包括故事情节与形象等方面,如王素敏认为,蒙古族的两个机智人物故事都体现出蒙古族人朴实、豪爽、仗义执言、勇于斗争的特征,但巴拉根仓故事体现其性格中的"智",语言多诙谐幽默,而沙格德尔故事突出的是"勇",语言多大胆泼辣①。各民族不同的机智人物故事在某种程度上都具有替民众代言思想情感的典型性,具有幽默、讽刺、夸张的艺术表现特色和擅于"说谎"的人物共性特征,但不同民族间的箭垛式机智人物故事的比较性研究才刚刚开始。

蒙古族机智人物故事的研究方法较为集中于解析此类故事中蕴含的民俗文化,并主要集中于东北三省,尤其是辽宁阜新地区,研究的对象也多集中于箭垛式机智人物巴拉根仓这一典型代表,鲜少关注其他不同类型的机智人物故事。因此,探索鄂尔多斯蒙古族民间机智故事,对蒙古族机智人物故事的地域性流传及多类型的研究都具有拓展意义,从而推进民间机智人物故事的研究广度与深度。

鄂尔多斯蒙古族民间机智人物故事约75则,约占笔者已经搜集到的500余则鄂尔多斯蒙古族民间故事的15%,数量颇多,故事情节多样化,既有属于AT分类法中的"生活故事(850—999)"类,也有属于"恶地主与笨魔的故事(1000—1199)"及"笑话与趣事类(1200—1999)"的

---

① 王素敏:《马背民族的精神观照——巴拉根仓和沙格德尔性格剖析》,《阴山学刊》2001年第2期,第41页。

笑话。根据主人公的性别和年龄特征而分,大略可分为以下五个类型:巧女、机智儿童、机智的恶作剧者、机智的法官、机智的老人。其中,以聪明女子为主人公的解难题型机智人物故事数量最为丰富,机智老人的故事数量次之,机智儿童与少年的故事又次之,机智的恶作剧者数量再次之,而法官判案型故事的数量最少,仅有朝格日布讲述的《石莫日根诺彦》(属"926.A.1 谁偷了藏在屋外的钱")。以下即以在鄂尔多斯地区数量较为丰富的几个主要类别,巧女、机智老人、聪明的巴拉根仓、机智的儿童为对象进行分析研究。

第二节 鄂尔多斯蒙古族巧女故事解析

《中国大百科全书》对"巧女故事"有如下界定:

> 歌颂妇女聪明才智的中国民间故事。巧女故事以才智过人的女主人公为中心,表现她们顺利地应对各种难题和巧妙地解决各类矛盾的过程。巧女故事在中国各民族中长期流传,存在大量各种类型的作品。一些故事表现女主人公的聪慧机敏,她们总能够轻而易举地猜破对方设置的隐语。……还有一些故事表现巧女自己做主选择配偶,慧眼识人,缔结了美满的姻缘。总之,故事的女主人公通过现实手段,把难题逐一解决,在事件的发展中始终处于主动地位。民间巧女故事从肯定妇女的才智和作用的角度,表达人民对自身才智的珍视和自豪,对男女平等的朴素认识,以及追求自由幸福的愿望。巧女故事塑造心灵手巧、能言善辩、有胆有识、机警果断的女性,普遍采用难题速解的艺术手段。有的还通过与他人的巧拙对比突出巧女才智。①

以上定义和介绍强调巧女故事的"智",突出其文化中的积极意义:女性的主动性对生活的把握有着重要意义。洪淑苓教授也曾指出:"此类故事大都以一个聪明的女性为主角,她可以轻松自如地为自己或别人应付各种难题,因此赢得称赞,或被聘为人媳;有的故事女主角的身份就是

---

① 《中国大百科全书》总编委会编:《中国大百科全书》(第二版),北京:中国大百科全书出版社,2009年,第371~372页。

人家的媳妇，她通过公公等的考验……"① 巧女故事是中国民间故事中流传非常普遍的一个故事类型。

巧媳妇故事又称巧女故事群，早在20世纪20年代就已经受到中国民俗学者的关注，林兰编辑《巧媳妇故事》专集，在国立北京大学中国民俗学会编辑的民俗丛书中，也包括娄子匡编辑的《巧女和呆娘的故事》专辑，收录29则巧女故事，并针对这些巧女故事进行了情节类型的分类。屈育德等学人较早对巧女故事进行研究，王丽的《论巧女故事的妇女观》重点提出巧女故事突出女性的人格独立，康丽博士对中国巧女故事的研究，重点从故事类型丛与情节类型等方面入手，其博士学位论文《中国巧女故事叙事形态研究——兼论故事中的民间女性观念》② 和一系列巧女故事的研究论文，对巧女故事进行形态结构的立体考察，其中归纳的巧女故事善处事、善说话和善理解三大类，基本上继承娄子匡先生的分类法，展现了中国巧女故事的常见类型③。肖青《翁媳关系与巧女故事——对一则民间故事的精神分析学解读》则从精神分析学的解读维度，认为"巧媳妇故事虽然只是表现了在道德意识与社会规范的双重制约下，聪明的公公把自己对小儿媳的爱恋伪饰成符合伦常的人际情感。但透过故事本身，它却在更深层次上揭示了人类扩大式家族中普遍潜存的翁媳乱伦危险。运用弗洛伊德的精神分析方法对公公考验巧媳妇的故事进行再解释，则此类巧女型故事所反映的就不止是巧女的聪明伶俐和过人才智，它更蕴含着对人性本能和人格结构的深入思考，体现出超越理性意识的人文精神关怀"④。笔者认为用精神分析法去解析民间故事中确然存在的人类集体无意识是适合的，但用于解释其间的翁媳乱伦之潜在危险却失之牵强。

王均霞的《讲述人、讲述视角与巧女故事中的女性形象再认识》一文通过比较《中国民间故事集成》各省卷本中不同性别的故事讲述者所讲述的巧女故事，发现"在不同的讲述视角下，巧女形象具有多样性与复杂性，但整体上仍未超越传统父权制对社会性别角色的框定。现有的研究脱

---

① 洪淑苓：《台湾民间巧媳妇故事的类型与情节分析》，《台湾民间文学女性视角论》，台北：博扬文化公司，2014年，第73页。
② 康丽：《中国巧女故事叙事形态研究——兼论故事中的民间女性观念》，北京师范大学博士学位论文，2003年。
③ 康丽：《故事类型丛与情节类型：中国巧女故事研究》（上下），《文化研究》2005年第3期、第4期。
④ 肖青：《翁媳关系与巧女故事——对一则民间故事的精神分析学解读》，《思茅师范高等专科学校学报》2008年第1期，第112页。

离故事文本的上下文,将巧女形象均质化为一种'反抗'形象,很大程度上是研究者一厢情愿的话语建构。研究者这一研究路径的选择,深受以往女性民俗研究范式的影响,有着深刻的社会历史原因"①。王均霞的思考有一定的道理,也适用于绝大多数《中国民间故事集成》选录的巧女故事,但从 20 世纪 20 年代至今,无论是从专门文本的搜集还是从故事类型的研究来看,性别文化虽然是故事的重要组成部分,却并不是故事研究的全部,对巧女故事的研究应该是包括历史、地域、民族、性别、结构、内容等多层面、多方位的,而迄今为止,巧女故事多集中于对汉族故事的研究,更注重整体性情节结构研究,而缺乏对巧女故事的地域性、民族性研究,对蒙古族流传的巧女故事更是极少有人关注,内蒙古鄂尔多斯地区这个更小范围内巧女故事的文本搜集与研究也就无从说起。

鄂尔多斯蒙古族口头流传的巧女故事具有自身鲜明的地域特征与民族特性,以上诸学者的巧女故事研究是本研究的起点,也是本研究需要谨慎比较分析与保持距离的参考。有鉴于此,笔者对 13 则鄂尔多斯蒙古族的巧媳妇故事从叙事形态学与文化学方面进行分析与解读,以期丰富中国的巧女故事研究的成果。

一、鄂尔多斯蒙古族巧女故事类型简介

关于巧女故事的情节内容,娄子匡(31 个类型)、艾伯华(13 个类型)、丁乃通(14 个类型)、屈育德(4 个类型)等学者都曾经进行过归纳与分类,娄子匡教授根据当时搜集的巧女故事,认为"巧女系的故事大概可分成三个型:1. 善处事型;2. 善说话型;3. 善理解型"②。洪淑苓教授在进行台湾民间"巧媳妇"故事的类型与情节分析时,曾对以上各位学者的分类进行过集中介绍,并根据搜集到的 32 则台湾巧媳妇故事,对台湾民间"巧媳妇"故事的类型与情节进行分析,在娄子匡教授分类的基础上有所增补,将台湾巧女故事分为"善处事的巧媳妇""善说话的巧媳妇""口才便给的巧女、巧媳妇""对诗择婿的巧女"四个类别③。窥一斑而知全豹,大体中国流传的巧女故事,从情节的性质而言,可以沿袭娄子匡教授对江浙一带巧女故事的分法,而以洪淑苓教授为代

---

① 王均霞:《讲述人、讲述视角与巧女故事中的女性形象再认识——兼及巧女故事研究范式的反思》,《民族文学研究》2015 年第 6 期,第 151 页。
② 娄子匡:《巧女和呆娘的故事》,台北:东方文化供应社,1970 年,第 130 页。
③ 洪淑苓:《台湾民间巧媳妇故事的类型与情节分析》,《台湾民间文学女性视角论》,台北:博扬文化公司,2014 年,第 73~75 页。

表的地域性巧女故事类型的研究又呈现出其地域类型上的特征。

鄂尔多斯地区蒙古族流传的巧女、巧媳妇的故事颇受选编者的欢迎，有不少故事出现在多个选编文本中，正可以从地域与民族结合的方面，对巧女故事进行研究。这些巧媳妇故事既与欧洲的巧女故事不同，也与汉族流传的巧女故事有差异。

鄂尔多斯蒙古族民间故事中的巧媳妇故事共 13 则，其中不乏篇幅较长的故事，对巧媳妇故事的名录和出处简介如下。

《聪明的媳妇》（2 则）①：

这两则故事是以下 3 个故事类型的复合体："875　巧女妙解两难之题"，"875B.1　姑娘巧解公牛奶"，"920　小百姓妙解两难之题"。

《聪明的媳妇》（4 则）、《那木其莫日根》、《蚁皇》、《冰雪聪明》②：

以上 7 则故事共涉及以下 9 个故事类型："875B.1　姑娘巧解公牛奶（以不合理喻不合理）"，"875B.5　巧姑娘以难制难"，"875B.6　巧女妙智解难题"，"875D　巧媳妇妙解隐喻"，"875D.1　巧姑娘妙解隐谜"，"875D.2　巧媳妇妙悟或妙寄家书"，"875F　巧媳妇避讳不言事物名"，"875F.1　巧媳妇巧言解棋局"，"876　巧媳妇妙对无理问"。

《锡尔古勒津汗》③：

此故事是 4 个类型的复合："875B.1　姑娘巧解公牛奶"，"875B.5　巧姑娘以难制难"，"875B.6　巧女妙智解难题"，"875D　巧媳妇妙解隐喻"。

《"先生"与"蠢妇"》《畲三与谢四》《汗王选媳》④：

《汗王选媳》属"875B.6　巧女妙智解难题"等多个故事类型，而《畲三与谢四》中的巧女故事只是插入性的情节，全故事原属宗教信仰类故事。

以上 13 则文本中，《阿尔扎波尔扎罕》中的《锡尔古勒津汗》即被选入《洁白的珍珠》的《蚁皇》，故实际文本为 12 则，又《锡尔古勒津汗》、《蚁皇》、《汗王选媳》、《聪明的媳妇》（一）、《聪明的媳妇》（四）这五则故事属于同型异文，其中均包含"875　巧女妙解两难之题"，"875B.1　姑娘巧解公牛奶"，"920　小百姓妙解两难之题"，"875D.2

---

① 艾厚国搜集、整理、翻译：《鄂尔多斯民间故事》，呼和浩特：内蒙古人民出版社，1989 年。
② 赛音吉日嘎拉、哈斯其伦搜集整理，乌云格日勒、孟克译：《洁白的珍珠》，呼和浩特：内蒙古人民出版社，2010 年。
③ ［比利时］田清波搜集、整理，曹纳木译：《阿尔扎波尔扎罕》（蒙文），北京：民族出版社，1982 年。
④ 钱世英搜集、整理：《鄂尔多斯民间采风》，呼和浩特：内蒙古人民出版社，1999 年。

巧媳妇妙悟或妙寄家书"，"875F　巧媳妇避讳不言事物名"，"876　巧媳妇妙对无理问"等多个民间故事类型。各篇讲述人、讲述时间、搜集人等信息分别如下：

《锡尔古勒津汗》①：诺木丹讲述②，田清波于20世纪30年代在鄂尔多斯城川地区搜集。

《聪明的媳妇》（一）：拉西尼玛（男）、道尔吉（男）讲述，赛因吉日嘎啦（男）1979年搜集于札萨克召、忒格苏木，注明该故事流传于伊金霍洛地区。

《聪明的媳妇》（三）：阿拉腾（男）讲述，嘎鲁海子1983年搜集于伊金霍洛，注明流传地为鄂尔多斯。

《汗王选媳》：嘎庆苏（女）口述，钱世英（女）1992年搜集于乌审旗。

以上四则文本的情节结构大体相似，以下是各文本情节对比，见表5-1：

表5-1　文本对比表

情节	《汗王选媳》	《聪明的媳妇》（一）	《蚁皇》	《聪明的媳妇》（三）
原因	汗王的美女傻妻生下智力平平的儿子，汗王为儿子访巧女为妻。	富人派出二人为傻儿子找媳妇。	蚁皇为傻儿子出难题找巧女为媳。	富有的老两口出难题为傻儿子找巧女为媳。
第一部分难题考验	寻访人路遇背柴女，询问： 1. 为什么要把衣服背在柴垛上。 2. 其家的远近。 姑娘回答的第1个问题表明她的功劳与惜物，用隐语回答第2个问题，结果三人不能理解而很艰难到达其家。 3. 姑娘用隐语回答家中的人口数和各自在干什么。	寻访人路遇背柴的姑娘，询问： 1. 为什么要把靴子和衣服放在柴火上。 2. 其家路途远近。 姑娘回答的第1个问题表明她的勤劳和惜物，用隐语回答第2个问题，结果二人不能理解而走了很多弯路找到姑娘家。 3. 姑娘解释准确判断二人远道而来的原因。	蚁皇出了三个隐语难题： 1. 北边有棵梭梭树有12枝杈，枝杈有360只黄花朝上，360只黄花朝下。 2. 五万只黄兔由一只花兔领头。 3. 北边有十万棵梭梭树和红沙棘。 巧女为父亲一一解答难题。	父亲要儿子用羊换米，再由羊把米驮回来。 巧女教傻子卖羊毛换米回家。

---

① 即《洁白的珍珠·蚁皇》。赛音吉日嘎拉、哈斯其伦搜集整理，乌云格日勒、孟克译：《洁白的珍珠》，呼和浩特：内蒙古人民出版社，2010年，第274~279页。

② 同上书，第278页。

文本对比表　　　　　　　　　　　　　　　　　　　　　　　　　　　　　续表

情节	《汗王选媳》	《聪明的媳妇》（一）	《蚁皇》	《聪明的媳妇》（三）
第一部分难题考验	汗王要巧女之父带来骨包肉、肉包骨和公牛奶酪。		要巧女之父带来骨包肉与肉包骨。	
			要巧女之父准备公牛奶酿的奶酒。	
结果1		富人为儿子娶巧女为妻。	傻王子娶巧女为妻。	傻儿子娶巧女为妻。
第二部分难题考验	汗王不断考验巧女之父： 1. 沙蓬草在说什么。 2. 编灰马绊来确定迎亲的马匹数。	富人不断考验儿媳： 1. 命令巧女牧羊时不能提及所有事物的真名。结果巧女成功用隐语告知狼咬死羊但富人无法正确理解。 2. 富人问门口刮过的沙蓬草在说什么。 3. 富人问飞过的乌鸦在说什么。 4. 富人问点着的佛灯在说什么。	蚁皇出难题考验成婚的儿子是否变聪明： 1. 骑双头的马来见自己。 2. 不在屋内也不在屋外地来请安。 3. 编灰马绊。	富人为阻止另一个聪明人觊觎巧媳妇，让儿子去卖病马。聪明人买马欠款，地址用隐语表达。巧女根据隐语吩咐丈夫找到买马人拿回欠款。
结果2	巧女一一解答难题，汗王为儿子迎娶巧女为妻。	巧女一一答复令人满意。	巧女一一为丈夫解决难题，蚁皇以为儿子变聪明，决定攻打邻国交给儿子统治。傻王子泄密，蚁皇被抓。	聪明人附麻雀隐喻巧女配拙夫，巧女离开丈夫。
第三部分难题考验		富人出难题考验儿子是否聪明： 1. 檐下青鸟谁为母谁为子。 2. 用灰编一个马绊。 3. 将北边的井改成井水从井口流出来且干净清凉。	蚁皇以隐语写信求救。	傻丈夫出门学说话。
结果3		巧女一一为丈夫解决难题，儿子说出巧女的功劳，父亲满意。	愚笨的皇后误读，巧女正确解读，并按指示杀掉傻王子，救出蚁皇，占领西域王国。	傻丈夫用学到的五句话阻止了妻子另嫁他人。
最后结局			蚁皇将巧女许配聪明的侄子并立他为西域皇帝。	

从上表对比可以基本确定，这四则蒙古族巧女故事均主要围绕"寻找聪明的女子为儿媳"展开。且基本情节可以分为三个阶段，即三次难题考验，每次难题考验分别有一个至三个小的难题，每次巧女都以智慧解决难题，除了《汗王选媳》外，三则文本中都有第三次难题考验，巧女解决难题的直接结果是获得婚姻，有三则文本如此，《聪明的媳妇》（三）稍有差异，可单独列为这一类型的亚类型。

丁乃通先生曾在其《中国民间故事类型索引》中以汉族地区流传的众多同类巧媳妇故事的异文为基础，编号"$875D_1$ 找一个聪明的姑娘做媳妇"，其情节内容界定如下：

Ⅰ.［聪明的姑娘帮助别的妇女］富有的公公要求回娘家的儿媳们一起回来。（a^1）当月亮正圆时（a^2）过三五天后（a^3）半个月后（a^4）过七八天后。他还要她们带回（b）纸里包风或者会生出风来的纸（扇子）（c）纸里包雨（伞）（d）篮子里盛水（放在篮子中的豆腐）（e）煮过的凉菜（蒸鸡蛋）（f）纸里包火（灯笼）（g^1）骨头包肉（蛋）（g^2）肉包骨头（枣子）（h）拉上拉下，拉下拉上（短袜或长袜）（i）火（灯笼）（j）不肥不瘦没骨头的肉（猪肚子）（k）黄心萝卜或者白皮红心萝卜（蛋）（l）无脚乌龟（糯米团子）（m）其他。正当这些媳妇们不知所措或者在路旁哭的时候，这个聪明的姑娘（很少和她们有亲友关系的）遇见了她们，听她们说明了原因，便给她们解答了难题。当她们表现出料想不到的智慧时，她们的公公感到吃惊。经盘问后，她们承认是那位聪明姑娘帮助她们的。或者故事的开头不同：（n）她和（或不和）她的姐妹们一道受到她自己父亲的询问。

Ⅱ.［老头子考聪明姑娘］这位老人想为他的最小儿子，一位单身汉，娶这个聪明姑娘，就去访问她一次（这种考验也可能是由别的老人为了别的目的提出的）。（a）他的话像谜语，例如他经常吃的药是"外白内红，中间一条缝"（大麦）（b）他在烹调上给她的难题（c）在缝纫上也提出类似的要求（以上两种考验有时是在她嫁了他儿子之后提的）（d）他要她解谜语（cf. 922），或者（e）其他的考验。或者，这个富人向她父亲提出一些谜一般的要求。她的父亲不懂得，但她都能解释。她的父亲可以是一个（f）桶匠（g）屠夫（h）裁缝。

Ⅲ．［结婚］这位聪明的姑娘嫁给了那位富人的儿子。①

丁乃通先生所举文本众多，主要来自娄子匡、董均伦、江源、董和江、林兰、李星华等人的搜集和《湖南民间故事选》《山西文艺》等书籍或地方性杂志，这些中国民间故事搜集历史上的重要参与者所搜集的故事主要属于江浙一带汉族和西南少数民族，很少出现蒙、藏、满等北方民族的文本。金荣华先生在《民间故事类型索引》中将以上的难题考验类的内容都归入到"875D.1　巧姑娘妙解隐谜"这一故事类型，但是列举的此类难题均是公公让媳妇们回娘家时的一次难题。其所举异文丰富，遍布中国大江南北近18个民族，尤以南方民族的异文众多。《汗王选媳》与《聪明的媳妇》（一）、（四）和《蚁皇》不仅是875D.1与"875D.2　巧媳妇妙悟或妙寄家书""875F　巧媳妇避讳"②三个类型的复合，还有问答式的内容，如问沙蓬草、佛等在说什么的内容，是带有蒙古族特色的语言内容。

《"先生"与"蠢妇"》的内容简介如下：

> 自称"先生"的一个识字后生总是借机卖弄学问。一次看热闹听牧民讲故事，故意为难牧民，质问他是否照书编的内容，牧民生气地顺口回答是照书编的，"先生"要借所照的书。牧民犯愁拿不出书，妻子提出自己来对付"先生"。"先生"来后，妻子告诉他丈夫出去"拣粪根子"，被"先生"否认粪无根，妻子正好以"瞎编不要照书"堵住"先生"的难题。"先生"以为妻子崇拜自己的学问，又连续提出一只脚在门内一只脚在门外是要出门还是要进门；自己是渴了还是饿了。牧民的妻子以问答问，要"先生"回答怀孕的绵羊怀的是公羊还是母羊；叉开后腿的母牛是要拉尿还是拉屎。"先生"被难住而溜走。③

这一故事类型可见于艾伯华的《中国民间故事类型索引》"28. 聪明的女人Ⅱ：完美的回答"：

---

① ［美］丁乃通编著，郑建威等译：《中国民间故事类型索引》，武汉：华中师范大学出版社，2008年，第178~179页。
② 实际上蒙古族的有2则"妙悟公公寄来求救信"的情节没有在丁氏和金氏索引中出现相似内容。
③ 钱世英搜集、整理：《鄂尔多斯民间采风》，呼和浩特：内蒙古人民出版社，1999年，第92~94页。

（1）聪明的女人或者她的丈夫面临困难的问题。

（2）女人能够回答这些问题（大多数情况下通过反问）。

（3）人们佩服她（或者娶她）。①

根据艾伯华教授的统计，这一类型的故事主要见于当年娄子匡教授《巧女和呆娘的故事》，共 4 则，主要流传在华东、华南地区的江西、浙江、广东省的汉族民众中，此外还列举了西藏的一则文本，黑龙江的一则文本，娄子匡先生也举过一则印度文本，艾伯华认为这一故事在全中国都有流传。但因为故事的流传一般与其所处的地域文化与生活习性密切相关，所以鄂尔多斯地区流传的这一故事很有可能是经由汉族传播来的。

《那木其莫日根》由吉木斯于 1997 年在宫呼都格地区搜集，齐齐格（女）讲述。这一故事的前半部分情节与《"先生"与"蠢妇"》比较相似，均是以荒谬的问题来回答对方荒谬的刁难：

那木其莫日根不听老婆的话，带着十骆驼的货和俩个人要去北京，路上连续遇到俩个大臣提出难题：1. 用一张牛皮能否做 70 个鞴与 70 双靴。2. 用一张山羊皮能否做 60 件大衣和 60 件德哥太。那木其莫日根回答不出，转身回家。其妻用两句荒谬的回答而得到反问大臣的机会。②

《畲三与谢四》的前半部分讲述的是贫苦人谢四为畲三打长工，多年工作只得到 40 斤麻油为报酬，谢四将 10 斤麻油献给寺庙，里面的活佛指出这是大布施，并让其看到自己的来生变成富人，而畲三变成了受苦的动物。谢四将自己的奇遇告诉畲三，畲三去布施一车银子，活佛也让他看自己变成动物的来生。畲三为了避免来世的苦，请活佛指点，活佛提出要把大儿子的头砸烂，二儿子拦腰踩断，三儿子放在独行道上让千万人踩。畲三不舍三子，其小女儿回娘家，指出这三个要求实际上是让畲三分别砸烂亏人的斗和秤杆，还要修被畲三拆了的桥，弥补自己的亏心事。金荣华先生在 "875D　巧媳妇妙解隐喻" 中的后一部分即有此情节："或是刻薄成性的地主求修来世，老和尚要他回去把两个儿子砍成

---

① ［德］艾伯华著，王燕生、周祖生译：《中国民间故事类型》，北京：商务印书馆，1999 年，第 417 页。

② 赛音吉日嘎拉、哈斯其伦搜集整理，乌云格日勒、孟克译：《洁白的珍珠》，呼和浩特：内蒙古人民出版社，2010 年，第 154～157 页。

两半。地主不解,他女儿告诉他,这是要他把剥削佃农用的大斗和小秤都毁掉。"①《畲三与谢四》中主要的解隐喻只是故事中的一小部分,故事的主体还是前半部分二人与活佛之间的关系,意在宣扬人为富需仁,相信善恶来生之报。

《那木其莫日根》与《聪明的媳妇》(三)中巧女故事后紧接傻女婿学说话型故事,它们在结构上有相似之处,形成了故事的"转型",但在故事的后半部分,《那木其莫日根》不是转向"傻女婿"型故事,而是成为另一组巧媳妇帮助丈夫解难题和聪明的丈夫机智问答型故事:

> 聪明的妻子用反问挫败了提出难题的两个大臣后,二人建议皇帝将那木其莫日根的妻子娶来做皇后。皇上为了得到莫日根之妻,开始提出新的难题:在吐在掌心的唾沫没干前弄五色佳肴。莫日根埋怨妻子,妻子连续留他在家住了四天后,教给他面见皇上的方法。莫日根按照妻子的方法,加上自己的智慧连续三次回答皇上的刁难与问题。皇上叫来提出娶莫日根妻子为皇后的两个大臣,考问莫日根隐语中的各种动物的意思,大臣们一无所知,皇上自己解读出莫日根的话语并赞赏其智慧,惩罚了大臣,加封了莫日根为右翼大臣。②

一般巧媳妇都嫁给了一个傻丈夫,如表5-1的四个文本,父亲给儿子娶聪明的妻子,三个文本中的儿子都被明确地说是"傻",只有一个文本中说其智力一般。甚至在《蚁皇》中,最后还将傻王子杀掉。但《那木其莫日根》的情节则较少见于中国各省各族巧媳妇故事,刚开始莫日根还没有显露出聪明,但后来他的机智对答也显露出了非同寻常的智慧。

以上所举各"聪明的媳妇"的故事情节都比较长,在《洁白的珍珠》中还有另外两则篇幅短小的巧女故事,即《聪明的媳妇》(二)和《冰雪聪明》。

《聪明的媳妇》(二)是敖其尔萨瓦于1998年在宝日达布斯嘎查搜集到的由杨吉玛讲述的故事。情节非常简单:儿媳用隐语教公公在将死的棋局中赢了对手。

在《冰雪聪明》中,考验三个儿媳妇的公公提出:用珊瑚煮饭,用

---

① 金荣华编纂:《民间故事类型索引》(第二册),台北:中国口传文学学会,2014年,第597页。
② 赛音吉日嘎拉、哈斯其伦搜集整理,乌云格日勒、孟克译:《洁白的珍珠》,呼和浩特:内蒙古人民出版社,2010年,第154~157页。

滴里嘟噜做菜，煮外面是骨头里面是肉的饭送给去地里干活的父子四人。三儿媳妇指出分别是高粱饭、长豆角的菜和鸡蛋。结果老头得知老三媳妇的聪明，就夸奖她，老三谦逊地表示夸奖了"破媳妇"，老头生气儿子"断我话把儿"，要打儿子，儿子跑回家，三儿媳藏好丈夫，回答公公的询问时表示丈夫"拿上月牙斧，去砍风根儿去了"，老头儿被聪明儿媳难倒。故事的前半部分属丁氏归纳的"875D$_1$ 找一个聪明的姑娘做媳妇"中的第一个情节，但后半部分的情节在丁氏索引与艾伯华的索引中均无此类型。在金氏索引中，"876 巧媳妇妙对无理问"以反问来对答刁难问题，刁难者往往是家庭以外的人，且内容也不尽相同，多为数字类问答，而艾伯华列"28. 聪明的女人Ⅳ：解救丈夫"这一亚型，"妻子通过类似情节也让他们上当"与故事的后半部分相似，属巧媳妇通过类似语言现象反问公公，救了自己的丈夫。《冰雪聪明》的情节类型目前没有被单独归纳出某一类型，但其母题均属于"巧媳妇"故事中的常见母题。

　　以上即为鄂尔多斯地区流传的蒙古族"巧女故事"的主要情节特点及其与现编纂的各民间故事类型情节索引的相似与相属情况。从情节上看，鄂尔多斯蒙古族巧女故事多属较为复杂的复合型故事，以"寻找聪明的女子给儿子做媳妇""巧女妙解隐喻或难题""巧媳妇妙悟解求救信"等情节最为常见，"875B.6 巧女妙智解难题"等现有故事类型的编纂展现出这一类巧女故事在中华大地上普遍的流传，而鄂尔多斯的此类故事展现出巧女故事复合的多样化：巧女故事多为"为儿子寻找聪明的女子做妻子"与"公公考验儿媳"、"儿媳通过解隐喻而救公公"等情节的结合。

二、鄂尔多斯蒙古族巧女故事的母题解析

　　鄂尔多斯蒙古族巧女故事的独特之处不在于情节构成，而在于构成这些情节的母题呈现出来的文化特性。汤普森在《民间文学母题索引》中有"H考验"此类母题，其中的"H500—H899 智慧的考验"[①] 编码共计399个，主要为各种斗智母题。鄂尔多斯蒙古族巧女故事的母题可以在这些编码中找到相对应或相似的身影，以下列举相关母题编号，以呈现鄂尔多斯蒙古族巧女故事中的一些可在其他民族与地区发现的母题情况。

---

① H500—H899. Tests of cleverness. Vol. 3.

根据蒙古族巧女故事主要的考验对象，可以分为三类：考验巧女，考验巧女的父亲，考验巧女的丈夫。在"H 考验"类母题中有"H460 妻子的考验"，但从 H461 至 H476，其内容多是考验妻子的：H461 耐心、H465 忍耐、H466 忠贞、H467 爱、H472 保守秘密的能力、H473 顺从。这些展现出来的是在男性为主导的历史背景中对女性个人品德方面的束缚与要求，而没有对妻子智力与能力方面的要求。其他关于父母的考验一类的编号中也大抵都是这一类的内容而没有智力方面的考验。

在"H500—H529 关于智力与能力的测试"①中则多是由公主等人提出各种测试男性智力的母题。其中"H508 考验：找到特殊问题的答案"②中的母题内容包括："H508.1 国王给儿子提出问题来决定继承者"，"H508.2 新娘嫁给能回答问题的男人"。而在蒙古族故事中，国王或父亲提出问题来决定儿子的妻子是《汗王选媳》、《聪明的媳妇》（一）、《蚁皇》、《聪明的媳妇》（三）等故事中均出现的一个母题，却不见于汤普森的母题编纂。众多中国学者对巧女故事的研究都注意到儿媳是由公公以难题考验的方式挑选出来的，这是中国巧女故事中的常见母题，可以将这一母题作为新增编号"H508.3 考验：父亲提出问题来找合适的儿媳"③。"H524 考验：猜出某个人的想法"④这一母题列举的母题出处包括爱尔兰神话、印度巴利语文学作品。但所问内容主要是"在想什么"，而在蒙古族故事中，常出现的"想什么"的内容主要是一种判断，包括：一只脚在马上，一只脚在马下，是想上马还是想下马？一只脚在门外，一只脚在门内，是想进门还是想出门？而巧女以问答问，难住了提问者，其问题常见的是：（马或牛）是想拉尿还是想拉屎。"H528 猜未出生的孩子（或动物）的性别"⑤ 在《"先生"与"蠢妇"》中出现一次，牧民的妻子以无理问来回答"书生"的无理问，猜怀孕的绵羊是怀的公羊还是母羊。

鄂尔多斯蒙古族巧女故事中出现大量与"H530—H899 谜题"（H530—H899 Riddles）中相似或相同的母题。看似叙事内容和结构相似，但在角色扮演上呈现对调性的一些母题，展现出蒙古族文化上的独特性。"H551 公主嫁给了能够解谜的男子⑥"是西方文学中的常见母

---

① H500—H529. Test of cleverness or ability. Vol. 3.
② H508. Test：Finding answer to certain question.（Vol. 3 p. 421）
③ H508. 3 Test：Father propounds questions to find a daughter‐in‐law.
④ H524. Test：Guessing person's thoughts.（Vol. 3 p. 422）
⑤ H528. Guessing sex of unborn child（or animal）.（Vol. 3 p. 422）
⑥ H551. Princess offered to man who can out‐riddle her.（Vol. 3 p. 425）

题，这一母题表明，西方文学中，公主嫁给能猜中谜语的男子为妻，强者可以得到理想的（美貌、智慧与政治的地位）妻子。而在中国的文学中，这一母题可以相对应的是"猜出谜语的女子嫁到提出谜语的家庭"，这一谜语反映的是女子拥有智慧才能得到理想的（富有的、政治地位高的）婚姻，这样的婚姻并不考虑女子结婚对象本身的能力，因为在这一系列故事中，80%的文本都是聪明的女子嫁给了傻子或者智力平平的男子为妻。巧女故事属生活故事类别，蒙古族的巧女故事是丰富的中国巧女故事群的一个组成部分，其叙事结构与叙事逻辑都烙下了蒙古族尤其是鄂尔多斯地区蒙古族思想意识和文化历程的烙印，也呈现出中华民族的文化印迹。汤普森的母题索引虽然也引用了部分中日文学作品，但主要还是以印欧文学作品为主体，从 H551 的主从关系来看，公主提出谜语，男子解答谜语，其奖赏是娶公主为妻。这是西方童话中的经典叙事模式：男子的"上升"之路，即贫穷的男子完成艰难的任务，婚姻（娶一个美丽的而且象征权力的公主）是他得到的奖赏，艰难任务中智力的考验是男子生存的必备。而在中国的巧女故事中，却是女子的"上升"之路，即贫穷的女子完成艰难的任务，婚姻（嫁一个傻丈夫）是她得到的奖赏。对于同样是拥有智慧的两个角色，在西方的故事中，拥有智慧的男子无疑得到了较为圆满的结局，而在东方的故事中，拥有智慧的女子只不过是稍微改善了一下贫穷的生活状态，却是以婚姻爱情和未来的精神生活为代价的，女性即使聪明，也只能改善而不是摆脱被奴役和被挑选的命运，在这一故事母题的比较中即可展现出来。

"H552 男子与猜出他谜语的女子结婚"① 肯定了女性的智慧，是男性对有智慧的女性的追求，但在蒙古族故事和汉族故事中，同样是男性对女性的追求与要求，提出谜语的不是汤普森所列母题中的那个男子，而是一个父亲，要"娶"聪明女子的不是出谜语的公公，而是其傻儿子。无论是 H551 中公主作为男子智力的奖赏与蒙古族故事母题的差异，还是 H552 中，男子（一个聪明的丈夫）作为女子智力的奖赏，在文化内涵上都与蒙古族中的相似母题有极大的差异。蒙古族巧女故事中的此类母题可以归纳为"娶能够解答自己提出的谜语的聪明女子为儿媳"，它反映出中国文化中（蒙古族也不例外）掌控婚姻的并不是结婚的当事人，而是其父亲（父权的展演）的一种传统文化现象。

---

① H552. Man marries girl who guesses his riddles. （Vol. 3 p. 425）

汤普森在 H561 之下列有"H561.1　聪明的农家女被国王问以谜语"①，并且故事类型 875 即此母题的常见类型，可见于印度巴利文的童话与日本童话和 ikeda 的故事文本。这一母题的具体任务还包括"H561.1.0.1　聪明的农民之妻问国王以谜语"②，"H561.1.1　穷农民与贵族之间的冲突，每个人都必须回答谜语，结果农夫之女解决了谜语"③ 这一母题反映了贫富之间的对立关系在中西方都有存在，但在蒙古族故事中，贫富并不是绝对对立的，智力的差异不是建立在贫富形成的文化性对立上，相反，富人或高位者家中有傻儿子往往是故事叙事的背景，因此贫富联姻成为一种正常的故事叙事的结果，如果其中需要进一步联想，则富人是寻求和弥补缺失的智力，而穷人则是寻求和弥补缺失的财富。

"H570　解决谜语的方法"④ 这一母题下有众多的小母题。其中"H571 反问，谜语被以反问的方式回答，反问证明其提问本身的荒谬"⑤ 在巧女故事中，通过反问达到证明所提难题荒谬性的母题是：汗王要姑娘的父亲准备公牛的奶（或者奶酪、奶酒）。姑娘回答父亲生孩子去了，没有时间准备。汗王认为男人生孩子是荒诞的，姑娘反问，既然男人不能生孩子，那公牛哪里来的奶？汗王不得不承认自己的要求是荒谬的⑥。这一母题是巧女型故事中的常见形式，不仅仅出现在蒙古族的巧女故事中，也出现在辽宁、青海、黑龙江等地的汉族巧女故事中。

比较具有蒙古族特点的 H571 母题可见于《那木其莫日根》，两个大臣的难题是"用一张牛皮能否做 70 个鞴与 70 双靴"和"用一张山羊皮能否做 60 件大衣和 60 件德哥太"，那木其莫日根的妻子解答为"他赶了一辆没有扣绳的车，车上套了一头没有脖子的牛，背上没有背绳的背筐，拿着没有齿的粪叉，捡干牛粪去了"⑦。无论是大臣提问以牛皮、羊皮制

---

① H561.1 Clever peasant girl asked riddles by king. （Vol. 3 p. 425）
② H561.1.0.1 Clever peasant wife asks king riddles. （Vol. 3 p. 425）
③ H561.1.1 Conflict between peasant and nobleman decided so that each must answer riddles: peasant's daughter solves them. （Vol. 3 p. 425）
④ H570. Means of solving riddles. （Vol. 3 p. 427）
⑤ H571. Counterquestions, Riddles answered by a question that reduces the riddle to an absurdity. （Vol. 3 p. 427）
⑥ 见《汗王选媳》与《蚁皇》。《汗王选媳》出自钱世英搜集、整理：《鄂尔多斯民间采风》，呼和浩特：内蒙古人民出版社，1999 年，第 129 页。《蚁皇》出自赛音吉日嘎拉、哈斯其伦搜集整理，乌云格日勒、孟克译：《洁白的珍珠》，呼和浩特：内蒙古人民出版社，2010 年，第 276 页。
⑦ 赛音吉日嘎拉、哈斯其伦搜集整理，乌云格日勒、孟克译：《洁白的珍珠》，呼和浩特：内蒙古人民出版社，2010 年，第 155 页。

作靴子大衣等物品，还是聪明的妻子说丈夫以牛赶车及捡干牛粪等，都是取自在鄂尔多斯蒙古族民众生活中极其常见的生活场景，只是将常识颠覆，从而使得提问的大臣指出这是没头没尾的话，其妻反问大臣所提难题是否也是没头没尾，从而以聪明的反问指出其提问的荒谬性。其提问与反问的内容都是极具蒙古族日常生活特点的。

"H583 聪明的年青人（女人）回答了国王的谜题"① 这一母题与H561.4 可互为参考，常出现在"AT921 国王与农民的儿子"这个故事类型中，即"聪明的男孩"往往能回答各种古怪的问题。丁氏索引参考AT 分类法只简要列举了此型号，金氏索引根据中国民间故事的独特性，直接列举"921A 四块钱""921D 哪里才安全""921E 从来没听过的事""921H 眼睛最大""921H.1 男人女人何者多""921J 小孩子回答胜秀才"和"922 小人物解答大问题"等亚型，但其中的921A、921D、921E、921H 的型号，多只列举一二则中国民间故事的异文，其异文主要来源于外国民间文学，仅有921H.1、921J、922 的中国异文数量众多。其中解决的众多问题也多属见仁见智的内容。汤普森归纳的H583 号母题之下，国王的问题往往是"你看到了什么""你在家是否孤单""你的父亲/母亲/兄弟/姐妹正在做什么"等有关个人和家庭成员的问题，而以上所举中国民间故事类型中的问题则多属自然现象。尤其是鄂尔多斯蒙古族巧女故事，国王的问题更具有鄂尔多斯地区蒙古族游牧生活的特点，如《聪明的媳妇》（一），富人对儿媳提出的问题分别是：门前大风刮过的沙蓬草说了什么？天空中飞过的乌鸦在说什么？点燃的佛灯在说什么？聪明媳妇对这三个问题的回答分别是：

（1）沙蓬说：靠良种子长起来，却因根坏被扯断。流浪在旷野，栖息在断崖。

（2）乌鸦说：有无血尸转转看，把它眼眶啄一啄。搭起巢，养雏鸟。

（3）佛说：榔头般岩石的溶液，用泥岩搓成的整皮布料的碎片，各种颜料的混合，用蛀毛虫啃，用香火熏，用佛灯烤，在佛龛里憋得慌。②

---

① H583. Clever youth (maiden) answers king's inquiry in riddles. (Cf. H 561.4) (Type 921) (Vol. 3 p. 428)

② 赛音吉日嘎拉、哈斯其伦搜集整理，乌云格日勒、孟克译：《洁白的珍珠》，呼和浩特：内蒙古人民出版社，2010 年，第 253～254 页。

这一母题还出现在《汗王选媳》故事中，但其中只有"沙蓬草在说什么"这一个问题，姑娘的回答是："因为种子好，落地就会发芽，因为根子弱，随风浪迹天涯，平地尽情跑，有凹就可安家。天涯海角，到处都有我的足迹。"① 沙蓬、乌鸦和佛龛中的佛像都是蒙古族人民日常生活中常见的事物，聪明的媳妇根据这三种事物各自的生活环境、习性与特点回答，又进行了哲理性的阐发，从而使故事不仅仅是巧女智答难题，还是一种生活经验与生活智慧的传递。

鄂尔多斯蒙古族巧女故事常常出现隐喻难题，而能够解释隐喻的往往是巧女。汤普森编号"H722　昼与夜的谜语"② 表述往往是"白兄弟、黑姐妹""相互追逐的黑白马"等，而在蒙古族的隐喻中，以树等物象来隐喻各种自然现象，如《蚁皇》中的三个隐语难题，在蚁皇被西域皇帝抓住囚禁起来后，蚁皇用隐喻表述自己的困境时，以"观赏的是无边蓝缎子上镶嵌的松石、珊瑚、珍珠、红宝石和绿宝石"③ 来指代"日月星辰"。

在"H1010—H1049　不可能完成或荒谬的任务"中有"H1020　违反自然规律的任务"④ 及"H1021.1　任务：用沙子做一条绳子"⑤，但这一任务多为"AT1174　做一条沙的绳子"，丁氏索引指出"或是用灰做的绳子。这类型往往与其他类型混在一起"⑥。而金氏索引将此类型归入"920A.1　小男童以难制难"中，其内容正与"875B.5　巧姑娘以难制难"同，可见此故事母题常常出现在各类型中。在蒙古族故事中，多为骑双头的马、用灰编马绊、公牛奶做的奶酪等，解决这些问题的方法包括前述的"H571反问，谜语被以反问的方式回答，反问证明其提问本身的荒谬"，但其中骑双头的马与用灰编马绊则是以骑怀孕的母马、编好马绊用火烧掉等方法解决，可见于《汗王选媳》、《聪明的媳妇》（一）和《蚁皇》等故事。这一母题广泛见于中国各地的巧女故事中，包括聪明的小子类的故事。祁连休先生指出东亚、东南亚机智人物故事带"搓

---

① 钱世英搜集、整理：《鄂尔多斯民间采风》，呼和浩特：内蒙古人民出版社，1999年，第130页。
② H722. Riddle of the day and night. （Vol. 3 pp. 456~457）
③ 赛音吉日嘎拉、哈斯其伦搜集整理，乌云格日勒、孟克译：《洁白的珍珠》，呼和浩特：内蒙古人民出版社，2010年，第277页。
④ H1020. Tasks contrary to laws of nature. （Vol. 3 pp. 456~457）
⑤ H1021.1 Task: making a rope of sand. （Type 1174）（Vol. 3 pp. 456~457）
⑥ ［美］丁乃通编著，郑建威等译：《中国民间故事类型索引》，武汉：华中师范大学出版社，2008年，第331页。

灰绳型故事,流布于中国的汉(陕、豫、鄂)、布依、傣、水、毛南等族地区和日本等"①。但鄂尔多斯地区的蒙古族中对于"搓灰马绊"母题的运用也较多,蒙古族中的此类故事未被祁连休先生收录。

在"H1050 矛盾的任务"②及其具体内容中,包括"H1051 任务:既不走在路上又不离开路地来(在车辙或者路边的沟渠里走来)"③,"H1052 任务:既不站在门里也不站在门外"④与"H1053 任务:既不是骑马也不是步行地来"⑤等。这一母题的具体内容十分丰富,既不能骑马也不能步行而来的任务,完成的方式千奇百怪,但在蒙古族巧女故事中,只出现一次,即在《蚁皇》中,父亲为了测试给儿子娶了一个聪明媳妇后,儿子是否也会变得聪明一点,便提出让他骑双头的马来,不在屋内也不在屋外地请安等。巧女给出的解决方法是:骑怀孕的母马、站在托毡与毡围之间请安⑥,要求卖了羊而又要用羊将新买的物品驮回来,可见于《聪明的媳妇》(三)。这在辽宁汉族中也有较多异文。这是游牧民族中的一个常见于巧女故事的母题,但汉族也放牧羊群,故而这个母题也常常见于辽宁、青海等汉族的巧女故事中。

在蒙古族巧女故事中,常见关于数字的谜题,汤普森归纳众多关于数字的谜语编码为"H701—H709 数字谜语"⑦,但其谜语多是"永恒有多少秒?""天空中有多少星星""头上有多少头发""大海有多少滴水""树上有多少片树叶""亚当以来有多少日子已经过去"等,而蒙古族中关于数字的谜语,虽然也有关于大自然的内容,但其组成的方式却不是问"数字几何",而是问由明确的数字组成的内容是什么。如在《阿尔扎波尔扎罕》中,锡尔古勒津汗提出问题,命大臣去寻找答案:

    1. 北边有棵梭梭树,有 12 枝杈,枝杈有 360 只黄花朝上,360 只黄花朝下。此为何树?

    2. 五万只黄兔由一只花兔领头。此为何物?

---

① 祁连休:《智谋与妙趣——中国机智人物故事研究》,石家庄:河北教育出版社,2001年,第 498 页。
② H1050. Paradoxical tasks. (Type 875) (Vol. 3 pp. 456~457)
③ H1051. Task: coming neither on nor off the road. (comes in the rut or the ditch at side of the road)
④ H1052. Task: standing neither inside nor outside of gate.
⑤ H1053. Task: coming neither on horse nor on foot.
⑥ 赛音吉日嘎拉、哈斯其伦搜集整理,乌云格日勒、孟克译:《洁白的珍珠》,呼和浩特:内蒙古人民出版社,2010 年,第 276 页。
⑦ H701—H709. Riddles of numbers. (Vol. 3, pp. 422~423)

3. 北边有十万棵梭梭树和一棵红色沙棘。此为何物？①

聪明的女子回答的这三个关于数字的谜底分别是：

1. 一年有12个月，360个白昼和360个黑夜。
2. 五万星星由月亮领着。
3. 十万棵梭梭树是千山万水，红色沙棘是泰山。②

  鄂尔多斯蒙古族巧女故事的母题在内容上与"H考验"类母题虽然有众多相似相类之处，但是从母题具体内容的抽象表述上可以看到，除了与世界民间故事母题有相通之处外，在考验母题的具体内容上，蒙古族巧女故事的母题既有与汉族故事相同的内容，也有反映出蒙古族民众日常生活习俗的独特内容。此外，还有一些巧女故事中出现的母题，较难在汤普森的母题索引中找到对应条目。如"避讳"的母题，在巧女故事中，"避讳"是一个常见母题，如在汉族的巧女故事中，常见的是刚成亲的儿媳妇不能在说话的时候用与公公的名字同音的字，不能在说的话中带出6或9等数字等，娄子匡称这类故事为"善说话型（6）讳人名式"，也可见于艾伯华归纳的"聪明的女人VI：名字禁忌"及丁氏索引的"875F避讳"等故事类型中。洪淑苓在《台湾民间巧媳妇故事的类型与情节分析》中，将带有"避讳"母题的故事归入到"善说话的巧媳妇"这一类中。在蒙古族巧女故事中，基本没有出现长者人名避讳的母题，但有事物名字的避讳。避讳母题出现在《聪明的媳妇》（一）和《聪明的媳妇》（四）中。在《聪明的媳妇》（一）中，新婚的聪明儿媳被公公要求出去放羊：

  孩子，今天带着这个小不点去放羊，按我们这里的习俗，第一次去放羊的人不能提及所有东西的真名。③

结果儿媳遇到了狼吃羊，便让跟去的小孩子回去按自己教的话报信：

---

① ［比利时］田清波搜集、整理，曹纳木译：《阿尔扎波尔扎罕》（蒙文），北京：民族出版社，1982年，第102~104页，中文译文可参见《洁白的珍珠》第274~275页。
② 同上书。
③ 赛音吉日嘎拉、哈斯其伦搜集整理，乌云格日勒、孟克译：《洁白的珍珠》，呼和浩特：内蒙古人民出版社，2010年，第252页。

小弟弟，快点回家跟大人说：

流水上游，植物旁边，会嚎的过来，把咩咩给咬了。你们赶快，骑着带鬃毛的，背着可撑开的，带着能响的，扬起尘土快过来。①

结果公公却没有能够理解以上避讳事物的名称分别是：河的上游，草丛中，狼，羊，骑着马，带着弓箭和枪等。

在《聪明的媳妇》（四）中，避讳的主要内容是相似的，也是巧女遵从公公的命令："从今天起你不能说粪筐、粪叉、马、干粪蛋、羊、公羊、狼、河、木头、吃等十个词，说了就砍你头。"②结果儿媳遵从避讳的要求，报告了羊被狼吃的消息。在这一故事中，没有前一故事的公公未理解避讳的说法。

蒙古族的"避讳"母题与汉族的"避讳"母题在内容上的不同，展现出蒙汉文化的差异，汉族重视家庭关系中的伦常，最基本的日常生活礼仪之一就是在称呼上有严格的规矩，长幼有序，晚辈对年长者不得直呼其名，甚至会扩展至日常生活中为了对父母表示尊重，不得说一切父母名字中所含的字，甚至在写字时也会避讳，如果需要写父母名字中的字，会以异字或删减笔画来代替，如《红楼梦》中，贾雨村称赞林黛玉聪慧的表现之一，就是小小年纪，每写"敏"字都会减笔以避讳其母贾敏的名字。而蒙古族虽然同样尊重长者，但其尊重并不主要体现在称呼上，蒙古族的名字常常取自自然界或职业，如山川、河流、牧人、猎人等，蒙古族巧女故事中的避讳要避的是自然界的事物之名，可能还含有禁忌的意味，因为狼是羊群的天敌。

鄂尔多斯地区蒙古族的巧女故事既有与世界文学中相类相似的众多母题，在叙事的内容与功能上也有与世界其他民族和地区的"难题考验"相近相似之处，尤其是"公牛的奶""以反问对无理问"等母题，与汉族的巧女故事都有相似之处。但大多巧女故事的母题虽然在功能上与其编号母题的抽象表述相符，在内容上却展现出浓厚的游牧民族文化特征。最具代表性的便是这些故事对数字文化与隐喻问答母题的偏爱，其隐喻问答的内容包含着蒙古族民众的生活智慧，对大自然的认知与思考等，也展现出巧女故事既娱乐又传递生活智慧与哲理的多重功能。

---

① 赛音吉日嘎拉、哈斯其伦搜集整理，乌云格日勒、孟克译：《洁白的珍珠》，呼和浩特：内蒙古人民出版社，2010年，第252~253页。

② 同上书，第267~268页。

三、鄂尔多斯蒙古族巧女故事的家庭关系解析

巧女故事在中国民间普遍流传，其中既有聪明的女儿帮助父亲解决难题，也有聪明的儿媳妇帮助公公解决难题。鄂尔多斯蒙古族巧女故事在叙事结构上与其他民族的巧女故事多有相似之处，在巧女故事的文化解读中，众多的研究者也渐次从巧女故事类型的归纳、源流转而研究巧女故事情节所蕴含的人类社会文化发展中的历史现象，尤其是社会制度、风俗习惯、民间信仰等对巧女故事的形成与传播的影响，故事类型学、精神分析学、民俗文化解析对以汉族为主体的巧女故事的研究在前文中已经有所述。笔者以为，巧女故事虽然在各民族广泛流传，母题的借用、本民族化的转换和情节类型的整体传播都是客观存在的事实，然而，在形似之下，往往借由细节呈现出神异的特质。专注中国巧女故事结构形态研究多年的康丽博士曾经在回顾其师钟敬文先生与中国巧女故事研究关系的文章中指出："巧女故事真正引人探究的原因，其实应该是故事想象与生活实际的悖反，以及由此引发对民间故事口头叙事特征的思考。在我求教于钟先生时，他曾特别强调巧女故事中对巧女地位及其智慧的强调，与女性在现实生活中的真实存在状态有着较大的落差。"① "研究者有可能将自己的解读视为具有普遍意义的、不可避免的或随机的现象，从而夸大民间故事的社会意义或设想出某种脱离于历史的女性生活观。"② 刘守华先生曾研究中西方巧女故事，指出欧洲的巧女故事多是穷人之女通过机智巧妙地应对战胜国王、贵人、将军等不同阶层的人，得到最高礼遇直至成为王后，而中国的巧女故事则是媳妇战胜了公公，从而取得家庭中的控制权、主导权。但这在巧媳妇故事中是否即是翁媳之间的"斗争"？是否只有"战胜"之格局？除了叙事结构相似之外，巧女、巧媳妇故事在不同地域与民族是否存在其独特的价值与意义？对流传在鄂尔多斯地区蒙古族故事中巧女的家庭地位与智慧的关系进行考察，结合当地蒙古族历史与现实生活中的真实存在状态，在地域与民族的双重约束视域下探讨一个故事类型的文化意义，或许可以作为一种规避视个体性为普遍性之歧途的方法性尝试。本小节即主要是从鄂尔多斯蒙古族巧女故事中呈现的家庭关系入手，对此类故事得以在蒙古族广泛流传的社会文化史根源加以探析，并借此来更加深入地认识和了解当地蒙古

---

① 康丽：《钟敬文先生与中国巧女故事研究》，《民族艺术》2007 年第 3 期，第 87~91 页。
② 同上。

族的社会文化与俗民心理。

（一）巧女故事中的翁媳关系

巧女故事的主人公是谁？大多数学者都认为，巧女故事的主人公是聪明的女性，"她们凭借自己机敏的言行，解决了各种与家庭或家族有复杂纠葛的难题，坚定地维护着家庭的威望和自身的利益"①。但在故事的叙事结构模式上，我们可以看到，"提出难题—解决难题"是巧女故事最为重复的结构，康丽在研究中将中国的巧女故事分为"施巧计处理万事""善言辞巧解难题""勤思索不畏艰难"，其叙事模式无一例外都是"提出难题—解决难题"式。完成这一模式的人物作为主语，可以描述为：（谁）提出难题—（谁）解决难题。在中国流传的巧女故事中，无疑后者是比较确定而一致的，即解决难题的始终是巧女，但提出难题者因流传地域、民族的不同而各不相同。洪淑苓教授在对台湾巧女故事的研究中指出，"善处事的巧媳妇"往往是巧女能够解决某家公公故意要求媳妇做困难的事，或者代丈夫或公公解围，而"善说话的巧媳妇"则以避讳公公的名字，以反诘方式使外来的提问者服气，与外来的人斗诗才等②。可见在台湾地区的巧女故事中，巧女要应对提出难题者的情况颇为复杂，提出难题者通常是公公和外人（有时可能是巧女的求婚者或最终成为巧女夫婿的人）等。在鄂尔多斯蒙古族巧女故事中，"提出难题—解决难题"的叙事模式频繁出现三叠式：三次提出难题，每次难题要解决三个问题，解决难题的始终是巧女，但提出难题者就比台湾地区流传的巧女故事要简单得多。

在汉族巧女故事中大量存在考验三四个儿媳谁是最聪明的，最后让最聪明的儿媳当家的情节，在蒙古族故事中，考验主要针对的是未婚女子，要找到一个聪明的未婚女子来不断解决难题，从而选择其为儿媳。在笔者搜集的文本中，有7则文本都是讲述公公（未来的公公）提出难题。因此，"谁"提出考验不言而喻，是（未来的）公公对巧女（或者巧女的父亲/丈夫）提出考验，其中结婚后的考验主要发生在父子之间，以期聪明的媳妇能够让傻儿子也变得聪明一些。但在故事中，傻子不会变聪明，能够解决问题的始终是儿媳妇。由此，笔者以为，在巧女故事中，虽然解决问题的是巧女，但提出问题的主要是公公，反映的是家庭中的翁媳关系。

---

① 康丽：《巧女故事》，北京：中国社会出版社，2006年，第1页。
② 洪淑苓：《台湾民间文学女性视角论》，台北：博扬文化事业有限公司，2014年，第79~96页。

王均霞在巧女故事的研究中已经注意到，虽然仙妻故事中的女性也很聪明，但仙妻故事主要围绕适婚男青年展开，而巧媳妇故事则主要围绕作为家长的公公展开①。在笔者搜集到的11则鄂尔多斯蒙古族巧女故事的文本中，有8则文本，巧女展示其才智的主要机遇是难题的出现，而难题主要由公公提出，仅有《冰雪聪明》《畲三与谢四》《那木其莫日根》这3则文本提出难题的不是公公，而是与公公下棋的对手、指出巧女生父面临转世恶报的活佛、丈夫所面对的国王及其大臣。可以说，鄂尔多斯蒙古族巧女故事主要围绕作为家长的公公与作为儿媳的巧女之间的智力测试（而非斗智）来展开。鹿忆鹿教授也在《明清以来的"扒灰"笑话——兼论民间故事的翁媳关系》一文中对巧媳妇故事有所论述，她认为公公是巧媳妇故事中的主导角色，"灵巧机智的女子运用她的脑袋只是为她进升'媳妇'的角色，不得不说是一种世界故事类型中罕见的情况。而女子的'媳妇'角色似不全然属于丈夫，不是成为另一个男人的妻子，而是成为另一个家族的媳妇"②。这种体会反映出大多由巧女之智慧而获得婚姻——嫁给一个傻丈夫（至少不是那么机智灵巧）的巧媳妇故事中隐含的历史真实：即便是普通百姓之家，成就婚姻的并不是婚姻的男女双方当事人，也与爱情等很多人鼓吹的婚姻基石并没有关系，蒙古族也毫不例外地在故事中显示出父亲对儿子的婚姻有绝对的决定权利。翁媳关系就不是普通的公公与儿子之妻的关系，而是拥有决定权的公公挑选适合自己要求的女子成为家庭继承者的妻子。

如何理解或解读鄂尔多斯地区蒙古族中流传的巧女故事中的翁媳关系？较早有肖青的精神分析学方法，她认为巧女故事中公公要挑选一个聪明的姑娘做最小的儿媳妇（通常前面已经有三个甚至更多个智力平平的儿媳妇），是因为失去妻子的公公移情到了可以娶进来的小儿媳妇身上。但从鄂尔多斯地区蒙古族的巧女故事来分析，肖青这种分析是牵强的，其分析的依据有二：一是多个儿媳中找到最喜欢的一个，必是最聪明的；其次是公公必然鳏居，即已经没有妻子，故而情感要有所寄托。然而在鄂尔多斯蒙古族巧女故事中，仅有一则文本是给三个儿媳提出难题，其他故事全部都是公公对一个未婚女子或儿媳提出的，甚至有一则文本是出嫁的女儿回来帮助父亲解决了难题；其次，在这些巧女故事中，公公大多数都并非鳏居，而是老两口都健在，或者未提到其

---

① 王均霞：《讲述人、讲述视角与巧女故事中的女性形象再认识——兼及巧女故事研究范式的反思》，《民族文学研究》2015年第6期，第151页。
② 鹿忆鹿：《明清以来的"扒灰"笑话——兼论民间故事的翁媳关系》，未刊稿。

是否鳏居。故而，肖青的精神分析法所得出的翁媳关系实际是公公对儿媳的情感移置，为儿子找聪明媳妇是在为自己找一个满意的情感替代对象等①，在本研究所分析的故事中是站不住脚的。其所分析的翁媳关系主要出现在寻找聪明的女子为儿媳，而鄂尔多斯地区的蒙古族巧女故事，有 7 则都是父亲为独子找一个聪明的女子为妻，在其他的文本中，1 则巧女已经嫁人，而为娘家父亲解难，仅 1 则故事是公公考验三个儿媳妇的智力，还有 1 则是巧女指点公公在下蒙古棋时反败为胜。与其说公公对儿媳智力的考验是自己情感的移情与寄托，不如说是出于家庭延续与发展的考虑而进行的选择，即一个家庭必然要有一个能够有胆识来承担家庭责任的人，一般情况下，家庭中的继承者为男性，但当家庭中的男性没有此能力（在巧女故事中的傻丈夫）时，希望只能寄托在儿媳的身上。

  鹿忆鹿教授曾指出："巧女故事或巧媳妇故事类型正说明女人所追求的都是她婚姻的幸福，所以故事中着力的都是她的婆家而非娘家。"② 从现在的 11 则文本看来，巧女主要应对的是未来的公公或者现在的公公，翁媳之间的智力考量从内容上大多注重趣味性，同时又有知识性。如公公常常是围绕蒙古族日常生活中的常见事项故意进行刁难，肯定对生活基本常识有良好把握并能运用语言巧妙辨识与表达的女性。巧女在解答难题的过程中，大多属于遵从命令完成任务型，仅有的带有"反抗""公公"这一权威的母题便是"以反诘回答无理问"，但是这一母题的出现又常常是在（未来的）公公考验可能成为儿媳的巧女类故事中，所以如果仅仅以"（谁）提出问题—（谁）解答问题"来考查巧女故事中的翁媳关系，就需要将提出问题者的身份重新界定。

  由此而观，鄂尔多斯地区的蒙古族巧女故事中的翁媳之间并非斗争的关系，也没有战胜者可取得家庭控制权、主导权的情节，翁媳之间也不存在爱情的精神寄托的关系，更不存在平等的对话关系。现在流传的巧女故事几乎不涉及男女之间的平等：青年男女都没有自我择偶的权利，决定婚姻的无一例外都是父亲或公公，他才是男性家中的掌权者，由他来决定选择什么样的女子作为这个家庭中的新进成员嫁给自己的儿子。唯一有反抗意识的一篇文本是《聪明的媳妇》（三），聪明的女子被选择成富人家的儿媳后，对嫁给傻丈夫不满意，于是在曾经追求过自己的男

---

① 肖青：《翁媳关系与巧女故事——对一则民间故事的精神分析学解读》，《思茅师范高等专科学校学报》2008 年第 1 期。
② 鹿忆鹿：《明清以来的"扒灰"笑话——兼论民间故事的翁媳关系》，未刊稿。

子的暗示下出走，想要重新选择新的婚姻，但是故事最后，女子仍旧回到了旧有的生活轨迹，傻丈夫仅仅依靠学来的几句话，便令人误以为他也很聪明，成功恐吓了女子即将要再嫁的男子与女子的家人，从而使得女子不得不重新回到傻丈夫的身边。这一故事情节的设计，绝对谈不上鼓励了女子的反抗意识与追求自由婚姻的健康的恋爱观念，恰恰相反，是通过聪明女子也无法逃脱嫁给傻丈夫的命运，对听故事的女性形成新的束缚：智力或者可以解决难题，但绝对不能反抗家庭的权威，女性未嫁时是专心帮助自己的父亲，嫁人后是一心为自己的丈夫解决难题。

翁媳之间的不对等关系，虽然不断通过巧女的智慧而得到一定程度的解决，但是女性的人格并不呈现独立的特征，只是依附于原生家庭与婚姻组成的新家庭。在原生家庭中，主要是亲生父亲为主导，而在由婚姻组成的新家庭中，则以聪明的公公为主导，但由于丈夫痴傻，倒是存在潜在可能，就是在今后这一个新生代的家庭中，女性成为权利的掌控者——建立在丈夫痴傻而公公失去实际控制力的基础上，这一点由《聪明的媳妇》（四）和《汗王选媳》及《蚁皇》中汗王在征战中被抓，而最后只能由巧儿媳正确解读公公充满隐语的求救信来展现出可能性。

（二）巧女故事中的夫妻关系

在 11 则文本中，有 7 则故事都是巧女嫁汗或者富人的儿子为妻，所嫁的丈夫有 6 则明确提到傻，1 则提到不聪明，其他文本中，有 1 则文本是三个儿媳中的小儿媳最聪明①，1 则文本中女儿已经出嫁，并没有提到其丈夫的任何信息②，1 则只提到是儿媳而完全没有提到儿子③，只有在《那木其莫日根》这一则文本中，巧女的丈夫是故事的主人公。而在以上这些文本中，巧女与丈夫的关系呈现出以下几种模式：

一是夫傻妻贤。巧女完全只是因为利于家庭的稳定发展而被傻子的父亲娶给傻子做妻子。如《聪明的媳妇》（一）与《聪明的媳妇》（四），巧女与丈夫之间没有任何情感的互动，当丈夫的父亲遇到危险后，终于认识到傻子的危害，父亲命令儿媳杀死傻儿子。如《蚁皇》，聪明的儿媳被蚁皇赐给了聪慧的侄儿为妻，在同型故事《汗王选媳》中，傻儿子虽然没有被杀，但治理国家的事情却被放心地交到了儿媳的

---

① 《冰雪聪明》，见赛音吉日嘎拉、哈斯其伦搜集整理，乌云格日勒、孟克译：《洁白的珍珠》，呼和浩特：内蒙古人民出版社，2010 年，第 222~223 页。
② 《畲三与谢四》，见钱世英搜集、整理：《鄂尔多斯民间采风》，呼和浩特：内蒙古人民出版社，1999 年，第 111~115 页。
③ 《聪明的媳妇》（二），见赛音吉日嘎拉、哈斯其伦搜集整理，乌云格日勒、孟克译：《洁白的珍珠》，呼和浩特：内蒙古人民出版社，2010 年，第 258 页。

手中。在《蚁皇》与《聪明的媳妇》（一）中，公公都在将巧女嫁给傻儿子为妻后，测试儿子是否因为有了聪明的媳妇而变得聪明一些，不过提出的难题都一一由巧女代为解决。巧女对于嫁给傻丈夫似乎表现得非常淡定而认命，唯一一个《聪明的媳妇》（三），不甘心嫁给傻丈夫的巧女最后也没有摆脱婚姻，只有在《蚁皇》中，在公公同意的情况下，儿媳才另嫁给公公挑选出来的侄子为妻。

　　二是丈夫是被帮助者。巧女不断帮助丈夫解决难题，凸显出巧女的聪明才智，少量文本也在问题的解决中体现着夫妻之间的和谐与温馨。如《冰雪聪明》，第三个儿子对父亲夸奖自己聪明的妻子做出很谦逊的回应，结果惹怒了父亲，巧女用反诘的方法，止住了公公对丈夫不依不饶的追打。其中以《那木其莫日根》中的夫妻关系描写最多，那木其想要离家去北京城闯荡，妻子阻拦了他，但他一意孤行，路遇两个大臣提出难题，因无法解决而转回家中，妻子帮助他以反诘方式难倒大臣。大臣怂恿皇帝抢其妻为后，妻子与丈夫一同用隐语的方式令皇帝意识到自己的错误，从而挽救了婚姻，并获得成为皇帝近臣的好结果。在 11 则文本中，仅有 2 则文本夫妻之间有互动，而妻子对丈夫的帮助是关键。

　　在民间故事中，与巧女故事相对应的还有傻媳妇类故事，如娄子匡先生在《巧女与呆娘的故事》中搜集到呆娘的故事。在傻媳妇故事中，大多都是丈夫嫌弃妻子蠢笨，而妻子努力想要表现得不那么傻，结果反而证明她的愚蠢。与傻丈夫得到聪明的妻子相比，在民间故事的设计中，傻妻子只不过得到一个比较正常但绝对不能称之为聪明的、能够解决任何问题的丈夫而已。民间俗语中流传"巧女伴（配）拙夫"，却从未听到"巧夫配拙女"之类的语言。是否民间叙事的逻辑表明了女性在婚姻中对于男性的容忍度更大一些呢？

　　三是丈夫在故事中从不出现。《冰雪聪明》、《聪明的媳妇》（二）、《畲三与谢四》这 3 则文本均只表明了巧女的已婚身份，而对其丈夫从不涉及，巧女只是帮助公公或父亲解决面临的难题。

　　巧女故事中的夫妻关系，本来是最基本的男女关系，而在鄂尔多斯蒙古族的巧女故事中，女性与男性的对立，主要体现在与男性长辈的对立，而非与同辈人的对立，也不是出现在贫富的对立，甚至也不是正义与邪恶的对立或者机智与愚蠢的对立。巧女没有择夫的权利，只是被动地解决问题，被动地成为一个有钱但是傻的人的妻子，因此巧女的被动选择也导致她缺少与丈夫之间的交流与要求——巧女尽管聪明，但只是在有限范围内被挑选与求助、救助，在面对最根本的拥有自我选择与决策权问题时，从头到尾，巧女都是失语的。

（三）婆媳、父女及其他

在鄂尔多斯蒙古族的巧女故事中，基本没有出现婆婆的身影，有两则文本提到"有老两口有个傻儿子"，有一个文本提到"汗娶了一个很美貌但是很傻的王后，生了一个不傻也不机灵的王子"等。在汉族巧女故事中常见的"回娘家"引起公公对儿媳的智力考验等情节在蒙古族民间故事中相对缺乏，这与游牧民族中人们居住分散，女子出嫁往往可能数年不归的民情有关，也与在蒙古族的家庭生活中，男子成年成婚后即有另外的蒙古包作为其家庭起居生活的场所，故而较少面临婆媳矛盾与翁媳矛盾等居住习俗和家庭习俗有关。

在大多数巧女故事中，也都没有提到巧女的原生家庭状况，其中提到巧女及其家人的文本包括：

> 有一个老头儿和他的女儿住在一个窝棚里，在一个碗口大的小锅里熬茶煮饭，靠老头儿出去打猎勉强度日。①
> 那里还住着一个老头儿，他有个远近闻名的聪明女儿。②
> 臣民中有一位远居边陲，烧梭木的老翁。老翁家徒四壁，只有一个幼年丧母的女儿。③

《汗王选媳》中，巧女家中有4口人：父母、哥哥和巧女。

按此观察，婆媳关系的缺席、母女关系的缺席和少量能够反映父女关系的文本形成了鄂尔多斯地区蒙古族巧女故事的一个特点：这也是大多巧女故事所反映的一种状况，鄂尔多斯地区的蒙古族巧女故事一般不太强调巧女原生家庭的贫困，但一定会强调巧女的聪明，富人与汗王对儿媳的选择具有绝对的主动性。婆媳关系（母女关系）在故事中的缺乏是女性无论在家庭还是在社会中地位并不高的折射。

在《聪明的媳妇》（一）中，讲述者、搜集者均为男性，而文本中的辱骂性内容包括：

> "看来她也是在灌木丛里都拥吻的那些母狗之一。""你这个母

---

① 《聪明的媳妇》（一），赛音吉日嘎拉、哈斯其伦搜集整理，乌云格日勒、孟克译：《洁白的珍珠》，呼和浩特：内蒙古人民出版社，2010年，第248页。
② 《聪明的媳妇》（四），同上书，第264页。
③ 《蚁皇》，同上书，第274页。

狗快把我们带到家里去。""这个母狗想把我骗在这里。""什么生活不简单，只不过是'艾菊里的虱子'（指轻浮女子）而已。虽然推推搡搡，可最终还是顺从的女子之一。有可能还是一个骗老父亲出了家门，在外面寻欢的主。就拿现在说吧，她骗咱们脱了身，到北山上谁能知道她在干什么。"急性子一口气说完。"我从来不忻乡下婊子们不聪明的、摸不着头脑的话"。①

在《蚁皇》中，讲述者、搜集者也均为男性，文本中父亲责骂女儿：

"女孩子家别问那么多，此事与你不相干。"②
"此事全怪你，给我招惹了麻烦，妇道人家就妇道人家呀！"
"妇道人家就是嘴快，尽惹是生非。"③

尽管只有这两则文本出现对女性辱骂的内容，但这两则文本都是由男性讲述人讲述的，也从侧面揭示出蒙古族女性在日常生活中，与父亲、外界男性之间关系的一个侧面：女性既不像有的研究者所鼓吹的那样具有与男性平等的家庭和社会地位，也不像有的学者所认为的那样完全没有权利与地位。但蒙古族文化中父系家庭文化中妇女地位的整体状况仍旧是比较低的，丈夫是一家之长，也是经济支配者，妻子不过是丈夫的附属，即便她很聪明，当子女渐渐成长，又还没有组成新的家庭时，更是由丈夫来对家庭的主要事务进行决策。《蒙古秘史》有"妇人是狗面皮"④"妇人所见者短"⑤等语句，这与巧女故事中男性将女子比作狗、认为其本性淫荡等是一致的。

（四）结语

综上，鄂尔多斯地区蒙古族的巧女故事家庭关系主要集中于翁媳之间的关系，也对夫妻关系有所反映，而很少涉及婆媳关系与父女关系。翁媳关系不是个人的对立或者移情，而是社会对于女性在家庭中的角色要求与地位状况的反映，儿媳既要能够主内，也要能够主外，这也反映

---

① 赛音吉日嘎拉、哈斯其伦搜集整理，乌云格日勒、孟克译：《洁白的珍珠》，呼和浩特：内蒙古人民出版社，2010年，第250～251页。
② 同上书，第274页。
③ 同上书，第275页。
④ 《蒙古秘史》校勘本卷七，第998页。
⑤ 《蒙古源流笺证》卷三，第25页。

了中国民间巧女故事中较为普遍的翁媳关系。在巧女故事中大量存在的考验三四个儿媳谁是最聪明的，最后让最聪明的儿媳当家，这是流传在汉族故事中的常见情节，但在蒙古族故事中，考验主要针对的是未婚女子，要找到一个聪明的未婚女子来不断解决难题，从而选择其为儿媳。对于结婚后的考验反而主要发生在父子之间，以期聪明的媳妇能够让傻儿子也变得聪明一些。但在故事中，傻子不会变聪明，能够解决问题的始终是儿媳妇。

考验儿媳的智慧，最主要的原因是因为儿子无能，到最后需要儿媳承担家庭与国家的治理，体现出蒙古民族对女性参与政治的接受度比较高，在生活中得到认可，才能在故事的讲述中形成自然的故事叙事的逻辑。

在《聪明的媳妇》（四）① 中，共有两个家庭：皇上与他的傻儿子；老头（笨）与他的聪明女儿。这个故事共有四个解难题的来回，每个来回都包括1—3个难题，且每次都是由皇上提出来，而由巧女解决。同样，前两次巧女解决难题的结果是：嫁给皇上的傻儿子。后两次解决难题的结果：挽救皇上的命运与国家的命运，最后由巧女来治理国家。在蒙古族与汉族中，都存在以智慧解决国家困境的故事类型，但大多都是"机智的老人"或"机智的年轻人"等机智的男性，只有在鄂尔多斯蒙古族的民间故事中，才出现机智的女性通过解读信中的隐喻解决国家面临的困难。相对于汉族女性而言，蒙古族女性政治参与的程度较高，这与历史事实有关：

> 蒙古妇女们在社会里的发言权较大。在政治上也有相当的影响。成吉思可汗与他少年时代盟友札木合的分裂，是出于可汗之母诃额仑，和可汗之后孛儿帖的主张。后来成吉思汗除掉萨满领袖阔阔出，也是由于孛儿帖的建言。要右汗出征西亚之时，建议应当指定嗣子的，则是他的一个可墩（夫人）也遂。在蒙古帝国时代，每每于可汗崩御，新选的可汗即位之前，充任监国的，不是前可汗的末嗣，就是他的寡后。这种制度与契丹的述律太后，和承天太后的当国，都是北亚游牧民族的传统。这种较高的妇女地位，直到满清统治时代，多少受到汉地思想的影响很大，转趋低落。②

---

① 赛音吉日嘎拉、哈斯其伦搜集整理，乌云格日勒、孟克译：《洁白的珍珠》，呼和浩特：内蒙古人民出版社，2010年，第264~268页。
② 札奇斯钦：《蒙古文化与社会》，台北：台湾商务印书馆，1992年第2版，第93~94页。

早期的巧女故事研究者王丽指出："民间巧女故事，其讲述者以女性为主体，也并不排除男性讲述者的介入、参与，表达出更多的女性对自身生存意义的思考、判断、期待，渗透浸润了较多的女性意识。……这种妇女观，有其认同于儒家妇女观之处，但更多的却与儒家妇女观相背离，传达出女性优越思想，表现了鲜明的非正统性甚至颠覆性。"① 然而在鄂尔多斯蒙古族巧女故事的梳理中，共有 11 则文本，其中注明讲述人信息的共有 10 则，搜集者为男性的有 8 则，讲述者为男性的 10 则。可见，王丽认为以女性为主体讲述者的情况在此处并不存在，恰恰相反，巧女故事在此处的讲述者以男性为主体。而这些文本也并不反映女性主动的生存意识，甚至没有传达女性主体意识。

尚毅认为，巧女故事"在诞生之始，就带有与封建统治阶级的伦理道德观念相违逆的反抗精神"，有"浓厚的男女平等意识"，"健康的恋爱婚姻观念"，"强烈的自我独立风格"②。然而，在鄂尔多斯蒙古族的巧女故事中，所有具有这些意识、精神、观念和风格的巧女故事类型都没有出现，如解决家庭与外部社会矛盾或追求自我婚姻的巧女故事等。当然，故事中还是存在对女性智慧的认可，且有与汉族巧女故事相异之处的一些情节所展现出来的蒙汉文化的差异。如在《聪明的媳妇》（一）与《汗王选媳》中，选择一个聪明的女子成为自己的儿媳，以弥补儿子傻，不能主持政务的不足，这样的故事情节设计和结局在汉族故事中很难见到。

但对于翁媳关系的考察，比较引人注目的故事都反映出女性在婚姻中的不自主状态。在笔者所搜集的这 11 则文本中，有 7 则文本都是讲述公公为儿子寻找一个聪明的女子做妻子而出难题考验巧女。在其他 4 则中，巧女都是已经出嫁或者已经结婚的身份，没有一则文本是女子为了得到自己心仪的婚姻而主动去用难题考验他人的。参与婚姻难题考验的巧女也都是无意中解决了难题，而不是在知道难题考验就是为了给汗王的王子或者富人的儿子找一个合适的妻子的情况下主动求解难题。在 7 则通过难题考验而嫁入富人或汗家庭的巧女故事中，仅有《聪明的媳妇》（三）中的巧女在嫁给富有的傻丈夫后，因为被嘲笑嫁了一个与她的智力不匹配的丈夫，而萌发了离开这个家庭重新组合家庭的念头，但在付诸实际行动时，却被傻丈夫学到的几句话语阻拦，最终又回到了这个家庭。如果她的重新组合家庭的念头与行动可以视为婚姻自主的表现，那么这一

---

① 王丽：《论巧女故事的妇女观》，《中国文化研究》1994 年冬之卷（总第 6 期）。
② 尚毅：《民间巧女故事形成的思想基础及艺术特征》，《中州学刊》2004 年第 3 期。

表现的最终结果无疑表明，女性追求自主婚姻是以失败而告终的。

在鄂尔多斯地区的蒙古族巧女故事中，巧女确实是既要主内，也要主外。如有两则文本，寻找巧女的人都是在路途中遇到打柴而归的姑娘。在两则用"避讳"母题的故事中，巧女婚后需要去牧羊。在《聪明的媳妇》（一）中，巧女还直接设计改建了井这一日常生活中重要的供水工具，又能够指点公公下棋时反败为胜，给亲生父亲指出用赎罪以修来生的方法等。此外，在《蚁皇》和《聪明的媳妇》（四）中，女性的智力不仅仅运用于解决家庭日常生活中的难题，更是在汗王遇到生死存亡之难题时，用于解救国家危难。巧女故事确实反映了王丽所云"女主内，亦主外"的家庭生活与社会生活特点。巧女故事的存在和传播，表明了社会对女性的规训一直存在，且努力将女性尽可能圈定在家庭生活的内部，但历史的发展表明，女性从来不可能只作为被规训的对象温顺地存在，无论是吕太后，还是武则天，无论是孝庄皇后还是慈禧太后，从生存到权利的争夺，无不是由家庭转向社会、国家的女性。男性竭力将女性作为掌控对象，使女性的个人需求、利益屈从于男性家庭、国家的需求之下，又希望这一对象在适度范围内能够解决自己不能解决的问题，甚至当自身的性别系统无力完成权力的转移与传承时，可以以女性为"中转站"，从而完成权利的更替。这种社会历史的真实过程在巧女故事的人物关系对立与妥协中无疑得到了很好的展现。

正是在此种种分析之中，笔者赞同王均霞所云："在不同的讲述视角下，巧女形象具有多样性与复杂性，但整体上仍未超越传统父权制对社会性别角色的框定。现有的研究脱离故事文本的上下文，将巧女形象均质化为一种'反抗'形象，很大程度上是研究者一厢情愿的话语建构。研究者这一研究路径的选择，深受以往女性民俗研究范式的影响，有着深刻的社会历史原因。"① 在鄂尔多斯地区的蒙古族巧女故事中，巧女要解决的问题大多都是一种考验，最后维护的是以公公为主体的新家庭利益，女性自身的利益只是服从于其所在的婚姻家庭，她自身是失语的。这种失语在表层看不到，但在事实上是一种女性的服从和牺牲。

---

① 王均霞：《讲述人、讲述视角与巧女故事中的女性形象再认识——兼及巧女故事研究范式的反思》，《民族文学研究》2015年第6期，第151页。

第三节　机智的少年与老人

机智人物故事中机智人物的社会身份、阶层属性等问题历来受到研究者重视，而性别、年龄等方面的问题及其背后的文化意义则较少受到关注。鄂尔多斯蒙古族除了流传女性机智人物与巴拉根仓的故事外，还有聪明的男孩与机智老人的故事，故事反映的人物社会身份与阶层属性较为清晰，且与汉族文化中流传的同类型故事有着千丝万缕的联系。

一、"骑黑牛的少年"：机智的儿童

朝格日布讲述的《国师鲁给夏日》《聪明的孩子》[1]《莫日根特木讷》[2]等，属"AT921J　小孩问答胜秀才"型故事，其中又有"AT920A.1　小男童以难制难""920A.3　妙对无理问"等多个故事类型中的情节，均属于机智的男孩巧答刁难的故事。朝格日布讲述的故事由阿尔宾巴雅尔、额尔登高娃采录于1989年，内容大体如下：

> 有五百弟子的喇嘛大师鲁给夏日每天给弟子们讲一次课，其中有一个男童与众不同，总是穿长袍，骑黑牛，看同伴嬉戏。有一天，童子们在道中搭屋为戏，国师经过，请他们收起小屋，男童以"我只听说车于屋前绕行，未曾听说屋为车子让路"为由拒绝收屋。于是鲁给夏日与男童进行了一连串的问答，内容精彩，男童回答了为何一人独坐不与众同嬉，国师不该责其"出言不逊"，用计令国师下车。
>
> 国师中计后，一连4问，每问2题，男孩很好地回答了这一连串自然界的现象及人间的现象形成之原因后，又反问2个问题"雁声为何悦耳"，"翠竹为何常青"，国师回答后，男童以其他现象反诘国师回答无理。
>
> 国师为难男孩子之父，要其回答牛犁一个来回走多少步，男孩教父亲反问先生骑马从家至此多少步；国师要其父准备公牛奶做的

---

[1] 郭永明搜集、整理、翻译：《鄂尔多斯民间故事》，呼和浩特：内蒙古人民出版社，1981年。
[2] 赛音吉日嘎拉、哈斯其伦搜集整理，乌云格日勒、孟克译：《洁白的珍珠》，呼和浩特：内蒙古人民出版社，2010年，第224~228页。

酸奶，男童等国师到后，装作匆忙去为父亲分娩请助产师而反诘国师的无理问。喇嘛从此失去国师名分，成为云游的化缘喇嘛，黑牛娃从此过上幸福的生活。①

根据《国师鲁给夏日》中国师与男童所出难题及解答，该故事的基本情节属于"921J 小孩问答胜秀才"这一故事类型。金氏索引将此故事类型的内容概括如下：

> 秀才坐车下乡，看见一个小孩子在路上堆叠土石作小城玩。他要小孩让路，小孩说："只有车避城，哪有城避车。"秀才语塞，接着双方展开了一连串的问答。秀才所问，大致是：何山无石？何水无鱼？何火无烟？小孩的回答是：土山无石，井水无鱼，萤火无烟。
> 然后是小孩提问题，大致是：鸿雁何以能鸣？绿竹何以冬青？秀才的回答是：鸿雁能鸣因颈长，绿竹冬青因中空。但小孩反驳说："不对，青蛙无颈，为什么也能鸣叫；松柏中实，为什么也是冬青。"秀才再次语塞，讪讪离去。②

金氏索引中注："早期资料见隋侯白《启颜录·论难》第六则、唐姚思廉《陈书·虞寄传》及敦煌卷子《孔子项託相问书》。"③ 张鸿勋在1985年就曾经发表研究论文，指出孔子与项託辨难故事的来源、发展、形成和体制特点，特别是论证了吐鲁番阿斯塔那134号基出土的龙朔二年（662）《唐写本孔子与子羽对语杂抄》残片就是《孔子项託相问书》最早的文本，而且《孔子项託相问书》的部分内容，可能上溯到魏晋时期④。这一点与金氏索引中所举文献最早为隋唐时期的观点是不一样的。1994年，郝苏民教授发表《西蒙古民间故事〈骑黑牛的少年传〉与敦煌变文抄卷〈孔子项託相问书〉及其藏文写卷》一文，指出内蒙古西部民间故事《骑黑牛的少年传》的两个蒙古文版本，一是来自乌兰巴托，一是来自鄂尔多斯，即郭永明搜集的手抄本，译为汉语后其名为"聪明的

---

① 白音其木格、策·哈斯毕力格图搜集整理，乌云格日勒译：《蒙古族故事家朝格日布故事集》，呼和浩特：内蒙古人民出版社，2012年，第258~261页。
② 金荣华编纂：《民间故事类型索引》（第二册），台北：中国口传文学学会，2014年，第659~660页。
③ 同上书。
④ 张鸿勋：《敦煌本〈孔子项託相问书〉研究》，《敦煌研究》1985年第2期，第99~110页。

孩子","可以看出所谓鄂尔多斯的发现本,可能即为达氏①经过整理后的蒙文原文的再抄本,况且原标题也是'骑黑牛的孩子';而'聪明的孩子'的标题显然是译述者郭永明迳改的"②。

张鸿勋及郝苏民诸先生对《孔子项託相问书》这一故事的历史与现状进行了论述,其中郝苏民先生所用郭永明搜集的《聪明的孩子》,即笔者此处所列与朝格日布《国师鲁给夏日》与《莫日根特木讷》同型异文的故事,可见在鄂尔多斯地区的蒙古族中,以《国师鲁给夏日》《聪明的孩子》等为名的此类型故事流传得十分广泛。金氏索引对"921J 小孩问答胜秀才"型故事的情节归类反映出问答的两个层次:知识性问答(有问有答)与刁难性问答(反诘对答),在鄂尔多斯地区蒙古族中流传的此类型故事也大体上可分为这两个层次的问答,但是也有故事文本反映出蒙古族民间故事杂糅与复合的特点:故事的一部分在讲述聪明的孩子的故事,另一部分却是其他类型的故事,但大体还是机智人物故事的复合。代表性的文本即《莫日根特木讷》。

由曹纳木于1984年讲述、赛音吉日嘎啦记录的《莫日根特木讷》的情节与《国师鲁给夏日》相似,但在细节上有差异:强调男孩是个孤儿,乞讨度日。他在街上并未搭房子玩而只是站着,遇到的不是喇嘛国师而是唐王的大臣,他拒绝让路的原因是人走道应该插空走。大臣提出让男童能使自己下轿,男童以能让他上轿为由骗他下轿。大臣要去男童家拜访,男童以隐语"阳光普照,星星闪耀。月做明灯夜夜光,风做掸子时时刮"指出房子原来是破旧毡包,大臣佩服他的智慧,禀报吐蕃王,收男童做了大臣。故事的前半部分属于"921J"型,而接下来的讲述则属于"AT851A.1 对求婚者的考试"型故事,后文将另行论述。

鄂尔多斯地区蒙古族中流传的 AT921J 型故事最富魅力的一方面是问答内容的特殊性与普遍性。普遍性的内容主要体现在反诘性的回答中,如拿出公牛奶、牛犁地一个来回走了多少步等,这些内容不仅出现于聪明的儿童的对答中,也出现在聪明的女性的故事对答中,但在关于机智男性的故事中则几乎没有出现。这些母题仅仅出现在关于女性智慧与儿

---

① 达氏即蒙古国著名学者策·达木丁苏荣(Tsendiin Damdinsüren,1908—1986)。
② 郝苏民:《西蒙古民间故事〈骑黑牛的少年传〉与敦煌变文抄卷〈孔子项託相问书〉及其藏文写卷》,《西北民族研究》1994年第1期,第174页。此处"西蒙古"主要指"西部蒙古族",在清朝官方文字上意指以张家口为界,由杀虎口驿路,自北京至伊克昭盟各部的蒙古族。

童智慧的故事中，本身就是一个颇值得玩味的文化现象，是否意味着女性与儿童在民间文化中本是处于弱势的地位，其所能解决的难题，往往也极其相似？在逻辑上的"女性"与"儿童"的等同，导致机智人物故事中，这些问题的"母题"更加容易彼此替代，交互使用。

在智慧问答中，机智儿童的问答回合内容多于巧女故事，但在内容的复杂性上略逊于巧女故事。事实上，出现在蒙古族巧女故事中也主要是"沙蓬草在说什么""佛灯在说什么"等这一类极具蒙古族生活的地域性与文化宗教特性的问题，而在儿童故事中，更具有生活性的问答内容包括山水村落、夫妇人伦、牛马天地、雁竹蛙松等，在朝格日布讲述的《国师鲁给夏日》中，知识性问答一共有9次，其中国师（长者）有7问，而少年有2问，其问为雁、竹的特征，又反诘先生之答，实际为9问而11答。问答的内容并不具备鲜明的蒙古族生活的特色，而是具有汉族文化传统的影响。朝格日布是一位对汉族文化非常感兴趣的故事家，他在故事讲述中多能展现汉族文化对蒙古族文化的影响力，如《国师鲁给夏日》在内容上就较好地保持了原《孔子项託相问书》的内容。但正如众多研究者在研究中所肯定的，《孔子项託相问书》是孔子传说的一个组成部分，在汉、藏、蒙等多个民族中都有流传。在流传过程中，不断加入一些与本土生活紧密相关的内容。

关于儿童的机智，除了921J型故事外，还有朝格日布讲述的《土丘上的七个孩子》这种与儿童相关但并不属于蒙古族的机智儿童故事，该故事可见于印度故事《三十二个木头人》，其中的情节已经流传成广泛的公案故事，只是在这一故事中，主人公被设定为儿童，但其智慧并不是由儿童所独有，而是因为土丘下埋藏的宝座。这一故事中有两个小故事，分别属于"AT926A.1　到底谁是物主"与"926A　聪明的法官和罐子里的妖怪"。另有朝格日布讲述《三个宝物》属"AT1144A　群魔争宝物"型故事，故事讲述很早以前，世界一片混沌时，一个男孩儿听得懂鸟语，所以来到另一个世界，看到七个小孩儿抢一顶草帽，便出主意让他们比赛从对面的山头往回跑，赢者可得帽，然后自己带着隐身的草帽离开，又连续用这种方法分别得到神履与神棍，最后用这三件宝物治服皇后，杀死害人的喇嘛，成为可汗。但这一用机智"骗"得宝物的情节，其主人公也可能不是儿童，而是其他英雄，如《鄂尔多斯民间采风》中收录的由女性故事讲述人乌莎拉高讲述的《妖精喇嘛和妖艳太太》，故事情节完全相同，但"骗"取宝物的是一个勇敢的后生巴托尔而非儿童，其他情节则与《三个宝物》完全相同。因此，这两类故事并不在笔者研究的对象范围之中。

此外，钱世英搜集，女性故事讲述人嘎庆苏讲述的《聪明的小喇嘛》也是在鄂尔多斯地区流传很广泛的一个故事：

> 老喇嘛在去西天取经的路途虐待小喇嘛，不给饭，动辄打骂。休息时，喇嘛独自吃干粮，小喇嘛饿得拣起他掉在地上的干粮吃。喇嘛喝斥他掉在地上的不许拣。赶路时，骆驼背上的干肉袋掉在地上，小喇嘛故意不拣，结果气得老喇嘛喝斥从骆驼身上掉下的东西都要拣起来。次日小喇嘛一路拣骆驼粪装在干粮袋里，老喇嘛无话可说。①

聪明的小喇嘛以其人之道还治其人之身，整治了吝啬刻薄的师父。这一故事情节，同时还可以见于明干云登与巴拉根仓等系列故事中，因此，就母题的普遍性而言，该故事并不是"聪明的儿童"类的故事，而是喇嘛故事系列，也并不在此处研究的对象范畴。由此而观，在鄂尔多斯地区流传的蒙古族真正的机智儿童故事仅有一个类型，即921J型。是否意味着鄂尔多斯蒙古族的民间文化缺乏对儿童故事的关注，着重培养的是儿童勇敢、忠诚等品质，却并不特别强调机智？

郝苏民先生在研究敦煌写本与内蒙古西部民间故事《骑黑牛的少年传》时，曾对蒙古族流传的此类故事与汉族同型故事之间的关系有所论述："在卫拉特—西蒙古民间一度流传并传播于其他蒙古各部的一则故事，实属汉文书面叙事作品的一种变异。"②而关于孔子与项橐之间问答的故事有着悠久的历史，最早的材料已经可以追溯至《战国策》《史记》等典籍：

> 但据近年来新出土资料与张鸿勋等先生的专题研究可以证明，早在《战国策·卷七〈秦策五〉》中项橐事已有提及，说明距今两千多年前故事雏形已在流传；之后《史记·卷七十一〈樗里子甘茂列传〉》《淮南子·卷十七·十九》《三国志·魏志·杨阜传注》以及《论衡·卷二十六〈实知〉》《汉书》等古籍均有所涉及。据张鸿

---

① 钱世英搜集、整理：《鄂尔多斯民间采风》，呼和浩特：内蒙古人民出版社，1999年，第96~98页。
② 郝苏民：《西蒙古民间故事〈骑黑牛的少年传〉与敦煌变文抄卷〈孔子项橐相问书〉及其藏文写卷》，《西北民族研究》1994年第1期，第174页。

勋迫稽、排比，其"编著年代，有可能上溯到汉晋之时，至少其中部分内容是这样"。至隋唐时，故事有了更趋完整的发展，到了明代，可看出故事历时一直传承而下：明《历朝故事统综》卷九《小儿论》《东园杂字》等皆录这段故事。到了民国时期有铅印《新编小儿难孔子》（北京打磨厂宝文堂同记书铺），今人亦有从民间口头直录的整理稿。例如由张兆荣讲述，张俊青搜集整理于河北省的《拜师》，高国潘等记录于江苏省句容县茅山75岁老人赵长龙讲述的这段故事。以及台湾等地流传着的各类体裁的有关孔子项託斗智故事、唱本、相声等。①

除郝苏民先生所举以上历史文献及近现代口头文本的直录整理稿外，金荣华先生在《民间故事类型索引》"921J 小孩问答胜秀才"这一类型下列举了5则汉族异文，1则维吾尔族异文，2则瑶族异文，3则蒙古族异文，分别流传在江苏、内蒙古、新疆、青海、广西、山东和山西等多个省份②。结合笔者在鄂尔多斯地区蒙古族中搜集到的3则异文，就目前发现并记录下来的该故事类型异文数量而言，蒙古族和汉族流传的异文数量最多。

鄂尔多斯蒙古族中多则《骑黑牛的少年传》异文既有蒙文手抄本，也有朝格日布和曹纳木讲述的口头故事记录本。蒙文手抄本如郭永明译本的《聪明的孩子》，郝苏民先生将郭永明所译手抄本进行研究后，认为这个流传在鄂尔多斯地区的蒙古文抄本即是达木丁苏荣1977年精选出来的《骑黑牛的少年传》的蒙文再抄本③。这两类文本展现了该民间故事类型历经敦煌变文以来的千年变迁，仍然在俗文学与口头文学中保持顽强的生命力。

仅就敦煌俗文学写本与朝格日布讲述的故事《国师鲁给夏日》比较而言，流传至今的蒙古族口头民间故事在问答式的难题考验方式、问答的部分内容以及人物身份等方面，都传承和保留了敦煌俗文学的大部分内容。王重民等人编辑《敦煌变文集》中收录《孔子项託相问书》④，其中孔子和小儿之间的问题共计39个，而朝格日布讲述的《国师鲁给夏

---

① 郝苏民：《西蒙古民间故事〈骑黑牛的少年传〉与敦煌变文抄卷〈孔子项託相问书〉及其藏文写卷》，《西北民族研究》1994年第1期，第175页。
② 金荣华编纂：《民间故事类型索引》（第二册），台北：中国口传文学学会，2014年，第922页。
③ 郝苏民：《西蒙古民间故事〈骑黑牛的少年传〉与敦煌变文抄卷〈孔子项託相问书〉及其藏文写卷》，《西北民族研究》1994年第1期，第174页。
④ 王重民等编：《敦煌变文集》（上册），北京：人民文学出版社，1957年，第231~243页。

日》中的问答共计20个，另有难题考验两个，口头故事的问答在大体情节上与敦煌写本保持一致，但在细节上则向更易于演讲的方向发展，大大缩小了问答的次数，记录本中的近40个问题，几乎被缩减了一半，而问答的节奏也发生了改变，如原写本中的一次16个问题，在蒙古族的口头讲述中是4个小的版块。除此之外，在敦煌写本孔子与项託的问答中，小儿数次被称赞"善哉"，被肯定智慧，在斯坦因本中，还记录了孔子将小儿引荐给天子，由天子向小儿提问的情节，虽然在问题的内容上与其他版本中孔子直接提问的内容并无不同，但都显示出上位者、年长者对于儿童智慧的欣赏与肯定。而在朝格日布及其他人的讲述中，所有称赞性的内容全部被舍弃，彰显国师与小儿的对立。

汉族流传着众多机智儿童的故事，尤其是在童年显示出非同一般的机智与聪慧的名人传说故事，部分故事经过文人的记录与书写，成为中国散文史上的名篇，如《童区寄传》《李寄斩蛇》等，强调的多是以弱小胜强暴时的智慧之力量。而"AT921J 小孩问答胜秀才"强调的是年长者与年幼者之间的智力较量，又强调的是满腹经纶者与刚刚入世的儿童之间的智力较量。但是无论是汉族，还是蒙古族，都已经将此类型故事的具体内容转化成世俗化知识的较量。在民间，我们常常可以听到一些既尊重长者智慧又肯定少儿才能的俗语，如"家有一老，胜有一宝""莫欺少年穷"一类，而相应的也有因年龄小、经历少而需要历练的少年人"嘴上无毛，办事不牢"之类的俗语，《骑黑牛的少年传》受到蒙古族民众的喜爱，表明当地民间故事偏爱的叙事结构中也可以纳入这种"长—幼"对立的结构。

故事的改变往往呈现出两个层面：一是结构层面的改变，一是内容层面的改变。从《孔子项託相问书》的结构来看，一问一答与反问反驳的两种故事结构方式在其他机智人物故事中很少见，如前所述的巧女型故事，同样是反映人的智慧的民间故事，巧女"以问驳问"只是用于解难题，其最初的目的不是为了通过对立来彰显巧女的智能，巧女的反驳只是被动的。问答和反问反驳在921J型故事中较常出现，一系列的长幼对立问答之后，紧随其后的儿童反问长者，又通过对长者看似智慧的回答进行更强有力的逻辑反驳，从而达到进一步肯定儿童智慧的目的，儿童的反驳是主动的，是引人入彀的更为巧妙的计谋与智力。无论在哪一个民族，这种结构的承袭无疑是对这种智谋方式的肯定，肯定的是儿童与长者这两位男性之间的对立中，儿童的崛起与长者的被迫退让都发生在男性与男性之间。而巧女故事的硝烟就要弱得多，因为巧女只是被动应对而不会主动出击，这也与女性在文化中的地位是相应的。

在《孔子项託相问书》向《国师鲁给夏日》的漫长演变和传承的过程中，内容上的改变良多，但关于自然界知识性的内容未发生大的改变，也很少遗漏。发生改变的往往是文化性的内容，如对于男女关系的认知导致的娼妇无夫一类的内容出现于蒙古族的故事讲述中，此处先暂存不论。在故事上通过细节的改变而进行文化的投射，才是内容改变以适应文化并同时彰显文化的重要意义。

在中国大多数民间口头流传的故事中，往往是孔子、秀才等身份高贵的长者与放牛的或者其他贫穷身份的儿童对答，这种对立折射出汉族文化中，上层精英文化努力要塑造的"士农工商"的等级，并对士子在多方面进行优待，"学而优则仕"的阶级流通与财富流通是文化中的"通行证"，是"学"的巨大潜在价值的回报，往往也令读书人在其成长的过程中更加崇尚智慧。孔子传说大体不脱离其"师"的身份，故而在众多敦煌写本中，孔子往往从师的角度对小儿发出"善哉"的肯定语。

在汉族文化中，民众认为读书人是最有智慧的，因此有公私学府、学堂来培养读书人，而蒙古族知识的传承与教授多集中于寺庙，读书识字的权利主要集中在贵族与喇嘛之中，故在《骑黑牛的少年传》等鄂尔多斯地区的蒙古族异文中，多是以喇嘛、国师代替孔子这位老师或其他无名的秀才，这只是顺应文化的变异而进行的故事本土化调整与替代。在汉族故事中，被机智儿童打败的孔子、秀才等人最后只能灰溜溜地逃走或者大度地认输服理，但在《骑黑牛的少年传》中，被反驳得无话可说的国师喇嘛，最后失去了喇嘛地位，而智慧的儿童最后则得到了幸福，这表现出蒙古族文化对于知识与权力的认知，长幼对立的不可调和，发生在男性世界的较量，既是智力较量，也是权力的较量，谁拥有更高的智力，谁就拥有更强大的权力，失去智力优势的人必然也在生活中失去权力的优势。另外，根据郝苏民先生所录的藏族《孔子项託相问书》的写本，小儿的身份被改变而成释迦牟尼的转世，从而肯定小儿的智慧是佛祖的智慧，将故事讲述中的长幼对立变而为儒家圣人与佛祖的宗教对决。蒙古族机智人物故事中反映出来的这种文化倾向与认知，也间或在前述的巧女故事中出现，巧女以智慧胜出，代替或者辅佐愚蠢的太子或王子成为实际的统治者，而非如汉族故事那样，仅将巧女故事的结局呈现在一个家庭内部的权力斗争中。

二、智慧的老人

笔者在鄂尔多斯地区共搜集到 15 则长者智慧的文本,分属 3 个故事类型,即"AT981 被弃的老人智救王国""AT1060 捏石比力气"(另有"AT1060A 握手比力气"属 1060 型故事的亚型),以及"AT330A 计败阎王"型。

(一)弃老救国型:981 被弃的老人智救王国

共有 4 则文本,分别为《孝子》①《老人是活宝》②《老人延寿的故事》③ 和《用尾巴尖儿和胫骨供神习俗的来历》④。

981 型故事在亚洲地区传播广泛,众多研究者很早就注意到这一故事的流传情况,并对各国的同型故事进行比较研究。如刘守华教授曾专文研究"弃老国"类故事。该故事的异文可见于《杂宝藏经》,故事在汉族、蒙古族、朝鲜族、裕固族、回族、达斡尔族、鄂温克族、鄂伦春族、乌孜别克族、锡伯族、塔塔尔族均有流传,且异文众多。金宽雄在比较中国与朝鲜流传的"弃老型"故事时认为:"朝中'弃老型'故事的产生有 3 个条件:1. 印度佛经《杂宝藏经》中"弃老国缘"故事的影响。2. 印度佛经故事唤起人们对远古时代从弃老向敬老过渡过程的回忆。3. 在印度佛经故事基本情节结构的基础上,结合当时各自的风物、习俗特点构成为传说。中朝两国都是农耕文化的国度,是有着敬养老人传统儒教国家,长期以来又都受到佛教文化的熏陶,所以中朝两国的民间均产生相似的'弃老型'故事。"⑤ 这些渊流上的考察不无道理。

《孝子》《老人是活宝》《老人延寿的故事》和《用尾巴尖儿和胫骨供神习俗的来历》均属"981 被弃的老人智救王国"型故事,主要讲述内容如下:

---

① [比利时] 田清波搜集、整理,曹纳木译:《阿尔扎波尔扎罕》(蒙文),北京:民族出版社,1982 年。同时被收入《洁白的珍珠》,故这两则文本实则为 1 则,译文可参见赛音吉日嘎拉、哈斯其伦搜集整理,乌云格日勒、孟克译:《洁白的珍珠》,呼和浩特:内蒙古人民出版社,2010 年,第 126~128 页。
② 彤格乐搜集、整理:《鄂尔多斯蒙古族民间故事》,呼和浩特:内蒙古人民出版社,2006 年,第 177~180 页。
③ 钱世英搜集、整理:《鄂尔多斯民间采风》,呼和浩特:内蒙古人民出版社,1999 年,第 235~238 页。
④ 扎·玛格苏尔扎布、仁钦道尔吉搜集整理,乌云格日勒译:《鄂托克民间故事》,北京:民族出版社,2015 年,第 328 页。
⑤ 金宽雄:《略论"弃老型"故事在中韩两国的流变》,《延边大学学报(社会科学版)》2000 年第 1 期,第 46~49 页。

某个国家（或部落）有着老人年到六十就要被处死的规定/习俗，一个小伙子不忍心用当时的方法（用羊尾巴骨和胫骨噎死）杀死自己的父亲，偷偷在家中挖了地窖，将父亲藏在地窖中，每日送饭菜。

部落/国家面临着灾难/难题，有一个巨大的像骡一样的怪物食人（另有需要判断一根树根的根梢），其他人都束手无策。老人教儿子用一只在特殊的日子四月初八日出生，或者九斤重的猫①分三次露头给怪物看，怪物缩小成一只大老鼠，最后猫吃掉老鼠。

首领（大汗）询问解除难题的是本该被处死的老人后，下令解除了花甲葬的规定。

人们从此用肥羊尾巴供在神龛前庆祝老人长命百岁。

金荣华先生"981 被弃的老人智救王国"的内容简介如下：

> 有一个国家，规定年满六十岁的老人都要被抛弃在荒野。有个大臣不忍抛弃老父，偷偷地把他藏在家中的地窖或山上的洞窟，后来这个国家遇到一些重大的困难，或是强邻派使者携来两只怪兽，要求辨认和比斗，认不出或斗不赢就起兵来攻打。国王和群臣都束手无策，老人知道后告诉儿子应付的办法，解除了危机，国王因此废除了弃老的规定。②

鄂尔多斯地区的"被弃的老人智救王国"在情节上与流传在中国其他民族和地区的同型故事是大体一样的，而在细节上有以下别具蒙古族特色之处：

一是故事中按照规定处死年到六十的老人的方法。在搜集到的 4 则文本中，都讲到要让老人噎死而好过饿死。被处死而不是被弃，处死的方法也一致，这有别于在中国其他民族与地区流传的方法。李道和对搜集到的 55 则弃老型故事的文本进行了分析，指出"老人被弃的方式多种多样。老人一般被丢弃在野外山间，容身之所也可能有人工凿就的山洞或搭建的窝棚，老人在那里等待自然死亡，实际也是被饿死或被野兽害

---

① 在湖北武当山地区流传的《斗鼠记》中，是用 13 斤半的猫斗败牛一样大的犀鼠。而根据众多学者的异文搜集情况，981 型故事主要出现在中国的华北地区，南方异文相对较少，湖北与江苏有少量异文。
② 金荣华编纂：《民间故事类型索引》（第三册），台北：中国口传文学学会，2014 年，第 746 页。

死"①。认为"多样化的抛弃或处死方式，实际关联了多种丧葬习俗"②。而李道和教授搜集到的异文并不包含鄂尔多斯地区的蒙古族异文。又多年持续关注弃老型故事和湖北地区"寄死窑"现象的刘守华教授也曾指出，湖北武当山地区流传的弃老型故事中，老人多是被弃于寄死窑中。不过鄂尔多斯地区此类故事的细节与当地蒙古族的丧葬习俗似并不相关，处死六十岁老人的原因在当地的一则故事文本中曾提到，即因为老人无用而要占用物质资源，部落首领残忍地命令处死过六十岁的老人。"中国弃老型故事尤其是'智胜异族挑衅'的亚型多集中于东北、华北、西北恐非偶然，那是因为北方游牧民族的首要事务是战争和狩猎。"③ 伦理的认知先于风俗的改变，而风俗的改变有赖于伦理的认知与社会规范的重新确立。在流传的4则鄂尔多斯弃老型故事中，让老人饱食而亡的处死方法，与蒙古族丧葬礼俗中"人死无棺椁，毡裹尸，弃于野，猛兽食之，野禽啄之，不顾也；盖佛家以尸饲禽兽为善根云"不同④。将尸体交还给大自然，由秃鹫啄食而尽的处理，既佛家饲养禽兽亦知为善行，又何论饿死父母？故而这一故事原初可能经由印藏而传入蒙古族，经过民族化的变异，改处死方式饿死为饱食而死。

刘守华先生认为："民间传说须依托于实有的人或物之上方能具有可信性而获得有力传播，'寄死窑'就是一个活生生的'传说核'。它促使相关传说在许多地方传承不息，'老人是个宝'的理念深入人心，孝养老人的风气蔚然不衰。这样，它就成为值得我们珍视和称道的民族文化优秀传统了。"⑤ 只是鄂西北地区发现的大量"寄死窑"成为当地民俗讲述《猫鼠斗》这一类型故事的地方实物，而在鄂尔多斯地区敬神时用羊尾巴进行祭礼的习俗与敬老习俗相关联起来。蒙古族的祭礼既有举行于室外的"鄂博"，也有举行于毡庐的"毡庐之祭"：

> 蒙人每人家门首，必请喇嘛书写咒文，张贴户上，或挂小旗于屋顶，顶礼默念经文三数遍，而后敢及于饮食诸事也。凡饮食，必先供佛，然后率家人食之。终年以为常，其贫极不暇念经者，则皆

---

① 李道和：《弃老型故事的类别和文化内涵》，《民族文学研究》2007年第2期，第37页。
② 同上。
③ 同上，第38页。
④ 转引自丁世良、赵放主编：《中国地方志民俗资料汇编·华北卷》之《绥蒙辑要》，北京：书目文献出版社，1989年，第737页。
⑤ 刘守华：《走进"寄死窑"》，《民俗研究》2003年第2期，第125~130页。

引以为憾事矣。①

因此，敬佛是一件日常生活中的必做之事。无论贫富，均遵从此习俗："至乌、伊两盟各旗之王公，多有建筑府第者。蒙古包之内，除中央一部铺毡子，富者则于正面设高座。入其包内，左方为男居所，来客于此处入座席为礼。正面稍左，斜置木柜，其上供佛像，前设佛具、乳肉，以黄油点小铜灯，此为'圣坛'，朝夕礼拜无缺，臣时无以足向之者。"②由此可见，在庐内的日常生活祭祀中，牧民必是将自己日常所食的食品先恭敬地呈现给佛龛。而根据罗布桑却丹的记录："早先，纯蒙古食物是茶和稀饭。……肉食以牛羊肉为主，把牛羊的后半身整个煮熟当作布呼力（囫囵）来吃……不管多大的宴请，都要以布呼力为先。三布呼力是牛、羊、猪三种牲口的武查（译者注：武查指白条肉的后半身），这叫三个布呼力。"③ 笔者在鄂尔多斯地区调查时，受到蒙古族同胞的欢迎与款待，而每逢较大型的宴会，主人家通常会制作"羊背子"（即制作讲究的整羊），将羊头恭敬地向着客人，再分食"布呼力"（羊身的后半部分），而其中需要敬献给家中最年长者的，即是肥美的羊尾部分。在享受这些美食之前，需要先将这些布呼力敬献给神龛，故而在4则异文中，每一个故事的结尾都惊人地一致，用于解释此一习俗与弃老传说之间的关系：

> 臣民百姓高兴极啦，煮了肥绵羊尾巴供在神龛前面，祝老人长命百岁。这个习俗一直延续至今。④

鄂尔多斯地区蒙古族中流传的此类故事最后都被引向解释蒙古族的生活习俗，因此我们可将此类故事定为风俗的解释性传说，这与该故事类型在大多数汉族地区的流传有较为鲜明的差异。刘守华教授曾指出："早在一千多年前，即已传入中国的印度佛经中的《弃老国》，原本是印度民间传说，后作为推行孝道的教训性故事广泛传播，其结果，便在人们口头上变得普遍化、故事化了。它在流动中再同我国某些地区的有关风物、习俗（或对这些习俗的记忆）结合起来，又构成为传说，内容趋

---

① 转引自丁世良、赵放主编：《中国地方志民俗资料汇编·华北卷》之《绥蒙辑要》，北京：书目文献出版社，1989年，第737页。
② 同上书。
③ 罗布桑却丹著，赵景阳译：《蒙古风俗鉴》，沈阳：辽宁民族出版社，1988年，第16~17页。
④ 乌莎拉高口述，1988年钱世英搜集、整理。见钱世英搜集、整理：《鄂尔多斯民间采风》，呼和浩特：内蒙古人民出版社，1999年。

于泛化的故事落脚在特定背景上，因而变得传说化了。"① 鄂尔多斯的 AT981 型故事在地化为蒙古族日常生活祭祀仪式的解释性传说过程中，故事的主旨不仅仅是为了宣扬孝道，而是在肯定孝道的同时，赞扬老者的智慧，如果说汉族的众多弃老型故事中，AT981 型是肯定个人的孝道行为并将之推广为一种对老人的尊重，那么鄂尔多斯蒙古族的同型故事在叙事表述中以传说的方式将长者智慧固化到日常生活仪式中，比之一般性的生活故事更加具有附着性，得到更为稳定的流传。

（二）老人机智比力气：AT1060　捏石比力气

AT1060 型故事在鄂尔多斯蒙古族中共搜集到 3 则文本，分别为《足智多谋的老两口》②《蟒古思》③《光头老汉和狼》④。另有《猎人和狮子》⑤ 在情节上与 1060 型故事相近，也属"机智的老者"的故事，猎人与狮子斗智斗勇，狮子的角色代替了大多同型故事中的蟒古思角色。但在《猎人和狮子》中并未说猎人是一位老者，当属故事在流传过程的变异。

金氏索引中，"1060　捏石比力气"情节概括如下：

> 人和妖怪比力气，妖怪用手把一块石头捏碎，人则捏石灰，表示力气更大，可以捏得更碎；或是捏鸡蛋、萝卜等物，以示不仅捏碎，更可捏出汁水来，于是妖怪认输而逃。⑥

金先生列举了 11 则中国此类型故事的异文，主要来自蒙古族、汉族、达斡尔族、哈萨克族、柯尔克孜族、维吾尔族、乌孜别克族，包括《中国民间故事集成·新疆卷》的一则蒙古族文本《智斗蟒古斯》和《中国民间故事集成·青海卷》的一则蒙古族异文《老头儿和黑猩猩》，都属于复合型故事，如《智斗蟒古斯》还与 176B 型和 78 型复合，而

---

① 刘守华：《走进"寄死窑"》，《民俗研究》2003 年第 2 期，第 125～130 页。
② 最早见于《阿尔扎波尔扎罕》，同时被收入《洁白的珍珠》。［比利时］田清波搜集、整理，曹纳木译：《阿尔扎波尔扎罕》（蒙文），北京：民族出版社，1982 年。赛音吉日嘎拉、哈斯其伦搜集整理，乌云格日勒、孟克译：《洁白的珍珠》，呼和浩特：内蒙古人民出版社，2010 年，第 72～74 页。
③ ［比利时］田清波搜集、整理，曹纳木译：《阿尔扎波尔扎罕》（蒙文），北京：民族出版社，1982 年，第 203～205 页。
④ 郭永明搜集、整理、翻译：《鄂尔多斯民间故事》，呼和浩特：内蒙古人民出版社，1981 年，第 136～139 页。
⑤ 同上书，第 129～135 页。
⑥ 金荣华编纂：《民间故事类型索引》（第三册），台北：中国口传文学学会，2014 年，第 796 页。

《老头儿和黑猩猩》则是 176B 与 1049 型的复合。而其异型"1060A　握手比力气"的异文更少,仅有 3 则异文,分别来自回族和撒拉族。可见这样的故事类型主要流传在中国北方地区,而南方地区只搜集到江苏的《人鬼比本领》这一则异文,可见于《中国民间故事集成·江苏卷》①。1060 型故事在蒙古族的传播中总是与其他故事相复合,但在鄂尔多斯地区流传的故事则稍有例外。《足智多谋的老两口》与《蟒古思》属于同一则故事记录本的不同译本,见于《洁白的珍珠》的故事异文《足智多谋的老两口》,包含了《蟒古思》的故事情节,是一个更为复杂的故事。故而此处主要介绍《足智多谋的老两口》的内容:

> 老两口中的丈夫是个懒惰的人,妻子将一瘤黄油埋在附近,激励他起床而有收获,次日又让他捡到自己放的一千个钱。第三天老头自己主动出去转时遇到蟒古思,为了逃命,他骗蟒古思比赛箭射山头。老婆子用计预埋山羊内脏而使老头胜过蟒古思,让老头扬言要吃蟒古思而吓退了对手。老头回程途中捡到一只破铃铛。
>
> 蟒古思逃命途中遇到狐狸,说出赌输的事。狐狸扬言要带蟒古思去抓老两口家的山羊吃,被绑在蟒古思的腰带上一起去老两口家。老头儿见到狐狸与蟒古思,摇着铃铛说大话:要煮食各种蟒古思的内脏。蟒古思吓得拼命逃。最后逃跑时摇晃死了狐狸。老头追上来后,蟒古思央求他不吃自己,答应要什么给什么。在随蟒古思回洞途中,蟒古思的屁将老头吹得险下沙崖,抓着草才爬上来,老头威胁是去拔草来堵放屁的眼。蟒古思再次被吓到而逃窜。老头回去后过起了幸福安宁的生活。②

故事的前半部分是属于 1060 型故事的异文,比力气的具体情节有差异,不是比赛捏石子等,而是非常具有蒙古族特色的射箭。第二个回合与第三个回合在情节功能上与第一个相同,一个是通过撒谎来吓退蟒古思,与"怕漏"型故事的后半部分相似,最后一个回合的比试在具体内容上也是非常具有蒙古族的文化特色:草是游牧民族非常重要的资源,在故事中出现也就非常具有生活气息。这种三个回合的重复比试,在情节安

---

① 金荣华编纂:《民间故事类型索引》(第三册),台北:中国口传文学学会,2014 年,第 797 页。
② 赛音吉日嘎拉、哈斯其伦搜集整理,乌云格日勒、孟克译:《洁白的珍珠》,呼和浩特:内蒙古人民出版社,2010 年,第 72~75 页。

排上用性格人物引入。在这个故事中，有智慧的不仅是老头儿，还有老婆婆。他们的相互关系也非常民间化：一个聪明勤劳，一个却有点懒惰，恰如生活中常见的搭配互补。力气显然受到尊崇与肯定，但智慧是比力气更重要的才能。故而在 AT1060 故事中，才会连接三次比力气，通过运用自己的机智，在与对手比力气的过程中威慑住对手。

（三）老人机智斗败神佛：AT330A 计败阎王

AT330A 型故事在鄂尔多斯地区蒙古族中流传的异文数量较多，笔者搜集到的 5 则异文为：《倔强的宝日老头儿》、《巴拉根仓的故事》（二）①、《斗不过的鲍老头》②、《施主》③、《帕楞生的故事》（之四）④。其中《倔强的宝日老头儿》《斗不过的鲍老头》这两个文本可视为一个亚型的同型异文，是老者与天神（佛）之间的斗智；而《帕楞生的故事》（之四）与《巴拉根仓的故事》（二）和《施主》这三个文本中，故事主人公并不是老者，年龄不明，疑似中年人或者青年人，他们与阎王斗争，但是《斗不过的鲍老头》《施主》又都有与《锅漏》等在鄂尔多斯地区流传的其他蒙古族故事相似的情节，即都有"176B 人唬走了老虎"中"身系虎背被拖死"的情节和"122 利用机智逃过被吃"中以大话吓退对手的情节。此处主要讨论的是以老人为主人公的两则故事《倔强的宝日老头儿》与《斗不过的鲍老头》。

"AT330A 铁匠与死神"丁氏索引曾收录过 34 例异文，而顾希佳教授则在其论文《"斗阎王型"故事的比较研究》中比较了近百例异文。这些研究都少有关注到斗阎王的一般是老者，且老者智慧在此主要是为了争取生存的权利，当与老人渴望长寿的心理有关。金氏索引中如此归纳"330A 计败阎王"：

> 阎王派小鬼去抓人，这人却让小鬼上当而抓不到他，甚至阎王亲自来抓他也受了骗。小鬼的上当如：被铺在地上的豆子滑倒，眼睛被放进热胡椒粉，醉后被塞进酒坛，坐在椅子上被黏住；阎王的受

---

① 赛音吉日嘎拉、哈斯其伦搜集整理，乌云格日勒、孟克译：《洁白的珍珠》，呼和浩特：内蒙古人民出版社，2010 年，第 171~172 页，第 377~382 页。
② 宝斯尔、王立庄主编：《成吉思汗的两匹神马：鄂尔多斯传说故事》，呼和浩特：蒙古学出版社，1992 年，第 95~98 页。
③ ［比利时］田清波搜集、整理，曹纳木译：《阿尔扎波尔扎罕》（蒙文），北京：民族出版社，1982 年，第 318~322 页。
④ 彤格乐搜集、整理：《鄂尔多斯蒙古族民间故事》，呼和浩特：内蒙古人民出版社，2006 年，第 59~61 页。

骗如：误信这人的花布伞是阳灵伞，而被换走了用以捉人的阴魂伞；或是误信这人的牛比他的马好，结果让这人骑上他的马跑掉了。①

并将这些故事分为主型"巧骗型"与亚型"巧骗复合型"和"听论型"。顾希佳教授指出：

> "斗阎王型"故事讲述了普通老百姓与死神之间的"生死搏斗"，是不怕鬼故事的一种，同时它又成为了机智人物故事型式之一，在我国各族人民中间广为流播。②

在鄂尔多斯同型异文中，故事的情节结构模式即从"斗"的方式来看，《斗不过的鲍老头》亦属于330A型故事。但在具体内容上，与丁氏索引所归纳的情节有很大的差别，但也不同于金氏索引中的具体情节。《斗不过的鲍老头》情节简介如下：

> 老头鲍尔有一些有特点的家畜。发愿用刚出生的粉白绵羊羔子祭天时，玉皇大帝的渡鸦冲下来啄了羔羊的眼睛。老头骑上会飞的铁青马挖了渡鸦的眼睛。
>
> 玉皇大帝差两只狼来吃老头的铁青马，老头预先知道后用不会飞的铁青马替代了会飞的铁青马。老头为了给被吃掉的不会飞的铁青马报仇，骑上会飞的铁青马追上并杀死了两狼，剥下狼皮。
>
> 玉皇大帝差龙劈死老头，鲍老头用青蒿黄蒿绑了草人儿，被两龙雷轰电击成灰。鲍老头骑上会飞的马剥下了两龙的尾巴。
>
> 玉皇大帝派两个小鬼害鲍老头儿。鲍老头儿用烧开的水烫烂了鬼脸。
>
> 玉皇大帝气极，派天兵天将捉来鲍老头儿。一番对答中，鲍老头逼得玉皇大帝不断地以"这样看来你是对的"来判断每一次老头儿的反击。最后只好放老头回到凡间。③

---

① 金荣华编纂：《民间故事类型索引》（第一册），台北：中国口传文学学会，2014年，第285页。
② 顾希佳：《"斗阎王型"故事的比较研究》，《宁波大学学报（人文科学版）》2001年第3期，第47~51页。
③ 宝斯尔、王立庄主编：《成吉思汗的两匹神马：鄂尔多斯传说故事》，呼和浩特：蒙古学出版社，1992年，第95~98页。

故事的最后：

> 就这样，机智勇敢的鲍老头，战胜了不可一世的玉皇大帝，返回宝勒焦图的宝日陶勒盖山，骑着会飞的铁青马，放牧着他那七只青绵羊，逍遥自在，平安无事。①

丁氏索引中，情节 I 的部分"无赖为了酬谢一个腐败的神，答应供奉，但他不是失约，便是不停地贿赂那个神。这样别的神便一定要惩罚他"②。《斗不过的鲍老头》与《倔强的宝日老头儿》在文化意义与主题的表达上都有相近似的部分：《倔强的宝日老头儿》中的天神、《斗不过的鲍老头》中的玉皇大帝取代了阎王的角色。

故事主要发生在两个角色之间：老头儿与天神/玉帝。这与汉族的同型故事中人主要是和阎王相斗形成了对比。330A 型故事的文字记录可以追溯至唐代，在各个地区的传播非常广泛，角色也较稳定地是人（尤其是老者，有时是彭祖）与阎王的斗争。顾希佳指出："（《酉阳杂俎》中的）天翁追赶不及，进不了玄宫，丢了宝座，只好徘徊在人间。以上情节的大致框架，完全可以与后世流传的'斗阎王型'一一对应。所不同的是前者上天，将天翁取而代之；后者入地，将阎王取而代之。而这种人物身分设置上的差异在民间故事的流传过程中是常见的。只要故事的情节结构大致相似，主人公的对手是谁并不重要。讲述者随意置换的结果不影响故事的传承和流播。"③ 但主人公是谁？主人公的对象是谁？这并不是不重要的内容。

《斗不过的鲍老头》中的玉帝，拥有派遣各种动物、天兵天将来处死鲍老头儿的权利，但玉帝显然是一个道教中的神灵，在蒙古族中，也有道教信仰，自元代就开始传播，但远不如本土的萨满信仰和藏传佛教的信仰普遍。而民间故事中的玉帝之称显然不是指道教中的玉皇大帝，而是等同于天神。天神是蒙古族固有信仰中的神，对天神腾格里的信仰是蒙古族信仰中至今仍然非常重要的组成部分。蒙古族把天看成自然界

---

① 郭永明搜集、整理、翻译：《鄂尔多斯民间故事》，呼和浩特：内蒙古人民出版社，1981 年，第 97 页。
② ［美］丁乃通编著，郑建威等译：《中国民间故事类型索引》，武汉：华中师范大学出版社，2008 年，第 62 页。
③ 顾希佳：《"斗阎王型"故事的比较研究》，《宁波大学学报（人文科学版）》2001 年第 3 期，第 47～51 页。

的根源,"其俗最敬天地,每事必称天"①,"天是至高无上的神,是生命的源泉"②。"他们相信只有一个神,他们相信它是一切可见和不可见事物的创造者,它是世界上的美好事物,也是种种艰难困苦的赐予者"③。正是因为对于天神的信仰在蒙古族人的日常生活中有着如此重要的地位,故而在故事中,成为老头儿斗争的对象也就具有不同于其他地区流传的"智斗阎王"故事的意义。

周阳在《幻想故事〈斗阎王〉鉴赏》一文中认为斗阎王是人与死神之间的搏斗,"战胜死亡"是故事的主题④。但是在《斗不过的鲍老头》与《施主》《锅漏》等故事中,主人公从最初为什么斗开始,就不是单纯地为了战胜死亡,而是对于自己财产的保卫和对信仰的维护。在一般的 AT330A 型故事中,都是某个机智人物因为谎骗周围的人而引起后来与阎王之间的较量,在鄂尔多斯机智老人故事中,一开始就是老者受到欺负而要反抗。因此斗的原因是保卫自己的物质财产并进而保卫自己的生命财产。在斗的方式上,丁氏索引及现有的研究都表明,计谋诓骗是主要的方式,在《施主》这一则以年青人为主人公的 AT330A 型故事中,也是以计谋诓骗为主,但是在《斗不过的鲍老头》与《倔强的宝日老头儿》中,则主要是机智应对的计谋和语言的力量,在语言的力量背后是合乎逻辑的蒙古族智辩传统。在鄂尔多斯地区流传的"计败天神"的 330 型故事的蒙古族亚型首先要表达的是对于自己劳动所得财产的正常权益哪怕是天神也不得侵犯。两个故事中的两个老头都养了很好的绵羊,并计划用好的羊羔来祭祀天神,却反被天神的"下属"渡鸦啄瞎眼,从而展开了神人之间的一系列对峙。老者愿意用自己劳动的果实虔诚地敬献天神,但绝不能纵容天神对自己的财产随意侵犯,为此,老者化身为勇敢的蒙古族"英雄",骑会飞的马儿去追玉帝派下来的各种加害者,这些内容与唐代段成式《酉阳杂俎》的同型故事,天翁与刘坚(机智人物)乘飞龙追逐有着异曲同工之妙。但是两个文本中的后半部分都是以天帝和老头儿(凡人)之间的连环对话来迫使天帝妥协,从而进一步颠覆了人对天神唯唯诺诺、无力反抗的认知,老人成功地捍卫了自己的财产,也自然没有受到任何惩罚。

---

① 王国维笺证:《蒙鞑备录笺证》,北京:文殿阁书庄,1936 年,第 33 页。
② [俄]道尔吉·班扎罗夫著,乌云毕力格译,《黑教或称蒙古人的萨满教》(蒙文),呼伦贝尔:内蒙古文化出版社,2013 年,第 15 页。感谢葛根曾布道博士的译文审校。
③ [英]道森编,吕浦译:《出使蒙古记》,北京:中国社会科学出版社,1983 年,第 9 页。
④ 周阳:《幻想故事〈斗阎王〉鉴赏》,《湖北广播电视大学学报》2008 年第 1 期。

综合以上三个有关机智老人的故事类型，从"被弃的老人挽救国家""斗败蟒古思"和"计败神佛"这三个内容来看，除了"被弃的老人挽救国家"没有幻想色彩，属于生活故事，另两个类型都属于幻想故事。目前搜集到的机智人物故事，如果是从年龄与性别的分类来解读故事内容，其中的巧女故事多属生活故事而较少魔幻的情节，机智儿童故事与巴拉根仓故事系列及其他机智的男性人物的故事均属于生活故事，仅有机智老人的故事一部分属于生活故事，如弃老型故事，另一部分却属于幻想型故事。这个现象颇为独特，何以仅有机智老人的故事才是魔幻故事，老者斗的对象一般不是人，而是动物、天神、鬼怪等，而巧女（年轻的女子或媳妇）、儿童（均是男孩）、聪明的中年男子斗智的对象一般都是现实生活中的人？但不管是属于生活故事，还是属于幻想故事的机智老人故事，老人施展自己的智谋，其直接目的都是为了在生死存亡的关头能够自我保护，捍卫自己的生存权、财产的所有权。这是机智老人的故事与巧女故事、机智少年故事与机智男人，如巴拉根仓故事系列最巨大的差异之处。

在鄂尔多斯蒙古族流传的众多机智人物故事中，只有老人的智慧主要用于生存与财产的斗争，正是故事反映生活的表现。老年人的生活重心，最大的问题就是生存和死亡，即养老问题，包括能否安然养老、谁来养老、养老的质量如何等方面，而是否拥有财产，则又直接决定了老人晚年的生活质量。关于青年女性的巧女故事、机智儿童与机智的中青年男子等故事反映出来的问题不一样，青年女性面临的是嫁给谁，如何从一个家庭走向另一个家庭，如何在新的家庭中立足，如何确定自己的家庭与社会地位等问题。儿童面临的则是成长问题，其中最重要的就是教育问题，智力的较量也涉及现实中孰强孰弱的问题。而中青年男子面临的往往是社会问题，即如何定位自己的身份地位。故而《倔强的宝日老头儿》与《足智多谋的老两口》等故事在一开始，都介绍老两口或者老头拥有一定的牛羊，即固定的生活资料和财产。要保有自己赖以生存的生活资源，无论面对的是要弃老、杀老的君王或部落首领，还是蟒古思或天神，老人都必须用自己的智慧，而不只是权力。

从鄂尔多斯地区流传的以上关于机智老人的故事类型异文情况看，这些故事类型均与佛教文化和汉族文化在鄂尔多斯地区的流传密切相关，主要是蒙藏、蒙汉文化交融的结果，但故事无论是在情节的选择、角色身份的选定、情节内容的迭移来看，都已经本地化，成为具有丰富蒙古族文化色彩的民间故事。尤其是"弃老救国"型故事与"捏石比力气"

型故事，更是在故事细节上较为完全地蒙古化，异文数量多，语言和文化色彩特色鲜明，值得品读与研究。

第四节　巴拉根仓故事

鄂尔多斯地区流传的巴拉根仓故事大约有 10 则。这些故事共同呈现出该地区巴拉根仓故事较为集中的特性，即巴拉根仓既是愚弄者，又是被愚弄者。

一、"说谎大王"巴拉根仓

吉仁泰 1965 年讲述的一系列故事中，记录为"《巴拉根仓的故事》（一）"的文本开篇即为：

> 我在野外走着，突然，被艾菊丛里噗隆噗隆的声音吓着。……一只麻雀在用脚后跟搅嗜酸奶，而且是在牛的桡骨里。……于是，我吃了十碗拌嗜酸奶，吃了七十碗拌油……一看，七八十只老鼠在驮着盐走。三四岁的老鼠，个驮了五大桶，两三岁的老鼠，个驮了三大桶。……结果看见我父亲的枣红骒马，在外海的边上，在太阳的底下，生下了一匹海骝马驹，正舔着新生儿的胞衣站着。①

以第一人称"我"进行的讲述，讲述内容与其在 1958 年的讲述一致，其第二个巴拉根仓故事中，开篇即讲述：

> 从前，有一个叫巴拉根仓的人，他是个说谎大王。而天神的天庭里也有一个阎罗王，他十分可怕。②

吉仁泰③讲述的第二则巴拉根仓的故事，属于"AT330A　铁匠与死神"这一编码，丁氏索引中沿用这一编码，收录 1960 年代以前的中国故事异文 34 篇，金荣华先生在《民间故事类型索引》（一）中搜集中国民

---

① 赛音吉日嘎拉、哈斯其伦搜集整理，乌云格日勒、孟克译：《洁白的珍珠》，呼和浩特：内蒙古人民出版社，2010 年，第 372~373 页。
② 同上书，第 373 页。
③ 《洁白的珍珠》收录吉仁泰讲述的多则故事，但译文有时写作"吉仁泰"，有时写作"吉仁态"，尊重原译文，根据故事后的讲述者姓名，如实在后文分别写作"吉仁泰"与"吉仁态"，二者实为一人。

间故事集成各省卷本和各类故事集中的文本大约有46则,并根据中国流传的此类型故事的内容调整为"AT330A 计败阎王"型,这些异文中包括蒙古族故事4则,分别为流传在新疆地区蒙古族中的《霍托智斗阎王》《斗阎王的小伙》与内蒙古地区的《斗阎王》及《万里哼》①。

顾希佳先生《敢把皇帝拉下马——"斗阎王"故事解析》一文在掌握近百则异文的基础上,将此类故事定名为"斗阎王"并设主型"巧骗型"与亚型"巧骗复合型"和"听讹型"②。顾希佳先生根据收集到异文内容指出"巧骗复合"型的故事是机智人物故事的有机组成部分,并以在广东潮州收集到的《司命公与全无味》(黄昌祚采录)为例,与刘守华先生在1983年前后搜集到的"谎张三"故事相比较,同时列举了蒙古族的巴拉根仓故事,所用文本为陈清漳整理的《斗阎王》③。吉仁态讲述,巴拉根仓因为被称"说谎大王",结果发生了以下故事:

> 天神的天庭里的阎王派牛鬼来抓他,巴拉根仓能预料一切,骗牛鬼套上牛犁受到鞭打一整天地犁地,最后逃回阎王处;阎王派来土蜂鬼,巴拉根仓用吹满气的牛膀胱,诱使土蜂鬼从门框梃上的洞飞进膀胱里,并不停揉搓牛膀胱一整天,土蜂鬼逃回阎王处;阎王派"聪明的鉴别手"来抓巴拉根仓,他却乔装打扮死亡的样子骗过鉴别手;阎王用镜子看出真相,亲自来抓巴拉根仓,他用灰渣捏的青牤牛骗得阎王相信牛比自己的黑骡子快,并互换了衣裳,结果巴拉根仓骑着黑骡子到阴曹地府,做了阎罗王,反而将已经敲碎灰渣做成的青牤牛的真阎王打下了炼狱。④

巴拉根仓与阎罗王之间的斗争虽然有不少蒙古族民族生活文化的影子,但是其中来自农耕文化的一些细节则展现出这一则故事很有可能是从汉族流传到鄂尔多斯蒙古族中的,如天庭、牛鬼的概念与在汉族民间流传颇为广泛的阎罗王及其手下得力干将牛头马面的故事,骗的手段中,牛鬼被骗而当牛犁地等。AT330A型故事在汉族文献中的历史颇为悠久,

---

① 金荣华编纂:《民间故事类型索引》(第一册),台北:中国口传文学学会,2014年,第285~286页。
② 顾希佳:《敢把皇帝拉下马——"斗阎王"故事解析》,刘守华、林继富主编:《中国民间故事类型研究》,武汉:华中师范大学出版社,2002年,第507页。
③ 同上,第510~512页。
④ 原故事见赛音吉日嘎拉、哈斯其伦搜集整理,乌云格日勒、孟克译:《洁白的珍珠》,呼和浩特:内蒙古人民出版社,2010年,第373~377页。

唐代段成式《酉阳杂俎》中关于张天翁斗刘天翁的故事，明代王世贞《列仙全传》卷九中的异文记述及清代俞正燮《癸巳类稿》卷一三中的记载，都展现出这一故事类型的传说特质。故事类型游移到蒙古族，被安在著名的机智人物巴拉根仓的名下，也毫不违和。只是其间巴拉根仓出于自卫，丝毫不害怕来自阴间的阎王，还用自己的智慧取而代之，成为阎罗王，而把以前的阎罗王打下炼狱，整个过程对捍卫财产的正当性、机智对于捍卫财产的重要性、对于原来的权利拥有者因其愚蠢和贪婪而失去其地位甚至受到惩罚的轻描淡写，都展现出蒙古族民间故事对待机智人物的"机智"的赞赏。

《洁白的珍珠》收录四个说谎大王的故事，第四则说谎大王的故事的讲述者即为1965年讲述两个巴拉根仓故事的吉仁态。可见在故事讲述者的眼里，说谎者即为巴拉根仓，而其所讲述的关于巴拉根仓"AT 330A 计败阎王"型故事，在上文论述机智老者部分，笔者曾就其主要情节与文化的意义进行过详细的论述，当这一则故事被归入到巴拉根仓这个"说谎者"名下时，显然并没有如同在智慧老者的文本中那样，出于对长者智慧的尊重和对自己所属财产的维护等而运用巧智。在巴拉根仓为主人公的 AT330A 型故事中，"阎罗王认为巴拉根仓在挑唆赡部洲的众生"①，于是要将说谎的巴拉根仓抓到阎罗殿来审问。可见，既不是出于对财产的维护，也不是出于对生命的尊重，而仅就说谎的不良后果来评判巴拉根仓的智慧，在这里实际是带有哂笑的不同阶层人物的对抗，故事的最后结局，是巴拉根仓代替了阎罗王的位置，运用智慧和谎言当上了阎罗殿的统治者，而原来判定他挑唆众生的阎罗王却被巴拉根仓送进了十八层地狱。

智慧在吉仁泰的讲述中被等同于"说谎"并不是偶然，据《洁白的珍珠》中出现明确归属为巴拉根仓故事的文本内容与标题为《说谎大王》的系列故事情况，结合吉仁态对于巴拉根仓故事和说谎大王故事的情况来看，是否《说谎大王》的故事系列实际也属巴拉根仓故事类型群？或者巴拉根仓故事很大程度上即是关于说谎大王的故事？这是仅在鄂尔多斯地区蒙古族才出现的情况，还是蒙古族流传的巴拉根仓故事的一种普遍状态？无独有偶，根据芒·牧林先生的研究，巴拉根仓与说谎在词源上原本就具有关联性：

---

① 赛音吉日嘎拉、哈斯其伦搜集整理，乌云格日勒、孟克译：《洁白的珍珠》，呼和浩特：内蒙古人民出版社，2010年，第373页。

巴拉根仓的前身叫"答兰·胡达勒齐","答兰"是 dalam，在蒙语的本义是"七十"，转义为"无数、众多、富有、善长"的意思。"胡达勒齐"（xudalchi）是"说谎的人"。所以"答兰·胡达勒齐"的语义就是"说七十个谎言的人"。①

林修澈曾从白贼七仔的"七"与巴拉根仓原蒙古族名字的"七十"比较这两个民族机智人物故事中的人物身份、产生与记录的时代等多个方面。在机智人物故事中，说谎是机智人物的重要特点之一，而说谎就是愚弄他人，在巴拉根仓的系列故事中，并不都是 AT330A 型故事中如此具有愚弄他人的正当性的，甚至在有的巴拉根仓故事中，以说谎来愚弄他人还是为了满足自己的私欲。

在田清波搜集于 1937 年的巴拉根仓故事中，诺木丹讲述的《巴拉根仓的故事》（二）即是通过连环骗而获利。这一则故事属于广泛流传在蒙古族中的一个故事类型，在诺木丹的讲述中，施行骗术的是巴拉根仓，笔者在前文中曾指出其与钱世英在《鄂尔多斯民间采风》中搜集的《三颗麻籽赎血汗》属同型异文，都属于以物易物，越易越大的故事，与传统民间故事中以物易物，越易越小的故事类型"1415　傻人幸有贤妻"（又名"老头子说的都有理"）在以物易物的程式结构上有相似性，并拟以编号为"1526C.1　巧计连环骗钱财"。但同样是程式故事，在 1930 年代诺木丹的讲述与 1988 年巴巴的讲述中，以小物易大物，在细节上的变化则导致故事具有了完全不同的意义。

诺木丹的故事讲述可见表 5-2：

表 5-2　诺木丹故事

情节进展	对象行为	手段	要求	结果
巴拉根仓赶路求宿，要求主人保证没有老鼠吃掉他的三颗芝麻。	被借宿的主人主动要求代为保管。	巴拉根仓冒充老鼠啃掉三颗芝麻。	无辜的主人挖开自家墙面找到老鼠赔给巴拉根仓。	巴拉根仓得到老鼠。
巴拉根仓求宿，要求主人保证猫不吃老鼠。	主人热心代为保管老鼠。	巴拉根仓偷放出老鼠系在猫尾，猫吃掉老鼠。	无辜的主人把猫赔给巴拉根仓。	巴拉根仓得到猫。

---

① 林修澈：《白贼七与巴拉根仓——HOLOK 人与蒙古人的相似机智人物》，《台湾民间文学学术研讨会论文集》，1998 年台湾新竹清华大学中国文学系印制，第 210 页。转引自芒·牧林：《〈巴拉根仓的故事〉渊源、发展及其时代初探》，《民族文学研究》1985 年第 1 期，第 113 页。又见芒·牧林编《巴拉根仓故事集成》附录，呼和浩特：内蒙古人民出版社，1985 年，第 15 页。

诺木丹故事 续表

情节进展	对象行为	手段	要求	结果
巴拉根仓求宿，要求主人保证狗不吃猫。	主人热心代为保管猫。	巴拉根仓偷放出猫系在狗尾，狗吃掉猫。	无辜的主人把狗赔给巴拉根仓。	巴拉根仓得到狗。
巴拉根仓求宿，要求主人保证骡不踢狗。	主人热心代为保管狗。	巴拉根仓偷放出狗系在骡尾，骡踢死狗。	无辜的主人把骡赔给巴拉根仓。	巴拉根仓得到骡。
巴拉根仓骑骡路上遇到送葬队伍。		巴拉根仓扎伤骡子，诬陷送葬惊跑骡子。	无辜的送葬队伍把棺材赔给巴拉根仓。	巴拉根仓得到一具老妇人的尸体。
巴拉根仓把尸体放成坐在悬崖边的样子向主人求招待。	主人热心地让女儿去招呼巴拉根仓的"母亲"。	巴拉根仓骗主人"母亲"累到走不动，耳聋要人推，"母亲"被主人女儿"推"下悬崖。	无辜的主人女儿被当成害死"母亲"的赔偿。	巴拉根仓得到一个妻子。

在诺木丹的讲述中，巴拉根仓完全是一个无赖，用说谎的方式不断以小换大，得到更多的利益，最终骗得一个妻子。其间，受害的都是无辜的热心人和路人，包括五个热心给予巴拉根仓帮助的人，留下求宿的巴拉根仓的主人和一个送葬队伍，他们不得不推倒自己的墙，拿出自己家里的牲畜，甚至赔掉已经死去的母亲和正值青春的女儿。结尾却是以小骗大得到妻子的巴拉根仓"过上了幸福的生活"①。

1988 年，在巴巴讲述的《三颗麻籽赎血汗》故事中，故事的主人公不是巴拉根仓，而是"受苦人"，因为年年给富人做苦工却只得所剩无几的工钱，无法养家糊口，所以借了三颗麻籽，"立志要用这三颗麻籽把几十年付出去的血汗赎回来"②。在交代了行为原因后，"受苦人"以投宿富人所开的不同店家为目标，以三颗麻籽换了耗子，以耗子换了猫，以猫换了狗，以狗换了骡子。故事的结局是"受苦人骑着骡子又上路了。他去的下一处是他曾经给打过工的另一个富人家"③。

发生改变的主要有以下几个因素：

第一，主人公的身份。在巴拉根仓系列故事中，以麻籽换媳妇的故

---

① 赛音吉日嘎拉、哈斯其伦搜集整理，乌云格日勒、孟克译：《洁白的珍珠》，呼和浩特：内蒙古人民出版社，2010 年，第 382 页。
② 钱世英搜集、整理：《鄂尔多斯民间采风》，呼和浩特：内蒙古人民出版社，1999 年，第 132 页。
③ 同上书，第 134 页。

事并没有对巴拉根仓的身份有更多的交代，只是说明他是一个赶路人。但根据诺木丹讲述的其他故事可以推知，巴拉根仓作为一个在鄂尔多斯当地蒙古族人所熟知的机智人物，他"说谎"的"才能"及由此引发的一系列事件，才是讲述者与听众之间共同认可的知识，即巴拉根仓是一个先在的存在，有"说谎的人""善骗人的人"这一类潜在话语。在《三颗麻籽赎血汗》中，"受苦人"是主人公，这种阶级斗争色彩鲜明的身份，是政治话语参与民间故事表述的结果，也是故事讲述所具有的时代政治特征。

第二，行为原因的说明。巴拉根仓的故事多是语言对话的描写和极其精炼的动作描写，没有心理描写及旁枝斜逸的其他说明，故而行为原因缺失，但故事以结局来反观原因，则很显然是一个落魄的底层人如何用高明的说谎术，借由周围人群的善意及"损物必赔"等故事讲述者与听众（蒙古族民众）共认的行事准则，逐渐完成以小易大，最终由无到有的一个财富获取过程，从一个单身汉或流浪汉到有家庭的男人。在《三颗麻籽赎血汗》的故事开篇，是一大段对受苦人过往的辛劳及被富人压榨而无力养家糊口的不公平待遇的描述，这些描述正是为了对受苦人此后一系列骗取财富之行为的正当性进行说明，表明其以小易大的行为并非是获取不义之财，而是为了拿回本就应该属于他自己的劳动所得。行为原因的说明为受苦人行为的合理性"施骗"奠定基础，在此后的一系列以小换大的骗行中，与诺木丹的讲述有鲜明区别的还包括每次骗取更多财物的原因都是更加合理的情节设定：巴拉根仓每次都需要自己去伪装和行动，以达到热心的主人拿出赔偿物的目的，如自己咬破麻籽、自己放出猫狗和戮伤骡子等，而受苦人只是在询问后坐等自然规律中的老鼠会偷吃、猫吃老鼠、狗会咬猫、骡会踢狗等。这些情节也进一步展现了巴拉根仓行骗的恶劣性，与受苦人只是运用自然规律和"损物需偿"等人们的共识来达成目的的特点，前者为骗，而后者为术，前者是操纵和捏造虚假证据，而后者是等待必成事实的出现。

第三，行为结果的改变。巴拉根仓作为行骗人，最后的结果是不断以小骗大，最终得到一个妻子。而"受苦人"在故事的讲述中，只完成了一部分巴拉根仓完成的情节，得到了一头骡子，但故事又留下了"他去的下一站是他曾经给打过工的另一个富人家"这样意味深长的尾巴。不排除钱世英在记录巴巴（她的父亲）的故事时，对故事的结尾进行了一点点改变的可能。但总体而言，行为的结果是，为了拿回自己正当劳动所得的受苦人还在继续为自己的正义以小易大。

以上三个方面的差异，导致两则同样属于机智人物故事类型的文本在主题上有了巨大的差异。"受苦人"的身份与巴拉根仓身份说明的缺乏形成鲜明的对比，形成了故事各自不同的主题：巴拉根仓身份说明的缺失是以"说谎者"的说明为基础的，是不需要说明的身份存在，而说谎者最终以小换大，得到实惠，则是对说谎者的一种故事奖励。对行为原因的解释与否直接决定"行骗"与"智谋"的区别：巴拉根仓是用行骗的手段不断以小易大，而受苦人不过是利用生物界的自然规律，眼看老鼠吃麻籽、猫吃老鼠、狗咬猫、骡踢狗的发生，再利用人们普遍认可的"损物必赔"的价值观得到更多的财富，且这财富原本就是属于辛苦劳动的受苦人的，只是需要用智慧再将被夺去的本属于穷苦人自己的东西拿回来罢了。

"说谎大王"巴拉根仓的"以小易大"故事与《三颗麻籽赎血汗》故事在情节上的一致性，在细节处理上的不同背后既有故事传承本身的力量，又有着深厚的历史文化背景。田清波于1938年搜集到巴拉根仓故事，此时的中国还处于战乱之中，而在20世纪20年代中期，鄂尔多斯地区大量牧民的土地，因种种原因，开始被招户放垦，如杭盖王爷将四十里梁的地方租给边商吴天保，吴则招来百余户租地开垦。据何知文在《鄂尔多斯风情》中的记录，20世纪20年代至30年代，汉族农民因此类原因纷纷应招租地开垦种植，方有了蒙地汉人。"那时候，陕北汉民管鄂尔多斯叫草地、后草地，也叫蒙地。由陕北到蒙地叫上草地。到了草地后，称陕北老家为口里，也叫老山同，南老山。蒙地放垦了的叫明地，未放垦的叫黑地。"① 而从巴拉根仓故事中的众多元素来看，猫、骡子等正是农民生活中比较常见的牲畜与财产，而外出借宿受到热情招待则是蒙古族生活中一贯的待客之道，送葬时抢尸体的行为则与蒙古族的葬俗不合，这一故事正是出现在蒙汉由牧转农生活生产方式融合的过程中，可能由汉族传至蒙古族并被安在一贯以说谎行事的巴拉根仓名下，成为巴拉根仓说谎获利的又一则故事异文。故事中巴拉根仓由最初游荡四方到最后靠行骗而得到一个妻子，并没有赋予其更多的道德说教，甚至还隐含了对于耍奸使计者能够获利的肯定。但时隔50年后，中华人民共和国成立已经近40年，无产阶级革命的观念在普通的劳苦大众，那些曾经没有土地而奔波于草地与口里之间的汉民，受到汉民生活方式影响而逐渐弃牧而耕的蒙古族民众中并不陌生，贫富差距背后的政治意识形态，

---

① 何知文：《鄂尔多斯风情》，呼和浩特：内蒙古教育出版社，2003年，第11页。

劳动者受到富人压迫而更贫穷的观念等，对巴巴等曾经历过土地革命、农民（牧民）身份的政治成分划分的人们而言，也是熟悉的背景知识。故事情节具有更加浓厚的汉族农耕文化色彩（富人的店面，赔偿的骡子等），而故事情节的展开也更加注重政治诉求或者遗留的政治话语的合理性表述，从而将故事情节发展的原因、合理性、人物形象正义性的塑造、故事的结局都圈定在了贫富对立、无产阶级与有产者的对立、劳动者当得食等政治话语之下，至于故事的主人公是不是巴拉根仓，已经无关紧要。这便是故事的融合与发展过程中的变与不变。

二、巴拉根仓的愚弄与被愚弄

在目前对机智人物故事的研究中，大多数研究者在关注机智人物形象问题时都比较强调人物的正义性或英雄性特征。如祁连休先生为《少数民族机智人物故事选》所写的序言，即命名为《勇敢机智的劳动者形象》，使用"机智人物故事"这一名词而将之与勇敢机智的劳动者形象紧密联系在一起。此后，无论是维吾尔族的纳斯尔丁·阿凡提，还是蒙古族的巴拉根仓或藏族的阿古登巴，都被研究者强调与突出其智慧的用处主要在于捉弄、嘲笑、挖苦和讽刺权贵，同情、帮助弱小妇孺。近年来，也有中外学者注意到，在箭垛式的机智人物故事中，机智人物有另一个面相，鹿忆鹿教授就在其对汉族机智人物徐文长的故事研究中指出，在徐文长的故事中，有很多情节都是无所不用其极地捉弄市井中的劳苦大众，"我们见到的主角常是小混混的习性，或以愚弄权贵为乐，或以欺凌弱小、卑微者为荣"，"他有时表现出的行径常是欺凌弱小妇孺，而非同情弱者，因此，我们或许需要考虑徐文长们的双重性格问题"①。在鄂尔多斯地区的蒙古族巴拉根仓故事中，未搜集到巴拉根仓与权贵对峙、捉弄和嘲笑权贵的故事，如果以上述 AT330A 型故事中的阎王所具有的权贵的象征意义来解，也似乎有一些牵强，巴拉根仓是一位生活在普通人中的机智人物，他的机智也体现在与普通人的智慧交锋中。

在诺木丹讲述的巴拉根仓故事中，有一个头顶锅盖的农民路遇巴拉根仓，农民便让他骗一骗自己，结果巴拉根仓只用了一句"天空着火"，就使老汉上当而仰头，结果摔碎了锅，下意识拍手，又拍碎了壶，后悔

---

① 鹿忆鹿：《从徐文长到阿Q的"精神胜利法"》，《民间文化论坛》2014 年第 6 期，第 36~45 页。

得捶胸时又打碎了瓷碗。在此故事中，受到愚弄的是一位本与巴拉根仓熟识的农民，其财物的丧失是戏谑性地挑衅巴拉根仓说谎能力的结果，证明了巴拉根仓说谎本领的高超。也是机智人物愚弄他人的故事模式：在对方不知道的情况下欺骗对方，远不及在对方明知道可能受欺骗却仍旧成功地欺骗对方来得高明。

巴拉根仓对他人的愚弄不仅仅限于当自己的智慧受到熟悉的人的质疑时，在另一则故事中，巴拉根仓甚至会愚弄生活中最为亲密的家人。1980年由都西记录，乌仁讲述的巴拉根仓故事也有类似捉弄、欺骗的情节，且其欺骗与捉弄的对象是他的父母：巴拉根仓去给家里伙计送饭，途中将饭里的一部分奶皮子和奶豆腐撒在路边，并对伙计撒谎："我爸以为我妈跟你好，所以很愤恨。"见到父亲时，又撒谎让父亲拿着犁鞭去田里送给伙计，致使伙计以为他的父亲是要打自己而逃跑。父亲不明所以，在回家途中，捡巴拉根仓丢掉的奶皮子和奶豆腐，巴拉根仓又撒谎骗母亲，让母亲以为父亲将要打她，从而使母亲也惊惧而逃。巴拉根仓进一步撒谎："母亲以为你跟褐色的母牛好了，所以，挨家挨户宣传去了。"结果，父亲也腺得跑掉。该故事的情节与"AT1635A 恶作剧者两头骗人 受骗者虚惊一场"有类似，但在大多汉族的同类型故事中，受骗的往往是地主老财或者邻居等人，而巴拉根仓则从一开始就是骗父母。整个故事都是巴拉根仓以不同的谎言戏弄了伙计、父亲、母亲，而只是在故事的一开始，以"巴拉根仓小的时候，有一次如此骗过父母"而轻轻地带过了骗的原因，以"家里只剩下了巴拉根仓一个人"作为故事轻松的结局①。

巴拉根仓愚弄父母的故事，极其违背生活常理。蒙古族的尊老重老习俗由来已久，在前文关于机智老人的故事研究中，笔者也已经指出，以"弃老国"为主要类型的鄂尔多斯蒙古族机智老人的故事与蒙古族日常生活中的敬老习俗结合，成为生活习俗的解释传说，都足以说明在日常生活中，蒙古族子女对年长者和父母的敬爱之心。而巴拉根仓却冒天下之大不韪，通过诬陷的手段令父母逃离。虽然只是以"小的时候"来解释这一恶作剧，却终究也展露人性中的某些弱点：既有对家庭的渴望，也有对自由的追求。因此巴拉根仓故事才会出现下面的效果，一方面以"得到一个妻子"（这往往意味着得到一个属于自己的新家庭）作为故事

---

① 赛音吉日嘎拉、哈斯其伦搜集整理，乌云格日勒、孟克译：《洁白的珍珠》，呼和浩特：内蒙古人民出版社，2010年，第384页。

的结局，另一方面，又是"反英雄"的"英雄"：他终于一个人成为他自己，没有家人，没有朋友。

笔者搜集的文本显示，巴拉根仓故事没有被收入到钱世英、彤格乐等女性搜集整理的故事集中，而主要出现在赛音吉日嘎拉和哈斯其伦搜集整理的《洁白的珍珠》中，被归入"幽默故事"一类，分为三个部分，即《巴拉根仓的故事》（一）、（二）、（三），由三个讲述者讲述，共计六个巴拉根仓的故事，包括鄂尔多斯下巴日台大队的吉仁态于1965年讲述的两个故事，田清波于1937年在宝日镇搜集的诺木丹讲述的三个故事，1980年乌仁在乌兰镇讲述的一个故事。吉仁态的讲述主要是以"说谎大王"来称呼巴拉根仓，而《洁白的珍珠》同时还搜录了题名为《说谎大王》的四则故事，其故事内容正与吉仁态讲述的巴拉根仓故事具有相似性，分别是诺尔金于1985年讲述的《说谎大王》（一），萨拉基德于1989年讲述的《说谎大王》（二），拉西尼玛、西拉布、奥斯尔讲述的《说谎大王》（三），65岁的达尔扈特吉仁泰于1958年讲述的《说谎大王》（四）。这四个说谎大王的故事在叙事上有一些共同的特性：均是以第一人称"我"来讲述说谎的内容。

"说谎大王"系列在鄂尔多斯地区被归入巴拉根仓故事群，并不是被学者判定的，而是出于故事讲述者的一种表述。将作为说谎大王的巴拉根仓与作为愚弄他者和被他人愚弄的巴拉根仓并置而观，可知在巴拉根仓这一蒙古族机智人物之代表的鄂尔多斯蒙古族流传异文中，性别特征鲜明、社会身份模糊、年龄特征模糊的机智人物，其形象并非以往机智人物故事研究中所说的"在他们身上还有崇高的道德观"[①]，这些巴拉根仓的故事更多的不是评判道德，而是以幽默、风趣、诙谐的方式来展现蒙古族民众对于智慧的认可，无论这智慧是用于正当的防卫，如机智老者为主人公的AT330A型故事，还是用于夺取权利，如巴拉根仓为主人公的AT330A型故事。人们对于智慧的认可，更多的是基于生活常识的判断，所以能够熟练运用"反常识"的说谎技巧的巴拉根仓（说谎大王），才能得到众人的认可，这也与笔者在故事搜集中对鄂尔多斯地区蒙古族民众极其崇拜语言技巧上的精巧的感受相一致。

---

① 潜明兹：《机智人物故事独特性漫笔》，《北京师范大学学报（社会科学版）》1984年第5期，第63~69页。

第六章 鄂尔多斯蒙古族的"汉族故事"研究

第一节 "汉族故事"界说及判别标准

一、"汉族故事"界说

在笔者搜集的鄂尔多斯地区蒙古族故事家讲述的民间故事中,部分故事明显来自汉族文化与生活,有的是明显受到汉族民间故事影响而传承的民间故事,有的则是明显出自汉族文人小说而传承的民间故事。鲜明的汉族文化色彩使这些故事区别于传统蒙古族民间故事。俄国汉学家李福清院士曾强调,唐传奇和《聊斋志异》等明清小说通过说书流入民间并影响了民间叙事,他呼吁研究者重视中国古典小说在民间叙事中的流变研究,但多年来呼应者甚少,只有部分学者注意到《三国演义》等长篇经典在多民族中的翻译流传和戏曲表演。近年来,多民族民间故事不断被翻译出版,其中有一部分是以汉族文化为背景,以汉族小说情节为主体,与明清小说关系密切而特色鲜明的民间故事,笔者在此将这一部分受汉族文化影响而形成的民间故事称为"汉族故事",以区别具有其他民族文化特色的民间故事。这些"汉族故事"包含了丰富的文学与文化交流信息,对于研究小说的民间回流、民间故事的生成机制、多民族文学交流的途径与文化影响等有着十分重要的意义。

汉族民间流传着众多民间故事,其中有一部分特色鲜明的民间故事因为商业贸易、人口迁徙、战争等原因而流传到河套地区,鄂尔多斯地区的蒙汉杂居也为汉族民间故事影响蒙古族民间故事的形成提供了空间环境,在朝格日布等蒙古族故事家的生命中,汉族文化留有深刻印迹,被他们以独特的蒙古族的民众审美讲述出来,并进行多次演绎。如何判定一则故事是否从汉族民间故事而来并非易事,但分析和考虑朝格日布等故事家故事讲述的汉族文化痕迹、对于他族文化的态度等却有一定的规律可循。对此进行研究,可以了解民族文化交流互动中民间故事的交流情况。

二、"汉族故事"的判别标准

鄂尔多斯蒙古族流传的民间故事是否属于受到汉族文化影响而流传的"汉族故事"，主要依据笔者在实践中归纳的以下判别标准与步骤：

首先，故事叙事要素是否具有鲜明的汉族文化色彩①。传统的蒙古族民间故事中的人物名称、叙事时间（记时方法）与叙事空间往往具有鲜明的蒙古族游牧文化的色彩，而从汉族文化流传至蒙古族的故事往往保留了较为鲜明的汉族文化色彩，如《傻子不吱声威风》讲述了猪、鸡、城市、骑马抬轿等，均明显区别于蒙古族的生活习性，部分故事甚至会直接介绍一些汉族文化中的习俗，如《张素马》，"汉人的习俗，不让讨吃子进家门"②。如果故事保留了鲜明的汉族文化色彩，一般或者是以汉族民间故事形式直接传播至蒙古族，或者是以其他文体方式传至蒙古族，如《骑黑牛的少年传》，原本是汉族民间口头流传的故事传说，在汉族也有民间说话与本子流传，传到蒙古族后，虽然增添了很多蒙古族的生活习俗与文化特征，但仍然在称呼、具体内容上保留了汉族文化的特色，属于保留较多的汉族文化元素，但尽可能被蒙古族的故事讲述者本民族化、本土化的汉族故事。

其次，在确定其可能是汉族故事的情况下，分析其故事情节与重要母题，通过对故事情节与母题的分析，辨析其是否是汉族小说或戏剧中的常见元素。如在《乌嫩乌估勒格齐的故事》中，妻子代替离家赶考的丈夫孝敬公婆的情节，痴情的妻子与负心的丈夫的情节，妻寻夫的情节均常见于汉族小说与戏剧，经诸学者考评，实为汉族颇具历史的戏剧《琵琶记》在流传至蒙古族后，转变成的口头故事类型，同样情况还有《张素马》，情节大体与《秦香莲》相似。而《王外外的故事》与汉族小说之间的关系则更为复杂，后文即以此故事为个案进行详细的解读与分析。

再次，在叙事要素被大量蒙古族化的情况下，可以通过叙事的伦理逻辑来判断是否为汉族故事。大量的汉族故事都在地名、称呼、风俗习惯等方面被蒙古族化，但因蒙汉民间伦理态度的差异或对异文化的陌生

---

① 此处所指民间故事的叙事要素包括：故事时间，故事情节，故事人物（尤其是其称呼、姓名、人物关系），故事人物活动的空间等。
② 白音其木格、策·哈斯毕力格图搜集整理，乌云格日勒译：《蒙古族故事家朝格日布故事集》，呼和浩特：内蒙古人民出版社，2012年，第271页。

化，会形成叙事逻辑中的不合理处。如《张素马》与《乌嫩乌估勒格齐的故事》：故事中均讲述京城征召地方的人去京城做官，但又指明是去赶考，显然并不熟悉汉族的科举考试制度。在故事中，张素马不在家，但其妻李赛玲依然先后生下二子，这在蒙古族故事中会较自然地出现，认为孩子是上天赐予的礼物，而在汉族文化中却一般将之处理为女子的贞洁问题。汉族无论是小说、戏剧还是民间故事，对"痴情女子负心郎"的故事情节一般都会处理为鞭笞男子而褒扬女子，尤其强调男子负心而女子贞烈孝顺、痴情，如《秦香莲》《金玉奴》等，以《莺莺传》为代表的唐代传奇尚未形成鲜明的伦理态度，故而张生在抛弃张莺莺后，依然能够飞黄腾达，从《霍小玉传》为代表的唐代传奇及《西厢记》的情节发展来看，几乎都是一边倒地选择男子回心转意或受到惩罚等。但在朝格日布讲述的此类汉族故事中，几乎没有对于任何作为丈夫的男性的批判，丈夫都是无可奈何而无辜的，女性则都是善良而美好的。对于二人幸福生活的最大阻力不是来自丈夫的变心，对富贵荣华的贪恋，而是外力的因素：朝廷的征召使夫妻不得不分离，大自然的干旱灾害使妻子不得不离开故土寻夫。在这两则故事中均是以此作为夫妻悲惨遭遇的起因。蒙古族对于夫弃妻的伦理态度与汉族故事迥异，是一个值得深入思考与探讨的文化现象。

又次，是否有故事讲述者保留下的"话外音"。汉族故事往往保留有大量故事讲述人的"话外音"，即故事讲述过程中，游离于故事情节之外，对于所讲述的内容进行解释、陈述的语言。但能否以"话外音"作为是否是汉族故事的判别标准，与搜集整理和翻译的科学性有着极大的关系，故而此处仅列举一二为例。在《张素马》中，出现了以下话外音：

故事讲述：给衙役带上盖大印的文书派走了。
话外音：为皇上当差的人叫衙役，派了这么一个人。
故事讲述：对妻子说："我要赴京城赶考去了。"
话外音：朝廷和皇上住的地方叫京城。
故事讲述：有可能早回来，有可能晚回来，也有可能不回来，都不好说。老婆啊，你就当这个家吧，放牧牲畜，伺候老母，得什么病，生老病死啦，全托付给你啦。我没有别的办法。我是想早点回来，也不知道能不能如愿。
话外音：那时候不像现在，能坐上隆隆响的汽车什么的。
故事讲述：当时都是步行，京城不知道在什么地方。

话外音：现在是有我们的北京，那时就不知道了，很早的事情了。

　　故事讲述：（李赛玲）挨着家户门乞讨，有的人家给点东西，有的人家根本没有东西给。就这样走啊走……

　　话外音：汉人地方不让讨吃子进家，给点东西也从门缝里往外扔，捡到就有了，捡不到就没有。

　　故事讲述：这时，有一台黄色八抬大轿走来了。

　　话外音：一种用来抬人的轿子，那是一架黄轿子。①

　　当然，"话外音"的判断依赖于故事搜集整理的科学性。如在《蒙古族故事家朝格日布故事集》中，白音其木格搜集的故事大多保留了较为完整的"话外音"，而哈斯毕力格图和赛音吉日嘎拉搜集的故事则有较多被整理和再编的痕迹，相关话外音几乎悉数被删除，彤格尔、钱世英等人的搜集整理本，《洁白的珍珠》《鄂托克民间故事》等也存在此类现象。

　　笔者根据搜集和分析的鄂尔多斯地区蒙古族民间故事中流传的汉族故事，归纳出以上判别标准，但这些并非定律。很多蒙古族民间故事都是具有世界性流传的母题与情节的，此处仅从蒙汉文化交流的视角，进行初步的探讨。

三、故事家朝格日布讲述"汉族故事"篇目概述

　　朝格日布是内蒙古鄂尔多斯地区有代表性的蒙古族故事家，其故事的采集者和整理者策·哈斯毕力格图②认为他的故事具有鲜明的汉族文化色彩。朝格日布讲述的故事部分被 20 世纪 80 年代的采录活动收录，并被整理为《蒙古族故事家朝格日布故事集》③翻译出版（以下简称故事集），如《乌嫩乌估勒格齐的故事》《王外外的故事》《张素马》等。哈斯毕力格图提到，在搜集的朝格日布故事中，还有大量未来得及记录和整理的汉族故事，并举"丁郎寻父"故事为例，指出这是一则在鄂尔多斯地区流传十分广泛的、被朝格日布完整讲述的长篇汉族故事。"清代

---

① 白音其木格、策·哈斯毕力格图搜集整理，乌云格日勒译：《蒙古族故事家朝格日布故事集》，呼和浩特：内蒙古人民出版社，2012 年，第 269 页。
② 策·哈斯毕力格图（1933— ），蒙古族，内蒙古鄂尔多斯乌审旗人，著名作家、诗人、祝词传承人、民俗学家，曾著《鄂尔多斯婚礼》等。
③ 白音其木格、策·哈斯毕力格图搜集整理，乌云格日勒译：《蒙古族故事家朝格日布故事集》，呼和浩特：内蒙古人民出版社，2012 年。

以来，蒙古族社会出现了较长时期的安定局面……蒙汉民族经济、文化交流的日益密切，汉族的古典和民间文艺如《隋唐演义》《封神演义》《三国演义》《东周列国志》《水浒传》等大量被译成蒙文，以书面和口头形式在民间广为流传，几乎达到了家喻户晓的地步。"① 长篇汉族故事在蒙古族的出现与蒙汉文化交流中的文学传译有关，但朝格日布讲述的这些汉族小说故事却并非由这些长篇章回小说演变而成，也并非蒙古族说唱中常见的英雄传奇、历史演义等，而是与家庭、夫妻、父子伦理等相关的社会世情故事。

（一）《乌嫩乌估勒格齐的故事》

朝格日布1989年8月讲述，阿尔宾巴雅尔、额尔登高娃录音、记录。故事内容简介如下：

> 巴彦萨尔达瓦黑家的儿子乌嫩乌估勒格齐与高瓦巴彦的女儿娜仁格日乐结为夫妻后，乌嫩乌估勒格齐受到皇帝的征召入京赶考，久不归家。娜仁格日乐在家中悉心照料婆婆直到婆婆去世。适逢干旱，娜仁格日乐离乡寻夫，途遇山贼，因她容颜美丽，教训山贼归去老家。
>
> 乌嫩乌估勒格齐在京中娶高官刘外诺彦的女儿图娜拉金高娃为妻。娜仁在京中寻夫，丈夫外出，她写信拜见小夫人，小夫人热情接待。小夫人的父亲刘外诺彦写信命人打探娜仁的情况后，决定除掉她。小夫人阻拦不及，娜仁饮毒酒身亡。
>
> 娜仁的魂灵由两尊观音菩萨带至阴间参观十八层地狱，见到偷食喇嘛饭食的女孩、克扣施主饭食的寺庙保管员、虐待坐骑的人、搬弄口舌生是非的妇人、作孽但念玛尼经的女人等所受的各种惩罚及飞升至极乐世界的善果。
>
> 阎王判娜仁阳寿未尽还阳活至九十。娜仁的丈夫归家，从此三人过上平安幸福的生活。②

在朝格日布讲述的汉族小说故事中，《乌嫩乌估勒格齐的故事》的原型是古代蒙古族小说《娜仁格日勒的故事》，第一位专门研究《娜仁

---

① 齐木道吉、梁一儒、赵永铣等编著：《蒙古族文学简史》，呼和浩特：内蒙古人民出版社，1981年，第232页。
② 白音其木格、策·哈斯毕力格图搜集整理，乌云格日勒译：《蒙古族故事家朝格日布故事集》，呼和浩特：内蒙古人民出版社，2012年，第262~268页。

格日勒的故事》的蒙古国学者呈·达木丁苏伦（Ts. Damdinsuren）院士认为它是受汉族和藏族小说影响而写成的。近年来，蒙古族学者陈岗龙教授通过研究，确认《娜仁格日勒的故事》的原型是元代戏曲《琵琶记》①，"《娜仁格日勒的故事》就是明代戏曲《葵花记》完整的蒙古文译本"②，而朝格日布讲述的《乌嫩乌估勒格齐的故事》是古代蒙古族小说《娜仁格日勒的故事》的口头故事异文。

（二）《张素马》

朝格日布1989年8月讲述，阿尔宾巴雅尔、额尔登高娃录音、记录。《张素马》故事情节如下：

> 荆济府（疑为荆州府的误传）的张素马与妻子李赛玲和老母一起生活。张素马被选赴京赶考，临行前将老母亲托付给妻子。
>
> 荆济府大旱，李赛玲在张素马走后连续生下两个儿子。母亲思子成疾而病逝。李赛玲安葬婆母后，带着儿子们乞讨进京寻夫。她途中病倒，幸亏得到一个大夫的救治并资助，但小偷偷走了大夫资助的房钱，她病愈后卖掉长发来抵债，然后继续乞讨寻夫，并将自己的苦难经历编成歌词（即为莲花落）。
>
> 张素马听到歌声想起妻子，二人团圆，过上幸福的生活。③

朝格日布所讲《张素马》，与汉族经典的包公戏《秦香莲》中的部分情节完全一致，但在故事的结局中，又与汉族华北地区秧歌戏《高文举坐花厅》④ 等一致。

（三）《王外外的故事》

朝格日布1987年8月讲述，白音其木格、马龙录音，陶克彤、格根塔娜记录，白音其木格审校。这是一则被蒙古族化的，融合众多汉族小说的情节与母题的故事，后文有详细的个案研究，此不赘述。

（四）《傻子不吱声威风》

朝格日布1987年8月讲述，白音其木格、马龙录音，陶克彤、格根

---

① 陈岗龙：《〈娜仁格日勒的故事〉和〈琵琶记〉比较研究》，《文学遗产》2008年第5期。
② 陈岗龙：《〈葵花记〉蒙古文译本〈娜仁格日勒的故事〉研究》，《陕西师范大学学报》2010年第3期。
③ 白音其木格、策·哈斯毕力格图搜集整理，乌云格日勒译：《蒙古族故事家朝格日布故事集》，呼和浩特：内蒙古人民出版社，2012年，第269~276页。
④ 李景汉、张世文合编：《定县秧歌选》（二），台北：东方文化书局，1971年，第578~586页。

塔娜记录，白音其木格审校。故事情节简述如下：

穷人的傻儿子为富人的书生儿子赶车，母亲交代他要好好跟书生学说话。傻子分别学会了"猪饿极了，就会掀翻食槽""鸡饿极了，啄吃鸡食不抬头"。傻子赶完车，得到丰厚的报酬后，路过一个城市，正在为公主招有学问的人为驸马。他边吃边抬头看告示，又回答认出多少字时说是"一个字没认出来"，被误解为"只有一个字没认出来"，从而成为驸马。

公主成婚后发现了傻子的真相，单独隔离了他。但公主的姐姐们要试探他是否真有学问，于是三个驸马比赛。公主教给傻子应对的方法是不要说话，傻子答应后，恰巧应景地先后说出跟书生学的两句话。皇帝也要考验傻女婿，公主教给他要说自己是孔明先生的弟子，并放捏好的泥人作为提醒，应试时，磕头磕坏了泥人的半个头，回答时只好说是"半头子先生的弟子"，并在皇帝的应对中又听到孔明先生，便随口解释半头子是孔明先生的父亲，从而最终被认为是贤人。①

此故事即"AT1641C.1 一字不识成学士"型的蒙古族异文。在这一则故事中，书生、公主、驸马等称谓均带有鲜明的汉族文化色彩，而诸葛孔明也是汉族著名的历史人物。

（五）《国师鲁给夏日》②

朝格日布1989年8月讲述，阿尔宾巴雅尔、额尔登高娃录音、记录。属"AT920A.1 小男童以难制难"型故事。本书关于机智人物故事部分有专文论述，此即《孔子项託相问书》流传至蒙古族的口头故事。

同属此型汉族故事的异文还有《洁白的珍珠》收录的1934年乌云、额尔德尼斯讲述，赛音吉日嘎啦搜集于鄂尔多斯阿拉腾席热的《鲁公的故事》。其中的主人公被称为教书先生鲁公，大约是孔子为鲁国人的传说中的变体，其他内容与《孔子项託相问书》大致相同。

（六）《石莫日根诺彦的故事》③

朝格日布1989年8月讲述，阿尔宾巴雅尔、额尔登高娃录音、记

---

① 白音其木格、策·哈斯毕力格图搜集整理，乌云格日勒译：《蒙古族故事家朝格日布故事集》，呼和浩特：内蒙古人民出版社，2012年，第280~285页。
② 同上书，第258~261页。
③ 同上书，第277~279页。

录。陈岗龙教授认为,"石莫日根诺彦"即"十不全"或"施不全"断案故事的蒙文版。施不全即清代官员施仕伦,有小说《施公案》专门讲述其断案故事,类《包公案》。故事属于"AT926D.4 谁偷了藏在屋外的钱"型故事。

四、其他故事集中的"汉族故事"篇目简介

(一)《画中人》

孟克讲述,扎实玛格苏尔扎布整理,《乌仁都西》杂志社1981年第3期发表。见《鄂托克民间故事》①,可能经由藏族传至蒙古族。故事讲述一家人招待一位喇嘛后,获赠一幅美女图,这家的独生子每天看画并在吃饭时祭祀,后来女子从画中下来,独生子便与女子结成夫妻。一段时间后,妻子离开,丈夫千里寻妻,最后凭一只戒指,夫妻相认团聚。故事属"AT400B 画中女"型,金荣华先生在此型下注解"故事始见于唐人(或云五代于逖)之《闻奇录》(《太平广记》卷二八六第九则《画工》)"②。金先生列举当代搜集的中国口头异文23则,多为汉族流传,仅有满族和蒙古族异文各1则。祁连休先生认为,"画中人型故事"雏形可见于唐代段成式《酉阳杂俎》前集卷一四《诺皋记上》"屏妇踏歌"这一故事,明代惠康野叟撰《识馀》卷四《说异》"屏妇踏歌"与段成式记同,且明清时期的笔记小说与拟话本小说中也不绝如缕③。

(二)《狐儿》

彤格乐搜集,见《鄂尔多斯蒙古族民间故事》④。属"400C 田螺姑娘"型故事。关于田螺姑娘的研究众多,最早的异文见于东晋陶潜《搜神后记·白水素女》,此处不赘述。

(三)《太上老君的故事》

彤格乐搜集,见《鄂尔多斯蒙古族民间故事》⑤。内容为老子出生的故事,讲述太上老君(当为老子故事流传至蒙古族后被解释为太上老君,

---

① 扎·玛格苏尔扎布、仁钦道尔吉搜集整理,乌云格日勒译:《鄂托克民间故事》,北京,民族出版社,2015年,第39~41页。
② 金荣华编纂:《民间故事类型索引》(第一册),台北:中国口传文学学会。2014年,第307页。
③ 祁连休:《中国古代民间故事类型研究》(中册),石家庄:河北教育出版社,2007年,第606~612页。
④ 彤格乐搜集、整理:《鄂尔多斯蒙古族民间故事》,呼和浩特:内蒙古人民出版社,2006年,第26~28页。
⑤ 同上书,第77~79页。

亦有传说太上老君即老子）的母亲怀孕时错待神仙化成的求食贫僧，结果怀孕四十年，家境败落后开始有同情心。再次查访人世的神仙，这次得到太上老君之母的优待，且其母忏悔，生下了白发苍苍长者模样的孩子，他后来修习佛法，成为普度众生的太上老君。这一故事中的人物均有很鲜明的汉族道教文化的痕迹，内容上也与流传在汉族的老子出生故事相似，但蒙古族文化的渲染痕迹也非常鲜明，如道教的神仙人物是通过佛教教化而产生的，母亲孕育生命与信仰佛教相关等。

（四）《哈日乎之命》

彤格乐搜集，见《鄂尔多斯蒙古族民间故事》①。属"465A.1　神奇妻子美而慧　老实丈夫受刁难"型故事。

（五）《赛娜替父从军》

彤格乐搜集，见《鄂尔多斯蒙古族民间故事》②。"985B　女子从军代父出征"（花木兰）。

（六）《二百两银子》

彤格乐搜集，见《鄂尔多斯蒙古族民间故事》③。"745A　财各有主，命中注定"。

（七）《席布其》

彤格乐搜集，见《鄂尔多斯蒙古族民间故事》④。是人物传说类的系列故事，其中包含5个小故事，分别讲述聪明的席布其断的5个公案。

（八）《娜仁格日乐传》

见《鄂托克民间故事》⑤，该故事内容与朝格日布讲述的《乌嫩乌估勒格齐的故事》一致，但这一故事原文为手抄本。该故事题下注释介绍：

> 1987年夏，鄂托克旗蒙语办主任扎·玛格苏尔扎布从宝日合硕苏木干部巴音青格勒处得到这本《故事演义》。后加专门的注解和说明，从1999年1月31日开始连续刊登在《鄂尔多斯报》上。本《故事演义》是在宽11厘米、长26厘米的双层毛头纸上用毛笔不分段落连续书写，并分三册装订的长方形本。共46页，每页有12行

---

① 彤格乐搜集、整理：《鄂尔多斯蒙古族民间故事》，呼和浩特：内蒙古人民出版社，2006年，第74~76页。
② 同上书，第149~150页。
③ 同上书，第196页。
④ 同上书，第95~106页。
⑤ 扎·玛格苏尔扎布、仁钦道尔吉搜集整理，乌云格日勒译：《鄂托克民间故事》，北京，民族出版社，2015年，第194~211页。

字,每行约有 13 - 14 个字。共有 552 行,7000 多字。缺目录和结尾部分,抄写者和抄写时间不详。

抄本共分八章,保留较多汉族文化痕迹,如地点采用"南京城""京城",事件围绕"京城赶考"等展开,孝顺的媳妇割肉侍亲,被弃的妻子带子寻夫,中举的丈夫停妻再娶等,均与朝格日布讲述的故事大致相同。

(九)《两个员外》

见《鄂托克民间故事》①,阿尔巴斯苏木乌仁都西嘎查合作医疗站拉布杰(医生)讲述,扎·玛格苏尔扎布整理。故事属"巧女故事"与"傻女婿故事"的复合,另可见《洁白的珍珠·聪明的媳妇(三)》②,属同型异文。《两个员外》的内容简介如下:

> 王员外的聪明女儿帮助李员外的傻儿子解决了"卖了羊再用羊驮盐巴"的难题。李员外为儿子求娶了这个女孩为妻。
> 李员外让儿子将乌黑马卖出五十两银子。一个人只拿出一半的钱就牵走了马,并交代在麻钱变完整的时候再取余钱。聪明的儿媳妇让丈夫在十五的早晨去找叫"月光"的人拿钱。月光给了钱,并交给傻丈夫一幅表达爱意的画,暗寓好鞍没有配上好马。
> 聪明媳妇离开了丈夫,准备嫁给月光。
> 李员外让傻儿子出门用五两银子学说话,他学了以下五句话:"即使有千万只鸟在树上叫,鹞子一来它们就安静了。""敬的酒是你的,可把的手是我的,您就喝了吧!""大海里鱼儿虽然多,却没给我渔篓,我怎么抓住它们呢?""荷花呀,你是多么的美丽呀!但你的根里已经蛀了虫,所以我没有办法再医治你了。""你不要太得意,明天早上太阳升起那会儿,我们到衙门论理去。"
> 在回家途中,他到了正在为女儿再嫁办酒席的岳父家。误打误撞却恰如其分地将五句话用到了进入岳家、酒席上的敬酒、没有筷子的包子、媳妇点烟和离开时月光挽留这五个场合。结果月光后悔离开。妻子再次回到傻丈夫身边。③

---

① 扎·玛格苏尔扎布、仁钦道尔吉搜集整理,乌云格日勒译:《鄂托克民间故事》,北京:民族出版社,2015 年,第 151~156 页。
② 赛音吉日嘎拉、哈斯其伦搜集整理,乌云格日勒、孟克译:《洁白的珍珠》,呼和浩特:内蒙古人民出版社,2010 年,第 259~263 页。
③ 扎·玛格苏尔扎布、仁钦道尔吉搜集整理,乌云格日勒译:《鄂托克民间故事》,北京:民族出版社,2015 年,第 151~156 页。

蒙古族流传的巧女故事与汉族巧女故事在称谓方面保留了汉族流传的常见称谓"员外",但故事的结局保留了较为鲜明的汉族文化思想:嫁鸡随鸡,嫁狗随狗,嫁给了傻丈夫,即便不如意也不能随意离开。

从以上篇目内容简介大略可以窥见汉族故事在鄂尔多斯蒙古族的流传涵盖了公案故事、生活故事、宗教传说等多个方面。汉族故事如何在鄂尔多斯地区流传?以何种渠道流传?其变易情况如何?这些问题也随着汉族故事篇目的搜集整理而逐渐浮现出来。以下诸小节主要从朝格日布及汉族故事的蒙文抄本等个案研究尝试对以上众多问题进行思考。

第二节 《王外外的故事》与汉族文化之关系

2012 年 3 月,陈岗龙教授对笔者提到,朝格日布讲述的故事《王外外的故事》① 与汉族明代著名的话本《卖油郎独占花魁》② 有十分密切的关系。同年 11 月,陈教授再次谈到,在新近整理的朝格日布故事录音中,发现另一则《李外外的故事》属同型故事的两次讲述。两则蒙文记录文本见于《蒙古族故事家朝格日布故事集》(蒙文版)③,除其中人物姓名有个别差异外,故事情节一致,《蒙古族故事家朝格日布故事集》④选译了《王外外》。笔者以汉译《王外外》为对象,将之与《卖油郎》进行比较阅读,发现该故事不仅融合多则明代小说"三言"⑤ 中的故事主体情节,也与清代汉族文学家蒲松龄的小说《聊斋志异》关系密切,运用多个汉族小说常用母题,是一则非常典型的汉族故事。

一、《王外外》中的"三言"故事

"王外外"是故事中两位主人公兄弟父亲的称呼,他的故事部分,

---

① "外外"即为蒙古族口头传说中对汉族"员外"之称的音转,以下简称《王外外》。
② 以下简称《卖油郎》,冯梦龙"三言"之《醒世恒言》的第 3 卷。
③ 白音其木格、策·哈斯毕力格图搜集整理:《蒙古族故事家朝格日布故事集》(蒙文),呼和浩特:内蒙古人民出版社,2012 年。《李外外的故事》见第 494~531 页,1987 年讲述,《王外外的故事》见第 531~556 页,1989 年讲述。
④ 白音其木格、策·哈斯毕力格图搜集整理,乌云格日勒译:《蒙古族故事家朝格日布故事集》,呼和浩特:内蒙古人民出版社,2012 年,第 288~305 页。此后相关引文均出自此译本,此后不再注释。
⑤ "三言"即明代文学家冯梦龙(1574—1646)编纂的拟话本小说《喻世明言》《警世通言》《醒世恒言》的统称,三册共 120 回。本节所引"三言"内容均出自冯梦龙《醒世恒言》,海口:南海出版公司,2002 年。此后不再注释。

主要是"求子的老两口"与"神奇出生的儿子"这两个世界性的民间故事母题，只是以极具蒙古文化特色的叙事出现，占了全故事的四分之一。《王外外》主要讲述两兄弟出外游历遇险，最终阖家团聚的故事。在历险过程中，两兄弟分别遇到不同的事件，其中弟弟的遭遇与《卖油郎》主人公的经历相同，哥哥的遭遇与《陆五汉硬留合色鞋》①的主人公经历相同，女主人公娜仁公主的经历又与《张舜美灯宵得丽女》②中的女主人公经历相同。以下对相关情节和母题进行比较分析，可见这则蒙古族民间故事具有鲜明的汉族小说色彩。

（一）"弟弟与娜仁公主"与《卖油郎》③

主人公是一对兄弟，出发去阴间修青铜寺，哥哥在途中病倒，弟弟独自完成了任务，在回来的途中穷困潦倒，遇到了美丽的娜仁公主（她是哥哥病倒后的帮助者，并最终成为其妻），最后带着娜仁回到家乡，这一部分故事与《卖油郎》中秦重与莘瑶琴的故事一致，以下为两文本的情节比较，见表6-1：

表6-1　情节比较

《王外外》中娜仁公主的遭遇	《卖油郎》中莘瑶琴的遭遇
公主与情人在奶娘的帮助下逃出阁楼之后，不慎与情人走失。	莘瑶琴与父母在战乱中逃难，遇到官兵扮的鞑子，与父母走失。
她在乞讨过程中被一家人以逛街为由骗到城里，卖给妓院，得银100两。	一个近邻卜乔假意带她寻找父母而将她卖给了妓院，得银50两。
老鸨灌醉公主，将她给了巴彦。	莘被老鸨设计灌醉，与金二员外同宿。
酒醒后公主杀死了巴彦。	莘酒醒后愤怒地抓伤金二员外。
公主被赶出妓院，得到李太太的收留。	莘被刘四妈劝告而同意卖身卖艺。
……	……
公主一次在街上走，被丈夫的弟弟看到并追寻。	莘回家途中被卖油郎看到，追至住处，为与美人得宿良宵而省下卖油钱。
公主喝醉后，弟弟见到并细心照顾她呕吐、喝茶。	莘喝醉后，卖油郎终于得到同宿机会，他细心照顾她呕吐、喝茶。
公主醒后与弟弟相认为叔嫂，他们一同回到她丈夫的家。	莘醒后感谢卖油郎……几经波折，有情人终成眷属。

---

① 《醒世恒言》第16卷，以下简称《陆》，第245~264页。
② 《喻世明言》第23卷，以下简称《张》，第283~291页。
③ 《醒世恒言》第3卷，第25~57页。

其中，以女孩醉酒呕吐，男孩用衣袖接住污秽物，并以身体暖茶给她喝的情节最为相近，以下将二文中的情节并举。

《卖油郎》：

> 秦重想酒醉之人，必然怕冷，又不敢惊醒他。……取了这壶热茶，脱鞋上床，捱在美娘身边，左手抱着茶壶在怀，右手搭在美娘身上……美娘放开喉咙便吐。秦重怕污了被窝，把自己道袍的袖子张开，罩在他嘴上。……摸茶壶还是暖的，斟上一瓯香喷喷的浓茶，递与美娘。①

《王外外》：

> 他找啊找，来到一个大户人家。发现那个女孩喝醉酒，正躺在床榻上睡觉。男孩过去坐在她旁边，等她酒醒。突然，女孩要吐，男孩便打开袖口接着。女孩在不省人事间吐在了男孩的袖子里。过后，他出去把它清理干净，回来。他看见旁边有一壶凉茶，便把它抱在怀里捂热。夜里，女孩醒来要喝茶，男孩便给她倒温热的茶喝。②

两者情节一致，只是因文人叙事与口头讲述的差异而在细节化描述上有所不同，男子的系列动作完全一样。故事人物的身份也留下汉族小说向蒙古族民间故事转变的痕迹：两故事的主人公都为卖油郎，并在做生意的时候遇到美丽的女子；两个女子都曾经做过妓女，而在蒙古族民俗及传统故事中，很少有"妓女"的说法。

（二）"被诬入狱"与《陆》③

兄弟二人出发后，哥哥遇到了三种磨难：病倒途中，与心上人逃难分离，被诬入狱。其中"被诬入狱"与《陆》的主体情节相同，见表6-2：

表6-2 情节比较

《王外外》	《陆》
哥哥与结拜兄弟上学途中经过公主的绣楼，被公主看中。	张荩游玩途中经过女孩潘寿儿楼下，二人相望生情。

---

① 《醒世恒言》第3卷，第44~45页。
② 《蒙古族故事家朝格日布故事集》，第302页。
③ 《醒世恒言》第16卷，第245~264页。

情节比较 续表

《王外外》	《陆》
公主的丫鬟出主意将带信和五十两银子的包裹丢在途经的路旁以待哥哥捡起。	张荩丢汗巾为信物，寿儿丢合色鞋为信物，二人目成。张把鞋和银两包好后交给卖花粉的陆妈妈，请她想办法促成与寿儿的幽会。
包裹被王乞丐捡起，并与公主夜夜幽会。	陆妈妈之子屠夫陆五汉得到鞋，并与寿儿夜夜幽会。
公主在黑夜中摸到王乞丐身上的种种痕迹，均被王乞丐混过。	
三十个夜晚后，公主的姐姐姐夫回家探亲，宿在公主房间。	寿儿父母发现异常，与她换了房间。
王乞丐认为公主背叛，杀了床上的夫妻后逃跑。	陆五汉认为寿儿背叛，杀了床上的寿儿父母。
公主被拷打后招认与哥哥有私情。	太守逼问，寿儿招出与张荩有私情。
哥哥被屈打成招，判成死刑。	张荩被屈打成招，判成死刑。
结拜的安答为救哥哥求得一次机会让衙役到他的故乡。	张荩在狱中想要洗清自己的冤屈。
哥哥的妻子得知丈夫的信息后，用银钱得到与公主对质的机会。	张荩用银钱得到在狱中与寿儿对质的机会。
通过检验公主幽会时摸到的斑痕，洗清了哥哥的罪。	通过检验幽会时摸到的斑痕，洗清了张荩的罪。
假装要五十两银卖掉有罪的公主，抓住了真凶王乞丐。	太守审出真凶，张生被免除死罪，寿儿自尽，陆五汉被判斩刑。
哥哥与公主团聚。小公主与弟弟结成夫妻。	

通过以上情节对比，可见两则文本的情节高度相似，仅在判案对质的情节上，两则文本的时序有别。在《王外外》中，符合民间故事多为顺叙的规律，公主与王乞丐相会即发出一段重要的疑问：为什么王乞丐皮肤糙，肩上有硬包，臀部有疙瘩。在《陆》中，破案的关键虽然也是指认男子在黑暗中的身体特征，却是直到张荩设法在狱中与寿儿会面对质时才提起：

> 张荩想了一想道："既是我与你相处半年，那形体声音，料必识熟。你且细细审视，可不差么？"……寿儿见说，踌躇了半晌，又睁目把他细细观看。……寿儿道："声音甚是不同，身子也觉大似你。

向来都是黑暗中，不能详察。止记得你左腰间有个疮痕肿起，大如铜钱，只这个便是色认。"……张荩……连忙把衣服褪下。众人看时，遍身洁白如玉，腰间那有疮痕。①

在两则文本中，案件真相的勘破者不同，《王外外》是公主设计"卖公主找真凶"，而《陆》则是张荩自己想办法证明清白，最后由太守根据女主人公与张荩之间的联络者找出真凶，这又符合汉族小说中清官判案这一类叙事，如包公、施公、海瑞等"箭垛"式清官。其中公主之计并非《陆》中的情节，但在汉族小说《百家公案》第九回《判奸夫盗窃银两》中已出现，其情节简介如下：

> 叶广离家九年经营买卖，其妻全氏受吴应勾引而成奸。叶广归乡时将银子藏在舍旁通水阴沟里，回家时妻子正与吴应幽会，吴应藏身，叶广告诉妻子藏银之地，吴应偷银。叶广到包公案前告状，包公假意官卖全氏，吴应前来买全氏，通过检查吴应送来的银子，正是叶广丢失的……（着重号为笔者所加）②

冯梦龙在《智囊补》中对此案的记载似出自《廉明公案·吴县令巧破失银案》，篇末有小字注释"一云：词亦广东周新按察浙江时事"。《百家公案》中包公判案的原形来自《明史·周新传》，是一则真实案例，但经过大量改编，其中包公断案的情节又为《龙图公案》《居官公案》所用，故事情节上均没有大的改动。冯梦龙尚未将私情杀人案与偷情失银案糅合成一个故事，而在《王外外》中，私情故事与破案故事合二为一，娜仁公主成为找出杀人凶手的聪明"侦探"，从而将明清古典小说中的公案小说改为生活故事中的"巧女"故事。这与朝格日布讲述的《石莫日根诺彦的故事》清官判案故事及大量巧女故事的讲述特点也相一致。

（三）"互赠信物""男扮女装"等母题与"三言"

情人间互赠信物定情，男扮女装而成功的恋情，私奔的恋人失散后再团圆，这是在《王外外》中与娜仁公主密切相关的几个关键母题，它们很少在传统的蒙古族民间故事中出现，却是在明清小说中频繁出现的

---

① 《醒世恒言》第 16 卷，第 262～263 页。
② （明）安遇时编集，石雷校点：《百家公案》，北京：群众出版社，1999 年，第 25～28 页。

母题，且在"三言"中多有对应的文本。

"互赠信物定情"这一母题常出现在追求爱情自由的汉族言情小说中，多由女孩将贴身饰物、头发、指甲等有特殊含义的，带有接触巫术性质的东西赠送给男孩，以表明此情不移、交付终身之意，如唐元稹《莺莺传》中莺莺赠予张生指环。"三言"中也有大量此类母题，如《喻世明言》第二十三卷《张》入话部分的"信物相认 私定终身"。

在《王外外》中，娜仁公主看见病重的男孩，虽然不认识，但却为男孩留下药和银钱以及信物，给男孩写信定下相认之约："将来你痊愈之后，拿着这个金质吉勒柄的断头儿，去日出方向娜仁噶鲁海可汗的国度找我。到时候，我们就用这吉勒柄的断头儿作为信物相认吧！"此后，哥哥投宿在公主的奶娘家，由奶娘带着信物与公主相认，进而展开二人的恋情。

"装扮成异性"是一个世界性的母题。在汉族小说中出现较多，如"女扮男装"中著名的"花木兰替父从军"，"三言"中的黄善聪①、谢小娥②等奇女子。"男扮女装"在"三言"及其后的文人小说中也常出现，如《醒世恒言》第十卷《刘小官雌雄兄弟》中的入话部分讲述了一对师徒男扮女装奸淫良家妇女，《醒世恒言》第八卷《乔太守乱点鸳鸯谱》中孙寡妇因为不舍得将女儿嫁给有婚约的、病危的女婿冲喜，所以让儿子男扮女装，代替姐姐出嫁，结果，弟弟与代兄陪嫂的妹妹成为了情人和夫妻。

在《王外外》中，哥哥在奶娘的帮助下扮成女孩，进入公主的内室：

> 为了让男孩儿装扮成女孩，从当夜开始，老人把他的脚缠成小脚，第二天一早，又把他装扮成女孩模样……来到哈屯跟前。③

《清稗类钞》中记载蒙古族"既以游牧为本业，故无论男女，皆善骑，且最好竞马，各部落常举行之"④，蒙古族男女在日常行止上没有汉族男女那样严厉的区别与禁忌，女性较之汉族妇女有较多自由。显然，男扮女装，尤其是"裹小脚"的细节来自汉族文化，公主深居于阁楼也受汉

---

① 《喻世明言》卷 28《李秀卿义结黄贞女》。
② 《初刻拍案惊奇》卷 19《李公佐巧解梦中言 谢小娥智擒船上盗》。
③ 《蒙古族故事家朝格日布故事集》，第 296~297 页。
④ （清）徐珂：《清稗类钞》（第四册），北京：中华书局，1984 年，第 1909 页。

族文化影响，可知这一情节当是源于汉族明清小说。

"私奔的恋人分散后再团圆"，也属于世界性文学母题，但如何私奔，不同民族也有差异。在汉族小说中，常常以"诈死逃过家人的追踪"形式出现，如《张》的核心情节：张舜美于元宵节观灯时与刘素香相爱，二人商定私奔之计，结果因人多失散，女孩故意将鞋遗失在河岸，让人误以为自己投河而亡，后经历重重波折，最终二人于尼庵内相认团圆。这一母题在《王外外》中表现如下：哥哥与公主相会后，由于害怕汗的阻止，在奶娘和哈屯（公主之母）的帮助下，用计私奔，留下假尸体以让人以为公主已经被烧死（诈死），但二人却在慌乱逃离中失散。

二、《王外外》与"三言"原著之差异

《王外外》是一则由讲述人口述，记录者记录整理而成的民间故事，而"三言"是文人整理加工的小说，尽管在情节上，故事吸取了众多小说的情节和母题，但从小说到故事，也发生了极大的变化。

首先是情节的简化。在小说中，卖油郎秦重历经波折才再次见到莘瑶琴，而故事中的弟弟较轻易地就再次见到公主。公主与弟弟很快相认并回到故乡，而秦重与莘瑶琴之间又经历波折才结合。因此，话本小说都尽力铺开、细化一些情节，而民间故事则简洁、紧凑。

其次是人物关系的变化。在故事中，男女主人公是叔嫂关系，而在小说中则最终成为夫妻。

再次，故事与小说的叙事细节有较大差异。小说追求可阅读性，故而在细节描写、心理刻画等方面详细，故事以口头讲述为方式、听众的便捷接受为目的，故而情节转换较快，细节和心理描写相对较少。但故事也保留了小说中的多个细节：一是男孩在大街上看到了美丽的女孩子，便不自觉地跟踪她；二是用自己卖油辛苦攒下的钱来寻找女孩；三是用自己的衣物接住醉酒女孩的呕吐物，用自己的身体温茶，以给女孩解渴等等。

莎日娜在比较《卖油郎》的蒙译本时指出："《卖油郎独占花魁》的蒙译本，体现了文学翻译中的文化迁移的问题。即：《今古奇观》汉文原著，经过翻译，被改写成为具有蒙古族社会生活、宗教信仰色彩的作品。由此也得到了更多蒙古族读者的理解和接受，得以在蒙古族地区更广泛地传播。"[①] 在《王外外》中，关于男孩的出生、男孩与女孩的相识以及弟弟的部分遭遇，都具有鲜明的蒙古族文化特征，而通过《王外

---

① 莎日娜：《〈卖油郎独占花魁〉蒙译本的译文变化》，《民族文学研究》2009 年第 4 期。

外》与原小说情节的比较，就流传下来的细节与情节而言，民间故事显然选择了小说中与蒙古族生活习俗更为关系密切的情节与细节加以传播：酒与茶在蒙古族人的生活中有十分重要的地位，饮酒和饮用奶茶的生活习惯与小说中的这两个情节产生共鸣，而自宋代以来的城镇行商习俗中的"卖油郎"如何辛苦担油售卖、积累钱财等方面，与蒙古族的游牧生活相去甚远，因此被舍弃，只取了"卖油郎"这一角色。

选用民族文化特色鲜明的细节完成从汉族小说向蒙古族故事的转换，是汉族小说故事化的重要手段。这种细节的民族文化特色在《王外外》中多次出现，其中不乏精彩处，如王乞丐拾得公主留给哥哥的银包，又与小公主夜夜幽会，小公主质疑王乞丐的身份：

> 王乞丐摸黑溜了进去。公主以为来的就是跟巴彦家的儿子走的那个男孩，所以，放他进来，一起上床躺下。可一摸发现他皮肤很糙。公主很奇怪，问："你身上的皮肤怎么这么粗糙呀？"
> 乞丐答："算卦的说，这叫鱼鳞，说我在前世是龙王太子。"
> 公主又摸了摸，问："你的肩膀上两个硬包，是什么？"
> 乞丐答："算卦的说那是金银袋，说我在前世背着经书绕寺庙大院修行，积了一身德。"
> 公主又摸了摸，发现他臀部上有好多疙瘩，问："你这儿怎么疙疙瘩瘩的？"
> 乞丐答："卦师说这叫银窖，说我在前世非常富有。"
> 就这样过了三十个夜晚。①

这一段对话充满蒙古族文化特色，其中前世今生的说法，尤其是"背着经书，到处行善"的形象都与蒙古族接受藏传佛教的宗教信仰有关，而借卦师之口对身体特征进行解释也与蒙古族对于算卦占卜的信仰有关联。

作为当地知名的讲述"乌力格尔"②的喇嘛，朝格日布在《王外外》的故事讲述中呈现出民族性与讲述人个性的结合，如套用自己熟练使用的蒙古族英雄史诗叙事模式，用讲述人熟练的"结安答""占卜与禳解恶运""求子"等蒙古族民间故事母题。大多数蒙古族说书艺人"在说唱汉族文学作品时，也不是照本宣科，逐字逐句地背诵，而是在保留主

---

① 《蒙古族故事家朝格日布故事集》，第 299～300 页。
② 乌力格尔（uliger）即蒙语的故事、事件之意。

要人物、主要情节的基础上运用大胆的想象夸张，以本民族活生生的文学语言来尽情地渲染铺陈，甚至增添大量民族生活内容，使蒙古族农牧民易于理解，感到亲切，演变成一种充分民族化了的民间艺术"①。朝格日布虽不是专业的说书艺人，但显然拥有增添、联结等故事讲述技巧，因此，《王外外》从男主人公的身份、故事情节、活动空间及部分叙事细节上与"三言"一一对应，将鲜明的汉族文化色彩融入到这则蒙古族民间故事中，同时又在女主人公的人名、身份设定及部分细节中展现了蒙古族文化的色彩。

通过以上对比，可以推测该故事可能是朝格日布根据所看或所听的蒙文或藏文译本的汉族古典小说、取材于汉族古典小说的蒙古族民间说唱等，再根据讲述人的兴趣改编而成。由于讲述人已经去世，故事如何形成的口述史资料已经无从追寻，而究竟是哪些小说的蒙译本或说唱、戏曲直接或间接地影响了故事的形成，目前皆无据可循，只能靠推测了。

三、蒙古族"汉族故事"传播途径探究

朝格日布何以能讲述众多汉族题材的故事？朝格日布的此类讲述是一个特例还是蒙古族故事讲述者的常见现象？这类故事又是以何种途径为蒙古族的故事家们所熟知的？在笔者调查明清小说在民间故事中的传承情况时，曾注意到一个颇具意味的现象，即一些蒙古族故事讲述者不仅会讲述明清时期作家记录与编创的汉族故事，这些故事还会从蒙古族故事讲述者那里回流到汉族民间故事讲述人中来，如在著名的河北"故事村"耿村，有名的汉族女故事家张书娥讲述的故事《狐仙宝》是《聊斋志异》中的狐仙故事，其"附记"有云"这是张书娥在张家口部队上听一个老班长讲的故事，老班长是蒙古族人"②，至于这位老班长是阅读过《聊斋志异》的蒙译本？或能直接阅读汉文小说？还是在与汉族人交往的过程中曾听过汉族故事家讲过这则故事？这能引发我们的无限联想。从这些信息，可以肯定，朝格日布讲述汉族故事并非是一个蒙古族故事讲述家的特例，而是蒙古族流传汉族故事这一文化现象的一个代表。

《王外外》众多情节和母题主要与"三言"密切相关，"三言"成书

---

① 齐木道吉、梁一儒、赵永铣等编著：《蒙古族文学简史》，呼和浩特：内蒙古人民出版社，1981年，第238页。
② 袁学骏、李保祥主编：《耿村民间文化大观》，北京：北京图书馆出版社，1999年，第1587页。

本就与宋元说话密切相关，在很长一段历史时期，主要以选集的形式在汉族识字者中间流传，明朝末年署名"抱瓮老人"者选编"三言二拍"的部分篇目，辑成 40 卷的《今古奇观》①。目前，"三言"本身是否被全部译为蒙文尚无明确证据，但《今古奇观》却曾被译为蒙文，蒙古国学者巴·仁钦在乌兰巴托蒙译本《今古奇观》序文中曾指出："《今古奇观》曾经数次从汉文译为蒙古文，这不仅是蒙古族读者非常喜爱它的证明，也的确充分显示出蒙语语言词汇之美妙丰富性。这些故事的译文由书面渗透至民间，不仅有蒙古族乌力格尔齐增补讲述，而且自蒙古国建国初期，还在乌力雅苏台、阿拉坦宝力格以及首都大库伦等地搬上戏剧舞台，编成歌舞剧进行演出。"② 莎日娜指出："清朝时期《今古奇观》分别在内蒙古地区和喀尔喀蒙古族地区（今日的蒙古国）翻译成书广泛流传。喀尔喀蒙古文译本在当地很受欢迎，对蒙古族文化生活以及文学欣赏和文学创作活动产生了深远影响。"③《卖油郎》即有可能是从《今古奇观》蒙古文译本改编成蒙古说唱或戏曲，又为讲唱乌力格尔的蒙古族故事家改编成民间故事，但也有可能是懂蒙古文或汉文的讲述者读过文本后直接在民间故事讲述中运用其中的情节。

德国汉学家莫宜佳（Monika Mostch）曾指出："在清朝近三百年的统治期内，冯梦龙和凌濛初的作品皆被定为禁书，而只有《今古奇观》是当时读者能够接触到的唯一传统白话小说。它成为清代长篇小说和戏剧作品的唯一文学渊源。他甚至对于欧洲读者了解中国叙事文学作品也起到决定性的作用，其中选编的故事成为第一批翻译成西文的中国小说。"④《王外外》吸纳、借用的情节并非全来自《今古奇观》，相反，仅有《卖油郎》一则是《今古奇观》所选，其他情节所源自的文本目前尚未发现其蒙古文单篇译本或"三言"全本译文，这意味着其他未被选入《今古传奇》的"三言"故事、公案故事也可能在蒙古族广为流传，朝格日布以某种途径传承了这些小说。

"三言"与《王外外》的比较，已经表明汉族小说对蒙古族民间叙事的影响不仅限于长篇章回小说，也包括"三言二拍"、《聊斋志异》等

---

① 每一卷即为一则短篇故事，相当于"回""则""个"之意。《卖油郎》为其第 7 卷。
② 转引自莎日娜：《〈卖油郎独占花魁〉蒙译本的译文变化》，《民族文学研究》2009 年第 4 期。
③ 莎日娜：《乌兰巴托版蒙古文译本〈今古奇观〉研究》，中国社会科学院博士学位论文，2010 年，第 3 页。
④ ［德］莫宜佳著，韦凌译：《中国中短篇叙事文学史：从古代到近代》，上海：华东师范大学出版社，2008 年，第 160 页。

短篇小说集，以及一些公案小说集。如哥哥的"被诬入狱"与"卖人得真凶"等公案故事的情节，在五代和凝《疑狱集·临海令》《海刚峰先生居官公案·奸夫杀客为女有他》《折狱明珠·临海令决狱》《耳谭类增·临海令决狱》，明代陈洪谟《治世余闻录》下篇卷一《李兴验证辨冤狱》，祝允明《野记》卷四，冯梦龙《情史类略》卷一八《情累类·张荩》①，《施公案》第三四三至三四六回"金二朋冒名杀人骗奸案"，《智囊补》丙部"明察"《县令破奸杀女案》《增广智囊补·临海人命》，清代蒲松龄《聊斋志异·胭脂》，五代王仁裕《玉堂闲话·刘崇龟》② 中都曾出现过，且流传时间主要集中在明代③。因此，笔者以为其情节可能是随着公案类故事在蒙古族的翻译与传播而进入朝格日布的故事讲述。

宋、元、明三朝的话本中的很多故事或被改编为地方剧，如《杜十娘怒沉百宝箱》《白娘子永镇雷峰塔》等，在文人叙事向民间叙事流变的过程中，戏剧可能是主要媒介，不识字或者识少量字的故事家可能通过观看"三言"戏，了解其情节，并将之运用到故事讲述中来。虽然目前没有更多的证据表明"三言"曾被译为蒙古文或者满文，但汉族戏曲的传播，对蒙古族的说唱、故事等产生过重要影响，如"《葵花记》被译成蒙古文以后在蒙古地区以书面形式广泛传播的同时，蒙古族民众根据蒙古文《娜仁格日勒的故事》的内容，创编了很多富有蒙古民间文学特色的口头故事。这些口头故事，有的比较完整地保留了《娜仁格日勒的故事》的基本框架，但是'旧瓶装新酒'，完全用传统蒙古民间故事的情节母题重新编织了更加美丽动人的故事世界。而有的故事则取舍比较大，只保留部分情节，进行了改头换面"④。尽管如此，无论故事在传播过程中对其源头文本作了如何的取舍与改变，仍然能够有效地传承其故事情节、人物关系等。

孟昭毅在《中蒙文化文学关系述略》中指出："从元朝开始，随着蒙古族统治者入主中原，汉蒙文化文学交流日益密切。在蒙古族知识界中，越来越多的人受汉文化影响而学习甚至精通汉字。"⑤ 汉族小说的蒙译是这些汉族故事在蒙古族流传的重要途径，而《今古奇观》只是这些

---

① 出《泾林续记》。
② 《太平广记》卷一七二《精查》二。
③ 李艳杰：《〈施公案〉案件源流研究》，华中科技大学硕士论文，2008年，第36页。
④ 陈岗龙：《汉族戏曲故事在蒙古族民间的口头流传——以〈葵花记〉蒙古文译本〈娜仁格日勒的故事〉口头传播为例》，《西北民族大学学报》2010年第6期。
⑤ 王邦维主编：《东方文学研究：文本解读与跨文化比较》，太原：北岳文艺出版社，2011年，第249页。

蒙译汉族小说的一个代表,"清朝时期,蒙古族地区出现大量的汉文书籍的蒙古文译本,有正史、儒家经典,也有很多汉族古典小说。到清朝中后期,汉文文学的蒙译活动更是达到前所未有的兴盛,大量的汉文小说被翻译成蒙古文,并广泛流传于蒙古族地区,受到广大蒙古族读者的喜爱"①。鸦片战争后,蒙汉文化的交流进一步密切,"一些蒙古族的开明绅士还不断选送蒙古子弟到北京、天津、南京、哈尔滨等地学习深造……同时又创办了铅印和石印出版事业,在北京成立了'蒙文书社',在张家口成立了'蒙文图书编译馆',各自出版了一大批自然科学和哲学社会科学书籍。蒙文报纸也初次在蒙古族地区刊行。由于汉文书籍大批传入,学习汉文的人也逐渐增多。许多精通蒙汉两种语文的翻译家,把汉族的《三国演义》《水浒传》《红楼梦》《今古奇观》《金瓶梅》《西游记》《封神演义》,以及《四书集注》《资治通鉴纲目》等古代典籍和通俗小说译成了蒙文"②。究竟有多少小说被译为蒙文在蒙古族中流传,目前无法完全统计,但显然远不止以上所列著作,以在内蒙古地区广泛流传的"丁郎寻父"故事为例,其故事原文出自清代通俗小说《升仙传》,哈达奇·刚表示,自小就听过很多次《丁郎寻父》的故事,自己的父亲就能较完整地讲述它,而《中国古代蒙古文古籍总目》③ 词条"升仙传"从 07679 至 07697,载有从清朝光绪二十八年（1902）至民国年间共 18 个版本的蒙文抄本情况,包括这些版本的抄本尺寸、页数、馆藏地点和编号等信息,《升仙传》蒙译本及抄本在蒙古族的普及当是清代汉族通俗小说中"四大名著"之外世情、仙话小说受蒙古族喜爱的证明,它们通过被翻译进而为民间说唱艺人所熟悉、运用,其中一部分成为"本子故事",李福清院士、陈岗龙教授等学者都曾对源自汉族长篇历史章回小说并结合蒙古族传统英雄史诗说唱的文学现象进行过探究④,但另有一部分并未直接演变成本子故事,而是在翻译、戏曲、讲述之间转换,从而形成了独具特色的汉族故事。

---

① 莎日娜:《乌兰巴托版蒙古文译本〈今古奇观〉研究》,中国社会科学院博士学位论文,2010年,第1页。
② 齐木道吉、梁一孺、赵永铣等编著:《蒙古族文学简史》,呼和浩特:内蒙古人民出版社,1981年,第137~138页。
③ 内蒙古自治区社会科学院文献情报中心编:《中国古代蒙古文古籍总目》（下册）,北京:北京图书馆出版社,1999年,第1475页。此部分蒙文资料的查找与翻译等得到蒙古族学者谢秀云博士的帮助,特此感谢!
④ 陈岗龙:《李福清院士与蒙古本子故事研究——学术访谈简述》,《内蒙古师范大学学报（哲学社会科学版）》2010年第1期。

"三言二拍"、《聊斋志异》等明清短篇小说不仅曾被译为西方世界的语言而流传，也在中国蒙、藏、回等多民族中以译本、戏曲、说唱等形式传播，至于其传而为具有鲜明汉文化色彩的汉族故事，其传播渠道至少有如下几种：一是小说被全译或选译为民族语言，如《今古奇观》的多种蒙文、满文译本，其中部分译本被文人改编为戏曲，并且在表演中为其他民众接受，从而辗转被演述为故事；其中有一些故事讲述人有阅读本民族文字的能力，能将所读文本直接改编为故事再传播。二是在汉蒙、蒙满、满汉等各民族的民众之间，因商业、移民、迁徙等原因，往往能够互通口语，因此汉族人以故事、戏曲的方式传播到辽宁、内蒙古等地区，对这些"小说故事"感兴趣的民族故事家听到后以高超的讲述技艺和编创故事的能力进行了再创作，从而将不同的汉族小说常见情节重新组合而成新的故事。汉族小说在蒙古族民间文学中的活力见证了蒙汉文化交流的一段历史，朝格日布讲述的《王外外》是其中的一个个案，也是一个代表，它们与目前在耿村发现的汉族民间口头流传的《宋金郎》《芙蓉屏》等"三言"故事一起，形成了明清小说向民间多叙事方式流布的有力呼应。

第三节 "丁郎寻父"：失而复得的"汉族故事"

一、蒙古族"丁郎寻父"故事发现始末

在笔者对鄂尔多斯地区的故事家进行调查与采访的过程中，策·哈斯毕力格图老先生①曾谈到，蒙古族故事家朝格日布（1912—1992）讲述的很多则汉族故事都没有及时地得到搜集和记录，他两次提到朝格日布是边讲边唱"丁二（儿）郎寻父"故事，情节十分感人，几至泪下②。多年从

---

① 策·哈斯毕力格图（1933— ），蒙古族，内蒙古鄂尔多斯乌审旗人，著名作家、诗人、祝词传承人、民俗学家。
② 策·哈斯毕力格图先生在访谈中表示当时听到的是"丁二郎寻父"故事，老先生的汉文讲述略带口音，"二"发音与"儿"接近，在后来寻找相关资料时，在此故事的不同讲述中，发音略有差异，如下述哈达奇·刚先生的童年记忆为"丁郎儿寻父"。"丁郎寻父"故事在汉族至今仍有流传，讲述由母亲独自抚养长大的丁郎历经苦难寻找生父，并通过考中状元为父母报仇的故事。清代通俗小说《升仙传》中有完整的"丁郎寻父"故事情节，民间多种艺术形式演述"丁郎寻父"，但同一故事的不同名称颇多，主要以主人公丁郎为名，也有以丁郎之父高文（仲）举为故事名，如《丁郎寻父》《高文举坐花厅》等。后文凡指"丁郎寻父"故事情节的异文不再详注，仅在引用具体版本或抄本中进行注释。

事蒙古族民间故事出版工作的蒙古族作家哈达奇·刚先生也记得父亲讲《丁儿郎寻父》的情况，并为此故事的蒙文手抄本的出版作出努力：

> 所提《丁郎儿寻找父亲的故事》手抄本，是蒙古文的。前几年有位千秀兰女士（蒙古名乌仁高娃，姓明安图）……拿了父亲贺希格都荣（1915—1981）留下的一个日记本……看了那个笔记本，上面用蒙古文记下一些民歌、对联、黄历以及蒙古族近代诗人贺希格巴图（1849—1917）的部分诗文。另外还有一本线装本，封面写着《寇文珏（音）的故事》①，大概翻了一下，好像就是我曾经听过的《丁郎儿寻找父亲的故事》……后来德国一位鄂尔多斯籍蒙古学学者胡日查巴特尔博士（他研究贺希格巴图多年）……找到千女士，经过谈判达成协议，并经他操刀和承担费用，很快重新出版了一部纯学术著作——德国版的影印本《鄂尔多斯明安图氏贺希格都荣蒙古历史文化手抄记录》（2011年）②

蒙古族传播的《丁郎寻父》究竟是一则什么样的汉族故事，让蒙古族的故事家和听众如此钟情？是否与汉族小说《升仙传》中的"丁郎寻父"故事相同？二者关系如何？幸得随后哈达奇·刚先生将手抄本的影印本惠寄于笔者③，经蒙古族学者凌云博士将抄本译为汉语，内蒙古地区蒙古族民间广泛流传的《丁郎寻父》故事展开了她的神秘面纱。

胡日查巴特尔博士在手抄本影印本的序言中介绍了手抄本的样次：

> 该书的头两页用当时的蒙文报纸包裹了书皮。首页以本书的书名为目录④。为214页的手抄本，手抄本的尺寸：13厘米×19.5厘米……在结尾处写着"书于一九五五年十二月初六"，之后抹去了"一九五五年十二"等字。⑤

---

① 《寇文珏的故事》乃翻译时蒙古文中的"g"和"k"在手抄本较难辨认，"j"与"y"音易混淆而所致，后经多个手抄本的辨析，当为"高文举"的蒙古文音译。
② 2013年1月17日，哈达奇·刚先生电子邮件。
③ 胡日查巴特尔、明戈德·乌然古主编：《明戈德·贺希格都仁所抄鄂尔多斯蒙古族文化的手稿》（蒙文影印本），蒙古文化国际交流协会，2011年，第125~340页。
④ 《高文举的故事》，笔者注。由于该故事既有经汉语向蒙语转换的音变，又有蒙古手抄本中的笔误，故而人物名称有变化，哈达奇·刚记主人公之父为"寇文珏"，手抄本中时记为"高文举""高仲举"等，今据各抄本实录，但均指"丁郎寻父"故事中主人公之父。后文不再详注。
⑤ 同上书，第122~130页。

贺希格都荣保存的"丁郎寻父"故事是近年发现的蒙文手抄本，也是新中国成立后《丁郎寻父》故事仍在民间被抄写流传的有力证据。贺希格都荣的抄本共注两个名称，首页写有"高文举的故事"，尾页写有"丁郎的故事"，毛笔在折叠的旧毛头纸正反面完成，丝线装订，每页8行，抄写前以铅笔划线，字迹清晰。全抄本汉译全文共2.8万余字，讲述秀才高仲举因美妻于月英被奸相严嵩之家奴严祺看中，惨受迫害，远逃他乡；其妻守贞，自残一目，产子丁郎，育至12岁；丁郎纯孝，别母寻父，由关公教唱莲花落《十二月歌》，歌词即为其家庭经历，后卖唱认父，终与同父异母弟同登科，高中状元，为父申冤，阖家团圆。抄本文笔优美，构思巧妙，有明确的反对奸相严嵩、赞颂关公及科举改变命运等汉族小说痕迹。

贺希格都荣的抄本是曾在内蒙古地区蒙古族中流传的众多《升仙传》或"丁郎寻父"故事抄本之一，在《中国古代蒙古文古籍总目》①（下简称《总目》）中记载词条"升仙传"第07679至07697条，共载从清朝光绪二十八年（1902）至民国年间共18个版本的蒙文抄本情况，包括这些版本的抄本尺寸、页数、馆藏地点和编号等信息。其中以丁郎之父高文举之名命名的《高文举的故事》共4个版本，多仅存1—2册，分别藏于内蒙古日报社蒙文资料室和内蒙古自治区社会科学院图书馆等地；以孝子丁郎为书名的《丁郎中状元营救父亲》《丁郎冉福故事》《丁郎中状元逃广之故事》等3个版本，分别藏于内蒙古自治区社会科学院、伊克昭盟档案馆（藏2种版本）、内蒙古师范大学等，其中3册注明为《升仙传》故事之一，多仅存1册或2册，伊克昭盟档案馆存《丁郎中状元营救父命》第3—5册。另有以《升仙传》为名的共有6个版本，多为线装残本，每个抄本多仅存1册，主要藏于内蒙古自治区、辽宁沈阳市等地，有民国年间巴因清格勒等人所抄毛笔本附图画，共19册，藏于内蒙古自治区图书馆，是其中内容较全的抄本。除以上提到以"丁郎"为名的抄本外，有5册为清朝时期的水墨抄本，其中有1册是清末水墨抄本的微缩胶卷，原本藏于丹麦的皇家图书馆；13册为民国年间的水墨抄本；加之贺希格都荣保存的《丁郎寻父》抄本，共有19个不同的抄本。

---

① 内蒙古自治区社会科学院文献情报中心编：《中国古代蒙古文古籍总目》（下册），北京：北京图书馆出版社，1999年，第1475页。

题名《升仙传》①的小说抄本多非全本，题名《高文举的故事》或《丁郎寻父故事》，以高氏父子为主人公的各种抄本也多为残本，贺希格都荣的《丁郎寻父》抄本因其内容完整就尤其显得珍贵。

仅从《升仙传》与"丁郎寻父"故事在蒙古族和汉族传播的抄本和印刷情况来看，现今保存的蒙文抄本数量较多，而汉文印刷版次较多，但汉文《升仙传》的藏本多是完整的济小塘故事，而蒙文版本则部分传抄济小塘故事，更大一部分选取的是《升仙传》中高仲举父子命运的故事。"丁郎寻父"故事在蒙古族的传播具有独立性，尤其是从贺希格都荣保存的抄本内容来看，它虽然在情节上与《升仙传》的相关部分保持一致，但其中帮助者身份的变化、关键性细节的变化又与原著存在较大差异，可见蒙古文抄写者（甚至有另外的再创作者）对原故事有较大改编。加之朝格日布的"丁郎寻父"故事是以说唱方式进行演述，则此故事除了以手抄本形式在蒙古族流传外，民间说唱（尤其是本子故事）可能也是该故事的流传方式。这也意味着，在《升仙传》被直接译为蒙文的翻译途径之外，"丁郎寻父"故事很可能是由汉族"丁郎寻父"故事的其他民间叙事形式直接传播到蒙古族民众中的。

在蒙古族地区，尤其是内蒙古东部流传广泛的"丁郎寻父"故事，与清代通俗小说《升仙传》中的"丁郎寻父"故事情节一致，又与汉族的秧歌戏《丁郎寻父》②，民间手抄本的劝善文《丁郎打夯歌》③《打夯歌丁郎寻父》④ 等多种民间小戏、说唱和抄本相近。目前可以确定的是这些汉族小说故事在蒙古族中先后以手抄本和民间故事的形式存在过，如"丁郎寻父"故事从清代至民国，在内蒙古图书馆保存蒙文抄本有18种，鄂尔多斯民间艺人贺西格图1955年完成的手抄本《寇文汇的故事》⑤，又名《丁郎寻父》，也在近年被发现并出版。这些表明，汉族小

---

① 蒙文抄本《升仙传》源自清代通俗小说《升仙传演义》，以道教神仙济小塘修仙过程为主线，内有完整的丁郎寻父故事，"济小塘"在民间故事的传播中有"纪小塘"等同音异字的记录情况。该小说的中文刻本、抄本名称也有不同，常见书名如《升仙传演义》《升仙传》《绘图升仙传》《济小塘捉妖》《下八仙演义》等。后文凡指称此类小说，统一以《升仙传》名之，涉及具体版本的文本另加注释。
② 李景汉、张世文合编：《定县秧歌选》（二），台北：东方文化书局，1971年，第335～362页。
③ 北京打磨厂宝文堂梓行：《丁郎打夯歌》，泽田瑞穗旧藏，现藏于早稻田大学风陵文库。
④ 北京打磨厂致文堂刊印：《打夯歌丁郎寻父》，泽田瑞穗旧藏，现藏于早稻田大学风陵文库。
⑤ 胡日查巴特尔、明戈德·乌然古主编《明戈德·贺希格都仁所抄鄂尔多斯蒙古族文化的手稿》（蒙文影印本），蒙古文化国际交流协会，2011年，第125～340页。

说既有长篇巨制,通过翻译和说唱文学形式影响民间故事,也有一些通过尚不明确的传播途径,影响并形成了蒙古族的汉族故事。

二、"丁郎寻父"流传形态介绍

"丁郎寻父"在此处主要指"丁郎父母受害—丁郎寻父认父—丁郎中举救父—合家团圆及报仇"这一情节完整的故事。根据笔者搜集和查找的各种资料,在此按其内容变易和传播方式的不同,将"丁郎寻父"故事的形态分为两类:

第一,通俗小说《升仙传》中的"丁郎寻父"故事。"丁郎寻父"故事主体部分的文字记录最初见于清代汉族小说《升仙传》,该小说是题名为"倚云氏"所著的道教仙话,主要宣扬道教神仙济小塘的修仙渡人神迹,"丁郎寻父"为济小塘助人的系列故事中比重最大、具有一定独立性、并在其他民间叙事体裁中独立流传的一段故事,其主体情节见于小说第 31 至 45 回。

朱一玄先生编著《中国古代小说总目提要》,载《升仙传演义》的刊本及内容提要:

> 清章回小说,倚云氏著。倚云氏,生平不详。此书八卷五十六回,有清道光二十七年(1847)重刊本,题"倚云氏著",首有自序;清光绪七年(1881)东泰山房刊本;清光绪十三年(1887)聚锦堂刊本;清光绪十九年(1893)上海书局石印本。明姚旅《露书》卷十二及清王士禛《居易录》卷三皆有明嘉靖时戚小塘(或作积小塘)幻术事。《升仙传演义》即写济小塘因奸相严嵩专权,屡试不第,又见忠良受戮,遂出世而入山访道,为吕洞宾点化,得五鬼葫芦,云游四方,济世惩恶……书中不仅写济小塘灵异事,尚杂以儒生韩庆云梦入大槐树下乌衣国,享受荣华富贵,历尽战祸、水患,乃袭用唐李公佐传奇小说《南柯太守传》故事。民间于此故事颇欢迎,孙楷第说:"如闹相府等事至今里巷尤喜道之。"①

小说以明朝嘉靖年间为时间背景,现可考的最早版本题为道光二十七年(1847),关于《升仙传演义》的研究成果不多,多认为这是一部

---

① 朱一玄、宁稼雨、陈桂声编著:《中国古代小说总目提要》,北京:人民文学出版社,2005 年,第 647 页。

仿南宋时佛教人物济公传奇故事完成的道教人物传奇故事，是继《绿野仙踪》之后的又一部以严嵩为抨击对象的，以宣扬仙道人物为表，以弘扬儒家精神为里的通俗小说。小说中的济小塘为人物主线，围绕着他所救助的对象，穿插了多个故事，其中的第 31 回至第 45 回主要讲述秀才高仲举因美妻被严嵩门人严祺看中，遭到栽赃迫害，被流放湖广；其妻于月英自刺一目以证贞节，产下儿子丁郎，独自抚育长到九岁；丁郎纯孝，不畏艰难，历尽艰难下湖广寻父……最终丁郎兄弟中状元，救出父亲，阖家团聚。恶人严祺与奸臣严嵩受到惩罚。

今人对《升仙传演义》的研究虽少，但这部小说却被多次重刊再版。以下主要梳理从 1847 年至今，其在国内外流传保存的各种小说版本。日本学者大塚秀高所录《增补中国通俗小说书目》对《升仙传演义》在世界各地的收藏情况记载最多：

22037 升仙传　8 卷 56 回　　倚云氏
　　文锦堂刊本　卷数不详　道光二十七年重刊　中国人民大学
　　东泰山房刊本　13×30　图 5 页　光绪七年重刊　北京图书馆、天津市人民图书馆·周绍良、大连市图书馆、北京大学、北京师范大学、天津师范大学
　　聚锦堂刊本　有图　光绪十三年刊　北京图书馆·郑振铎
　　【成文信藏板】　10×24　图 5 页　光绪十八年刊　小东京大学文学部、东京大学东洋文化研究所
　　北京打磨厂锦文堂藏板　14×30　图 5 页　光绪二十二年重刊　首都图书馆、中国社会科学院文学研究所
　　文成堂刊本　13×30　图 5 页　光绪二十五年刊　首都图书馆、孔德图书馆、辽宁省图书馆、哈佛大学哈佛燕京学社汉和图书馆、哥伦比亚大学、东京大学东洋文化研究所双红堂文库
　　#　8 卷本　北京图书馆·郑振铎（有图）、吉林大学①

孙楷第著《中国通俗小说书目》中载有光绪七年和二十五年的两种刊本，注明是"演明嘉靖时济小堂灵异事"②。从各记载可知，《升仙传演义》从 1847 年至 1899 年的半个世纪，至少被重刊过 8 次，足可见其

---

① [日]大塚秀高：《增补中国通俗小说书目》，东京：汲古书院，1987 年，第 156～157 页。
② 孙楷第：《中国通俗小说书目》，北京：作家出版社，1957 年，第 180 页。

通俗流行的程度。

1900 年后,《升仙传演义》的公开出版情况补充如下:

《新刻升仙传演义》(八卷),上海书店,光绪二十八年(1902)

《绘图升仙传》(八卷七十回),石印本,上海茂记书庄,清宣统元年(1909)。

《绘图升仙传演义》,上海广益书局宣统二年(1910)印行(4 册 56 回)14.7×8.8。

裴福存编写《下八仙演义》(又名《济小塘捉妖》),春风文艺出版社,1988 年。

《升仙传》(《古本小说丛刊》第 13 辑第 4 – 5 册),中华书局,1991 年。

《拍案惊奇·升仙传》,中华书局,1991 年,第 13 辑。

《升仙传》,上海古籍出版社,1992 年。

《升仙传演义》,百花洲文艺出版社,1993 年。

《升仙传》,王根林标点,上海古籍出版社,1996 年。

《升仙传》,远方出版社、内蒙古大学出版社,2001 年。

《绣像升仙传》,中央民族学院出版社,1996 年。

诸版本均在国家图书馆及部分省图书馆、高校图书馆收藏,其中 20 世纪 90 年代以来的版本仍在书市流通。按其在清代抄本及石印本的流传情况推测,1910 年至 1988 年间,当还有手抄本及印刷本,可惜目前尚无其他可靠资料佐证。以上公开出版的各类《升仙传》均与其他各刻本中的故事情节一致,其中清宣统元年的七十回本与一般的五十六回本有差异,另外,裴福存编写的《下八仙演义》情况较为特殊,编写者在后记中记载:

> 本书系根据已故艺人刘阔漳先生①部分口述遗稿(共九回,约占全书近三分之一),并参照《升仙传》小说和有关戏曲及民间故事传说编写而成……刘老先生独出心裁地将原传说的五仙增为八仙,使本书别开生面。②

《下八仙演义》共三十三回,其中第二十三回"高仲举科考遇难　小丁郎元宵报仇"、第二十四回"历艰辛千里寻父　唱夯歌亲人重逢"、第二十五回"逃难招亲尚书府　探妻入狱北京城"、第三十二回"丁郎

---

① 刘阔漳(1916—1987),男,评书演员,祖籍河北省武清县大孟庄乡寺各庄。
② 裴福存编写:《下八仙演义》(又名《济小塘捉妖》),沈阳:春风文艺出版社,1988 年,第 375 页。

科考中榜首　父子同殿参严嵩"、第三十三回"参奸党五冤昭雪　受皇封八仙升天"主要讲述了丁郎寻父故事的原委，其目次较原《升仙传》中的"丁郎寻父"故事要少，故事情节也有较大改变，如丁郎在高、于二人分别前已出生，高仲举与丁郎和赶郎二子一同登科，最后昭雪沉冤，恶人受惩。《升仙传》是一部世代累积型的通俗小说，关于主要人物济小塘的故事多来自道教惩妖除魔的人物传说，其他七仙的故事有民间传说，也有仿前代文人的作品，但其中关于高仲举与丁郎父子二人的故事，其民间起源并不甚清楚，国内外诸多藏书馆都保留了近一百多年来以"丁郎寻父"故事独立于《升仙传》，以多种民间叙事的形式广泛传播于华北地区的珍贵资料。

《升仙传》从1847年至1899年的半个世纪，至少被刊过7次以上，1900年以来，在中国大陆地区公开出版计11次，各刻本内容大体相近，仅裴福存编写的《下八仙演义》为民间说唱与《升仙传》融合，而有所增删，但此本仅刊刻一次，影响远不及倚云氏原著。此中的"丁郎寻父"故事的存在形态为通俗小说，又为作家文学。

第二，宝文堂等民国年间民间的印刷厂、刻印社根据市场需求，刊刻多种"丁郎寻父"打夯歌、大鼓书歌辞等。民间通行刻本唱本《新出丁郎寻父》《新刻太平年丁郎打夯歌》，北京打磨东口宝文堂《丁郎仲状元》《打夯歌丁郎寻父》，北京致文堂刊印的《打夯歌丁郎寻父》与北京中华印刷局排印《丁郎寻父打夯歌》，北京打磨厂学古堂印行唱本《新出丁郎寻父》（金钱莲花落）刻本，《新刻太平年打夯歌》内容大体一致，其抄本（刻本）情况简介如下：

《丁郎打夯歌》，宝文堂梓行，15页，竖行，页9行28字4句。非全本，约4000字，结束于严嵩被判乞讨事[1]。

《新刻太平年丁郎打夯歌》，扉页3列，右列小字"新刻太平年"中列大字"丁郎打夯歌"，左列仅留"堂梓"二字，18页，竖行，页7行28字4句同，约3500字[2]。

《丁郎寻父打夯歌》，扉页首3行，前2行小字"大鼓书；红月娥做梦"，大字"丁郎寻父打夯歌"中有女说书艺人像，像右列书"仲状元"，左书"父子大报仇"，底行小字"北京打磨厂致文堂发行"。12页，竖行，页13行22字4句，约3400字[3]。

---

[1]　北京打磨厂宝文堂梓行：《丁郎打夯歌》，泽田瑞穗旧藏，现藏于早稻田大学风陵文库。
[2]　《新刻太平年丁郎打夯歌》，泽田瑞穗旧藏，现藏于早稻田大学风陵文库。
[3]　北京打磨厂致文堂发行：《丁郎寻父打夯歌》，现藏于东京大学东洋文化研究所。

《丁郎仲状元》，扉页3列，右列"饿死严嵩合家大团圆"字，中大字题名，左列小字书"北京打磨厂东口宝文堂"出处，15页，竖行，页8—10行约16字2句。残本，始于丁郎父子相认，至故事结束，约2000字①。

《打夯歌丁郎寻父》，扉页3列，右书"打夯歌"小字，中题"丁郎寻父"，右列书"北京致文堂板"出处，18页，竖行，页8行14字2句，无标点。残本，末页刻"续集打严嵩"五个大字，小字刻"下接丁郎赶考中状元，父子报仇大团圆"为前情提要，约2000字②。

《新出丁郎寻父》，北京打磨厂学古堂印行金钱莲花落，共5页，竖行，页22行42字，有标点。约4000字。与"二十四孝"劝善文同印③。

《丁郎寻父打夯歌》，扉页首3行，前2行小字"大鼓书词""杨二郎劈山救母"，第3行书大字"丁郎寻父打夯歌"，下正中为一美女站花园像，像右书"丁郎仲状元"，左书"合家大团圆"，底部横排小字"北京杨梅竹斜街中华印刷局印"。共7页，竖行，页20列，列37字，以句号隔。全本。与"杨二郎劈山救母"同印，同科二名邹应龙，三名夏天露，约5000字④。

以上七种"丁郎寻父"民间说唱的抄本或石刻刊本，在内容上大体相同，从丁郎逛灯受辱写起，插叙于月英说明其父杜景隆受冤充军改名之事，顺叙丁郎寻父打夯，杜之续妻贤善，杜景隆被妻责问羞愧难当，犯痰症卧床，丁郎留在胡府苦读。后济小塘（抄本中出现小唐、小塘两种写法）之三弟子一枝梅仙丹救杜，二子苦读中状元，神风助丁郎状告严嵩，严嵩遭报应饿死，丁郎父子报仇大团圆。

以上仅就笔者所见民间说唱"丁郎寻父"在清末民初的刻本和抄本情况加以比较和简介，另有黄仕忠先生在《双红堂文库藏清末民初北京木刻、石印本"唱本"目录》一文中对日本双红堂文库中的第189目第4扎的第24—28条，共计5种"丁郎寻父"唱本加以转录：

24. 打夯歌__丁郎寻父　北京致文堂版（首行：庆新年　贺新正　丁郎月下去逛灯）版心刻"打夯歌"　半页八行　九页　卷末题：下接丁郎赶考仲状元父子报仇大团圆/续集打严嵩

---

① 北京打磨厂宝文堂：《丁郎仲状元》，泽田瑞穗旧藏，现藏于早稻田大学风陵文库。
② 北京打磨厂致文堂刊印：《打夯歌丁郎寻父》，泽田瑞穗旧藏，现藏于早稻田大学风陵文库。
③ 北京打磨厂学古堂印行：唱本《新出丁郎寻父》，泽田瑞穗旧藏，现藏于早稻田大学风陵文库。
④ 北京杨梅竹斜街中华印刷局印：《丁郎寻父打夯歌》，现藏于东京大学东洋文化研究所。

25. 胡宅打夯歌父子相会＿丁郎寻父　北京打磨厂东口宝文堂（首行：庆新年　贺新正　丁郎月下去逛灯）　版心刻"丁郎"　半页十行　七页　卷末题：下接丁郎仲状元　闫嵩银碗讨饭

26. 胡宅打夯歌父子相会＿丁郎寻父　（首行：庆新年　贺新正　丁郎月下去逛灯）半页十行　七页　卷末题：下接丁郎仲状元　闫嵩银碗讨饭　同上条同版，后印本

27. 饿死严嵩合家大团圆＿丁郎仲状元　北京打磨厂东口宝文堂（首行题下双行：清江引＿木梳乌绫青绸缎　要你对上这三宗宝　骨肉团圆庆/于月英思丈夫盼子呆等）　版心刻"丁"　半页十行　七页半

28. 父子大报仇＿丁郎仲状元　北京致文堂版（首二行：丁郎赶考仲状元/清江引　于月英思夫等）　版心刻"丁郎"　半页八行　九页半　卷末题：北京打磨厂致文堂①

其中除第 27 条与笔者前文所列第 4 则为同一刻本外，其他笔者尚未亲见。以上诸刻本出处大致出于北京打磨厂学古堂、宝文堂、致文堂等出版机构，且各家多次刊刻，故有"亲出"等为题，即相当于受欢迎的读本再三刊刻之"重版""再版"之意。

这一类刻本的内容可能是根据民间说唱艺人的说唱内容为底本，因其内容受下层民众的欢迎，而为各出版机构寻到商机，将之刊刻售卖。以上几家刻印机构均是民间商业机构，且多刊刻当时市民最为喜爱，销量较好的通俗文艺作品，如北京打磨厂学古堂在民国年间多印刻《借女吊孝》《洪洋洞》，戏单如《贺后骂殿》一类，甚至有出版百代公司唱片《汪笑侬唱〈马前泼水〉》的唱词，北京杨梅竹斜街中华印刷局印的还有《搜孤救孤》《牧羊圈》《风云会》等当时特别流行的民间说唱本子，其印本多为 32 开，常为多本合一刊印，有"买一送二"之意，以推销新故事。

"丁郎寻父"刻本多未记详细刊刻时间，但早稻田大学的藏本多记录收藏时间为 1923 年，又众刻印社的出版活动主要是在清末民初时期，其中一刻本附着于《杨二郎劈山救母》之后，一刻本在《丁郎寻父》之后刻《红月娥做梦》故事，又一刻本在《丁郎寻父》故事后刻《二十四孝故事》。根据与《丁郎寻父》联合刻印故事的情况推测，"丁郎寻父"

---

① 黄仕忠：《双红堂文库藏清末民初北京木刻、石印本"唱本"目录》，《东洋文化研究所纪要》，东京大学东洋文化研究所，2007 年，第 150 页。

故事早先附于《杨二郎劈山救母》等历史更为悠久、民间流传甚广的故事之后,随着该故事在民间流传的日益广泛,其他如《红月娥做梦》等故事需要借助"丁郎寻父"故事为听众和读者接受,故而刊刻于该故事之后以打开市场,进行售卖。

虽然"丁郎寻父"故事的存在样态为纸媒,但其来源是民间说唱,包括劝善文、宝卷、评书、大鼓书、打夯歌等,实际内容却差不多,均在4000—5000言之间,故而其称呼多样化,有打夯歌、大鼓书、太平年、金钱莲花落等,在形式上均以七言为主,间杂三言或九言等,如:

　　我的儿　免悲声　你且止恸分说明　丁郎闻听尊母亲　逛灯碰见二孩童
　　他骂我　不好听　有娘无父女孩生　羊头上仓莹代来的子　野种冤家骨头轻①

但不同于纯粹的民间说唱艺术,此类"丁郎寻父"故事在形态上是印刷文学,其自身的重复性导致内容上变异极少,如笔者所列前四种刻本,主人公的名字均一致:杜景隆(高仲举)、于月英(高妻)、胡秀英(高之续妻)、丁郎(杜怀音,于月英之子)、赶郎(杜怀臣,胡秀英之子)、严嵩、严七、邹应龙、小塘、一枝梅等。仅第6、第7则的人物发生变化,丁郎的姓名分别变为杜怀青、杜怀音,赶郎变为杜怀升、杜怀臣,胡秀英在第6则中变为胡月英,当是民间说唱中记音的差异导致刊刻时出现差异。民间说唱是具有较为鲜明地域性的民间艺术,多运用方言土语,受时间、季节等因素的影响,受众只能面对面聆听,而印刷文本则可突破此类限制,各刻本中使用的语言主要是以北京为中心的北方官话,其俗语也多在河北地区流行,但在阅读中并不会妨碍人们的理解。

此类形态的"丁郎寻父"故事可视为印刷流行的市井通俗读本,其"作者"实际为当时的民间说唱艺人,但载体却是以新的刻印技术和商业流通手段相结合的石印本、刻印本。如"百度百科"的"宝文堂书店"词条载,宝文堂于1862年开业,初兴时主要印刷一些小唱本,批发给行商,在北京各庙会、集市及农村等地售卖,远者销至河北、热河等地,又有题名"hunzi1999的博客"记录,宝文堂书店之书远销至"河北、山西、河南、山东、察哈尔(今划归北京、河北、山西、内蒙古)、热河(今河北

---

① 北京打磨厂致文堂发行:《丁郎寻父打夯歌》,现藏于东京大学东洋文化研究所,第1页。

承德）等地"①。由此推测，"丁郎寻父"故事在蒙古族盛行，与清末明初这些印行通俗文艺作品的商业出版机构的工作密不可分。目前可以确定，发现该故事传播的区域包括黑龙江、吉林、辽宁、内蒙古、河北、天津等。

三、"丁郎寻父"故事在汉族的民间流传

孙楷第先生曾指出，《升仙传演义》中的"闹相府"等多则故事是在民间颇受欢迎的独立常演剧目。耿瑛先生指出："《下八仙演义》，原名《升仙传》，又名《济小塘捉妖》……这位明代道教中的活神仙，很象南宋时代佛教中的济公活佛。因此，又有'明代济公''关外济公'之美称。在辽宁的沈阳、铁岭、开原等地，至今还流传着许多有关他的传说，如《济小塘得道》《济小塘出世》《济小塘修塔》《济小塘捉妖》等等。传统京剧《三教寺》《天妃闸》《黑砂洞》《泗州城》等戏，均出自清代小说《升仙传》。就连《红楼梦》第十九回里提到的四出神魔戏之一《丁郎寻父》，也是《升仙传》一书中的传奇故事。"② 由此可见，《丁郎寻父》虽只是《升仙传》的部分情节，却是在民间流传甚广的独立故事，并作为一种民俗生活被载入文人经典。日本东京大学东洋文化研究所藏有致文堂刊《丁郎寻父打夯歌》、各类《丁郎寻父宝卷》③ 与中华印刷局印京剧剧本，也表明孙先生所言不虚。且从目前搜集的资料情况来看，"丁郎寻父"作为一个独立于《升仙传》之外的完整故事，在民间的影响至今存在。

现有民间叙事文学资料显示，"丁郎寻父"故事的传播区域主要在辽宁省，此外还有黑龙江、吉林、内蒙古、河北等省份，其传播方式包括民间传说、传统京剧、鼓曲、评书、莲花落、夯歌、二人转、秧歌戏、劝善文等。民间叙事本为口头表演，以上所举，仅是口头表演中有文字记录可考者，如河北定县秧歌戏《高文举坐花厅》④ 和《丁郎寻父》⑤，民间手抄本的

---

① 《也说宝文堂书店》，http：//blog.sina.com.cn/s/blog_5de5a2320100dap3.html。访问时间：2013 年 4 月，后该文博主加密。
② 裴福存编写：《下八仙演义》（又名《济小塘捉妖》），沈阳：春风文艺出版社，1988 年，第 5 页。
③ 《丁郎寻父宝卷》可见于段平纂集：《河西宝卷续选》，台北：新文丰出版公司，1994 年。其他有关"丁郎寻父"故事的宝卷，可见于《张掖宝卷》《酒泉宝卷》《甘州宝卷》《山丹宝卷》《民乐宝卷》《永昌宝卷》等，相关宝卷的"丁郎寻父"故事存目情况，可参考朱瑜章：《河西宝卷存目辑考》，《文史哲》2015 年第 4 期，第 70 页。
④ 李景汉、张世文合编：《定县秧歌选》（二），台北：东方文化书局，1971 年，第 578 ~ 586 页。
⑤ 同上书，第 335 ~ 362 页。

劝善文《丁郎打夯歌》①《打夯歌丁郎寻父》②，唱本《新出丁郎寻父》③《新刻太平年丁郎打夯歌》④，北京打磨东口宝文堂《丁郎仲状元》⑤ 等。北京致文堂板的《打夯歌丁郎寻父》与北京中华印刷局排印《丁郎寻父打夯歌》内容完全一致，同属劝善文。北京打磨厂学古堂印行唱本《新出丁郎寻父》刻本的扉页排头横向从右至左印有"新出丁郎寻父"，下有艺人演出的照片，照片左侧竖排"二十四孝"，右侧竖排"金钱莲花落"字样。"金钱莲花落"的内容即为"新出丁郎寻父"故事，丁郎之父杜景隆的故事仅在丁郎的唱词和问答中出现，《二十四孝》则为劝善文。

以活态形式保存"丁郎寻父"故事的民间叙事艺术包括东北二人转、安徽庐剧、津京相声等汉族民间曲艺。东北二人转《丁郎寻父》的研究者苏景春对其流传和版本问题进行了研究，他指出：

> 《丁郎寻父》是二人转第一个男单出头，也是二人转传统剧目唯一的一个由丑角演唱的单出头。……故事的源头是神话小说《升仙传》，小说问世后，书中的第三十一回至第四十一回的故事内容被改编成清代高腔（又称弋阳腔或青阳腔）《丁郎寻父》。全剧分"辞母""落难""夯工""巧遇""诉情""团圆"六折。又有原奉天东都石印局刊发出鼓词《丁郎寻父》。关内的什不闲莲花落也演唱《丁郎寻父》曲目。⑥

苏景春认为："《丁郎寻父》一剧在东北二人转艺术发展的历史上，为男单出头艺术表现形式开创了纪元，也为二人转单出头这一枝蔓增添了艺术新的品类。更能让今人从它吸纳了大鼓、什不闲莲花落、戏曲及其他曲艺的艺术，并摘唱二人转自家剧目的唱段，将这些姊妹艺术的特点精华完美的、有机地糅合起来，形成二人转独特艺术的发展过程中，看到二人转传统剧目的形成与发展的历史缩影。"⑦ 可见这出剧在东北影响之深远。

---

① 北京打磨厂宝文堂梓行：《丁郎打夯歌》，泽田瑞穗旧藏，现藏于早稻田大学风陵文库。
② 北京打磨厂致文堂刊印：《打夯歌丁郎寻父》，泽田瑞穗旧藏，现藏于早稻田大学风陵文库。此外，东京大学东洋文化研究所藏致文堂刊《丁郎寻父打夯歌》、北京中华印刷局印《丁郎寻父打夯歌》等也均为打夯歌。
③ 北京打磨厂学古堂印行：唱本《新出丁郎寻父》，泽田瑞穗旧藏，现藏于早稻田大学风陵文库。
④ 《新刻太平年丁郎打夯歌》，泽田瑞穗旧藏，现藏于早稻田大学风陵文库。
⑤ 北京打磨厂宝文堂：《丁郎仲状元》，泽田瑞穗旧藏，现藏于早稻田大学风陵文库。
⑥ 转引自苏景春：《男单出头〈丁郎寻父〉——二人转传统剧目流变考证》，《戏剧文学》2012年第8期，第153页。
⑦ 同上。

2012 年 5 月，吉林长春市的一家民营小剧场曾演出过《丁郎寻父》。它在戏曲中的普遍性，还可用另一种民间说唱艺术——相声加以印证。早期相声艺人在唱太平歌词时，伴随的表演方式"白沙撒字"，即"艺人左手持两块小竹板做的玉子，掌握演唱的节奏；右手捏白沙撒字，边撒边唱"①。有一段著名的添笔改字唱词如下：

"十"字儿添笔念"千"字，赵匡胤千里送京娘。
"九"字儿添笔念"丸"字，丸散膏丹药王先尝。
"八"字儿添笔念"公"字，姜太公钓鱼保文王。
"七"字儿添"白"念个皂，田三嫂分家打过皂王。
"六"字儿添笔念个"大"，大刀关胜美名扬。
"五"字儿添笔还念"伍"，伍子胥打马过长江。
"四"字儿添笔还念"泗"，泗州城的济小塘。
"三"字儿添笔念个"王"，王祥卧鱼孝顺他的娘。
"二"字儿添笔念个"土"，土木之工属丁郎。
"一"字儿添笔念个"丁"，丁郎寻父美名扬。②

"撒字歌"中所用的各个典故，都是民众最为熟悉的故事，其中"四""二""一"三个数字联系的故事都出自《升仙传》，足见济小塘修仙故事与丁郎寻父故事在民间的流行程度。且太平歌词"据传说，似与早年劳动号子的夯歌有关。那时有人盖房子，只要够三间房，就可以传一槽夯。夯头领唱，壮夫合唱。……这种夯歌声音悦耳，十分动听，具有艺术魅力，常常吸引大人小孩驻足侧耳。其曲调则近似太平歌词"③。这种记录也与"丁郎寻父"故事中丁郎以唱夯歌的方式自叙身世，最终得以认父的关键性情节密切相关。因此，在莲花落、二人转、夯歌等民间小戏中，"丁郎寻父"是一个非常大众化的，与姜太公钓鱼故事和关公故事具有同等"知名度"的故事。

"丁郎寻父"故事在民间小戏中的重要性，还可从吉林省二人转老艺人李青山（1904—1978）的一番回忆中得到印证："这个段子，我乍学唱时，凡是唱丑的老艺人都会唱……在旧社会，唱丑的如果不会这出

---

① 侯宝林、薛宝琨、汪景寿、李万鹏：《相声溯源》（增订本），北京：中华书局，2011年，第 249 页。
② 同上书，第 250 页。
③ 同上书，第 249 页。

戏，就不算唱丑的，等于包头的不会唱《摔镜架》，就不算包头的一样。这个段子，唱起来，可以练嘴皮子，可以练字眼儿，可以练板子功，也可以练满腔满调的唱功。在表演上，观众愿意看母子别离，父子别离那股劲儿，要求把人物演出来，把感情唱出来。这个段子在我年轻的时候很时兴，到哪个屯子演出，老年人都好点它。它是先有的单出头，后有的小拉场，戏名叫《乌绫记》。"①

民间小戏中有一部分对于《丁郎寻父》故事的传播起到了"得鱼忘筌"的作用，如李庆云口述的《丁郎寻父》（单出头）与《打夯》，其中《丁郎寻父》保留了押解高仲举的王英，解救高仲举与丁郎的纪小塘等人的故事②；刘明山等口述，曲二整理的《丁郎寻父》（单出头）中，完全去掉神仙怪异事，故事主线分明，其他人物事件完全服从于丁郎寻父、打夯的内容③。原小说《升仙传》中顺叙高仲举被冤发配、夫妻分别等情节在民间小戏中均以倒叙方式借丁郎所唱打夯歌道出，故事人物和情节集中，鲜少提到《升仙传》主人公济小塘。从现有的各种抄本、石印本等"丁郎寻父"故事看来，其中主要讲述丁郎寻找生父时，其母于月英的句句叮嘱，路途之艰辛，父不认子，及丁郎唱"十二月"打夯歌，最终父子团圆，考状元，阖家团圆，严七（祺）受惩等情节，较少涉及《升仙传》宣扬道家仙术的主题。

尽管"丁郎寻父"故事中不少情节，包括丁郎之父的名字都发生了一些变化，有的名为杜景隆，有的名为高仲举或高文举等，但关键性情节，如逛庙惹祸、受冤发配、湖广再婚、丁郎寻父、父不认子、夯歌自述、父子相认、老父再入狱、于氏乞讨供夫、双子高中状元、成功救父、阖家团圆等，基本都以顺叙或倒叙的方式被交待清楚。"丁郎寻父"脱离小说《升仙传》，成为独立故事，并在汉族地区以多种民间叙事方式流传，产生很大的影响力，这是"丁郎寻父"在小说《升仙传》之外，能够广为流传并影响蒙古族同题材故事产生大量手抄本的真正原因。

《升仙传》的首刊时间不详，按其所写嘉靖皇帝（1521—1566）和奸相严嵩（1480—1567）事所处时代，最早成书也当是在1567年以后，最早的重刊本是道光二十七年（1847），小说虽以道家"升仙"之说为

---

① 转引自苏景春：《男单出头〈丁郎寻父〉——二人转传统剧目流变考证》，《戏剧文学》2012年第8期，第156页。
② 吉林省文化局编印：《二人转传统剧目资料》（第五辑），内部资料，1959年，第51~56页、第57~58页。《打夯》内容极简，《丁郎寻父》情节曲折完整。
③ 耿瑛：《二人转传统作品选》，沈阳：春风文艺出版社，1982年，第22~30页。

背景，却津津乐道于女性的贞节，为人子的孝道，哪怕对昏庸的嘉靖皇帝也毫无微词，反而恭敬有加，因此，有研究者认为"与《绿野仙踪》情节模式相似的《升仙传》，也是尽力宣扬儒家的价值观"①。前文所述在汉族和蒙古族以各种戏曲、说唱、手抄本等民间叙事形式传播的《升仙传》，多以"丁郎寻父"故事为主体，在故事情节和价值观等方面与《升仙传》有很大区别，如对济小塘这一角色的舍弃，对男主人公懦弱、倔强、忘情负义这一形象的改变等，但故事情节的变化并未违背《升仙传》的主体思想。

在汉族流传至今的民间故事中，《丁郎寻父》故事的情节变异更大。河北著名的故事村耿村流传多则"丁郎寻父"故事，由女故事家张兰琴讲述，李殿敏记录的《丁郎寻父》中②，丁郎的父母、继母、仇人等人的姓名全部被替换，仅保留"丁郎"这一主人公的小名，其他情节，如其父逃难后成婚他娶、高中得官，其母美色遭觊，自刺一目，丁郎寻父团圆等又与《升仙传》中的情节有相似之处。这个村庄同时还流传着纪小塘（即"济小塘"）的故事，但也与《升仙传》有很大的差异，且民间故事往往直接来源于戏曲，而非文人小说，如董彦娥讲述的《济小塘捉妖修大寺》之"附记"云：

> 这是一个民间传说戏曲故事。编者近年来还在晋县城南见过某村丝弦剧团上演之，名《天飞闸》。此故事情节与之有同有异；戏中有柳树精，而不是柳叶精。③

"五四"运动以后，《绿野仙踪》等小说被批为"迷信的鬼神书"或"神仙书"，《升仙传》自然也属此列，但无论是从《升仙传》不断被刊刻还是从"丁郎寻父"演变成各种民间叙事的情况来看，这些导向并未从根本上影响其从文人小说至民间叙事的转换。但从《丁郎寻父》的蒙文抄本（1955年左右）及各种民间叙事留下的抄本与石印本等内容来看，以宣扬济小塘修仙事为主题的通俗小说在向民间叙事演变的过程中，其宗教成分被最大限度地弱化，"丁郎寻父"故事已经脱离文人小说，在华北地区以秧歌戏、二人转、劝善文、宝卷、评书、鼓曲、打夯歌等

---

① 李奉戬：《论仙话的蜕变与异化》，《山西大同大学学报（社会科学版）》2010年第1期。
② 袁学骏、李保祥主编：《耿村民间文化大观》，北京：北京图书馆出版社，1999年，第1384页。
③ 同上书，第1464页。

多种民间叙事形式广泛流传。故事的主题由神魔小说的宗教说教,转而成为弘扬夫妻情贞、父子和母子情深的伦理和社会世情故事。尤其是"孝子寻父"情节在各类民间叙事中所占的比重表明,"丁郎寻父"正是作为孝道故事而家喻户晓,得到汉族和蒙古族民众的认可与喜爱,其情节的变异、人物形象的转化等都体现了民间的智慧和道德价值判断与文人叙事之间的差异。《升仙传》和"丁郎寻父"故事的各种蒙汉民间叙事形态是民间叙事与文人叙事互动、互化的活态个案,需要理清其版本和流传问题,也需要就民间叙事的主题变化、人物形象变化及其所蕴含的民族民间文化精神进行更深入、更充分的研究。

四、蒙汉"丁郎寻父"故事之比较与思考

根据以上"丁郎寻父"故事形态的差异,鉴于文本形态上的共同性,本文主要选取"丁郎寻父"文字传播的北京中华印刷局排印《丁郎寻父打夯歌》、通俗小说《升仙传》和蒙文抄本《丁郎寻父的故事》进行比较,而比较不同唱本之间的异同这一问题,如有需要,则另行说明,并间或引入秧歌戏中的情节内容以补充文字研究之不足。

(一)角色姓名之变易

三种形态的故事角色姓名呈现以下变易状况,见表6-3:

表6-3 姓名变化对比

角色姓名	出处	升仙传	丁郎寻父打夯歌	丁郎寻父的故事
父亲		高仲举	(杜景隆)高仲举	高文举
原配		于月英		
长子	乳名	丁郎		
	学名	胡世显	杜怀音	高士忠
续妻		张凤英	胡秀英	杨小姐
次子		惠郎(胡世兴)	赶郎(杜怀臣)	高士举
主要对手		年七		
次要对手		严嵩		严高
帮助者		济小塘	小唐三徒弟一枝梅	关公、神仙

以上角色姓名最为稳定的是五位人物:高仲举(父)、于月英

(妻)、丁郎（子）、年七与严嵩（对手），其中蒙文抄本之"严高"当为传抄讹误。此外，在《升仙传》中，与丁郎同科中举并与丁郎状告严嵩的会元邹应龙，在各种汉族民间唱本中，也多有保留，"上写湖广二举子　杜怀音会元第一名　往后看　写分明　二名榜眼邹应龙　三名探花夏天露　进士怀臣第九名"①，蒙文抄本中，"点高士礼为状元，高士举为榜眼，李全王和赵宁龙二人为探花，其他各位先生也各任官职"②。其中"赵宁龙"当是为"邹应龙"的音译转写，汉族说唱中"赵"与"邹"字间近，蒙文拼写为"赵"。

根据以上人物姓名的变化，可以看出，"丁郎寻父"故事在传播中，情节与人物关系最为稳定，而角色姓名的稳定性趋向两极，一极为主人公丁郎与于月英极为稳定，而其父高氏及续妻则易发生变化；一极为主人公的对手及与对手相关的历史人物姓名极其稳定，如严嵩、严七与邹应龙、济小塘、一枝梅等。

从情节上可视为次要人物的几位角色，其姓名都稳定不变，蕴含着更重要的文化信息。无论"丁郎寻父"如何传唱，严嵩、严七的恶名及受到惩罚的下场不变，丁郎中状元后，在与其一同状告严嵩的同仁中，邹应龙这位仅出现过一两次的次要人物也未发生变动，而严嵩、邹应龙均为真实历史人物，按《明史·邹应龙传》，在杨继盛、张种等人弹劾严嵩失败之后，邹应龙抓住明世宗对严嵩失去信任的时机，上书陈述严嵩父子弄权贪赃、横行乡里等罪状，最终使严嵩父子倒台。明代著名的时事剧《鸣凤记》亦讲述邹应龙斗严嵩之事。且在《丁郎寻父》的各种民间唱本中，高仲举之父及其祖父杨氏满门忠烈而为严嵩所害等唱词均予保留，斗严而死的杨继盛之事也有影射。

（二）人物形象之变易

小说《升仙传》中"丁郎寻父"情节对高仲举、妻子于月英及其子丁郎的人物形象刻画较为单一，人物性格稳定性，从出场到故事结束基本没有发生变化，高仲举胆小懦弱，贪恋富贵，处心积虑要妻子为自己报仇，并担心妻子不能守节，见到丁郎时，不但不敢认，反而令人将之打出去，狠心而无情。汉族民间说唱延续了《升仙传》对高仲举的相关刻画，且通过其续妻得知丁郎寻父之事后对他的谴责之词，进一步揭露出高仲举胆小懦弱、贪恋富贵、罔顾父子之情等情感与人品。在蒙文抄本中，高

---

① 北京打磨厂致文堂发行：《丁郎寻父打夯歌》，现藏于东京大学东洋文化研究所，第9页。
② 胡日查巴特尔、明戈德·乌然古主编：《明戈德·贺希格都仁所抄鄂尔多斯蒙古族文化的手稿》（蒙文影印本），蒙古文化国际交流协会，2011年，第162页。

文举则有情有义，疼妻爱子又遭受磨难，优柔寡断但始终善良重情。

从高仲举到高文举的形象转变主要通过故事细节差异体现出来，最终因其形象的改变，将一个在汉族通俗小说中宣扬道教神仙思想的故事改编成家庭伦理孝道故事，同时又兼具了原小说的仇严主题。以下仅举两个细节的改变为例，阐述蒙文抄本的细节变化对于蒙汉故事中人物形象及主题的改变所起到的作用，一为月英剜目，二为高氏认子。

在《升仙传》中，高仲举在被发配离京前夕，于氏前往送行，高氏劝妻离婚，并拿出离婚文书，月英为表贞节先是撞墙自尽昏倒，仲举非但未安慰她，反而进一步用言语逼迫：

> 仲举说："贤妻，非是为夫的薄情做出这样狠心事来，只因年七为你将我陷害，等我起身之后，他要再行霸道，那时只怕就由不得你了。"于月英听见这话，知道是丈夫有了疑心。今日若不做个结实，从后见面难以取信，遂把心一横，举回手腕将眼剜下了一个，立时之间鲜血直流，昏倒在地。①

在手抄本中，高文举与于氏作别时，只是为未出生的孩子取名，并拿走日后相认的证物，于月英的剜目则是在高文举被年七陷害，发配他乡后：

> 那妇人说："妹妹别说这样的话，我们那大官的弟弟年七，是皇帝的权臣，很是聪明，还很富，可愿意依靠他么？我可以给你牵线，他喜欢你很久了。"小姐闻听，知道这人来的目的，虽然生气，但正色笑道："他说喜欢我什么？"妇人说："年七喜欢你的两只眼睛。"
>
> 小姐听了很生气，用一只筷子扎伤了自己的眼睛，那妇人见了很是害怕，赶紧逃走了。年七听说后，大叫顿胸说道："为了一位美人伤心啊。"小姐因扎眼睛又倒在了地上，过了很久醒过来后抱着幼儿痛哭。②

"剜目"的原因、时间与方式发生了改变，月英在《升仙传》中是被丈夫言语、疑心所迫，为表贞节以手自伤；蒙文故事中月英是在丈夫走后，被年七所迫，为自我保护而以筷自伤。汉文中的丈夫薄情、自私，蒙文中的年七色心不死，而月英显得聪明、坚贞、果断。

---

① （清）倚云氏：《绣像升仙传》，北京：中央民族学院出版社，1994 年，第 137 页。
② 胡日查巴特尔、明戈德·乌然古主编：《明戈德·贺希格都仁所抄鄂尔多斯蒙古族文化的手稿》（蒙文影印本），蒙古文化国际交流协会，2011 年版，第 74~75 页。

"认子"情节在汉文小说与蒙文抄本中的处理也发生较大改变。在高氏流落湖湘，再娶生子后，丁郎历经千辛万苦找到父亲的家，在大街之上见到父亲，父子相认的情节在蒙汉文本中有着巨大差异，见表6-4：

表6-4 父子相认情节差异

情节	《升仙传》	《丁郎寻父》
初见	高仲举听罢，想了想与家中之事句句相投，有心就此相认，又见有仆人相随，恐怕走漏风声被胡老爷知道，要问隐妻再娶之罪，想把血心一昧，想：儿孙自有儿孙福，我今日且把他支开，再找机会相认，有何不可……仲举见这光景，心中不忍，又不好哭，那脸青一阵红一阵只是暗暗饮泪，踌躇多时复又开言说："孩童，我看你命中太苦，有几句良言嘱咐与你，以后有人盘问不可尽吐实情，怕的是遇着歹人又有性命之忧。"言罢扬长而去。	听到这里，高文举如同万箭穿心般，不想能见到我的儿子，他来找我了，儿子都这么大了。我之前告诉老爷我没有娶妻，这才娶了刑部衙门官员的女儿，如今儿子来找我，如果岳父杨老爷知道我有发妻，欺骗了他，娶了他的女儿，会记恨，心里十分难受，就对儿子说："孩子啊，你的父亲不在这里，你到别的地方找找吧。"丁郎闻听含泪而去。高文举虽然见到了儿子，但没有问儿子家里的情况，心想：我不知道在哪里进错了香，今天无法与眼前的儿子相认，让他去别处，现在想什么办法与儿子相认呢，自幼相知的于小姐摆脱了奸佞，想到这些真想去死。又大哭，"儿子啊，不是我不认识你，是没有办法，这次你我父子二人不知何时能再相见，也许只能在梦里了"，抹着眼泪回家了。
再见	再说高仲举回到家中，坐在书房之内想起丁郎，不由的暗暗流泪。看凤英小姐掀帘进来，一见仲举说："相公因何伤感？莫非有什么心事么？"仲举遮掩说道："这二日看书，二目伤神，方才去拜朋友，又被大风刮到眼里一个砂子，所以流泪。"	杨小姐急忙派人把公子请回来，问他："你我二人有缘分结为夫妻，你今天为何伤心哭泣？"高文举说："今天我想散心到街上，见到一个九岁的孩子，那孩子说是在找他的父亲，向我打听我们离地的事情，原来他是我老家的人，他的父亲获罪，避难到了武昌府，他离开后亲生儿子已经九岁了，来找父亲。这世界上还有比他更苦的人么？我见了有些伤心，所以苦闷。"眼中含着泪到书房看书去了。
相认	仲举来看土作做工，听见这个夯歌，心下着慌说："好这个冤家，是谁教的这样夯歌，竟是找到此处来念，假若恩父听见问起根由，叫我如何回答，不如暂且赶出他去再作道理。"……此时仲举早在帘外听着，听见张氏认下丁郎，即忙掀帘进房双膝跪倒……话说仲举跪在平川说："多谢贤妻收留孤子，非我心狠不肯相认，怕的是父恼妻嗔，所以不敢冒昧。"张氏慌忙拉起说："夫主放心，总然老爷太太和我那父母知道，有我一力担当。"仲举闻言谢过张氏，上前抱住丁郎，放声大哭。	（听到夯歌，高氏继妻杨小姐认出丁郎，并叫来高文举）高文举来到小姐身边，小姐很是生气说："你认识这个镜子么？"高文举见状忍不住抱着儿子痛哭，在场的丫鬟也都哭了。

"认子"情节有初见、再见、相认三个环节，汉文各部分的处理描写出高氏不愿认子，只怕失去眼前的安逸生活，甚至只想让丁郎从眼前消失，是为薄情，较多描写其妻张氏的举动，是为贤惠；蒙文小说用大量文字描写高氏想认又不敢认、为何不敢认、以后要如何认等百转千回的思量，且在此前高文举流落湖广后，为生活所迫认义父、娶新妇，通过众多心理活动的描写，突显出高文举被生活所迫却始终不曾忘情于原配于氏的有情有义。

此外在次要人物王英和王宁的形象塑造上，各叙事处理有差异。王英和王宁在故事情节中承担的功能并无差异：都是高被发配时的押解差役，都受年七之命要在路途中杀死高，其妻为了阻止枉害人命而杀死自己的儿子并自杀，都放走了高，都作为证人旁证了年七之罪等。但是在汉文小说中，王英是一个主动配合、帮助年七等人的害人者，在妻儿死后亦未悔改，只是因为一枝梅等人的道术高强而不得不放走高氏并为逃罪而学道。在民间说唱中，王英突然出现，并在丁郎遇难时出手相助，直接唱王英为丁郎的伯父，其伯侄关系并未加以说明，人物出现得突兀。在民间秧歌戏中，杜文学（即高文举）向续妻讲唱在被衙役解押时如何求王英放过自己，王英同情并与自己结拜为兄弟①。可能是在民间同时流传秧歌戏与大鼓书，秧歌戏对民众影响深远，民众并不需要再对丁郎与王英之关系加以解释，故而在大鼓书中进一步简化这一人物。在蒙文抄本中，王宁虽然收了贿赂，却在妻子死后，悔悟痛恨，并主动发了善心放走高氏，后远走高飞，历经苦难，在小说最后被寻回来作了证人。民间说唱大大简化了丁郎中举的过程和中举后联合众举子及朝廷官员告倒严嵩的情节，但却对严嵩倒台后如何行乞最终饿死的情节加以描绘。蒙文抄本则详述丁郎中举的艰辛，尤其是对于月英行乞供养狱中丈夫的情节，并对汉文小说中状告严嵩的过程曲折与艰难进行描绘。

《丁郎寻父》的蒙文抄本吸取了汉族小说和民间说唱中对于人物形象的积极情感与态度，在基本不对故事进程进行大改动的情况下，对人物的性格和心理进行了合乎蒙古族文化的合理改编，尤其是对于月英及高文举的描绘，前者更加机智、贤惠，后者更加人性化，去掉了文人创作的通俗小说中残忍、自私、无情的高父形象，汉族民间说唱中因不认子而被续妻责骂，终惭愧至痰迷不醒的高父形象也被抛弃不用，变而为更具人情味、理想化的父亲与丈夫形象，就其艺术创作的效果而言，更

---

① 李景汉、张世文合编：《定县秧歌选》（二），台北：东方文化书局，1971 年，第 339 页。

能产生"仇严"而同情弱者的效果。

(三) 主题变易

宗教人物的弱化、世俗人物成为主角是《升仙传》至"丁郎寻父"抄本的重要变化,与之相应的是"丁郎寻父"故事主题的变易。在三种形态的"丁郎寻父"故事中,主题存在一定的共性:一是对"孝子"(丁郎)、"贤妻"(于月英及高父续妻)的赞扬始终存在于各个文本中;二是"仇严"主题及赞扬不畏邪恶强权、伸张正义的忠臣烈士。"仇严(严嵩)"主题是《升仙传》的重要组成部分,严嵩及其门客、治下官员只手遮天、残害忠良、收受贿赂、草菅人命等种种不忠不义之罪,是济小塘及丁郎父子、母子等行动的直接推手。《升仙传》之"弁言"有云:"古今良史多矣,学者宜博观远览,以悉治乱兴亡之故,识忠贞权奸之为,既以阔广其心胸,而复增长其识力,所益良不浅也。至稗官野史所载济仙诸人,虽事皆奇异,疑信参半,而其扶善良、除奸邪,其足以兴起人好善恶恶之心者,与古今史册无异焉。"① 其中"识忠贞权奸之为"及"扶善良、除奸邪"并能"兴起人好善恶恶之心"与全书借道教人物济小塘之事为由,又向中国史官文化"辨忠奸,正人心、明教化"的主题靠拢。这一主题在民间说唱的刻本及蒙文抄本中,以故事结局处详述严嵩行乞惨死,遭到报应而得到强调。

但随着地域、时间与传播形态的变化,在不同文化语境中的"丁郎寻父"故事的主题也发生了变化。

首先是宗教主题的变异。《升仙传》是一部以道教传说中的仙人济小塘为赞扬对象,宣扬道教修仙以解厄救难的仙话小说,其中的"丁郎寻父"部分,高氏父子的经历是济小塘修仙过程中帮助他人以"证仙"的一部分,因此,每到情节发生重大推进和转折时,济小塘往往是其中的关键人物,由济小塘及其弟子一枝梅等人完成帮助和拯救高氏父子、惩罚严嵩及其走狗严七等事件。唯其如此,只有在济小塘及其众修仙弟子的帮助下,主人公丁郎才能完成"寻父"的孝举,"孝"作为儒家传统文化之主题在《升仙传》中只是宗教主题的"衍生品"。

就"丁郎寻父"故事本身而言,主题的偏离与游移无疑有损《升仙传》的文学性。《升仙传》的主题有多重阐释的空间,但无论何种阐释,都不足以鲜明地引领小说的整体叙事,因为故事的进程中,往往出现种种游离,尤其是体现在"丁郎寻父"故事的间断性叙事,要体现济小塘

---

① (清) 倚云氏:《绣像升仙传》,北京:中央民族学院出版社,1994 年,第 2 页。

无所不能、预知祸福、救人危难的神仙性，却又在故事的叙事过程中，不由自主地为丁郎父子的悲惨和离奇经历所左右，将济小塘等道教人物的"主人公"身份转而为丁郎父子的"帮助者"身份，本来应是济小塘陪衬的丁郎父子，因其故事情节的重要性而成为故事的"主人公"。

在民间说唱中，主题更加集中于善恶有报的"仇严"及"行孝得报"的孝子主题。如民间大鼓书的石印本，其题即标"父子大报仇　仲状元"，其叙事以故事为主，不加说书人评语，仅在全故事完毕时，由说书人总结：

> 明公看　这奸臣　当朝一品谁不尊
> 他要积福行好事　为何朽名传后人
> 我劝告那　世间人　俱要公平存正心
> 善恶到头终有报　不知早晚到临身
> 众位明公莫轻信　此乃就是劝善文①

民间说唱中"善有善报，恶有恶报"的"劝善"主题得到肯定与宣扬，通过的是民间俗信的"天道"的力量。

蒙文抄本有非常鲜明的蒙古族说唱文化痕迹，故事开篇是一段八句韵文，类似汉族宋元话本及流传至今的评书中的"定场诗"，共八句，首尾皆押韵，其中第一、三句首字押韵呼应，第二、四句首字押韵呼应，第五、六、七、八句首字押韵呼应，又第二、三、五句末字押韵呼应，第三、五、八句末字押韵呼应：

> 真心敬奉上三宝之时
> （deed gorban erniig qing susgeer shutsen wuyd）
> 无伴出行也会平安
> （tguntgui tegshilen odhuidur sarmagui bugeg）
> 上天的变化来去之事
> （deed tengriin wolariil haliin olaarj ireh oqruudiig）
> 要用谦虚的平常心对待
> （gerenggui ugui tegsh setgeleer solj yabah heregtei）

---

① 北京打磨厂致文堂发行：《丁郎寻父打夯歌》，现藏于东京大学东洋文化研究所。

做坏事的这些孽缘恶果

(maogiig uiltegq ene hilinqt uilen uriig)

惩恶的阎王都会记录在案

(maolan shiidgegq erleg nomiin haan dansandaan temdegelj zhuhui)

厄运适时来临的时候

(maotiya blobsarh chagtur heltershigui irbesu)

忍受痛苦时也悔之晚矣。

(mao zolongiig amsahd gemshbeq haojimdmoi hemezhuhui)

这一段韵文阐明故事讲述是为了劝诫人们"真心敬奉三宝""恶有恶报"等。这与蒙古族普遍的佛教信仰有着密切的关系，但在手抄本中，每当故事有所转折时，即会出现一段韵文诗歌；类似《升仙传》的分章回，且韵文多为四句或八句。这些韵文诗歌起到提示故事情节发展、总结故事主题的作用。如在于氏送别丁郎寻父时，其韵文诗歌如下：

佛祖观世音菩萨会保佑

恪守忠义的女人

让仁孝的儿子丁郎

在上天的照应下去寻父

在丁郎父子相会后，高文举要出发回京接原配妻子时，有如下韵文唱词：

有缘与父亲相见的高文举

回到家里又遇大难

因为受贿处事的贪官

不知日后成什么样

抄本的韵文部分有着非常鲜明的佛教文化的印迹，但在故事讲述中却又并没有出现佛教人物，也没有非常鲜明地颂扬道教神仙人物，在《升仙传》的"丁郎寻父"故事中，帮助丁郎父子的重要人物主要是由济小塘及其一众弟子和渡化的王宁等人，抄本中并无道教人物济小塘及其弟子等汉族故事中相关的帮助者，帮助者角色仍然存在，但角色的文化性质发生了改变，济小塘及其相关道教人物在蒙文抄本中几乎全被消除，仅留下了一个"关老爷的庙"，"神仙"教会丁郎唱《十二月歌》，关老爷在清晨叫醒丁郎等。关公信仰在蒙古族较为普遍,不能将之视为蒙古族的道教信仰,也不全是蒙古族佛教信仰的结果。抄本中未直接言明是"关公"帮助丁郎时,其中的帮助者则是"红脸神仙",其形象是:

> 头上戴一顶金帽子,脸上有五棵长胡子,领着一个黑脸的人,头戴帽盔,身穿两件蟒袍,马上佩着一把剑,那位神仙对我说,小子你为什么不去找你的父亲。①

这一红一黑的两个人物形象正是《三国演义》中的红脸关羽与黑脸张飞的形象。在蒙文抄本中,丁郎得到的几次救助,都未详细说明其得益于道教还是佛教的法力,从故事开篇韵文主要从"三宝""善恶有报""阎罗王的惩罚"等佛教信仰术语入手,表示此故事劝人行善、要相信善恶有报等,而故事展开之后,重点强调的却是于月英的忠贞、丁郎的纯孝、杨小姐的善良、高文举的悲惨命运等。抄本着力于于月英的坚贞、高文举的悲惨命运和丁郎的孝顺,而非宣扬宗教的法力无边,丁郎最后的全家团聚,不仅得力于这三位主人公各自的品德,还得力于高文举逃难娶到的贤妻等。

蒙文抄本的韵散结合形式中,韵文部分较鲜明地体现出佛教因果轮回、善恶有报、劝善惩恶等思想,但在故事主体部分,占据主导地位的不是佛教思想,而是对于人物不幸命运的同情、善良的歌颂、节妻孝子的赞扬等构成情节曲折的社会世情故事。蒙文抄本的主题表达与民间说唱更加接近,民间说唱多只在篇末点明主题劝善,而故事主体则是表彰丁郎孝行、高仲举两妻的贤惠等,这在民间秧歌戏中也得到展现,如《定县秧歌选》,编选《丁郎寻父》卷前介绍如下:

> 丁郎寻父这出秧歌……不但表演丁郎孝行,并且表示胡秀英的贤良。胡小姐把丁郎认下,使他父子团圆。②

纵观《升仙传》、民间说唱及蒙文抄本的主题变化,可以发现:"仇严""孝子"与"贤妻"的主题始终较为稳定地得到延续,不同文本所面对的不同受众发生变异的主题主要是道教的"行善修仙",通俗

---

① 抄本第 99~101 页。
② 李景汉、张世文合编:《定县秧歌选》(二),台北:东方文化书局,1971 年,第335~362 页。

小说的读者群可能更多地倾向于有道教信仰且有一定文化的阶层，而《丁郎寻父》的鼓书、莲花落等民间叙事的刻本面对的读者则是乡村略识大字的乡民，在宗教信仰方面并无鲜明的观点，而蒙文抄本的抄者与潜在读者及蒙古族传唱"丁郎寻父"故事的故事家们，则距离道教信仰更远一些，对佛教则更为熟稔。主题的"适俗"正是演变的动因，对丁郎母子的赞赏与同情，对严嵩党羽戕害普通人生活的痛恨，是跨越文化背景、识字程度和信仰差异的稳定主题。这两种对比，反映了在民俗文化中人们关注的基本人权问题：生存问题与发展问题。恶对善的侵袭无度，乃至剥夺善的生存权利，善在恶的面前，或者无力至死，或者置之死地而后生，需要凭借更彻底的善的抗争，才能最终惩罚恶。

在《升仙传》成书前，民间已经流传有一定数量的"济小塘传说"与"反严嵩戏"，甚至在此前"丁郎寻父"故事也初具雏形，在倚云氏将此类传说和戏曲的素材整合成《升仙传》后，通俗小说迅速为说书人所接受，文本的形成，是在一定的民间故事母题、人物传说的基础之上，因此也更易为下层民众所改编。但更可能的是，《升仙传》成书之时，在与"仇严"余绪的民间叙事，尤其是以《鸣凤记》为代表的时事剧形成呼应后，有一定的识字、改编、说唱能力的民间文化精英①摘取其中的"丁郎寻父"故事，形成韵文的民间说唱，并排演成《丁郎寻父》的民间说唱文本及秧歌戏等，在农村与城镇广泛流传，故而其间"仇严"主题一直得到保存。民间曲艺或者与民间说唱同时完成了对"丁郎寻父"情节的借用与改编，对部分母题进行舍弃，对人物形象进行改变。在汉蒙民众的商业交流和民众迁徙过程中，《丁郎寻父》的民间说唱与戏曲也为精通蒙汉文的蒙古族民间文化精英所吸收。参阅《升仙传》等流传广泛的通俗小说，进行了《丁郎寻父》手抄本工作，既不是对《升仙传》中"丁郎寻父"情节的照搬，也不是对汉族民间说唱"丁郎仲状元"的直译，而是一种在吸收整体情节和重要母题的前提下，有价值的创作活动。

现有材料表明，无论是在汉族，还是在蒙古族，作为口头散文体叙事的民间故事对于"丁郎寻父"的传播，已经是处于传播线上的末端，在民间原初可能只言片语的一些民间叙事的要素，经由文人的整理、创

---

① 民间文化精英：指民间叙事的知识型传承，江帆、高荷红等学者曾对此方面有过论述。在中国文学史上，冯梦龙、蒲松龄等都可视为民间文化精英的代表。

作后，成为长篇的、完整的通俗小说，在印刷术能迅速扩展文字文本普及程度的情况下，小说被民间文化的精英吸收和利用，从而进一步被改编成受民众欢迎的报应故事、孝子节妇故事，其中孝子节妇故事又为其他民族的民间文化精英吸收，经由知识型传承人的再创作，以手抄本的形式在蒙古族流传开来。其间技术性因素对于"丁郎寻父"故事的跨民族传播起到了重要作用。

在小说向民间叙事流变的过程中，印刷品、手抄本和民间文化的搜集整理本留下了可资考证的材料，那些完成由民间说唱向石印本的市井通俗唱本转换及跨越语言障碍的蒙文手抄本写作的民间文化精英是"丁郎寻父"故事超越民间叙事与文人叙事的界阈，在蒙汉等多个民族得以传播的重要因素。对这一部分传承人在文学的跨文类传播过程中起到的重要作用，需要有更多的关注与研究。他们对于当代文化中，叙事题材在不同文类间，包括影视、曲艺、绘画等的传播研究也不无启发。伴随新技术的不断出现，"故事"的形态也不断发生变异，其间承载的文化信息记录了识字程度不同、审美取向不同的各个阶层民众共同完成故事的变易传播。

第七章 《阿尔扎波尔扎罕》《三十二个木头人》《魔尸》与《鹦鹉故事》

《阿尔扎波尔扎罕》是一部由比利时传教士田清波搜集的鄂尔多斯蒙古族民间故事合集。田清波曾于1905—1925年间被天主教"圣母圣心会"派往鄂尔多斯的城川地区传教。受过民族学、人类学等西方人文社会科学学术训练的田清波在这20年间进行了大量的蒙古族语言、历史、民间文学的实地调查,搜集了极其丰富的资料。1925年至1948年,田清波取道天津到北京辅仁大学,在这两地进行了一些资料的搜集,并在辅仁大学研究和整理这些调查资料,出版了一系列的蒙古学研究著作,其中包括影响甚大的《鄂尔多斯志》①《十六首鄂尔多斯民歌》②《开印与鄂尔多斯人的祝词》③《鄂尔多斯口头资料》④《鄂尔多斯蒙语词典》⑤等。1948年后,田清波迁居至美国,直至1971年逝世,一直在进行蒙古学研究。

多年来从事田清波研究的陈育宁教授如此评价:"田清波在鄂尔多斯蒙古历史文化研究方面所取得的成就,是关于鄂尔多斯研究发展进程中的一个重要标志,他不仅涉及的领域广泛,成果丰富,建树和发现甚多,

---

① [比利时]田清波:《鄂尔多斯志》,《辅仁大学学刊》,1934年,第9卷,第1096页。全文七个部分,约六万余字,原为法文发表,米济生译为汉语,刊于《鄂尔多斯研究文集》第一辑,内蒙古伊克昭盟档案馆,1984年。《鄂尔多斯志》中包含了部分鄂尔多斯民间故事,如《传说中的萨冈彻辰》《关于成吉思汗的两则传说》《鄂尔多斯民歌》等。其目录、内容的简介可参见拙文《鄂尔多斯蒙古族民间故事研究概述》,《西北民族研究》2013年第1期。
② [比利时]田清波:《十六首鄂尔多斯民歌》,《私立北平辅仁大学通报》,第9卷,1934年。
③ [比利时]田清波:《开印与鄂尔多斯人的祝词》,《华裔学志》第1卷,1935年,第315~337页。
④ [比利时]田清波:《鄂尔多斯口头资料》,《华裔学志》1937年第1卷。田清波将之译为法文,以《鄂尔多斯民间文学》为名发表于《华裔学报》1947年第11卷。赛瑞斯以《鄂尔多斯民间文学》为对象,完成了《〈鄂尔多斯蒙古民间文学〉评介》,于1948年发表于《汉学》第3卷。
⑤ [比利时]田清波:《鄂尔多斯蒙语词典》,《华裔学志》专号,第5部。辅仁大学出版社,第一卷1941年;第二卷1942年;第三卷,音序索引,1944年,第769~951页。

而且在他的整个研究过程中，运用调查、实证、对比等多种方法以及语言、历史、文学、宗教、地理、民俗等多学科知识，成为用近代科学方法研究鄂尔多斯的第一人。"① 而多年来致力于蒙古族文化研究的鄂尔多斯民间著书人曹纳木（蒙古族，鄂尔多斯人，1934— ）认为，在田清波这些有关鄂尔多斯的研究成果及田野调查资料中，《鄂尔多斯口头资料》《鄂尔多斯考察记》《蒙古源流导论》等无疑最具有价值，因此，通过自学等多种途径，曹纳木翻译过田清波的多部著作，其中将记音的民间文学搜集本《鄂尔多斯口头资料》与其法文译本《鄂尔多斯民间文学》互为参考，将其中的民间故事转写和翻译成蒙文，取其中最长的一则故事名为译本名《阿尔扎波尔扎罕》② 出版。本章的研究即以曹纳木译本《阿尔扎波尔扎罕》为主要对象之一。

第一节 《阿尔扎波尔扎罕》的基本情况

根据美国学者塞瑞斯的整理，田清波在鄂尔多斯及京津等地搜集的有关蒙古文的手抄本资料十分丰富，其中很多内容为鄂尔多斯蒙古族民间文学的珍贵资料，在塞瑞斯整理出的 155 个蒙文抄本目录中，格萨尔汗传、施公、巴兰桑故事、唐朝演义、乌龟的故事、公尼召（活佛）训谕诗、歌本、库库公的故事、遭遇的故事、阿日吉·博日吉、拉郎的故事、兔子的故事、聪明男孩的故事、古时都格兴·格坚汗的故事、如意彩饰（包括乌龟、井府瞎乌龟、多羽鸟、小老鼠、妇人与狡猾的故事等）、印度民间故事注释、皇帝与皇子谈话录、不学万能术而悔恨的故事、吉庆故事兴盛录（关于一位年青王子自己要让一只饥饿的雌虎吃了的故事）、日光汗的故事、古代乌依嫩汗的故事、刘玉仙之故事第 1 册、施公案（第 1、7、18 册）、济颠刑秦桧、三国演义梗概等均属民间文学，其他则为历史、地理、天文、律法等③。

田清波在鄂尔多斯地区进行了多学科田野调查资料的搜集，以《鄂尔多斯民间文学》的翻译和传播最为广泛，该文本主要是田清波用芬兰—乌戈尔协会使用过的文字符号和拉丁文记录的鄂尔多斯城川地区蒙

---

① 陈育宁：《田清波及其鄂尔多斯历史研究》，《西北民族研究》1994 年第 1 期。
② 关于曹纳木译《阿尔扎波尔扎罕》及其他田清波著作的蒙文翻译情况，可参考曹纳木先生的文章：《田清波与鄂尔多斯研究》，《内蒙古社会科学》1992 年第 6 期。
③ ［美］H. 塞瑞斯著，云慧群摘译：《田清波从鄂尔多斯获得的蒙文抄本目录》，《蒙古学资料与情报》1988 年第 1 期。

古族故事、歌谣、祝颂词、谚语等，其中有 66 篇民间故事。即便在今天看来，田清波所使用的记音方法也是十分科学的，对民间文学的搜集整理在中国 20 世纪也是处于前沿位置，因他而得以保留下来的珍贵资料也较早地受到国内外学者的关注。

一、《鄂尔多斯民间文学》的译介与传播

田清波本人十分重视他所搜集的这些民间文学资料，在蒙古语音记录本出版后的十年间，田清波又将这些蒙古族民间故事译为法文发表①。1966 年，日本人矶野富士子将此书译为《鄂尔多斯口碑集：蒙古的民间传说》，由平凡社出版②。至此，这本鄂尔多斯地区蒙古族的民间文学调查文本开始在使用法语和日语的学者中流传，直到 20 世纪 80 年代，鄂尔多斯当地的蒙古族民间文化工作者曹纳木先生将田清波留下的珍贵民间文学资料汇集起来，并以"阿尔扎波尔扎罕"为名转写成蒙古文，由民族出版社分别于 1982 年和 1989 年两次出版发行③，这一民间文学资料才开始"回流"至蒙古语学者中，并在陈岗龙、那木吉拉等蒙古族学者的研究中被使用。据笔者所知，西北民族大学郝苏民教授、中央民族大学那木吉拉教授、北京大学陈岗龙教授都曾因研究需要而组织翻译曹纳木译本《阿尔扎波尔扎罕》，但均未出版汉语全译本。

赛音吉日嘎拉和哈斯其伦根据鄂尔多斯地区流传的民间故事搜集整理成的《洁白的珍珠》，其中也转录了田清波于伊金霍洛城川地区搜集的《阿尔基博尔基汗》，实际即为《鄂尔多斯民间文学》中的《阿尔扎波尔扎罕》，其汉语译本由乌云格日勒女士翻译。《阿尔基博尔基汗》即鄂尔多斯地区流传的《三十二个木头人》，其原为印度民间故事集，又被称为《宝座故事》。

二、《阿尔扎波尔扎罕》的传播与传承

曹纳木将田清波搜集整理的《鄂尔多斯民间文学》中记录鄂尔多斯地区 20 世纪 20 年代前后蒙古族民间珍贵记忆中的故事部分以"阿尔扎波尔扎罕"为名，具有多重意义。原田清波搜集的故事内容中有一篇名

---

① ［比利时］田清波搜集、翻译：《鄂尔多斯民间文学》，《华裔学报》1947 年第 11 卷。
② ［比利时］田清波搜集、整理，［日］矶野富士子译：《鄂尔多斯口碑集：蒙古的民间传说》（日文），日本平凡社，1966 年。
③ ［比利时］田清波搜集、整理，曹纳木译：《阿尔扎波尔扎罕》（蒙文）（上下册），北京：民族出版社，1989 年第 2 版。

第七章　《阿尔扎波尔扎罕》《三十二个木头人》《魔尸》与《鹦鹉故事》

为"阿尔扎波尔扎罕"的故事，而"阿尔扎波尔扎罕"是印度著名的连环穿插型民间故事集《三十二个木头人》（又称《宝座故事》）的出场人物，恰如阿拉伯民间故事《一千零一夜》中的国王山鲁亚尔起到的叙事功能一样。薛克翘先生在《印度民间文学》中对印度民间故事进行介绍时指出：

> 《僵尸鬼故事二十五则》《宝座故事三十二则》和《鹦鹉故事七十则》是三部梵语故事集……这（指《僵尸鬼故事二十五则》）是由一个主干故事串起来的故事群，说的是一个国王应修道人的请求，深夜到树林里去扛僵尸鬼。僵尸鬼突然说话，给国王讲了25个故事（实际上不止25个故事），并提出了难题让国王解答，国王一一予以解答。①

《三十二个木头人》与《僵尸鬼故事》和《鹦鹉故事》在结构上都是一致的连环穿插式②。

在《鄂尔多斯民间文学》中还有众多原来就出自《三十二个木头人》的故事，只是语言表述、情节内容上更加地方化、民族化，但从故事类型的视角来看，这些故事均属于原《三十二个木头人》所讲述的隶属于"阿尔扎波尔扎罕"的故事。《三十二个木头人》从印度经西藏进入内蒙古地区，其中文译者陈弘法、沈湛华将其与《魔尸》均收入译作《三十二个木头人》中，译者在"前言"中介绍：

> 收入本书的《三十二个木头人》源于印度超日王的故事，与《阿日吉·布尔日吉汗的故事》《格斯耐汗的故事》统称为"超日王三部曲"。收入本书的《魔尸》源于印度毗呾罗潘查的故事。这两

---

① 薛克翘：《印度民间文学》，银川：宁夏人民出版社，2008年，第167页。
② 《三十二个木头人》《僵尸鬼故事》《鹦鹉故事》在中国的传播均包括民间口头流传和书面传播等多种形式，且在多民族间流传，因此既有因民间口头传播带来的变异性，也有因多民族传播而产生的多种语言的变易性，这一点尤其反映在故事集的名称上：这三个故事集都在民间有多种称谓，而对其的研究也往往因针对不同的文本而无法统一翻译。以下仅介绍最常见的几种名称：《三十二个木头人》有《宝座故事》《阿尔扎波尔扎罕》《阿日扎宝日扎汗》《阿尔基博尔吉汗》《阿日吉·布日吉汗》《阿日吉布日吉汗》《阿日吉·宝日吉汗》等异名；《僵尸鬼故事》有《尸语故事》《僵死鬼的故事》《二十五个僵尸鬼的故事》《僵尸鬼故事二十五则》《神树魂灵的故事》《魔尸》《健日王的故事》等异名；《鹦鹉故事》有《鹦鹉故事七十则》《鹦鹉故事七十二则》《鹦鹉的故事》《鹦鹉传》《鹦鹉的传说》《智慧鸟》等异名。后文中出现异名同指现象多据研究者原文所用译名，不再一一注释。

篇故事系由班智达·巴哈于1686年在蒙古地区固日班赛汗地方从梵文译成蒙文的。后来，大约在二十世纪初，一个精通蒙语但不懂蒙文的俄国人，在蒙古地区将他听到的这两个流传于民间的故事，用俄文记录下来。①

《三十二个木头人》曾于1958年出过蒙文本，并先后多次再版。《阿尔扎波尔扎罕》的故事标目有三种主要方式：一是一个故事题目即为一个情节完整的故事；二是取讲述同一个人物的多则故事标为一个题目，如《阿难陀》包括2则有关阿难陀的故事，《巴拉根仓》② 包括3则巴拉根仓的故事，《成吉思汗》包括5则成吉思汗的故事；三是连环穿插式故事，故事讲述人以一定的故事情节为线，借故事中的人物之口讲述更多的故事，如《阿尔基博尔基汗》实际包含了14个完整的、可以独立的小故事；《笑吐珍珠的人》中笑吐珍珠的人又讲述了4个情节完整的小故事等。因此，虽然从标目看为66则故事，但实际上从故事情节的完整性来判断，应有85则故事。对鄂尔多斯地区的民间故事进行搜集活动，最早始于20世纪初田清波，至20世纪90年代末，各种民间和政府组织的搜集活动都还在继续进行，不断翻译和发行的故事也时时见到《三十二个木头人》中的故事身影。陈弘法在前言中所指的精通蒙语但不懂蒙文的俄国人，可能是与田清波同时代的俄国学者、政治活动家柏烈伟（S. A. Polevol），他曾于20世纪30年代翻译完成《蒙古民间故事》，主要由《阿尔扎波尔扎罕》与《二十五个僵尸鬼的故事》这两个部分组成。但该译本不是柏烈伟本人通过田野调查搜集到的蒙古族民间故事，而是根据库伦出版的蒙文版《三十二个木头人》，参考中国满族及俄、德的相关文本翻译而成。下文将专门论述柏烈伟及其《蒙古民间故事》，这里需要指出的是，柏烈伟的搜集表明，当时除了田清波在收集阿尔扎波尔扎罕的故事外，还有其他人也以和田清波的田野采录完全不同的方式收录在蒙古族流传的民间故事。

在对田清波的《阿尔扎波尔扎罕》进行更多的分析之前，先介绍以上《三十二个木头人》和《二十五个僵尸鬼的故事》，实则是因为多个

---

① 陈弘法、沈湛华译：《三十二个木头人》，呼和浩特：内蒙古人民出版社，1982年，第3页。
② 田清波在此集中搜集的3则巴拉根仓的故事均统一在《巴拉根仓》一个标目之下，并被全部再次收录进鄂尔多斯民间故事集《洁白的珍珠》中，即其中的《巴拉根仓的故事》（二）。

蒙文版本的《三十二个木头人》与《二十五个僵尸鬼的故事》及汉译蒙文本、汉译俄文本的《三十二个木头人》在内容上大同小异，故事情节、篇目等文本内容差异不大，这表明笔者所搜集到的这些《三十二个木头人》与《二十五个僵尸鬼的故事》很可能都有较为稳定的文本流传与翻译途径。然而田清波搜集的故事虽经过译者筛选，却只留有部分《三十二个木头人》的情节与内容，其他内容多散佚，或者被借鉴运用到其他蒙古族民间故事之中。而关于"阿尔扎波尔扎罕"的故事情节，至今仍然在鄂尔多斯地区的蒙古族民众记忆和口头讲述中流传。

三、塞瑞斯《〈鄂尔多斯蒙古民间文学〉评介》

田清波在将蒙古语记音本译为法文时，曾以前言形式对这些民间文学资料进行过简单的研究，随后的几年间，田清波将主要精力都集中在语言学而非文学方面，但他本人也十分看重这些资料的文学研究价值，并将他在此期间搜集整理的相关文献托付给他人进行研究，这个人就是塞瑞斯神父，塞瑞斯也是圣母圣心会传教士，美国人，蒙古学专家，一生著作丰富，主要以明朝时期的蒙古族历史研究而闻名。他早年是田清波最忠实的追随者，也是田清波这些民间文学（主要是民间故事）资料的被托付人，塞瑞斯根据田清波提供的法文译本故事集、其他相关故事资料和他本人搜集的一些故事文本，撰写了长文《〈鄂尔多斯蒙古民间文学〉评介》，运用比较研究、类型研究、文化人类学和民俗学等研究方法对田清波搜集的《鄂尔多斯民间文学》进行了研究。

塞瑞斯对《鄂尔多斯民间文学》的 48 则故事的内容进行了简要概括和介绍，对其中的 32 则故事进行较为详细的分析，主要运用民间故事类型学和母题研究的方法，对鄂尔多斯地区流传的民间故事与流传在蒙古地区的同类型故事、世界其他地区流传的同类型或有相同、相近母题的故事，如和汉、藏民族的故事以及与印度、卡尔梅克等地的同类故事进行比较。塞瑞斯借助于田清波著《鄂尔多斯蒙语词典》及其他鄂尔多斯语言学研究资料，从民俗学的角度将这些民间故事与当地流传的谚语和习语结合起来，部分母题和情节研究参考了艾伯华著《中国民间故事类型》、蒙古族和汉族历史文献资料及相关研究成果，确定了这些故事对于流传在当地的谚语、习语等所具有的解释功能、对历史的阐释功能、民间传说与蒙古史料的联系等①。塞瑞斯认为，虽然鄂尔多斯的很多传说和故事的情节都源于汉藏民族的民间故事，但却是"依照蒙古人的价值观念做了重新阐释和改编"，在比较研究中充分肯定了鄂尔多斯蒙古族民间故事悠久的口头传统②。

从特定的历史环境来看，塞瑞斯利用田清波搜集的资料研究民间故事，其中一些成果是非常有学术价值的，但在 20 世纪 80 年代以后，大规模的民间故事资料搜集整理活动，将这些鄂尔多斯民间故事与更多民族、国家的民间故事联系了起来，从而使塞瑞斯的某些观点需要被重新考量。如塞瑞斯："我认为蒙古人并没有像汉族人那样表现出的对幽默故事的极大偏爱，他们更喜欢史诗式故事和童话故事。"③ 塞瑞斯认为《鄂尔多斯民间文学》中的幽默故事与笑话远没有其中的童话故事和生活故事重要，是因为"蒙古族人民与古老生活方式的联系，不同于汉族文化和文明的精细考究的原始状态，他们保留了原始而相互的想象，更偏爱史诗和庄重题材，不喜欢汉族小说中常见的那种人为、过度的超自然力和笑点"④。这可能与田清波作为外国人，不易领会当地民众的语言精华有关，鄂尔多斯蒙古族民间故事中并不缺乏幽默故事与笑话，这个民族尤其善于使用语言的谐音、深意来构织精美的笑话，如在鄂尔多斯及更多地区的蒙古族人中间流传的巴拉根仓故事、莫尔根传说、机智儿童故事等，都极具代表性地呈现了这个民族对于幽默与笑话的认可与喜爱，表现出与汉族幽默故事大相径庭的风格。

在鄂尔多斯蒙古族民间故事尚未得到更深入广泛的研究之前，人们

---

① 将鄂尔多斯民间故事资料进行对比研究的资料主要来源于兰司铁（Ramstedt）收集的卡尔梅克故事《卡尔梅克谚语民歌》（1909），Gustav Jungbarer《突厥与西藏故事》（耶拿，1923）中的萨尔特故事和阿尔扎尔波尔扎汗故事，范·欧东·贝克收集整理的《切列米斯童话、传说和故事》，卡尔梅克《尸语故事》，居尔格的《尸语故事》（蒙文），鲍培（Poppe）的《布里亚特蒙古的民间故事与方言学汇集》（1936，莫斯科），《大同（山西）五十个民间故事》，Margery Kent《突厥童话》（1946，伦敦），本菲译《五卷书》，弗拉基米尔译《五卷书》（译自蒙文，圣彼得堡），屋尔芬顿（S. N. Wolfenden）《东藏嘉绒方言注释》，吉斯《突厥故事》，仁青拉姆《我们西藏人》，艾伯华《土耳其动物故事六十则》，艾伯华《中国东南部的民间故事》，桑杰耶夫收录的《达尔哈特方言与民俗》，史禄国（Shirokogoroff）与海涅仕（Haenisch）在《华裔学志》等发表的相关论文以及中国古代的文献如《商君书》，其他蒙古史资料如伯劳舍《蒙古史》（1919）、小林高四郎《蒙古秘史》、R. 格鲁塞《蒙古帝国》等。
② Par Paul Serruys. "Notes Marginales Sur Le Folklore Des Mongols Ordos", Han-Hiue, Vol 3, 1948, pp. 115~210.
③ 同上。
④ 同上。

所能看到的，只能是塞瑞斯当年难得的研究与论断。经过近百年的历史流变，《鄂尔多斯民间文学》的民间文学价值随着更多鄂尔多斯蒙古族民间故事的搜集整理和翻译被进一步体现出来，尤其是塞瑞斯当年在研究中曾经注意但尚未明确解决的一些问题，也可以通过更多故事文本进行进一步的研究与探讨。

塞瑞斯虽然意识到鄂尔多斯民间故事与印度和中国藏族文学在传播上有一定的关系，但没有指出《鄂尔多斯民间文学》与《三十二个木头人》《鹦鹉故事》《二十五个僵尸鬼的故事》等之间有着密切的联系。田清波搜集的这些流传在鄂尔多斯的蒙古族民间故事，恰恰既反映了蒙古文化与印度、中国藏族文化在交流与融合中的密切关系，也呈现出鄂尔多斯蒙古族独特的口头文学特征。这里需要首先对塞瑞斯的研究进行补充的部分就是《阿尔扎波尔扎罕》在当时及后世的蒙古族民间故事中有着怎样的位置和意义。《阿尔扎波尔扎罕》是田清波搜集的众多鄂尔多斯蒙古族民俗文化资料中最具有民间文学代表性价值的一个蒙古文的转写本，以下研究悉以曹纳木转写的蒙文版《阿尔扎波尔扎罕》为基础，将之与历史上的《三十二个木头人》的蒙古文流传情况与当下口头讲述的民间故事情况进行比较分析。

第二节 柏烈伟《蒙古民间故事》与汉译《三十二个木头人》

一、柏烈伟其人其事

柏烈伟（С. А. ПоЛеВой，英译多为 S. A. Polevol），俄国人，据维基百科的介绍，他出身于一个书香门第，其父是一位军官和学者，他是俄国社会主义同盟的成员，这个同盟主张共产主义与无政府主义，20世纪20年代，受俄国共产主义委员会的委派前往北京活动，其对外身份是北京大学俄文系讲师。目前关于柏烈伟的研究资料主要集中于他与中国共产党建党之关系，尤其是与李大钊、陈独秀等人之间的来往。散木在《党史博览》2009年第10期发表的《柏烈伟——一个曾参与过中共建党活动的俄国人》一文中，提出柏烈伟与鲁迅兄弟的交往是在1929年前后，李霁野也曾回忆柏烈伟，而据张西曼的回忆，则柏烈伟不仅谎报各种名目冒领各种补助、侵吞他人版税，还叛党逃到美国。北大档案中记载，1935 年 9 月前后，柏烈伟尚在北大任教①。

朱正在《柏烈伟这人》中对柏烈伟如此介绍：

> 柏烈伟（C. A. ПоЛеВой），也有译做柏烈威或者鲍立维的。俄国人，20 世纪 20 年代在北京俄文专修馆、北京大学俄文系任教师。②

1927 年前后，柏烈伟托李霁野向鲁迅提请翻译《阿 Q 正传》，并得到鲁迅许可，鲁迅复信表示柏烈伟"是研究文学的，恐怕会看得比我自己还清楚"③，柏烈伟与李大钊、张国焘等在中国共产党史上赫赫有名的人物先后都有过交往。肖甡在《俄共党员柏烈伟在中共建党时的一些活动》中指出：

> 从一些蛛丝马迹的史料中可以看出，柏烈伟是最先为中国共产党的创建打开道路的俄共党员之一，1920 年至 1921 年参与了中共的创建活动。④

这些对柏烈伟的研究主要呈现两个信息：一是柏烈伟在中国共产党的建党过程中曾起到一定作用，尚未受到研究者的足够重视。二是柏烈伟曾试图与鲁迅等作家联系并翻译他们的作品，但最后均无下文。李霁野的相关资料则对柏烈伟的去美进行了解释。但柏烈伟的生卒年却始终不甚明了。据此我们可以确定的是，柏烈伟精通俄语与汉语，既是参与过当时政治活动的人物，也是与当时中国文坛有交集的北大教师，他对于中国政治的影响不在本文的考察范围，他对中国文学有无影响，如果有，又有何影响，这才是本文所要关注的重点。因缘际会，柏烈伟编译的一部文学性著作，很可以展现柏烈伟的文学兴趣与对中国文学的贡献，即《蒙古民间故事》，该译著的原序应为德国著名民俗学家、汉学家艾伯华（Eberhard）所作，这份序言尚未查找到，但在 20 世纪 70 年代，民俗学家娄子匡主编"北京大学中国民俗学会民俗丛书"，其中第 97 卷即柏烈伟《蒙古民间故事》，原书出版于 1931 年前后，是最早的汉译蒙

---

① 散木：《柏烈伟：一个曾参与过中共建党活动的俄国人》，《党史博览》2009 年第 10 期，第 55~56 页。
② 朱正：《柏烈伟这人》，《鲁迅研究月刊》2008 年第 1 期，第 95 页。
③ 鲁迅：《鲁迅全集》第十二卷，北京：人民文学出版社，2005 年，第 154 页。
④ 肖甡：《俄共党员柏烈伟在中共建党时的一些活动》，《北京党史》2002 年第 1 期，第 25 页。

古族民间故事集。此书后由台北东方文化书局于 1974 年再版。柏烈伟译《蒙古民间故事》中包括周作人与赵景深两位中国学者的序言，也有柏烈伟于 1930 年 10 月 1 日所作自序。由此推断，柏烈伟既然曾与鲁迅交往并想翻译鲁迅的作品，则与鲁迅之弟有联系，也是十分正常的事情。且周作人在 20 世纪 20 年代研究过童话与民间故事，赵景深也是对民间文学深感兴趣并贡献巨大的学者，能够为柏烈伟的译著作序，表明柏烈伟不但是与中国现代文坛的众多作家有往来，而且对当时迅速崛起的民间文化的搜集、整理与研究也并不陌生。"五四"运动及 1922 年《歌谣》周刊创刊，掀起了中国民间文学搜集整理的第一次高潮，正在中国的柏烈伟受此影响，完成了这一部源于蒙古库伦（即今蒙古国乌兰巴托）的，并有俄语等多种语言版本的蒙古族民间故事集。柏烈伟对本书中的蒙古族民间故事以"译品"称之，他指出：

> 这一些蒙文译品的作家和译著的时代都不得详考了，大概我们在详尽地研究西藏和西藏民间文学之后才可以寻出结果。①
>
> 本蒙古故事集是依据在 1923 年库伦出版的蒙古故事集所译，此外译者又比较参考满文俄文和德文的西狄秋尔译本中与此相同的各篇故事。因为这是译者初次的华文译作，本来不敢发表，但是蒙周作人先生的赞助和鼓励，我的至友章衣萍先生吴曙天女士的赞助和修润字句，我决定拿来发表，同时谨向他们诚挚地志谢，并且感谢我的学生金增荫君担任抄誊之劳。②

由此可知，故事在中国、俄罗斯及德国均有译作，又与中国的藏族文学有着密不可分的关系。柏烈伟的《蒙古民间故事》是根据库伦出版的《三十二个木头人》及《魔尸》故事，参照俄国蒙古学家符拉吉尔佐夫 1923 年出版的俄文译本《魔尸》进行翻译的。陈岗龙在研究我国蒙古族和藏族《尸语故事》的关系时也曾对此有介绍，并将柏烈伟译本中的《施得图克古尔》（即《尸语故事》）的目录全部列举出来③。

二、柏烈伟《蒙古民间故事》简况

全书共分 3 个部分，第 1 部分为"波格多彼加尔马撒地汗"，共计 8

---

① 娄子匡主编，柏烈伟译：《蒙古民间故事》柏烈伟序，台北：东方文化书局，1973 年，第 3 页。
② 同上书，第 6 页。
③ 陈岗龙：《蒙古民间文学比较研究》，北京：北京大学出版社，2001 年，第 87~88 页。

章，第 1 章总叙阿埃尔吉不而吉汗的两个小故事，引出以下 7 章，其中第 4 章分上下两个部分，共有 16 个士兵讲述了 16 个故事，这一部分内容，实则是《三十二个木头人》的故事。第 2 部分为"施得图克古尔（或名魔法尸体）"，共计 25 章，实则为 25 个独立的故事，即著名的"二十五个僵尸鬼故事"，又称"魔尸"故事。第 3 个部分为"车臣汗的传说"，为一个包含多个小故事的独立故事。第 1 部分和第 2 部分均为连环故事（或称系列故事）。全书共计 42 个故事，故事的结构属连环穿插式结构，故事来源历史悠久。

周作人为之作序时，将之与《一千零一夜》在世界范围的传播并举，又肯定：

> 印度的故事与中国之影响自然要更深了，只可惜还少有人注意。佛经的文章与思想在六朝以后的文学上留下很明了的痕迹，许多譬喻和本生本行的事迹原是民间故事，经佛教徒的采用而得以传译成华言，为中国小说之一来源，而最重要者似为起世因本经等所说的死后生活的思想。……可是蒙古虽然是我们五族之一，蒙古的研究还未兴盛，蒙古语也未列入国立各大学的课程内，在这时候有柏烈伟（S. A. Polevol）先生编译蒙古故事集出版，的确不可不说是空谷足音了。柏烈伟先生研究东方语言，在北京大学俄文学系教书多年，是那位俄国童话集的编者历史考古学家柏烈伟教授的族人，这回根据蒙古文俄文各本，译成汉文，供献于中国学术界，实在是很有意义的事。①

周作人甚至指出"将来有人能够把满洲西藏以至苗族的故事传说编译出来，那里中国民俗学的研究，当大有进步，但是论功行赏，还是柏烈伟先生之揭竿而起应当算是第一功"②。这是从民俗学的研究视角肯定柏烈伟将这些蒙古族的故事转译成汉语，对于多民族的民俗学研究有着重要的意义。虽然他也尝试从文学史的角度来看待，但终究只是肯定了柏烈伟所编译的这些故事在叙事结构上与《一千零一夜》的相似性，认为其或者对中国小说的结构产生过影响。赵景深也对这些故事的内容与印度佛经故事的关系进行比较，认为"虽然这二十五章以王子负送神灵为线

---

① 娄子匡主编，柏烈伟译：《蒙古民间故事》周作人序一，台北：东方文化书局，1973 年，第 3 页。
② 同上书，第 4 页。

第七章 《阿尔扎波尔扎罕》《三十二个木头人》《魔尸》与《鹦鹉故事》

索，把这些故事贯串起来，其实这种贯串，是与《天方夜谭》中姊妹讲故事一样的无关紧要的。现在比较蒙古和西藏的故事如次，因为威他拉二十五故事本是由印度传入西藏，再由西藏传入蒙古的"①。凡此种种，都非常肯定这一系列故事出自印度，并经由我国西藏传入内蒙古地区。

柏烈伟在序言开篇中介绍古印度的故事和童话的编述、记录及在东方各民族的流传广泛之情况，认为这些故事经由波斯、阿拉伯、土耳其和叙利亚流传到欧洲，并深深影响了欧洲的各民族，这实际上是柏烈伟对这些流传在蒙古族的民间故事的来源问题所持的观点。进而，柏烈伟介绍蒙古族民间文学作品的分类情况，指出"内容大部分是自印度和西藏传来的，而蒙古民间文学的发展和佛教传入蒙古大有关系：当佛教经典输入蒙古时，自西藏也输入了其他文学上的作品"②，他指出："蒙古人十分喜爱佛教的小说，故事和传说，并且因为这一些小说和故事输入蒙古，所以佛教在蒙古大兴。不过西藏和西藏文学在欧洲还不曾详细地研究，所以西藏民间文学的蒙文译品里所含有特别趣致和这些作品中的极大的国际文学上的价值，还不曾被我们领略。"③ 在柏烈伟看来，蒙古族民间故事，至少大部分来自我国西藏。

从内容考察上说，《蒙古民间故事》即《三十二个木头人》与《魔尸》故事的链接本，它们不仅是柏烈伟从蒙古文的故事所本，这些故事来自印度，在俄国发行，与满族文字的故事一样，表明其在东方广阔的区域和多个民族有着广泛的传播。陈岗龙在研究蒙古族民间口头流传的印度民间故事集《鹦鹉的故事》时指出，"印度的《鹦鹉的故事》和另一部故事集《健日王传》或《三十二个木头人的故事》同时传播到蒙古地区，在口头流传的具体过程中合二为一，形成了《鹦鹉的故事》的新文本。其中，印度高僧直接用蒙古语给喀尔喀蒙古佛教领袖一世哲布尊丹巴活佛口头讲述的《健日王传》中插入了《鹦鹉的故事》，由蒙古人记录了这个故事，再广泛传播到蒙古地区，从而形成了我们今天听到和讲到的蒙古口头《鹦鹉的故事》的一个重要底本"④。而在柏烈伟的译本中，《鹦鹉的故事》至少有一部分是直接在一个木头人的讲述中出现了

---

① 娄子匡主编，柏烈伟译：《蒙古民间故事》赵景深序二，台北：东方文化书局，1973年，第2页。
② 娄子匡主编，柏烈伟译：《蒙古民间故事》柏烈伟序，台北：东方文化书局，1973年，第2页。
③ 同上书。
④ 陈岗龙：《论蒙古民间口头流传的〈鹦鹉的故事〉的来源》，《民俗典籍文字研究》2013年第2期，第72~79页。

的。但这些故事在当时究竟是否只是以文字文本保存下来，或在蒙古族识字的精英中有限地流传？还是同时在民间口头有着广泛的流传？此后，这两部自异域而来的民间故事集在蒙古族又有什么样的传播情况与影响？这些都是未曾受到学人关注的问题。

三、汉译《三十二个木头人》《魔尸》和《鹦鹉故事》

陈岗龙曾研究蒙古族民间口头流传的《鹦鹉的故事》，指出该故事与蒙古文《阿日扎宝日扎汗》中的第4个木头人所讲述的故事一致，所运用的资料为1928年蒙古国乌兰巴托出版的《阿日扎宝日扎汗》。印度学者Raghu Vira曾将中国蒙古族、藏族版的《阿日扎宝日扎汗》翻译成现代印地语，并于1960年在新德里出版，名为《ARAJIBOOJI》，其依托的分别是1928年蒙古国乌兰巴托出版的蒙文本与蒙古国立图书馆收藏的藏译本（年代未知）。陈岗龙认为田清波在内蒙古鄂尔多斯地区搜集记录的《阿日扎宝日扎汗》是"蒙古民间口头流传的最有代表性的《阿日扎宝日扎汗》"[1]。如何进一步确定这一个版本的故事是口头性的讲述？它与文本流传的原形关系如何？

我们现在了解的是，《三十二个木头人》在蒙古族地区既有文本的流传，又有口头的传播。陈岗龙教授已经指出16世纪的印度高僧来喀尔喀蒙古传教时直接从梵语口头翻译讲述《健日王传》，而"后来，有高僧将这个故事集翻译成藏文，蒙古国收藏有多种藏文《阿日扎宝日扎汗》故事集，都是出自这个译本。……实际上只包括了十四个木头人讲述的故事，而且其中很多故事都是比较蒙古化的故事，很明显这个故事集的口头来源更加明确"[2]。"鄂尔多斯口传《阿日扎宝日扎汗》基本遵循了书面《阿日扎宝日扎汗》，出入不是特别大，由此可见书面故事在鄂尔多斯流传比较广泛，影响比较深远"[3]。陈岗龙教授在研究印度的《鹦鹉的故事》时，对《三十二个木头人》在蒙古族地区的流传情况进行了较为可靠的分析。笔者在此补充的是除了陈岗龙教授所述蒙文文本记录情况外的《三十二个木头人》的汉语译本情况。

在柏烈伟所译《蒙古民间故事》诸序中，以赵景深序文所作时间最早，是为1930年3月26日，即1930年春，然其1930年译作的原本，笔

---

[1] 陈岗龙：《论蒙古民间口头流传的〈鹦鹉的故事〉的来源》，《民俗典籍文字研究》2013年第2期，第72~79页。

[2] 同上。

[3] 同上。

者一直未找到。上文所提陈弘法、沈湛华译《三十二个木头人》是另一部译自俄文的蒙古族民间故事。译者在前言中记录：

> 我们根据蒙古人民共和国科学与高教委员会语文文学研究所于一九五九年以俄文出刊的《民间文学研究》丛刊第一辑编译了这本蒙古族古典民间故事集，收入《三十二个木头人》，即《比嘎日玛·扎迪汗的故事》和《魔尸》。①

译者指出的"超日王三部曲"中的《三十二个木头人》与《魔尸》"这两篇故事系由班智达·巴哈于 1686 年在蒙古地区固日班赛地方从梵文译成蒙文的"。其中，《三十二个木头人》由沈湛华翻译，《魔尸》由陈弘法翻译。比较柏烈伟译本与陈弘法译本，最鲜明的特点就是两个译本均收入《三十二个木头人》，即田清波搜集的《阿尔扎波尔扎罕》，与《魔尸》两个连环穿插式故事。

柏译与沈译《三十二个木头人》都讲述了神奇的土包能令儿童智断公案的故事，阿日吉·布日吉汗挖掘土包，发现由三十二个木头人分列两侧守卫的宝座，汗想坐上去，每上一级台阶，一个木头卫兵就会拦住他并讲述一个关于比嘎日玛·扎迪汗及其弟弟沙鲁等人的故事，并比较汗与故事中的人物是否一样聪明，被否定的汗也就没有资格去坐宝座，但汗坚持自己和妻子一步一步往上登，直到第十六级台阶，木头卫兵讲完所有故事，而汗及妻子无一次能承认自己比故事中的主人公聪明，只好失去坐上宝座的机会。相隔近半个世纪的两部译作除了人物译名略有差异，在语言表述上，柏译本带有 20 世纪 30 年代文白夹杂的特点，而沈译本则是纯口语化表述之外，在内容上几乎没有差异。柏译与陈译《魔尸》部分相比，柏译本有完整的 25 则故事，而陈译仅有 21 则故事，但两译本中的前 21 则故事内容完全相同，陈译第 21 则故事为最后一则《怪石头的故事》，而柏译为《呆汉》，另有 4 则故事分别为：《负着口袋的魔鬼和提着水桶的人》《马拉亚山的奇事》《奇异的宝石》《蜥蜴和丈夫》。此外，柏译《车臣汗的传说》为陈译本所无。

在两本《三十二个木头人》故事中，第 14 至 16 个卫士所讲的故事均为印度鹦鹉故事。沈译"第八章　能言鸟"包括第 14 个木头人讲述的

---

① 陈弘法、沈湛华译：《三十二个木头人》，呼和浩特：内蒙古人民出版社，1982 年，第 1 页。

"能言鸟的经历",第 15 个木头人讲述的"能言鸟讲的故事"与第 16 个木头人讲述的"能言鸟和它的主人"。陈岗龙教授在研究鹦鹉故事时,指出田清波搜集的《阿尔吉布尔吉罕》(即《阿尔扎波尔扎罕》)中第 4 个故事即鹦鹉故事。其中部分内容与文本所译鹦鹉故事相同,部分则相异。此外,梵文版的《僵尸鬼故事二十五则》由黄宝生、郭良鋆、蒋忠新等译成汉语,被收入《故事海选》中出版,黄宝生先生在《序言》中有简单的介绍:

> 《故事海(选)》中的《僵尸鬼故事》也是一部在印度古代广为流传的故事集。现存传本有湿婆陀娑本、婆罗帕罗婆本和占帕罗达多本。前两种传本是韵散杂糅体,后一种是散文体。这三种传本的成书年代不详,但全都晚于故事海本。这部《僵尸鬼故事》也传入了我国藏族和蒙族地区。现存藏蒙《僵尸鬼故事》(或译《尸语故事》)的版本很多,但在故事内容上已经发生很大变异。①

至此,基本可以确定,印度的 3 个连环穿插式民间故事集《三十二个木头人》《二十五个僵尸鬼的故事》与《鹦鹉故事》均在蒙古族中以口头和书面的方式流传,但无论是在口头还是书面的流传中,前两者在名称上都得到较好的保留与传播,且在文本的翻译过程中始终得到比较完整且泾渭分明的保存与传播,唯有鹦鹉故事虽然在内容上进入到《三十二个木头人》中,或者在一开始这两个故事集就是互有交集的,但却没有能够作为一个整体在蒙古族中得以翻译并传播开来。何以独《鹦鹉故事》在蒙古族民间故事的吸纳与传播中受到特殊对待?4 个在《三十二个木头人》中得以保留的鹦鹉故事是否全部都是原印度鹦鹉故事中的旧有情节?70 个鹦鹉故事中是否还有其他故事也进入到了《三十二个木头人》或者《魔尸》故事?又或者还在蒙古族口头流传的故事中顽强地生存下来了?

有研究者指出:"印度古代作品中的很多故事主题都可以在《鹦鹉故事》中找到踪迹。其实,古代印度的故事文学多采用韵散结合的传统叙事结构模式,这些点缀在散文中的偈颂在漫长的发展过程中逐渐形成了古代文学中的'偈颂宝库',而《鹦鹉故事》中的大量偈颂就多取材

---

① [印度] 月天著,黄宝生、郭良鋆、蒋忠新译:《故事海选》,北京:人民文学出版社,2001 年,第 6 页。

于前代各种文学作品。"①《鹦鹉故事》本身具有故事汇集和文学汇编的特征，在流传过程中，更加容易被改编与替换。毕桪教授著《〈鹦鹉故事〉的哈萨克文译本：〈鹦鹉传奇〉》一文，统计流传在哈萨克族中的《鹦鹉传奇》共72章，鹦鹉在26个夜晚讲述的47个故事中还包含若干小故事，主要是以文字形式流传，口头只是零星流传此集中的一些故事，毕桪教授认为仅流传于文本的原因在于原《鹦鹉故事》主要宣扬的歧视妇女、防范妇女的思想与哈萨克族传统的文化思想不一致②，这只是一部分的原因，还有一部分的原因在于在其原有的故事结构下，极易形成被替换的故事流动特征。

　　刘守华先生指出："崇尚机智，以机智来战胜强敌，化解危难，创造奇迹，这本是包括中国、印度在内的各国民间故事的普同主题。……而这类机智人物多为男性，故事的主题是向社会上有权有势的邪恶势力抗争，主持正义，扶持贫弱，含有鲜明的反抗阶级压迫的社会倾向性。而印度的《鹦鹉故事》主题却是称道荡妇的机智言行，其文化内涵之奥秘就耐人深思索解了。"③刘守华先生将明代通俗文学家冯梦龙辑录的《山歌》里咏私情的民歌与《鹦鹉故事》中此类称颂机智女性的故事相提并论，比较中国、印度对于私情的不同态度，至今为止，《鹦鹉故事》在汉族流传甚少可能也与这种文化传统有着密不可分的关系，而在藏族与蒙古族等民族的流传，或多或少与这些民族本身对于女性更为尊重的传统有着一定的联系。

　　《鹦鹉故事》在中国的维吾尔族与哈萨克族、藏族和蒙古族等多个民族中都有流传。梵语讲述与记录的《鹦鹉故事》最先被译为波斯语，随着影响中国多民族文化的波斯文化传播至中国的多个少数民族。如波斯语《鹦鹉的传说》的第7个故事"捕鸟人、鹦鹉和它的孩子们"即《杂譬喻经》，与唐代义净翻译的《根本说一切有部毗奈耶破僧事》中的《野猪》，与朝格日布讲述的《颜料上打滚的狐狸》同属一个故事类型。

　　陈岗龙总结印度《鹦鹉故事》在中国多个民族间的传播情况，指出虽无完整的汉译文本，但《鹦鹉故事》中的一些故事很早就随着佛经翻译得以保存在汉籍文献中，他认为在翻译者和传播者的文化过滤下，梵

---

① 帕丽旦木·热西提：《维吾尔文版〈鹦鹉故事〉研究》，西北民族大学硕士学位论文，2013年，第7页。
② 毕桪：《〈鹦鹉故事〉的哈萨克文译本：〈鹦鹉传奇〉》，见林继富主编：《中国民间故事讲述研究》，北京：中国社会科学出版社，2013年，第435～441页。
③ 刘守华：《中印故事比较的奇趣——〈鹦鹉故事在东西方的流传〉序》，《中国比较文学》2014年第1期，第204～207页。

语的《鹦鹉故事七十则》中很多故事被替换成其他故事，在由波斯文译成维吾尔文与乌尔都语的过程中，很多传统的印度民间故事替换了原《鹦鹉故事七十则》中的故事："印度的《鹦鹉的故事》在藏族和蒙古族等信仰藏传佛教的民族中流传的过程中与《王子变鹦鹉讲佛经》的故事类型粘合在一起，形成了新的复合故事类型。"①

在 1958 年，天津人民出版社曾经出版过乌国栋翻译的《印度鹦鹉故事》，共包括 38 则故事，该故事译自苏联 M. 克里雅金娜—孔德拉切娃的俄译本。M. 克里雅金娜—孔德拉切娃在其俄文转译本序言《谈印度故事》中指出：

> 本书第一部分里面的故事采自十九和二十世纪在印度和欧洲刊印的几个用乌尔都语写下的故事集。书的第二部分则为"鹦鹉故事"。……"鹦鹉故事"之基本的但非唯一的渊源，是用梵文写的和标题为"输加萨普塔谛"（照字面讲，意为"鹦鹉七十"，即"鹦鹉故事七十篇"）的古老的印度故事集。这个故事集的镶边是个鹦鹉故事，其中的一只鹦鹉在七十夜中对它的女主人陆续讲了若干篇短故事，去促成她同情人相会见。这个故事集流传到我们手里的有好几个抄本，里面的个别故事在题材、文体以及其他若干特点上都并不相同。最原始的本子显然已经失传了。②

根据 M. 克里雅金娜—孔德拉切娃的介绍，"18 世纪在印度生活着的穆罕谟德·卡狄黎所撰的印度异本为最有名。……穆罕谟德·卡狄黎的'鹦鹉之书'已被译成阿富汗语和若干新印度语，并且在欧洲语文中被译为俄、英、德、法语"③。M. 克里雅金娜—孔德拉切娃指出《印度鹦鹉故事》是第一次向俄国读者介绍乌尔都语的民间故事，其所据底本是 1921 年在卢格脑发行的"头塔·卡哈尼"印度版本，于 1955 年由苏联文学出版社发行。乌国栋指出这部由俄语转译而来的故事集"虽亦有许多篇是来源于民间，但一般说来，原来编入的故事却

---

① 陈岗龙：《论印度〈鹦鹉的故事〉在中国各民族中的传播》，《民间文化论坛》2014 年第 3 期，第 21~24 页。
② [苏联] M. 克里雅金娜—孔德拉切娃俄译，乌国栋中译：《印度鹦鹉故事》，天津：天津人民出版社，1958 年，第 7 页。
③ 同上书，第 8 页。

更多地经过了封建社会文人们修饰和改写"①。以上乌国栋先生译自俄文版的《印度鹦鹉故事》情况大体如是。时隔近半个世纪，第二个汉语版的鹦鹉故事才再次出现，即台北中国文化大学英文系副教授金莉华女士所译《鹦鹉的七十个故事——古印度民间叙事》，译者在前言中指出：

> 这本中译本根据沃顿牧师（Reverend B. Hale Worthan）的英译本编译而成。该英译本直接译自梵文，于1911年由伦敦录扎客（Luzac）公司出版。沃顿牧师在他的原注中提到，因为所有故事的头尾都相似，所以他只译了最初两个故事的头尾作为范例，并没有重复其他故事的头尾。有些故事，他认为不合英国的民风，所以删略不译，计有18、21、24、27、38、41、45、49、53、56、58、62、63、64 共14个。因此中译本这几则故事出从缺。②

金译《鹦鹉的七十个故事》的目录仍旧是70个故事，加上原沃顿牧师删略的15则故事，合而为梵语故事当有85则。笔者推测，鹦鹉故事是连环穿插式结构，其中大故事套小故事，被省去的故事可能在原梵语故事集中是故事中的故事，但省去故事中的故事，大故事依然存在，或者在结构上所套的小故事是串珠结构，因此少了一个"珠子"也并不突兀，因此，沃顿虽然略去了15个"珠子"，却并不影响鹦鹉故事的70则故事的结构。与乌译版相比较而言，金译本的故事情节与语言更加质朴，因此更加显示，M. 克里雅金娜—孔德拉切娃认为乌尔都语的原著是文人加工的版本这一结论是正确的。金莉华女士是台湾著名民间文学研究者金荣华教授的妹妹，金荣华先生依据AT分类法编著了以中国民间故事为主体的《民间故事类型索引》（4卷），对中外民间故事都有深厚的研究。该译本所附"故事类型索引"，即据金荣华本《民间故事类型索引》而来，检索出鹦鹉故事中的11个故事类型。

2016年，北京大学研究乌尔都语的孔菊兰教授出版译自乌尔都语的《乌尔都语民间故事集：鹦鹉故事 僵尸鬼故事》，孔菊兰教授在《序》中介绍此译本译自乌尔都语版的《僵尸鬼故事二十五则》和《鹦鹉故

---

① ［苏联］M. 克里雅金娜—孔德拉切娃俄译，乌国栋中译：《印度鹦鹉故事》，天津：天津人民出版社，1958年，第10页。
② 金莉华译：《鹦鹉的七十个故事——古印度民间叙事》，台北：中国口传文学学会，2012年，第3页。

事》，而二者均是从梵文版《鹦鹉故事七十则》和《僵尸鬼故事二十五则》编译、改编而来，完成于1801—1803年间，在数量与内容上都与原梵语本故事有很大的不同，该译本中共有60则故事，其中《三十二个木头人》中的故事25则，《鹦鹉故事》中有35则，"我们可以在《鹦鹉故事》中发现《僵尸鬼故事二十五则》的片段，发现民间故事互相借鉴的特点。在结构上，两个版本的鹦鹉故事都采取连环穿插式故事叙事方法"①。

  以上诸译本的情况，基本可以判断，3个故事集都是连环穿插式结构，且结构稳定地在各译本中得到保留，虽然保留情况有简有繁，且《三十二个木头人》与《二十五个僵尸鬼的故事》这两个故事集在故事的篇目上也比较稳定，但文人在编纂《鹦鹉故事》时常常会有所修改，而在口头讲述流传时，又常常作为《三十二个木头人》中木头人讲述的故事情节，但《鹦鹉故事》窜入《三十二个木头人》的故事只是少数，大部分还是作为独立的故事在民间口头流传。柏烈伟作为最早将蒙古族民间故事翻译成汉语的译者，他的《三十二个木头人》所含《阿尔扎波尔扎罕》与《魔尸》故事中还包括了印度古代民间故事集《鹦鹉故事》中的部分内容，而柏译本身与田清波搜集整理的《阿尔扎波尔扎罕》中的"阿日吉·布日吉汗"又有大量相同的故事。《鹦鹉故事》窜入《三十二个木头人》，并以零散的口耳相传的方式一直活跃在鄂尔多斯蒙古族地区，凡此种种，都呈现出印度民间故事与中国蒙古族民间故事的深厚联系，以陈岗龙为代表的蒙古族和汉族学者完成大量版本研究工作，主要以《尸语故事》在印度及中国的蒙古族、藏族地区的比较研究为主，甚少关注《三十二个木头人》在蒙古族民间的传播情况，而鄂尔多斯地区的蒙古族民间口耳相传的《三十二个木头人》故事却给人们留下了珍贵的记录资料。以下主要以中国鄂尔多斯蒙古族民间故事与以上诸印度民间故事之间的关系进行分析与探讨。

---

① 孔菊兰、袁宇航、田妍译：《乌尔都语民间故事集：鹦鹉故事 僵尸鬼故事》，上海：中西书局，2016年，第5页。

第三节　中国当代鄂尔多斯蒙古族民间
故事与印度民间故事

一、《阿尔扎波尔扎罕》与印度民间故事《三十二个木头人》

由于田清波在搜集整理过程中重点关注的是语言学问题、民俗学价值等，故而整个文本特别注重的是语言记录（语音）的准确性，而对于采录时间、讲述人、讲述的详细地址（仅能确定为鄂尔多斯城川一带）等则没有更多的信息记录。因此，在曹纳木的转译本《阿尔扎波尔扎罕》中，也没有出现此类信息。但是，在2010年民族出版社蒙古族编辑乌云格日勒翻译的鄂托克旗民间故事集《洁白的珍珠》① 中，收录13则标有"记录者：昂·莫斯忒厄""搜集时间：1937年""流传地：鄂尔多斯（有的为伊金霍洛）""讲述者：诺木丹"等信息的文本，其搜集地分别为城川、宝日镇等。经过与《阿尔扎波尔扎罕》核对，这13则故事全部被田清波搜集，且译文与《阿尔扎波尔扎罕》一致。这些由乌云格日勒女士翻译的文本分别为②：

《足智多谋的老两口》（P72~76），第26则。
《阿尔基博尔基汗》（P78~113），第60则，诺木丹讲述。
《孝子》（P126~128），第56则，诺木丹讲述。
《成吉思汗的两匹骏马传》（P130~138），诺木丹讲述。
《额日勒岱小子》（P138~142），第25则，诺木丹讲述。
《三星的故事》（P216~221），第6则。
《唐古特喇嘛》（P284），第16则，诺木丹讲述。
《盗贼朝鲁门》（P303~308），第21则，诺木丹讲述。
《祖根莫日根》（P315~324），第7则，诺木丹讲述。
《鹿》，（P342~348），第50则，诺木丹讲述。
《巴拉根仓的故事》（二）（P377~383），第2则，诺木丹讲述。
《化斋班弟》（P390），第4则，诺木丹讲述。
《孟克召的执法喇嘛》（P192），第18则，诺木丹讲述。

---

① 赛音吉日嘎拉、哈斯其伦搜集整理，乌云格日勒、孟克译：《洁白的珍珠》，呼和浩特：内蒙古人民出版社，2010年。
② 以下按《洁白的珍珠》中的故事名称、故事所在页码、《阿尔扎波尔扎罕》中的故事编目以及《洁白的珍珠》中所标出的故事讲述人名称为序。

另有 50 则故事由那木吉拉教授组织中央民族大学 2012—2014 年期间在读的蒙古族学生包撒仁其木格、包银全、姜淑萍、双福、扎拉嘎呼分篇译出，其故事目录及翻译者情况见表 7-1：

表 7-1　2012—2014 故事翻译情况

故事目录	译者	故事目录	译者
会射屁股的丈夫	包银全	牧羊小伙子	姜淑萍
施主	包银全	十户长	姜淑萍
锅漏	包银全	青蛙小子	姜淑萍
那坎萨那喇嘛	包银全	大食喇嘛	姜淑萍
目连托音	包银全	聪明的兔子	双福
傻女婿	包银全	青蛙、狐狸和刺猬	双福
老两口和他们的女儿	包银全	骆驼和老鼠	双福
总章子	包银全	蝙蝠	双福
长官的老婆	包撒仁其木格	笑出珍珠的人	双福
图布信吉日嘎拉	包撒仁其木格	七个佛	双福
两位辞令者	包撒仁其木格	喀尔喀蒙古人	双福
华尔德里格尔和查干瑙海	包撒仁其木格	成精的俩人	双福
后边的黑屋	包撒仁其木格	成吉思汗	双福
好汉温岱	包撒仁其木格	成吉思汗	双福
阿润德都阿日颜胡	扎拉嘎呼	元太子和敬太子	双福
锡尔古勒津汗	扎拉嘎呼	满洲人当皇帝的故事	双福
吃肉的喇嘛	扎拉嘎呼	松赞干布汗	双福
达赖喇嘛	扎拉嘎呼	岳尔德尔玛工匠	双福
呼和都布	扎拉嘎呼	有青色牤牛的老头儿	双福
蟒古斯	扎拉嘎呼	鄂托克旗的敖古图尔乌兰王	双福
跳鼠崽	扎拉嘎呼	镰刀老头	双福
兄弟俩	扎拉嘎呼	偷牤牛的人	双福
兄弟勇士	扎拉嘎呼	判刑官贺希格巴图	双福
猪头卦师	扎拉嘎呼	阿难陀	双福
七个姑娘	姜淑萍	驴耳朵皇帝	双福

其中乌云格日勒女士所译的《阿尔基博尔基汗》共分 5 个小节，对

照柏烈伟与陈弘法译《三十二个木头人》的故事内容,将每小节故事内容简介如下:

第1小节:共包含陈译《三十二个木头人》中的4个卫士的故事。

入话:故事如何开始。

即《三十二个木头人》中第1章的"阿日吉·布日吉汗""孩子皇帝"和两个故事《朝克和索都》与《大臣和罐中怪》。

> 讲述七个孩子在阿尔基博尔基汗官殿附近小山坡玩耍放牧时,玩汗与臣民的游戏,将汗判错的两个案子用聪明的方法找出真正的罪犯,还给臣民公正。

第1个公案故事属"926 A.1 到底谁是物主"这一故事类型(《鄂托克民间故事》中为《三十二个木头人的故事》,《蒙古族故事家朝格日布故事集》中为《土丘上的七个孩子》),第2个故事即"926A 聪明的法官和罐子里的妖怪"。

此是全部故事的引言,介绍宝座的神迹与宝座的被发掘,以及阿日吉·布日吉汗如何想要坐上宝座,引起守卫宝座的士兵开始讲述以下故事。

(一)英雄毕嘎尔玛斯蒂的神奇出生

即《三十二个木头人》中的第2章第1个士兵讲述的"比嘎日玛·扎迪汗出世"。

> 大汗甘德日巴无子,大汗的夫人带着侍女向嘎兰大巴喇嘛乞子,得到一碗油和面,夫人吃过后,侍女舔干剩渣。夫人生下毕嘎尔玛斯蒂,大汗因误解喇嘛的预言而抛弃儿子。摇篮中的毕嘎尔玛斯蒂神奇地开口解释预言,大汗后悔寻子,在山洞中带回毕嘎尔玛斯蒂。

无子的夫妻求子得子、不祥的预言、英雄神奇地开口说话等母题在鄂尔多斯故事和陈译《三十二个木头人》中都是一致的,细微的差异就是,被弃的英雄被他的父亲找到时,地点和场景不同。在鄂尔多斯故事中,英雄被发现时是在山洞里,两只鸟守护着他;在陈译本中,英雄是在一块石头底下,被发现时,石头底下传来朗朗书声,但把石头掀开,读书人却变成了柔弱的婴儿。虽然被发现的方式不同,英雄的神迹不同,但均属于"英雄的神奇出生"。

除情节中的细微差异外，陈译本在孩子解释被父亲视为不祥的预言时运用了大段华丽的辞藻："孔雀初生，不过是只毛色灰暗的雏娃，然而长大之后，全身便会披满金光闪烁的羽翎，这些羽毛翎将成为帝王的装饰品；鹦鹉初生，只会吱喳吱喳鸣叫，然而长大之后，便学会了人类讲话；品德高尚的人，初生也是个平淡无奇、衰弱无力的孩子，然而长大之后，也就变成威武有力、知识渊博的人。"① 这一段只是摇篮中的婴儿在解释喇嘛的预言前进行的一段"引言"，在口传故事中，婴儿直接道出预言正确的解释，叙述质朴而具有口头讲述的简洁性特点。

（二）大汗斗魔，尸身被烧

即《三十二个木头人》中的第3章"甘迪日巴与魔鬼之战"，由第2个卫士讲述。

> 甘迪日巴的佛身（类似灵魂）夜间与妖魔斗争，其妾为了留住英俊的佛身而要烧掉甘迪日巴衰老的真身。夫人阻拦失败，真身被妾偷偷烧毁。大汗在空中与夫人诀别。夫人带着儿子和财富离开家乡，途中一起求子的侍女生子（处女母亲）而被嘲笑，婴儿被扔进狼窝。

在陈译本中，这一故事更加详细。讲述甘迪日巴汗的灵魂化作年轻英俊的武士去与阴间恶鬼"绍勒玛"打仗，年轻的妻子受汗的委托保护留在寺庙的肉身。年轻的妻子向英雄的母亲、汗的第一位妻子问询能否毁掉肉身，以期可以和汗年轻的样子一直生活，第一位妻子陈述不可以这样做的厉害关系，但年轻的妻子仍旧偷偷烧掉肉身。中间插入女仆因为同食求子的油和面的残渣而生下比嘎日玛·扎迪的兄弟。妻子（妾）伤害（有时是烧掉）丈夫（通常是英雄）的肉身，从而毁掉了丈夫人世间的生活，这一情节在多民族的史诗和民间故事中都有，如彝族叙述民族英雄的史诗《支嘎阿鲁》，支嘎阿鲁娶了两个妻子，两个女人为了争宠，剪掉了他的翅膀，希望能够让他不会飞走，结果支嘎阿鲁飞到一半掉入大海淹死。民间故事类型"AT440A 青蛙丈夫"，为了让白天是蛤蟆的丈夫能够一直保持年轻英俊的模样，妻子烧掉晚上脱下来的蛤蟆皮，结果蛤蟆丈夫死去或者不得不离开人世回到天庭。

---

① 陈弘法、沈湛华译：《三十二个木头人》，呼和浩特：内蒙古人民出版社，1982年，第9页。

(三) 毕噶尔玛斯蒂得到失散的弟弟

即《三十二个木头人》中第 3 个卫士讲述的"比嘎日玛·扎迪汗和沙鲁"。

> 毕噶尔玛斯蒂和母亲在父汗的肉身被毁后,投奔到呼沁其达伽其汗的领土。

插叙五百个商人在狼窝中得到能听懂狼语的毛孩儿,毕噶尔玛斯蒂尾随商户,偷听毛孩儿翻译的狼语,用计得到商人的所有财产与毛孩儿,他带回毛孩儿,让女仆与毛孩儿相见,他认出毛孩儿是自己的弟弟,就取名为莎拉古。在陈译本中,由第 2 个卫士讲述汗因妻子的行为而失去肉身,而比嘎日玛·扎迪随母亲投靠外公,"一个钟头一个钟头地眼看长大",还学会了偷盗、抢掠及其他"乌七八糟的勾当",并在某一天要劫一个五百人商队时,去偷听了他们的讲话。此后,由第 3 个卫士再叙其弟弟被商队抓住,并取名沙鲁等其他大致相同的情节。

在陈译本中,英雄是个无赖,学会很多不好的行为,而田清波搜集的故事则只讲述失去父亲的英雄在童年时学习了魔法,没有介绍成长中的英雄学会无赖行径。但在两部故事中,主人公都通过偷听谈话而取得了从河上漂来的尸体大腿内藏有的珠宝,设计骗取法官判决商人的财产,并据为己有,还用计辨别出与狼孩的兄弟关系。

(四) 毕噶尔玛斯蒂带着弟弟回故国打败妖魔,迎回母亲

即《三十二个木头人》中第 4 个卫士讲述的"比嘎日玛·扎迪汗与魔鬼之战"。

> 毕噶尔玛斯蒂和弟弟回到被妖魔占领的父汗城池,见到老太婆食沙子,得知妖魔每天要臣民送一个活人给他为食,老人不舍两个儿子成为妖魔的食物,想要自杀。兄弟二人代替老人的儿子去给妖魔当食物。二人杀死了妖魔大汗,请回母亲,打扫宫殿,准备金椅,准备登汗位。

两个文本的情节差异有以下几点:一是关于宝座前的卫士的来历不同,二是杀死妖魔的方式不同。在诺木丹讲述的故事中,制作金椅的毕希贵噶日玛之妻,为了叫丈夫回来喝茶,制作木娃去叫他,每去一个木娃,都被毕希贵噶日玛钉在金椅前的木梯上,共有三十二个木娃。在陈译本

中，汗安装了宝座后，三十二个武士神奇地出现，并将罩布铺在宝座上，又分别站到宝座下的阶梯上，每个台阶站两个。"需要保卫宝座的时候，这些卫士便能变成真的。有权占有这宝座的人，就能通行无阻地登上宝座。"①

其次关于英雄杀死妖魔的方式不同。在诺木丹讲述的故事中，有"妖魔与英雄的变形之斗"这一母题。妖魔被毕噶尔玛斯蒂劈成两截，变成了两只老虎，又被劈的老虎变成了四条巨蟒，毕噶尔玛斯蒂变成四条龙吃掉四条巨蟒。而在陈译本中，扎迪杀死妖怪的三个仆人后，让第四个仆人叫来绍勒玛（大妖怪），二人宝剑互刺咽喉和胸膛，结果绍勒玛的伤口马上愈合而不留疤痕，而扎迪虽也马上愈合却留下疤痕。扎迪想起绍勒玛的灵魂被藏在鸟窝中的鸟蛋里，便射破鸟蛋，绍勒玛被彻底杀死。

陈译本强调对妖魔财富的夺取，其中，扎迪杀死妖怪后，救出龙王之女，在登基为汗后娶龙王女儿为妻，并夺取妖怪的财富来建造自己的宫殿。诺木丹讲述的故事则缺乏此情节。

第2小节：《阿尔基博尔基汗》的第2个木头人讲述的故事为毕噶尔玛斯蒂汗投胎赎罪的故事。

> 毕噶尔玛斯蒂汗周游世界到印度，救下一个可怜的乞丐妇人，卖给萨日黑兰嘉汗为妻。妇人要求汗的七个妻子向自己跪拜，并驱逐跪拜后瞎眼的七个妻子。毕噶尔玛斯蒂知道此事后，投胎到一个瞎子的腹中，成为她们的儿子，八岁开始猎黄羊养活七个妈妈。
>
> 妇人得知并派人打探男孩的消息，前后三次向男孩传递隐语，提出难题。
>
> 第一次，男孩根据隐语，向东方出发，老喇嘛借鹦鹉的尸体给他飞到妖魔的地方，取得"一个人前面种，一个人后面收的田"，成功解决很多人的吃住问题。
>
> 第二次，男孩借喇嘛的鹦鹉尸体飞到树林中取得铃铛，带回家乡召来七百头牦牛，做各种奶制品。
>
> 第三次，男孩来到妇人母亲的城池，分别看到拴在地道的马、

---

① 赛音吉日嘎拉、哈斯其伦搜集整理，乌云格日勒、孟克译：《洁白的珍珠》，呼和浩特：内蒙古人民出版社，2010年，第18页。

第七章　《阿尔扎波尔扎罕》《三十二个木头人》《魔尸》与《鹦鹉故事》　　315

挂钩上的口袋和三个葫芦。男孩取得装着母亲们眼睛的口袋和装着火、水和空气的葫芦，骑上马逃走，为妈妈们恢复了光明。男孩向父汗说明鬼夫人的真实情况，杀死鬼夫人，把七位夫人与七百牦牛交给汗后，继续周游世界。

这一个卫士所讲的故事，在陈译本与柏译本的《三十二个木头人》中均没有被记录。在这个故事中，男孩向喇嘛请教时，借鹦鹉尸体而不断取得宝物，有着鲜明的蒙古族萨满信仰的色彩，是萨满的入巫仪式与救病治人仪式的故事性叙事。其中用葫芦里装着的三个宝物对付追踪而来的妖怪，是童话故事中常见的情节，在《格林童话》等故事集中，故事的小主人公为了逃离巫婆的追踪，常常会丢出宝物，宝物变成阻拦的大河、玻璃山、丛林等，在这里，是洪水、大火和狂风。

第3小节：即为《阿尔基博尔基汗》的第3个木头人讲述的故事"毕噶尔玛斯蒂的求婚"（人仙婚恋型故事）。

汗王想娶玉皇大帝的女儿斯琴布吉格为妻，她告诉了汗自己的身份及受父亲的惩罚嫁给板凳人为妻，说完后即死去。毕噶尔玛斯蒂在山上杀死巨蟒，救下凤凰雏鸟，凤凰带汗到玉皇大帝之城，复活包括斯琴布吉格在内的五百个姑娘，以乘凤凰离开。斯琴布吉格被父亲融进黑色花岗岩内，汗再访时打开岩石救出姑娘，共同生活六七天后，留下戒指后隐藏起来。姑娘根据汗的要求陈述甘德日巴汗与嘎兰大巴喇嘛的事情，玉皇大帝忆起与汗的关系，将女儿嫁给汗王。

这一则故事较长，人物的命名涉及到佛道人物的信仰。

第4小节：即《阿尔基博尔基汗》的第4个木头人讲述的故事，为《三十二个木头人》中的第8章"能言鸟"的故事，其中包括的小故事为：

（一）鹦鹉的经历。

大臣为给妻子治病，要捕鸟人抓71只鹦鹉。一只聪明的鹦鹉带着同伴逃脱被捕的命运。第二次，因为同伴不听箴言被抓，聪明的鹦鹉用计装死，同伴逃脱，自己因意外被捕。鹦鹉劝说捕鸟人将自己卖给了大臣。

此即陈译本中第 14 个卫士所讲的"能言鸟的经历"这一故事。两个文本情节大体相近，均包括大臣的妻子病了，需要捕鸟食其脑髓等情节，以大臣（主人）请鹦鹉为自己看守和陪伴妻子作为故事结束。其中猎人捕鸟，鸟装死逃脱捕杀这一情节是一个著名的故事类型，属"AT239A 禽鸟装死脱牢笼"，《鄂尔多斯民间故事》中《聪明的鹦哥儿》即属此类型。在钱世英搜集的《鄂尔多斯民间采风》中，乌莎拉高讲述的《一只骄傲的大雁》也属同型异文，但变异较大：骄傲的大雁不肯听从领头大雁的意见，独自带着几只大雁觅食，被套索套住后，领头的大雁告诉大雁们装死，等待猎人解套索，结果骄傲的大雁沉不住气，提前拍翅起飞，成为唯一一只被猎人打死的大雁。

（二）鹦鹉讲的第一个故事：被看守的公主如何偷情而逃脱惩罚。

鹦鹉讲故事以阻止女主人出门寻欢。所讲故事中，汗漂亮的女儿娜仁被汗严格监管，后来终于在出游时，给了已婚的萨仁大臣手势暗示。萨仁聪明的妻子解读并让丈夫与娜仁幽会，交给丈夫一个戒指。幽会结束，萨仁与娜仁被抓。娜仁以戒指为贿，向聪明的妻子传递被抓的信息。妻子以占卜之意，送饭给死囚丈夫为由，混进黑楼，替换出娜仁。

大汗怒审娜仁与萨仁，却只发现萨仁夫妻。守卫要求与五叶大麦对质。妻子在对质当天，将萨仁打扮极脏，娜仁指着萨仁承认与他有染，通过五叶大麦的真话考验，但百姓不信公主会与脏极的人有染，大汗释放娜仁并将她嫁给萨仁。

鹦鹉凭此故事阻止了大臣妻子的出门寻欢。

此即陈译本中第 15 个卫士所讲的"能言鸟讲的故事"。在陈译本中，这一段小故事的结尾指明大臣之妻出门会情人的行为已被成功阻止，但在鄂尔多斯的故事中，妻子还是想要出门，因此鹦鹉继续讲述以下故事。

（三）鹦鹉设计成功阻止大臣之妻偷情。

看见妇人仍旧偷偷准备绳索，便在绳索下置利刃，公子爬绳时摔死。鹦鹉帮助掩埋尸体。占卜师占出真相，鹦鹉提前将尸体移至水井，阻止了尸体被发现。

这一个故事陈译本中没有出现，但属于印度系列鹦鹉故事中的一则。属

"K1591　鹦鹉给商人妻讲故事阻止她与其他男约会"。

《阿尔基博尔基汗》的第5个木头人讲述的故事中包括2个小故事。

（一）替即位就死的汗的继承者去死，被逐的大臣带汗前往山谷，将要收服山谷的仙女。

> 毕噶尔玛斯蒂汗听到印度有个汗去世后，继承者都在第二天早晨死去，他与弟弟扮成乞丐来到城池，请求替代他人去坐汗位。他们发现因祭祀天地神出错而令继位者死，便改正错误，成为此地的汗，并举行盛宴庆贺。
>
> 庆贺后，犯罪的大臣被流放到远方，每到祭祀完，供品、佛灯都会躲开大臣逃走。大臣追着供品最后来到山谷，被石羊阻止，提出山谷内修炼的仙女会嫁给能让她开口说话的人。大臣被山羊用角挑起甩到毕噶尔玛斯蒂汗怀里。汗带着四个臣子随大臣来到山谷，并定下计策讲故事来引起仙女说话。

此即陈译本中第8个卫士所讲的"比嘎日玛·扎迪汗与被逐者"的故事。

（二）毕噶尔玛斯蒂汗讲述两个小故事，引得太阳仙女说话违背她不说话不嫁人的诺言，最后汗娶仙女为妻。

这两个故事分别为：

1. 谁是木娃真正的主人。

> 四个人共同完成了一个木娃的制作，都争着拥有木娃，佛灯故意判定木娃属于弄活木娃的人，生气的仙女判定为木娃属于第一个制作木娃的人。

此即陈译本中第9个卫士讲的故事："比嘎日玛·扎迪汗给娜仁·达格娜讲的第一个故事。"相异之处在于，在诺木丹讲述的故事中，制作出来的是木娃，需要判定木娃的父亲是谁，而在陈译本中，则是四个牧羊人制作、打扮木头姑娘，并赋予她生命和教会她说话，他们争当姑娘的丈夫。扶手椅认为应该归第一个牧羊人，而公主则认为四个牧羊人依次是木头姑娘的父亲、母亲、教父（喇嘛）和丈夫。

2. 贪婪的妻子。

> 一个妻子闻歌声而见异思迁，谋害丈夫后却发现唱歌者实为染

鼠疮的男人。女人照顾病夫，二人相继死去。

罐子认为，女人虽然杀死丈夫，但照顾病夫尚属周到，不是坏女人，而仙女忍不住说话表示否定。

毕噶尔玛斯蒂故意让听故事的人说出错误的惩罚判断，最后仙女忍不住说出自己的见解，从而打破不言的禁忌，最后嫁给毕噶尔玛斯蒂汗。

此即陈译本中第 10 个卫士讲的故事。

作为连环穿插故事，鄂尔多斯地区流传的故事仅有 5 个木头人作为故事中的讲述者，且开始与结束的模式一致：阿尔基博尔基汗要求坐上宝座—木头人要求汗听完故事再坐上宝座—故事开始—故事结束后，木头人质疑汗能否与故事中的英雄一样能干—汗自认没有一样的本事，跪拜宝座后返程。

如第 1 个木头人开始讲故事和故事结束后的对话如下：

阿尔基博尔基汗欣喜若狂，让人把金椅抬到了汗宫里。他选了个黄道吉日，摆好金椅，刚要坐上去，一个木娃笑着说："大汗，请稍等，我要讲一段很久以前的毕噶尔玛斯蒂汗的故事，你必须听完才能坐上去，否则不能坐！"汗听了，和大臣们一起坐到了一边去。木娃开始讲了："……汗，如果您像毕噶尔玛斯蒂一样，有让父亲给自己磕头的命，有消灭妖魔的本事，就坐到这把金椅上。否则就不要坐，也不要靠近它。"阿尔基博尔基汗没有那样的本事，只好从远处跪拜后，带着随从回去了。就此，一个木娃的故事结束。①

则此后的 4 个木头人均延用其中的语言，仅文中"有让父亲给自己磕头的命，有消灭妖魔的本事"部分分别变成"那样能给盲人光明，消灭妖魔的本事"②，"那样能把死人复活，能把黑色花岗岩穿洞，能娶天仙为妻的本事"③，"那样能让仙女开口说话，兄弟俩都能娶仙女为妻的本事"④，其他语言均是第一次的重复。其中第 4 个木头人讲故事的对象是

---

① 赛音吉日嘎拉、哈斯其伦搜集整理，乌云格日勒、孟克译：《洁白的珍珠》，呼和浩特：内蒙古人民出版社，2010 年，第 83、89 页。
② 同上书，第 96 页。
③ 同上书，第 100 页。
④ 同上书，第 113 页。

第七章 《阿尔扎波尔扎罕》《三十二个木头人》《魔尸》与《鹦鹉故事》 319

阿尔基博尔基汗的夫人，因为汗自己已经被木头人拒绝了三次，所以他选了72位夫人中最尊贵的一位去试着坐上宝座，而这一次，木头人讲述的是著名的"鹦鹉的故事"，"鹦鹉故事"是印度民间故事中另一套连环穿插型的民间故事集，其内容多讲述女子如何用聪明智慧偷情而逃脱，被发现或情人被发现并受惩罚的命运。给夫人讲"鹦鹉故事"，正是劝告夫人要谨守妇道，故而在结尾处，拒绝其坐上宝座的话语换成如下内容：

> 夫人，先不说斯琴布吉格其，你要是像萨仁大臣的妻女一样对丈夫忠诚，你可以给金椅跪拜取灵气。如果像大臣的妻子和那仁格日勒图汗的公主娜仁一样满腹诡计和邪念，就不要取灵气，也不要靠近它。那夫人听了，从远处跪拜后带着随从离去了。就此，一个木娃的故事结束。①

在陈译本中，仅有第5、7、10、16个卫士在结束故事讲述后，阻止阿日吉·布尔日吉汗（即阿日吉·布日吉汗，翻译之别）登上宝座，其阻止的方式与鄂尔多斯地区的讲述大同小异，如：

> 第五个卫士讲完故事，说道："阿日吉·布尔日吉汗，不必说博克多·比嘎日玛·扎迪汗了，你就是能像苏里亚·巴迪或者沙鲁那样伟大，你也能够占有这宝座。你比得上他们吗？"阿日吉·布尔日吉汗不顾卫士的阻挡，登上第六层台阶。第六层台阶上的卫士又把他拦住，不让他走上去，给他讲了下面的故事。②

其中"不必说博克多·比嘎日玛·扎迪汗了，你就是能像苏里亚·巴迪或者沙鲁那样伟大"部分，分别根据故事内容中人物的特长或特殊的品德，而被卫士质疑汗"你能比得上沙鲁的宽宏大度吗"③，"假如你能象比嘎日玛·扎迪汗那样智慧过人"④。在《三十二个木头人》中，汗因自己失去登上宝座的希望，"便领来自己的妻子，希望她能比自己有福气，

---

① 赛音吉日嘎拉、哈斯其伦搜集整理，乌云格日勒、孟克译：《洁白的珍珠》，呼和浩特：内蒙古人民出版社，2010年，第109页。
② 陈弘法、沈湛华译：《三十二个木头人》，呼和浩特：内蒙古人民出版社，1982年，第25页。
③ 同上书，第31页。
④ 同上书，第39页。

但她也被第 14 个卫士拦住了，他对她说道'请站住，妇人，我给你讲几个远古时期的机灵而聪明的妇人的故事'"①。接下来的 3 个卫士所讲的故事均是针对妇人的"鹦鹉故事"，其结尾亦是针对其妻子："你有这样的鸟儿吗？你有能力吩咐它做事吗？如果没有，那我就不能放你登上这个宝座。"②

以上即为田清波搜集的诺木丹讲述的《阿尔基博尔基汗》与印度故事译本《三十二个木头人》的异同情况。从数量上看，《三十二个木头人》共由 2 则入话故事和 16 个卫士讲述的 16 则故事组成，共计 18 则（不计入穿插中的再套小故事），鄂尔多斯地区流传的《三十二个木头人》首尾完整，也包括 2 则入话故事和 5 个卫士讲述的 14 则完整的故事，其中与陈译本中的 9 个木头人讲述的故事为同型异文，另有 3 则故事在《三十二个木头人》中没有出现，但具有鲜明的印度文化色彩，并在鄂尔多斯地区流传，后文会对此进一步分析。

鄂尔多斯地区流传的《三十二个木头人》的故事与陈译本在结构与内容上的相似度极大，诺木丹的讲述虽然并不是完整的《三十二个木头人》的故事，但也在故事中加入了新的内容，如第 4 个卫士所讲的鹦鹉故事中有新增内容，第 2 个卫士所讲的故事完全不同于原本，则表明诺木丹的故事可能来源于另一个不同版本的《三十二个木头人》的故事，如果是来自另一个版本，则是哪一版本？这一版本是通过哪一种渠道进入到内蒙古鄂尔多斯地区，让民众口耳相传的？这些问题均需要进一步求证。

二、《阿尔扎波尔扎罕》中的《鹦鹉故事》与《魔尸》故事

陈岗龙教授在研究印度《鹦鹉故事》在中国的传播时，曾指出：

> 我们比较一下藏族和蒙古族中流传的《鹦鹉的故事》，可以看出两个民族中口头流传的《鹦鹉的故事》的基本结构是一样的，其中都包含了"王子变鹦鹉"的故事类型和"鹦鹉解决难题惩罚不忠妻子"的类型以及"鹦鹉的预言救商人免遭横祸"的母题。可以说，这是印度的《鹦鹉的故事》在蒙藏地区流传过程中与"王子变

---

① 陈弘法、沈湛华译：《三十二个木头人》，呼和浩特：内蒙古人民出版社，1982 年，第 49 页。
② 同上书，第 59 页。

鹦鹉"的著名故事类型结合以后形成了新的复合型故事类型。①

在田清波搜集的鄂尔多斯地区蒙古族民间故事中保留了少量的《鹦鹉故事》，通过查阅金莉华译《鹦鹉的七十个故事——古印度民间叙事》②，其中第9个故事《王后和大笑的鱼（9）——神秘派卡》即《阿尔扎波尔扎罕》的第31个故事《笑出珍珠的人》，第15个故事《发毒誓的似蕊》和第19个故事《捍卫丈夫清誉的桑迪》是《阿尔基博尔基汗》中第4个木头人讲的故事中的一部分，有"AT875B.7　狱中换衣换人　巧女妙计消案"的情节，第31个故事《兔子和狮子》即《阿尔扎波尔扎罕》中的第27个故事《聪明的兔子》，属"AT92　狮子向自己在水里的影子扑去"。田清波记录的这几则出自《鹦鹉故事》的蒙古族民间故事，表明20世纪初期，《鹦鹉故事》的确在蒙古族民间口头流传。

在田清波搜集的《阿尔扎波尔扎罕》中，还有一些故事与《魔尸》关系密切，包括《那坎萨那喇嘛》，即《魔尸》第1个故事《阿木古郎和七个术士》；《猪头卦师》，即《魔尸》中《拿猎头拐杖的人的故事》；《驴耳朵皇帝》，即《魔尸》中《驴耳汗的故事》；《蟒古斯》中的部分情节也与《魔尸》中《愚蠢丈夫和聪明妻子的故事》相同。且这几则流传下来的《魔尸》故事，至今仍然在鄂尔多斯蒙古族民间流传，如《那坎萨那喇嘛》，即"AT910　所得预警皆应验"型故事，共搜集到百年来的同型汉译异文10则，《驴耳朵皇帝》即"AT734　国王驴耳"型故事，1977年，扎米扬曾在鄂尔多斯淖干宝力高大队讲述过《驴耳朵国王》的同型异文故事。朝格日布1989年讲述的《猪头占卜师》，即《猪头卦师》的异文等。按陈岗龙教授比较研究印度的《二十五个僵尸鬼的故事》与我国蒙古族和藏族《尸语故事》的结果，"蒙藏《尸语故事》沿承了《僵死鬼故事》的连环串插式结构"而仅有"《僵死鬼故事》第1章《按上烙印的少女》和藏文21章本《尸语故事》中的《聪明的大臣帮助王子智取王位》相同；《僵死鬼故事》第3章中关于恶女人的故事与蒙藏《尸语故事》中的《被咬掉鼻子的女人》相同。……《僵死鬼故事》除了上述两篇故事比较完整地保留到《尸语故事》外，其他22个故事都没有传到西藏。因此，可以说藏族人民主要是利用《僵尸鬼故

---

① 陈岗龙：《论印度〈鹦鹉的故事〉在中国各民族中的传播》，《民间文化论坛》2014年第3期，第21、23页。
② 金莉华译：《鹦鹉的七十个故事——古印度民间叙事》，台北：中国口传文学学会，2012年，第173~174页。

事》的大故事套小故事的结构创作了《尸语故事》，至于具体的故事则是藏族人民去再创作的"①。从鄂尔多斯地区流传的这些故事与陈译和柏译《三十二个木头人》的关系来看，后二者均是原初以蒙语翻译的我国蒙古族的《三十二个木头人》，而非印度原本的《僵尸鬼故事》，且主要是故事结构在从印度流传至我国蒙藏民族的过程中得到了保留，而故事情节大多被替换成蒙古族民众熟悉的内容。

在田清波《阿尔扎波尔扎罕》搜集的鄂尔多斯地区流传的蒙古族民间故事中，虽然保留的《鹦鹉故事》与《魔尸》故事不多，总数不过 8 则，但却表明《鹦鹉故事》中的部分故事作为《阿尔基博尔基汗》，即《三十二个木头人》的一部分流传开来，而《阿尔扎波尔扎罕》并未记录《魔尸》故事。20 世纪 20 年代在鄂尔多斯地区流传的蒙古族民间故事中，《三十二个木头人》与《鹦鹉故事》的连环穿插式结构的大体框架被保留下来，而在具体的故事内容上，则与目前所发现的两部印度民间故事集有较多的差异，数量较少，《三十二个木头人》更多地保有印度民间故事的叙事细节，《鹦鹉故事》则更具有本土化、民族化的特点。

三、朝格日布讲述的《阿尔扎波尔扎罕》与印度民间故事

除以上从《阿尔扎波尔扎罕》中析出，与印度的 3 个重要的民间故事集《三十二个木头人》《魔尸》《鹦鹉故事》直接相关的民间故事外，在当代搜集的民间故事中，还保留了大量与印度民间故事关系密切的文本，尤其以时隔近 80 年之后鄂尔多斯蒙古族故事家朝格日布，及同时代的一大批故事家讲述的蒙古族民间故事最具有代表性。

（一）朝格日布讲的《三十二个木头人》

陈弘法、沈湛华译的《三十二个木头人》共分两部分，一是《三十二个木头人》，二是《魔尸》。其中，《三十二个木头人》共分 8 章，第 1 章 "阿日吉·布日吉汗" 即田清波当年在内蒙古地区搜集蒙古族民间故事时，为其故事集命名时所依据的名字。这一章中的四个故事：孩子皇帝、朝克和索都、大臣和罐中怪、奇异的宝座，至今在鄂尔多斯地区流传非常广泛，在朝格日布讲述的故事中，"土丘上的七个孩子" 正是《三十二个木头人》的入话部分，包括两个小故事，即原故事集中的《朝克和索都》（AT926A.1　到底谁是物主）与《大臣和罐中怪》（AT926A　聪明的法官和罐子里的妖怪）。但是朝格日布讲述的故事并不

---

① 陈岗龙：《蒙古民间文学比较研究》，北京：北京大学出版社，2001 年，第 113~115 页。

具备原故事集中的结构，而更像是两个独立的公案故事，只是判案的人是土丘上的七个孩子中扮演"诺彦"的人而已。故事最后，还保留了《三十二个木头人》的一丝痕迹：

> 为什么这些孩子上到那个土丘上就能变聪明？原来白嘎日玛萨迪可汗有一张三十二条腿的木桌子。它的一条腿被埋在那个土丘上，据说，因为托它的福，孩子们变得异常聪明。①

故事在流传过程中的变异非常分明：在陈译本与柏译本的《三十二个木头人》中，均是在假山或岗子下，由阿尔吉布尔吉可汗命令士兵挖出宝座，而三十二个木头人分守在宝座的十六级台阶两侧，故而每一级台阶有一个木头人讲述一个故事。但在田清波整理的20世纪30年代搜集到的鄂尔多斯地区蒙古族民间故事中，已经变成阿尔基博尔基汗命人从山坡下挖出金椅，"金椅有三十二个木梯，每个木梯钉着一个木娃"②。却只有五个木娃讲出了十四个故事。木头人讲故事的轮廓还在，但细节却已经松动了。50年过去了，曾经长期从事喇嘛职业的朝格日布还能够讲述这个能让人变得聪明的宝座的故事，但恰如宝座如今已经只遗下一只腿在土丘之下一样，宝座所守护的十六个木头人讲述的十六则故事，也都散佚了，只留下了故事的"入话"还在引人遐想。发掘这土丘下宝座的可汗，在文字的传抄过程中，从来没有变化过，一直是阿尔吉布尔吉可汗，只是在中文译名中出现一些细微的差别，但是在朝格日布的讲述中，这个引出英雄人物故事的聆听者已经杳无踪影，而故事的英雄主人公比嘎日玛·扎迪依然是宝座的主人，却已经失去他英雄的经历，只留下一个辉煌的名字！

有趣的是，阿尔吉布尔吉可汗并没有走远，他像一个幽灵，依然存在于朝格日布讲述的故事中，只是情节已经远远不是《三十二个木头人》中的那样，虽然朝格日布称它为《阿尔吉布尔吉可汗的故事》，内容却是讲述阿尔吉布尔吉可汗的三个儿子遵父命，出门三年学习本领，结果长子学了木工，次子学了铁匠手艺，幼子看了三年美女回到父亲身边。可汗占卜后找三个方向，让三个男孩出发去寻找东方察合台可汗之

---

① 白音其木格、策·哈斯毕力格图搜集整理，乌云格日勒译：《蒙古族故事家朝格日布故事集》，呼和浩特：内蒙古人民出版社，2012年，第177页。
② 赛音吉日嘎拉、哈斯其伦搜集整理，乌云格日勒、孟克译：《洁白的珍珠》，呼和浩特：内蒙古人民出版社，2010年，第83页。

女做哈屯，以生下足够能干的继承人。三个男孩追踪而去，只有七岁的南方敦金布拉格之子坚持下来，并为可汗带回美女。婚礼后，3个男孩继续出发，只有南方可汗之子遇到了一户人家，并帮助这家的女主人找到丈夫的骸骨，复活他，并追上伤害他的盗贼，消灭了妖怪，带回了夫妻的财产，帮助他们团聚。最后，南方可汗之子被迎接回来，成为新的可汗。这是较为典型的蒙古族英雄征战型史诗演变而成的英雄故事，但一个只是缘起的非主人公的可汗却以阿尔吉布尔吉可汗为名。不识字的朝格日布大约曾经听老喇嘛们讲述过丰富灿烂的《三十二个木头人》的故事，只是已经遗忘了故事中的大部分内容，却记住了阿尔吉布尔吉可汗与比嘎日玛·扎迪汗①这两个神奇的名字，留下了短小而精致的入话故事。

（二）朝格日布讲的《二十五则僵尸鬼的故事》②

朝格日布讲述的《神树魂灵的故事》即为《魔尸》故事，但其中并不是25个小故事，而是只有3个故事，第1个是较为完整的"阿森古郎和七个术士"的故事，讲述两个王子兄弟向七个术士学习魔法，哥哥学无所成，弟弟偷师成功，兄弟二人离开后遭到七个术士的追杀，在不断地变形斗争中，弟弟向一喇嘛求助，却乘机杀死变成老鹰的七个术士。喇嘛责备弟弟杀生，弟弟为求赎罪而去背魔尸。

朝格日布的开场故事是印度《魔尸》故事的流传变异文本，部分情节为区别于书面流传的印度《魔尸》故事而有所简化，部分情节则更加复杂而带有鲜明的蒙古族文化色彩。简化首先体现在人物姓名的变易上，在陈译本中，背魔尸的人即阿木古郎·雅布达勒图，在朝格日布的讲述中，兄弟二人的父亲为苏门达瓦可汗，兄弟二人始终只以"哥哥"和"弟弟"指称。其次关于哥哥学魔法无成，在陈译本中，用大量篇幅讲述七个术士骗取哥哥的财物而不肯教给他真正的魔法，只教会些无关紧要的小魔法，偷听的二太子却记住了所有变形的咒语，朝格日布只用三言两语介绍哥哥三年学习魔术却一无所成，弟弟通过门缝偷看却学会一两个魔术。

其次，在《魔尸》中，尸体一直讲了25个故事，最后一次，二太子阿木古郎·雅布达勒图终于没有说一句话而完成喇嘛交代的任务。故事并未交待二太子后来如何，而是如同传说常见的结局一样："喇嘛在过的

---

① 在朝格日布讲述的记音汉语翻译中，成为了"白嘎日玛萨迪可汗"。
② 又名《魔尸》。白音其木格、策·哈斯毕力格图搜集整理，乌云格日勒译：《蒙古族故事家朝格日布故事集》，呼和浩特：内蒙古人民出版社，2012年。

地方，直到现在还保存着。那山叫做'朝克图乌拉'（火焰山），那谷叫做'希德图·阿勒坦·库穆克'（魔金谷）。"① 而朝格日布只讲了3个故事。故事最后，"就这样，小伙子不知背了多少回神树魂灵，但最终没有带回咱们这个地中央。这就是外海那边想什么成功什么，而我们这个地方想什么，什么不成功的原因。小伙子因为背了神树魂灵，抵消了罪孽，活到了八百岁。那个叫纳旺嚼纳的喇嘛也成了佛。从此，平安吉祥"②。朝格日布在讲述中虽然也采用了传说式的结局来解释为什么外海富有而"我们"却不好的原因，但其重点显然还是放在小伙子与喇嘛的个体命运上，用佛教的"赎罪"思想来安排故事中人物的命运，尤其是喇嘛因为主持了公道，救赎了他人的罪恶而成为佛，这无疑与朝格日布自身的喇嘛身份和宗教信仰有密切关系，是他的宗教信仰促使他更加关注同类人物的命运，并在尽可能合理的范围内为他们安排美好的结局：不是一般故事中的"抱得美人归""金榜题名"等等，而是赦免罪恶、成佛成家等。

朝格日布讲述的《魔尸》故事与《三十二个木头人》的故事相混杂并有所简化。朝格日布讲述的第1个故事即"谁是美女的丈夫"型故事，在《三十二个木头人》中为第9个士兵所讲述，在田清波搜集的《阿尔扎波尔扎罕》中，属于《阿尔基博尔基汗》故事中的第4个。在诺木丹所讲和印度故事中，美女都是由4个牧人做成的，她们先后经过用木头雕刻、绘画添色、制作配件的过程，最后被赋予生命的气息，但在朝格日布故事中，牧人却只有3个，他们分别在井边饮马时用泥做出姑娘，补齐器官，活其性命。这一故事原型不见于《魔尸》，但在《魔尸》第2章"商人之子和妻子的故事"中，对于美女应该是谁的妻子这一争论，仍旧可以见到本故事的影子。

虽然朝格日布的《魔尸》故事被简化至只余下3个小故事，但这些故事仍然带着非常鲜明的朝格日布的叙事风格，在其他情节都已经简化的情况下，将整个故事的结局改成宗教信仰色彩鲜明的内容只是其中的一个方面，另一方面，朝格日布将喇嘛如何令弟弟去背魔尸的情节，讲述得更具有蒙古族文化的色彩。在陈译《魔尸》中，喇嘛只是要二太子去将远方高山檀香树上神仙的尸体背回来，工具为一把永不卷刃的斧子、

---

① 陈弘法、沈湛华译：《三十二个木头人》，呼和浩特：内蒙古人民出版社，1982年，第167页。
② 白音其木格、策·哈斯毕力格图搜集整理，乌云格日勒译：《蒙古族故事家朝格日布故事集》，呼和浩特：内蒙古人民出版社，2012年，第173页。

用不完的绳子、永不坏的口袋、可以吃一路的饼子，并教会他拿住尸体的语言，最后尸体变成一个孩子一路给二太子讲故事。在朝格日布的讲述中，喇嘛指点弟弟去背儿童鬼魂的内容被特别详细地讲述出来，虽然大体内容一致，但却充满了蒙古族的民间信仰色彩：弟弟需要将外海的檀香树上名叫嫩诺日布扎木苏的魂灵带回来，以带来长生不老、常富不穷的好命。喇嘛指出一路上的各种难题，给出的工具是花布口袋、花绳子、月牙斧和一口袋五谷，其中五谷的作用与陈译本中的吃不尽的饼的作用不同，在陈译本中，饼主要是用作路途中弟弟的干粮，且每次不能吃完，而在朝格日布讲述中，五谷却是作为弟弟通过两个难关的重要工具，在通过老年鬼魂地和儿童鬼魂地时要撒一把五谷，并口念"阿汗达巴苏玛冉赞……"及"施啦冉泽苏木呀……"。这与蒙古族人古老而普遍的"孛额"（相当于满族的"萨满"）信仰相关，通过孛额就能与灵界沟通，禳灾驱邪、治病诅咒等都可以由孛额来完成，因此蒙古语中有丰富的祷词，在佛教传入蒙古族并得到广泛的认可与传播后，"孛额"的职位虽然消失了，但是其职能却换了一种方式在佛教中得到了延续，许多过去由孛额完成的工作都由喇嘛（和尚）完成，驱邪镇灾等同样也如此。作为喇嘛的朝格日布经常见到这样的驱邪活动，也因此在民间故事中保留了这样的念咒语过难关的新增情节。

在朝格日布讲述的《神树魂灵的故事》中，从檀香树上背下魂灵的弟弟听到的第1个故事就是"AT 286B 义犬尽职被误杀"，讲述一个人请牧羊人帮助自己看护一车银子，自己去修车轴，给银五十两为报酬。牧羊人久候失去畜群，嘱咐牧羊犬代守，傍晚主人归来，再以五十两银子酬谢忠犬。牧羊犬带银归家，牧羊人误以为犬偷银，以银击犬首，犬死。AT286B型故事在其他民族较少被采录，在蒙古族却流传广泛，仅金荣华先生的索引中即引用4则蒙古族故事异文，但此故事并非陈译本也非柏译本的《魔尸》故事中的小故事，而是在《印度民间故事》中早有流传。

朝格日布在《神树魂灵的故事》中讲述的最后一个小故事是"AT286A 家畜护主被误杀"型，讲述一只猫受女主人之托看护婴儿，老鼠趁其打盹时咬破婴儿耳朵，猫拍死老鼠，帮婴儿舔耳朵，女主人归来误以为猫伤婴儿，遂打死猫，待发现死老鼠明白真相时已经悔之晚矣。按金荣华先生编纂类型索引时，共引蒙古族此类型异文4则，见于《智慧鸟》（即《鹦鹉故事》），可见这个故事在蒙古族流传得十分广泛，它原本是佛经中的故事，见于《五卷书》与僧祇律《大正藏》，而不见于

《魔尸》故事集中。

至此可见，虽然朝格日布也讲述了《神树魂灵的故事》，且故事的开头与故事的穿插式结构"学魔法—斗魔法师—喇嘛相助—杀魔法师—被罚背魂灵—魂灵讲故事（3个）"与《三十二个木头人》的2个中译本都相同，但穿插的故事却全然不是原《魔尸》中的内容，只是取其头，变其尾，而植入了在蒙古族流传普遍的其他故事。尽管如此，这些故事仍然与印度的佛经故事密切相关。从在中国各族的流传情况来看，这些印度民间故事主要在中国的蒙古族中流传，朝格日布作为在鄂尔多斯地区成长生活且度过多年喇嘛生活的蒙古族人，对其耳熟能详，且不断在连环穿插式结构中运用这些故事，又在故事讲述中加入他个人的信仰与蒙古族的文化与传统，从而令故事更加本土化。

以上是朝格日布明确命名的《神树魂灵的故事》与印度民间故事集《魔尸》之间的关系，除此之外，还有《青蛙和狮子》《聪明的兔子》《白额白鼻梁绵羊拜佛的故事》《贫穷老夫妇拜活佛》《巴达日其班弟》《猪头占卜师》等朝格日布讲述的故事，与《魔尸》中的故事属于同型异文，其中部分故事又与印度民间故事集《鹦鹉的故事》的故事属同型异文。根据现有资料，不能判定朝格日布究竟是从《鹦鹉故事》还是从《魔尸》故事的口头讲述中习得了这些故事，但是其中的重复部分显然与《魔尸》故事的关联更大，如朝格日布讲述的《白额白鼻梁绵羊拜佛的故事》，即柏译本第11章"乞丐和小羊的故事"，陈译本第11章"乞丐和羊羔的故事"中的后半段。原《魔尸》故事的第11章讲述了如下故事：

> 老两口将独生女儿嫁给了一个又穷又懒的乞丐。乞丐不愿意过劳动的生活，撒谎回家省亲而带着妻子讨饭为生。二人生下一个儿子，却因为幻想捡羊毛擀毡子，以毡子换公马，因谁来骑马的问题而大打出手，失手打死儿子。后来讨饭至妻子父母家，父母已经离开，只留下一只小羊羔，但小羊羔已经搬家了。
>
> 小羊羔原来躲在鼠洞里怕被狼抓。聪明的兔子来带它去羊群。路上捡到一块马鞍垫子、一块破红布和一张有字的纸。半路又遇到一匹狼。兔子教羊把马鞍放在地上，红布盖在马鞍上，佯装纸是青天大老爷写的信。兔子读"信"的内容是天神令聪明的兔子猎获足够数量的狼来为其缝制狼皮大衣。狼听到后吓得赶快逃跑。最后兔子顺利带着羊羔找到羊群。

在《魔尸》中，该故事是生活故事与动物故事的缀联，在传至鄂尔多斯地区时，被割裂而单独成为动物故事，且流传颇为广泛。

朝格日布讲述的故事仅有后半部分兔子如何救羊的情节，并没有乞丐的故事部分，且被救的不是羊羔，而是一只虔诚地去五台山拜佛的母羊，兔子用于救羊的道具也小有差异，分别是一个裹布、一个细木棍和一张废纸，用于救羊的谎言也不是给长生天做狼皮大衣，而是给喇嘛做曼荼罗而需要七十二张狼皮。赵景深先生在柏译本的序言中对这一故事有专门的论述，介绍来自西藏的异文及西藏故事的搜集者活康劳的注释，认为其故事是嘲笑官员的作威作福以及西藏小民的胆怯和服从的。"这显出最卑微的书记官，有了纸和笔，就可以使得最强壮最勇敢的乡下人心里害怕。"① 赛音吉日嘎拉于1989年搜集，由鄂尔多斯地区的蒙古族人乌力吉讲述的《去五台山拜佛的羊》与朝格日布所讲大体相同，也仅有故事的后半部分，其中救羊的道具分别是一个纱锭、一块毡子和一张写有文字的包茶叶的纸等。比较两个如此相似的鄂尔多斯异文与陈译和柏译本中的同型故事在细节上的差异，可以见到故事主题发生了重要改变，因为长生天与大皇帝都被改成了喇嘛，且羊不是在寻找羊群的中途遇到狼，而是在拜佛的路上，更加有意味的是，第一次逃脱狼口的原因是羊告诉狼自己要去拜佛，请求狼在自己拜完佛后再吃，在羊虔诚地用黄油敬献给五台山这一佛教圣地的佛祖后，佛祖并没有庇护它免遭狼口，最后救了羊的是兔子，而兔子用于救羊的也是关于喇嘛的谎言。这种变化至少表明了以下几层含义：一是虔诚信佛的羊自身并没有得到佛祖的保佑，生活该是如何弱肉强食还依然是如何弱肉强食；二是同样是弱者的兔子运用自己的智慧，假借喇嘛的征集令，吓走了狼，从而性命得保，则佛教的信徒本身不会得到佛祖的保佑，但操纵佛教信仰的人，哪怕是最底层的小吏与办事员，也能令强者无法生存而四处逃逸。再结合这一故事的讲述者朝格日布本身的喇嘛身份，不能不使我们想到：朝格日布因为生存的艰难而不得不被家庭寄托于佛寺，其终身都未完全脱离佛教，可是他是否虔诚地信仰着佛教呢？在他讲述的众多的故事中，有很多是嘲讽喇嘛的作品，这也算是其中具有代表性的寓言，且这样的寓言在鄂尔多斯地区深受民众喜爱，钱世英搜集、嘎庆苏讲述的《聪明的兔子》是又一则异文，只是内容上更加具有世俗文化的色彩，讲述更加简化，却仍旧保留了核心母题。

---

① 娄子匡主编，柏烈伟译：《蒙古民间故事》，台北：东方文化书局，1973年，第6页。

(三) 朝格日布与《鹦鹉故事》

将金莉华女士翻译的《鹦鹉的七十个故事——古印度民间叙事》与朝格日布讲述的民间故事比较，可知共有3个同型异文的《鹦鹉故事》在当地蒙古族中流传。其分别为：

1. AT92　狮子向自己在水里的影子扑去

这一类型在鄂尔多斯地区流传较为广泛，共搜集到3则异文：田清波搜集整理的《聪明的兔子》，朝格日布讲述的《兔子和狮子的故事》和钱世英搜集赛格西格1991年讲述的《聪明兔子与长毛狮子》①。

2. AT78　身系虎背被拖死

田清波于1937年在鄂尔多斯城川地区搜集到的诺木丹讲述的《足智多谋的老两口》② 和《锅漏》③ 及《猎人和狮子》④。在《鹦鹉故事》中，女人吓唬老虎的方式包括说大话"要吃老虎肉"和说谎话，令老虎以为陪伴自己壮胆的豺狼要把自己交给女人：

> 离家出走的这个妻子，见到老虎由一个豺狼陪同一起回来，开始的时候确实有点紧张、害怕，但想了一想就大喊道："你这个无赖的豺狼，以前你都是一次带三只老虎给我，这次只带一只是什么意思？"
>
> 老虎一听，吓得顾不得背上的豺狼，转向就没命的跑。⑤

这实际是动物故事"AT122型　利用机智逃过被吃"中的关键母题，朝格日布讲述的《白额白鼻梁绵羊拜佛的故事》《洁白的珍珠》中的《去五台山拜佛的羊》，及钱世英搜集、嘎庆苏讲述的《聪明的兔子》救羊而撒下的谎言与此处的情节相似。

3. AT239A　禽鸟装死脱牢笼

这一故事在《鹦鹉故事》中是重要的入话，讲述鹦鹉被抓之前的故

---

① 钱世英搜集、整理：《鄂尔多斯民间采风》，呼和浩特：内蒙古人民出版社，1999年。
② 赛音吉日嘎拉、哈斯其伦搜集整理，乌云格日勒、孟克译：《洁白的珍珠》，呼和浩特：内蒙古人民出版社，2010年，第72~75页。
③ ［比利时］田清波搜集、整理，曹纳木译：《阿尔扎波尔扎罕》（蒙文），北京：民族出版社，1982年，第323~334页。
④ 郭永明搜集、整理、翻译：《鄂尔多斯民间故事》，呼和浩特：内蒙古人民出版社，1981年，第128~134页。
⑤ 金莉华译：《鹦鹉的七十个故事——古印度民间叙事》，台北：中国口传文学学会，2012年，第118页。

事，在田清波搜集的《阿尔基博尔基汗》中为第 4 个木头人讲述的故事中的一个。此外，它在鄂尔多斯蒙古族民间故事中已经成为单独流传的故事，以《聪明的鹦哥儿》① 和乌莎高娃讲述《一只骄傲的大雁》② 为证。其中乌莎高娃的讲述保留了装死逃脱猎人绳套的核心情节，但故事主题却发生了改变，不是赞扬禽鸟的机智，而是转向对于不服从集体利益，不听从领头雁的安排而自以为是、骄傲自大的大雁的谴责，最终这只骄傲的大雁被猎人一枪打死。虽然核心母题未变，但故事在流传中的变异十分明显。

以上朝格日布讲述的与《鹦鹉故事》同型的 3 个故事均在鄂尔多斯地区广泛流传，且在《五卷书》等印度民间故事集中均早已有之，因此虽然与印度的《鹦鹉故事》同型，但根据其较少的数量和异文中浓郁的地方色彩来看，《鹦鹉故事》可能在传入至我国内蒙古和西藏地区时，就已经散佚，不能被较好地翻译与传播，因此民众才会知之甚少。

第四节 《阿尔扎波尔扎罕》与印度、中国西藏民间故事

一、《阿尔扎波尔扎罕》中的印度及中国内蒙古、西藏同型故事

在田清波《阿尔扎波尔扎罕》收录的 66 则故事里，有不少故事在中国藏族地区与印度古代民间故事中已有流传。如第 53 则故事《锅漏》是一个非常长的复合型故事，前半部分讲述一对老夫妻在家喊"锅漏"，藏在屋顶上的小偷和来偷食牛羊的狼听到后以为自己被发现了，小偷以为狼是牛，狼以为小偷就是漏，彼此害怕，最后小偷藏到树上，狼遇到狐狸，狐狸怂恿狼漏不可怕，并系身狼尾一起返回小偷藏身的树底，小偷因害怕而尿出来的尿淋了狼一身，狼更加害怕而逃跑，结果狐狸被拖在身后晕死。这一段故事即 "AT78　系身虎背被拖死" 的异文，且在鄂尔多斯地区的蒙古族中流传众多异文，如《足智多谋的老两口》与《猎人与狮子》等，在其他地区的蒙古族中也有众多异文。而藏族的 AT78 型故事也有丰富的异文，金荣华先生《民间故事类型索引》中列举的异文就有《中国民间故事集成·西藏卷》的《绵羊朝佛》,《中华民间故事大系》中的《老虎和青蛙》《小兔子的故事》等。这一故事的前半部分

---

① 郭永明搜集、整理、翻译：《鄂尔多斯民间故事》，呼和浩特：内蒙古人民出版社，1981 年，第 118~123 页。
② 钱世英搜集、整理：《鄂尔多斯民间采风》，呼和浩特：内蒙古人民出版社，1999 年。

在 AT 分类法中编号为"78 系身虎背被拖死",鄂尔多斯地区还流传有《猎人与狮子》等异文。《印度民间故事》① 均是与其他故事复合而成的故事,则其核心母题非常具有生命力而常被融合于多个故事中。

《锅漏》的下半个故事转换成"AT613 精怪大意泄密方"型,属于印度及中国内蒙古、西藏共有的故事类型。该故事在鄂尔多斯蒙古族中异文众多,如朝格日布讲述的《巴达日其班弟》和其他故事家讲述的《长和短的故事》《一个青年的奇遇》《好心人与歹心人》。此故事类型在西藏地区流传得非常广泛,仅《中国民间故事集成·西藏卷》就有《桑布和年巴》② 《两个朋友》③ 2 则异文,还有如《报应》《兄弟俩》和《洛桑和顿珠》等藏族文本的异文。在其他地区的蒙古族中也有较多异文,如《中国民间故事集成·内蒙古卷》的《一个青年的奇遇》④ 《两兄弟》⑤ 和《中国民间故事集成·新疆卷》的《阿彦岱和巴彦岱》⑥ 等。此类型故事在印度流传也颇为广泛,《故事海选》及《贤愚经》和《毗奈耶破僧事》卷 5 及《印度民间故事》等均有此故事的异文。

《笑出珍珠的人》是《阿尔扎波尔扎罕》中另一个连环穿插式故事,原属《鹦鹉的故事》中的一则,在《三十二个木头人》中也有讲述。在鄂尔多斯莫盖图大队于 1986 年搜集到的,由加勒扎布讲述的《笑出珍珠的人》与之在结构与故事内容上最为相近,共含有 5 个小故事,包括《笑出珍珠的人与国王》《假装无欲的贪心喇嘛》《嘲笑朝三暮四的狐狸的不贞女人》《为妻吃猴子心肝而骗朋友的乌龟》和《为孩子们报仇的老鸟计杀狐狸》。其中第 4 则故事是一则"猴肝挂树梢"的典型,属"AT91 肝在家里没有带"这一类型,在鄂尔多斯地区流传的异文还包括《乌龟和梅花鹿》,受骗而自救的不是猴子而是梅花鹿。在我国西藏地区藏族流传的《龟与猴》与蒙古族故事家朝格日布讲述的《青蛙和猴子》情节十分相似。而这一故事类型在印度的众多文献中也被记载下来,

---

① 刘安武选编:《印度民间故事集》,北京:中国民间文艺出版社,1984 年,第 128、129、283、284、428、429、430、431 页。
② 《中国民间故事集成》编委会:《中国民间故事集成·西藏卷》,中国 ISBN 中心出版,2001 年,第 383~385 页。
③ 同上书,第 526~531 页。
④ 《中国民间故事集成》编委会:《中国民间故事集成·内蒙古卷》,中国 ISBN 中心出版,2007 年,第 561~563 页。
⑤ 同上书,第 622~623 页。
⑥ 《中国民间故事集成》编委会:《中国民间故事集成·新疆卷》,中国 ISBN 中心出版,2001 年,第 1076~1080 页。

包括《五卷书》①《故事海选》②《佛本生》③《六度集经》《生经》《经律异相》《印度民间故事》等。

《阿尔扎波尔扎罕》中的《聪明的兔子》属"AT92 狮子向自己在水里的影子扑去",这一故事在鄂尔多斯蒙古族中异文众多,如钱世英搜集的《聪明兔子与长毛狮子》④属此型异文,此类型见于《五卷书》与《故事海选》等印度故事集中,在我国藏族地区流传颇为广泛,代表性文本可见于《中国民间故事集成·西藏卷》中《狮子和兔子》⑤。

《三星的故事》是《阿尔扎波尔扎罕》中较长的一则民间故事,属"AT465 神奇妻子美而慧 老实丈夫受刁难"型故事,在鄂尔多斯地区共搜集到4则异文,包括朝格日布讲述的《沙扎海莫日根可汗》及《龙文泰》《孤儿俊女》和《孤儿——乌宁其》等故事。这一故事是印度以及我国内蒙古、西藏共有的民间故事。藏族的代表性文本有《中国民间故事集成·西藏卷》中的《牧童与小花狗》⑥,此卷中还共收录另外两则藏族的异文。这一故事在金氏索引中还列出了在我国青海、新疆和内蒙古地区流传的其他蒙古族异文,共计7则,《大系02》收录藏族的异文《金鱼的宝箱》⑦。藏族民间故事集《尸语故事》中《圆梦人》也属此类故事。此故事虽然不见于印度《五卷书》等古代民间故事集,但在中国翻译的两部《印度民间故事》中也都录有此故事的印度异文。

以上是同在印度和我国内蒙古、西藏流传的魔法故事。此外,机智人物故事也是在印度和我国内蒙古、西藏流传较多的。《阿尔扎波尔扎罕》中的《锡尔古勒津汗》《那坎萨那喇嘛》《孝子》等故事都是在我国内蒙古、西藏地区流传广泛的机智人物故事,既有机智的巧媳妇,又有聪明老人的故事。以下简要介绍这些故事的同类型故事在印度和我国内蒙古、西藏流传的异文。

《锡尔古勒津汗》属"875B.6 巧女妙智解难题"型故事,在鄂尔多斯地区的异文众多,包括《莫日根特木讷》《聪明的媳妇》系列故事

---

① 季羡林译:《五卷书》,北京:人民文学出版社,2001年,第4页。
② [印度]月天著,黄宝生、郭良鋆、蒋忠新译:《故事海选》,北京:人民文学出版社,2001年,第334~335页。
③ 《佛本生》,第127~128页。
④ 钱世英搜集、整理:《鄂尔多斯民间采风》,呼和浩特:内蒙古人民出版社,1999年。
⑤ 《中国民间故事集成》编委会:《中国民间故事集成·西藏卷》,中国ISBN中心出版,2001年,第245~246页。
⑥ 同上书,第615~617页。
⑦ 《中华民族故事大系》编委会:《中华民族故事大系》(02),上海:上海文艺出版社,1995年,第78~82页。

及《汗王选媳》等故事，且情节较为复杂，是蒙古族人民颇为喜爱的民间故事，在《中国民间故事集成》的《内蒙古卷》和《新疆卷》中都有众多的异文，前者包括《机智的猎人》①、《斯琴托迪》②《聪明的女孩儿》③，后者包括《国王选儿媳》④ 及《肖日古勒律河汗的儿媳》⑤，《西藏卷》中则收有藏族故事的异文《聪明的妻子》⑥。这一故事中的情节还包括 AT875D 型中"巧媳妇妙解隐喻"等核心情节，在黑龙江，尤其是新疆的蒙古族中也有众多的异文流传，《新疆卷》蒙古族故事有 5 则异文，包括《国王选儿媳》⑦《吉仁策岑可汗选儿媳》⑧《智汗的儿媳》⑨《肖日晶石国津可汗的儿媳》⑩ 及《大系01》中的《到印度国》⑪。而在藏族中，这一故事也流传颇多异文，如《青海卷》中的两个文本《禄东赞选儿媳》⑫《金子成灰人变猴》⑬。另有《全集·40》流传在西藏的两个藏族故事《噶尔的儿媳妇》⑭《鱼为什么笑》⑮。这显然是来自《鹦鹉的七十个故事》中的藏族文本。较早的印度《毗奈耶杂事》卷 28 中有此故事，后《印度民间故事》中亦收录此类型的故事。

《那坎萨那喇嘛》属"AT910 所得预警皆应验"型故事，在鄂尔多斯地区的异文众多，仅笔者搜集到的即有 9 则，朝格日布讲述的《算命先生的故事》及《巴达日其班弟》2 则，另有《好心人与歹心人》《搬

---

① 《中国民间故事集成》编委会：《中国民间故事集成·内蒙古卷》，中国 ISBN 中心出版，2007 年，第 1037～1039 页。
② 与 875B.1 型复合。同上书，第 1070～1072 页。
③ 同上书，第 1102～1103 页。
④ 与 875B. 和 875D 型复合。《中国民间故事集成》编委会：《中国民间故事集成·新疆卷》，中国 ISBN 中心出版，2001 年，第 1647～1648 页。
⑤ 与 875B. 和 875B.1 及 875、875 型复合。同上书，第 1660～1663 页。
⑥ 《中国民间故事集成》编委会：《中国民间故事集成·西藏卷》，中国 ISBN 中心出版，2001 年，第 868～869 页。
⑦ 《中国民间故事集成》编委会：《中国民间故事集成·新疆卷》，中国 ISBN 中心出版，2001 年，第 1647～1648 页。
⑧ 与 875B.1 和 875D.2 型复合。同上书，第 1654～1657 页。
⑨ 同上书，第 1658～1659 页。
⑩ 同上书，第 1660～1663 页。
⑪ 《中华民族故事大系》编委会：《中华民族故事大系》（01），上海：上海文艺出版社，1995 年，第 500～502 页。
⑫ 与 920A.4 复合。《中国民间故事集成》编委会：《中国民间故事集成·青海卷》，中国 ISBN 中心出版，2007 年，第 34～37 页。
⑬ 与 1592A 型复合。同上书，第 999～1001 页。
⑭ 875B.6。陈庆浩、王秋桂主编：《中国民间故事全集》（40），台北：远流出版社，1989 年，第 128～130 页。
⑮ 同上书，第 146～151 页。

石头砸自己脚》《灰斗篷小子》《牧章》《白音学技》《一个青年的奇遇》和《孤儿学艺》等①。除了鄂尔多斯地区，该类型也常见于其他地区的蒙古族，如《三句忠告》②和《亚都浑》③。藏族的同型异文也颇多，如《中国民间故事集成·西藏卷》中即收录了3则异文，包括《嘎玛卫吉泽玛的故事》④《商人与三个算命的小孩》⑤和《嫉妒的邻居》⑥，表明该型故事在西藏藏族中流传的普遍性。金荣华先生指出："早期资料见南朝宋刘敬叔之《异苑》卷9第14则，南朝梁僧旻、宝唱等所辑之《经律异相》卷44第18则'有人买罪得智慧得免大罪'。"⑦《印度民间故事》中也有3则同型异文。

除了以上动物故事、魔法故事及机智人物故事外，还有一些其他生活故事也是在印度及我国内蒙古、西藏地区流传的故事类型。如《会射屁股的丈夫》是《阿尔扎波尔扎罕》中另一则可见于印度民间故事的"AT1640 假猎人有点运气（勇敢的裁缝）"这一类型的异文，可见于《百喻经》第65则，在《中国民间故事集成·西藏卷》中有《洛追制伏齐蒿国王》与《楊塔加王》⑧2则藏族异文。另有《中国民间故事集成·内蒙古卷》有《宝力皋的故事》⑨和《巴拉根仓的故事》⑩等文本。"AT1641 假占卜歪打正着（万能博士）"型故事在鄂尔多斯地区尤其受到民众的喜爱，《阿尔扎波尔扎罕》中的《猪头卦师》与朝格日布讲述的《猪头占卜师》情节一致，而在藏族也有大量此类故事，如其《尸语故事》（甲）、《商人章玛司琼的好运气》⑪和《猪头点验大师》⑫有2则

---

① 以上故事文本详细出处可参见第一章相关类型索引。
② 《中国民间故事集成》编委会：《中国民间故事集成·内蒙古卷》，中国ISBN中心出版，2007年，第957~958页。
③ 《中国民间故事集成》编委会：《中国民间故事集成·黑龙江卷》，中国ISBN中心出版，2005年，第1032~1036页。
④ 《中国民间故事集成》编委会：《中国民间故事集成·西藏卷》，中国ISBN中心出版，2001年，第832~846页。
⑤ 同上书，第919~920页。
⑥ 同上书，第943页。
⑦ 金荣华编纂：《民间故事类型索引》（第二册），台北：中国口传文学学会，2014年，第636页。
⑧ 《中国民间故事集成》编委会：《中国民间故事集成·西藏卷》，中国ISBN中心出版，2001年，第670~672页。
⑨ 《中国民间故事集成》编委会：《中国民间故事集成·内蒙古卷》，中国ISBN中心出版，2007年，第1043~1048页。
⑩ 同上书，第1132~1134页。
⑪ 同上书，第223~227页。
⑫ 同上书，第106~113页。

第七章 《阿尔扎波尔扎罕》《三十二个木头人》《魔尸》与《鹦鹉故事》   335

异文,《中国民间故事集成·西藏卷》中有《榻塔加玉》①《做梦成真的孩子》②及异文篇,和《陶匠走运》③等4则异文,《中国民间故事集成·青海卷》有《卦师》④和《梦先生》⑤共2则异文,《中国民间故事集成·云南卷》中有《萝卜》⑥等,我国藏族丰富的故事异文,与印度《百喻经》《故事海选》⑦和《印度民间故事》⑧等异文一起见证此类型故事在民众中受欢迎的程度。

以上诸故事均是田清波所搜集的《阿尔扎波尔扎罕》中与印度和中国藏族民间故事同样十分常见的同型故事,其中以动物故事最多,魔法故事次之,生活故事又次之。此外,在鄂尔多斯地区蒙古族中还流传了一些并未被田清波搜集到,但在印度民间故事和中国藏族民间故事中较为常见的故事类型,如"AT920A.1 小男童以难制难"型的故事,有朝格日布讲述的《国师鲁给夏日》为代表,其他文本如《诺颜、下官和奴隶》及《聪明的孩子》等,此故事类型在内蒙古地区的蒙古族中也较为常见,在藏族也颇受欢迎,在《中国民间故事集成·西藏卷》中就收入3则异文:《国王的儿子和穷人的儿子》⑨《公牛怀孕》⑩和《挖盘石》⑪。这一故事在印度的《佛本生》⑫和《毗奈耶杂事》卷27,及《经律异相》卷34第7则、《印度民间故事》中都有多则异文,也表明其传承历史的悠久。《阿尔扎波尔扎罕》搜集的66则文本为1900年前后流传在鄂尔多斯地区蒙古族中的民间故事留下了珍贵的文本,当时流传的故事当然远不止66则,在近半个世纪以后,陆续搜录的这些故事与印度和中国

---

① 《中国民间故事集成》编委会:《中国民间故事集成·西藏卷》,中国ISBN中心出版,2001年,第670~687页。
② 同上书,682~687页,异文687~688页。
③ 同上书,第898~899页。
④ 《中国民间故事集成》编委会:《中国民间故事集成·青海卷》,中国ISBN中心出版,2007年,第764~766页。
⑤ 同上书,965~968页。
⑥ 《中国民间故事集成》编委会:《中国民间故事集成·云南卷》,中国ISBN中心出版,2003年,第1425~1426页。
⑦ [印度]月天著,黄宝生、郭良鋆、蒋忠新译:《故事海选》,北京:人民文学出版社,2001年,第213~215页。
⑧ [印度]罗易乔杜里编,韩玉宝译:《印度民间故事》,长沙:湖南少年儿童出版社,1989年,第162~165页。
⑨ 《中国民间故事集成》编委会:《中国民间故事集成·西藏卷》,中国ISBN中心出版,2001年,与920A型复合,第518~523页。
⑩ 同上书,第777~780页。
⑪ 同上书,第964~965页。
⑫ 郭良鋆、黄宝生译:《佛本生故事选》,北京:人民出版社,2001年,第414~415页。

藏族民间故事十分相似，也表明还有更多尚未为研究者注意到的，能够展现印度及中国蒙古族、藏族民间文化交流的故事文本需要被探讨和发现。

二、《阿尔扎波尔扎罕》中的其他印度及中国蒙古族同型故事

《阿尔扎波尔扎罕》中《青蛙小子》有一部分内容属"AT750 施者有福型"故事，在鄂尔多斯地区的蒙古族中流传众多的异文，笔者搜集到的朝格日布讲述的《贫穷老夫妇拜活佛》及钱世英搜集的《畲三与谢四》和《乌力吉老人和红母牛》均属此故事的异文，在蒙古族中异文颇多，可见于《印度民间故事集》的3则异文①。但目前笔者尚未见到藏族异文。

《孝子》属"AT981 被弃的老人智救王国"，在鄂尔多斯地区搜集的另3则异文分别是《老人是活宝》《老人延寿》和《用尾巴尖儿和胫骨供神习俗的来历》。金荣华先生指出这一"故事始见于印度佛经《杂宝藏经》"②，仅见于印度的佛经故事及中国蒙古族的民间故事。可能是印度佛经故事先传至中国藏族地区，再传至蒙古族地区，有的故事在传播过程中仅止于蒙古族，而不为藏族所选择或传播。

三、鄂尔多斯蒙古族中的其他蒙藏同型故事

《阿尔扎波尔扎罕》中另有一部分故事与中国藏族民间故事属同型异文，而未见诸印度民间故事或佛经故事。《青蛙小子》属"AT440A 青蛙娶妻"型，见于《阿尔扎波尔扎罕》，这一类型在鄂尔多斯仅搜集到此一文本，但在藏族的流传文本搜集得较多，在《中国民间故事集成·四川卷》中有《癞疙宝讨媳妇》③《青蛙骑手》④，尤其是藏族的《尸语故事》中的《朗厄育琼和贾波擦鲁》⑤，《新娘鸟》中收录《青蛙

---

① 刘安武选编：《印度民间故事集》，北京：中国民间文艺出版社，1984年，第85～87页、第343～346页、第171～174页。
② 金荣华编纂：《民间故事类型索引》（第三册），台北：中国口传文学学会，2014年，第746页。
③ 《中国民间故事集成》编委会：《中国民间故事集成·四川卷》，中国ISBN中心出版，1998年，第1025～1028页。
④ 《中华民族故事大系》编委会：《中华民族故事大系》（02），上海：上海文艺出版社，1995年，第225～239页。
⑤ 班贡帕巴·鲁珠著，李朝群译：《尸语故事》，拉萨：西藏人民出版社，1983年，第46～55页。与425型复合。

儿子》①。

《七个佛》是在《阿尔扎波尔扎罕》中有记录，且在鄂尔多斯蒙古族中异文众多的1则故事，属"AT513 奇能异士来相助"型故事，朝格日布讲述的《安岱莫尔根和额日勒代博格达》和《哲日格勒岱和莫日格勒岱》《奥登巴拉尼姑的故事》3则故事均有此类型故事的核心情节，即几位兄弟（朋友）各有能干的本事，合作而完成某一难事，其他异文包括《雅都庆乎和他的朋友们》和《北斗七星》等。这是一个蒙藏共有的异文众多的故事类型，且在北方各民族中十分常见，尤其是在藏族中异文众多，包括《中国民间故事集成·四川卷》的《金葫芦》② 和《中国民间故事集成·西藏卷》的《多吉占堆和尕瑟曲珍》③，也见于内蒙古其他地区，如《中国民间故事集成·内蒙古卷》的《乌兰巴托尔的传说》④ 和《中国民间故事集成·新疆卷》的《好汉库库勒代和他的朋友》⑤ 及《北斗七星的来历》⑥。

鄂尔多斯地区流传颇多"AT554 动物感恩来帮忙"型故事，《阿尔扎波尔扎罕》中的《额日勒岱小子》即属此故事类型，此外，朝格日布讲述的《积德男孩》《每天早晨说梦的父子》及其他故事家讲述的《珍珠》《蚁缘逢生》等也属此型。这一故事类型在其他地区的蒙古族中也广有传播，如青海蒙古族中的《报恩》⑦，新疆蒙古族中的《富仔的动物朋友》⑧。藏族流传的《尸语故事》中的《婆罗门之子》⑨ 也属此型故事。这一故事类型多与465型和555D型故事复合而成，情节曲折。

另有部分动物故事，如钱世英搜集的《猫鼠结仇》和藏族的《猫吃

---

① 周贤中搜集整理：《新娘鸟》，重庆：重庆出版社，1984年，第27~34页。
② 《中国民间故事集成》编委会：《中国民间故事集成·四川卷》，中国ISBN中心出版，1998年，第1038~1040页。
③ 《中国民间故事集成》编委会：《中国民间故事集成·西藏卷》，中国ISBN中心出版，2001年，第713~718页。
④ 《中国民间故事集成》编委会：《中国民间故事集成·内蒙古卷》，中国ISBN中心出版，2007年，第92~96页。
⑤ 《中国民间故事集成》编委会：《中国民间故事集成·新疆卷》，中国ISBN中心出版，2001年，第1125~1131页。
⑥ 同上书，第1131~1134页。
⑦ 《中国民间故事集成》编委会：《中国民间故事集成·青海卷》，中国ISBN中心出版，2007年，第600~603页。内蒙古蒙古族《青衣少年》，《中国民间故事集成》编委会：《中国民间故事集成·内蒙古卷》，中国ISBN中心出版，2007年，第656~659页。
⑧ 《中国民间故事集成》编委会：《中国民间故事集成·新疆卷》，中国ISBN中心出版，2001年，第901~907页。
⑨ 王晓松、和建华译注：《尸语故事》，昆明：云南民族出版社，1999年，第333~337页。

老鼠的原因》属"AT110A 老鼠让猫睡过头",而朝格日布讲述的故事《禅师喇嘛的猫》与藏族流传的《猫喇嘛讲经》①均属"AT113B 猫装圣人"型故事。以上类型,均为笔者暂未发现其印度民间故事的,在我国蒙藏民族中流传较为普遍的故事类型,虽不能断言其一定只在蒙藏民族间流传,但这一部分故事主要集中在动物寓言故事中,则可见蒙藏地区相同相近的民众生活方式导致对民众生活娱乐的影响。

前文已经介绍过鄂尔多斯蒙古族流传的《阿尔基博尔基汗》及其他民间故事类型所展示出的,与印度连环穿插式结构的 3 部重要的民间故事作品集《宝座故事》《魔尸故事》与《鹦鹉故事》之间复杂的关系。陈岗龙教授在一系列的论文中对《尸语故事》和《鹦鹉故事》与中国的蒙古族、藏族民间故事之间的关系进行过论述,表明中国多个民族的民间故事都与古代印度的民间故事有着非常密切的关系。在其《〈尸语故事〉:东亚民间故事的一大原型》一文中,曾将《尸语故事》比做一棵大树,其根在印度古代民间故事,主干为书面书写的《尸语故事》,而其枝叶则是众多民族交流与再创作的民间故事。且《尸语故事》在中国蒙藏民族都以书面和口承两种方式传播。"蒙文《尸语故事》虽然译自藏文,但不是原封不动地逐字逐句地翻译藏文版本,而是蒙古人富有创造性的编译。藏文《尸语故事》的篇幅一般都比较长,故事情节比较详细,人物形象刻画得很生动,佛教色彩也多一些。与之相比,蒙文《尸语故事》一般篇幅短小,故事情节简炼,只取故事,不注重佛教渲染,更符合于民间故事的一般规律。"②据俞佳琪统计,中国藏族流传的《尸语故事》版本有 11 种,汉译本也有 6 种,参考的主要是汉译版 80 篇故事的《金玉凤凰》,王尧译 20 篇的《说不完的故事》,李朝群译 21 篇的《尸语故事》,季永海等译 20 篇的《尸语故事》及达多译 24 篇的《僵尸鬼的故事》③。西日东智的硕士学位论文《藏族民间故事类型研究》一文中曾以"尸语故事"为研究对象,对中国藏族地区"尸语故事"与蒙古族地区及印度的相同或相近故事进行比较和分类④,这些都推进了印度及中国内蒙古及西藏的《尸语故事》研究,但尚无具体到某一地区某一民族的《尸语故事》的比较研究。目前比较一致的看法是,中国蒙古族

---

① 见《全集》和《大系》均有收录。
② 陈岗龙:《〈尸语故事〉:东亚民间故事的一大原型》,《西北民族研究》1995 年第 1 期,第 206 页。
③ 俞佳琪:《〈尸语故事〉的童话价值》,西北师范大学硕士学位论文,2008 年,第 6~7 页。
④ 西日东智:《藏族民间故事类型研究》,西北民族大学硕士学位论文,2011 年。

第七章 《阿尔扎波尔扎罕》《三十二个木头人》《魔尸》与《鹦鹉故事》

中流传的众多与印度民间故事关系密切的故事，是由于蒙古族受藏族文化的影响，而藏族在接受印度宗教的传播的同时，从文本和口头两个途径接受了印度丰富的民间故事，再经由藏文翻译成蒙文，便在蒙古族生根发芽。以阿拉腾其其格的观点为代表，她在《"蒙古化"的藏传佛教文化》一文中如此介绍蒙文翻译的藏文文学：

> 西藏的《如意宝饰》《魔尸的故事》等故事集，这些不仅都译成蒙文，而且早在蒙古民间得到流传。……印度著名的佛陀传记《故事海》由固什绰尔济翻译；《乌善达喇汗传》由阿旺丹丕勒翻译。另外，印度民间故事汇集中的主要部分也被译成了蒙文。如《魔尸的故事》的一部分以《艳丽太阳王后传》的名称，在蒙古地区得到流传；《三十二个木头人的故事》，在蒙古地区有《毕噶尔米济特汗传》《阿喇杰·布尔杰汗传》和《苛则纳汗传》等三种本子。这些本子均源于《三十二个木头人的故事》，但在翻译或流传过程中，受蒙古文学影响，有了较大的变异。①

陈岗龙教授在《论蒙古民间口头流传的〈鹦鹉的故事〉的来源》一文中指出，古代印度民间故事集《鹦鹉的故事》在中国内蒙古地区口头流传，是因为印度高僧在直接用蒙古语给喀尔喀蒙古佛教领袖一世哲布尊丹巴活佛口头讲述《健日王传》中的《宝座故事》时，插入了《鹦鹉的故事》，而未论及其在藏族地区的传播情况。后来陈岗龙教授在《论印度〈鹦鹉的故事〉在中国各民族中的传播》一文中专门讨论在藏族和蒙古族中流传的《鹦鹉的故事》，也指出"大故事套小故事"的结构是印度民间故事在中国蒙古族、藏族的流传中保留下来的，且原印度民间故事集中的小故事还在中国各民族的民间口头零星流传。而《鹦鹉的故事》在蒙古族与藏族中的异文是《杜鹃的故事》，笔者尚未收集到鄂尔多斯地区明确以《杜鹃的故事》命名的相关文本，但印度民间故事中的确有众多小故事不在连环穿插式结构的故事中出现，而被广泛作为独立的故事讲述。就《鹦鹉的故事》在蒙古族和藏族之间的流传情况而言，以其中《会笑的鱼》为代表的故事，都是在蒙藏民间故事中保留的小型连环穿插式结构的故事。

---

① 阿拉腾其其格：《"蒙古化"的藏传佛教文化》，《内蒙古大学学报（社会科学版）》2010 年第 6 期，第 38 页。

田清波搜集的鄂尔多斯蒙古族民间故事集《阿尔扎波尔扎罕》与印度民间故事集有着密切关系，且其中的故事在 20 世纪 80 年代依然还在鄂尔多斯蒙古族民众中口耳相传。《阿尔扎波尔扎罕》中的鄂尔多斯蒙古族民间故事既有来自印度的民间故事，又有非常地道的蒙古族民间故事与传说。其中来自印度的民间故事，展现了在口耳相传的民间故事传播过程中，印度民间故事逐渐的"去印度化"而成为蒙古族色彩浓郁的民间故事。这些印度民间故事主要来源于印度的几大著名的民间故事集《三十二个木头人》《魔尸》与《鹦鹉故事》，其中又以《三十二个木头人》的流传最为丰富，《鹦鹉故事》附属于《三十二个木头人》的故事，《魔尸》在田清波的搜集中只有零散的故事得以记录。

《阿尔扎波尔扎罕》中的印度民间故事在鄂尔多斯地区得到较好的传承。从故事内容上看，包括《三十二个木头人》《魔尸》和《鹦鹉故事七十则》及《五卷书》在内的印度民间故事集从 20 世纪 30 年代至今，都对鄂尔多斯蒙古族民众的故事讲述产生着影响，保持了文本翻译传播与口头讲述传播两种主要途径，其中文本的翻译因原印度民间故事的版本问题而需辨析，《三十二个木头人》《魔尸》《鹦鹉故事七十则》及《五卷书》等印度民间故事集以蒙文和藏文译本的形式对中国鄂尔多斯地区的蒙古族民间故事传播产生影响，其中以蒙古国库伦（今乌兰巴托）的蒙古文译本流传得最为广泛，并与其俄译、满译等多种方式影响了蒙译的流传，这些蒙古文译文在故事内容上始终有着良好的继承而较少发生故事的遗漏或添加。

从《阿尔扎波尔扎罕》到当代搜集的鄂尔多斯蒙古族民间故事，纷繁复杂的故事源头中，既包含了印度和中国藏族故事的影响，也有中国汉族民间故事的身影在其中，但同时也有丰富的独具特色的蒙古族民间故事，如 "AT120 谁先看到日出谁赢" 型故事，笔者在鄂尔多斯地区的蒙古族中已经收集到 5 则，而在我国藏族与印度的民间故事中却难于找到，这与蒙古族对家畜中的重要成员，甚至是财富象征的骆驼的重视有关。

印度民间故事的连环穿插式结构极其稳定地在鄂尔多斯蒙古族的口头讲述中得以传承。以朝格日布为代表的优秀蒙古族故事家在口头传承中杰出地继承了这些来自异域的民间故事，其继承最鲜明的特征就是坚持连环穿插式的结构，从诺木丹到朝格日布，从《阿尔扎波尔扎罕》到《笑吐珍珠的人》和《神树魂灵的故事》，都很好地传承了原印度民间故事的叙事框架与结构，且故事的入话部分构建了整个故事的框架，穿插在其中的小故事或多或少发生了变化，有的甚至整体被遗漏和替换，但入话的故事却甚少发生变化。由此可见，故事的结构可能对故事内容的稳定性有着非常重要的影响，是形式影响了内容的传承，当故事内容与形式的关系游离时，内容会发生比较多的遗失与变异。

结　　语

　　鄂尔多斯蒙古族民间故事优美的语言即便经过汉译，也依旧光辉灿烂。故事精巧的结构令人无法辨别出那是出于佛教文化的影响还是来自民族智慧自身的创造；它们丰富的内容展现了鄂尔多斯地区农牧民从物质生产到精神生活的历史轨辙；它们既海纳百川，具有包容多种民族文化精神的世界性的故事结构，可对话于他族他国，又能以独特的蒙古族审美思维与语言独语于空旷的草原之上；它们不断吸纳着可以接触到的一切文化，又独具慧眼地将这些文化进行改编与再创造，从而形成新的小说体故事，这些小说体故事甚至弥补了源文化中的诸多不足。

　　至为遗憾的是，我无法将我所感受到的那样丰富的世界完美地呈现出来，只能以民间故事类型学的基本方法，将鄂尔多斯蒙古族民间故事的概况介绍出来，将其中最先打动我的那些故事按角色区分故事类型群体，通过对故事主题和人物形象、叙事结构的探析，攫取其中微小的一些尘粒进行介绍。鄂尔多斯蒙古族民间故事有着丰富的民族文化色彩，是当地民俗文化生活的重要组成部分，也是鄂尔多斯农牧民生活智慧的体现，笔者尽可能选择较为典型的文本，但这并非意味着其他文本就不具有研究价值。不可否认，每个文本的存在都有其生命的历史轨迹，许地山曾在《孟加拉民间故事》译叙中指出从民间故事中"可以看出一个时代的社会风尚、思想和习惯。它是一段一段的人间社会史"①，百年来被搜集、采录的鄂尔多斯蒙古族民间故事恰恰是这样一段记录了当地社会风俗世情、民众思想与审美的口头历史，民间故事中流淌的活泼泼的情感，鲜明的爱憎，无不是人们在苦难生活中寻找美的表达而结出的朴素果实，这些是正史无暇关注也无心关注的，也是文人往往无法理解的，它们在历史中自我壮大，又不断吸收着来自四面八方的"营养"，保留了多元文化的元素。

　　鄂尔多斯蒙古族民间故事中绝大多数故事在世界其他民族和地区都

---

① ［印度］戴伯诃利（Lal Behari Day）著，许地山译：《孟加拉民间故事》译叙，上海：商务印书馆，1956年。

有广泛流传，但也有不少具有非常鲜明的蒙古族文化特色，如讲述贪吃的老头终于丧命的故事①，美丽的妻子遭到喇嘛的垂涎，便与丈夫一起设计，在其来家里时丈夫突然回家，最后吓得喇嘛裸身出逃受到惩罚②，尤其是鄂尔多斯地方传统文化特色的故事，如《成吉思汗的两匹骏马》有着众多异文，《鄂尔多斯摔跤手》《巴林摔跤手》等关于摔跤手的故事，嘲笑喀尔喀蒙古人的笑话，以自我解嘲方式对汉族文化进行解释的笑话等，这些故事无疑是鄂尔多斯蒙古族文化心态的真实反映，值得进行深入探讨。缺少对这些极具地域文化特色和民族文化特色的故事类型进行深入的分析，这是本研究的遗憾，希望在今后能有所弥补。

本项研究的文本大部分是通过搜集者、选集者、汉译者等重重"关卡"才呈现在笔者面前的，也有部分蒙文故事文本是根据已有的蒙古族民间故事研究成果"逆向"寻找，又请师友译出的，有的文本是已经完成了蒙汉翻译，但经历了重重困难未及付梓的翻译者同意笔者用于研究使用的，无庸置疑，这些文本的价值是很高的，但没能精通蒙文，并进入鄂尔多斯当地的蒙古族民众的生活世界去聆听那些美妙的故事，始终是有待弥补的遗憾。就汉译蒙文故事而言，虽然从某个层面上看，它们穿过了历史的洪流，被淘选过无数遍后，进入本研究的视野，本身就具有其文化意义，但其他大量以蒙文记载的尚未纳入本研究视野的民间故事，也是蒙古族民间故事的组成部分，表现了鄂尔多斯蒙古族历史、文化、生活与文学的重要特点，没有能将之一一读完，既是一件阅读的憾事，也是研究的不完整。同时也由于语言隔阂，对于许多用蒙古文完成的蒙古族民间故事的类型研究、母题研究、比较研究等成果只能粗略涉及，未能详加研习，这也是本项研究的不足之处。

鄂尔多斯蒙古族民间故事是当地蒙古族文化的重要组成部分，它们与汉藏民族的文化，尤其是佛道文化有着非常直接的关系，并以母题整合、类型搬演等方式反映在本民族民间故事中，其中汉族小说在鄂尔多斯蒙古族中以民间故事和手抄本的形式得以流传，有的汉族小说已经在本民族中式微，却在鄂尔多斯蒙古族中有着鲜活的生命力。

本研究通过国际通行的 ATU 分类索引方法对鄂尔多斯地区蒙古族民间故事进行编纂，再根据此类型索引，将占搜集到的故事中近 80% 数量的四类故事主人公的文本进行分类，视之为四个故事类型群体：动物故

---

① 《老汉儿老婆儿》，可拟 1306B.2。
② 见《塑佛》，可拟 1444B。

事、英雄故事、喇嘛故事和机智人物故事，并进行研究，既研究这些故事的情节类型的构成，也研究这些故事的叙事模式、叙事意义和主题，尽可能从民间叙事的文化交流语境中考察各类故事的母题特征和文化意义。对于当地流传的特征鲜明的"汉族故事"与《阿尔扎波尔扎罕》等故事或故事集的研究，也采取了从个案分析至中观考察的途径，力求从故事的传播和影响方面对鄂尔多斯蒙古族民间故事的历史形成、流传现状、当下境况等进行研究。以上研究关注的是鄂尔多斯蒙古族民间故事的叙事美学、故事的影响、故事的文化解读这三个方面，即在整体上归入中国民间故事"故事诗学"研究。

"诗学"原为文学理论术语，亚里士多德著《诗学》被视为源起，多为研究文学史的演进规律或某文类的研究方法，"故事诗学"的提出，既是将故事作为文类（genre），也是对故事研究方法的独特性进行阐述。因受欧美流派纷纭的表演理论、口头程式理论、民族志诗学等影响，中国的故事学研究有过多次"转向"的努力，如 21 世纪初的田野与文本之争[①]，近来刘宗迪在关于民间文学研究之田野与文本的关系再思考中指出："民间文学采集、整理和研究的根本目的，是为了文学创造和文明传承，为了民族国家建设。"[②] 民间文学文本的文学研究实为所有研究的基石。故事诗学的提出，源于中国故事学家长期对故事文本的内部研究，形成于多元的故事研究背景之下，在整个民间文学界乃至相邻学科都在思考和探索学科边界问题、方法多元化问题的时代，故事学研究也与人类学研究交叠，发生了民族志故事学的转向，产生了以琳达·德格为代表的社区故事讲述研究[③]，中国学者的故事学研究也受到冲击并转向，立足于文本的故事研究是否有价值？该如何继续发展？这都是故事学者面临的考验。故事诗学的研究方面，以 AT461 型"求好运"故事为代表

---

① 关于民间文学与民俗学是要"田野"还是要"文本"的争论，一系列论文可为历史追溯，包括陈建宪：《走向田野 回归文本——中国神话学理论建设反思之一》，《民俗研究》2003 年第 4 期；施爱东：《民间文学：向田野索要什么》，2003 年"民间文化青年论坛网络学术会议"论文；施爱东：《田野斗牛记——民间文学"田野作业"的是非与前瞻》，《民族文学研究》2004 年第 1 期；刘宗迪、施爱东、吕微、陈建宪的系列谈话稿，《民间文化论坛》2006 年先后发表，如《两种文化：田野是"实验场"还是"我们的生活本身"》。
② 刘宗迪：《超越语境，回归文学——对民间文学研究中实证主义倾向的反思》，《民族艺术》2016 年第 2 期，第 125~132 页。
③ 张静：《西方故事学转型与民族志故事学的兴起——以琳达·德格的"以讲述者为核心的叙事表演研究"为中心》，《广西民族大学学报（哲学社会科学版）》2016 年第 3 期，第 17~22 页。

的中外研究历史地呈现出故事的文学文本研究所具有的诗学研究特征，AT461 型故事之研究方法的不断发展也代表了中国故事学的文本研究历经"个案·对话·整体·诗学"的多重建构，逐渐形成故事诗学的研究范式，即中国民间故事的研究主要包括美学研究、影响研究和文化解读三个部分。尤其是刘守华先生的长期追踪与不断调整和精进的研究路径和态度更体现了"个案·对话·整体·诗学"的多重建构，其专论和中外关于此类型的论文合而成集的《一个蕴含史诗魅力的中国民间故事》①一书，通过 AT461 型"求好运"故事多种研究方法的实践表明，历史地理学及其重要的技术手段 ATU 分类法虽然是故事研究的起点，但并非唯一的路径，而是可以融合历史主义、结构主义、精神分析等多种研究方法，从而发展成具有民族性、地域性特征而与世界对话的故事诗学研究范式。中国的故事类型个案研究始自钟敬文、周作人等，经过艾伯华、钟敬文、丁乃通、刘守华、金荣华等中外学者的努力，至刘守华主编的《中国民间故事类型研究》，已经颇为成熟，建立起中国民间故事学的基础。刘守华、江帆、顾希佳、林继富等长期从事故事学研究的学者，在共同的学术追求下逐渐形成中国故事类型学研究的范式。"求好运"故事的个案研究以坚实的中外文本比较研究为始，从类型的长期追踪、不断调整和精进的研究路径将中国民间故事的个案研究推向国际对话。

2016 年初，笔者拜访刘锡诚先生时，曾专门与先生就中国故事学研究现状和刘守华先生的故事学研究进行讨论，刘锡诚先生在谈话中特别强调以下几个关于故事学研究的观点：

> 第一个要强调的是，民间文学是中国传统的"文以载道"精神的体现，对民间文学进行诗学研究，应该是最基础也是最重要的。刘守华的故事研究一直没有离开"文以载道"的文学批评路子。
> 第二个问题：民俗立场与文学立场完全不同。
> 第三，故事是历史性的。不管是男的女的讲述者、传承者，每一个（故事）携带者，他们都有一定的……意识性的。它所传承下来的这几个观：世界观，道德观，是非观。这些它都是传承下来的，有时代的特点。但是它又有跨时代的特点。②

---

① 刘守华编著：《一个蕴含史诗魅力的中国民间故事》，北京：北京大学出版社，2016 年。
② 刘锡诚先生访谈记录，2016 年 2 月 28 日。

刘锡诚先生不止在一处、一次提到以刘守华先生为代表的中国民间故事研究具有的"故事诗学"的特征，且认为从诗学的角度来研究故事，唯物史观是基础。作为高尔基、维谢洛夫斯基等苏联学者的民间文艺学研究成果的翻译者、引入者，刘锡诚先生肯定"故事诗学"的提出或者有借用"神话诗学"等概念之处，但在中国故事学研究实际上已经走过近百年历程的今天，有必要从学科研究的方法论角度进行思考。

万建中教授曾对20世纪中国故事学研究的状况进行过系统的学术史梳理，并表示中国故事学的研究"对故事文本类型的关注有着相对共同的兴趣和学术指向，主要是把民间故事当做文学文本进行学术处理"，"研究范式具有顽固的延续性"，"故事学本体论意识薄弱"，"民间故事学术的独立自主性没有得到强调"，"其自身的精神世界和生活意义未能得到深度阐释"等，他认为当下中国的故事学研究"对已有的民间故事研究范式，几乎没有人进行过整体反思，完全失去了学术研究所应有的批判精神"①。但在特定时期，在张扬民间故事学术独立自主性的同时，能够形成某种研究范式，对于更深入和广泛地进行中国民间故事的研究是必要的，恰如欧美学者针对ATU分类系统，逐年增加的故事类型专项研究，每一本关于"小红帽""灰姑娘""青蛙王子"的"故事手册"与"故事经典"，都是注重文本与阐释（研究）的集中性、延续性、深入性的，这些构成欧美民间故事研究路径多元与交叉对话，而中国故事丰富的宝藏正有待更多个案微观与中观系统的研究与探索，在此基础上，才能形成更为扎实的中国民间故事的诗学整体宏观建构。

由于对文学文本蕴含的民族精神带有强烈的民族自尊心与认同感，在文学研究中常常发展为一定的民族情结，并在研究方法上形成了民族主义研究的一套方法与理论体系。民间故事自格林兄弟浪漫的理想之始就带有鲜明的民族情结，近年来，不断有学者运用民族主义的文学批评方法对民间故事，尤其是童话进行研究，这除了能部分揭示民间文学在发展中受政治文化裹挟而具有的客观性特质外，更多情况下是导致研究缺乏理性思考而偏向感性抒发。因为民间故事在具有民族文化独特性的同时，一旦被带有民族主义情结去研究其起源、传播、影响等问题，就很难得到公正的结论。本研究虽然立足于区域内民族民间故事，但在具体的研究中，努力将"民族主义"视之为一个"虚构"的概念，摒弃

---

① 万建中：《20世纪中国民间故事研究史》，北京：北京师范大学出版社，2011年，第313～322页。

"民族情结",努力客观公正地探求故事的叙事特征、流传及美学和文化意义。

　　鄂尔多斯蒙古族民间故事的故事诗学研究展现的是朴素的,务实的,同时又带有超脱、浪漫与幻想的美感,是对人之为人的品格的歌颂,也正是在此认知中,在对鄂尔多斯蒙古族民间故事进行研究与思考时,笔者认为,中国民间故事研究的确存在不同层次与不同程度的问题,但故事诗学的构建模式、近百年来多种研究方法与流派的实践,都在不同程度地对以上诸批评有着回应与纠错。因此,本研究努力从民族民间故事的流传区域、流传历史、个案类型、影响研究、美学审视、文化解读方面,从文本出发,以望前人学者之项背。笔者在此不揣浅陋,抛砖引玉,希望能有同道中人共同对故事学研究存在的问题与前景加以关注,以期接过故事学前辈手中的旗帜,站在他们的肩膀之上,向更远处眺望。

附录：部分故事集中无对应 ATU 编码文本目录

郭永明搜集、整理、翻译：《鄂尔多斯民间故事》，呼和浩特：内蒙古人民出版社，1981 年。

1. 鄂尔多斯摔跤手
2. 兔子历险记
3. 蜜蜂、凤凰和燕子
4. 乌鸦、兔子和黄牛
5. 黄鼠和鼹鼠
6. 狐狸和喜鹊种地
7. 狐狸和山羊喝水
8. 狼、狐狸和猫

钱世英搜集、整理：《鄂尔多斯民间采风》，呼和浩特：内蒙古人民出版社，1999 年。

1. 麻雀盖庙
2. 库尔纳挖洞
3. 狐狸和狼"交朋友"
4. 三只猎狗
5. 小巴和鸿雁
6. 骆驼和狗
7. 马、车与销钉
8. 山羊种地
9. 喜鹊捉老虎
10. 骆驼和山羊
11. 鸭子和天鹅
12. 蚊子和小燕
13. 蛇和刺猬
14. 刺猬和狐狸

附录：部分故事集中无对应 ATU 编码文本目录

15. 小猫花花
16. 小牛和猴子种果树
17. 荞麦与冬小麦
18. 两个吝啬鬼
19. 两个猎人
20. 王爷与平民
21. 招女婿
22. 住店
23. 磨啃空骨头
24. "先生"买驴
25. 聪明的小喇嘛
26. 三个儿子学本领
27. 三年前的狐踪
28. 有你没你我照样过年
29. 现在的司机太懒了
30. 越听我就越想我那死鬼
31. 一枚铜钱
32. "那达慕"大会的由来
33. 三颗麻籽赎血汗
34. 一百个屁换一百个月饼
35. 女王的镜子
36. 不要管我登报要紧
37. 醉汉
38. 不唱不喝
39. 幸福要靠自己创造
40. 松布尔汗与阿拉塔沙
41. 鲜花公主
42. 萨拉乌素河的传说
43. 姑姑裤
44. 金翅鸟
45. 成吉思汗的两匹神马
46. 响沙湾的传说
47. 转兵洞的传说

彤格乐搜集：《鄂尔多斯蒙古族民间故事》，呼和浩特：内蒙古人民出版社，2006 年。

1. 萨楚仁姑娘
2. 天神——苍狼
3. 敏更谣登
4. 草原英雄——巴特尔
5. 驸马——朝旺
6. 狗、猫、鼠三友结怨
7. 太上老君的故事
8. 陶都莫日更帝王
9. 宝音和菱花
10. 席布其
11. 孟和阿木古楞汗
12. 念珠的来历
13. 那木亥打官司
14. 银鸽
15. 祭灶
16. 黑缎子坎肩
17. 马头琴的故事
18. 易马之悲
19. 牧羊姑娘与沙漠赤兽
20. 柠条花姑娘
21. 羊拐子的玩法
22. 月亮神
23. 忠孝二子
24. 花喜鹊与红狐狸的故事
25. 山羊与苍狼的故事
26. 朝其格喇嘛
27. 缘份之合
28. 胞亲双训
29. 菩萨
30. 一代枭雄——海都
31. 勃额德格和图日查格

32. 猎人

赛音吉日嘎拉、哈斯其伦搜集整理，乌云格日勒、孟克译：《洁白的珍珠》，呼和浩特：内蒙古人民出版社，2010年。

1. 阿拉腾西胡日图汗
2. 阿日嘎图老头儿（一）
3. 阿尔斯朗泰莫日根大汗
4. 阿勇嘎莫日根汗
5. 额日黑莫日根
6. 成吉思汗的两匹骏马传
7. 募化僧
8. 巴达拉其老头儿变名嘴
9. 聪明的巴达拉其喇嘛
10. 律令变成了元宝
11. 热马肠
12. 锦鸡儿和沙蓬
13. 秃子、瞎子、鼻涕虫三个人
14. 牛氓
15. 等等
16. 头发小子
17. 三个一模一样的人
18. 三个奇怪的老头儿
19. 弥勒佛和释迦牟尼佛
20. 洁白的珍珠
21. 唐古特喇嘛
22. 达兰泰老汉
23. 傻女婿
24. 星星之说
25. 积少成多
26. 朝格莫日根与都格莫日根
27. 盗贼朝鲁门
28. 吉日嘎拉泰和莫日格勒泰
29. 祖根莫日根
30. 牛腰子的故事

31. 鹿
32. 横推车
33. 朝特白骒马
34. 鹤、蝈蝈儿和蝙蝠
35. 土蜂变口吃的原因
36. 女人和驴没有主人
37. 吃羊头肉
38. 信口雌黄
39. 奥珠盖套鲁盖俩
40. 一枚铜钱
41. 难住诺颜
42. 巴拉根仓的故事（二）（其中共三则）
43. 巴拉根仓的故事（三）（其中共两则）
44. 皇族
45. 越是结巴越爱说
46. 在婚宴上
47. 化斋班弟
48. 香油点心也有告罄的时候
49. 明干云登（共八则）
50. "嬷嬷鬼"的故事（共三则）
51. 孟克召的执法喇嘛
52. 斗架的两只公羊
53. 塑佛
54. 特大的鼓
55. 说谎大王（共四则）
56. 脚夫的故事（共五则）
57. 包日给勒
58. 凡巴拉西（共四则）
59. 大板翁贵
60. 塔尔蓝班弟

注：《洁白的珍珠》为搜集整理本而非采录本，其故事主要来自田清波在20世纪30年代搜集而成的《阿尔扎波尔扎罕》《朝格日布故事集》及其他一些鄂尔多斯地区流传的蒙古族民间故事集，或当时发表在蒙文期刊上的民间故事，此故事集中的故事均注明了搜集时间、地点、

流传区域、讲述人、采录人等基本信息，但性别、职业、人生经历等信息则阙如，因此不能提供更多的相关研究资料，且有的信息的准确性也尚存疑，如凡出自1936年田清波采录的文本多记录为"诺木丹"讲述，但在曹纳木先生转译的《阿尔扎波尔扎罕》中并无此信息，也无关于诺木丹的更多信息。虽然在此处列举无法与ATU编号相对应的故事篇目共60篇，但主要是为方便其他研究者查找，其实际篇目与60篇不相合，一是一个篇目之中往往含有多则故事，故实际篇目大约有83则；二是在这83则实际故事文本中，又有一部分故事与《蒙古族故事家朝格日布故事集》《阿尔扎波尔扎罕》及《鄂尔多斯蒙古族民间故事集》等文本有重合，故其实际篇目并非这两个统计数据。本附录中尚未列举田清波搜集《阿尔扎波尔扎罕》、艾厚国搜集《鄂尔多斯民间故事》、扎·玛格苏尔扎布及仁钦道尔吉搜集整理《鄂托克民间故事》、宝斯尔及王立庄主编《成吉思汗的两匹神马：鄂尔多斯传说故事》中的无对应编号故事篇目。其中，《阿尔扎波尔扎罕》中的大部分篇目已经在《洁白的珍珠》中出现，《鄂托克民间故事》中大量故事在《洁白的珍珠》和《蒙古族故事家朝格日布故事集》中有重复，在艾厚国搜集、宝斯尔等主编的《成吉思汗的两匹神马：鄂尔多斯传说故事》中，所录既有汉族民间故事，也有蒙古族民间故事，情况较为复杂，因此也未纳入本附录中。

参考文献

中文故事资料

艾厚国搜集、整理、翻译：《鄂尔多斯民间故事》，呼和浩特：内蒙古人民出版社，1989年。

（明）安遇时编集，石雷校点：《百家公案》，北京：群众出版社，1999年。

白音其木格、策·哈斯毕力格图搜集整理，乌云格日勒译：《蒙古族故事家朝格日布故事集》，呼和浩特：内蒙古人民出版社，2012年。

宝斯尔、王立庄主编：《成吉思汗的两匹神马：鄂尔多斯传说故事》，呼和浩特：蒙古学出版社，1992年。

北京打磨厂宝文堂梓行：《丁郎打夯歌》，泽田瑞穗旧藏，现藏于早稻田大学风陵文库。

北京打磨厂宝文堂：《丁郎仲状元》，泽田瑞穗旧藏，现藏于早稻田大学风陵文库。

北京打磨厂学古堂印行：唱本《新出丁郎寻父》，泽田瑞穗旧藏，现藏于早稻田大学风陵文库。

北京打磨厂致文堂发行：《丁郎寻父打夯歌》，现藏于东京大学东洋文化研究所。

北京杨梅竹斜街中华印刷局印：《丁郎寻父打夯歌》，现藏于东京大学东洋文化研究所。

北京打磨厂致文堂刊印：《打夯歌丁郎寻父》，泽田瑞穗旧藏，现藏于早稻田大学风陵文库。

朝戈洛布口述，郭永明记录整理：《鄂尔多斯文化遗产》（一），1982年内部出版。

陈弘法、沈湛华译：《三十二个木头人》，呼和浩特：内蒙古人民出版社，1982年。

（明）冯梦龙编纂：《喻世明言》《警世通言》《醒世恒言》，海口：

南海出版公司，2002 年。

耿瑛：《二人转传统作品选》，沈阳：春风文艺出版社，1982 年。

郭永明搜集、整理、翻译：《鄂尔多斯民间故事》，呼和浩特：内蒙古人民出版社，1981 年。

浩斯巴雅尔等编，赵文工译：《鄂尔多斯史诗》，呼和浩特：内蒙古大学出版社，2011 年。

金莉华译：《鹦鹉的七十个故事——古印度民间叙事》，台北：中国口传文学学会，2012 年。

孔菊兰、袁宇航、田妍译：《乌尔都语民间故事集：鹦鹉故事 僵尸鬼故事》，上海：中西书局，2016 年。

李景汉、张世文合编：《定县秧歌选》（二），台北：东方文化书局，1971 年。

娄子匡：《巧女和呆娘》，台北：东方文化供应社，1970 年。

娄子匡主编，柏烈伟译：《蒙古民间故事》，台北：东方文化书局，1973 年。

［苏联］M. 克里雅金娜—孔德拉切娃俄译，乌国栋中译：《印度鹦鹉故事》，天津：天津人民出版社，1958 年。

芒·牧林编：《巴拉根仓故事集成》，呼和浩特：内蒙古人民出版社，1985 年。

裴福存编写：《下八仙演义》，沈阳：春风文艺出版社，1988 年。

钱世英搜集、整理：《鄂尔多斯民间采风》，呼和浩特：内蒙古人民出版社，1999 年。

赛音吉日嘎拉、哈斯其伦搜集整理，乌云格日勒、孟克译：《洁白的珍珠》，呼和浩特：内蒙古人民出版社，2010 年。

彤格乐搜集、整理：《鄂尔多斯蒙古族民间故事》，呼和浩特：内蒙古人民出版社，2006 年。

西南师范学院中文系康定采风队编：《康定藏族民间故事集》，北京：人民文学出版社，1959 年。

伊克昭盟民族研究学会、伊克昭盟民间文学研究会编：《鄂尔多斯文化遗产》（内部资料），包头市第一印刷厂印，1984 年。

（清）倚云氏：《绣像升仙传》，北京：中央民族学院出版社，1994 年。

袁学骏、李保祥主编：《耿村民间文化大观》，北京：北京图书馆出版社，1999 年。

［印度］月天著，黄宝生、郭良鋆、蒋忠新译：《故事海选》，北京：人民文学出版社，2001 年。

扎·玛格苏尔扎布、仁钦道尔吉搜集整理，乌云格日勒译：《鄂托克民间故事》，北京：民族出版社，2015 年。

理 论 著 作

［德］艾伯华著，王燕生、周祖生译：《中国民间故事类型》，北京：商务印书馆，1999 年。

白·特木尔巴根辑注：《汉籍蒙古族民俗文献辑注》，北京：民族出版社，2011 年。

陈岗龙、乌日古木勒：《蒙古民间文学》，银川：宁夏人民出版社，2008 年。

陈岗龙：《蟒古思故事论》，北京：北京师范大学出版社，2003 年。

陈岗龙：《蒙古民间文学比较研究》，北京：北京大学出版社，2001 年。

［日］大塚秀高：《增补中国通俗小说书目》，东京：汲古书院，1987 年。

［英］道森编，吕浦译：《出使蒙古记》，北京：中国社会科学出版社，1983 年。

［美］丁乃通编著，郑建威等译：《中国民间故事类型索引》，武汉：华中师范大学出版社，2008 年。

丁世良、赵放主编：《中国地方志民俗资料汇编·华北卷》，北京：书目文献出版社，1989 年。

方卫平、王昆建：《儿童文学教程》，北京：高等教育出版社，2004 年。

顾希佳编著：《中国古代民间故事长编》（全六卷），杭州：浙江大学出版社，2012 年。

［蒙古］п.好尔劳著，白歌乐译，《论蒙古民间故事》，中国民间文艺研究会研究部编：《民间文学参考资料》第八辑，1963 年内部参考用书。

何知文：《鄂尔多斯风情》，呼和浩特：内蒙古教育出版社，2003 年。

洪淑苓：《台湾民间文学女性视角论》，台北：博扬文化事业有限公司，2014 年。

侯宝林、薛宝琨、汪景寿、李万鹏：《相声溯源》（增订本），北京：

中华书局，2011年。

吉林省文化局编印：《二人转传统剧目资料》（第五辑），内部资料，1959年。

姜彬：《中国民间文学大辞典》，上海：上海文艺出版社，1992年。

金荣华著：《民间故事类型索引》，台北：中国口传文学学会，2008年。

九月：《蒙古英雄史诗中考验婚的文化解读》，呼和浩特：内蒙古人民出版社，2005年。

康丽：《巧女故事》，北京：中国社会出版社，2006年。

［英］拉曼·塞尔登编，刘象愚、陈永国等译：《文学批评理论：从柏拉图到现在》，北京：北京大学出版社，2003年。

林修澈、黄季平：《蒙古民间文学》，台北：唐山出版社，1996年。

刘守华：《佛经故事与中国民间故事演变》，上海：上海古籍出版社，2012年。

刘守华编著：《一个蕴含史诗魅力的中国民间故事》，北京：北京大学出版社，2016年。

刘守华、林继富主编：《中国民间故事类型研究》，武汉：华中师范大学出版社，2002年。

鲁迅：《鲁迅全集》第十二卷，北京：人民文学出版社，2005年。

罗布桑却丹著，赵景阳译：《蒙古风俗鉴》，沈阳：辽宁民族出版社，1988年。

［德］莫宜佳著，韦凌译：《中国中短篇叙事文学史：从古代到近代》，上海：华东师范大学出版社，2008年。

［俄］弗拉基米尔·雅可夫列维奇·普罗普著，贾放译：《故事形态学》，北京：中华书局，2006年。

祁连休：《智谋与妙趣——中国机智人物故事研究》，石家庄：河北教育出版社，2001年。

祁连休：《中国古代民间故事类型研究》（上中下），石家庄：河北教育出版社，2007年。

齐木道吉、梁一儒、赵永铣等编著：《蒙古族文学简史》，呼和浩特：内蒙古人民出版社，1981年。

仁钦道尔吉：《蒙古口头文学论集》，北京：社会科学文献出版社，2011年。

仁钦道尔吉：《蒙古英雄史诗源流》，呼和浩特：内蒙古大学出版社，2001 年。

荣苏赫、赵永铣主编：《蒙古文学史》（1—4 卷），呼和浩特：内蒙古人民出版社，2000 年。

赛音吉日嘎拉编著，赵文工译：《蒙古族祭祀》，呼和浩特：内蒙古大学出版社，2008 年。

［美］斯蒂·汤普森著，郑海等译，郑凡译校：《世界民间故事分类学》，上海：上海文艺出版社，1991 年。

斯钦巴图：《〈江格尔〉与蒙古族宗教文化》，呼和浩特：内蒙古大学出版社，1999 年。

斯钦巴图：《蒙古史诗——从程式到隐喻》，北京：民族出版社，2006 年。

孙楷第：《中国通俗小说书目》，北京：作家出版社，1957 年。

谭达先：《中国动物故事研究》，台北：台湾"商务印书馆"，1992 年。

万建中：《民间文学引论》，北京：北京大学出版社，2006 年。

王邦维主编：《东方文学研究：文本解读与跨文化比较》，太原：北岳文艺出版社，2011 年。

王重民等编：《敦煌变文集》（上册），北京：人民文学出版社，1957 年。

王国维笺证：《蒙鞑备录笺证》，北京：文殿阁书庄，1936 年。

汪立珍：《满—通古斯诸民族民间文学研究》，北京：中央民族大学出版社，2006 年。

乌日古木勒：《蒙古突厥史诗人生仪礼原型》，北京：民族出版社，2007 年。

吴同瑞、王文宝、段宝林编：《中国俗文学概论》，北京：北京大学出版社，1997 年。

（清）徐珂：《清稗类钞》，北京：中华书局，1984 年。

薛克翘：《印度民间文学》，银川：宁夏人民出版社，2008 年。

张玉安、陈岗龙主编：《东方民间文学比较研究》，北京：北京大学出版社，2003 年。

中国社会科学院少数民族文学研究所编印：《民族文学译丛》第 1 集，内部资料，1983 年。

钟敬文主编：《民间文学概论》，北京：高等教育出版社，2010 年第 2 版。

朱一玄、宁稼雨、陈桂声编著：《中国古代小说总目提要》，北京：

人民文学出版社，2005 年。

学 术 论 文

阿拉腾其其格：《"蒙古化"的藏传佛教文化》，《内蒙古大学学报（社会科学版）》2010 年第 6 期。

巴·丹布尔加甫：《新疆蒙古英雄故事浅析》，《民族文学研究》1989 年第 5 期。

蔡丽云：《中国民间动物故事类型研究》，台北中国文化大学中国文学研究所硕士论文，1997 年。

曹纳木：《田清波与鄂尔多斯研究》，《内蒙古社会科学》1992 年第 6 期。

陈岗龙：《鄂尔多斯史诗和喀尔喀、巴尔虎史诗的共性》，《民族文学研究》1999 年第 2 期。

陈岗龙：《汉族戏曲故事在蒙古族民间的口头流传——以〈葵花记〉蒙古文译本〈娜仁格日勒的故事〉口头传播为例》，《西北民族大学学报》2010 年第 6 期。

陈岗龙：《〈葵花记〉蒙古文译本〈娜仁格日勒的故事〉研究》，《陕西师范大学学报》2010 年第 3 期。

陈岗龙：《李福清院士与蒙古本子故事研究——学术访谈简述》，《内蒙古师范大学学报（哲学社会科学版）》2010 年第 1 期。

陈岗龙：《流传于蒙古族的目连救母故事》，《民族艺术》1996 年第 3 期。

陈岗龙：《论蒙古民间口头流传的〈鹦鹉的故事〉的来源》，《民俗典籍文字研究》2013 年第 2 期。

陈岗龙：《论印度〈鹦鹉的故事〉在中国各民族中的传播》，《民间文化论坛》2014 年第 3 期。

陈岗龙：《蒙古英雄史诗搜集整理的学术史观照》，《西北民族研究》2011 年第 3 期。

陈岗龙：《〈娜仁格日勒的故事〉和〈琵琶记〉比较研究》，《文学遗产》2008 年第 5 期。

陈岗龙：《〈尸语故事〉：东亚民间故事的一大原型》，《西北民族研究》1995 年第 1 期。

陈丽娜：《中国民间故事类型研究》，东华大学民间文学研究所博士论文，2009 年。

陈育宁：《田清波及其鄂尔多斯历史研究》，《西北民族研究》1994 年第 1 期。

顾希佳：《"斗阎王型"故事的比较研究》，《宁波大学学报（人文科学版）》2001 年第 3 期。

［日］关敬吾著，张士闪、清水静子译：《关敬吾论日本传统故事的类型与结构》，《西北民族研究》2003 年第 3 期。

［美］H. 塞瑞斯著，云慧群摘译：《田清波从鄂尔多斯获得的蒙文抄本目录》，《蒙古学资料与情报》1988 年第 1 期。

［德］海希西著，李卡宁译：《关于杀死蟒古思妻子与儿子的情节类型的内在联系和历史根源》，《民族文学研究》1987 年第 3 期。

郝苏民：《西蒙古民间故事〈骑黑牛的少年传〉与敦煌变文抄卷〈孔子项託相问书〉及其藏文写卷》，《西北民族研究》1994 年第 1 期。

贾晞儒：《试论蒙古族英雄史诗研究的现实意义》，《青海民族学院学报》2004 年第 2 期。

金宽雄：《略论"弃老型"故事在中韩两国的流变》，《延边大学学报（社会科学版）》2000 年第 1 期。

康丽：《故事类型丛与情节类型：中国巧女故事研究》（上下），《文化研究》2005 年第 3 期、第 4 期。

康丽：《钟敬文先生与中国巧女故事研究》，《民族艺术》2007 年第 3 期。

［匈牙利］劳仁兹·拉斯罗著，那·哈斯巴特尔译：《藏族动物故事和 DRE-MO 故事》，《民族文学研究》1989 年第 2 期。

李成贵：《杜尔伯特民间故事初探》，《黑龙江民族丛刊》1996 年第 3 期。

李道和：《弃老型故事的类别和文化内涵》，《民族文学研究》2007 年第 2 期。

李奉戬：《论仙话的蜕变与异化》，《山西大同大学学报（社会科学版）》2010 年第 1 期。

李艳杰：《〈施公案〉案件源流研究》，华中科技大学硕士论文，2008 年。

梁一儒、赵永铣：《蒙古族英雄史诗简论》，《内蒙古社会科学》1980 年第 1 期。

林一白：《略论动物故事》，《民间文学》1965 年第 3 期。

刘守华：《中印故事比较的奇趣——〈鹦鹉故事在东西方的流传〉序》，《中国比较文学》2014年第1期。

刘守华：《走进"寄死窑"》，《民俗研究》2003年第2期。

刘咏梅：《内蒙古鄂尔多斯地区藏传佛教寺院壁画研究与保护——以准格尔召、乌审召为中心藏传佛教寺院考查》，《吉林广播电视大学学报》2010年第3期。

刘宗迪：《超越语境，回归文学——对民间文学研究中实证主义倾向的反思》，《民族艺术》2016年第2期。

鹿忆鹿：《从徐文长到阿Q的"精神胜利法"》，《民间文化论坛》2014年第6期。

鹿忆鹿：《明清以来的"扒灰"笑话——兼论民间故事的翁媳关系》，未刊稿。

芒·牧林：《〈巴拉根仓的故事〉渊源、发展及其时代初探》，《民族文学研究》1985年第1期。

[美]尼古拉·波普著，那·哈斯巴特尔译：《关于蒙古民间故事中感恩动物的母题》，《民族文学研究》1988年第3期。

帕丽旦木·热西提：《维吾尔文版〈鹦鹉故事〉研究》，西北民族大学硕士学位论文，2013年。

[俄]普罗普著，李连荣译：《英雄史诗的一般定义》，《民族文学研究》2000年第1期。

潜明兹：《机智人物故事独特性漫笔》，《北京师范大学学报（社会科学版）》1984年第5期。

却拉布吉：《浅谈喇嘛教对蒙古族古代文学的影响》，《西北民族学院学报（哲学社会科学版）》1987年第4期。

仁钦道尔吉：《论家庭斗争型英雄史诗》，《民族文学研究》2006年第3期。

散木：《柏烈伟：一个曾参与过中共建党活动的俄国人》，《党史博览》2009年第10期。

莎日娜：《〈卖油郎独占花魁〉蒙译本的译文变化》，《民族文学研究》2009年第4期。

莎日娜：《乌兰巴托版蒙古文译本〈今古奇观〉研究》，中国社会科学院博士学位论文，2010年。

尚毅：《民间巧女故事形成的思想基础及艺术特征》，《中州学刊》2004年第3期。

斯钦巴图：《新时期蒙古史诗研究回顾与展望》，《内蒙古师范大学学报（哲学社会科学版）》2009年第1期。

松波尔：《蟒古思因·乌力格尔与本子因·乌力格尔关系探微》，《内蒙古师范大学学报（哲学社会科学版）》2011年第6期。

松波尔：《演义·演绎·演艺——穆·布仁初古拉的抄尔及其蟒古思因·乌力格尔》，《内蒙古艺术》2009年第2期。

苏景春：《男单出头〈丁郎寻父〉——二人转传统剧目流变考证》，《戏剧文学》2012年第8期。

佟占文：《蟒古思因·乌力格尔〈宝迪嘎拉巴可汗〉中的角色类型及其演述禁忌》，《内蒙古大学艺术学院学报》2010年第4期。

王均霞：《讲述人、讲述视角与巧女故事中的女性形象再认识——兼及巧女故事研究范式的反思》，《民族文学研究》2015年第6期。

王丽：《论巧女故事的妇女观》，《中国文化研究》1994年冬之卷（总第6期）。

王素敏：《马背民族的精神观照——巴拉根仓和沙格德尔性格剖析》，《阴山学刊》2001年第2期。

王颖超：《史诗〈江格尔〉中的马及其文化阐释》，《民族文学研究》2005年第1期。

王志清：《佛光掩映下的民俗生活史——阜新地区巴拉根仓故事中"童年出家"与"佛祖赐名"两个故事素的解析》，《西北第二民族学院学报（哲学社会科学版）》2007年第2期。

乌日汉：《蒙古族民间机智人物故事研究》，西北民族大学博士学位论文，2012年。

西日东智：《藏族民间故事类型研究》，西北民族大学硕士学位论文，2011年。

［日］西胁隆夫：《轻·吐米尔英雄故事的母题研究》，《民间文学论坛》1997年第4期。

肖青：《翁媳关系与巧女故事——对一则民间故事的精神分析学解读》，《思茅师范高等专科学校学报》2008年第1期。

肖甡：《俄共党员柏烈伟在中共建党时的一些活动》，《北京党史》2002年第1期。

谢正荣：《藏族民间故事中的喇嘛反讽形象》，《康定民族师范高等专科学校学报》2008年第2期。

俞佳琪：《〈尸语故事〉的童话价值》，西北师范大学硕士学位论文，

2008 年。

扎格尔：《简析蒙古文学中的蟒古思形象》，《内蒙古师范大学学报》1990 年第 1 期。

张鸿勋：《敦煌本〈孔子项託相问书〉研究》，《敦煌研究》1985 年第 2 期。

张静：《西方故事学转型与民族志故事学的兴起——以琳达·德格的"以讲述者为核心的叙事表演研究"为中心》，《广西民族大学学报（哲学社会科学版）》2016 年第 3 期。

照日格图：《浅谈鄂尔多斯民间故事中的狐狸形象》，《西北民族学院学报》1995 年第 1 期。

周阳：《幻想故事〈斗阎王〉鉴赏》，《湖北广播电视大学学报》2008 年第 1 期。

朱正：《柏烈伟这人》，《鲁迅研究月刊》2008 年第 1 期。

蒙古文资料

巴音其木格整理：《斑马驹》，呼和浩特：内蒙古人民出版社，2010 年。

波·特古斯整理：《阿斯尔查干海青》，呼和浩特：内蒙古人民出版社，1979 年。

［俄］道尔吉·班扎罗夫著，乌云毕力格译，《黑教或称蒙古人的萨满教》，呼伦贝尔：内蒙古文化出版社，2013 年。

甘珠尔扎布搜集、整理：《英雄古那干》，呼和浩特：内蒙古人民出版社，1956 年。

海英：《新疆蒙古族民间故事类型研究》，西北民族大学博士论文，2008 年。

浩斯巴雅尔、勒·哈斯巴雅尔、乌拉整理：《鄂尔多斯史诗》，北京：民族出版社，2002 年。

胡日查巴特尔、明戈德·乌然古主编：《明戈德·贺希格都仁所抄鄂尔多斯蒙古族文化的手稿》（蒙文影印本），蒙古文化国际交流协会，2011 年。

莫纳编辑整理：《阿斯尔莫日根汗的故事》，呼和浩特：内蒙古人民出版社，1979 年。

那森搜集、整理，伊克昭盟语委编：《阿勇嘎莫日根汗》，呼和浩特：内蒙古人民出版社，1986 年。

内蒙古自治区社会科学院文献情报中心编：《中国古代蒙古文古籍总目》（下册），北京：北京图书馆出版社，1999 年。

仁增：《蒙藏民间故事类型比较研究——以青海蒙藏生活故事为例》，西北民族大学博士论文，2012 年。

斯琴孟和、萨仁托雅：《蒙古民间故事类型学导论》，北京：民族出版社，2012 年。

邰银枝：《青海蒙古族民间故事类型研究》，西北民族大学博士论文，2009 年。

特木尔等编：《珍珠传说》，北京：民族出版社，2009 年。

[比利时] 田清波搜集、整理，曹纳木译：《阿尔扎波尔扎罕》，北京：民族出版社，1982 年。

伊克昭盟民族研究学会、伊克昭盟民间文学研究会编：《鄂尔多斯文化遗产》（一）（内部资料），1984 年。

玉花：《阿拉善蒙古族民间故事类型研究》，西北民族大学硕士论文，2009 年。

照日格图：《鄂尔多斯狐狸故事研究》，呼和浩特：内蒙古人民出版社，2008 年。

其他外文著述

Antoine Mostaert, L'《Ouverture du sceau》et les adresses chez les Ordos, *Monumenta Serica*, Journal of Oriental Studies, Volume I（1935—1936），pp. 315～337.

Par Paul Serruys, "Notes marginales sur le folklore des Mongols Ordos", Han-Hiue, Vol. 3, 1948, pp. 115～210.

"Antti Aarne's Verzeichnis der Märchentypen"（FF Communications No. 3），Translated and Enlarged by Stith Thompson, *The types of the folktale*, *Classification and Bibliography*, Second Revision, Helsinki 1973, Suomalainen Tiedeakatemia Acaddemia Scientiarum Fennica.

Walther Heissig, *Individuelles und Traditionelles Erzählen——Der Mongolische Erzähler Coyrub（Coyirub）aus Ordus（1912—1989）*, Harrassowitz Verlag, 2000.

Stith Thompson, *Motif-Index of Folk-Literature*：*A Classification of Nar-*

rative Elements in Folk Tales, Ballads, Myths, Fables, Mediaeval Romances, Exempla, Fabliaux, Jest-Books, and local Legends, by Bloomington, Indiana university press, 1978, 6. volumos.

Hans-Jörg Uther, *The Types of International Folktales: A Classification and Bibliography (part II: Tales of the Stupid Ogre, Anecdotes and Jokes, and Formula Tales)*, Based on the System of Antti Aarne and Stith Thompson, Academia Scientiarum Fennica, 2004.

后　　记

　　2012年春，我拜师中央民族大学神话学者那木吉拉教授门下，不期在博士毕业后，还能在老师的悉心指导下，继续纯粹而快乐的求学时光，实是人生幸事。那老师对于神话学的造诣十分深厚，在我纠结博士后出站报告选题的过程中，那老师考虑到我原来在华中师范大学求学时已有故事学研究基础，充分尊重我的学术兴趣，打破教学壁垒，支持我继续故事学研究，并胸襟开阔地鼓励我转益多师，多向在故事学领域有建树的蒙古族学者学习。也因此，我得以常常向北京大学陈岗龙教授学习与求教，并在陈老师的指点与提携下，参加了林继富教授的多民族民间故事研究课题，进而对鄂尔多斯蒙古族故事家朝格日布进行调查与研究，并最终决定以鄂尔多斯蒙古族民间故事为研究对象，完成我的博士后出站报告。一路走来，困难与收获相始终，当书稿最终完成时，虽只能署我之名，她的背后，实在是众多师长与友朋的诸多付出与支持。

　　多年来，母校华中师范大学刘守华先生和导师黄永林教授一直关心我的学术成长，得知此选题后，守华老师特影印惠赐蒙古学者好尔劳《论蒙古民间故事》的译稿，并始终以其"故事诗学"的学术追求与理念给予我精神的力量。西北民族大学郝苏民先生的蒙汉故事译文及对《骑黑牛的少年》的精深研究引起我对机智儿童故事的兴趣，并承蒙先生厚爱，多次为我的故事研究在《西北民族研究》上提供发声之机。刘锡诚先生从民间文艺学的视角，对"故事诗学"研究方法与路径的阐述和肯定坚定了我对民间故事的探索决心。马昌仪先生促成了我与台北东吴大学鹿忆鹿教授的相识，并因此得到前往东吴大学访学的机会，本书的第五章与第七章即是在东吴的静谧时光中完成的。满都呼老师始终关心并参加我的博士后研究报告的选题与出站答辩，令我切身感受到满老师、那老师、陈老师等诸位蒙古族学者于"师道传承"的精神力量。

　　感谢在鄂尔多斯神奇土地上生活的人们用智慧孕育和传承了这些美丽的故事，虽然我与这些故事的讲述者和大多数搜集者素未谋面，但哈斯毕力格图老先生、乌云格日勒姐姐、哈达奇·刚先生、凌云博士和白音其木格女士一直用他们对这些故事的深情厚爱而惠泽我。因投稿《民族文学研究》而与毛巧晖研究员相识，她的细致缜密和一针见血的批评令我获益良多，并生高山流水之感。感谢师母满达日花老师始终默默支持并为我的工作与生活排忧解难，还有一众师兄妹——董蔚、撒仁其木格、双福、扎拉嘎胡、乌力汗、姜淑萍、包银全、包海青……他们不仅仅帮我克服语言和文化交流的困难，也温暖了我的故事学研究岁月。

感谢我的家人和天津师范大学文学院的诸位同仁为我的工作提供了有力的"大后方"，国家社会科学基金后期资助项目和博士后面上资助项目为我的研究提供了强有力的经济支持。书稿的完成历时近9年，其间又涉及众多故事文本的初译稿与出版稿等差异问题，写作时又常有引文不规范处，为全书的统校工作增加了难度，北京大学出版社的周粟老师为本书的修改与完成付出了极大的耐心，承担了繁复的工作。

书中浅见，难免讹误，当文责自负，也希望同行能不吝批评赐教。此书，只是一段岁月的一份馈赠，语短事繁，感恩我前行路上的众多师长、亲友，但愿这个美好的开始带着我走向更深纵的故事学天地。